# "学衡派"编年文事

沈卫威 编著

南京大学出版社

作 者

沈卫威,1962年2月生,河南省内乡县人,文学博士,1991—2001年任教于河南大学,2002年始为南京大学中文系教授。主要从事胡适、高行健、"学衡派"、"民国大学"的研究和传记写作。

本书为2013年度
教育部人文社会科学重点研究基地重大项目
13JJD750008

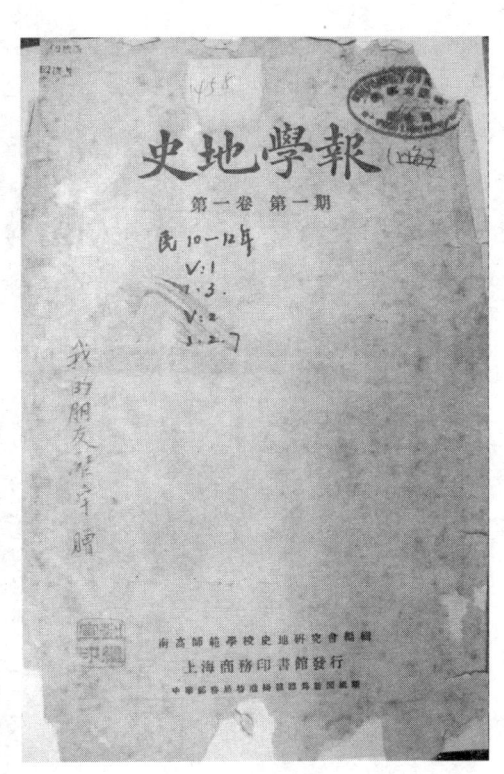

插图1-史地学报-创刊号1-1 南京大学图书馆所藏为刘继宣捐赠本

插图2-史地学报-创刊号1-2

插图3-史地学报-二卷二期 复旦大学图书馆所藏为郭绍虞捐赠本

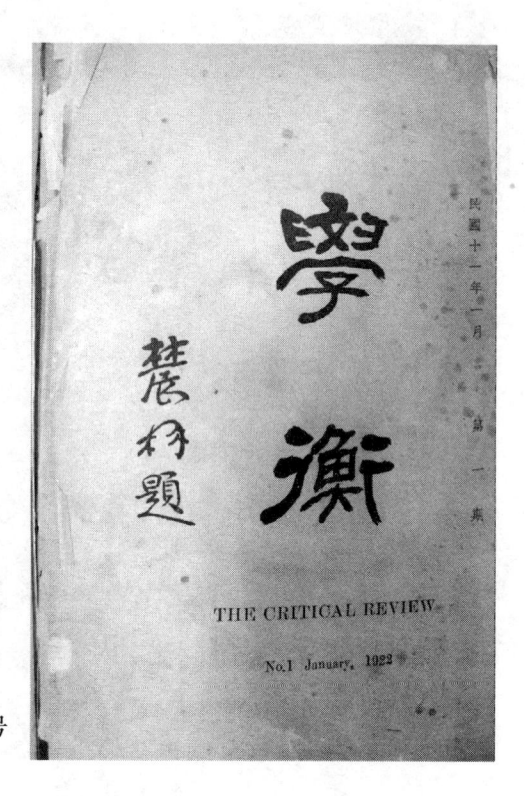

插图4-学衡-创刊号

插图5-南京高师史地研究会合影　前排中为柳诒徵

插图6-南京高师-东南大学文学研究会合影
前排左起座二为柳诒徵、座三为梅光迪

插图7-南京高师-东南大学哲学学研究会合影　前排左起座五为刘伯明

插图8-东南大学 文哲学报-创刊号

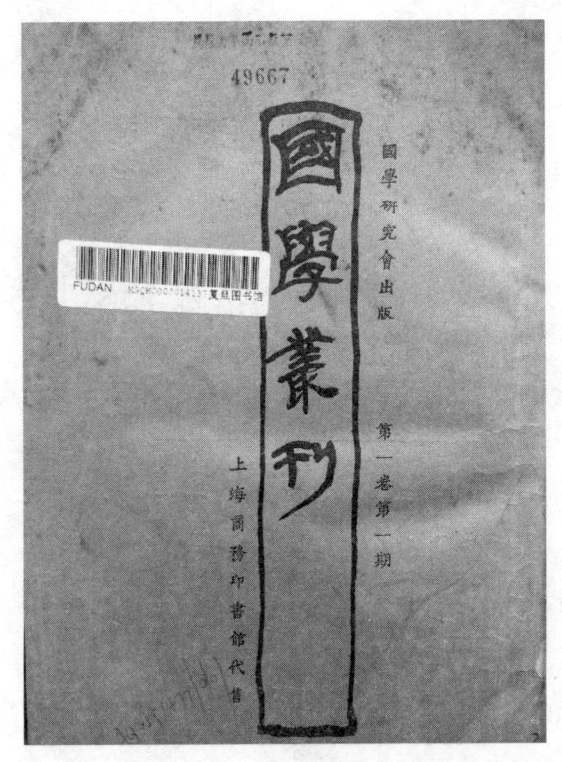

插图9-东南大学 国学丛刊-创刊号

插图10-大公报 文学副刊-创刊号

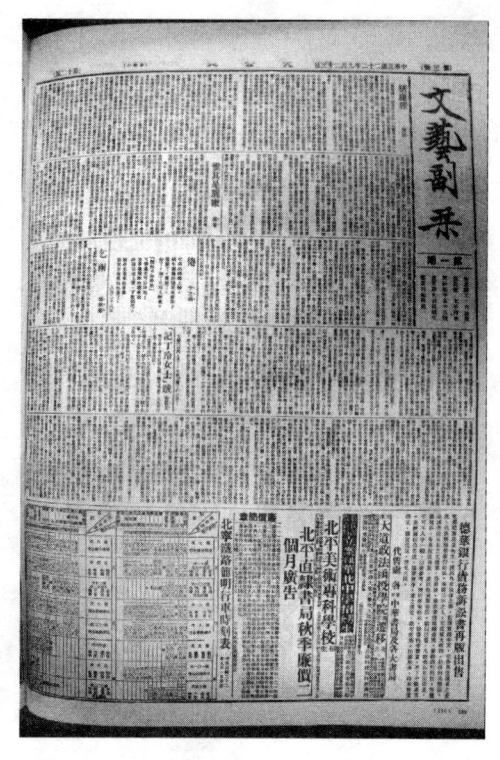

插图11-大公报 文艺副刊-创刊号 取代前者

插图12-中央大学 国风-创刊号

插图13-浙江大学 思想与时代-创刊号

插图14-武汉日报 文学副刊-创刊号

插图15-学原-创刊号

插图16-刘伯明

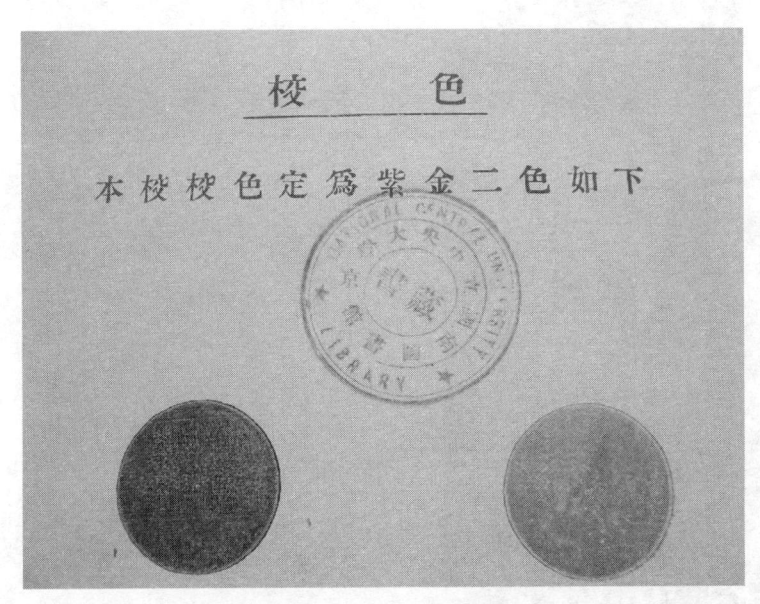

插图17-校色（中央大学）

插图18-校声（中央大学）

插图19-藏书票（中央大学）

插图20-六朝松（南京读书人的图腾）

目　录

旨　趣 ………………………………………………………… 1

上　卷

1902 年 ………………………………………………………… 1
1903 年 ………………………………………………………… 2
1904 年 ………………………………………………………… 3
1905 年 ………………………………………………………… 4
1906 年 ………………………………………………………… 5
1907 年 ………………………………………………………… 5
1908 年 ………………………………………………………… 6
1909 年 ………………………………………………………… 6
1910 年 ………………………………………………………… 6
1911 年 ………………………………………………………… 7
1912 年 ………………………………………………………… 7
1913 年 ………………………………………………………… 8
1914 年 ………………………………………………………… 9
1915 年 ………………………………………………………… 9
1916 年 ………………………………………………………… 10
1917 年 ………………………………………………………… 14
1918 年 ………………………………………………………… 17
1919 年 ………………………………………………………… 18
1920 年 ………………………………………………………… 20

1921 年 …………………………………………………………… 27

中　卷

1922 年 …………………………………………………………… 40
1923 年 …………………………………………………………… 82
1924 年 …………………………………………………………… 119
1925 年 …………………………………………………………… 145
1926 年 …………………………………………………………… 175
1927 年 …………………………………………………………… 196
1928 年 …………………………………………………………… 208
1929 年 …………………………………………………………… 235
1930 年 …………………………………………………………… 258
1931 年 …………………………………………………………… 277
1932 年 …………………………………………………………… 293
1933 年 …………………………………………………………… 319
1934 年 …………………………………………………………… 347
1935 年 …………………………………………………………… 366
1936 年 …………………………………………………………… 374
1937 年 …………………………………………………………… 384
1938 年 …………………………………………………………… 386
1939 年 …………………………………………………………… 387
1940 年 …………………………………………………………… 387

下　卷

1941 年 …………………………………………………………… 389
1942 年 …………………………………………………………… 395
1943 年 …………………………………………………………… 400
1944 年 …………………………………………………………… 406
1945 年 …………………………………………………………… 410

目　录

1946 年 …………………………………………………… 415
1947 年 …………………………………………………… 419
1948 年 …………………………………………………… 435
1949 年 …………………………………………………… 442
征引文献 …………………………………………………… 448
后　记 ……………………………………………………… 461

旨　趣

如何回到历史语境

确立"学衡派"成员和"学衡派"报刊的依据是以下几点：

1. 据《吴宓自编年谱》所示，在《学衡》杂志社第一次会议上，梅光迪宣布其清高之主张，谓《学衡》杂志应脱尽俗氛，不立社长、总编辑、撰述员等名目，以免有争夺职位之事。甚至社员亦不必确定：凡有文章登载于《学衡》杂志中者，其人即是社员；原是社员而久不作文者，则亦不复为社员矣。[1]这是把握"学衡派"成员谁是谁非的关键，即作者或社员对《学衡》的自觉认同。

当第十二期后，梅光迪即不为《学衡》作文，他的这一戒律被刊物的实际主持人吴宓打破，吴宓成为总编辑。

2. 张其昀在《〈中华五千年史〉自序》（一）中说，《思想与时代》是"以沟通中西文化为职志，与二十年前的《学衡》杂志宗旨相同"[2]。在《六十年来之华学研究》一文中，他进一步强调说《思想与时代》"与《学衡》及《国风》杂志宗旨相同，以沟通中西文化为职志"[3]。

3. 吴宓是《学衡》的实际主编和《大公报·文学副刊》、《武汉日报·文学副刊》的主编；张其昀为《国风》、《思想与时代》的主持人。

这说明《学衡》作为"学衡派"形成的内在凝聚力和实际影响力，即体现了"学衡派"刊物和成员的关联性。

4. 《史地学报》、《文哲学报》和《学衡》在南京高等师范学校—东南大学并存时，大量刊登学生的文章，这些学生随后多数成为《学衡》、《国风》、《思想与时代》的作者。

5. "学衡派"的外围刊物《文哲学报》、《国学丛刊》、《湘君》、《文史季刊》、

1

《学原》，虽有"学衡派"成员任主编，或成员为其写文章，但这些刊物另有宗旨，这里不收录、不讨论。

这表明"学衡派"成员具有相应的发散性，如同其文化保守主义的血脉和道统，成为守护其自身文化传统的内在力量。

南京高等师范学校—东南大学"文学研究会"与"哲学研究会"合编的《文哲学报》和东南大学"国学研究会"主办的《国学丛刊》，虽然没有公开批评新文化和新文学，但他们在面对来自北京、上海白话新文学浪潮的巨大冲击时，和《学衡》一同坚守旧体诗词的创作。《文哲学报》"文苑"中的"诗录"和《国学丛刊》中"诗录"、"词录"全是旧体诗词。从《国立东南大学南京高师日刊·〈诗学研究号一〉》到《学衡》、《文哲学报》、《国学丛刊》、《文史季刊》，他们形成了一个坚守旧体诗词的强大阵营。同时要强调的是，《学衡》的主力人物梅光迪、柳诒徵是"文学研究会"的指导员，刘伯明是"哲学研究会"的指导员。柳诒徵是"国学研究会"的指导员。胡先骕任中正大学校长时支持王易主编了《文史季刊》。

6.《学衡》在南京东南大学只生存了三年，其间《学衡》的作者主要是南京高校的教师。1923年，吴宓到上海将张尔田、孙德谦、朱祖谋等"孔教会"的成员拉入《学衡》；1925年，他任清华研究院主任后，将王国维、陈寅恪发展为《学衡》作者，使得《学衡》的作者队伍随地域扩展而壮大，同时也极大地提升了《学衡》杂志的学术品位和社会影响力。由于《学衡》社同人捐款办刊，东南大学并未提供任何经济资助，所以才有吴宓"学衡杂志，乃私人团体之刊物，与东南大学始终无丝毫关系"的说辞。他曾在1934年5月7日《清华周刊》41卷第7期刊发《学衡杂志编者吴宓先生来函》：

> 顷见《清华周刊》四十一卷六期《本刊二十周年纪念号导言》第三页，文中有"前东南大学的学衡"云云，实与事实不符。按查学衡杂志，乃私人团体之刊物，与东南大学始终无丝毫关系。此志乃民国九年冬梅光迪君在南京发起，旋因东南大学之教授欲加入者颇不少，梅君恐此纯粹自由之刊物，与学校公共团体牵混，而失其声光及意义，故迳主张停办。民国十六年冬，重行发起，社员咸属私人同志，散布全国。其中仅有三数人（在社员中为少数）任东南大学教职，然本志历来各期即已宣明"与所任事之学校及隶属之团体毫无关系"，盖学衡社同人始终不愿被人误认与东南大学或任何学校为有关系也。读者试阅学衡各期内容，则自弟[第]二十期以后，几无一篇之作者为东南大学教员。而民国十三年七月（本志第三十期）总编辑吴宓北上，所有社员分散，且无一人留居南京者。自是迄今，凡

阅九载,学衡由三十期出至七十九期,总编辑吴宓长居北平,诸撰稿人无一在南京,而经费二千数百圆悉由吴宓与三四社友暨社外人士(有名单久已公布)捐助,未尝借用东南大学一张纸一管笔一圆一角之经费。夫其实情如此,而社会人士每以学衡与东南大学连为一谈,实属未察,而乃学衡社友尤其总编辑吴宓所疾首痛心而亟欲自明者也。今敬求贵刊将此函登载,俾清华同学校友均可明悉此中真象[相]。又附学衡社启事一纸,亦望赐登,以便世人得知学衡现状,及负责为何人。

吴宓 五月初四日

7. 吴宓在清华大学主编《大公报·文学副刊》、在武汉大学主编《武汉日报·文学副刊》时,所刊登的文学创作都是旧体诗词(只有两首诗是例外:胡适悼念徐志摩的白话新诗《狮子》和罗家伦的白话译诗《当我死了》)。吴宓、胡先骕、柳诒徵、陈寅恪等人的旧体诗词创作且是终生的。"学衡派"成员的诗词创作,是在白话新诗大潮冲击下诗意生活的坚守,特别是将古典与今典杂糅之后体现出的"诗可以群"的唱和功能,和"诗可以怨"的讽喻作用,成为其诗词特色。其中吴宓、胡先骕、柳诒徵、陈寅恪都是各自研究领域的著名学者,他们的诗作又明显体现出"学人之诗"的特性。而这正是他们对中国古典诗学传统的坚守。

8. 1926年12月1日,钱基博为《国学文选类纂》写的《总叙》中,在对民国初期大学学分南北的局面作概括时,首次从学理上提出"学衡派"之说。

9. 鉴于"学衡派"派一开始就是以刊物和作者来确定"社员"的特殊属性,其流动性和聚散自由性,成了这个大群体的特点,因此我称之为"精神结构复合体"。

10. 当时编辑吴宓和作者称自己为《学衡》社社员。本书行文中,以《学衡》社表述时称"社员";以"学衡派"表述时称"成员"。

以"学衡派"立身的学术舞台即刊物作为本书架构的理由和相关技术问题如下:

1. "学衡派"的命名是后来批评界和学界给予的,且是以刊物得名。

2. "学衡派"成员的活动主要集中在这六个报刊上,且具有连续性、一致性。

3. "学衡派"成员众多,主要成员都有年谱或传记,个体事件尽量不重复引用,用刊物可以将众多的个体联系成为一个整体,且取舍明显。

4. 依照时间的连续性,串联六种报刊,以文为主,成员随之。

5. 成员的活动主要选取与报刊相关联的部分，是要寻求整体性的趋同。

6. 本书中对吴宓的个人活动列举详细，材料主要是摘录自《吴宓自编年谱》、《吴宓书信集》和《吴宓日记》，这里特别说明，文中只择重要的史料加注，叙述中引用不再一一详细注释。同时征引其他著作也不详细注释，只在文后"征引文献"中列出。因为此书本身就是史料整理，若再加详细注释，会导致大量的重复和字数的过分膨胀。

7. 为这六个报刊的文章和作者进行校注，特别是"学衡派"前期的《学衡》、《史地学报》，目的是想展示这个学术共同体最初创办刊物时，在鲜明的主体性、作者的关联性和栏目连贯性之外，还伴随着技术上的不规范性和编者的随意性。

8. 对"学衡派"前期人物生卒和关系，特别是《学衡》作者的详细注释（也只是注释《学衡》人物），目的是要显示过渡、转折时代的文化脉络和学缘关系。真正的民国大学时代，学术逐步一体化和系统化，师承、家法虽有保存，但在民国大学教育的共同思想方法作用下，逐步淡化。因此《学衡》之后的人物不注。

9. 鉴于"学衡派"成员的文，着落在刊物上，事由文所关联，因此，这种编年史就具有严格的时空特性。

10. 无法辨认的字用□表示。

直面史实的重识

"学衡派"因反对"新青年派"而起，他们反对新文化—新文学运动，抗拒白话文（国语）。因此本书有意收录相互对立的讨论、批评文章和言行（主要是日记、书信），对双方持同情的理解和理性的批评。

与"学衡派"关联密切的六种刊物，四个期刊求全；两份报纸副刊，《大公报·文学副刊》选要目，《武汉日报·文学副刊》全部收录。其他刊物的相关文章，选录要文，不求全。这既是对自己阅读视野有限的一个托词，同时也是对无法全面记录的事实的尊重。

"学衡派"成员的活动在1949年以后并没有中断，但考虑到以六种刊物为线索的谱系，就以刊物终止（言论出版自由、学术研究自由和学人流动自由终结）为本编年文事的结束。

民国大学学术有南北之别。北京大学、清华大学与南京高师—东南大学—中央大学自新文化运动后期因《史地学报》批评胡适、《学衡》抗击新文化而出现南北纷争。柳诒徵是南京高等师范学校的史学教授,后转入改制的东南大学,他在《学衡》创刊之前即和竺可桢指导"史地学会"的学生创办了《史地学报》。他培养的一大批学生如张其昀、缪凤林、陈训慈、郑鹤声、刘掞藜等后来都成了"学衡派"成员,同时也是与北京大学胡适、钱玄同、顾颉刚等展开"古史辨"讨论的主力阵容。《学衡》的发刊词"弁言"是柳诒徵写的,他特别申明刊物的四项基本原则:

　　一　诵述中西先哲之精言,以翼学。
　　二　解析世宙名著之共性,以邮思。
　　三　籀绎之作,必趋雅音,以崇文。
　　四　平心而言,不事谩骂,以培俗。
　　揭橥真理,不趋众好,自勉勉人,期于是而已。

吴宓在柳诒徵《弁言》基础之上所写成的《学衡》宗旨是"论究学术,阐求真理,昌明国粹,融化新知。以中正之眼光,行批评之职事。无偏无党,不激不随"。柳诒徵的"诵述中西先哲之精言","解析世宙名著之共性"开启了吴宓的"昌明国粹,融化新知"。"必趋雅音"即反对白话文。"揭橥真理,不趋众好"被吴宓演绎为"论究学术,阐求真理";"无偏无党,不激不随"。

梅光迪在美国与胡适讨论文学改良时,因"文白之争"败给胡适,他回国后发起创办《学衡》的目的就是要抗击胡适及《新青年》,目标十分明确。作为《学衡》的首倡者,他第十二期以后(1923年1月)即不再与吴宓合作(他两人只合作1922年一年12期),吴宓成为《学衡》的实际主持者。《学衡》成员与《学衡》同时群聚南京东南大学只有1922—1924年的三年时间,随后因主编吴宓辗转东北大学后落定清华学校,《学衡》的实际组稿、编辑转移到北京的清华学校—清华大学。他们把《学衡》的英文译名定为 *The Critical Review*,是具有批评和评论的实际含义。因为它是相对于新文化—新文学运动的激进而起的,是对新文化—新文学话语霸权的抗争。"昌明国粹,融化新知"就是要抗拒新文化运动的反传统(言论上的反传统和实际行为又存在着巨大的差异),守护和发扬光大传统文化,同时接受新的知识。"不激不随"就是既不走激进主义的路,也不随波逐流,持中守恒,走中庸的自我之道。这些当然都是言之有理,十分理性的主张。但问题是,在当时新文化—新文学领导人的话语霸权语境下,这必然被视为守旧、保守。何况,吴宓、梅光迪自身的言行又存在着巨大的矛盾,他们所倡导的主张,就连他们自己也无法身体力行。

我对《学衡》时期"学衡派"精神特征的概括也是建立在与前者共时存在的基础之上:批评、牵制、制衡新文化—新文学运动的激进、霸权;坚守旧体诗词创作;译介传播白璧德的新人文主义;尊孔奉儒,倡扬传统国学的精粹;守学人独立之精神,自由之思想的本分,不介入党争。呈现出政治上的自由主义与文化上的保守主义的双重特性。

张其昀是中央大学《国风》和浙江大学《思想与时代》的主持人,在继承《学衡》基本精神的同时,因日军侵华而使《国风》的民族主义强化,强调民族主义精神作为抗战的元气和活力,同时也是全体中华民族的内在凝聚力。又因民族国家统一与重建的需要而倡扬"科学时代的人文主义"。我称1941年创刊的《文史季刊》、《思想与时代》为"后学衡时期"。但"后学衡时期",王易、张其昀等少数人介入了党争。

《文史季刊》主编王易因1947年4月1日在南昌的《问政》杂志创刊号发表《内战辨》而陷入政治的漩涡。《思想与时代》的六位基本社员是钱穆、朱光潜、贺麟、张荫麟、郭斌龢、张其昀。其中张其昀、郭斌龢、贺麟、朱光潜四位为国民党党员,1945年,基本社员中的张其昀、贺麟、朱光潜和主要作者冯友兰成为国民党的"最优秀教授党员"[4]。其中贺麟、冯友兰两位也是被蒋介石专门从昆明请到重庆为其讲哲学、心学的教授。1941年9月22日,贺麟访吴宓时,告诉他,张其昀在蒋介石那里领得十四万元办《思想与时代》。这使得吴宓在日记中感叹自己当年经营《学衡》,"不为名利,不受津贴,独立自奋之往迹。不觉黯然神伤已"[5]。因为与政党和政府的特殊关系,办刊方针倾斜也是必然的。所以1943年10月12日,胡适在日记中写有读张其昀所赠《思想与时代》后的札记。胡适认为《思想与时代》没有发刊词,但每期有"欢迎下列各类文字"(列有6项)的启事中的前两项就是他们的宗旨:1. 建国时期主义与国策之理论研究。2. 我国固有文化与民族理想根本精神之探讨。他在日记中写道:"此中很少好文字。如第一期竺可桢兄的《科学之方法与精神》,真是绝无仅有的了(张荫麟的几篇'宋史',文字很好。不幸他去年死了)。张其昀与钱穆二君均为从未出国门的苦学者;冯友兰虽曾出国门,而实无所见。他们的见解多带反动意味,保守的趋势甚明,而拥护集权的态度亦颇明显。"[6]

我在对《梅光迪文存》的评介时,有这样一段文字:

我认为,有一个历史的坐标是十分明确的,那就是在20世纪文化激进主义和政治激进主义得势的这种特定的历史背景下,在主流话语的霸权作用下,《学衡》派的文化保守主义思潮是逆当时的时代大潮,处于文化时尚和社会时尚的劣势,其影响也是十分微弱的。当然是否合乎时尚,是否与主流一致,并不是我这里所预设的价值判断标准。我也不是以成败论英雄。我所要强调的是,《学衡》派的历史作用和价值恰恰在于其和时尚及主流的不符。其制衡文化激进主义导致文化的失范的功效虽然微弱,但其本身学理上的理性精神和超越现实的文化意识,却是强大的。以及由此所呈现的道德力量和文化信念的忠诚感,也是难能可贵的。[7]

我写下上面这段话时,虽是因《梅光迪文存》而言,却是在同时读到了吴宓的书信和日记所显示出"文化信念的忠诚感"之后。1954年6月21日吴宓在致上海柳诒徵的信中写道:"宓虽刊文自责忏,内心仍完全是《学衡》初刊时之思想耳。"[8]1961年8月,吴宓南下广州看望老友陈寅恪后,特别感慨陈寅恪"威武不能屈"的事实:"始终不入民主党派,不参加政治学习,不谈……不经过思想改造,不作'颂圣'诗,不作白话文,不写简体字,而能自由研究,随意研究,纵有攻诋之者,莫能撼动。"这是因为他们仍坚持共同的"信仰":"但在我辈个人如寅恪者,则仍确信中国孔子儒道之正大,有裨于全世界,而佛教亦纯正。我辈本此信仰,故虽危行言殆,但屹立不动,决不从时俗为转移。"[9]这是陈寅恪在1928年《清华大学王观堂先生纪念碑铭》、1933年《冯友兰著〈中国哲学史〉下卷审查报告书》、1953年《陈寅恪自述——对科学院的答复》中一贯坚守的文化道统,和对独立之精神、自由之思想的守护:

> 士之读书治学,盖将以脱心志于俗谛之桎梏,真理因得以发扬。思想而不自由,毋宁死耳。斯古今仁圣所同殉之精义,夫岂庸鄙之敢望。先生以一死见其独立自由之意志,非所论于一人之恩怨、一姓之兴亡……先生之著述,或有时而不章。先生之学说,或有时而可商。惟此独立之精神,自由之思想,历千万祀,与天壤而同久,共三光而永光。[10]

> 窃疑中国自今日以后,即使能忠实输入北美或东欧之思想,其结局当亦等于玄奘唯识之学,在吾国思想史上既不能居最高之地位,且亦终归于歇绝者。其真能于思想上自成系统,有所创获者,必须一方面吸收输入外来之学说,一方面不忘本来民族之地位。此二种相反而适相成之态度,乃道教之真精神,新儒家之旧途径,而二千年吾民族与他民族思想接触史之所昭示者也。寅恪平生为不古不今之学,思想囿于咸丰同治之世,议论近乎(曾)湘乡(张)南皮之间。[11]

> 我认为研究学术，最主要的是要具有自由的意志和独立的精神……但对于独立精神，自由思想，我认为是最重要的……独立精神和自由意志是必须争的，且须以生死力争。[12]

陈寅恪成为《学衡》作者，进而以"学衡派"成员发声，不仅提升了"学衡派"的学术层次，更重要是在《学衡》原有宗旨的基础上，明确"学衡派"成员个体的思想、精神追求，并以独立之精神、自由之思想，引领"学衡派"这一"精神结构复合体"的发展路向，使之抵达时代的精神高地。当遭遇党争或教条主义、集权专制思想的整体控制时，吴宓、陈寅恪等仍能在这一路向和高地上坚守。

1962年，吴宓在给李赋宁的信中列举了不愿到北京工作的六个理由，其中之一是不愿接受思想改造："宓最怕被命追随冯、朱、贺三公，成为'职业改造家'，须不断地发表文章，批判自己之过去，斥骂我平生最敬爱之师友。宁投嘉陵江而死，不愿……"[13]这里的冯、朱、贺三公指的是当时人文学科被"改造"的知识分子典型人物，三位著名教授冯友兰、朱光潜、贺麟。

1969年5月9日，吴宓作为"历史兼现行反革命分子"，在被批斗时，因被推倒、拖行导致"骨虽未断，而左腿已扭折成三截，上腿（大腿）向内扭，下腿（小腿）向外扭，膝盖及胯骨两处关节脱卯"，长期不能行走，靠爬行生活。12月24日，他在"真恨宓不能早死"的情况下，给远在南京大学外文系的郭斌龢写信（信被"工宣队"截获）说："宓处人文主义之书，均全保存。最近晚间，且读白师之著作，佩仰之心，不减昔年也。"[14]白璧德是吴宓、郭斌龢共同的老师。是什么样的一种信念的力量在支撑着他？这和他所在城市的那个"渣滓洞"里发生的故事，真的堪有一比。对吴宓来说，"信念的力量"就是他1960年8月22日在致李赋宁的信中强调的：

> 宓惟一系心之事，即极知中国文字之美，文化之深厚，尤其儒家孔孟之教，乃救国救世之最良之药。惜乎，今人不知重视，不知利用，为至极可痛可惜者也。[15]

这不合时宜的思想，正是文化保守主义群体"学衡派"成员的文化坚守。他们为什么保守？是因为他们文化信念里绝对拥有。

但作为新文化—新文学反对派存在的"学衡派"中人，却又有着在一个文化保守的"精神结构复合体"内比较明显的差异性。

从文脉上看，文章中，"言志"（吴宓）与"载道"（梅光迪）并存（吴宓说自己"最恨人称宓为'韩愈''曾文正'"[16]；而梅光迪却相反，他推崇韩愈、曾国藩，有撰写《韩文公评述》、《欧阳公评述》、《曾文正公评述》的计划而未成）。诗歌中，"诗史"（胡先骕、陈寅恪、柳诒徵、李思纯）传统与"抒情"（吴宓、吴芳吉）传统共守。在作为诗人的浪漫诗情上，吴宓又引白话新诗人徐志摩以为同道。

从学脉上看，《红楼梦》研究中吴宓"尊德性"与胡适"道问学"决然不同，但在佛学禅宗史的实证研究中，胡适与汤用彤的道法却有十分鲜明的一致性。"学衡派"内部又有明显的"尊德性"与"道问学"的巨大差异。吴宓的"尊德性"与王国维、陈寅恪、叶玉森的"道问学"同样是沟壑相隔。

从人脉上看，"学衡派"主要成员梅光迪、吴宓、胡先骕、柳诒徵等多与胡适为敌，批评胡适时甚至超越理性，言语中夹带些刻薄的诋毁或影射谩骂之词。但也有例外，汤用彤、陈寅恪、张歆海、王国维却是胡适的朋友。清华学校研究院两位导师王国维、陈寅恪为《学衡》写文章，与研究院主任吴宓的约稿有关。王国维在溥仪被驱逐出宫后生活没有着落，能够进清华学校研究院当导师，是胡适极力推荐的。陈寅恪为王国维写的挽词中有"鲁连黄鹞绩溪胡，独为神州惜大儒。学院遂闻传绝业，园林差喜适幽居"的诗句，即是对胡适的称道。汤用彤、陈寅恪是吴宓的哈佛大学同学，汤用彤进北京大学是张歆海向胡适推荐的，他的立身之作《汉魏两晋南北朝佛教史》也是胡适推荐给商务印书馆出版的。汤用彤1954年脑溢血是在被迫批判胡适的高压下发生的（11月13日下午参加完《人民日报》社召开的批判胡适思想座谈会后，晚上即突发中风）。1940年3月5日，中央研究院院长蔡元培病逝香港，院长之空阙急待填补。时任驻美大使的胡适被推举为院长候选人之一，在1941年3月，陈寅恪专程从昆明到重庆参加中央研究院的选举会议，目的只是为了投胡适一票。此事傅斯年在信中告诉胡适（"如寅恪，矢言重庆之行，只为投你一票"），并说："寅恪发言，大发挥其 academic freedom［学术自由］说，及院长必须在外国学界有声望，如学院之外国会员等，其意在公。"[17]这才有1948年12月15日共产党军队围城时胡适把陈寅恪同机带出北平的后话。

不以成败论文事

由这部翔实的史料整理、汇编，可以展现出"学衡派"的多个方面。特别明显的是"学衡派"成员的活动以1941年3月《文史季刊》创刊和8月《思想与时代》创刊为界分前后两个时期。

前期,我称之为"学衡时期",其特色可概括为:

从时间上看其借刊物集合力量;

从空间上看其借大学营造舞台;

从成员看其作为流动的群体存在;

文化保守作为其精神系联;

国学研究作为其学术承传;

新人文主义作为其思想方法的外在资源;

抗击新文化与反对白话新文学是其主要目标;

古体诗词唱和作为其日常诗意生活的状态;

非政治化与道德秩序法则作为其内在制约;

反潮流倾向与反思性作为其行为导向。

后期,我称之为"后学衡时期"。以《文史季刊》、《思想与时代》为"学衡派"成员的群聚阵地,主要关注的是多民族国家的统一与重建问题,我将其讨论的话题概括为:

国家重建的政治策略:宪法与集权

国家重建的行政中枢:都城设置

国家重建的文化基础:新儒学的展开

国家重建的文化路径:中西融通

国家重建的时代召唤:科学与人文并重

我不以成败论英雄,但不得不面对当时"学衡派"无力抗衡胡适及新文化运动的历史事实,即梅光迪所说的"中国领导人的失败"和"学衡派"核心人物的人性本色。

性情温和,以改良发声立言的胡适,坚守和平渐进改革的自由主义路径。因此,后来所谓"全盘西化"、"打倒孔家店"的帽子都是被人强加上的。他从没有如此激进的言辞。他为北京大学教授吴虞的《吴虞文录》写序时,称道吴虞是"只手打孔家店的老英雄"。"打孔家"和"打倒孔家店"所表现出来的含义有着较大的差异:前者只是一种"打"的行为;而后者则是行为的结果。同时他说吴虞是中国思想上的"清道夫"。这更明确不过了,那就是要清扫中国思想大道上,后来绑架在孔子学说的纲常礼教,以及被帝制复辟鼓吹者用来当护身符的东西。要"打"和"清扫"的都是这些东西。因为这些东西是人的解放和个性自由的障碍。何况"孔家店"作为中国文化的命脉和精神粮站也是割不断、打不倒的。胡适后来在口述自传时也说当时自己并不反对儒家,还专门写有《说儒》的长文。《新青年》的反孔和《学衡》的尊孔是明显的对立行为。重识"新青年派"和"学衡派",自然要面对这个关联传统文化的大问题。

先回到1917年胡适浮出中国思想文化界的语境中,从正在崛起的两位新文化领导人言论的来看其精神状态。

胡适1917年在美国写博士论文时就明确指出:"如果对新文化的接受不是有组织的吸收的形式,而是采取突然替换的形式,因而引起旧文化的消亡,这确实是全人类的一个重大损失。因此,真正的问题可以这样说:我们应怎样才能以最有效的方式吸收现代文化,使它能同我们的固有文化相一致、协调和继续发展?"这和五年之后即1922年吴宓为《学衡》所写的宗旨"昌明国粹,融化新知"完全一致。他说,解决这个重大问题的办法,"唯有依靠新中国知识界领导人物的远见和历史连续性意识,依靠他们的机智和技巧,能够成功地把现代文化的精华与中国自己的文化精华联结起来"[18]。他顺应时势,登高而招,顺风而呼,自然成为"新中国知识界领导人物"。

有着留学日本经历的太炎门生、北京大学教授钱玄同在1917年1月1日的日记中写道:"往访尹默,与谈应用文字改革之法。余谓文学之文,当世哲人如陈仲甫、胡适之二君,均倡改良之论,二君邃于欧西文学,必能为中国文学界开新纪元。"[19]1月20日,他又明确指出:"大凡学术之事,非知识极丰富,立论必多拘墟,前此闭关时代,苦于无域外事可参照,识见拘墟,原非得已。今幸五洲交通,学子正宜多求域外智识,以与本国参照。域外智识愈丰富者,其对于本国学问之观察亦愈见精美。乃年老者深闭固拒,不肯虚心研求,此尚不足怪,独怪青年诸公,亦以保存国粹者自标,抱残守缺,不屑与域外智识相印证,岂非至可惜之事?其实欲昌明本国学术,当从积极着想,不当从消极着想。旁搜博采域外之智识,与本国学术相发明,此所谓积极着想也;抱残守缺,深闭固拒,此所谓消极着想也。"[20]这可以看做是钱玄同对"新中国知识界领导人物"的最好响应。

新文化运动高涨后,新文学革命应运而起。当时的白话新文学为习惯于古体诗词曲赋的旧派文人所反对,是一种常态,也是可以理解的。但1922年1月《学衡》创刊,留学归来并非遗老的学界新秀梅光迪、吴宓、胡先骕等公开反对白话新文学,却成了一个奇特的文化现象,成为钱玄同五年前即感知到的"消极着想"。这种反潮流行为也正是《学衡》一出现立刻受到广泛关注的一个重要原因。

事实上,"新青年派"、"新潮派"和"学衡派"都在为古老中国寻求现代的转机,即中国文化的复兴。"文艺复兴"一词在晚清、民国文化教育界广泛使用,且出现的频率很高。这与清朝满族统治中国268年有关:既是大汉民族推翻异族统治重新君临天下后,统一多民族国家重建的文化需求(复古求新,重建文化秩序),也是应对西方外来文明冲击时,知识分子的文化回应。清末民初"国粹派"的"复兴"言论和稍后梁漱溟等"新儒家"的"复兴"论这里不讲,只看"学衡派"与"新青年派"、"新潮派"的复兴之说。1915年10月5日吴宓在清华学校读书时,把将来要创办的报刊的名字都想好了,他在日记中说他日所办之报的英文名Renaissance(《文艺复兴》),意在"国粹复光[沈按:疑"兴"之误排]"[21]。而1919年1月北京大学胡适的学生所办刊物《新潮》的英文译名也是Renaissance。但"名同实异",呈现出"积极"与"消极"的极大差别。这种"消极"也就是梅光迪所说的"缺乏创造性"。1933年,胡适在美国做了多场演讲,演讲内容结集为《中国的文艺复兴》。他甚至更强调这一"复兴"并未完成,且是在进行之中的。随后他一直在讲"文艺复兴",一直讲到1950年的台湾。1949年以后的台湾,文化教育界仍延续着"学衡派"("宣传部长"、"教育部长"张其昀为代表)与以"新青年派"、"新潮派"(台湾大学校长傅斯年、中央研究院院长胡适、党史委员会主任罗家伦)为代表的两方势力的较量。1962年2月,胡适病逝于台北。恰好这一年,"学衡派"主要成员张其昀在台北阳明山创办中国文化学院(中国文化大学前身),同时新出的校刊干脆直接取名《文艺复兴》。随后他又参与策划影印《学衡》、《史地学报》两大杂志。1966年11月12日,相对于大陆爆发的"文化大革命",台湾为纪念孙中山百年诞辰,由孙科、陈立夫、张其昀等发起"中华文化复兴运动",并将这一天定为"中华文化复兴节"。

我在《"学衡派"谱系——历史与叙事》一书中曾明确指出,梅光迪在《人文主义和现代中国》、《评〈白璧德——人和师〉》两篇文章中把20世纪20年代至30年代"学衡派"活动视为中国的一场人文主义运动,他甚至说这是"儒家学说的复兴运动"。同时梅光迪也承认"这样的一次运动没有引起广泛的注意,得到公平的待遇",是"因为缺乏创造性等因素"[22],自然也是"中国领导人的失败"[23]。其失败的原因有两点曾被我引述:

> 一是因为它与中国思想界胡适等新文化派,花了一代人的时间与努力想要建成和接受的东西完全背道而驰。二是因为他们自身缺乏创造性,甚至没有自己的名称和标语口号以激发大众的想象力。从一开始,这场运动就没能提出和界定明确的议题。领导人也没有将这样的问题弄清

楚,或者只看到了其中的一部分。因此,它对普通学生和大众造成的影响不大。《学衡》的原则和观点给普通的读者留下的印象是:它只是模糊而狭隘地局限在一些供学术界闲时谈论的文史哲问题上。梅光迪的反思和总结与罗杰·斯克拉顿在《保守主义的含义》中所说的相通:"因为,保守主义者缺乏明确的政治目标,因而无法提供任何能够激发大众热情的东西。"[24]

竺可桢在1946年1月27日梅光迪追悼会后所写的日记中,特别指出梅光迪"喜欢批评胡适之,亦以适之好标榜,而迪生则痛恶宣传与广告也"。这正是梅光迪反思自己作为领导人失败的原因之一,即"没有自己的名称和标语口号以激发大众的想象力"。对此梁实秋之说更为简明:"只是《学衡》固执的使用文言,对于一般受了五四洗礼的青年很难引起共鸣。"[25]

我个人以为,综合上述之说,即"他们自身缺乏创造性"和"固执的使用文言"是"失败"的主要因素。在《学衡》上批评新文化—新文学的几篇重要文章出自梅光迪、胡先骕、吴宓之手,但他们无法提出具体的富有创造性、建设性的意见。三个留学生出身的教授,两个讲西洋文学,一个用西洋的方法研究植物分类学。他们的教学和研究与"国粹"关联不大。而真正研究"国粹"的汤用彤、王国维、陈寅恪等学者,却并不局限于古今、中西、新旧、有用无用之辩,成为新文化运动的同路人,也同时成为胡适的朋友。"昌明国粹,融化新知"之说较张之洞时代的"中学为体,西学为用"还要笼统、宏大。但落实到学者的具体工作上,却被梅光迪视为"它只模糊而狭隘地局限在一些供学术界闲时谈论的文史哲问题"。吴宓甚至在《空轩诗话》中,把《学衡》作者叶玉森的甲骨文研究视为"糟粕"。他视从事专门"考据"研究的国际著名汉学家伯希和为"愚妄之人",他在给溥仪的英文老师庄士敦的信中说自己"对目前从事的所谓国学研究不感兴趣"。游学法国时,他在给浦江清的信中说自己不喜欢从事"考据"工作的学者。原因是他们的工作避开了所有对古代圣贤和哲人伟大道德理念的哲学讨论,"难与语精神文艺"[26]。

1921年7月31日,胡适在南京高等师范学校的"暑期学校"演讲之后,就曾看到学生缪凤林送来柳诒徵即将在新创刊的《史地学报》上刊发的《论近人讲诸子之学者之失》的文稿,胡适看后表示:"他的立脚点已错,故不能有讨论的余地。"这也正是《学衡》出现时,胡适不屑与之交手的自信所在。胡适认为1922年1月《学衡》创刊时高调反对白话文,而白话文运动已经大胜,文学革命早过了讨论期,"反对党已破产了",并且在两年前(1920年1月24日)也已通过了近似教育立法式由以代理教育部总长(教育次长代理部务)傅岳棻的名义,发出《教育部令第七号》,通令全国各国民学校先将一二年级的国文改为语体文,即白话文。以国民基础教育为方式的语言运动的进化是不可抗拒的,倒退更是不可能。1923年1月3日,钱玄同日记记有:"宇众因谓教育界亦极可悲观:南开主张读经,东大有《学衡》和《文哲学报》。这都是反六七年来新文化运动的现象。我觉得这种现象并不足悲,而且有了这种现象,新文化更加了一重保障。你看,袁世凯称了一次皇帝,共和招牌就钉牢了一点;张勋干了一次复辟的事,中华民国的国基就加了一层巩固:这都是很好的先例。"[27]

因此,我在前期的研究中,曾称这是文化保守主义者的语境错位。以至于新文化运动百年后,我在重识"新青年派"和"学衡派"时,自信语言工具变革的成功大大超越了思想文化的变革。思想文化的倒退、前进几经反复,时而因政治干预,甚至会被否定。但语言工具的变革彻底改变了国民的生活,成为最大的赢家。

同时,中国与世界的沟通与交流,也极大地改变了学者的视野和知识结构,尤其是改变了由传统走向现代的文人的世界观、价值观和人生观。反对白话文的梅光迪后来为自己孩子学习白话文进步很快而高兴,以至于他1938年当选为国民参政会参议员后,在1944年提交的《国民参政会提案二件》中,反对国人"故步自封",主张战后"请教育部通令国立各大学增设东方语文系","改国立各大学现有之外国语文学系为西方文学系",使得"吾人改变观念,重新估价,以弥过去之缺陷,以作未来之准备"[28]。这是梅光迪自1922年9月在东南大学创立中国第一个"西洋文学系"(尽管只存在一年)后,又一次为中国大学的学科建设留下的一项积极宝贵的建言。1945年12月27日,梅光迪在遵义病逝,他所倡议在中国各大学"增设东方语文系"的主张,首先在1946年胡适回国执掌北京大学时实现了。胡适聘请自德国留学十年归来的原清华毕业生季羡林在北京大学创建了中国第一个"东方语文系"。梅光迪的建言在中央大学和浙江大学都没有反应,倒是在北京大学实现了。这可以看做是梅光迪"积极"建言的"结果"。和胡适相比,梅光迪确实是时运不佳,在美国和胡适讨论文学改良,把胡适"逼上梁山",胡适回国发动文学革命,取得空前的成功,他却落入"学衡派"的消极对抗,根本无力与新文化对决的狭小阵营。自创中国第一个"西洋文学系",却因自己和本系女学生谈恋爱,被本校的反对势力借机吞并掉了。首倡在中国大学设立"东方语文系",自己不争气的身体却垮掉了,又被胡适当校长的北京大学拔得头筹。

梅光迪在国民参政会还反对设立专门的"国学"。他说："谓今日焉有不识西文之国学家？焉有不治外国学问之国学家？"对此，当1940年国民党中央组织部长朱家骅牵头的"管理中英庚款董事会"（后改名为"中英文教基金董事会"）要增设"国学"一科时，傅斯年又站出来把它砸了。傅斯年在1940年7月8日致信朱家骅，反对"管理中英庚款董事会"内增设"国学"一科时，就引用了梅光迪之说。傅斯年信中说：

> 民国元年严右陵到京师大学，即废经科改入文科，是时蔡子（民）师在教部，废各地之存古学堂，皆有见于此也。以后文史之学大有进步，以质论，以量论，皆远胜于前，其所以致此者，即以学者颇受近代化，分科治之。上次参政会中有此提案，梅光迪痛驳之，谓今日焉有不识西文之国学家？焉有不治外国学问之国学家？国家何事奖励此等冬烘头脑之国学家？梅本国粹主义，而其言如此，实以彼有外国文学之基础，故与教育部莫名其妙者不同也。
>
> 今贵会已有历史、语言等科，如再设所谓国学，将何以划分乎？兄必不信冬烘头脑在今日可以治学问；然于史学，语学之外而有此，无异奖励此辈。教育部年来之开倒车，无足怪，乃兄亦谓必不可少，似亦颇受流俗之影响，今日之事，有近代训练者，于"国术"、"国学"、"国医"诸问题，皆宜有不可动摇之立场，所望于兄者，在主持反对此等"废物复活"之运动，奈何贵会复徇流俗也。且十四年前，兄在中山大学时始办语言历史学研究所，弟亦躬与其役，一时于风气之转变，颇有影响，今设国学，无异反其道而行之矣。
>
> 且贵会已有历史、语言等科，则治所谓"国学"而有近代训练者，必不至见遗，何事多此一科，反为叠床架屋乎？且此辈治"国学"者，老幼不齐，要多反对近代化，贵会如办理此项补助，要求者必不可胜数，办理者无从下手，而自多事矣。故弟于兄"必不可少"之意见，转以为"必不可有"……[29]

在教育界和学术界，傅斯年的意见是可以直接影响胡适、朱家骅的决策的。他发现了反新文化的梅光迪的这一转变，并顺势加以利用。

最后，我要揭示纠缠在吴宓、梅光迪内心深处情与理的矛盾，以及由此矛盾所导致的内在分裂、冲突。人性的自然法则潜藏在生活的细节中，所谓"千里之堤毁于蚁穴"就是最好的说辞。"学衡派"核心人物精心构筑的抗拒胡适及新文化—新文学浪潮的堤坝,同时也自毁于他们人性的"蚁穴"。

"学衡派"主要成员,都曾说过他们从白璧德那里接受的新人文主义思想,是与孔子的中庸、中和、节制、纪律相通的。但梅光迪和吴宓两人的个人行为却与他们的主张存在着巨大的逆差、冲突,最终两人遵从了人性的自然法则。这是我在本书的"人事"中所要揭示的细节。

梅光迪1910年与胡适、竺可桢、赵元任一起参加庚款留学美国考试时落败,第二年才考试成功。出国留学之前在安徽宣城老家,他与邻村姑娘王葆爱结婚,先后育有两子,大儿夭折。仅婚姻而言,他与胡适走的路,截然相反。

就"中国领导人的失败"这个话题,我还可以找到更为深刻的内在原因。吴宓闹离婚追求毛彦文时,"学衡派"成员郭斌龢就指出他的行为与他的人文主义主张和《学衡》所倡导的节制、持中的理性精神不相符,也不利于人文主义在中国推行。朱自清当面对吴宓说,外间的人大都以为吴宓离婚与他平时的学说不相符合。以至于在毛彦文102岁那年,我专程到台北访问她时,她说吴宓是书呆子,对她的爱是单方面的。梅光迪在东南大学只干了三年,他创建的西洋文学系只存在一年。梅光迪下台、西洋文学系被撤销的一个重要的原因是,此时已有妻儿的梅光迪与西洋文学系女生李今英热恋,这一"婚外恋"成为校内人人皆知的一大新闻。1901年出生于美国加州圣地巴巴那埠的李今英,祖籍广东中山,7岁时随家人返回故乡,自然是被美国文化和五四新文化养育的新女性。梅光迪本是《学衡》发起人,是东南大学反对胡适及北京大学新文化运动时举大旗的人物,却自我沦陷到他们所反对的新文化运动领袖所倡导的自由恋爱、自由婚姻的个性解放的沟壑之中(四年之后吴宓也蹈此覆辙)。这场"师生恋",发生在梅光迪本人和保守的东南大学招收的第一届女生之间,作为首任西洋文学系主任,梅光迪公私难辨,授人以柄。这事当然被张谔等英文系的势力拿来当作攻击的炮弹。梅光迪自掘堤坝,新文化的巨浪倒灌沟壑。内外两大势力不期相遇,从而摧毁了民国大学的第一个西洋文学系。也可以说是一场"师生恋"助力冲垮了一个西洋文学系。

梅光迪在东南大学待不住了,他只好经赵元任推荐远走美国哈佛大学教汉语。最终是梅光迪抛弃了妻儿,"师生恋"修成正果(1927年9月梅光迪在上海与李今英正式结婚。随后的境遇就大不一样了。梅光迪与前妻王葆爱的次子梅燮和在宣城老家,1957年被打成"右派"。梅光迪与李今英所生的长女梅仪慈在美国研究新文学作家丁玲,成为大学教授)。但作为《学衡》发起人和"学衡派"扛大旗者,他再也无力与他反对的胡适之交手了。吴宓从梅光迪那里接过《学衡》的大旗,为了生存,在反对新文化—新文学方面明显收敛了许多。胡适提倡新文化、新道德,主张自由恋爱、自由婚姻,自己却守住包办婚姻,从而获得商务印书馆元老高梦旦等老派文化革新人物的敬重。双方都存在着思想与行为的逆差、冲突(双向交叉逆行),交战时得分却大不相同。这是梅光迪、吴宓的性格悲剧。吴宓的小女儿吴学昭对父亲评价时指出了他的"悲剧性格",并引用 Novalis(诺瓦利斯)的一句话"性格即命运"[30]。

梅光迪孤傲、狷洁,眼高手低,在世时只写过几篇文章。胡先骕说梅光迪与胡适之旗鼓相当时输在懒上。眼下一卷本《梅光迪文存》和四十四卷本并不全的《胡适全集》放在一起,作为学人的懒与勤更清楚了。我当然不是以字数多少论学术,这本《梅光迪文存》也实比《论语》多出许多字来。我说他是以反对新文化的姿态出现,却自觉地走上了新文化阵营郭沫若、郁达夫、徐志摩"家庭革命"的路,从此也就失语了。这就是藏在细节中的魔鬼。一个有着宏大文化使命担当的教授,不循于理,却从于情。以反对胡适及新文化—新文学出声的教授,却最先享受到新文化—新文学带来的女子教育、自由恋爱、自由婚姻的"革命性"成果。知人论世、论事,人、事、文互为关联,是我"学衡派"研究工作的立足点。

这项工作只是我将以前学术研究积累的资料加以整理,并非刻意为之。近二十年来,是这些基本史料支撑着我的"学衡派"研究,并先行完成了《回眸"学衡派"——文化保守主义的现代命运》[31]和《"学衡派"谱系——历史与叙事》;熟悉后,不忍任其散落,于是就有了这份史料的大团圆。

对于已经成为历史的"学衡派"而言,进入其历史深处,或还原其本相,或唤起历史记忆都只是一种相对的说辞,但我以为通过他们立言的报刊,辅以日记、书信佐证,是接近其语境、唤起记忆的最好办法。编年史的最大益处在于它告诫后人历史既不可假设,也不可超越,更无法遗忘。

注释:

[1] 吴宓:《吴宓自编年谱》第 229 页,生活·读书·新知三联书店,1995。
[2] 张其昀:《〈中华五千年史〉自序》(一),《张其昀先生文集》第 20 册第 10841 页,(台北)中国文化大学出版部,1989。
[3] 张其昀:《六十年来之华学研究》,《张其昀先生文集》第 19 册第 10257 页,(台北)中国文化大学出版部,1989。
[4] 沈卫威:《民国大学的文脉》第 245-248 页,人民文学出版社,2014。

[5] 吴宓:《吴宓日记》第Ⅷ册第176页,生活·读书·新知三联书店,1998。

[6] 胡适:《胡适全集》第33卷第524页,安徽教育出版社,2003。

[7] 沈卫威:《文化保守主义的历史命运》,《中国图书评论》2011年第6期。

[8] 吴学昭整理、注释、翻译:《吴宓书信集》第401页,生活·读书·新知三联书店,2011。

[9] 吴宓:《吴宓日记续编》第Ⅴ册第160-161页,生活·读书·新知三联书店,2006。

[10] 陈寅恪:《金明馆丛稿二编》第246页,生活·读书·新知三联书店,2001。

[11] 陈寅恪:《冯友兰著〈中国哲学史〉下卷审查报告书》,天津《大公报·文学副刊》第268期,1933年2月20日(文集的文字与最初发表的文字有出入,这里引用原刊文本)。

[12] 吴定宇:《学人魂·陈寅恪传》第185-186页,上海文艺出版社,1996。

[13] 吴学昭整理、注释、翻译:《吴宓书信集》第384页,生活·读书·新知三联书店,2011。

[14] 吴学昭整理、注释、翻译:《吴宓书信集》第427-428页,生活·读书·新知三联书店,2011。

[15] 吴学昭整理、注释、翻译:《吴宓书信集》第379页,生活·读书·新知三联书店,2011。

[16] 吴学昭整理、注释、翻译:《吴宓书信集》第205页,生活·读书·新知三联书店,2011。

[17] 《傅斯年致胡适》,中国社会科学院近代史研究所中华民国史组编:《胡适来往书信选》(中)第475页,中华书局,1979。

[18] 胡适:《胡适全集》第5卷第10-11页,安徽教育出版社,2003。我曾就此问题发表过相关论述,参见沈卫威:《现代中国的人文主义思潮导论》,载《文艺研究》2004年第1期。

[19] 杨天石主编:《钱玄同日记》(整理本)上册第296页,北京大学出版社,2014。

[20] 杨天石主编:《钱玄同日记》(整理本)上册第303页,北京大学出版社,2014。

[21] 吴宓:《吴宓日记》第Ⅰ册第504页,生活·读书·新知三联书店,1998。

[22] 梅铁山主编、梅杰执行主编:《梅光迪文存》第186页,华中师范大学出版社,2011。

[23] 梅铁山主编、梅杰执行主编:《梅光迪文存》第243页,华中师范大学出版社,2011。

[24] 沈卫威:《"学衡派"谱系——历史与叙事》第455-456页,江西教育出版社,2007。

[25] 梁实秋:《影响我的几本书》,《中华散文珍藏本·梁实秋卷》第133-134页,人民文学出版社,2001。

[26] 沈卫威:《民国大学的文脉》第10-12页,人民文学出版社,2014。

[27] 杨天石主编:《钱玄同日记》(整理本)中册第494页,北京大学出版社,2014。

[28] 梅铁山主编、梅杰执行主编:《梅光迪文存》第254页,华中师范大学出版社,2011。

[29] 王汎森、潘光哲、吴政上主编:《傅斯年遗札》第二卷第821-822页,社会科学文献出版社,2015。

[30] 吴宓:《吴宓自编年谱》第263页,生活·读书·新知三联书店,1995。

[31] 沈卫威:《回眸"学衡派"——文化保守主义的现代命运》,人民文学出版社,1999。

上 卷

1902 年

1 月

10日，吏部尚书张百熙（冶秋，1847—1907）被任命为管学大臣，掌管京师大学堂。

2 月

8日，因"戊戌变法"而亡命日本横滨的梁启超（卓如，1873—1929）创办《新民丛报》。

本月，管学大臣张百熙向光绪皇帝奏荐吴汝纶（挚甫，1840—1903）为京师大学堂总教习。

3 月

上旬，陈独秀（仲甫，1879—1942）自日本回到国内。

24日，掌管江南陆师学堂及新附设矿务铁路学堂的俞明震（恪士，1860—1918），受刘坤一（岘庄，1830—1902）指令，以江南陆师学堂总办的名义亲自护送陈衡恪（师曾，1876—1923）、陈寅恪（1890—1969）、周树人（鲁迅，1881—1936）、芮石臣（顾琅）、张协和（邦华）、伍仲文（崇学）等24人乘日轮"大贞丸"由南京出发，去日本留学，同时考察日本教育。

本月，梅光迪（觐庄，1890—1945）在安徽宣城参加科举童试。少年才子的这份荣光成了他后来走向文化保守的重要起点，也是他无法自我化解的文化情结。

5 月

8日，刘坤一等致张之洞（香涛，1837—1909）书，动议在宁筹办高等师范学堂。

8日,山西巡抚岑春煊(云阶,1861—1933)和英国传教士李提摩太(1845—1919)联合,利用山西省被迫支付英国"庚子赔款"的五十万两白银,创办山西大学堂。

15日,刘坤一奏陈筹办高等学堂。

6月

9日(农历5月4日),吴汝纶从天津出发,到日本考察学制,取法日本的国民教育模式,为中国教育开改革新路。吴汝纶日本之行的最大收获是仿照日本的"东京语"(日本国语),明确以"京城声口"作为国语发声的基础。

17日,满族正红旗人英华(敛之,1867—1926)在天津法租界创办《大公报》。

8月

10日(农历7月7日),严修(范孙,1860—1929)自天津启程,到日本考察学制。

10月

22日(农历9月21日),吴汝纶回到上海。

30日(农历9月29日),严修回到上海。

11月

27日(农历10月28日),梁启超主编的《新小说》在横滨创刊。该刊附设于《新民丛报》。

本年,安庆敬敷书院更名为安徽大学堂。

1903年

2月

5日,张之洞上创办三江师范学堂奏折,称:"两江总督兼辖江苏、安徽、江西三省。……创建三江师范学堂一所,凡江苏、安徽、江西三省士人皆得入堂受学。"

12月

据王照(小航,1859—1933)《官话合声字母》一书的附录所示:29日(农历11月11日),直隶大学堂学生王用舟、何凤华、刘奇峰、张官云、世英、祥懋等上书直隶总督袁世凯(慰廷,1859—1916),请他"奏明颁行官话字母,设普通国语学科,以开民智而救大局事"。袁世凯批示:"据禀已悉,国民普及教育,必由语文一致,而成为东西各国之通例。该学生等所呈《官话合声字母》以及切合音之法,包括一切语文,与吾国古时文字单简假借同音之例,初不相背,果能通行无阻,诚如日本伊泽氏所谓简要器具者。"

本年,王照自天津到北京创立官话字母义塾,木版刻印《官话合声字母》。直隶总督袁世凯长子克定得其书,授其弟克文,克文年幼,能无师自通。袁世凯本人因此高兴,而赞成官话字母,所以黎锦熙(1890—1978)在《国语运动史纲》中说"给王照的'官话字母'作护法的,除严修、吴汝纶两氏外,还有一个力量更大的,便是太子少保北洋大臣直隶总督袁世凯"。

1904 年

1月

13日(农历1903年11月26日),张百熙和荣庆、张之洞起草《重订学堂章程折》、《奏定大学堂章程》、《奏定学务纲要》。其中《奏定学务纲要》中的"各学堂皆学官音",采纳了吴汝纶的主张:

各国言语,全国皆归一致,故同国之人,其情易洽,实由小学堂教字母拼音始。中国民间各操土语,致一省之人,彼此不能通语,办事动多扞格。兹拟以官话统一天下之语言。故自师范以及高等小学堂,均于中国文一科内附入官话一门。其练习官话,各学堂皆应用《圣谕广训直解》一书为准。将来各省学堂学员,凡授科学,均以官音讲解,虽不能遽如生长京师者之圆熟,但必须读字清真,音韵朗畅。

本年初(农历1903年底即光绪二十九年腊月)开始,王照的官话字母教学就与袁世凯北洋军系的军事教育相结合。这从王照"光绪三十年九月替常备军第三镇作的"《对兵说话》一书的序言《衍说学官话字母要紧》可以知道,"自从光绪二十九年腊月,袁宫保就商量,教各军营里的人,学习这官话字母。如今商量定了,教咱们军营的人,无论官长头目兵丁,都得学习。"

2月

胡适(洪骍,1891—1962)从安徽绩溪到上海入梅溪学堂。

3月

胡先骕(步曾,1894—1968)在南昌府参加童试,得江西按察使沈曾植(子培,1850—1922)的赏识。少年时代的这一经历是他后来走向文化保守的重要因素。

10月

据王照《官话合声字母》一书的附录所示:直隶学务处针对丰润县王金绶等禀,起草了呈袁世凯的复文:"今该生等所呈字母拼音书与日本之片假名略同,而纯拼单音尤为省便。桐城吴京卿所谓妇孺习之兼旬即可自拼字画,彼此通书,盖确有证据之言,非虚语也。此教育普及之说也。……今该生等所呈官话字母拼音,虽仅为下等人急就之法,而用意亦隐与暗合,且能解此法,于习官话者尤为捷便。吴京卿所谓此音尽是京城声口,尤可使天下语音一律,亦非虚语也。此语言统一之说也。"

本年安徽大学堂更名为安徽高等学堂。

1905年

春,胡适转入上海澄衷学堂。同班同学有竺可桢(藕舫,1890—1974)等。

9月

2日,袁世凯、张之洞奏请立停科举考试,以便推广新式学堂教育。清廷诏准自1906年开始,所有乡会试一律停止,各省岁科考试亦即停止,并令学务大臣迅速颁发各种教科书,在府厅州县的乡城各处开办蒙小学堂。

12 月

9日,钱玄同(夏,1887—1939)随兄钱念劬(恂,1853—1927)自上海赴日本留学。

本年,梅光迪考入安徽高等学堂。

1906 年

3 月

15日,严复(又陵,1854—1921)出任安徽高等学堂总办(监督)。
夏,胡适考入上海中国公学。

10 月

1日,三江师范学堂易名两江师范学堂。

12 月

初,吴宓(雨僧,1894—1978)考入陕西三原宏道高等学堂预科。

1907 年

6 月

8日,严复辞去安徽高等学堂总办(监督)职务。
夏,梅光迪自安徽高等学堂肄业。
秋,梅光迪、陈寅恪入上海复旦公学,与刘永济(弘度,1887—1966)同学。

1908 年

2 月

两江师范学堂监督李瑞清（仲麟，1867—1920）聘请柳诒徵（翼谋，1880—1956）为历史教习。

夏，竺可桢转入复旦公学，与陈寅恪同班（丁班）同桌。

本年，汤用彤（锡予，1893—1964）考入北京顺天学堂。

1909 年

秋，因中国新公学沦亡，寄寓上海的胡适，经宗兄胡绍庭介绍，认识了在复旦公学读书的梅光迪。

据卞僧慧《陈寅恪先生年谱长编（初稿）》所示：陈寅恪以丁班第一名94.2分的成绩，毕业于复旦公学。竺可桢是第四名86.6分。

1910 年

7 月

3日，胡适到达北京，与梅光迪一同参加第二批庚款留学美国官费考试。胡适、竺可桢、赵元任（1892—1982）等考中，梅光迪落榜。

8 月

18日，胡适自上海乘船赴美。

9 月

胡适、赵元任入康奈尔大学。竺可桢入伊利诺大学农学院。

据书同《略述梅光迪先生其人其事》所示：本年，梅光迪与王葆爱(1888—1960)结婚。并于1911年、1924年先后生育两子，第一个夭折。

1911 年

4月

29日，吴宓、汤用彤入清华学校学习。

8月

梅光迪通过清华学校留美生资格考试，赴美国威斯康星大学学习。

10月

10日，武昌起义爆发。

1912 年

1月

1日，中华民国成立。孙中山(1866—1925)出任中华民国临时大总统。本月，胡适自康奈尔大学农学院转到文学院学习。

2月

13日，孙中山辞去临时大总统职务。
15日，南京参议院正式选举袁世凯为临时大总统。

3月

10日，袁世凯在北京就职中华民国临时大总统。

10月

24日，教育部《大学令》确立中华民国大学的文、理、工、法、商、医、农"七科"之学。

11月

月初,胡先骕自上海乘船赴美留学。

12月

教育部成立"读音统一会筹备处",由吴敬恒(稚晖,1865—1953)任主任,并制定读音统一会章程八条。章程确立了读音统一会的职责,就是要审定每一个字的标准读音,作为"国音"。同时议定各省两名代表,蒙、藏和华侨各一名,专家若干人,于1913年2月15日—5月22日,在北京开会,审定生字读音和注音字母。

1913年

1月

12日,教育部颁布的《教育部令第一号》的《大学规程》第二章《学科与科目》,又将文学门分为国文学(中国文学)、外国文学与言语学,中国文学系在文科建制中也日趋独立。

2月

胡先骕入加州柏克莱大学农学院。

本月15日—5月22日,"读音统一会筹备处"在北京开会,审定生字读音和注音字母。

秋,梅光迪转入西北大学。竺可桢转入哈佛大学。

10月

10日,袁世凯就任中华民国大总统。

1914 年

8 月

30 日,江苏省民政长韩国钧(紫石,1857—1942)委任江谦(易园,1876—1942)为南京高等师范学校校长,筹办南京高等师范学校。

9 月

本月,梅光迪在《留美学生季报》第 1 卷第 3 号发表《民权主义之流弊论》。

1915 年

1 月

17 日,江谦到南京,开始在原两江师范学堂基础上筹建南京高等师范学校。

8 月

11 日,南京高等师范学校正式招生。
夏,在美国留学的胡适开始与梅光迪、任叔永等讨论文学改良之事。

9 月

10 日,南京高等师范学校开学。
15 日,陈独秀主持的综合性文化月刊《青年杂志》在上海创刊。
17 日,梅光迪要往哈佛大学从师文学批评家白璧德(1866—1933)深造。临行前,胡适做了一首长诗送给他,其中一段颇为大胆:

　　梅生梅生毋自鄙！神州文学久枯馁,
　　百年未有健者起,新潮之来不可止；
　　文学革命其时矣！吾辈势不容坐视,

且复号召二三子，革命军前杖马箠。
鞭笞驱除一车鬼，再拜迎入新世纪！
以此报国未云菲，缩地裁天差可拟。
梅生梅生毋自鄙！

19日，任叔永在看到胡适的长诗后，做了一首游戏诗送给胡适：

牛敦爱迭孙，培根客尔文。
索虏与霍桑，"烟士披里纯"。
鞭笞一车鬼，为君生琼英。
文学今革命，作歌送胡生。

20日，胡适在去纽约的火车上用任叔永诗韵作答：

诗国革命何自始，要须作诗如作文。
琢镂粉饰丧元气，貌似未必诗之纯。
小人行文颇大胆，诸公一一皆人英。
愿共戮力莫相笑，我辈不作腐儒生。

21日，胡适入哥伦比亚大学研究院。

本年，教育部总长张一麐（公绂，1867—1943），呈请袁世凯批准设立注音字母传习所（所长王璞），希望能够"借语言以改造文字，即借文字以统一语言；期以十年普及全国"。

1916年

2、3月间，胡适在与梅光迪、任叔永等朋友的论辩中，明晰、确定了两个基本的文学观念：

一整部中国文学史，便是一部中国文学工具变迁史——一个文学或语言的工具去替代另一个工具。

一部中国文学史也就是一部活文学逐渐代替死文学的历史。

同时，他将这一具有历史进化意识的见解用长信传达给梅光迪。

4月

13日,梅光迪回信接受胡适的意见。胡适高兴之余,写下了《沁园春·誓诗》：

　　更不伤春,更不悲秋,以此誓诗。任花开也好,花飞也好,月圆固好,日落何悲?我闻之曰:"从天而颂,孰与制天而用之?"更安用,为苍天歌哭,作彼奴为!

　　文学革命何疑!且准备搴旗作健儿。要前空千古,下开百世,收他臭腐,还我神奇,为大中华,造新文学,此业吾曹欲让谁?诗材料,有簇新世界,供我驱驰。

16日,此诗第三次改定稿为:

　　更不伤春,更不悲秋!以此誓诗。任花开也好,花飞也好,月圆固好,落日尤奇。春去秋来,干卿甚事;何必与之为笑啼,吾狂甚,耻与天和地,作个奴厮。

　　文章要有神思。到琢句雕辞意已卑。定不师秦七,不师黄九;但求似我,何效人为;语必由衷,言须有物;此意寻常当告谁!从今后,待扫除陈腐,重铸新辞。

17日,胡适在日记中写有《吾国文学三大病》:

　　吾国文学大病有三:一曰无病而吟……二曰摹仿古人……三曰言之无物。

7月

6日,胡适在日记中追记了他上个月与任叔永、杨杏佛、唐钺所谈文学改良之法,并写下《白话文言文之优劣比较》(摘录):

　　今日之文言乃是一种半死的文字;今日白话是一种活的语言;白话并不鄙俗,俗儒乃谓之俗耳;凡文言之所长,白话皆有之;白话并非文言之退化,乃是文言之进化;白话的文学为中国千年来仅有文学;白话的文字既可读,又听得懂……

13日,胡适在日记中追记梅光迪对他"造新文学"主张的非难。梅光迪认为这显然是功利主义的文学观,是托尔斯泰、梁启超之辈所倡导的功利主义文学的余绪。

17日,梅光迪致信胡适,对其"文学革命"之说中的"活文字"、"活文学"提出不同意见。

从此,胡适与梅光迪持续讨论文学改良,胡适说自己是被梅光迪"逼上梁山",而发起文学革命的。

22日,胡适写下《答梅觐庄——白话诗》(节录):

"人闲天又凉",老梅上战场。
拍桌骂胡适,"说话太荒唐!"
说什么"中国要有活文学!"
说什么"须用白话做文章!"
文字岂有死活!白话俗不可当!
……

老梅牢骚发了,老胡呵呵大笑。
且请平心静气,这是什么论调!
文字没有古今,却有死活可道。
古人叫做"欲",今人叫做"要"。
古人叫做"至",今人叫做"到"。
古人叫做"溺",今人叫做"尿"。
本来同是一字,声音少许变了。
……

今我苦口哓舌,算来却是为何?
正要求今日的文学大家,
把那些活泼泼的白话,
拿来"锻炼",拿来琢磨,
拿来作文演说,作曲作歌——
出几个白话的嚣俄,
和几个白话的东坡。
那不是"活文学"是什么?

24日,梅光迪致信胡适,劝胡适不要"剽此种不值钱之新潮流以哄国人":

文章体裁不同,小说词曲固可用白话,诗文则不可。今之欧美,狂澜横流,所谓"新潮流"、"新潮流"者,耳已闻之熟矣。有心人须立定脚根(跟),勿为所摇。诚望足下勿剽此种不值钱之新潮流以哄国人也。

其所谓"新潮流"、"新潮流"者,乃人间之最不祥物耳,有何革新之可?

8月

21日,胡适在日记中写道:

我主张用白话作诗,友朋中很多反对的。其实人各有志,不必强同。我亦不必因有人反对,遂不主张白话……

新文学之要点,约有八事:(一)不用典;(二)不用陈套语;(三)不讲对仗;(四)不避俗字俗语;(五)须讲求文法;(六)不作无病之呻吟;(七)不摹仿古人;(八)须言之有物。

21日,胡适致信陈独秀,将他上述新文学革命之要点如数告知。

9月

1日,《青年杂志》自第2卷第1号改名为《新青年》。

10月

5日,陈独秀致信胡适,要他将上述要点写成文章,在《新青年》上刊登。陈独秀说:"文学改革,为吾国目前切要之事。此非戏言,更非空言,如何如何?《青年》文艺栏意在改革文艺,而实无办法。吾国无写实诗文以为模范,译西文又未能直接唤起国人写实主义之观念,此事务求足下赐以所作写实文字,切实作一改良文学论文,寄登《青年》。"于是,有了次年《新青年》上胡适的《文学改良刍议》。

12月

26日,据汪原放(1897—1980)《亚东图书馆与陈独秀》所示,蔡元培(孑民,1868—1940)被任命为北京大学校长的当天早上9时,就到前门外的一家旅馆找到了陈独秀,聘其为北京大学文科学长。同时陈独秀向蔡元培推荐胡适,说胡适实属可胜任文科学长一职的最上人选。

本年度,南京高等师范学校校长江谦作词、李叔同(1880—1942)谱曲的校歌确定,歌词如下:

大哉一诚天下动,如鼎三足兮,曰知、曰仁、曰勇。千圣会归兮,集成于孔。下开万代旁万方兮,一趋兮同。踵海西上兮,江东;巍巍北极兮,金城之中。天开教泽兮,吾道无穷;吾愿无穷兮,如日方暾。

尊孔成为这所学校的文化旗帜。

1917 年

1月

1日,胡适在《新青年》第2卷第5号上发表《文学改良刍议》。

1日,钱玄同在日记中写道:"往访尹默,与谈应用文字改革之法。余谓文学之文,当世哲人如陈仲甫、胡适之二君,均倡改良之论,二君邃于欧西文学,必能为中国文学界开新纪元。"

4日,蔡元培正式出任北京大学校长。

13日,蔡元培正式聘任陈独秀为文科学长。

据《胡适来往书信选》所知:本月,陈独秀致信在美国的胡适,说:"蔡子民先生已接任北京总长之任,力约弟为文科学长,弟荐足下以代,此时无人,弟暂充乏。子民先生盼足下早日回国,即不愿任学长,校中哲学、文学教授俱乏上选,足下来此亦可担任。"

20日,钱玄同在日记中写道:"大凡学术之事,非知识极丰富,立论必多拘墟,前此闭关时代,苦于无域外事可参照,识见拘墟,原非得已。今幸五洲交通,学子正宜多求域外智识,以与本国参照。域外智识愈丰富者,其对于本国学问之观察亦愈见精美。乃年老者深闭固拒,不肯虚心研求,此尚不足怪,独怪青年诸公,亦以保存国粹者自标,抱残守缺,不屑与域外智识相印证,岂非至可惜之事?其实欲昌明本国学术,当从积极着想,不当从消极着想。旁搜博采域外之智识,与本国学术相发明,此所谓积极着想也,抱残守缺,深闭固拒,此所谓消极着想也。"

2月

1日,陈独秀在《新青年》第2卷第6号上发表《文学革命论》。

  文学革命之气运,酝酿已非一日,其首举义旗之急先锋,则为吾友胡适。余甘冒全国学究之敌,高张"文学革命军"大旗,以为吾友之声援。旗上大书特书吾革命军三大主义:曰,推倒雕琢的阿谀的贵族文学,建设平易的抒情的国民文学;曰,推倒陈腐的铺张的古典文学,建设新鲜的立诚的写实文学;曰,推倒迂晦的艰涩的山林文学,建设明了的通俗的社会文学。

  ……

  有不顾迂儒之毁誉,明目张胆以与十八妖魔[沈按:指前后七子、归有光、方苞、姚鼐、刘大櫆]宣战者乎?予愿拖四十二生的大炮,为之前驱!

胡适在后来所写的《陈独秀与文学革命》一文中称道:

  他这篇文章有可注意的两点:(一)改我的主张而为文学革命;(二)成为由北京大学学长领导,成了全国的东西,成了一个严重的问题。他说庄严灿烂的欧洲是从革命来的,他高张文学革命军大旗,为中国文学开辟一个新局面,他有三大主义……这就是变成整个思想革命!

  最后,归纳起来说,他对于文学革命有三个大贡献:

  一、由我们的玩意儿变成了文学革命,变成三大主义;

  二、由他才把伦理道德政治的革命与文学合成为一个大运动;

  三、由他一往直前的精神,使得文学革命有了很大的收获。

4月

9日,胡适致信陈独秀,对其过激言辞表示不安(摘录):

  此事之是非,非一朝一夕所能定,亦非一二人所能定。甚愿国中人士能平心静气与吾辈同力研究此问题,讨论既熟,是非自明。吾辈已张革命之旗,虽不容退缩,然亦决不敢以吾辈所主张为必是而不容他人之匡正也。

陈独秀将此信刊发在《新青年》第3卷第3号上。

11日,胡适在日记中追记:"此次节假,觐庄、与擘黄皆来游纽约。吾与觐庄日日辩论文学改良问题。觐庄别后似仍不曾有何进益,其固执守旧之态仍不稍改。夫友朋讨论,本期收观摩之益也。若固执而不肯细察他人之观点,则又何必辩也?"

5月

1日,陈独秀致信胡适,态度更为强硬(节录):

鄙意容纳异议,自由讨论,固为学术发达之原则;独至改良中国文学,当以白话为文学正宗之说,其是非甚明,必不容反对者有讨论之余地,必以吾辈所主张者为绝对之是,而不容他人之匡正也。

6月

1日,胡适写下《文学篇》别任叔永、杨杏佛、梅觐庄。他说:"因念吾数年来之文学的兴趣,多出于吾友之助。若无叔永、杏佛,定无《去国集》。若无叔永、觐庄,定无《尝试集》。"

胡适在《留美学生季报》第4卷第2期上发表了记录他和梅光迪讨论文学的《新大陆之笔墨官司》。而这篇《新大陆之笔墨官司》是胡适后来写《逼上梁山》叙述文学革命在美国由讨论到孕育成熟的最初底本。

7月

10日,胡适回到上海。

8月

18日,吴宓跟随清华学校校长周诒春(寄梅,1883—1958)自上海乘船赴美国留学。

9月

18日,吴宓入弗吉尼亚大学学习文学。

21日,北京大学新学期开学,胡适开英国文学、英文修辞学、中国古代哲学史三门课,并创办哲学研究所,自己担任主任。

12月

30日,胡适在家乡与江冬秀结婚。

本年,刘师培(1884—1919)应蔡元培之聘,任北京大学教授。

1918 年

3 月

21 日,南京高等师范学校江谦校长因病辞职,教育总长傅增湘(沅叔,1872—1950)批示由教务主任郭秉文(鸿声,1880—1969)代理校长。

7 月

15 日,汪懋祖(典存,1891—1949)在《新青年》第 5 卷第 1 号上发表《致〈新青年〉的通信》,对《新青年》倡导新文学而又不许反对派"讨论是非"表示不满。为此胡适有《答汪懋祖》作复。

8 月

梅光迪与吴宓在美国相遇,因谈话投机而相约回国后与胡适再战。据《吴宓自编年谱》所示:

> 今胡适在国内,与陈独秀联合,提倡并推进所谓"新文化运动",声势显赫,不可一世。故梅君正在"招兵买马",到处搜求人才,联合同志,拟回国对胡适作一全盘大战……
>
> 梅君慷慨流涕,极言我中国文化之可宝贵,历代圣贤、儒者思想之高深,中国旧礼俗、旧制度之优点,今彼胡适等所言所行之可痛恨。昔伍员自诩"我能覆楚",申包胥曰:"我必复之。"我辈今者但当勉为中国文化之申包胥而已,云云。宓十分感动,即表示:宓当勉力追随,愿效驱驰,如诸葛武侯之对刘先主"鞠躬尽瘁,死而后已",云云。(《吴宓自编年谱》第 177 页)

9 月

吴宓受梅光迪影响,转入哈佛大学。
汤用彤入汉姆伦大学。
胡先骕到南京高等师范学校任教。

竺可桢获得哈佛大学博士学位后到武昌高等师范学校任教。

11月

23日,教育部以教育总长傅增湘的名义,颁布《教育部令第七五号》,正式公布注音字母。

1919年

1月

11日,钱玄同日记记有:"大学学生所办之《新潮》杂志第一册已出板(版),中以傅孟真、罗志希两君之文为最精彩。"

22日,钱玄同日记记有:"午后到大学里去买《国民》杂志一册,这杂志也是大学里的学生办的,但宗旨和《新潮》很不同,大致偏重保守一方面,看了觉得没有什么精彩。"

本月,陈寅恪入哈佛大学学习。

3月

汪懋祖在《留美学生季报》第6卷第1号上刊登的《送梅君光迪归圜桥(Cambridge, Mass, U.S.A.)序》(归国后,此序又刊1922年4月《学衡》第4期)明确表示和梅光迪意见一致,反对新文化—新文学运动。他说与梅光迪相识而成知音,且恨相见时晚。他对神州新化,吾国学者"泊于既狭且卑之实利主义。论文学则宗白话,讲道德则校报施"表示极大的不满。因为新文化运动导致数千年先民之遗泽被摧锄以尽,中国人的灵魂丧失。而梅光迪要"以文救国,驯至乎中道。当不迷其同而放所异"。汪懋祖最后说他"将攘臂奋首,以从君之后,而助成其业也",并以"坚其盟"为志向。这个"盟"即后来的"学衡派","业"即梅光迪在南京东南大学发起创办的反对新文化—新文学的《学衡》杂志。他们在1922年以后果真因《学衡》而聚到一起。

胡先骕在《东方杂志》第16卷第3号(1919年3月)上发表《中国文学改良论》(上),公开反对新文学。此文是转载,文后注有《南京高等师范日刊》。

30日,哥伦比亚大学教授、胡适的老师杜威偕夫人抵达上海。

5月

4日,北京爆发学潮。胡适的得意弟子傅斯年(1896—1950)为天安门学生游行的总指挥,罗家伦(1897—1969)为《北京学界全体宣言》的起草人。

26日,罗家伦以"毅"的笔名在《每周评论》第23期发表《"五四运动"的精神》一文,首次提出"五四运动"之说。

罗家伦在5月《新潮》一卷五期上刊出《驳胡先骕君的〈中国文学改良论〉》。罗文认为胡的《中国文学改良论》实是毫无改良的主张和办法,只是与白话文学吵架,其意见既不中肯,也不服人,而且意义文词都太笼统,不着边际。

7月

14日,吴宓在日记中记有今晚他与陈寅恪、汤用彤一同访问哈佛大学的白璧德教授。

24日,梅光迪致信胡适,说:"前日由叔永将来手书一纸,谢谢。嘱来北京教书,恨不能从命。一则今夏决不归国,二则向来绝无入京之望。"

本月,汤用彤转入哈佛大学。

8月

李思纯(1893—1960)、李劼人(1891—1962)等四川青年学子自费赴法国留学。

9月

本月,教育部正式任命郭秉文为南京高等师范学校校长。

黄侃(季刚,1886—1935)离开北京大学,到武昌高等师范学校任教。

10月

1日,南京高等师范学校"地学研究会"正式成立,共有会员67人。举龚励之为总干事。

11月

12日,吴宓在日记中记有:"近见国中所出之《新潮》等杂志,无知狂徒,妖言煽惑,耸动听闻,浼乱人心,贻害邦家,日滋月盛,殊可惊忧。又其妄言'白话文学',少年学子,纷纷向风。于是文学益将堕落,黑白颠倒,良莠不别。弃珠玉而美粪土,流潮所趋,莫或能挽。"(《吴宓日记》第Ⅱ册第 90-91 页)

20 日,刘师培因肺结核病逝于北京。

29 日,胡适为"国语统一筹备会"起草了标点符号议案修正新案。

30 日,胡适开始为"国语统一筹备会"起草议案。

本月,梅光迪归国,应聘南开大学,到达天津。

12 月

6 日,自美留学归国的张贻志(幼涵)任总编的《民心》周报在上海创刊发行。

21 日,胡适继续为"国语统一筹备会"谋划。

30 日,吴宓在日记中记有:"'新文学'之非是,不待词说。一言以蔽之,曰:凡读得几本中国书者,皆不赞成。西文有深造者,亦不赞成。兼通中西学者,最不赞成。惟中西文之书,皆未多读,不明世界实情,不顾国之兴亡,而只喜自己放纵邀名者,则趋附'新文学'焉。……夫'新文学'者,乱国之文学也。其所主张,其所描摹,凡国之衰之时,皆必有之……'新文学'者,土匪文学也。……今中国之以土匪得志者多,故人人思为土匪。"(《吴宓日记》第Ⅱ册第 114-115 页)

本月,刘伯明(经庶,1887—1923)任南京高等师范学校校长办公处副主任,行使副校长职权。

本学期南京高等师范学校"地学研究会"共组织五次学术演讲:

童季通:《地名之研究》(10 月 14 日)

柳诒徵:《人生地理学》(10 月 28 日)

童季通:《中国之旅行》(11 月 10 日)

黄任之:《南洋风土状况》(12 月 8 日)

陈苞荪:《斐列宾之现在与将来》(12 月 8 日)

1920 年

1 月

本月中旬,梅光迪的《自觉与盲从》,刊《民心》周报第 1 卷第 7 期。这是梅光迪去年11月回国之后,公开表示对新文化运动中不良现象的抵制态度。梅光迪在文章中认为,现在中国的文化阶段早已超越了改革物质文明的阶段,而居于精神文明改革的时代洪流中。在这个阶段,国内思想界领袖的变迁性压过了保守性,而在短促的时间内经历如许变迁,思想的浅陋是理势上的必然。另,陈独秀等人当时显然也注意到了新诞生的《民心》,他在1920年1月1日发表于《时事新报·学灯》上的《告上海新文化运动的诸同志》一文中就指出:"我很希望在上海的同志诸君,除了办报以外,总要向新文化运动底别种实际的改造事业上发展……就以办报而论,也要注重精密的研究,深厚的感情,才配说是神圣的新文化运动……我们所希望的,持论既不谬,又加上精密的学理研究才好……某杂志骂倒一切书报,除研究自然科学的都是鼓吹谬论,又没有举点证据出来,固然是很糊涂,我恐怕他这样非科学的笼统论调,要生出向后反动的流弊,所以上面不得不稍稍辩驳几句;至于他主张'发表一篇文字都要有学理的价值',(胡适之先生不主张离开问题空谈学理,我以为拿学理来讨论问题固然极好,就是空谈学理,也比二十年前的《申报》和现在新出的《民心》报上毫无学理八股式的空论总要好得多)。"

19日,南京高等师范学校"地学研究会"第二届选举,举诸葛麒为总干事,本届会员有73人。

23日,张东荪(1886—1973)的《读"自觉与盲从"》,刊《时事新报》。张东荪表示梅光迪在《民心》上的文章与自己的看法"未尽相合",同时也表示出对梅部分支持的态度,认为说出了一定的真理,并赞同梅认为新思潮确实有浅陋一面的观点。张认为梅不是在"单调的反对新思潮",呼吁大家都来当新思潮的诤友,而不是媚友。张东荪认为当诤友的第一条件是不可笼统,而梅就犯了这个错误。围绕着1919年底出现的《民心》这一个刊物,北大一派、研究系张东荪一派和后来的"学衡派"就在舆论场中展开了针锋相对的斗争。张东荪还是一贯秉持着稳健的思想理路来调和各派不同的意见。

24日,以代理教育部总长(教育次长代理部务)傅岳棻(治芗,1878—1951)的名义,发出《教育部令第七号》,通令全国各国民学校先将一二年级的国文改为语体文:

案据全国教育会联合会呈送该会议决《推行国语以期言文一致案》,请予采择施行;又据国语统一筹备会函请将小学国文科改授国语,迅予议行各等因到部。查吾国以文言分歧,影响所及,学校教育固感受进步迟滞之痛苦,即人事社会亦欠具统一精神之利器。若不急使言文一致,欲图文化之发展,其道无由。本部年来对于筹备统一国语一事,既积极进行,现在全国教育界舆论趋向,又咸以国民学校国文科宜改授国语为言;体察情形,提倡国语教育实难再缓。兹定自本年秋季起,凡国民学校一二年级,先改国文为语体文,以期收言文一致之效。合亟令行该□转令遵照办理可也。[沈按:原引文中□,保留]

2月

12日,吴宓在日记中记有:"又陈寅恪来,谈中国白话文学及全国教育会等事。倒行逆施,贻毒召乱,益用惊心。"(《吴宓日记》第Ⅱ册第129页)

胡适为"国语统一筹备会"起草了标点符号议案修正新案由马裕藻(幼渔,1878—1945)、周作人(櫰寿,1885—1967)、朱希祖(逷先,1879—1944)、刘复(半农,1891—1934)、钱玄同、胡适作为"提议人",并由胡适最后修正的《请颁行新式标点符号议案》(修正案)在本月以《教育部通令采用新式标点符号文》为名作为"训令第53号"发出。训令称此令是"据国语统一筹备会函送新式标点符号全案请予颁行等因"而颁发。

3月

2日,梅光迪在南开大学致信胡适,说:"此间正商开课之事,尚无头绪。居此殊无聊。弟谓今之执政与今之学生皆为极端之黑暗(学生之黑暗,足下辈之'新圣人'不能辞其责焉)。政府无望,若学生长此不改,亦终无望耳。弟来北大授课事究竟为足下所欢迎否? 弟朴诚人,决不愿挟朋友之情而强足下以所难。若足下真能容纳'异端',英文科真需人,则弟愿来,否则不必勉强也。"

4日,面对国内新文学运动的汹汹大势,吴宓、梅光迪等相约学成回国后与胡适、陈独秀等相对为垒,大战一场。因此,当本月杨伯钦邀请吴宓回国到四川任教时,他断然拒绝了。他表示回国后要就职于北京师范大学,居京师这所全国所瞻系的高校,好与新文学阵营交战。吴宓在日记中记有:"宓归国后,必当符旧约,与梅君等,共办学报一种,以持正论而辟邪说。非居京,则不能与梅君等密迹,共相切磋;故不克追陪杨公,而径就北京之聘,至不得已也。"(《吴宓日记》第Ⅱ册第134页)

7日,《时事新报》新闻《南师未能通过女生旁听》一文记载,本月南高师曾为开女禁一事特开教务会议,但未能通过。原因是,"某某新自美国归来之留学生反对尤力,结果连旁听都未得通过。"去年年底刚刚被任命为南高师校长办公室主任并行使副校长职权的刘伯明早在1915年就回国了,所谓"新自美国归来的留学生"很可能是1918年9月才到南高师任教的胡先骕。

28日,吴宓在日记中记有:"近接张幼涵君来信,知已卸去《民心》报总编辑职务。缘《民心》资本,由聂氏兄弟及尹君任先捐出。幼涵持论平允,不附和白话文学一流。聂慎馀赴京,胡适、陈独秀向之挑拨,于幼涵漫加讥辱。聂氏兄弟与尹君,本无定见,为其所动,遂改以其戚瞿君为总编辑,而将幼涵排去。……幼涵来书,慨伤国中现况,劝宓等早归,捐钱自办一报,以树风声而遏横流。宓他年回国之日,必成此志。此间习文学诸君,学深而品粹者,均莫不痛恨胡、陈之流毒祸世。张君鑫海谓羽翼未成,不可轻飞。他年学问成,同志集,定必与若辈鏖战一番。盖胡、陈之学说,本不值识者一笑。凡稍读书者,均知其非。乃其势炙手可热,举世风靡,至于如此,实属怪异。然亦足见今日中国人心反常,诸凡破坏之情形。物必先腐,而后虫生。经若辈此一番混闹,中国一线生机,又为斩削。前途纷乱,益不可收拾矣。呜呼,始作俑者,其肉岂足食乎?……此间同学诸人,惟林玉堂君一人,为胡适、陈独秀之党羽,曾受若辈资助。"(《吴宓日记》第Ⅱ册第144页)

4月

6日,吴宓在日记中记有:"我侪学问未成,而中国已亡不及待。又我侪以文学为专治之业,尚未升堂入室,而中国流毒已遍布。'白话文学'也,'写实主义'也,'易卜生'也,'解放'也,以及种种牛鬼蛇神,怪象毕呈。粪秽疮痂,视为美味,易牙伎俩,更何所施?"(《吴宓日记》第Ⅱ册第148页)

9日,南京高等师范学校召开校务会议,校长提出筹备国立东南大学议案。

13日,林语堂(1895—1976)在哈佛大学致信胡适,说:"近来听见上海有出一种《民心》是反对新思潮的,是留美学生组织的,更是一大部分由哈佛造出的留学生组织的。这不知道真不真,我这边有朋友有那种印刊,我要借来看看。但是我知道哈佛是有点儿像阻止新思想的发原(源)。"他读了胡适的《尝试集》自序后,对胡适说,梅光迪与胡适争论时所讲的许多问题都是哈佛大学白璧德教授的东西。白璧德这个人对近代的文学、美术,以及写实主义的东西,是无所不反对的。梅光迪师从白璧德研究几年,必然受到相应的影响。"况且这其中未尝没有一部分的道理在里边。比方说一样,我们心理总好像说最新近的东西便是最好的,这是明白站不住的地位。但是这却何必拿他来同白话文学做反对。我也同 Prof. Babbitt 谈过这件事,好像他对尔的地位的主张很有误会。我碰见梅先生只有一次,不知道他到底是甚么本意;看尔那一篇里他的信,摸不出来他所以反对白话文学的理由。本来我想白话文学既然有了这相配有意识的反对,必定是白话的幸福,因为这白话文,活文学的运动,一两人之外,□□说,大多数人的心理,有意识中却带了许多无意识的分子,怎么都没有一个明确的文学理想。但是现在我想有意识的反对是没有的东西;所以反对的,不是言不由心,便是见地不高明,理会不透彻,问题看不到底。……我看见尔《新潮》、《新青年》的长篇大论,真不容易呀!"

19日,吴宓在日记中记有:"今之倡'新文学'者,岂其有眼无珠,不能确察切视,乃取西洋之疮痂狗粪,以进于中国之人。且曰,此山珍海错,汝若不甘之,是汝无舌。呜呼,安得利剑,斩此妖魔,以拨云雾而见天日耶!"(《吴宓日记》第Ⅱ册第152页)

30日,吴宓在日记中记有:"编发《民心》稿件等。目今,沧海横流,豺狼当道。胡适、陈独秀之伦,盘踞京都,势焰熏天。专以推锄异己为事。宓将来至京,未知能否容身。出处进退,大费商量。能洁自保,犹为幸事。梅君即宓之前车也。"(《吴宓日记》第Ⅱ册第161页)

5月

13日,南京高等师范学校"地学研究会"决定改为"史地学会",通过简章,请柳诒徵、童季通、朱进之为本会指导员。这一天实为"史地学会"正式成立之日期。

21—24日,"国语统一筹备会"在北京召开大会。胡适作为"国语统一筹备会"的大会主席,主持各项议案得以顺利通过。依照章程,此次会议上推举张一麐为会长,袁希涛、吴敬恒为副会长。

本月底,《公正周报》第1卷第5号出版,其中胡先骕的《新文化之真相》,公开反对五四新文化运动。1920年5月15日,《晨报》刊登出"公正周报出版广告",其中提到本报的特色如下:"(一)报中时论时评均□自我主张无党派门户之见;(二)报中译载均采世界之最新思潮最新事业;(三)报中文艺小说均系名家著作极饶兴趣;(四)报中文字均求事明意达兼採白话文言;(五)本报每星期出版一册,取值极廉每册五分。"《公正周报》发行兼编辑所在北京石驸马大街三十八号,电话西局2311号。

6月

20日,"史地学会"改选下届职员,以陈训慈为总干事。

第二届(1920年9月—1921年1月)会员有62人,柳诒徵、徐则陵、竺可桢为指导员。

本学期"史地学会"第一届职员(1920年5月—6月)共组织两次学术演讲:

暨南大学教师姚明辉:《史地之研究》(5月18日)

朱进之:《近代文化之起源》(6月12日)

7月

9日,梅光迪应聘南京高等师范学校,由天津转来南京。

17日,缪凤林:《评胡适〈中国哲学史大纲〉》,始在《时事新报·学灯》连载。

19—25日,缪凤林:《评胡适〈中国哲学史大纲〉》,《时事新报·学灯》。

27—31日,缪凤林:《评胡适〈中国哲学史大纲〉》,《时事新报·学灯》。

8月

1—3日,缪凤林:《评胡适〈中国哲学史大纲〉》,《时事新报·学灯》。

9月

12日(农历八月初一),原两江师范学堂监督李瑞清因病(中风)在上海去世。

本月,南京高师首招女生正式生八名,特别生一名,其中英文科七人:正式生李今英、吴淑贞、曹美思、陈美宝、张佩英、黄叔班,特别生黄季马。教育课两人:倪亮、韩明夷。

本月,哈佛大学毕业的竺可桢自武昌高等师范学校转来南京,任教于南京高等师范学校。竺可桢在上海与陈寅恪为复旦公学时"同桌读书的人";与胡适同届同船庚款留学美国,与梅光迪出国留学之前在上海复旦公学时即相识,到美国后与梅光迪还同住一宿舍一年。在20世纪20、30年代的东南学界,自李瑞清、沈曾植之后,"小学"章太炎、文学陈三立、史学柳诒徵,门徒众多,蔚然成风,各有气象。此三强联手,方可抗衡北方胡适派文人、学人。而竺可桢身份特殊,以科学救国、教育救国为己任,调和包容新旧,文理工并重,进而树立起自己高大的学术身影,开创中国气象学科,1936年4月始执掌浙江大学,振兴一所高校。抗战期间,"学衡派"成员聚集浙大,与他有直接的关联。

民国的大学校长有多位出自绍兴。蔡元培、蒋梦麟、罗家伦、竺可桢、马寅初先后或分别执掌北京大学、中央大学、浙江大学,民国的高等教育因他们而尽显荣耀。人杰地灵的绍兴,是名副其实的文化热土。

10月

9日,《晨报》上刊登出介绍南京高等师范学制改革的文章——《南京高师学制之革新》,其中提到了南高师正推行学分制,以上课自修三小时为一学分;同时,本学年在四五十名投考女生中录取了8名女生,另有学膳宿费自备的女性特别生二十余名。

11月

8日,"史地学会"改选下届职员,以胡焕荣(庸)为总干事。

胡焕庸(1901—1998)后来成为著名的人口地理学家。1935年他在《地理学报》第2期上发表《中国之人口分布》,提出"瑷珲—腾冲"这一大致为倾斜45度基本直线,线东南36%的国土居住着96%的人口,自古以农耕为经济生活,线西北自古为游牧民族的天下。

22日,午后四时,郭秉文校长在学校西操场召集全体教职员与学生合影。用意有二:其一是示之于海外华侨,以求赞助;其二是呈给教育部,为未来的国立东南大学张本。

12月

7日,由民国政府国务会议通过,设立国立东南大学。

16日,以郭秉文为主任的"东南大学筹办处"正式成立。蔡元培也参与了东南大学的筹备工作,预算、计划就是由蔡提交给教育部的。其办法是将南京高师所有本部继续开办,而以南京高师各专修科归并东大,扩而充之。而筹备经费,则由南京高师1920年度预算临时费项下拨充。

"史地学会"第二届共组织学生四次地质学野外考察和七次学术演讲:

指导员　徐则陵:《史料之搜集》(10月11日)

　　　　竺可桢:《月蚀》(10月27日)

　　　　　柳翼谋:《史之性质与目的》(11月3日)
　　　　　竺可桢:《彗星》(12月16日)
　会　员　缪凤林:《历史与哲学》(11月29日)
　　　　　胡焕荣:《纪元问题》(11月29日)
　　　　　陈训慈:《何谓史》(11月29日)

1921年

3月

　　15日,经过"史地学会"会员的提议创办刊物。他们先后于3月17日、4月20日、6月10日召开编辑会议,商议出版刊物事宜,6月17日校出版委员会正式确认本会的《史地学报》为学校的丛刊之一,由上海商务印书馆承印。

　　吴宓在《留美学生季报》第8卷第1号发表《论新文化运动》,这是他反对新文化—新文学的主要言论,也是他的基本文化立场。此文在他回国主编《学衡》时又被转载。

　　他说新文化运动导致了:"一国之人,皆醉心于大同之幻梦,不更为保国保种之计。沉溺于淫污之小说,弃德慧智术于不顾。又国粹丧失,则异世之后,不能还复。文字破灭,则全国之人,不能喻意。长此以往,国将不国。"

　　就新文学而言,他说文学的根本道理及法术规律,中西均同。文章起于摹仿。"中国之新体白话诗,实暗效美国之 Free Verse"。"浪漫派文学,其流弊甚大。……今新文化运动之流,乃专取外国吐弃之余屑"。他说中国的新文化简称之曰欧化。清末光绪以来,欧化则国粹亡,新学则灭国粹。"言新学者,于西洋文明之精要,鲜有贯通而彻悟者"。"西洋真正之文化,与吾国之国粹,实多互相发明,互相裨益之处。甚可兼蓄并收,相得益彰。诚能保存国粹,而又昌明欧化,融会贯通,则学艺文章,必多奇光异采"。吴宓认为对于西洋文化的选择,"当以西洋古今博学名高者之定论为准,不当依据一二市侩流氓之说,偏浅卑俗之论"。"按之事实,则凡夙昔尊孔孟之道者,必肆力于柏拉图、亚里士多德之哲理。已信服杜威实验主义者,则必谓墨独优于诸子。其他有韵无韵之诗,益世害世之文,其取舍之相关亦类此。凡读西洋之名贤杰作者,则日见国粹之可爱。而于西洋文化专取糟粕,采卑下一派之俗论者,则必反而痛攻中国之礼教典章文物矣"。

最后他说:"新文化运动之所主张,实专取一家之邪说,于西洋之文化,未示其涯略,未取其精髓。万不足代表西洋文化全体之真相。"他希望国内的学子,首宜虚心,不要卷入一时之潮流,不要妄采门户之见,多读西文佳书,旁征博览,精研深造。以西洋之哲理文章之上乘为标准,得西方学问之真精神,以纠新文化之偏浅谬误。

这些言论和五年前梅光迪与胡适讨论文学革命,批评胡适时所说的一样,也是留学生中攻击新文学运动最为激烈,最具有颠覆意义的一篇。日后在《学衡》发表时,没有能够引起注意,是因为新文化运动和文学革命早已过了讨论时期,历史已经进入了新的时段,由旧的破坏到新的建设,并开始寻求对中国问题的彻底解决的理论和实践。也就是说,现实已经超越了文化层面的关注,而进入社会政治层面的变革。

28日,教育部指令批准国立东南大学组织大纲及董事会简章等各项议案。

5月

21日,吴虞(又陵,1872—1949)在日记中记有钱玄同的谈话:"又谓黄季刚口作礼学名臣之言,身为流氓之行,近与玄同殆已断绝交谊。"

24日,据吴学昭整理、注释、翻译的《吴宓书信集》所示,吴宓在致他的老师白璧德的信中写道:

> 梅君的策略是我们能在中国的高等教育机构站稳脚跟,而不是在北京大学。他强烈地反对我们中的任何人去北京大学,或受北大影响控制的北京其他大学。梅君为了实施他的策略,催促我们迅速回国。他写到,不应错失任何机会,不应继续允许文化革命者占有有利的文化阵地。

(《吴宓书信集》第13页)

本月,梅光迪致信吴宓,约他回国到南京高等师范学校—东南大学任教。

6月

6日,东南大学校董事会成立。筹备处函请各校董齐聚上海开成立大会。

10日,吴虞在日记中记有:"君毅来信言,南京高师教员宣城梅迪生(美国留学生,教文学),极爱予诗,现寓南京城内文德里科学社,可将《秋水集》寄与十余部,托其流布。"

18日,"史地学会"改选下届职员,以胡焕荣为总干事。

"史地学会"第三届(1921年2—6月)会员64人,指导员同第二届。

《史地学会第三届职员录》(1921年2—6月)

总 干 事　胡焕荣
副总干事　钱堃新
干　　事　王学素　陈　旦
总 编 辑　张其昀
编　　辑　诸葛麒　缪凤林　邵　森　谢　群
书　　记　陈训慈　景昌极　赵祥瑗　王玉璋　唐兆祥　王　庸
会　　计　何惟科
会　　员　方培智　王玉璋　王学素　王锡睿　王　庸　仇良虎
　　　　　田耀章　何惟科　吴文照　周光倬　胡焕荣　范希曾
　　　　　姜子润　徐景铨　徐启铭　徐震愕　袁鹏程　夏崇璞
　　　　　唐兆祥　孙士枏　黄英伟　陆鸿图　张廷休　张其昀
　　　　　陈训慈　景昌极　杨　楷　赵鉴光　刘文翮　钱堃新
　　　　　盛奎修　高国栋　缪凤林　罗会澧　诸晋生　诸葛麒

(以上为文二)

　　　　　王焕镳　束世澂　周　慤　邵　森　芮九如　马继援
　　　　　汪章才　陈兆馨　张邃如　陆维钊　黄应欢　闵毅成
　　　　　彭振纲　杨受庆　杨承奂　潘葆煌　赵祥瑗　刘启文
　　　　　郑沛霖　龙文彬　谢　群　陈　旦　尤廷坚

(以上为文一)

　　　　　林　超　李汉信　陈　忠　陈家栋　曹铨楼

(以上为他科)

(校:职员录名单中"徐震愕"即"徐震堮")

"史地学会"第三届职员组织学术演讲四次:

徐则陵:《新史学》(3月15日)

北京高等师范学校地理教授白眉初:《直隶水旱之原因》(5月25日)

竺可桢:《欧洲之现势》(5月26日)

竺可桢:《地理教授法》(6月1日)

7月

31日，胡适应刘伯明主持的东南大学暑期学校的邀请，到东南大学演讲《研究国故的方法》。他的观点是和南京高等师范学校—东南大学教授的观点截然不同的。他的《研究国故的方法》分为四段：1. 历史的观念："一切古书皆史也。"2. 疑古："宁可疑而过，不可信而过。"3. 系统的研究："要从乱七八糟里寻出个系统条理来。"4. 整理："要使从前只有专门学者能读的，现在初学亦能了解。"

演讲后，早在1920年暑期学校也曾听过胡适演讲的南京高师学生缪凤林等与他谈话，并出示柳诒徵的文章《论近人讲诸子之学者之失》，批评胡适的《诸子不出于王官论》，胡适看后表示："他的立脚点已错，故不能有讨论的余地。"

《史地学报》刊发时的目录上是《论近人言诸子之学者之失》这个题目，但内文题目为《论近人讲诸子之学者之失》，后来《学衡》转载此文时也是《论近人讲诸子之学者之失》。所以后来学界较多引用此文时，出现了"言"、"讲"两个有一字之差的文本。

8月

5日，胡适发表《国语运动与国语教育》的演讲，主要内容如下：

一、国语运动：

(1) 白话报时代：白话为"开通民智"的利器。

(2) 字母时代：以简字或拼音文字为不识字人求知识的利器。

(3) 读音统一会：谋国语的统一，作注音字母。

(4) 国语研究会：① 推行注音字母；② 以国语作教科书。

(5) 国语文学的运动：以前皆以国语为他们小百姓的方便法门，但我们士大夫用不着的，至此始倡以国语作文学，打破他们与我们的区别。以前尚无人正式攻击古文，至此始明白宣言推翻古文。

(6) 联合运动：今日与今后。

二、国语教育：

(1) 国语不止是注音字母。

(2) 国语教育不单是把文言教科书翻成白话。

(3) 国语教育当注重"儿童的文学"，当根本推翻现在的小学教科书。

卢骚说，"教育儿童不可图节省时间，当糟蹋时间。"此意最宜注意。

6日,吴宓回到上海。

南京高等师范学校最后一届招生。国立东南大学成立,郭秉文为校长,并首届招生。原南京高等师范学校的名称与之并存,名称保持到1923年6月学生毕业。毕业时,学生自愿,可以拿南京高等师范学校的毕业证,也可拿东南大学的毕业证。张其昀就是拿南京高等师范学校的毕业证。他随后一直称自己是南京高等师范学校毕业生。这与他1919年9月以第一名成绩考入南京高等师范学校有直接关系。东南大学与暨南大学合办的商科迁到上海,称上海商科大学,郭秉文兼任校长。

9月

4日,吴宓到南京东南大学任教。

10月

26日,南京高等师范学校—东南大学学生编辑出版的报纸《国立东南大学南京高师日刊·〈诗学研究号一〉》出版。

目录如下:
本刊启事
诗与哲学　　　　　　　　　　　　　　薛鸿猷
论诗数则　　　　　　　　　　　　　　章松龄
伯沆先生诗问　　　　　　　　　　　　薛鸿猷
曼云楼诗话　　　　　　　　　　　　　吴江泠
读诗随笔　　　　　　　　　　　　　　薛鸿猷
过道旁古墓有感　　　　　　　　　　　潘一强
过淮阴侯钓鱼台(五古)　　　　　　　　徐书简
中秋前一夕作　　　　　　　　　　　　吴江泠
对月　　　　　　　　　　　　　　　　吴江泠
溪畔闲立　　　　　　　　　　　　　　吴江泠
江滨晚步　　　　　　　　　　　　　　吴江泠
红叶怨　　　　　　　　　　　　　　　茅祖檠
秋夜思亲　　　　　　　　　　　　　　白眉初
秋夜寄吴大　　　　　　　　　　　　　徐书简
归思　　　　　　　　　　　　　　　　林昭音

晚归东青	潘一强
秋山远眺	潘一强
秋风	潘一强
谒南京古物陈列所（即明故宫遗址）	欧阳翥
金陵杂咏（十八首）	薛鸿猷

莫愁湖、秦淮河、台城、雨花台、胭脂井、明孝陵、乌衣巷、鸡鸣寺、紫金山、明故宫、北极阁、栖霞寺、玄武湖、胜棋楼、灵谷寺、扫叶楼、天堡城、燕子矶

寄怀谢养纯绥定	周邦道
月夜闻笛	潘一强
问菊	徐书简
菊语	徐书简
送友人归宁波	林昭音
舟中	林昭音
读书	林昭音
南京	卢正绅
自题小照	卢正绅

因最后注明"未完"，所以要目中所列的九首诗没有刊出：

感怀	李 瑶
秣陵客菊与王木生夜话	李 瑶
过董小宛故里	李 瑶
过放翁亭	李 瑶
雨后登豁蒙楼	章松龄
登雨花台	徐书简
月夜	潘一强
秋雁	潘一强
日暮舟泊罗衣	曾节之

"本刊启事"有意不用新式标点符号，甚至连句读也没有。内容如下：

（一）本刊诗学研究号原拟本月中旬出版嗣以发刊孟罗特号犹为当务之急遂致稽迟至今始克出版望阅者原谅

（二）本期研究号辱荷诸君踊跃投稿奈限于篇幅未能一一登载容当发刊第二期再为揭载不误如荷同文仍以佳稿惠寄者请照研究号投稿办法征稿期十一月终截止

（三）本期所载各篇小诗已商准王伯沆先生批评抉出其优劣点当于第二期发表先此奉闻

（四）此次征稿以语体诗见惠者甚多同人以为语体诗问题亟需研究之点颇多容当另刊专号从事讨论所收各稿已代保存知念此白

编辑部谨启十月二十六日

此次《国立东南大学南京高师日刊·〈诗学研究号一〉》的作者中，欧阳翥、卢正绅（卢前）后来成为《国风》作者。

11月

1日，《史地学报》创刊号出版发行。

目录如下：

（校：正文有"序　柳诒徵""本学报启事"）

史之一种解释	徐则陵教授
史学观念之变迁及其趋势	陈训慈
我国地学家之责任	竺可桢教授

（校：正文作者为"竺可桢"）

历史与哲学	缪凤林
论近人言诸子之学者之失	柳翼谋教授

（校：正文题目为"论近人讲诸子之学者之失"）

柏拉图理想国与周官	张其昀
三代海权考证	缪凤林
我国古代金属器物之起源	姜子润

（校：正文题目为"吾国古代金属器物之起源"）

孔子适周见老子年月考	顾铁生教授

（校：正文作者为"顾实"）

菲尼基通商殖民史	王玉章
美国人之东方史观	美国葛立芬著　张其昀译
欧洲战后之新形势	竺可桢教授讲　范希曾记

（校：正文作者为"竺可桢教授演讲　范希曾笔记"）

芬兰述略	诸葛麒译

（校：正文有副题"土地与人民"，作者、译者为"Ereand Nordenskiöld 原著　诸葛麒译"。诸葛麒毕业后长期为竺可桢秘书）

彗星	竺可桢教授讲　胡焕庸　王学素记

（校：正文作者为"竺可桢博士讲　王学素　胡焕庸笔记"）

欧战大事记	胡焕庸
欧史举要	王　庸
美国史学协会年会记	陈训慈译述

（校：正文题目为"美国史学协会年会纪"）

（校：正文后有"记录"，有关南京高师文史地部及他科学生组织成立本研究会的详细事宜）

刊物的封面署名"南高师范学校史地研究会编辑"，"上海商务印书馆发行"。预定年出4期的季刊，在实际的出版时间上有误差。第1卷共出4号（期）。第2卷自1922年11月—1924年2月出版8期（号）。其出版时间分别为第1期1922年11月、第2期1923年1月1日、第3期1923年3月1日、第4期1923年5月1日、第5期1923年7月1日、第6期1923年8月1日、第7期1923年11月1日、第8期1924年2月1日。

自第3卷始，刊物的封面署名"东南大学史地研究会编辑"，"上海商务印书馆发行"。

第3卷自1924年6月1日—1925年10月出版8期（1、2合期的版权页时间为4月，封底英文为6月），其中第1、2期合为一册。第8期的出版日期虽署时间为1925年10月，但实际出版时间滞后，因为正文有郑鹤声1925年11月1日写的"启事"。据版权页所示其出版时间，第1、2合期为1924年4月1日，第3期为1924年10月1日，第4期为1924年12月1日，第5期为1925年3月1日，第6期为1925年5月1日，第7期为1925年6月1日，第8期为1925年10月。

第4卷第1期的出版日期为1926年10月。这也是终刊号。

《史地学报》5年间共出版4卷21期，即20册。封面和版权页标明的是"期"，而正文标的是"号"。

柳诒徵的序，全文如下：

庄生曰。小知不及大知。小年不及大年。知局于方寸。年域于大齐。恶有所谓小大。小大之辨。学其枢也。居今日而穷皇古。则年大。坐一室而烛全球。则知大。哲理政术,胥从是出。广宇长宙。万物皆备。故吾尝谓人类心量。当以所得于历史地理之知识为差。大人者致此知者也。小人者靡所知者也。举一国之人。跼蹐于数十年之食饮作息之事。钓游贾宦之所。而外此则充耳不闻。掩目不睹。岂惟其国必殆。其种族决无幸存之理。吾国学者。自舜禹孔老迁固郑许。以迄近世顾钱胡曾之流。殆无不喻乎此。虽其知识有差等。其正鹄大人之学一也。清季迄今。校有史地之科。人知图表之目。其学宜蒸蒸日进矣。顾师不善教。弟不悦学。尽教科讲义为封畛。计年毕之。他匪所及。于是历史地理之知识。几几乎由小而降于零。国有珍闻。家有瑰宝。叩之学者。举不之知。而为震眩于殊方绝国钜人硕学之浩博。即沾溉于殊方绝国者。亦不外教科讲义之常识。甚且掇拾剽末稗贩糟粕。并教科讲义之常识而不全。而吾国遂以无学闻于世。呜呼。今世人之所知者。已至于有史以前之史。大地以外之地。而吾所知如此。匪惟不能争衡于并世。且举先民之已知者。而失坠也。之而犹侈然自居于学者。其可耻孰甚。吾尝以此晓诸生。诸生亦耻之。于是有《史地学报》之刊。是刊也。非以鸣其学。所以鸣其学之不迨人。而策吾之耻也。世有大年大知。闵吾之知俴而年稚也。诱而进之。积小以大。则是吾全国人之幸。岂惟诸生之幸哉。

中华民国十年七月七日　柳诒徵

柳诒徵发表的《论近人讲诸子之学者之失》，批评了章太炎、梁启超、胡适在诸子学上的偏失。其中针对胡适的言论居多。他说章、胡"多偏于主观，逞其臆见，削足适履，往往创为莫须有之谈"。章氏论孔、老，则似近世武人政党争权暗杀之风。说孔子有夺老子之名，含逄蒙杀羿之事之意。章氏以此诬孔子，胡适更为之推波助澜。"胡氏论之之大病，在诬古而武断。一心以为儒家托古改制，举古书一概抹杀，故于书则斥为没有信史的价值"。说胡适菲薄汉儒，而服膺清儒。他还进一步指出胡适的病源，实由于不肯归美于古代帝王官吏。最后他说："吾为此论，非好与诸氏辩难。只以今之学者，不肯潜心读书，而又喜闻新说，根柢本自浅薄，一闻诸氏之言，便奉为枕中鸿宝，非儒谤古，大言不惭，则国学沦胥，实诸氏之过也。诸氏自有其所长，故亦当世之学者，第下笔不慎，习于诋诃。其书流布人间，几使人人养成山膏之习，故不得不引绳披根，以箴其失。"

3日，郑振铎致信周作人，信中说：

> 南高师日刊近出一号"诗学研究号"，所登的都是旧诗，且也有几个做新诗的人，如吴江冷等，也在里面大做其诗话和七言绝。想不到复古的陈人在现在还有如此之多，而青年之绝无宗旨，时新时旧，尤足令人浩叹，圣陶、雁冰同我几个人正想在文学旬刊上大骂他们一顿，以代表东南文明之

大学,而思想如此陈旧,不可不大呼以促其反省也。写至此,觉得国内尚遍地皆敌,新文学之前途绝难乐观,不可不加倍奋斗也。

12日,斯提(叶圣陶)在《时事新报》的《文学旬刊》第19期上发表了《骸骨之迷恋》一文。他首先针对薛鸿猷在《诗与哲学》中所强调的诗与哲学的对象,为人生,其作用为批评人生提出质问:"假定诗的作用是批评人生,表现人生……人生不是固定的。然则,为什么有照钞以前的批评人生表现人生的诗学的研究呢?"

21日,《时事新报》的《文学旬刊》第20号的通讯专栏刊出薛鸿猷11月13日致西谛(郑振铎)无标点的信,及西谛的答复("编者附记")。薛鸿猷说《骸骨之迷恋》"全失批评态度又无学理根据殊难令人满意"。因此投稿一篇,申明编辑"诗学研究号"的宗旨,"纠正斯提之谬误"。要求西谛在第二十、二十一期连载。"编者附记"说薛鸿猷投来的文章题目为《一条疯狗》,"全篇皆意气用事之辞。本不便登刊……但新旧诗的问题,现在还在争论之中,迷恋骸骨的人也还不少,我们很想趁此机会很详细的讨论一番。所以决定下期把薛君的大稿登出,附以我们的批评"。

据《吴宓自编年谱》所示,《学衡》杂志社本月第一次会议上,梅光迪宣布其清高之主张,谓《学衡》杂志应脱尽俗氛,不立社长、总编辑、撰述员等名目,以免有争夺职位之事。甚至社员亦不必确定:凡有文章登载于《学衡》杂志中者,其人即是社员;原是社员而久不作文者,则亦不复为社员矣。

"史地学会"第四届(1921年9月26日—1922年1月11日)指导员为柳诒徵、徐则陵、竺可桢、白眉初,会员81人,其中文史地部74人。

《史地学会第四届职员录》(1921年9月—1922年1月)
指导员　柳诒徵教授、徐则陵教授、竺可桢教授、白眉初教授
总　干　事　诸葛麒
副总干事　王学素
干　　　事　钱堃新　赵祥瑗
总　编　辑　缪凤林
编　　　辑　张其昀　陈训慈　胡焕荣　唐兆祥　周愸　谢群
　　　　　　邵森　陆维钊
书　　　记　张廷休　盛奎修
会　　　计　仇良虎

史地学会第四届会员录(1921年9月—1922年1月)

方培智　王玉璋　王学素　王锡睿　王　庸　仇良虎　田耀章　何惟科
吴文照　周光倬　胡焕荣　范希曾　姜子润　徐景铨　徐启铭　徐震堮
袁鹏程　夏崇璞　唐兆祥　孙士枬　黄英伟　陆鸿图　张廷休　张其昀
陈训慈　景昌极　杨　楷　赵鉴光　刘文翮　钱堃新　盛奎修　高国栋
缪凤林　罗会澧　诸晋生　诸葛麒　王焕镳　束世澂　周　慤　邵　森
向　达　芮九如　马继援　汪章才　陈兆馨　张邃如　张景玉　陆维钊
黄应欢　闵毅成　彭振纲　杨受庆　杨承奂　潘葆煌　赵祥瑗　刘启文
郑沛霖　龙文彬　谢　群　陈　旦　尤廷坚　王镜第　冉　㰗　李莹璧
沈孝凤　武尚贤　陈咏洙　洪瑞剑　孙留生　邓光禹　郑鹤声　刘作舟
刘挨藜　胤附家

(以上为文史地科)

林　超　李汉信　陈　忠　陈家栋　曹铨楼　王　觉　赵　俨

(以上为他科)

"史地学会"本届学术演讲会有四次:
李宜之:《德国社会情形》(10月14日)
东吴大学地质学教授摩尔:《苏州之地质》(10月27日)
葛敬中:《欧洲社会概况》(11月24日)
北京大学陈衡哲:《中国史学家之责任及机会》(12月30日)

12月

1日,《时事新报》的《文学旬刊》第21号刊出守廷的《对于〈一条疯狗〉的答辩》和薛鸿猷的《一条疯狗》。

薛鸿猷一开始就说斯提的《骸骨之迷恋》"不过是狂吠一阵罢了",他通过对《骸骨之迷恋》的文本分析和自己的论证,认定斯提是三家村的一个恶婆娘,是"一条疯狗"。最后,薛鸿猷提出了他对诗所取的态度(摘录):

(一)我认文学(诗是一种)这种东西,是人生的奢侈品,应当由各人自由欣赏,不受外力的压迫,喜欢做文言,就用文言,喜欢做白话,就用白话,格律方面,自己须解放自己,但是愿受格律的拘束者听之。

(二)约翰·穆勒所著《自由论》中曾以为世界万全之真理,亦无绝非真理者。我于文学的标准亦然。

(三) 我认语体诗是一体，但我不奉之为金科玉律，挂一面"只此一家，别无分铺"的招牌。

(四) 我认定我们当在文言诗中，做一番整理的和改革的工夫，在语体诗中，做一番建设的工夫。……决不能因为是前人的作品，就鄙弃之，一笔抹煞，谓之毫无价值，而失学者研究精神。

(五) 我认定一个学府中，对于各家学说，当并容兼蓄，决不能受一种学阀之把持。所以"诗学研究号"全发表文言诗，改日尚须另刊语体诗，从长讨论。……

(六) 我承认优良的文学，是有普遍性的，永久不变的。……

(七) ……若谓模仿古人，便是古人的奴隶，未免是一孔之见。

(八) 我认文学是必须模仿的……

(九) 我们以前人的文学做食品，我们吃了消化了，很可以滋养我们的身体，增长我们的智力。……

同期还有署名文章卜向的《诗坛底逆流》、东的《看南京日刊里的"七言时文"》、赤的《由〈一条疯狗〉而来的感想》。

6日，南京高师、东南大学两校评议会、教授会联席会议通过，南京高师归入国立东南大学。

11日，《时事新报》的《文学旬刊》第22号刊出缪凤林的《旁观者言》。

21日，《时事新报》的《文学旬刊》第23号刊出静农（台静农）的《读〈旁观者言〉》、薛鸿猷的《通讯——致编辑》、吴文祺的《对于旧体诗的我见》。

本月，《留美学生季报》第8卷第4号上发表留学哥伦比亚大学的邱昌渭(1898—1956)《论新文化运动——答吴宓君》和吴宓的反批评文章《再论新文化运动》。

邱昌渭首先指出，吴宓骂新文化运动是"非牛非马"，与其维持"圣道"的苦心相印。说他把文学的意义和用途误解了。他质问吴宓"以我国数千年的文字专制，始有今日新文化来开放。就进化上而论，英人已远我国百年有余。我国的新进化，恰如呱呱坠地的小孩，带着一团的新生气。你不独不为这新生命作保姆，反来摧残他，置他于死地。你真是一个忍人呵！"同时，邱昌渭也承认，在欧洲，"浪漫派"文学的流弊甚大，但有18世纪Pope的专制，始有19世纪的"浪漫"来开放。浪漫派在英国以外的国家的势力很大，并促进了这些国家文化、艺术、教育的开放和发展。如今，我们决不能因其有流弊而完全否认其历史作用。最后邱昌渭向吴宓进言："所有不能采取的学说，或你以为不可采取的学说,请勿目为'邪说'。因为西洋学说不是'白莲教'、'张天师'类的学说。"

对于邱昌渭的批评,吴宓表示他对邱昌渭说他维持"圣道"的话,感到"此其名如何之美。此其事如何之大"。他认为要维持的"圣道",不单是孔子之圣道,耶稣、释迦、柏拉图、亚里士多德之所教,从根本上说都是圣道。他要一并维持,不分中西门户之见。

邱昌渭后来一直追随胡适,研究政治学,成为自由主义学人,同时积极参政。

中 卷

1922 年

1月

1日,《时事新报》的《文学旬刊》第24号刊出幼南(景昌极)的《又一旁观者言》。

1日,《学衡》杂志创刊号出版发行。编辑部在南京东南大学,出版发行为上海的中华书局。

该杂志为月刊,每月一日出版发行。

此时东南大学校长为郭秉文,江苏江浦人,留学美国哥伦比亚大学,获教育学博士学位。胡先骕对这位校长的评价是:"其缺大学校长之度,无教育家之目光,但以成功为目的","对学术政治无一定之主张。"

副校长为刘伯明,名经庶,江苏南京人,留学美国西北大学,获哲学博士学位。刘伯明兼任哲学系主任,为《学衡》杂志社成员,同时也是《学衡》杂志强有力的支持者。著有《西洋古代中世纪哲学史大纲》《近代西洋哲学史大纲》等。此君有蔡元培执掌北京大学的风度和学识,是东南大学在1922—1924年间,群贤纷至、学者济济的灵魂人物,可惜天公不假以时日,使他英年早逝,东南大学的人文优势在1925年即散落。《学衡》杂志第26期刊出校长郭秉文的纪念文章《刘伯明先生事略》。吴宓对刘伯明的评价是"以道德入政治。开诚心,布公道,纳忠谏,务远图。合学问与事功,有理想并期实行。"

《学衡》杂志的发起人为梅光迪,字迪生,一字觐庄,安徽宣城人。"南社"社员。留学美国西北大学、哈佛大学,师从新人文主义思想家、文学批评家白璧德。1922年9月—1923年9月任东南大学西洋文学系主任、教授。《学衡》社主要成员中,他性格孤傲,思想偏至,放言空论,眼高手低,学术建树最少。吴宓对他的评价是:"好为高论,而完全缺乏实际工作之能力与习惯。"

"集稿员"为吴宓,原名陀曼,字雨僧,陕西泾阳人。留学美国弗吉尼亚省立大学、哈佛大学,师从白璧德。此时为东南大学西洋文学系教授,《学衡》杂志的实际主持人,也是维系《学衡》杂志编辑出版十二年的灵魂。他集苦难和风流于一身,融古典主义、新人文主义思想与浪漫主义诗情为一体,有严重的精神、人格分裂行为,学术成就平常,是一位以日记传世的自传体作家。重感情,讲道义,自己却陷于感情与道义纠缠不清的泥淖之中。著有《吴宓日记》、《吴宓诗集》等。

吴宓对自己有深刻的认识,他在日记中说:"与寅恪谈,并与他人较。自觉(一)我犹未免为乡人也。其识见之偏狭,行事之朴陋,虽自诩真诚,而常为通人(如寅恪、宏度等)所笑。(二)我腹中空空,毫无实学。但务虚理空说,而绝少真获。既不通西国古今文字,又少读中国书籍。(三)我之所思所行,劳精疲神者,皆无益事,皆不可告人之事。宜痛改之。"(1927年10月31日《吴宓日记》第Ⅲ册第429页)。

陈寅恪对吴宓的看法是:"昔在美国初识宓时,即知宓本性浪漫,惟为旧礼教、旧道德之学说所拘系,感情不得发舒,积久而濒于破裂。犹壶水受热而沸腾,揭盖以出汽,比之任壶炸裂,殊为胜过。"(1930年4月22日《吴宓日记》第Ⅴ册第60页)

吴宓的小女儿吴学昭对父亲的评价是"性格悲剧"。

吴宓的同事温源宁(1899—1984)对吴宓的评价是:"一个孤军奋战的悲剧人物!然而,更可悲者,则是吴先生完全不了解自己的个性。"

吴宓的学生钱锺书(1910—1998)对老师的评价是:"是伟人,也是傻瓜。最终只是一个矛盾的自我,一位精神错位的悲剧英雄。"

吴宓的学生、女朋友陈仰贤对他评价是:吴先生是最好的教授,但是没有资格做父亲,也没有资格做丈夫。

吴宓一生痴迷的情人毛彦文(1898—1999)说他是"书呆子"(1999年6月21日在台北,毛彦文与沈卫威谈话录)。

最初同人遵从梅光迪的主张,决议《学衡》杂志不立社长、总编、撰述员等,以免有名位之争,凡为《学衡》杂志做文章者,即为社员,不做文章即不是社员。因此笔者把为《学衡》杂志撰文者均视为"学衡派"社员。

为封面题"学衡"二字的是曾农髯(1860—1930),名熙,湖南衡阳人,马宗霍的老师,著名书法家。曾农髯为光绪二十九年进士,1915年以后至上海,以卖字为生。他与当时江宁提学使,两江师范学堂监督李瑞清(梅庵)为友,两人书法各树一帜,并称"曾李"。"曾李"的书法是当时学书者的榜样。沈从文1931年8月在青岛写作《从文自传》时特别提到他1922年在湘西巡防统领陈渠珍的部将张云龙(子青)的身边做书记员,每天练习书法。他说:"我房间中却贴满了自写的字。每个视线所及的角隅,我还贴了小小字条,上面这样写着'胜过钟王,压倒曾李。'因为那时节我知道写字出名的,死了的有钟王两人,活着却有曾农髯和李梅庵。我以为只要赶过了他们,一定就可独霸一世了。"事实上,李梅庵此时已经去世,沈从文尚不知道。

《学衡》杂志仿《庸言》体例,分为"插画"、"通论"、"述学"、"文苑"、"杂缀"、"书评"等。

具体编辑事务分工如下:

"通论"责任人为梅光迪。

"述学"责任人为马承堃(1897—1976),字宗霍,湖南衡阳人,王湘绮晚年门生,三十年代又师从章太炎。通今文经学、古文经学,无门户之见。此时为南京暨南学校教授,晚年任中华书局编审。著有《中国经学史》、《音学通论》等。

"文苑"责任人为胡先骕,字步曾,号忏盦,江西新建县人。"南社"社员,宗法宋诗,推崇"同光体"。他10岁参加科举考试时得晚清著名学者沈曾植赏识,成为沈的门生。入京师大学堂预科时,与秉志、汪国垣(辟疆)、王易、朱鸳雏、林庚白、梁鸿志等同学。留学美国加州柏克莱大学、哈佛大学,学习森林植物学。在美国留学时,曾有《忏盦诗稿》、《忏盦词稿》刊于1914、1915年的《留美学生季报》(上海出中文版)第1卷第2、3号,第2卷第4号上。晚年编《忏盦诗》、《忏盦词》均未收入。后人编《胡先骕文存》也没能收录。近期熊盛元、胡启鹏编校的《胡先骕诗文集》收录较全,但仍有多篇遗漏。留学时他和胡适、任鸿隽、陈衡哲、杨铨、唐钺、赵元任、张孝若等一起在《留美学生季报》上发表旧体诗词。当胡适等转向白话新诗后,他是极端的反对者。此时为东南大学生物系主任、教授。胡君身在自然科学,却有极大的人文关怀,终生不忘情旧体诗词。在旧体诗坛,他早年得"同光体"代表人物陈三立的提携,并与之唱和;晚年与后生钱锺书交好,得老友(钱基博)这位哲嗣的敬重。

由于胡先骕的关系,《学衡》杂志上大量刊登江西人的诗,且作者大都宗法宋诗(江西诗派)。同时"南社"社员的诗作也大量流入《学衡》,使得《学衡》杂志的"文苑"成了"江西诗派"之绝响,"南社"社员之余音。"南社"社员中因"宗唐"与"宗宋"而出现内讧。"宗唐"者成就了"南社"社员的话语霸权,将"宗宋"的"江西诗派"排斥在诗社之外。但《学衡》杂志的"文苑"则包容了他们双方诗学的"唐宋之争"。

从文化精神上看,"学衡派"内承"南社"、"国粹派"的余脉,外受白璧德新人文主义思想的影响。

79期《学衡》杂志中,"南社"社员计有胡先骕、梅光迪、诸宗元、叶玉森、吴梅、黄节、吴恭亨、曹经沅、杨铨、汪精卫、徐英、陈柱、林学衡。"南社"的文学保守和极端文化民族主义倾向也被带进了《学衡》杂志。其中汪精卫学诗词时为朱祖谋弟子。

"国粹派"成员计有黄节、诸宗元、陈澹然、王国维。《学衡》杂志简章中所说的"昌明国粹",即可见其与"国粹派"的密切传承关系。1928年,在南京的"学衡派"社员胡先骕与黄侃商议,有将《学衡》与后"国粹派"刊物《华国》合刊的动议。

为《学衡》写文章的"常州词派"成员有朱祖谋、况周颐。

"桐城派"后期成员有方守彝、方守敦、姚永朴、林纾。

《学衡》作者中宗法"宋诗"的"同光体"诗派成员计有陈三立、夏敬观、华焯、王易、王浩、胡先骕、汪国垣、陈衡恪("江西派")、沈曾植("浙派")、诸宗元、陈宝琛、林学衡("闽派")、陈澹然。

为《学衡》写文章的沈曾植、朱祖谋、陈三立、张尔田、孙德谦同时也是1912年10月7日在上海发起成立的"孔教会"的重要成员。其中沈曾植、朱祖谋、陈三立位列13位发起人之中。沈曾植本人也是1915年袁世凯称帝、1917年张勋复辟的积极支持者,其文化保守的倾向十分明显。张尔田、孙德谦为1913年2月28日创刊的《孔教会杂志》的编辑。张、孙两人为《学衡》写文章,是吴宓1923年9月3日亲自到上海约成的。

上海中华书局的具体负责人为"新书部"主任左舜生(1893—1969)。左名学训,号仲平,湖南长沙人。留学法国,因涉足政治,不再关注文化学术。晚年,因政治失意,又回过头来研究近代史。

"杂缀"责任人为邵祖平(1898—1969),字潭秋,室名无尽藏斋、培风楼,江西南昌人。此时为南京东南大学附属中学教师。此君因身处中学,与诸位大学教授相比,略有自卑,于是处处表现出自卑的超越,时常与吴宓等抵牾。邵祖平后来学业精进,在四川大学、中国人民大学等多所大学任教。著有《培风楼诗存》、《中国文字概说》、《七绝研究》等。

"书评"责任人为吴宓。

"发刊辞"即弁言为柳诒徵所撰。柳氏字翼谋,号劬堂,江苏镇江人。由原南京高师文史地部主任,改任此时东南大学历史系教授。著有《历代史略》、

《中国文化史》等。执教南京高师时,指导"史地研究会"和《史地学报》,培养了缪凤林(赞虞)、胡焕庸(焕荣)、刘掞藜(楚贤)、景昌极(幼南)、张其昀(晓峰)、王焕镳(驾吾)、徐震堮(声越)、王庸(以中)、向达(觉明)、郑鹤声(萼荪)、胡士莹(宛春)、赵万里(斐云)、陈训慈(叔谅)、钱堃新(子厚)、范希曾(耒研)、陆维钊(微昭)等一批学有所长的学生,后来多成为《学衡》杂志的作者暨社员,很快又都成为著名的学者。柳氏是南京高师文史地学科的代表人物,后来竺可桢由南京到杭州出任浙江大学校长,浙江大学文学院史地系历史地理学的崛起,是南京高等师范学校文史地系学术精神的延续,是一种自然的学术传承。著名的历史地理学者张其昀、王焕镳、王庸、胡焕庸、向达、谭其骧等人中,有多位出自南京高等师范学校—东南大学、浙江大学。

《学衡》的弁言全文如下:

> 杂志迩例,弁以宣言。综其旨要,不逾二辙。自襮则夸饰,斥人则诋诃。句必盈尺,字或累万。同人俭劣,谢未能也。出版之始,谨矢四义
>
> 一　诵述中西先哲之精言,以翼学。
>
> 二　解析世宙名著之共性,以邮思。
>
> 三　籀绎之作,必趋雅音,以崇文。
>
> 四　平心而言,不事谩骂,以培俗。
>
> 揭橥真理,不趋众好,自勉勉人,期于是而已。庄生有言,瞽者无以与乎文章之观,聋者无以与乎钟鼓之声。岂惟形骸有聋盲哉。夫知亦有之。同人不敏,求知不敢懈。第祝斯志之出,不聋盲吾国人,则幸矣。

目录如下:

插　画

孔子像

苏格拉底像

名胜古物照片八幅

(校:目录中无,"名胜古物照片八幅"出现在正文中)

弁　言
通　论

学者之精神	刘伯明
评提倡新文化者	梅光迪
中国提倡社会主义之商榷	萧纯锦

中 卷

述 学

国学撮谈	马承堃
论艺文部署	张文澍
汉官议史	柳诒徵
老子旧说	钟 歆
近今西洋史学之发展	徐则陵

文 苑

一、文录

自莲花洞登黄龙寺记	邵祖平
记黄龙寺双宝树	邵祖平
嘲黄龙寺僧	邵祖平
记白鹿洞谈虎	邵祖平

名家小说

钮康氏家传（The Newcomes） 英国沙克雷 W. M. Thackeray 著

泾阳吴 宓译

（校：正文有"第一回　鸟萃鳞集寓言讽世　涤腥荡秽壮士叱奸"）

二、诗录

怀简盦然父昆季	华 焯
与钓徒夜坐沙上	华 焯

（校："上"字正文作"江"。）

观获稻	华 焯
于人家田畔见老松殆百年物	华 焯
枯根	华 焯
得胡步曾卡利咈尼亚书却寄	汪国垣
晓起信笔示晓湘练湖	汪国垣
秋兴三首	王 易
清明思袁山	王 易
坐曹一首示步曾	王 浩
袁山	王 浩
过蓼天一庐未遇	王 浩

（校："蓼"字正文作"廖"）

元夜不寐得句	王 浩

45

还东林柬杨苏更	胡先骕
冬日寄饶树人美洲三首	胡先骕
（校：正文无"三首"）	
渔丈人行	邵祖平

杂　缀

浙江采集植物游记	胡先骕

书　评

评《尝试集》	胡先骕

本期作者萧纯锦(1893—1968)，字叔綱，江西永新人。留学美国加利福尼亚大学，获经济学硕士学位。此时为东南大学经济系主任、教授。著有《经济学》等。是中国研究马克思主义经济学和社会主义经济理论的早期代表人物之一。

徐则陵(1887—1972)，字仰丘，又字养秋，江苏南京人。留学美国，获硕士学位，此时为东南大学历史系主任。

华焯(1869—1925)，字澜石，号持盦，江西崇仁人，曾授翰林院编修，著有《持盦集》。

汪国垣(1886—1966)，字辟疆，又字笠云，江西彭泽人，胡先骕的表兄。"同光体"诗派中"江西派"成员，著有《光宣诗坛点将录》、《汉魏六朝目录考》、《唐人小说考证》等。胡先骕提携的这位兄长，日后使南京大学中文系感到自豪和光荣。

王易(1889—1956)，原名朝琮，字晓湘，号简盦(也有称简庵)，江西南昌人，毕业于北京大学。此时在南昌心远中学、心远大学任教。"同光体"诗派中"江西派"成员，著有《国学概论》、《词曲史》、《乐府通论》等。其父王益霖(1856—1913)，号香如，曾任三江师范学堂教习，河南高等学堂教习兼任斋务长。王易为家中长子，其两个弟弟再湘、瘦湘均有诗名。书香门第，诗人辈出。

王浩(1894—1923)，原名朝璋，字然父，也作然甫，一字瘦湘，号思斋，王易之弟。"同光体"诗派中"江西派"成员，此时为民国国会史纂修、币制局秘书。华年早折，未尽其才，著有《思斋遗稿》。胡先骕在《学衡》第51期上刊文，对王浩及其《思斋遗稿》有专门的评论。

"同光体"诗派中的"江西派"在这一期表现十分明显，且日后逐步加重。本期"诗录"中的作者几乎都是江西人。

本期梅光迪之文，如箭在弦上，不得不发。这是他在美国与胡适讨论文学革命败北后,最强劲的一次反击。第 12 期后即不再为《学衡》写文章。他自知不是胡适的对手,1924 年夏,便到美国讲授汉语。

9 日,《时事新报》刊登《学衡》第 1 期和《史地学报》第 1 卷第 1 期的出版广告。

11 日,《时事新报》的《文学旬刊》第 25 号刊出吴文祺的《驳〈旁观者言〉》、西谛的《通讯——致凤林、幼南》和凤林、幼南的《通讯——致西谛》。

11 日,"史地学会"召开史地学会全体会议,由诸葛麒总干事报告会务经过,总编辑缪凤林报告《史地学报》的情况,三位指导员致辞后选举下届职员。第五届(1922 年 2 月 20 日—7 月)会员 85 人,其中文史地部 78 人。职员和指导员有所调整。

经本届大会议决,于 1922 年 4 月 15 日发布通讯,拟定"毕业同学愿入本会者亦可为本会会员"。

2 月

1 日,《学衡》杂志第 2 期出版发行。

目录如下:

插　画

泰西名画其一　Raphael "School of Athens"　附说明
泰西名画其二　Leonardo Da Vinci "Mona Lisa"　附说明

通　论

再论学者之精神	刘伯明
评今人提倡学术之方法	梅光迪
文学研究法	吴宓

述　学

国学撼谈(续)	马承堃
许书述微	张文澍
四书所启示之人生观	缪凤林
马克思学说及其批评	萧纯锦

文　苑

诗　录

| 癸丑五月十四日同散原舥斋宿焦山松廖阁 | 王瀣 |
| 思斋一日夜书事八首 | 王浩 |

酒余晚眺	王　易
夜中	王　易
寒夜潭秋见过	王　易
立春鸣雷有怀瘦弟	王　易
江上偶成	胡先骕
江上望庐山	胡先骕
一廛	胡先骕
壬癸杂诗	汪国垣
冷曹	王　浩
春日杂诗	胡先骕
后湖绝句四首	邵祖平

名家小说

钮康氏家传（The Newcomes）	英国沙克雷 W. M. Thackeray 著
	泾阳吴　宓译

第二回　织素缘恩深完好梦　芦花孽情误走天涯

杂　缀

无尽藏斋诗话	邵祖平
浙江采集植物游记（续）	胡先骕

书　评

梁氏佛教史评	柳诒徵
评《尝试集》（续）	胡先骕

　　本期作者缪凤林(1898—1959)，字赞虞，浙江富阳人。此时为南京高等师范学校—东南大学学生，师从柳诒徵，著有《中国通史大纲》等。缪凤林作为学生第一个进入《学衡》作者群。他和他的同学，风华正茂，是一个群星灿烂的开始。在随后的岁月里，他们支撑起近半个《学衡》杂志。

　　王瀣(1871—1944)，字伯沆，一字伯谦，号无想居士，晚号冬饮，江苏南京人。著有《读四书私记》、《经略台湾事纂》、《双烟室诗词文集》等。因讲解《四书》著名，故南京高等师范学校—东南大学师生称其为"王四书"。南京沦陷后，拒绝出任伪职，困顿而死，故得蒋介石"爱国耆儒"的褒扬。

　　胡先骕在《评〈尝试集〉》（续）一文中将 Irving Babbitt 译为白璧德，将 Humanism 译为人文主义。白璧德及新人文主义思潮进入中国，从此开始，《学衡》杂志是白璧德及新人文主义精神展示的舞台。白璧德是《学衡》作者中一部分人的精神领袖,新人文主义思潮是《学衡》杂志一部分作者的理论武器。先后师从白璧德的中国留学生计有梅光迪、吴宓、汤用彤、张歆海、楼光来、林语堂、梁实秋、郭斌龢八位。

4日,胡适日记记有:"东南大学梅迪生等出的《学衡》,几乎专是攻击我的。"同时写有打油诗,讽刺《学衡》杂志是"一本学骂"。胡适的自信和胜利者的姿态,更使《学衡》同人的反对白话新文学行为陷入唐·吉诃德大战风车的阵势。

4日,北京《晨报》有周作人署名"式芬"的文章《评〈尝试集〉匡谬》,批评《学衡》杂志第1期上胡先骕的文章。

9日,鲁迅在《晨报》以"风声"为笔名发表《估〈学衡〉》,批评《学衡》杂志中的复古、保守倾向。1949年以后,《学衡》杂志所背的恶名、黑锅,因鲁迅而被重重地涂抹。

10日,《晨报》头版刊登出《学衡》第一期出版广告,其中介绍说:"本志系南京学衡杂志社编辑注重昌明国学输入新知。以批评态度。求于现在学术界有所献替。本期刘君文。从积极方面。倡导学者应具之精神。梅君文。从消极方面就年来提倡新文化者所持之态度有所商榷。胡君评尝试集文。本期已登万余字。留心民国十一年论坛消息者。请注意本志之论调。"这是继本年1月9日《时事新报》刊登出《学衡》出版广告后,研究系报纸再一次发布《学衡》广告。本广告发布时,是与中华书局1922年出版杂志一览广告并排发布的。

11日,《时事新报》的《文学旬刊》第28号刊出吴文祺的《〈又一旁观者言〉的批评》。

11日,北京高等师范学校英文系一年级学生杨鸿烈(后入清华学校研究院),在读了《学衡》杂志后致信胡适说:"近阅《学衡》杂志,不胜为文化运动前途惧!如梅光迪之偏狭嫉恶,固不足论,若胡先骕先生之评文亦应有详密公正之讨究,俾白话诗得无本身动摇之患。"

13日,《时事新报·学灯》重刊周作人署名"式芬"的文章《评〈尝试集〉匡谬》。一位在新文学、新文化运动中激扬文字,粪土当年旧文人、旧思想的绍兴周郎,民族蒙难时期,却认贼寇为父,到徐州前线慰问残杀中国人的日军将士,沦为大汉奸。据常风回忆说,1938年叶公超来北平,他陪同叶公超去看望周作人。当叶劝说周作人离开北平时,周作人讲述不能离开北平的理由时却说:"鲁迅的母亲和他的女人都要我养活,老三一家也靠我养活"。常风说"鲁迅的母亲"这样的字眼在谈话中几次从周作人嘴里说出来。谈话结束之后,"我一路走着想起周作人称他们弟兄三位的母亲为'鲁迅的母亲',好像是在说什么不相干的人的老太太,感到十分刺耳不解"。而《学衡》同人却在苦难中坚守中国文化的道统。

21日,《时事新报》的《文学旬刊》第29号刊出沈雁冰(茅盾)署名"郎损"的《评梅光迪之所评》,批评梅光迪。代表"文学研究会"及《小说月报》的茅盾表现出与《学衡》杂志不共文坛的立场态度。

23日,《黄侃日记》本日记有得到《学衡》第1、2期,内有黄侃门人张文澍(馥哉)、钟歆(骏臣)之作。他对《学衡》中梅光迪文章的评价是:"讥弹今世新学狂人。多中肯綮。"

24日,《黄侃日记》本日记有:"致张馥哉钟骏臣一书,赞《学衡》之美,并指其违误三事。""违误三事"分别指的是柳诒徵、胡先骕、张馥哉的诗文之误。

本月,吴宓的清华学校同学、好友吴芳吉自长沙明德学校到南京东南大学访吴宓。当年在清华学校,吴宓等人与吴芳吉一同闹学潮。关键时刻,和吴宓一起闹学潮的其他官宦子弟被校方收买(校方以不开除为条件),私通校长,结果使吴芳吉一人被清华学校开除。吴宓为吴芳吉的好友,他感到此事是最对不起朋友的。对吴芳吉,他抱愧终生。后来他为吴芳吉及家属所做的一切,都是在支付欠朋友的这份感情、道义之责。

本月,由刘伯明口译、沈振声笔述的《杜威三大演讲》第三版由上海泰东图书局出版,合订一册,定价一元。共包括教育哲学、哲学史、试验论理学三部分,同时说明:此书为美国杜威博士在南京高等师范的演讲,比较他在北京教育部演讲者更为详细明透。

本月,《史地学报》第2期出版发行(校:版权页误印为4月)。
目录如下:
史地研究会会员全体摄影
(校:照片为"南京高师史地研究会全体会员摄影 十一年一月")

评 论

中国史之宣传	缪凤林
组织中国史学会问题	陈训慈
纪元问题	胡焕荣
(校:正文作者为"胡焕庸")	
历史之社会的价值	陈训慈
对于吾国最近经济变迁之观察	陈训慈

中　卷

专　论

近今史学之发展　　　　　　　　　　　　　徐则陵教授

（校：正文题目为"近今西洋史学之发展"）

研究历史之方法　　　　　　　　　　　　　缪凤林

不列颠帝国　　　　　　　　　　　　　　　胡焕荣

（校：正文作者为"胡焕庸"）

吾国古代金属器物之起源（完）　　　　　　姜子润

［校：正文题目为"吾国古代金属器物之起源（续）"］

少山多水之江苏之利害谈　　　　　　　　　白眉初教授

研　究

易之国家观　　　　　　　　　　　　　　　景昌极

周幽王时代国家社会概况（未完）　　　　　诸葛麒

汉人生计之研究　　　　　　　　　　　　　柳翼谋教授

火之起源　　　　　　　　　　　　　　　　张其昀

地质学上之三大问题　　　　　　　　　　　吴文照

（校：正文作者为"吴文昭"）

译　述

史之过去与将来　　　　　　　　　　　　　陈训慈译

（校：正文作者为"Dr. Harry E. Barnes 原著"）

关于华府会议之表计种种　　　　　　　　　张其昀译

（校：正文题目为"关于华府会议之表计数种"）

新　闻

史学界新闻六则

美国新出史书摘要

世界新闻四十则

附　录

一、建筑观象台意见书　　　　　　　　　　竺可桢

（校：正文题目为"本校急应在北极阁上建筑观象台意见书"）

二、记录　职员录　会员录

（校："记录"在正文为"史地研究会第四届纪事"）

三、通讯

（校：正文为"汕头蔡心觉君来函"）

3月

1日,《学衡》杂志第3期出版发行。

目录如下:

插 画

莎士比亚像

弥儿顿像

通 论

白璧德中西人文教育谈	美国白璧德教授撰　胡先骕译
论中国近世之病源	柳诒徵
文德篇	缪凤林
论批评家之责任	胡先骕

述 学

国学摭谈(续)	马承堃
苏格拉底自辨文	景昌极

(校:"文"字正文作"篇",有"Apology"。原文"自辨"现通常写作"自辩")

(校:《苏格拉底自辨篇》又连载于《东北大学周刊》1927年3月15日第15号、3月23日第16号、3月30日第17号、4月6日第18号、4月13日第19号、4月20日第20号、4月27日第21号、5月25日第25号、6月2日第26号、6月8日第27号、9月1日第28号)

文 苑

诗录一

登泰山作	柳诒徵
九月二十四日同织春陈八石军仲懋客归江西	王　浩
自灵隐登韬光	邵祖平
除夕怀瘦弟	王　易
北雁荡	胡先骕
宿外家感赋	柳诒徵
仲通归自美由沪往燕道出金陵聚语半日怅然赋此	胡先骕
岁暮奉怀然父兼呈简盦	胡先骕
隔舍与忏盦	胡先骕

诗录二

庚子之乱曾刚父比部携眷辟于平谷其友林君实夫偕往予

亦丐装后至相处月余曾林俱作者时有唱和予亦奉答五律　　　　　张　铣
（校：正文作"刚甫"）
感秋八首　　　　　　　　　　　　　　　　　　　　　　陈　涛
新秋杂咏　　　　　　　　　　　　　　　　　　　　　　陈　涛
秋日从家君渡江登玉峰护国寺诗十六首　　　　　　　　　吴芳吉

词录

一萼红　　　　　　　　　　　　　　　　　　　　　　　周岸登

名家小说

钮康氏家传（The Newcomes）　　　英国沙克雷 W. M. Thackeray 著
　　　　　　　　　　　　　　　　　　　　　　泾阳吴　宓译
　　　　第三回　青鸟传书金钱骨肉　白头话旧风雨沧桑

杂　缀

浙江采集植物游记（续）　　　　　　　　　　　　　　　胡先骕

书　评

评梁漱溟著《东西文化及其哲学》　　　　　　　　　　　刘伯明

本期卷首所刊《学衡》杂志简章为吴宓撰写。全文如下：

　　（一）宗旨：论究学术，阐求真理，昌明国粹，融化新知。以中正之眼光，行批评之职事。无偏无党，不激不随。

　　（二）体裁及办法：（甲）本杂志于国学则主以切实之工夫，为精确之研究，然后整理而条析之，明其源流，著其旨要，以见吾国文化有可与日月争光之价值，而后来学者，得有研究之津梁，探索之正轨，不至望洋兴叹，劳而无功，或盲肆攻击，专图毁弃，而自以为得也。（乙）本杂志于西学则主博极群书，深窥底奥，然后明白辨析，审慎取择，庶使吾国学子，潜心研究，兼收并览，不至道听途说，呼号标榜，陷于一偏而昧于大体也。（丙）本杂志行文则力求明畅雅洁，既不敢堆积饾饤，古字连篇，甘为学究，尤不敢故尚奇诡，妄矜创造。总期以吾国文字，表西来之思想，既达且雅，以见文字之效用，实系于作者之才力。苟能运用得宜，则吾国文字，自可适时达意，固无须更张其一定之文法，摧残其优美之形质也。

　　（三）组织：本杂志由散在各地之同志若干人，担任撰述。文字各由作者个人负责，与所任事之学校及隶属之团体，毫无关系。

　　（四）投稿：本杂志于投稿者，极为欢迎。投稿祈径寄南京鼓楼北二条巷二十四号《学衡》杂志社收。不登之稿，定即退还，但采登之稿，暂无报酬。

（五）印刷发行：本杂志由上海中华书局印刷发行，每月一册，阳历朔日出版，每册二角五分。凡欲购本杂志或望登广告者，径与中华书局总分局接洽可也。

附：本杂志职员表　总编辑兼干事吴宓，撰述员人多不具录。

自本期始，《学衡》杂志简章中署"总编辑兼干事吴宓"。

本期作者景昌极(1903—1982)，字幼南，江苏泰州人。此时为南京高等师范学校—东南大学学生，师从柳诒徵，后在支那内学院学习半年。著《哲学新论》、《道德哲学新论》等。他对吴宓来说是后生可畏。吴宓想写一部《道德哲学》却未成，于是他在1936年所写的《介绍与自白》中，特向读者推荐《学衡》同人景昌极的《哲学新论》、《道德哲学新论》。

陈涛(1866—1923)，字伯澜，号迹陶，陕西三原人，吴宓的姑父。1889年乙丑科举人，康有为门人，参与"公车上书"，请求变法维新。他为吴宓取名陀曼，吴宓早期的诗作多受他的影响。吴宓说自己作诗受两个人的影响最大，一是陈涛，另一位是黄节。陈涛著有《审安斋诗集》、《审安斋遗稿》。

吴芳吉(1896—1932)，字碧柳，号白屋吴生，四川江津人。吴宓清华学校读书时同学、好友，此时为湖南长沙明德学校教师。著有《白屋吴生诗稿》等。为生活所迫，吴芳吉颠沛流离了大半个中国，中年累死在家乡。

周岸登(1872—1942)，字癸叔、道援，号二窗词客，四川威远人。著有《蜀雅》、《梦碧簃曲稿》等。

4日，胡适向司徒雷登、刘廷芳推荐周作人到燕京大学国文系任教，周作人在回忆录中说这事给胡适的"白话新文学开辟一个新领土"。

30日，北京大学法学系学生、《晨报》记者费觉天在《晨报》副刊发表《请问〈学衡〉记者》。

胡适本月所写的《五十年来中国之文学》中断言："《学衡》的议论，大概是反对文学革命的尾声了。我可以大胆说，文学革命已过了讨论的时期，反对党已破产了。从此以后，完全是新文学的创造时期。"

本月，南京高师文学研究会与哲学研究会创办的《文哲学报》创刊发行第一期。

4月

1日，《学衡》杂志第4期出版发行。

目录如下：

插 画

英国十九世纪二大小说家像　参见《学衡》第一期钮康氏家传译序

其一　迭更司 Charles Dickens

其二　沙克雷 William Makepeace Thackeray

通 论

论今日吾国学术界之需要	梅光迪
说今日教育之危机	胡先骕
论戏曲与社会改良	华桂馨
论新文化运动	吴 宓

（校：正文有说明节录自《留美学生季报》）

述 学

选举阐微	柳诒徵

文 苑

文 录

送梅君光迪归康桥序	汪懋祖

诗录一

岁寒休暇	王 易
庚申夏六月游天台作	胡先骕
印佛自都以书讯近状寄此答之俾知故人襟怀澹落生事殊不寂寞非有意招隐也	胡先骕
坐曹得句示内子	王 浩
庸盦约游万寿山饮于三贝子花园即席赋此	王 浩
腊日诗庐招饮新居归灯赋简	王 浩
金陵秋望	邵祖平
春日三绝句	邵祖平

诗录二

圆明园遗石歌	柳诒徵
颐和园诗	张鹏一
清华园词	吴 宓
石鼓歌	吴 宓
南岳诗	吴芳吉

词　录

台城路(重过金陵)	周岸登
高阳台(过达官故居感赋)	王　易

名家小说

钮康氏家传(The Newcomes)	英国沙克雷 W. M. Thackeray 著
	泾阳吴　宓译

第四回　陋室德馨英雄训子　谈言微中壮士衡文

杂　缀

浙江采集植物游记(续)	胡先骕

书　评

评胡氏《诸子不出于王官论》	缪凤林
评赵尧生《香宋词》	胡先骕

本期作者汪懋祖，字典存，号影潭，江苏苏州人，留学美国哥伦比亚大学，获教育学硕士学位。后来与吴宓为清华学校同事，交往颇好。曾任苏州中学校长。

15日，胡适在日记中记有："读王国维先生译的法国伯希和一文，为他加上标点。此文甚好。"

23日，周作人在《晨报》发表《思想界的倾向》，批评《学衡》杂志。

24日，金毓黻(静庵，1887—1962)在《静晤室日记》中记有："阅《学衡》杂志。此志以梅光迪、胡先骕二君为主干，所著之文皆抨击新文化运动之失当，偏激失中之谈，触处皆是。所谓齐固失之，楚亦未必得也。"

29日，《时事新报·学灯》刊出梦华《评〈学衡〉》。梦华即东南大学西洋文学系学生胡梦华。

本月，南京高等师范学校—东南大学学生组织"文学研究会"、"哲学研究会"成立。在标明本年七月出版，实际为八月出版的第二期《文哲学报》中，有两张照片的插图："文学研究会摄影　十一年四月"、"哲学研究会摄影　十一年四月"。

两个研究会创办有《文哲学报》，由上海中华书局印行。《文哲学报》原计划为季刊，但实际上每年只出版两期。主要作者有景昌极、钱堃新、缪凤林、王恩洋、陈锺凡、徐景铨、刘文翮、范希曾、王焕镳、陈训慈、欧阳竟无、梅光迪、姜子润、柳翼谋、张君劢、梁任公、陈钧、张志超、卢于道、胡翼成、徐昂、赵祥瑗、陈去病、胡士莹、邵祖平、陆维昭(惟钊)、邵森、袁鹏程、吴梅、谢焕文等。"文苑"

栏目的"诗录"、"词录"与《学衡》一样都是旧体诗词。由于吴梅的缘故,多了一个"曲录"。"小说"栏目主要是翻译外国的短篇小说。

5月

1日,《学衡》杂志第5期出版发行。

目录如下:

插 画

泰西名画其三　Raphael "La Disputà"　附说明

泰西名画其四　Leonardo Da Vinci "The Last Supper"　附说明

通 论

杜威论中国思想	刘伯明
平等真诠	萧纯锦

述 学

顾氏学述	柳诒徵

(附:陈第《毛诗古音考序》)

刘知几与章实斋之史学	张其昀
柏拉图语录之二　克利陀篇 Crito	景昌极译

文 苑

诗录一

西山道中二首	蔡可权
公园晓望	王 浩
自松阳县至岱头	胡先骕
朝发白岩	胡先骕
高亭投宿周处士霁光家	胡先骕
招方子	杨增荦
大梅寺	杨增荦
四叔父蜕存诗稿	熊家璧
与镜湖謦刚清话	蔡可权
小窗雨霁	蔡可权
中 秋	杨赫坤
二月哭仲兄再湘生忌	王 浩
东天目	胡先骕

西天目	胡先骕
开岁二日同人游扫叶楼	邵祖平
江南春日	邵祖平
示　内	王　浩

诗录二

秋怀（八首）	丘逢甲
秋兴次张六士韵（八首）	丘逢甲
乙未偶题（四首）	丘逢甲
城西纪游八十韵	柳诒徵

词　录

台城路	王　易
鹧鸪天	刘永济

本期作者张其昀（1900—1985），字晓峰，浙江鄞县人。此时为南京高等师范学校—东南大学学生，师从柳诒徵，长于历史地理学。抗战胜利后一度出任浙江大学文学院院长。1949年以后，曾任迁台的国民党政府宣传部长、教育部长，创办中国文化大学。他是《学衡》杂志文化精神的实践者和继承人。

杨增荦（1860—1933），字昀谷，一字封炎，号佽堪、寅寮，江西新建人。光绪二十四年进士，清末诗人。著有《佽堪杂录》、《寅寮睡谱》、《杨昀谷先生遗诗》等。

12日，雁冰在《文学周报》第121期上发表《文学界的反动运动》，批评《学衡》的文学主张。

14日，在新出刊的《努力》周报第二号上有蔡元培、王宠惠、罗文干、汤尔和、陶行知、王伯秋、梁漱溟、李大钊、陶孟和、朱经农、张慰慈、高一涵、徐宝璜、王征、丁文江、胡适16人领衔签名的《我们的政治主张》。

本月，《史地学报》第3期出版发行。

目录如下：

（校：正文前有"编辑要则——旨趣及门类"、"本学报启事一"、"本学报启事二"、"本学报启事三"、"本学报编辑启事一"、"本学报编辑启事二"、"本学报编辑启事三"）

插　图

北极阁全景

古钟　鼎四种

欧战军盔与炮弹

评　论

清史感言　　　　　　　　　　　　　　　　　　　　陈训慈

通　论

世界今日之重大问题　　　　　　　　　　　　　　　张其昀译

（校：正文作者、译者为"美国地学会会长鲍曼 Isaiah Bowman 博士原著　张其昀译"）

钦天山重建观象台议　　　　　　　　　　　　　　柳翼谋教授

史地教学

中等中国历史教科书编辑商例　　　　　　　　　　陆维昭

（校：正文作者为"陆惟昭"）

历史教学之设备问题及其解决之方法　　　　　　　徐则陵教授

研　究

蜀汉开辟南蛮考（未完）　　　　　　　　　　　　束世澂

朝鲜亡国之原因及其能否复兴之推测（未完）　　　向　达

李考格（Lycurgus）之法制　　　　　　　　　　　　黄应欢

波罗的三国述概　　　　　　　　　　　　　　　　仇良虎

（校：正文作者、译者为"美国鲍蒙 Bowman 著　仇良虎译"）

世界气候分区法　　　　　　　　　　　　　　　　王学素

车战之制之起源及其变迁（未完）　　　　　　　　王玉章

周幽王时国家社会概况（续完）　　　　　　　　　诸葛麒

唐虞夏商祭祀考（未完）　　　　　　　　　　　　全文晟

古书新评

读史通与文史通义校雠通义　　　　　　　　　　　张其昀

（校：正文前面有说明"此篇系转载《学术》第五期　编者识　《刘知几与章实斋之史学》"《学术》为《学衡》之误）

杂　缀

三月份恒星之概说　　　　　　　　　　　　　　　陆鸿图

南洋风土情形　　　　　　　　　　　　曾膺联先生讲　吴文照记

（校：正文作者为"曾膺联先生演讲　吴文照记"）

日本之海上政策与殖民政策　　　　　　　　　　　胡焕庸

（校：正文作者为"胡焕庸译述"）

美人研究中国史之倡导　　　　　　　　　　　　　陈训慈译

（校：正文作者、译者为"美国拉多黎教授著　陈训慈译"）

59

世界新闻

  甲 爱尔兰问题   徐则陵先生讲 仇良虎记

    八年来鲁案交涉之经过(转载)

  乙 地理新材料

  丙 一月至三月国外大事记   向 达

气象报告

本年一月至三月南京气象报告   竺可桢教授

去秋江浙滨海之两台风   竺可桢教授

书报绍介

欧战后世界各国新形势   竺可桢教授

（校：正文作者为"竺可桢教授述"）

地学书绍介六则   张其昀译

（校：正文作者为"张其昀"）

史学书绍介四则   陈训慈译

史地界消息

史学界消息

地学界消息

调 查

地学考察报告——汤山   郑鹤声

［校：正文题目为"地学考察报告（汤山、燕子矶、紫金山之旅行考察） 郑鹤声"］

选 录

近世之地理观念   英国洛斯裴教授讲 龚登朝记

（校：正文作者、译者为"英国利物浦大学教授洛斯裴 Rosby 讲 龚登朝记"）

书报目录

中欧交通史目录   陈衡哲编

会 务

南京高等师范学校史地研究会简章

史地研究会第六届纪事(上)

［校：正文题目为"史地研究会第五届纪事(上)"］

职员录

通 讯

本会致本校文史地部毕业同学函

《编辑要则——旨趣及门类》

《史地学报》与世相见,于今五阅月。虽浅学一得,无当宏智,顾区区之心,冀与国人砥砺实学,当为识者洞鉴。同人深维史地之学,一由时间之连续,示人类之进化;一由空间之广阔,明人类与自然界之关系。其博大繁赜,实超其他科学。而就其近者言之,则一事一物,莫不有其源流与背景,果屏斯二者,即不足晓事物之真,更无由窥学术之全。是以各种学问,靡不有所凭于史地;而史地之可贵,亦要在出其研几所得,供各学科之致用。此所以西洋自然科学发达,而史学地学与之偕进而无已也。吾国自黄帝置史,大禹敷土,史地之学,肇端特早。祇以科学不进,实学沉涸;故史籍虽富,史学不昌;地志图表,尤阙精进。遂使先民之绪,坠而不振,昌明光大,归美白人。近年以还,国人盛言西学,谈论著述,蔚为巨观。顾于真实之学,辄相畏避,史学地学,尤稀过问。新说之灌输无闻,旧籍之研究日荒,怀古例人,宁非大耻。同人等问学旨趣,偏此二学,心痛现状,爰布兹册,将以求正有道,希助友声,以共阐前古之积绪,而期今后之精进。发刊以来,时自勉策;本期付印之先,更察社会之批评,经共同之考虑,编辑内容,益图改善。举其要端如(1)考证论评,务为并重;(2)新闻时事,增其材料;(3)介绍新出之名著;(4)流通中外之消息;(5)述教学以供教者之参助;(6)列调查以促考察之兴趣;(7)报告气象;(8)插印图片务求充实内涵,冀于学术有所贡献,于学者有所裨助。分门区类,都为二十,次列于下

1. 评论 2. 通论 3. 史地教学 4. 研究 5. 古书新评 6. 读书录 7. 杂缀 8. 世界新闻(A)时事纪述(B)地理新材料(C)中外大事记 9. 气象报告 10. 书报绍介 11. 史地界消息 12. 调查 13. 史地家传记 14. 谭屑 15. 专件 16. 选录(仿东方最录之意,酌量转载关于史地之文字)[沈按:"东方"为《东方杂志》] 17. 书报目录[(A)书籍(B)杂志(C)论文] 18. 会务(记录、会员录、职员录) 19. 通讯。合卷首插图,共为二十。

本报嗣后内容,略准此分,惟每期所列,非必尽有诸类(本期门类,凡十有四)。夫史地至广大,毕生不能精其一,区区斯报,何济大体?海内学者,将何以奋起共图,以昌明学术乎!则此一册刊物,不过稚昧冥行,敢执祛扫前尘之役而已。

十一年四月十五日

《南京高等师范学校史地研究会简章》

1. 定名　南京高等师范史地研究会。
2. 宗旨　本会以研究史学地学为宗旨。
3. 会员　凡本校史学系地学系或其他各科系同学有志研究史地者，皆得为本会会员。本校毕业同学愿入会者亦为会员。
4. 会务　本会会务，分讨论演讲调查编辑等。其细则另订之。
5. 职员　(a) 本会职员，设总干事副总干事各一人，干事二人，编辑主任一人，编辑八人，发行主任一人，书记二人，会计一人。均由全体会员选举，任期半年。

    (b) 本会聘请本校教授或其他学者为指导员。
6. 会费　暂定会员每人每学期小洋二角，临时费由总干事设法另筹之。
7. 会期　本会开会分大会常会临时会三种。大会每学期一次，常会每二星期一次，临时会于必要时召集之。
8. 附则　本简章有未尽事宜，会员得向大会提出修改。

《史地学会第五届职员录》(1922年2—7月)

总　干　事　胡焕庸
副总干事　张其昀
编辑主任　陈训慈
编　　辑　向达　陆维钊　仇良虎　吴文照　陈人文　范希曾
　　　　　景昌极　谢群
发行主任　诸葛麒
干　　事　周光倬　缪凤林
会　　计　王学素
书　　记　王玉章　汪章才
指导员名录　(以姓氏笔画为序)
　　　　　白眉初先生(中国地理)、竺可桢先生(世界地理)、柳翼谋先生(中国史)、徐则陵先生(西洋史)、陈衡哲先生(历史)、曾鹰联先生(地质学)、萧叔絅先生(经济史)

"史地学会"本届学术演讲会有五次：

徐则陵：爱尔兰问题(3月4日)

曾鹰联：南洋风土情形(3月24日)
竺可桢：美国之情形(4月21日)
陈衡哲：中国与欧洲交通史大纲(4月29日)
柳诒徵：中国近世史料(5月12日)

6月

1日，《学衡》杂志第6期出版发行。
目录如下：

插　画

释迦牟尼佛像
耶稣基督像　泰西名画之五"Christ Bearing the Cross"By Giargione.
附说明

通　论

葛兰坚论新　美国葛兰坚C. H. Grandgent教授撰　吴　宓、陈训慈合译	
非宗教运动平议	刘伯明
论学生拥护宗教之必要	景昌极
再论宗教问题(录《中华新报》)	一　苇
论大学生之责任	柳诒徵

述　学

国学摭谈	马承堃

［校：正文题目为"国学摭谈(续第三期)"］

旧德意志独裁政治发展之基础	陈茹玄
西洋文学精要书目	吴　宓

文　苑

文　录

严几道与熊纯如书札节钞

诗录一

寄从之	柳诒徵
秀野草堂小集呈石遗	林学衡
简诗庐三首	王　浩
同忏盦游灵谷寺待王伯沆先生不至	邵祖平
应潮湖	杨增荦

63

山中同尧公作	杨增荦
独往灵谷寺	柳诒徵
虎跑寺	梁公约
玉泉寺赠宏一上人	梁公约

（校："宏一"正文作"弘一"）

寄秦湘温	毛乃庸
与高大话都中旧事	汪国垣
山行答同人	杨增荦
江亭瞑眺和亮奇韵	林学衡
白门舟中	林学衡
门司口号	柳诒徵
南雁荡杂诗即赠陈少文先生	胡先骕

诗录二

辛亥杂诗	覃寿堃
前题和作	陈涛
秋怀八首次覃孝方韵	丘逢甲

词　录

疏影	刘永济

［校：正文题目为"疏影（残柳）"］

江城子	刘永济

［校：正文题目为"江城子（闻雁）"］

杂　缀

无尽藏斋诗话	邵祖平

（校：正文有注"续第二期"）

书　评

读阮大铖《咏怀堂诗集》	胡先骕

本期作者梁公约(1864—1926)，号饮真，室名端虚堂，江苏江都人。工诗善画，去世后，其诗由柳诒徵搜集整理，并借印《学衡》杂志之便，顺印《端虚堂诗集》一册。

覃寿堃(1878—1959)，字孝方，光绪三十年进士，湖北蒲圻人。著有《孝方诗存》等。

丘逢甲(1864—1912)，字仙根、吉甫，号蛰庵、仓海，祖籍广东嘉应，生于台湾苗栗。光绪十五年进士,被梁启超誉为"诗界革命一巨子"。著有《伯庄诗草》、《岭云海日楼诗钞》等。

林学衡(1897—1941),字浚南、庚白,号愚公、别署众难,福建闽侯人。"南社"社员。1941年被日军杀害于香港。著有《丽白楼自选诗》。

本月《湘君》文学季刊(实不定期)在胡子靖(元倓,1872—1940)任校长的湖南长沙明德学校创刊,同时发起成立长沙"明德社"(为清华学校"明德社"之延续)。主要成员为吴宓的清华同学吴芳吉、刘朴、刘永济等。其中刘永济为社长,吴芳吉、刘朴为编辑。

《湘君》与《学衡》的区别在于前者不排斥白话文学。《湘君》刊出的文章可以由《学衡》杂志转载,也可预先由《学衡》杂志刊登。《湘君》出版6期后停刊。一个中学所办的刊物,短命是可以理解的。据《湘君季刊简章》所示:"本刊以陶写性情,注重文艺趣味,藉以互相观摩砥砺为宗旨","无论文言白话,新旧体裁,俱所欢迎。"第一期所登的《湘君发刊词》中有"相尚相勉者三事":道德、文章、志气。第一期的负责人为吴芳吉。刊物分为"学习之部":诗歌类、散文类、小说类、戏曲类。"批评之部":社论类、研究类、介绍类、通信类。"杂纂之部":翻译类、图表类、民谣类、附录类。为《湘君》写文章的主要作者有:吴芳吉、刘朴、刘永济、吴宓、徐桢立、刘先沛、李肱良、凌其垲、景昌极、贺楚楠、胡征、罗元锟、张璞友、刘鹏年、汪剑馀、苏拯、刘作健、陈鼎芬、鄢远猷、谢羹安、孙子仁、易俊(竣)、刘泗英、胡元倓、王凤歧、周光午、童锡祥、王光益、吕光锡、汤素民、张潜秀、曾伋安、刘颂、石漱之、刘植、钱无咎、屈凤梧、张镇湖、文大衡、李赓等。吴宓除刊登旧体诗外,还有《文学入门》的文章。在大量的旧体诗词外,尚有胡征少量的白话新诗《牵牛花》、《我是一个蚕儿》。反对新文学的文章主要是吴芳吉的《论吾人眼中之新旧文学观》(共分一、二、三论),分别刊《湘君》第一、二、三期,及刘朴的《辟文学分贵族平民之讹》、刘永济的《迂阔之言》。这些反对新文学的文章,《学衡》有转载。

关于《湘君》与《学衡》的关系,《湘君》第三期所刊出的《上期报告》中特别写道:"《湘君》之稿有互见于《学衡》者,以《学衡》、《湘君》同声气也。所微有不同之处,《湘君》旨趣但言文章,《学衡》范围更及他事。《湘君》之性近于浪漫,《学衡》之人恪守典则。《湘君》意在自愉,《学衡》存心救世。"《湘君》在第三期末介绍《学衡》的文章《学衡杂志》中特别强调:"凡有志文哲艺术之士,欲不为时髦之言所愚,不为一偏之见所蔽,不为一主义一党派所拘束,不为一家之见解一国之文字言语所颠倒错乱者,请读《学衡》杂志,则黑暗之境,自有光明,烦闷之情，自能解慰，纷乱之象，自有条理，枯燥之思，自滋生趣。"文章最后又说《学衡》杂志内涵丰富，"盖其于安身立命之道，齐家治国之方，文化之真谛所存，汉族之精神所在"等均有涉及。

6日，东南大学办公室副主任刘伯明致函在上海的校长郭秉文，建议请王国维到东大执教。

8日，郭秉文致函沈信卿，请介绍王国维为词曲诗赋教授。

18日，胡适主编的《努力》周报今日出版的第7期上刊出《〈学衡〉杂志社梅光迪君来信》。梅信中认为胡适谈政治胜过谈文学。

7月

1日，《学衡》杂志第7期出版发行。

目录如下：

插 画

威至威斯像 William Wordsworth
辜律己像 Samuel Taylor Coleridge

通 论

论新旧道德与文艺	邵祖平
文情篇	缪凤林

述 学

华化渐被史	柳诒徵
西洋文学精要书目（续）	吴 宓

文 苑

文 录

严几道与熊纯如书札节钞（续）

诗录一

戊申别家诗有躬耕先世事归隐十年期之句	
今果符此语怆怀今昔遂成小诗即以十字为韵	华 焯
乱后由章门返彭泽	汪国垣
庚申三月三日程窳庵招同陈彬原胡蘧庵冒疚斋苍崖和尚	
集秦淮舟中仇赘叟复携歌者至谈燕甚欢苍崖作图记之	梁公约
先公九周忌日	王 易
涧苹偕游迎江寺长句	徐天闵

春雨过镜天闲谈长句	徐天闵

（校："镜"字正文作"竞"）

发夔州	毛乃庸
宜昌	毛乃庸
重晤梅斐漪京师数日而去不及言别也	王 浩
京邸赋呈欧阳仲涛丈	王 浩
印佛家京师久矣无因为招用此致概	王 浩
永嘉偶题	胡先骕
青田舟次口占时洪水初退	胡先骕
宿小九华山九华禅院	胡先骕

诗录二

诗史二首	李 佳

（校：正文注有"按：此指戊戌事"）

诗史五首	李 佳

（校：正文注有"按：此五首诗分指李鸿章、张之洞、翁同龢、袁世凯、张荫垣"）

己庚之间新乐府	李 佳

（校："间"字正文作"闲"。正文注有"己谓己亥庚为庚子"）

春寒有感	周燮煊

词 录

寿楼春	周岸登
祝英台近	王 易
齐天乐	胡先骕

名家小说

钮康氏家传(The Newcomes)	英国沙克雷 W. M. Thackeray 著
	泾阳吴 宓译

　　　第五回　慕荣华至亲成陌路　娱晚景老父抱痴心

杂 缀

浙江采集植物游记（续）	胡先骕

书 评

读郑子尹《巢经巢诗集》	胡先骕

6日，《学衡》社社员华桂馨、缪凤林、景昌极拜访吴宓。

7日，吴宓拜访刘伯明、杨铨。

67

8日,吴芳吉、周光午到南京拜访吴宓。吴芳吉推荐周光午为吴宓助手,协助吴宓编辑《学衡》杂志。

10日,吴宓陪同吴芳吉、胡子靖拜访胡先骕、刘伯明。

13日,吴宓拜访梅光迪、柳诒徵、欧阳竟无。

本月,吴芳吉介绍自己的学生潘敦(四川古蔺人)到东南大学访吴宓。潘未考入东南大学,三年后考入北京大学。在北京大学读书时,潘敦帮吴宓销售《学衡》杂志。

吴宓的清华学校同学、"明德社"同仁凌其峻(1897—1968)介绍自己的弟弟凌其垲(1905—1933)自上海到东南大学从吴宓学习。凌其垲后来到北京学习时,帮吴宓办理《学衡》的杂事。

本月,南京高师—东南大学"文学研究会"和"哲学研究会"合办的《文哲学报》第二期出版。

8月

1日,《学衡》杂志第8期出版发行。

目录如下:

插　画

希腊著名建筑　圣女祠 The Parthenon(Athens) 附说明　参观本期希腊之精神篇

希腊著名雕刻　僧人遇蛇像 The Laocoön 附说明　参观本期现今西洋人文主义及希腊之精神

述　学

论周代婚制	王焕镳
华化渐被史(续)	柳诒徵
中国心理学大纲	景昌极
现今西洋人文主义　第一章　绪言	梅光迪
希腊之精神	缪凤林

文　苑

文　录

严几道与熊纯如书札节钞(续)

陕西文献征辑启	张鹏一
《汉书律历志补注订误》自序	周正权

诗录一

清明萧寺展令容楼	王　易
寿萧无畏	梁公约
孟贤妇	熊家璧
开岁小集晏宅送瘦湘	汪国垣
吴温叟归自粤以柳庄耦耕卷子嘱题未报今温叟死矣书此哭之	梁公约
上元夕泊忠县	毛乃庸
花朝	毛乃庸
汤山行宫即事	曹经沅
三月二十二日同季略金坡游畿辅先哲祠观海棠	熊　冰
狮子窝看红叶晚宿大悲寺同纕蘅作	王　浩
香港登挂旗山饮于香江楼同饶使君作	王　浩
地中海中寄内	王　浩
江南	邵祖平
同陈伯严梁慕韩柳翼谋诸前辈太平门外观桃花	胡先骕

诗录二

海雨四绝	覃寿堃
病起	覃寿堃

词　录

木兰花慢	周正权

名家小说

钮康氏家传（The Newcomes）	英国沙克雷 W. M. Thackeray 著
	泾阳吴　宓译

第六回　薰莸冰炭两弟薄情　腹剑唇枪一姪构怨

书　评

评金亚匏《秋蟪吟馆诗》	胡先骕

本期作者王焕镳(1900—1982)，字驾吾，江苏南通人。此时为南京高等师范学校—东南大学学生，师从柳诒徵。著有《明孝陵志》、《墨子校释》等。

曹经沅(1891—1946)，室名借槐庐，四川绵竹人。"南社"社员，著有《借槐庐诗》等。

28日，胡适在日记中写道："现今的中国学术界真凋敝零落极了。旧式学者只剩王国维、罗振玉、叶德辉、章炳麟四人；其次则半新半旧的过渡学者，也只有梁启超和我们几个人。内中章炳麟是在学术上已半僵化了,罗与叶没有条理系统,只有王国维最有希望。"

本月,《史地学报》第4期出版发行。

目录如下:

插 图

美国加州李杰观象台摄影

六种佛像三种

古剑古戈

(校:正文首页有插图"美国加州哈密尔敦山李杰观象台"、"古剑古戈"、"六朝佛像")

(校:正文有"史地研究会编辑启事")

评 论

地名译名统一问题　　　　　　　　　　　　　　　　王学素

(校:正文作者为"王学川")

通 论

改良阳历之商榷　　　　　　　　　　　　　　　　竺可桢教授

清史刍议(附修史私议)　　　　　　　　　　　　　柳翼谋教授

研 究

近世史料之一(未完)　　　　　　　　　　　　　　柳翼谋教授

(校:正文副题为"一八四〇年之报纸")

说内行星交分　　　　　　　　　　　　　　　　　陆鸿图

朝鲜亡国之原因及其能否复兴之推测(完)　　　　　向　达

蜀汉开辟南蛮考(完)　　　　　　　　　　　　　　束世澂

车战之制之起源及其变迁(续)　　　　　　　　　　王玉章

管老学说之比较　　　　　　　　　　　　　　　　何惟科

游 记

黄河游记　　　　　　　　　　F. G. Clapp 原著　张其昀译

(校:正文作者、译者为"美国克兰普 Frederich G. Clapp 原著　张其昀译")

古书新评

读史通与文史通义校雠通义(完)　　　　　　　　　张其昀

(校:正文有副题"刘知几与章实斋之史学")

读书录

各国历史所受地理之支配　　　　　　　J. Fairgrieve 原著　胡焕庸节译

（校：正文作者、译者为"詹姆士弗尔格里夫 James Fairgrieve 原著　胡焕庸节译"）

选　录

中国地质学之过去与未来（地质学会开会会长演词）　　章鸿钊演词

（校：正文有副题"中国地质学会开会章鸿钊先生演词"）

世界新闻

地理新资料二十七则

四月分世界大事记　　　　　　　　　　　　　　　　　向　达

（校：正文题目为"四月分国外大事记"）

书报绍介

史学书五种　　　　　　　　　　　　　　　　　　　陈训慈译
地学书七种　　　　　　　　　　　　　　　　　　　张其昀译

史地界消息

史学界消息十七则

地学界消息十五则

评丛五则（国际学术团体与吾国　国人宜注意清宫古物　所望于地质学会者　吾国历史博物展览会之倡导　书籍目录应注意之点）

调　查

地学考察报告（岩山）　　　　　　　　　　　　　　　郑鹤声

［校：正文题目为"地学考察报告（续）　第二次　岩山十二洞"］

南京古物保存所访问记　　　　　　　　　　　　　　陈训慈

气象报告

四五两月南京气候报告

（校：正文作者为"竺可桢教授编制"）

书报目录

中等学校西洋史参考书目

地质调查所出版书目

会　务

史地研究会第五届纪事

［校：正文题目为"史地研究会第五届纪事（续）"］

史地研究会第五届编辑报告

本会交换所得书报目录
通　讯
章太炎先生致柳教授信(附复信)
编辑谈

9月

1日，《学衡》杂志第9期出版发行。

目录如下：

插　画

英国大诗人像　参观本期诗学总论篇

其一　摆伦 Lord Byron

其二　薛雷 Percy Bysshe Shelley

通　论

论今之办学者	柳诒徵
诗学总论	吴宓

述　学

中国文学通论	刘永济
明代复古派与唐宋文派之潮流	夏崇璞
英诗浅释　凡例(一)牛津尖塔 The Spires of Oxford	吴宓

文　苑

名家文

梦中儿女(Dream-Children: A Reverie)

英国蓝姆 Charles Lamb 著　陈　钧译

诗录一

秋日同尧公侍御仙峤舍人铁华民部师仲大理游西山宿戒坛	杨增荦
雨后至潭柘	杨增荦
程生丧母为赋一诗	柳诒徵
第一楼同炎南兄	林学衡
雨雪送别瘦弟	王　易
答寰老	杨赫坤
诵潭秋见示诸作	吴　著
西校酒阑赠刘王二故人即答刘见示之作	胡元轼

佛手崖观云	王　易
九日同大兄辟疆絅庵游青云谱	王　浩

（校：目录为"庵"，正文为"菴"）

思斋雨坐	王　浩
苏云卿圃	胡元钦
自龙泉至江山杂诗	胡先骕

诗录二

柏林杂诗十四首	李思纯

（校：正文有"六首录三"，"李思纯自德国寄"）

避乱山居答友人函询近况	龙植三
吊张君竹铭	龙植三

杂　缀

无尽藏斋诗话（续第六期）	邵祖平

本期作者刘永济，字宏度、弘度，室名诵帚庵，湖南新宁人。是吴宓在清华学校读书时的同学，此时为长沙明德学校教员。著有《诵帚庵词论》、《文学论》等。后长期执教于武汉大学中文系。

李思纯，字哲生，四川成都人，此时留学法国巴黎大学。1923年回国后任东南大学法国文学教授。作诗译诗，并有史学著作《新元史学》。

本月，东南大学西洋文学系正式成立，梅光迪为系主任，吴宓为教授。

据《吴宓自编年谱》所示："今秋开学时，两系分立。学校命每一学生自抉自择：或转入西洋文学系或留在英语系（年级不变）。择定后，不许再改。结果，四分之三皆愿转入西洋文学系。英语系益相形见绌矣。"其中原南京高师英文科，现改制后的东南大学英文系七位女生李今英、吴淑贞、曹美思、陈美宝、张佩英、黄叔班、黄季马都转入西洋文学系。导致英文系系主任张士一（谔）与西洋文学主任梅光迪结怨。

吴宓、梅光迪推荐同学、好友汤用彤为东南大学哲学系教授。

吴宓推荐同学、好友顾泰来（？—1928）为东南大学历史系教授。

吴宓推荐同学、好友、清华学校"天人学会"同仁黄华（1897—？）为东南大学法律系教授。

本月，吴梅自北京大学转入东南大学国文系任教。

10月

1日，《学衡》杂志第10期出版发行。

目录如下：

插　画

柏拉图像 Plato　参阅本期斐都篇

苏封克里像 Sophocles　参阅第八期希腊之精神篇

通　论

共和国民之精神　　　　　　　　　　　　　　　　　刘伯明

述　学

国学摭谈(续第六期)　　　　　　　　　　　　　　　马承堃

华化渐被史(续第八期)　　　　　　　　　　　　　　柳诒徵

柏拉图语录之三　斐都篇 Phaedo　　　　　　　　　景昌极译

文　苑

文　录

严几道与熊纯如书札节钞(续第八期)

《唾余集》序　　　　　　　　　　　　　　　　　　吴恭亨

诗录一

感遇十章三十初度作　　　　　　　　　　　　　　　王　易

三月念六日同伯沆翼谋孟彝三先生宿摄山栖霞寺翌日盘游而归　邵祖平

病足方割治喜刘伯远至与并舍居中夜奉似　　　　　　王　浩

日观峰观初日　　　　　　　　　　　　　　　　　　柳诒徵

重来章门晤简盦然父道旧感叹辄成长句　　　　　　　汪国垣

送裛庵归永新　　　　　　　　　　　　　　　　　　汪国垣

吴东邨孝廉宝田见题诗草次韵奉酬　　　　　　　　　张　捄

梅关五绝　　　　　　　　　　　　　　　　　　　　胡先骕

诗录二

壬戌暑假修学成都六先生祠即景　　　　　　　　　　陶世杰

(校：正文有"十首录四，原有序，今从略"。正文有"陶世杰自成都寄")

词　录

望海潮　　　　　　　　　　　　　　　　　　　　　周岸登

(校：正文有副题"星迥节孤云阁赋")

宝鼎现　　　　　　　　　　　　　　　　　　　　　胡先骕

(校：正文有副题"双十节溢城萧鼓甚盛赋")

八声甘州　　　　　　　　　　　　　　　　　　　　向迪琮

(校:正文有副题"书梦瘫闻妙香室词卷")

买陂塘　　　　　　　　　　　　　　　　　　　　　　　郭　延

(校:正文有副题"题辜云叟竹西精舍图")

浣溪沙　　　　　　　　　　　　　　　　　　　　　　　刘麟生

(校:正文有副题"月")

祝英台近　　　　　　　　　　　　　　　　　　　　　　刘永济

(校:正文注有"此词作于本年五月时奉直之战甫毕,编者注")

杂　缀

浙江采集植物游记(续第七期)　　　　　　　　　　　　胡先骕

书　评

评朱古微《彊邨乐府》　　　　　　　　　　　　　　　　胡先骕

评杜威《平民与教育》(John Dewey:Democracy and Education)　缪凤林

本期作者吴恭亨(1857—1937),字悔晦,号岩村,湖南慈利人,"南社"社员,工诗。著有《对联话》、《悔晦堂文集》等。

刘麟生(1894—1980),字宣阁,号茗边词客,安徽无为人。著有《茗边词》、《青灯词》、《中国文学概论》、《中国诗词概论》等。

13日,东南大学、南京高师国文系同人发起成立的"东南大学南京高师国学研究会"召开成立大会,并确立了"指导员职员录"和具体的工作机构。指导员有陈中凡、顾实、吴梅、陈去病、柳诒徵等。

16日,东南大学、江苏省教育会、讲学社、中国公学、同济大学等五团体在上海卡尔登饭店欢宴刚刚来华讲学的德国哲学家杜里舒,郭秉文、蒋百里、张东荪等出席,郭秉文在宴会演说中指出两要点:其一,各国文化上必有各自特点;其二,必须要互相交换各国文化之特点才能建设特别的世界新文化。按照计划,杜里舒在东南大学一校就要进行四个多月的长期讲学。

20日,"国学研究会"举办演讲,吴瞿安讲《词与曲之区别》。

同日,甫生在《时事新报·学灯》发表《驳〈新文化运动之反应〉》,驳斥吴宓的无知和倒退。"即以海上报章而论,除掉时事新报,民国日报,几家而外,都还是载着堕落派的文言滥调,并且各家的小品文字,像自由谈,快活林,小时报,小申报等栏,且非常的受人欢迎。请问这些文章,也算是新文化的稿件么?"为陈独秀等人辩诬,同时对《学衡》的前九期都提出了批评。

25日,南通张謇在收到柳诒徵寄赠的《学衡》杂志后有一封回信,盛赞《学衡》及东南大学。他说《学衡》杂志"论新教育、论白话诗,乃无一非吾意所欲言。不意近日白门乃有此胜流,群□[沈按:无法辩认的字]之乐也。望更寄全分三部,欲分与中学、师范诸校,为流行病之药。吾恶知恶风之不已侵吾域耶?得此庶以为自证,以同自卫"。

27日,"国学研究会"举办演讲,顾铁生讲《治小学之目的与其方法》。

11月

1日,《学衡》杂志第11期出版发行。

目录如下:

插　画

英国大诗人像
其三　丁尼生 Alfred, Lord Tennyson
其四　白朗宁 Robert Browning

通　论

| 文义篇 | 缪凤林 |

述　学

中国学术要略(录《亚洲学术》杂志)	孙德谦
李二曲学术	王　庸
华化渐被史(续第十期)	柳诒徵
西洋文学精要书目(续第七期)	吴　宓

文　苑

文　录

| 与刘弘度书(录《湘君》季刊) | 刘　朴 |

诗录一

后石坞	柳诒徵
读江都李振青之太夫人家训即以为寿	梁公约
思阿牛	王　浩
安福道中	胡先骕
至日用后山韵三首	邵祖平
送梦庐	王　易
羊儿诞生	王　易
足疾扶杖过法源寺欲卜居焉偶成一律	王　浩
倚杖一首	王　浩

| 柏庐赏予间吟绝句谓可作画更杂占数章索之 | 王　易 |

（校：目录"间"字，正文为"闲"）

| 九月二十六日梦赋别意三首起而忆之以为似秦少游矣 | 王　浩 |
| 梅树潭 | 胡先骕 |

诗录二

哭杨锐	吴之英
颐和园歌	吴之英
上峡	周正权
滁县杂咏	柳诒徵

词　录

| 内家娇 | 周岸登 |

（校：正文有副题"忆邛池用张来韵"）

| 解连环 | 向迪琮 |

（校：正文有副题"送大壮之沪和梦窗留别石帚韵"）

| 探春慢 | 郭　延 |

（校：正文有副题"成都度岁用艸窗修门韵"）

| 临江仙 | 王　易 |
| 江神子 | 刘永济 |

书　评

| 评俞恪士《觚庵诗存》 | 胡先骕 |

本期作者孙德谦(1873—1935)，字受之、益庵，号隘堪居士，江苏吴县人。著有《太史公书义法》等，是对章学诚的史学较早进行研究的学者。

《亚洲学术》于1922年9月创刊于上海。首创人为沈曾植。第一、二期主编为孙德谦，第三、四期主编为张尔田。该刊主要作者为沈曾植、王国维、罗振玉、李详、章梫、况周颐、曹元弼、冯煦、刘承幹、孙德谦、张尔田。

王庸(1900—1956)，字以中，江苏无锡人。此时为南京高等师范学校—东南大学的学生，师从柳诒徵。1925年考入清华研究院，长于历史地理。著有《中国地理学史》《中国地图史纲》等。

刘朴(1894—1976)，字柏荣，湖南宁乡人，杨度的外甥，吴宓清华学校读书时的同学。后任教于东北大学、重庆大学、四川大学。《学衡》社社员中，他因一妻一妾，生活别致。

1日，茅盾署名"冰"，在《文学旬刊》第54期发表《写实小说之流弊》，反驳

《学衡》杂志中对新文学作品的批评。

3日,"国学研究会"举办演讲,梁任公讲《屈原之研究》。

9日,"国学研究会"举办演讲,陈仲英讲《近代诗学之趋势》。

10日,"史地学会"举办演讲,梁启超讲演《历史统计学》。

11日,郑振铎在《文学旬刊》第55期发表杂谈(五则),批评《学衡》杂志的保守倾向。

17日,"国学研究会"举办演讲,江亢虎讲《欧洲战争与中国文化》。

21日,沈曾植病逝于上海。

24日,"国学研究会"举办演讲,陈中凡讲《秦汉间之儒术与儒教》。

本月,《史地学报》2卷第1号出版发行。

目录如下:

编辑导言

插　图

近代大史学家王壬秋先生遗像

陕西长安县之灞桥

长江燕子矶

通　论

地理对于人生之影响　　　　　　　　　　　　　竺可桢教授

(校:正文作者为"竺可桢博士讲,庄蕚璋记　五月六日在南京中国科学社演讲")

研　究

近世史料之一(续完)　　　　　　　　　　　　柳翼谋教授

欧洲大学起源考　　　　　　　　　　　　　　　张廷休

史地教育

历史教育上之心理问题　　　　　　　　　　　　徐则陵教授

特　载

今夏中华教育改进社关于史地教育之提案及历史教育组地理教学组之会议记录

史　传

地质学发达史　　　　　　　　　　　　　　　　王学素

地　志

上海之地理　　　　　　　　　　　　　　　　　张其昀

赴济南参与中华教育改进社纪游　　　　　　　　韦润珊

中　卷

论文摘述

文化北进说　　　　　　　　　　　　　　　　　　陈训慈

（校：正文作者、译者为"美国吉尔费兰原著　陈训慈摘译"）

气象报告

六七八三月南京气候报告

（校：正文作者为"竺可桢教授编制"）

选　录

江苏之财政　　　　　　　　　　　　　　　　　　柳诒徵

蒙事说略　　　　　　　　　　　　　　　　　　　林长民

西藏旅行谈　　　　　　　　　　　　　　　　　　索伦生

欧洲旅行中之观察　　　　　　　　　　　　　　　黄膺白

（校：正文副题为"黄膺白先生在职工教育馆演讲稿"）

渐入新时代之澳大利亚洲　　　　　　　　　　　　益　鑫

调　查

地学考察报告——紫金山　　　　　　　　　　　　郑鹤声

（校：正文题目为"地学考察报告　第三次　紫金山　四月十六日"）

地学考察报告——高资,香山,朝凰山　　　　　　　孙逢吉

（校：正文题目为"地学考察报告　第四次　高资香山朝凰山　四月三十日"）

表　解

最近欧洲各国地理学进步之概况　　　　　　　　　张其昀

会　务

史地研究会第五届纪事（续完）　　　　　　　　　张其昀

《史地学会第六届职员录》(1922年9月—1923年2月)

总干事　　向　达　诸葛麒

书　记　　马继援　杨　楷

会　计　　周光倬

干　事　　全文晟　王　庸

调查部　　袁鹏程　王学素

编辑部　（总编辑）张其昀

　　　　（编辑）陈训慈　陆维钊　景昌极　缪凤林　郑鹤声　束世澂

　　　　　　　　胡焕庸　邓光禹

　　　　（书记）唐兆祥　陈人文

79

出版部　周　憨　仇良虎

图书部　王玉章　陆鸿图

指导员名录

白月恒（眉初）（中国地理）

王毓湘（中国地理）

竺可桢（藕舫）（世界地理、气象学）

柳诒徵（翼谋）（中国史）

梁启超（任公）（中国政治思想史）

徐则陵（养秋）（西洋史、教育史）

陈衡哲（西洋历史）

曾鹰联（地质学）

顾泰来（欧战史、政治史）

萧纯锦（叔絅）（经济学、经济史）

12月

1日，《学衡》杂志第12期出版发行。

目录如下：

插　画

约翰生像 Dr. Samuel Johnson

安诺德像 Matthew Arnold

通　论

读墨微言　　　　　　　　　　　　　　　　　　　柳诒徵

评近人之文化研究（录《中华新报》）　　　　　　汤用彤

社会主义平议　　　　　　　　　　　　　邹卓立（自广州来稿）

述　学

说周官媒氏奔者不禁　　　　　　　　　　刘善泽（自长沙来稿）

诗说　　　　　　　　　　　　　　　　　　　　　陈　柱

诗之修辞　　　　　　　　　　　　　　　程俊英（自广州来稿）

唐诗通论　　　　　　　　　　　　　　　　　　　邵祖平

英诗浅释（续第九期）（二）古意 Robert Herrick "Counsel to Girls"　吴　宓

文 苑

文 录

严几道与熊纯如书札节钞(续第十期)

诗 录

初夏三首	王 浩
感讽四首	邵祖平
武功山	胡先骕
江上闲眺	胡先骕
公园丁香花下作	熊 冰
别三弟	王 易
赠伯远	王 易

词 录

齐天乐	王 瀣
忆瑶姬	周岸登
法曲献仙音	郭 延
氐州第一	向迪琮

杂 缀

浙江采集植物游记(续第十期) 胡先骕

本期作者程俊英(1901—1997),福州人,1922年毕业于北京女子高等师范学校。著有《诗经漫话》等。

陈柱(1889—1944),字柱尊,室名守玄阁、十万卷楼、变风变雅楼,"南社"社员,广西北流人。留学日本,日军侵华期间曾任南京汪伪政权扶植的"中央大学校长"。著有《守玄阁诗钞》、《十万卷楼说诗文丛》、《变风变雅楼文集》、《中国散文史》等。陈衍对其评价说:"陈柱尊人尚好学,下笔亦快,惟大言不惭,尝与予言,其诗有意于李杜苏黄外别树一帜。"钱锺书说:"柱尊真可当土匪名士之号。"(《石语》)

1日,"国学研究会"举办演讲,陈佩忍讲《论诗人应具有之本领》。

6日,两校评议会、教授会联席会议通过,南京高等师范学校归入东南大学。

7日,"国学研究会"举办演讲,柳翼谋讲《汉学与宋学》。

24日,"国学研究会"举办演讲,江亢虎讲《中国古哲学家之社会思想》。

29日,钱玄同在日记中写道:"看见一本第十二期的《学衡》,第一篇题为

《读墨微言》,是柳诒徵做的,居然在今日还要吹孟老爹的死灰期使复燃:说什么'无父无君是禽兽也'的话,这真只配合张尔田们去谈学了。孟老爹的话,二十年前的梁任公已经将它驳倒。而今日尚有学校中人拾其唾余,以为瑰宝。呜呼!人们知识之相差,抑何其远到如此!即此标题亦甚不通。微言者,深邃[邃]幼渺之言也。此篇之言,即出于柳氏自己,亦尚不配称微言,而况拾人唾余乎!"

本学期"史地学研究会"共组织六次学术演讲:
翁文灏:万国地质学会之略史及本年开会情形(10月24日)
江亢虎:游俄杂谭(11月1日)
顾泰来:Lecky论历史与政治(11月8日)
梁启超:历史统计学(11月10日)
竺可桢:关于测候所之实际(12月15日)
柳诒徵:正史之史料(12月18日)

1923 年

1 月

1日,《史地学报》第2卷第2期出版发行。

目录如下:

(校:扉页有"编辑部启事")

插　图

黄河铁桥二幅

泰山胜迹——南天门　御帐坪　水帘崖　自中天门望泰山之远景

孔林胜迹——至圣墓　大成殿

评　论

论臆造历史以教学者之弊　　　　　　　　　　　　柳翼谋教授

通　论

历史统计学　　　　　　　　　　　　　　　　　　梁任公讲师

蓝盖氏论历史的政治价值(续完)　　　　　　　　　顾泰来教授

地理研究院之计划　　　　　　　　　　　美国Davis原著　王素学译

（校：正文作者、译者为"美国台维斯原著　王学素译述"）

史地教育

战后之德意志历史教学　　　　　　　　　　　　　　　　陈训慈译

（校：正文作者、译者为"美国葛尔绥教授原著　陈训慈译"）

附录二篇：学校历史科之目的；近世地理教员之目的

（校：附录一：学校设历史一科应以何者为目的　徐则陵

附录二：近世地理教员之目的　美国尼布拉士省师范学校洛奇 E. E. Lockey 原著　徐甘棠译）

地　志

战后俄德二国之现状　　　　　　　　江亢虎先生讲　陆维钊记

（校：正文作者为"陆惟钊记"）

泰山纪游　　　　　　　　　　　　　　　　　　　　　　韦润珊

曲阜纪游　　　　　　　　　　　　　　　　　　　　　　韦润珊

读书录

历史地理学　　　　　　　　　　　　　　　　　　　　　张其昀

（校：正文为"张其昀译"。本书为法国布伦汗 Jean Brunhes 与克米尔 Camille Vallaux 合著）

各国历史所受地理之支配　　　　　　　　　　　　　　　胡焕庸

（校：正文作者、译者为"弗尔格里夫 Fairgrieve 原著　胡焕庸节译"）

时事史

青岛接收之情形　　　　　　　竺可桢教授讲　王玉章　郑鹤声记

新书介绍

近世欧洲政治社会史　　　　　　　　　　　　　　　　　陈训慈

（校：正文作者、译者为"美国汉斯著　陈训慈述"）

英国经济史大纲　　　　　　　　　　　　　　　　　　　张廷休

（校：正文作者、译者为"美国程纳著　张廷休译"）

地学书十种　　　　　　　　　　　　　　　　　　　　　张其昀

史地界消息

史地界消息十三则

地理界消息十九则

九十两月南京气候报告

气象报告

（校：正文作者为"竺可桢教授编制"）

调　查

余姚鱼盐调查　　　　　　　　　　　　　　　　　屠急公

（校：正文题目、作者为"余姚渔盐调查　屠急公投稿"）

表　解

最近欧洲各国地理学进步之概况　　　　　　　　　张其昀

〔校：正文题目为"最近欧洲各国地理学进步之概况（续）　张其昀"〕

会　务

本会第六届情形汇纪

〔校：正文题目为"史地研究会第六届情形汇纪（本届未完）"〕

1日，《学衡》杂志第13期出版发行。

目录如下：

插　画

泰西名画之六　荷马像 Homer

　　　　　　　法国 Francois Pascal Gérard 绘　参观本期希腊文学史

泰西名画之七　海克多别妻出战图 The Parting of Hector and Andromache

　　　　　　　　　　法国 Maignan　参观本期希腊文学史

通　论

广乐利主义　　　　　　　　　　　　　　　　　　景昌极

述　学

五百年前南京之国立大学　　　　　　　　　　　　柳诒徵

希腊文学史

第一章　荷马之史诗　　　　　　　　　　　　　　吴　宓

亚里士多德《伦理学》　卷一（The Ethics of Aristotle, Book Ⅰ）

　　　　　　　　　　　　　　　　　　　　　　　向　达译

（校：现行书写为 Ethics of Aristotle, Book Ⅰ）

文　苑

文　录

严几道与熊纯如书札节钞（续第十二期）

诗　录

白云诗　　　　　　　　　　　　　　　　　　　　杨增荦

观华严泷　　　　　　　　　　　　　　　　　　　杨赫坤

山行杂咏　　　　　　　　　　　　　　　　　　　陈涛伯

雨中与撷华话乡中事感而有作时同客京师	王　浩
武夷山歌	胡先骕
秋深与瘦弟三贝子花园眺坐	王　易
城南园葭蓼苍然秋意酬倦赋示三弟	王　易
自六月十二日卧病七旬至是甫能作	
竟日坐喜呈大兄兼简艾畦庸盦	王　浩
闻诗庐遗草刻成感书一律	王　浩
壬戌重九作	邵祖平
秋晚过后湖	邵祖平

词　录

满庭芳	赵　熙
水调歌头	李思纯
高阳台	李思纯
虞美人	李思纯
齐天乐	刘麟生

杂　缀

无尽藏斋诗话（续第九期）	邵祖平

自本期始,《学衡》杂志增加英文简章和英文目录。

本期作者向达(1900—1966),字觉民,湖南溆浦人。此时为南京高等师范学校—东南大学学生。著有《中西交通史》、《西域考古记》、《唐代长安与西域文明》等。

赵熙(1867—1948),字尧生,小字三多,号香宋,四川荣县人。光绪十八年进士,著有《赵尧生诗稿》、《香宋词》等。陈衍称"其诗沉挚凄凉,力透纸背,求之侪辈,豁焉寡俦"。钱锺书旁注:"此过相标榜。尧生诗甚粗率,石遗称之,有深誉,此卢询祖对卢思道语用意。"(《石语》)

3日,钱玄同日记记有:"宇众因谓教育界亦极可悲观:南开主张读经,东大有《学衡》和《文哲学报》。这都是反六七年来新文化运动的现象。我觉得这种现象并不足悲,而且有了这种现象,新文化更加了一重保障。你看,袁世凯称了一次皇帝,共和招牌就钉牢了一点;张勋干了一次复辟的事,中华民国的国基就加了一层巩固,这都是很好的先例。"

9日,"国学研究会"举办演讲,梁任公讲《治国学的两条大路》。

"国学研究会"的系列演讲,加上蒋维乔的一讲《法界一览》,由"国学研究会"编辑整理为《国学研究会演讲录》第一集和江亢虎的《社会问题讲演录》一并列为"东南大学丛书",由上海商务印书馆出版发行。

自本月起,梅光迪不再为《学衡》杂志撰稿。由于和吴宓的矛盾,他对人说:"《学衡》内容愈来愈坏,我与此杂志早无关系矣!"

本月,英国人 Arthur Sowerby 将其主编(美国人福开森为副主编)的英文刊物《中国学艺》杂志寄赠吴宓,请与《学衡》杂志互为交换,互登广告及每期目录。

2月

1日,《学衡》杂志第14期出版发行。

目录如下:

插　画

亚里士多德像 Aristotle　参观本期亚里士多德《伦理学》译文

西塞罗像 Cicero　参观下期西塞罗说老译文

通　论

| 安诺德之文化论 | 梅光迪 |

述　学

中国人之佛教耶教观　　　　　　　　　　　　　　　　　　缪凤林

五百年前南京之国立大学(续第十三期)　　　　　　　　　柳诒徵

希腊文学史(续第十三期)　第二章　希霄德之训诗　　　　吴　宓

亚里士多德《伦理学》(续第十三期)　卷二　　　　　　　夏崇璞

英诗浅释(续第十二期)　(三)安诺德　挽歌 Matthew Arnold"Requiescat"

　　　　　　　　　　　　　　　　　失望"Despondency"

　　　　　　　　　　　　　　　　　有所思"Longing"　　　吴　宓

文　苑

诗录一

雨晴过田舍　　　　　　　　　　　　　　　　　　　　　　陈延杰

送易庐　　　　　　　　　　　　　　　　　　　　　　　　王　易

哭沈乙庵师　　　　　　　　　　　　　　　　　　　　　　胡先骕

七月念九日游焦山作　　　　　　　　　　　　　　　　　　邵祖平

灯下对菊作　　　　　　　　　　　　　　　　　　　　　　柳诒徵

除日书怀次公燕韵时将入浙　　　　　　　　　　　　　　　桂　赤

结习	桂　赤
积痗半载读哲维病中诗感书奉讯	王　浩
哭皮君晦堂	王闻涛
送别	黄元直
策杖	黄元直
散原先生七秩寿日以大集见贻赋此奉呈	姚锡钧
九日与植支寻山寺	陈衡恪

诗录二

欧行旅程杂诗十七首	李思纯
巴黎杂诗十三首	李思纯

词　录

绿盖舞风轻	周岸登

书　评

读张文襄《广雅堂诗》	胡先骕

附　录

文坛消息（四则）

本期作者陈衡恪,字师曾,号槐堂,江西义宁人,"同光体"诗派中"江西派"成员,其父陈三立,弟陈寅恪。善诗文书画,著有《中国绘画史》、《槐堂诗钞》等。父子三人同为《学衡》杂志作者,唯有陈家。

3月

1日,《史地学报》第2卷第3期出版发行。

目录如下:

插　图

梁任公先生近影

评　论

中国之史学运动与地学运动

(校:正文后面署名"叔谅"即陈训慈)

史地教学

地理教学法之商榷	竺可桢教授

通　论

自然环境与经济	萧叔絅教授

美国之地理学　　　　　　　　　　　　　　　　　　张其昀译

（校：正文作者、译者为"Wallace. W. Atwood 原著　张其昀译"）

研　究

正史之史料　　　　　　　　　　　　　　　　　　柳翼谋教授

（校：正文作者为"柳翼谋教授演讲　邵森、王焕镳笔记"）

唐虞夏商祭祀考（续）　　　　　　　　　　　　　　全文晟

特　载

护国之役回顾谈　　　　　　　　　　　　　　　　梁任公先生

地　志

游俄杂谭　　　　　　　　　　　　　江亢虎先生讲　杨楷笔记

（校：正文作者为"江亢虎先生演讲　杨楷笔记"）

人满之印度　　　　　　　　　　　　　　　　　　　王　庸译

（校：正文作者、译者为"Harold Cox 原著　王庸译"）

书　评

"中国历史研究法纠谬"　　　　　　　　　　　　　张星烺先生

（校：正文题目为"'中国历史研究法'纠谬"　作者为"泗阳张星烺著"）

读书录

各国历史所受地理之支配（续）　　　　　　　　　　胡焕庸

（校：正文作者、译者为"弗尔格里夫原著　胡焕庸节译"）

新书介绍

西灵地雅（西域新图志）　　　　　　　　　　　　　张其昀

（校：正文后署名作者"张其昀"）

中国与伊兰文化

（校：正文后署名作者"张其昀"）

美国国民史　　　　　　　　　　　　　　　　　　　胡焕庸

（校：正文后署名"胡焕庸"）

新地理

（校：正文后署名作者"胡焕庸"）

史地界消息

历史界消息十四则

地理界消息十则

选　录

欧战与中国文化　　　　　　　　　　江亢虎先生讲　汪章才笔记

（校：正文作者为"江亢虎先生演讲　汪章才笔记"）

片马问题　　　　　　　　　　　　　　　　　　　　　　王龙章

气象报告

十一十二月南京气候报告

（校：正文作者为"竺可桢教授编制"）

书报目录

广仓学宭出版关于国史之书目　　　　　　　　　　　　陈训慈

美国地学社最近几种出版物

［校：正文题目为"美国地学社（纽约）最近几种出版物"］

本月，南京高师文学研究会与哲学研究会创办的《文哲学报》第三期出版发行。

东南大学"国学研究会"本月在南京创办《国学丛刊》，主要负责人是陈中凡、顾实。1923年3月—1926年8月出版3卷共9期，与北京大学研究所国学门和清华学校研究院的工作相比，成绩是弱了一些。尤其是大学本科学生的研究工作，无法和北京大学、清华学校研究生的工作相比。他们之间的差距是看得见的。《国学丛刊》上的外稿主要是刘师培的遗著，其余大都是东南大学师生的文章，教师的文章主要是集中在国文系的陈中凡、顾实、吴梅。由于陈中凡、吴梅都有来自北京大学的特殊身份和顾实留学日本的学术背景，使得"国学研究会"及《国学丛刊》较少"学衡派"的保守倾向，也没有与北京大学的极端对立情绪。如果说他们也有保守成分存在的话，那最明显的就是刊物坚持刊登旧体诗词。

9期《国学丛刊》主要作者中教师辈的有顾实（铁生、惕生、惕森）、陈中凡（钟凡、斠玄）、刘师培（申叔遗稿）、陈延杰（仲英）、吴梅、陈去病（佩忍）、易培基（寅村）、胡光炜（小石）、章炳麟、钱基博（子泉）、孙德谦（益庵）、李笠（雁晴）、蒋竹庄（维乔）等，其他的都是东南大学"国学研究会"、"史地学会"、"文学研究会"、"哲学研究会"的成员（学生）。旧体诗词是刊物的一项重要内容。南京高师—东南大学的毕业生，暨"国学研究会"、"史地研究会"、"文学研究会"、"哲学研究会"的成员，有几位后来到清华学校研究院做研究生，继续学习，如王庸、杨筠如、王镜第、刘纪泽。浦江清、赵万里则到清华学校任职，分别为陈寅恪、王国维的助教。陈中凡、吴梅、陈去病，学生中的钱堃新、范希曾、姜子润、陈训慈、徐景铨、刘文翮、赵祥瑗、缪凤林、景昌极、陆维钊、王玉章、陈旦、郑鹤声、胡士莹、王焕镳等也在《文哲学报》、《国学丛刊》上登文章。同时，刊物还引起了日本学者的注意,神田邕盦、大村归堂(西崖)的文章及他们与顾实、陈中凡的通信在刊物上发表。为《国学丛刊》写文章的作者还有陈衍、李瑞清(遗稿)、李详、聂鸿仁、商承祚、王曾稼、陶鸿庆、冉崇烈、胡朴安、叶俊、李育、李俶、李冰若、余永梁、张世禄、蒙文通、唐圭璋、严惠文、黎群铎、陈兆馨、张右源、樊德荫、陈登原、江圣壤、杭海槎、吴法鼎、王锡睿、王炽昌、徐天璋、唐大圆、段天炯、田世昌、胡俊、姚鹓雏(锡钧)、薄成名等。

至此,南京高师—东南大学学生社团组织"史地学会"、"文学研究会"、"哲学研究会"、"国学研究会"各自所办的刊物都得到出版机会。

1日,《学衡》杂志第15期出版发行。

目录如下:

插　画

英国诗人兼批评家杜来登像 John Dryden(1631—1700)
法国大批评家兼诗人巴鲁像 Nicolas Boileau(1636—1711)

通　论

论今日文学创造之正法	吴　宓
论文学中相反相成之义(预录《湘君》季刊)	刘永济

述　学

中国人之佛教耶教观(续第十四期)	缪凤林
西塞罗说老 Cicero "De Senectute"	钱堃新译

文　苑

文　录

严几道与熊纯如书札节钞(续第十三期)

诗　录

于日本商店见瓦盆中栽松竹梅梅花盛开颇得高逸之趣因赋陈延杰	
挽赵仲宣文	王　浩
与复苏游陶然亭	杨赫坤
玉石洞	胡先骕
舣公馈仁寿蟹	赵　熙
病起示几园兼怀姜五	姚锡钧
奉寄步曾同学	熊家璧
庸盦招同香山游览竟日	王　易
先农坛与三弟索句	王　易

雪夜过王癸门	邵祖平
庚申二月赴成都纪行杂诗	赵　熙
蚕背梁	向　楚
宋玉宅	向　楚
过金陵	向　楚
驷马桥	郭　延
薛涛井	郭　延
桂湖	郭　延

词　录

酹江月	赵　熙
惜红衣	周岸登
临江仙	向迪琮
鹧鸪天	刘永济
临江仙	刘永济
南乡子	李思纯
浣溪沙	李思纯
采桑子	李思纯
高阳台	刘麟生

附　录

文坛消息（二则）

本期作者向楚(1877—1961)，字先乔(仙樵)，号觙翁，四川巴县人。任教于成都大学、四川大学。著有《巴县志》、《空石居诗存》等。

本月，清华学校学生梁实秋(1903—1987)到南京东南大学拜访吴宓，并听吴宓课数日。

4月

1日，《学衡》杂志第16期出版发行。

目录如下：

插　画

散氏盘铭楚风廛释文　参阅本期述学门

通　论

论学风	刘伯明

我之人生观	吴 宓

述　学

散氏盘铭楚风廎释文　参观本期插画	周正权
华化渐被史（续第十一期）	柳诒徵
中国人之佛教耶教观（续第十五期）	缪凤林
亚里士多德《伦理学》（续第十四期）　卷三	向　达译
欧洲封建制度与武士教育之概观	吴家镇

文　苑

文　录

严几道与熊纯如书札节钞（续第十五期）	

诗　录

花市醉归次卷石韵戏贻	庞　俊
刘荫余为家父母制裘二具自陇寄赠 报以涵芬楼文钞一书并媵此诗	邵祖平
岁暮杂感	杨赫坤
题桂少襄无所住斋	庞　俊
九日丞相祠堂作	庞　俊
似闻一首寄所思	王　浩
次哲维壬戌中秋韵奉简	王　浩
游奈良公园	柳诒徵
长崎作	柳诒徵
题李树人西泠载酒图	柳诒徵
安远道中	胡先骕
雩都道中	胡先骕
广昌县	胡先骕
南城道中	胡先骕
贵溪道中	胡先骕

词　录

鹧鸪天	刘永济
南乡子	刘永济
采桑子	李思纯
菩萨蛮	李思纯

南乡子　　　　　　　　　　　　　　　　　　　　　　　李思纯

本期作者庞俊(1895—1964),初字少白,慕白石道人歌词,更字石帚,室名养晴室,原籍四川綦江,生于成都。此时任成都高等师范学校教授。著有《养晴室诗录词录》、《国故论衡疏证》等。

16日,王国维得逊帝溥仪"谕旨",为"南书房行走"。

本月,大连《东北文化月报》主编杨成能致函吴宓,表示赞同《学衡》的主张,愿在东北为该刊物做宣传、推销。于是杨成能也就成了《学衡》作者。

5月

1日,《史地学报》第2卷第4期出版发行。

目录如下:

插　图

滇边风景四幅

通　论

社会学与史学之关系　　　　　　　　美国巴纳博士原著　王　庸译

(校:正文作者、译者为"巴纳教授 Prof. Harry Elmer Barnes 原著　王庸译")

历史之价值　　　　　　　　　　　　美国赫尔教授原著　陈训慈译

(校:正文作者、译者为"赫尔原著　陈训慈摘译")

方志之价值　　　　　　　　　　　　英国密尔博士原著　张其昀译

(校:正文作者、译者为"密尔博士演讲原稿　张其昀述意")

研　究

赫邰民族考　　　　　　　　　　　　　　　　　　　　　向　达译

(校:正文作者、译者为"A. E. Cowley 著　向达译")

史地教育

高级中学世界文化史纲要　　　　　　　　　　　　　　徐则陵教授

(校:正文作者为"徐则陵教授拟")

学地理之兴趣　　　　　　　　　　　　　　　　　　　　张其昀

[校:正文题目为"学地理之兴趣(为中学生言之)"]

史　传

地质发达史(续二卷一期)　　　　　　　　　　　　　　王学素

地　志

上海之地理(续二卷一期)　　　　　　　　　　　　　　张其昀

| 杭沪定甬普绍一带纪游 | 郑鹤声 |
| 苏禄群岛 | 赵鉴光 |

（校：正文作者、译者为"P. J. Wester 原著　赵鉴光译"）

时事史

| 片马问题研究 | 赵祥瑗 |

选　录

| 历史人物与地理之关系 | 丁文江 |

（校：丁文江的《历史人物与地理的关系》，初刊1923年1月《科学》第8卷第1期，3月1日《东方杂志》第20卷第5期转载，3月11日、18日《努力》周报第43、44期转载。5月本刊转载时，目录上将题目变为《历史人物与地理之关系》，正文为《历史人物与地理的关系》。于是此名篇在后来被引用时出现"的"、"之"不同的两个版本）

| 记新发现的石器时代的文化 | 袁复礼 |

史地界消息

历史界消息十则（补缀二）
地理界消息十则（附录二）

气象报告

十二年一二三三月南京气候报告

（校：正文作者为"竺可桢教授编制"）

会　务

史地研究会第六届纪事

（校：正文题目为"史地研究会第六届纪录"）

1日，《学衡》杂志第17期出版发行。

目录如下：

插　画（三色版）

玄奘法师像　附《像赞》（欧阳竟无）
窥基法师像　附《像赞》（欧阳竟无）

通　论

| 大乘非佛说辨 | 王恩洋 |
| 中学生研究国文之方法 | 陈　柱 |

述　学

| 大乘起信论料简 | 王恩洋 |
| 中国乡治之尚德主义 | 柳诒徵 |

亚里士多德《哲学大纲》译 Edwin Wallace 之 Outlines of the Philosophy of Aristotle .... 汤用彤译

文　苑

诗录一

范之以画舫斋姚江学会图属题欧阳公
旧有此斋名笵之用以题榜于道署东厅 .... 方守彝
五月二十八日送客作 .... 王　浩
自白云隘上岭至伯公坳 .... 胡先骕
病中杂咏五首癸亥元日作 .... 姚永概
壬戌上巳次日邀张孝生程绥予苏艺叔同出郭
至洪园看桃花千树如霞青山城阙菜黄竹绿远近
明媚如画暮色归来艺叔有诗即事次韵 .... 方守敦
遣意一首和韵天闵见投自题三十三岁照相之作 .... 方守彝
次韵答慎思天津见怀 .... 方守彝
辛酉正月十二日偕张仲书马贡芳诸子游焦山作 .... 柳诒徵
草堂人日作 .... 庞　俊
月当头夜怀母示三弟 .... 王　易
送梦庐南归 .... 王　易
江上呈简盦 .... 邵祖平

诗录二

十一年双十节感兴次邱公仓海秋怀原韵 .... 刘泗英
游华山诗 .... 张鹏一
桃李曲 .... 陈　寂

词　录

风入松 .... 赵　熙
木兰花慢 .... 周岸登
鹧鸪天 .... 刘永济
南楼令 .... 刘永济
南乡子 .... 陈　寂

本期作者王恩洋(1897—1964)，字化中，四川南充人。此时在南京支那内学院从师欧阳竟无学习佛学，传唯识宗。著有《摄大乘论疏》、《心经通释》等。王恩洋佛学上承杨文会(仁山)、欧阳竟无，重佛理玄机，在形而上求机理，是

《学衡》中求佛理的代表人物。

汤用彤(1893—1964),字锡予,湖北黄梅人。为吴宓清华学校、哈佛大学的同学、"天人学会"同仁。此时为东南大学哲学系教授。著有《汉魏两晋南北朝佛教史》《印度哲学史稿》等。汤用彤的佛学研究是实证史学的具体体现。他重佛学的历史考索,在有形的历史时空中进行哲学史、佛学史的建构。这恰似近现代禅学中的"胡适禅",即道问学一派,也是汤用彤与胡适成为朋友,不反对新文化运动,不反对胡适的内在理路。他到北京大学任教是胡适推荐的,《汉魏两晋南北朝佛教史》的出版也是胡适向商务印书馆推荐的,能够当选为首届中央研究院院士也是胡适提名的。1949年以后,在大陆批判胡适时,他草草应付,结果政治的高压使他脑溢血(1954年11月13日下午参加完《人民日报》社召开的批判胡适思想座谈会后,晚上即突发中风)。

方守彝(1847—1924),字伦叔,号贲初,室名网旧闻斋,安徽桐城人。其父方宗诚、伯父方东树,皆知名学者。著有《网旧闻斋调刁集》20卷。

方守敦(1865—1939),字常季,号凌寒,安徽桐城人,方守彝之弟。著有《凌寒吟稿》等。

方姓兄弟二人同为《学衡》杂志作者,同时也是"桐城派"的最后一批文人。

本期刊出"史地学会"分组研究后的任务细化情况为:

  1. 中国史料纪略

  分门研究

  种族门(附地理环境) 诸晋生(主任) 郑鹤声 沈孝凰 仇良虎

  社会门 刘文翮(主任) 束世澂 向 达 赵祥瑗 仇良虎

  政治门 周 愨(主任) 刘掞藜 王焕镳 龙文彬 全文晟

     赵祥瑗 王 觉 束世澂

  经济门 周光倬(主任) 王 庸 李莹璧 王 觉 束世澂

  宗教门 全文晟(主任) 陈 旦

  学术门 陆维钊(主任) 诸葛麒 周 愨 王 庸 王焕镳

     束世澂 郑鹤声 周光倬 王锡睿 龙文彬 曹松叶

     刘掞藜 王 觉

  国际门 向 达(主任) 唐兆祥 刘掞藜 张其昀

  具体步骤 搜集史料、编辑中国史研究论文集、参加历史统计学之实习、开展民国史之整理。

  2. 地质学组纪略

12月25日成立,举全文晟、王学素为正副主任。

具体步骤　调查图书杂志、分任务研究、采集标本、向国外大公司请赠本会以地质标本、请地质学家演讲。

成员名录　陆鸿图　沈孝凰　陈　忠　全文晟　陈咏洙　王学素
　　　　　李汉信

3. 时事史组纪略

11月23日成立,举胡焕庸为主任。

分阅杂志日报、剪报备查、摘集目录、留心特别问题、中国方面之时事关注。

成员　胡焕庸　向　达　张廷休　陈训慈　郑鹤声　杨　楷
　　　刘文翮　赵鉴光　黄英玮　唐兆祥　王学素

4. 史学组纪略

12月22日成立,举陈训慈、刘掞藜为主任。

研究范围　史学原理、史法考证,中外学历史者研究。

调查书目

读书研究

成员　洪瑞钊　赵祥瑗　郑鹤声　王福隆　陈训慈　彭振纲
　　　邓光禹　陈　旦　胡士莹　陆维钊　郑沛霖　刘作舟
　　　陈兆馨　刘掞藜　李莹璧

5. 历史教学组纪略

12月20日成立。

成员　张廷休　张其昀　张景玉　王　庸　王福隆　唐兆祥
　　　方培智　彭振纲　郑沛霖　刘作舟　邓光禹　郑鹤声

6. 西洋史组名录

张廷休　刘掞藜　周　愸　唐兆祥　彭振纲　赵鉴光　杨　楷
王　觉　束世澂　李莹璧　刘文翮　徐景铨

7. 东亚史组名录

张廷休　向　达　诸葛麒　全文晟　王福隆

8. 中国地理组名录

刘芝祥　王学素　诸葛麒　胡焕庸　严洪江

9. 世界地理组名录

张其昀　王学素　诸葛麒　刘芝祥　方培智

10. 气象组名录

陆鸿图　王学素　陆维钊　全文晟　李汉信

（校：上述名单中两次出现"沈孝凰"，即前文中的"沈孝凤"）

6月

1日，《学衡》杂志第18期出版发行。

目录如下：

插　画

福禄特尔像 Voltaire(Francois-Marie Arouet)(1694—1778)

鲁索像 Jean-Jacques Rousseau(1712—1778)

述　学

唯识志疑一　见相别种辨	景昌极
福禄特尔记阮讷与柯兰事 Voltaire"Jeannot et Colin"	陈　钧译
圣伯甫释正宗 Sainte-Beuve"Qu'est-ce qu'un Classique?"	徐震堮译

（校：正文为：圣伯甫释正宗 Sainte-Beuve"Qu'est-ce qu'un Classique?"）

圣伯甫评鲁索《忏悔录》Sainte-Beuve"Les Confessions de Jean-Jacques Rousseau?"　　　　徐震堮译

文　苑

文　录

严几道与熊纯如书札节钞（续第十六期）

诗　录

十月十五日还家作	姚锡钧
寒夜书感	邵祖平
通天岩	胡先骕
示徐氏甥女	柳诒徵
寄题高考孝惪传后	赵　熙
移居	赵　熙
读东勇遗诗	王　易
令容诞日	王　易
壬戌秋大兄来京师视予疾时病少间辄引小车偕游三贝子花园忆庚戌过此今十二年矣怆然有怀归灯书兴	王　浩
九日足病未已使健走背负登江亭同大兄作	王　浩

北行	杨赫坤
喜静庵至	杨赫坤

词　录

梁园春夜	赵　熙
木兰花慢	王　易

（校："木兰花慢"系"绮寮怨"之误）

木兰花慢	胡先骕
虞美人	陈　寂

书　评

评胡适《五十年来中国之文学》	胡先骕

本期作者徐震堮(1901—1986)，字声越，浙江嘉善人，南京高等师范学校—东南大学1922年7月毕业。后任教于浙江大学、华东师范大学。著有《世说新语校笺》、《徐震堮诗文选》等。

本月，《学衡》作者李思纯自法国留学归来，到南京东南大学拜访吴宓、梅光迪。梅光迪推荐李思纯为东南大学西洋文学系教授。

7月

1日，《史地学报》第2卷第5期出版发行。

目录如下：

（校：卷首有"本报征文启事"）

插　图

清初天文仪器　清初日晷

通　论

史法通论	刘掞藜

（校：正文题目为"史法通论——我国史法整理"）

史地教育

兑豆二君之大学地理教育观	张其昀述

研　究

婆罗门述	柳翼谋教授

（校：正文作者为"柳翼谋教授述"）

周代商业及交通	金文晟

（校：正文作者为"全文晟"）

古书新评

司马迁之史学——读《史记》　　　　　　　　　　　　郑鹤声

（校：正文题目为"太史公司马迁之史学——读太史公书《史记》"）

读书录

各国历史所受地理之支配　　　　　　　　　　　　　　胡焕庸

（校：正文作者、译者为"法格里原著　胡焕庸节译"）

论文摘录

鲁尔问题之面面观　　　　　　　　　　　　　　　　庄蟸璋摘述

（校：正文题目为"鲁尔 Ruhr 问题之面面观"）

新书介绍

地理类十种　　　　　　　　　　　　　　　　　　　　张其昀译

时事史

印度现状及其趋势　　　　　　　　　　　　　郑鹤声　沈孝凰记

（校：正文题目、作者、译者为"印度之现状及其趋势　金陵大学教授 Bates 氏讲演　徐则陵教授译　郑鹤声　沈孝凰记"）

史地界消息

史学界十五种

地学界八种

气象报告

四月南京气候报告

（校：正文作者为"竺可桢教授编制"）

调查

地学考察报告（聚宝山　栖霞山）　　　　　　　　　　　郑鹤声

附录

对于本会之希望

（校：正文有作者"郑鹤声"）

1日,《学衡》杂志第19期出版发行。

目录如下：

插画

白璧德像 Irving Babbitt

美国哈佛大学西华堂 Sever Hall（Harvard University）白璧德先生讲学处

通 论

白璧德之人文主义　　　　　法国星期杂志马西尔原作　吴　宓译

述 学

唯识今释　　　　　　　　　　　　　　　　　　　　缪凤林

老子古微（卷首）　　　　　　　　　　　　　　　　缪　篆

亚里士多德《哲学大纲》译 Edwin Wallace Outlines of the Philosophy of Aristotle（续第十七期）　　　　　　　　　　　　汤用彤译

文 苑

文　录

刘古愚先生传　　　　　　　　　　　　　　　　　　陈三立

送陶景山入都序　　　　　　　　　　　　　　　　　王焕镳

与友论新诗书（节录）　　　　　　　　　　　　　　李思纯

诗录一

哭王然父　　　　　　　　　　　　　　　　　　　　胡先骕

杜陵　　　　　　　　　　　　　　　　　　　　　　黄元直

落日　　　　　　　　　　　　　　　　　　　　　　黄元直

两三　　　　　　　　　　　　　　　　　　　　　　黄元直

近市　　　　　　　　　　　　　　　　　　　　　　黄元直

屑屑　　　　　　　　　　　　　　　　　　　　　　黄元直

直叩　　　　　　　　　　　　　　　　　　　　　　黄元直

早起　　　　　　　　　　　　　　　　　　　　　　郭　延

望青城山　　　　　　　　　　　　　　　　　　　　郭　延

新居奉答山腴见贺　　　　　　　　　　　　　　　　赵　熙

野行　　　　　　　　　　　　　　　　　　　　　　赵　熙

正月初二日作　　　　　　　　　　　　　　　　　　林思进

海棠谢后作　　　　　　　　　　　　　　　　　　　黄懋谦

咏梅　　　　　　　　　　　　　　　　　　　　　　邹树文

人日雨中　　　　　　　　　　　　　　　　　　　　庞　俊

上元次山公韵　　　　　　　　　　　　　　　　　　庞　俊

夏历三月二十日淮徐道中三十初度　　　　　　　　　林学衡

诗录二

墨西哥国给勒达罗地方掘出两千年前汉字碑文感而赋此　周正权

读渊师易述感而有作录以呈政兼呈近谙先生	董镇藩
合肥刘君朗轩以敦艮吉斋诗文集见赠诗以报之	董镇藩
得黄劫灰书哀其丧妇	董镇藩
赠刘寄凡	董镇藩
柏林杂诗十首	李思纯
以欧人中古冠服摄一小影戏题四诗	李思纯

诗　词

南浦	陈衡恪
木兰花慢	王　易

译　诗

布勒林之战 Southey"Battle of Blenheim"	俞之柏译

（校：正文作者、译者为"英国苏西Robert Southey原作　俞之柏译"）

本期作者陈三立(1852—1937)，字伯严，号散原，江西义宁人。光绪十二年进士，近代诗坛"同光休"诗派中"江西派"的代表人物。著有《散原精舍诗集》《文集》等。其子陈衡恪、陈寅恪，如长江后浪推前浪。陈衍说散原诗作"数十年后恐鲜过问者。早作尚有沉忧孤愤一段意思，而千篇一律，亦自可厌"，"为散原体者，有一捷径，所谓避熟避俗是也"。（《石语》）

本月，梁实秋自清华学校毕业，赴美国留学，在哈佛大学师从白璧德。

8月

1日，《史地学报》第2卷第6期出版发行。

目录如下：

插　图

张衡地动仪

（校：正文题目为"张衡候风地动仪"）

通　论

史法通论	刘掞藜

（校：正文题目为"史法通论——我国史法整理"）

研　究

契丹大小字考	柳翼谋教授
亚洲东南部山脉河流之新解释	张其昀

（校：正文作者、译者为"英国格莱哥雷父子合著　张其昀译"）

希印古代交通考 向　达译

（校：正文作者、译者为"Walter Eugene 著　向达译"）

远东问题之地理的背景 张其昀译

[校：正文作者、译者为"英国利物浦大学教授洛斯裴（Percy M. Roxby）原著　张其昀译"]

古书新评

司马迁之史学（附表一） 郑鹤声

（校：正文题目为"太史公司马迁之史学——读太史公书《史记》"）

地　志

滇缅交界情形　　　　　徐韦曼教授讲　王学素　全文晟记

（校：正文作者为"徐韦曼先生讲　王学素　全文晟记"）

读书录

各国历史所受地理之支配 胡焕庸节译

杂　缀

俄国革命时历史研究之状况 向　达译

史地界消息

历史界九则

地理界六则

谭　屑

古代中西交通考 陈　旦

气象报告

五月南京气候报告

（校：正文作者为"竺可桢教授编制"）

1日，《学衡》杂志第20期出版发行。

目录如下：

插　画

严几道书札真迹　参照本期文苑门

通　论

今日中等教育界之紧急问题 刘永济

述　学

柏拉图语录之三　斐都篇（续第十期） 景昌极译

亚里士多德《伦理学》（续第十六期）

卷四 夏崇璞译

卷五　　　　　　　　　　　　　　　　　　　　　　　向　达译
　　　　　　　　　　　　　文　苑
文　录
严几道与熊纯如书札节钞（续第十八期）
清故资政大夫海军协都统严君墓志铭　　　　　　　　　陈宝琛
与妹书　　　　　　　　　　　　　　　　　　　　　　陈寅恪
诗　录
苦蚊一首　　　　　　　　　　　　　　　　　　　　　王　浩
祖堂山幽栖寺　　　　　　　　　　　　　　　　　　　邵祖平
自祖堂登牛首　　　　　　　　　　　　　　　　　　　邵祖平
寄潭秋世兄　　　　　　　　　　　　　　　　　　　　熊家璧
春日杂诗　　　　　　　　　　　　　　　　　　　　　胡先骕
移居　　　　　　　　　　　　　　　　　　　　　　　赵　熙
移居戏寄皈公　　　　　　　　　　　　　　　　　　　赵　熙
壬戌除夕　　　　　　　　　　　　　　　　　　　　　林思进
癸亥元日　　　　　　　　　　　　　　　　　　　　　林思进
除夕呈山公　　　　　　　　　　　　　　　　　　　　庞　俊
春夜闻箫鼓声偶感　　　　　　　　　　　　　　　　　庞　俊
奉怀步曾金陵　　　　　　　　　　　　　　　　　　　王　易
读海藏楼诗　　　　　　　　　　　　　　　　　　　　陈衡恪
浦口待车　　　　　　　　　　　　　　　　　　　　　陈衡恪
题李苹孙看玉兰花诗后　　　　　　　　　　　　　　　王　瀣

　　本期作者陈宝琛（1849—1935），字伯潜，号弢庵，室名听水斋，福建闽县人，同治七年进士。近代诗坛"同光体"诗派中"闽派"代表人物之一，著有《听水斋词》《沧趣楼诗集》等。陈衍说："陈弢庵是翰苑出色人才，做八股文、赋试帖诗、写白折子，皆拿手当行。二十年刮垢磨光，诗文卓然可观，字亦有涪翁气息。"（《石语》）

　　陈寅恪，江西义宁人，吴宓哈佛大学同学，此时在德国留学。1926年，吴宓推荐他为清华学校研究院导师。胡适在1937年2月22日的日记中对他的评价是："寅恪治史学，当然是今日最渊博、最有识见、最能用材料的人。但他的文章实在写的不高明，标点尤懒，不足为法。"胡适与陈寅恪彼此敬重，无门派之争。钱穆在比较王国维、陈寅恪行文风格时，也注意到陈文章的弱项："又如陈寅恪,则文不如王,冗沓而多枝节,每一篇若能删去其十之三四,始为可诵。且多临深为高,故作摇曳,此大非论学文字所宜。"(《钱宾四先生全集·素书楼馀渖》第 427－428 页)

林思进(1873—1953),字山腴,号清寂翁,四川华阳人。著有《清寂堂诗集》、《中国文学概要》等。

23 日,《学衡》社社员陈涛在北京去世。

31 日,吴宓发出《学衡》杂志第 22 期全稿。拜访过探先、柳诒徵。《学衡》杂志稿件缺乏,吴宓致函在上海的孙德谦,请其把《亚洲学术》停办后所遗留的稿件转交《学衡》杂志。

胡先骕赴美国哈佛大学攻读植物学博士学位,但仍为《学衡》杂志撰稿。

本月,辽宁人汪兆璠自美国密西根大学留学归来出任东北大学文法科学长(后来为院长)。杨成能、汪兆璠要吴宓为东北大学推荐教授。于是,吴宓推荐本年东南大学文史地系毕业生(原南京高等师范学校并入东南大学)缪凤林、景昌极分别为东北大学文科史学、哲学教授。

本月中旬,香港大学副校长沃姆到南京拜访吴宓。沃姆的三位学生(7 月自香港大学毕业)郭斌龢(1900—1987)、胡稷咸(1899—1968)、朱光潜(1897—1986),后来都成为吴宓的朋友。

9 月

1 日,《学衡》杂志第 21 期出版发行。

目录如下:

插　画

泰西名画之八　拾谷图(米勒绘)Les Glaneuses (By Millet)
泰西名画之九　李维亚夫人像(安格绘)Madame Rivière(By Ingres)

通　论

柯克斯论古学之精神 Kenyon Cox "The Classic Spirit"　　　　徐震堮译
再论吾人眼中之新旧文学观(录《湘君》季刊)　　　　　　　吴芳吉
(校:又刊于《东北大学周刊》1927 年 12 月 7 月第 42 号)

述　学

中国人之佛教耶教观(续第十六期)　　　　　　　　　　　缪凤林
中国乡治之尚德主义(续第十七期)　　　　　　　　　　　柳诒徵
老子生后孔子百余年之说质疑　　　　　　　　　张荫麟(自北京来稿)

定本《墨子间诂校补》叙　　　　　　　　　李　笠（自温州来稿）

文　苑

诗　录

题朱方蜕农丹徒张贞妇传略后	方守彝
予病怔忡翼谋邀游鸡鸣寺归赋一诗并示步曾梦炎	叶玉森
打鱼词	叶玉森
癸亥正月三日次东坡癸亥三日韵	赵　熙
上元	赵　熙
上元次山公韵寄怀香宋先生荣州	庞　俊
雨中读清寂堂诗赋呈林山公	庞　俊
登牯岭	王　浩
庐山旅居其盛夏似袁山秋日末语因忆及之	王　浩
牯岭卧病襟尘宛然时庸盦约游京师愧未能从之也作诗寄之	王　浩
春日小病书遣	邵祖平
春昼赋遣	邵祖平
感书	邵祖平
大庾旅次遇上犹钟君柏森纵谈南中故实形胜极为博洽赠以长句	胡先骕
龙南县	胡先骕
定南下历墟	胡先骕

诗录二

东归杂诗三十八首	李思纯

词　录

一萼红	陈衡恪
鹧鸪天	陈　寂
采桑子	陈　寂

杂　缀

无尽藏斋诗话（续第十三期）	邵祖平

本期作者张荫麟（1905—1942），字素痴，广东东莞人，此时为清华学校学生。1929年毕业于清华大学，留学美国，回国后为清华大学历史系、哲学系教授。著《中国史纲》等，为吴宓的得意学生。张荫麟在美国留学专业为哲学，但他放弃走纯粹的哲学之路，在史学上受梁启超的影响较大，文学和生活（爱情、婚姻）上受吴宓的影响。

叶玉森(1880—1933)，字荭渔，又字杏衫，别号中冷亭长，室名啸页庵，江苏镇江人，"南社"社员。著有《啸页庵词集》《殷契钩沉》等。

李笠(1894—1962)，字雁晴，室名横经室，浙江瑞安人。著有《史记订补》、《定本墨子间诂校补》等。

1日，孙德谦复吴宓函，答应吴的要求，并同意作《评今之治国学者》一文交《学衡》杂志刊登。

3日，上午吴宓到上海拜访在美国留学时的同学洪深，取得自己所寄存的白璧德的照片和哈佛大学画册。

下午又到孙德谦家，拜访孙德谦，拜会张尔田。孙、张二人答应为《学衡》杂志提供国学方面的稿件。

7日，吴宓分别访刘伯明、柳诒徵，谈《学衡》杂志之事。

吴宓收到香港大学副校长沃姆来函，推荐其高足郭斌龢(时任教于南京第一中学)与吴相识。吴特到第一中学访郭，未见到。吴宓到支那学院访王恩洋，出示《学衡》杂志来稿中驳王之文。

郭斌龢拜访吴宓，表示热心《学衡》事业。

8日，吴宓访刘伯明、柳诒徵、梅光迪。

9日，华桂馨访吴宓。

10日，汤用彤访吴宓。

11日，吴宓访萧纯锦、王伯秋、朱经农。

12日，马宗霍访吴宓。

12日，陈衡恪在南京病逝。

13日，吴宓同汤用彤一起访郭斌龢，欲请郭为他二人讲授希腊文。郭告知南京中央神学院的马伯熙牧师正在校内开讲希腊文课。

15日，吴宓会晤邵祖平，解释推迟登载其《无尽藏斋诗话》的理由。此事引起邵的不满，两人发生争吵。吴宓访柳诒徵，解释他与邵的矛盾。

16日，吴宓同郭斌龢一起到马伯熙处学希腊文。

17—19日，吴宓编《学衡》杂志第23期稿件。

22日，郭斌龢、胡稷咸、朱君复(二人均为郭在香港大学读书时的同学，胡此时任教于常州省立第五中学，朱任教于南京第一中学)访吴宓，表示愿意为《学衡》杂志撰、译文稿。

24日，王恩洋访吴宓。

25日，吴宓会晤李思纯。

29日，吴宓发出《学衡》杂志第21期。

本月，李思纯被聘为东南大学西洋文学系法文及法国文学教授。

本月，《华国》月刊创刊，据创刊号所示，此刊为上海《华国》月刊社编辑，中华书局出版发行。章太炎任社长（主任），编辑兼撰述为汪东，撰述为黄侃、孙世扬（鹰若）、钟歆、但焘（植之）、李健、孙镜、田桓。编辑为方海客、汪景熙。而后实际的作者还有刘师培（遗稿）、唐大圆、刘绍宽、吴承仕、汪荣宝、吴梅等。旧体诗作者如陈柱、况周颐、姚华、陈三立、陈衡恪、姜忠奎等。少数作者与《学衡》交叉。两篇反对新文学及白话文的文章出自汪东（《新文学商榷》）、章太炎（《论白话诗》）之手。1923年9月—1926年7月，《华国》共出版3卷（第1卷12期，第2卷12期，第3卷4期）。

本月，据《吴宓自编年谱》所示："九月即先由英语系张谔等发难。于是校务会议作出决定：本校英语系与西洋文学系分设、并立，殊属不成事体。各校从无此例。应即合并，复为一系。合并办法：（一）新系（合并后）名称可从容议定，可稍缓再决。总须兼包英、法、德、日语言及文学之意义在内。（二）两系现有之课程，全予保留，一门亦不裁减。（三）两系现有之教授、讲师、助教、职员，全予保留，一人亦不裁减。其职衔及薪给，合并后亦均不改动。（四）张谔先生及梅光迪先生，皆不得为新系主任。另聘第三者为之。（五）两系现有之经费（预算），全数合并，定为新系经费，此次不增不减。但以后新系对经费（款项）之支用，应依据全系之目的及需要，统筹支付。不再顾虑或参照以前两系之分配、支用办法及账目。"

梅光迪与张谔的内斗白热化后，梅张同时下台，西洋文学系被取消，东南大学新聘楼光来（1895—1960）为外文系主任。

梅光迪下台、西洋文学系被撤销的另一个不便直言的原因是，此时已有妻儿的梅光迪与西洋文学系女生李今英热恋，这一"婚外恋"成为校内的一大新闻。梅光迪本是《学衡》的发起人，是东南大学反对胡适及北京大学新文化运动的举大旗的人物，却自我沦陷到他们所反对的新文化运动领袖所倡导的自由恋爱、自由婚姻的沟壑之中（四年之后吴宓也蹈此覆辙）。这场"师生恋"，发生在梅光迪本人和保守的东南大学招收的第一届女学生之间，作为首任西洋文学系主任，梅光迪公私难辨，授人以柄。这事当然被张谔等英文系的势力拿来当作攻击的炮弹。梅光迪自掘堤坝，新文化的巨浪倒灌沟壑。内外两大势力不期相遇，从而摧毁了民国大学的第一个西洋文学系。也可以说，是一场"师生恋"助力冲垮了一个西洋文学系。

10 月

1日,《学衡》杂志第22期出版发行。

目录如下:

插 画

康乃像 Pierre Corneille(1606—1684)

毛里哀像 Molière(Jean-Baptiste Poquelin)(1622—1673)

通 论

沃姆中国教育谈	吴 宓述
现时我国教育上之弊病与其救治之方略	汪懋祖
论文化	李思纯

述 学

朱子传经史略	吴其昌
西洋文学入门必读书目	吴 宓

文 苑

诗录一

寄公约	李 详
钟鼓岩	胡先骕
雨余见道士策蹇驴从一小童径行市中类有道者还山服食意业已微何为灵甄以求自恣	王 浩
庚申四月十日游牛首山作	柳诒徵
读山谷诗三首	方守彝
得季吾书却寄	赵 熙
香宋先生堂成遥贺二首	庞 俊
壬戌除夜	王 易
和二兄海棠巢诗	方令孺
春归日作	邵祖平

诗录二

答黄湘琳	罗骏声
自柏林归巴黎道出比利时初闻法语喜而有作	李思纯
柏林留别陈寅恪	李思纯
重至巴黎时将东归	李思纯

词　录

玉漏迟　　　　　　　　　　　　　　　　　　　　赵　熙

卖花声　　　　　　　　　　　　　　　　　　　　赵　熙

鹧鸪天　　　　　　　　　　　　　　　　　　　　陈　寂

踏莎行　　　　　　　　　　　　　　　　　　　　毛乃庸

（校："踏"字正文误作"蹈"）

寿楼春　　　　　　　　　　　　　　　　　　　　刘永济

哲理小说

坦白少年 Candide ou l'Optimisme　　　法国福禄特尔著　陈　钧译

本期作者吴其昌(1904—1944)，字子馨，浙江海宁人，清华研究院1926年毕业。著有《金文世族谱》等。

李详(1859—1931)，字审言，号寓斋，江苏兴化人。此时为东南大学教授。著有《游杭诗录》、《文心雕龙补注》等。陈衍认为："李审言不免恒饤，所谓可惋在碎者是矣。渠自比子部杂家，杂也可，碎也不可。"（《石语》）

方令孺(1897—1976)，安徽桐城人，1923年留学美国。著有《方令孺散文集》、译文集《钟》等。清代桐城方姓望族，作家、学者辈出，只因重男轻女，而使才情女子的智慧窒息闺中。到了民国，才可能使才女方令孺出，并走向大洋彼岸。

本月，南京高师文学研究会与哲学研究会创办的《文哲学报》第四期出版发行。

11月

1日，《史地学报》第2卷第7期出版发行。

目录如下：

插　图

尼亚加拉瀑布(Niagara Falls)

特　载

不鲁捨拉万国历史学会第五次大会纪事　　　　　　　　向　达译

通　论

地理学之新精神　　　　　　　　　　　　　　　　张其昀

历史之意义与研究　　　　　　　　　　　　　　　缪凤林

地理与国际问题　　　　　　　　　　　　　　　　张其昀

史地教学
对于初级中学地理科的意见　　　　　　　庄尧年　贾　伸　杨玉如
研　究
夏商二代学者考略　　　　　　　　　　　　　　　　　　周　悫
两汉对政策　　　　　　　　　　　　　　　　　　　　　全文晟
（校：正文题目为"两汉对外政策"）
中国史书上之马哥孛罗考　　　　　　　　　　　　　　束世澂
古书新评
要籍解题及其读法——史记　　　　　　　　　　　　梁任公先生
（校：正文作者为"梁任公"）
选　录
河南发见古物文献最录
（校：正文题目最后二字为"录最"）
德国之文化形体学研究会　　　　　　　　　　　　　　颂　华
史地界消息
历史界八则

地理界七则
气象报告
本年六月至八月南京气象报告
（校：正文作者为"竺可桢教授编制"）

1日,《学衡》杂志第23期出版发行。

目录如下：
插　画
法国大戏剧家拉辛像 Jean Racine(1639—1699)　参阅本志第十八期圣伯甫释正宗篇

法国宗教哲学家兼数学家巴斯喀尔像 Blaise Pascal(1623—1662)　同上并参阅本志第十九期白璧德之人文主义篇第八页

法国寓言作家兼诗人拉丰旦像 Jean de la Fontaine(1621—1695)　同上
通　论
评今之治国学者　　　　　　　　　　　　　　　　　　孙德谦
敬告我国学术界　　　　　　　　　　　　　　　　　　胡稷咸
柯克斯论美术家及公众　　　　　　　　　　美国柯克斯著　徐震堮译

述 学

希腊之留传第一篇　希腊对于世界将来之价值 THE LEGACY OF GREECE (I): The Value of Greece to the Future of the World
　　　　　　　　　　　　英国穆　莱 Gilbert Murray 撰　吴　宓译
历史之意义与研究　　　　　　　　　　　　　　　　缪凤林
中国人之佛教耶教观(续第二十一期)　　　　　　　　缪凤林
大乘起信论断简驳议　　　　　　　　常　惺(自安庆来稿)
大乘起信论料简驳议答辨　　　　　　　　　　　　　王恩洋

文 苑

文 录

《六朝丽指》序　　　　　　　　　　　　　　　　　孙德谦
与王静安论治公羊学书　　　　　　　　　　　　　　张尔田
与王静安论今文家学书　　　　　　　　　　　　　　张尔田
与欧阳竟无书　　　　　　　　　　　　　　　　　　张尔田
答王君恩洋书　　　　　　　　　　　　　　　　　　张尔田

诗 录

滁游偶成　　　　　　　　　　　　　　　　　　　　柳诒徵
然弟之丧坚父自京师来吊感书赠别　　　　　　　　　王　易
夏夜检三弟遗札援笔泄哀　　　　　　　　　　　　　王　易
自醉翁亭登琅邪寺是夕大雨同叔絅留宿　　　　　　　邵祖平
甘露寺断崖下览江色绝佳兼有所怀　　　　　　　　　邵祖平
题兰田叔高崖僻寺秋树孤松书幅　　　　　　　　　　方守彝
金家沟拜墓作　　　　　　　　　　　　　　　　　　庞　俊
寒食书感　　　　　　　　　　　　　　　　　　　　庞　俊
次韵赠天闵　　　　　　　　　　　　　　　　　　　方孝彻
久不得何子翔书复寄一律　　　　　　　　　　　　　方守敦
癸亥初夏闻李光炯归湖上赋此寄之　　　　　　　　　方守敦
大明湖夜泛　　　　　　　　　　　　　　　　　　　杨　铨

词 录

鹧鸪天　　　　　　　　　　　　　　　　　　　　　徐桢立
鹧鸪天　　　　　　　　　　　　　　　　　　　　　徐桢立

杂　缀

无尽藏斋诗话（续第二十一期）　　　　　　　　　　　　邵祖平

本期作者胡稷咸，字稼胎，安徽芜湖人，香港大学毕业。吴宓游学欧洲时，他代理《学衡》杂志的编务。译有《新实在论》。

张尔田（1874—1945），字孟劬，号遁盦，浙江杭州人，前清举人，参编《清史稿》。著有《玉溪生年谱会笺》、《史微内篇》、《遁盦文集》等。

杨铨（1893—1933），字杏佛，江西清江人。"南社"社员，留学美国。此时为东南大学工科主任。后因干预腐败政治而倒在枪口之下。

24日，东南大学副校长、《学衡》社社员刘伯明因病去世。当群贤纷至东南大学时，执掌校事的领袖人物，却因病离去而失去了一展宏图的机会。

12月

1日，东南大学西洋文学系学生胡梦华（胡梦华与胡适为绩溪同乡。胡梦华祖父胡宝铎为同治戊辰年进士，曾任兵部员外郎、军机，并在总理各国事务衙门行走。胡适父亲胡传到东北找吴大澂，是得胡宝铎和张爱玲祖父张佩纶的推荐书。胡梦华父亲胡幼晴也与胡适交好。胡梦华报考南京高等师范学校时，其父特请胡适给校长郭秉文写了推荐信。胡梦华凭自己实力考取后，南京高等师范学校英文科系主任张士一却在第一次上课时公开了胡适的人情信，说他们录取是凭考生的实力，而不是胡适的信。意在轻鄙胡适。1922年9月，东南大学西洋文学系成立后，胡梦华自南京高师英文系转入西洋文学系）与同班同学吴淑贞在南京花牌楼中国青年会举行新式婚礼。胡适此时在南京讲学，应邀作证婚人。梅光迪、楼光来为男女双方介绍人，老师杨杏佛、柳翼谋、吴宓、李思纯到场。胡梦华的同学徐书简为主席。也正是这样一个难得的场面，使北大《新青年》派的胡适与东南大学《学衡》派的梅、吴、柳有了一次当面交锋的时机。胡梦华说，在青年会这个婚礼喜堂上，"吾家博士适之叔展出文学革命观点，梅、吴二师提出希腊大师苏格拉底、柏拉图、亚里斯多德以示当时名遍中国学术界的杜威、罗素二博士，未必青胜于蓝，更不足言后来居上。接着柳师还提出孑不学的孟轲助阵，适之叔单枪匹马，陷入重围；杏佛师拔刀相助，雄辩滔滔。事后，淑贞与我研究，认为他们雄辩引经据典，俱有根底，给我们婚仪添了佳话。吾家博士主张文学革命提倡的话，展开新风气。迪生老师坚持白话应提倡，但文言不可废，则是不朽之论"。

柳诒徵《白门行》一诗中有"一时才俊如云集，大学分科号升级。梅光迪吴宓

"学衡派"编年文事

文艺振金声,缪_{凤林}景_{昌极}风标森玉立。谈天博士竺法兰_{竺可桢},杨云_{杨铨}清辩如翻澜。张_{其昀}陈_{训慈}矻矻钩史籍,胡_{先骕}邵_{潭秋}眇眇张诗坛。梵夹旁参五天竺,秦书近括三神山。蹴踏杜威跨罗素,呵叱杨墨申孔颜。万言立就走四裔,百宝麇聚无一难_{此述《学衡》及《史地学报》}"。也专门提及此事。全诗如下:

> 我年廿二游白门,雪泥处处留爪痕。
> 访古秋寻同泰寺,哦诗春眺谢公墩。
> 斯时巨难承庚子,国学乡庠甫经始。
> 刘_{忠诚}张_{文襄}变法竞腾章,罗_{叔蕴}缪_{小山师}编书纷荐士。
> 乡闱再试不复开,诸生求学于于来。
> 时文一扫状元境,洋楼大起成贤街。
> 我从缪先东渡海,百国宝书试甄采。
> 赍将江户璧玑归,旋取钟山廊宇改_{改钟山书院为江南高等学堂。}
> 小学权舆署思益,陶_逊陈_义宗_{嘉禄}徐_{虎臣}专讲席。
> 第一文明事可惊,南通尺素驰江驿_{诸人协办思益小学,张謇公自通贻书偁为第一文明事。}
> 侵寻商校更连镳_{予与受于同办商校,}
> 货殖新编史事饶_{予初为《商业史》及《商业道德》,胡子靖自长沙电索其稿。}
> 驰道遥通孝陵卫,楼船狂聚复成桥_{秦淮画舫多小艇,癸、甲以后始渐为大船。}
> 周_馥李_{勉林}端_方张_{人骏}迭开府,武略文谟盛修举。
> 议官闳论吓乡人,统制新军压行伍。
> 金川门启铁轨通_{王绍廷办宁垣铁路间金川门,}
> 景陶堂筑奇书贾_{景陶堂为惜阴书院额,端方以院为图书馆。}
> 学僮如鲫赴美欧_{端方试送留学生甚多,}译寄成群列黉序。
> 改官骤尔监司多_{新增提学使劝业道,}劝业初看琛赆聚_{端方协办南洋劝业会。}
> 钩党穷治塞乱萌,厄言日出翘新绪_{端方捕治党人甚严,学界新说日盛。}
> 共道江南全盛时,宁知国是曾无补。
> 谷变陵迁亦大奇,武昌一夜起偏师。
> 尽翻千古炎黄局,遂入全民政治期。
> 江南扰攘经三载,朋旧飘蘦几人在。
> 学校图书散不收,江山烽火频堪骇。
> 我别南畿客北都,亲看洪宪侈祯符。
> 飞书劝进多遗老,草檄陈兵有雅儒。
> 仰屋司农叹无策,圜法纷更交会积。

饥肠驱我返江南，四牌楼畔寻陈迹。

小住金陵更十年，秦淮花月复鲜妍。

新妆熟睹西欧服，大曲骈罗北地弦_{南京向无大鼓,革命以后北兵南下者多,乃有大鼓书。}

张皇士气兼兵气，倏忽尧天易舜天_{指张勋复辟、冯国璋首鼠事。}

鼙鼓声中事堪话，每逢辰社清游快_{江易园、向仙乔诸人集名流为辰社。}

莫愁湖上万荷骄，鸡笼山下孤松怪。

江侯儒服更逃禅，王子_{伯沆}说诗仍布卦_{伯沆喜讲《易》}。

沈老琵琶_{南通沈老善弹琵琶}王叟琴_{叟鲁人,以琴名于时,字燕卿}，丁生篆刻_{丁二仲工篆刻}萧郎画_{萧屋泉}。

中间再驾东瀛舟_{己未春,率诸生东游}，泰岱西湖汗漫游。

和议矜闻联世界，史裁私拟作《春秋》。

勌游卜宅银鱼巷_{己未夏,居银鱼巷吴姓之西宅。癸亥春,迁居于东屋}，万卷缥缃屹充栋。

缫丝邻女夜鸣机，种菜园翁晨抱瓮。

棋子闲同阿妹敲，经声恒续娇儿诵。

露房秋坼绚虫天，雨叶风翻酣鸟咔。

夕阳静对蒋山云，春明不入华胥梦。

无何江浙大称兵，鸦片兴戎各有名。

战绩铺张黄歇浦，督师行遁石头城。

玄黄水火惊翻覆，海沸天旋眩朝局。

罗刹南征万马腾，吴侬岁暮千家哭。

大功坊口看烧痕，元气十年嗟不复。

吾生漂泊竟安之，海上生还已自嗤_{甲子冬,泛海入都遇大风。}

货庀故思归梓里，谈经暂复拥皋比。

菁菲贝锦憎多口，师漏多鱼忍售欺。

削籍顿同朱仲晦，扬尘甘避庚元规。

秋风长剑辽东客，一笑掀髯驹过隙。

虫沙无限积岩关，款段庸须思下泽。

纵论往辙及江乡，师范峥嵘构讲堂。

高节畴钦清道士，盛名转属郭汾阳。

一时才俊如云集，大学分科号升级。

梅_{光迪}吴_宓文艺振金声，缪_{凤林}景_{昌极}风标森玉立。

谈天博士竺法兰_{竺可桢}，杨云_{杨铨}清辩如翻澜。

115

张_{其昀}陈_{训慈}矻矻钩史籍，胡_{先骕}邵_{潭秋}眇眇张诗坛。

梵夹旁参五天竺，秦书近括三神山。

蹴踏杜威跨罗素，呵叱杨墨申孔颜。

万言立就走四裔，百宝麕聚无一难_{此述《学衡》及《史地学报》。}

弦诵挈摩复多暇，青溪画舫春无价。

徐墓桃花烂早鞯_{太平门外徐中山王墓侧桃花最盛}，北湖菱唱绵清夜。

散原痴思喜追陪_{陈散原以诗赠人，必曰：君是诗呆子否，}

太炎译语凭方驾_{章太炎至校讲学，学者不辨其语，予为之辞述。}

䴙茶往往诣边营_{王伯沆住边营，嗜茶}，纵酒时时临水榭。

过眼风光不可追，惊人姓字徒遭骂。

试持学事溯初源，江表遗黎幸饱温。

重倚车航通四国，遂夸财赋冠诸藩。

千金浪许能求腋，再实宁虞已损根。

孟芳荟萃成高馆，中有蚩氓血无算。

感激惟夸大帅恩，婢婀孰斥侏儒短？

绛云一炬不知愁_{癸亥冬，口字房火}，粉饰升平尚筹款。

我持椽笔发狂言_{余为《学者之术》一文载《学衡》}，已使群儿忌弗谖。

严格更求安定裔，鲰生爱树鲍宣幡。

家居大好伊谁坏，尽有官绅契针芥。

但期学府拜钱神，岂恤心兵䦧天械。

儒风扫地付役夫，光宣以来斯例无。

巴黎惨剧讷同调，男儿身手徒区区。

纷纭因果劳争讼，此日风尘犹澒洞。

休谈白下竖儒欢，请询黄渡流民痛。

（据武黎嵩提供的柳诒徵《劬堂诗录》整理稿）

1日，《学衡》杂志第24期出版发行。

目录如下：

插　画

法国文人兼博物学家白芬像 Comte de Buffon(1707—1788)　参阅本志第十八期圣伯甫释正宗篇第十页

法国文人兼哲学家狄德罗像 Denis Diderot(1713— 1784)　参阅本志第十八期福禄特尔记阮讷与柯兰事篇第三页

中 卷

通 论

说习 　　　　　　　　　　　　　　　　　　　　　柳诒徵

述 学

殷契钩沉 　　　　　　　　　　　　　　　　　　　叶玉森

申章实斋六经皆史说 　　　　　　　　　　　　　　孙德谦

希腊之留传第二篇　希腊之宗教 THE LEGACY OF GREECE（Ⅱ）：Religion 　　　　　　　英国尹　吉 W. R. Inge 撰　汤用彤译

希腊之留传第三篇　希腊之哲学 THE LEGACY OF GREECE（Ⅲ）：Philosophy 　　　　　英国 J. 庞乃德 J. Burnet 撰　胡稷咸译

哲学之意义与起原 　　　　　　　　　　　　　　　缪凤林

文 苑

文 录

《刘向校雠学纂微》序 　　　　　　　　　　　　　张尔田

沅陵刘翁直卿寿序 　　　　　　　　　　　　　　　刘　朴

关中刘古愚先生墓表 　　　　　　　　　　　　　　陈澹然

耆献史公清德之碑 　　　　　　　　　　　　　　　张尔田

诗录一

九日偕潘季野登中校爱景亭时季野以移家之故见厄匪人慨斯贤偃蹇为赋此诗 　　　方守敦

有买婢者婢恋母哭作哀婢吟 　　　　　　　　　　　蔡可权

次韵和无住约饮少城之作 　　　　　　　　　　　　庞　俊

游滁州醉翁亭同二客饮 　　　　　　　　　　　　　邵祖平

春日东城登望作 　　　　　　　　　　　　　　　　庞　俊

背郭 　　　　　　　　　　　　　　　　　　　　　庞　俊

寿张今颇 　　　　　　　　　　　　　　　　　　　杨增荦

长夏怀简盦 　　　　　　　　　　　　　　　　　　华　焯

夜坐贲巢读天闵近诗题其卷稿 　　　　　　　　　　方守彝

即事戏次马冀平投句原韵 　　　　　　　　　　　　方守彝

游荫园 　　　　　　　　　　　　　　　　　　　　程时燂

奉别柏庐步曾游学美洲 　　　　　　　　　　　　　王　易

七月初九日同客泛舟后湖 　　　　　　　　　　　　邵祖平

饮仙人泉望江流 　　　　　　　　　　　　　　　　王　浩

望小孤	王　浩
别匡山旅舍	王　浩
题疑雨集	王　浩

诗录二

柯凤荪蓼园诗草题词二首	廉　泉
西湖杂诗十二首	李思纯
感事六首	李　赓

词　录

模鱼儿	况周颐

（校：正文为"摸"）

蝶恋花	陈衡恪
疏影	徐桢立
虞美人	陈　寂
浣溪沙	陈　寂

（校：目录、正文均为"纱"）

本期作者廉泉（1868—1932），字南湖，号惠卿，室名帆影楼、小万柳堂，江苏无锡人，光绪二十年举人。著有《小万柳堂丛刊》等。

况周颐（1859—1926），字夔笙，号蕙风，广西桂林人。清末民初"常州词派"代表人物之一，著有《蕙风词》、《蕙风词话》等。《学衡》作者刘永济便是他的门生。

陈澹然（1859—1930），字剑潭，号晦堂，安徽桐城人，光绪十九年举人，"国粹派"成员。不喜欢桐城古文，而宗法"宋诗"，为"同光体"诗派的成员。著有《原学三种》、《陈澹然三种》等。

16日，胡适在日记中记有：

> 往访王静庵先生（国维），谈了一点多钟。他说戴东原之哲学，他的弟子都不懂得，几乎及身而绝。此言是也。戴氏弟子如段玉裁可谓佼佼者了。然而他在《年谱》里恭维戴氏的古文和八股，而不及他的哲学，何其陋也！
>
> 静庵先生问我，小说《薛家将》写薛丁山弑父，樊梨花也弑父，有没有特别意义？我竟不曾想过这个问题。希腊古代悲剧中常有这一类的事。
>
> 他又说，西洋人太提倡欲望，过了一定限期，必至破坏毁灭。我对此事却不悲观。即使悲观，我们在今日势不能跟西洋人向这条路上走去。

他也以为然。我以为西洋今日之大患不在欲望的发展,而在理智的进步不曾赶上物质文明的进步。

他举美国一家公司制一影片,费钱六百万元,用地千余亩,说这种办法是不能持久的。我说,制一影片而费如许资本工夫,正如我们考据一个字而费几许精力,寻无数版本,同是一种作事必求完备尽善的精神,正未可厚非也。

本月,《国学丛刊》第1卷第4期,刊出顾实执笔半文半白的《东南大学国学院整理国学计划书》。

1924 年

1月

本月,《学衡》杂志第25期出版发行。

据吴宓自述,1922—1923年,《学衡》每月初定能按期出版发行。以后便不能保证,故以下按月记刊物出版日期。若拖期,则以实际出版日期记,不明者,则注明。

目录如下:

插　画

屈原像　　　　　　　　　　　　　　　　徐桢立绘并题
但丁像 Dante Alighieri(1265—1321)

述　学

释墨经说辩义　　　　　　　　　　　　　　　孙德谦
跋三体石经残文　　　　　　　　　　　　　　周正权
唯识今释补义——唯识志疑二　　　　　　　　景昌极
哲学之研究　　　　　　　　　　　　　　　　缪凤林

文　苑

文　录

《骈体文林》序　　　　　　　　　　　　　　孙德谦
绍兴县重修文庙记　　　　　　　　　　　　　马　浮

再答友人论文书 　　　　　　　　　　　　　　　　李　赓

诗　录

癸亥立秋寄子玉使君洛阳 　　　　　　　　　　　　廉　泉

三十初度言志八章 　　　　　　　　　　　　　　　胡先骕

吾友晏君弼群丧其良匹作此唁之 　　　　　　　　　王　易

韬光 　　　　　　　　　　　　　　　　　　　　　柳诒徵

张化臣先生挽诗 　　　　　　　　　　　　　　　　汪兆铭

中秋孤坐 　　　　　　　　　　　　　　　　　　　王　易

张文襄祠 　　　　　　　　　　　　　　　　　　　柳诒徵

鹿川阁中次韵和十发喜绍周至 　　　　　　　　　　徐桢立

得香宋先生诗次韵赋寄 　　　　　　　　　　　　　庞　俊

山丘偶语题词 　　　　　　　　　　　　　　　　　廉　泉

南郭 　　　　　　　　　　　　　　　　　　　　　谭　毅

扬州绝句十五首 　　　　　　　　　　　　　　　　邵祖平

词　录

满庭芳 　　　　　　　　　　　　　　　　　　　　赵　熙

鹧鸪天 　　　　　　　　　　　　　　　　　　　　陈　寂

鹧鸪天 　　　　　　　　　　　　　　　　　　　　陈　寂

鹧鸪天 　　　　　　　　　　　　　　　　　　　　陈　寂

鹧鸪天 　　　　　　　　　　　　　　　　　　　　刘永济

哲理小说

坦白少年 Candide ou l'Optimisme（续第二十二期）

　　　　　　　　　　　　　　　　　法国福禄特尔著　陈　钧译

书　评

评陈仁先《苍虬阁诗存》 　　　　　　　　　　　　胡先骕

本期作者马浮（1883—1967），字一浮，号湛翁，浙江绍兴人。室名蠲戏斋。著有《蠲戏斋诗》、《朱子读书法》等。

汪兆铭（1883—1944），名兆铭，字季新、精卫，广东番禺人。朱祖谋门生，"南社"社员，后沦为大汉奸。

2月

1日，《史地学报》第2卷第8期出版发行。

目录如下：

（校：卷首有"本报启事"）

插　图

大火后之口字房（四幅）

通　论

近五十年历史的讨源述略　　　　　　　　　　　　　　张廷休译

（校：正文有原作者"By G. P. Gooch"）

清儒之史地学说与其事业　　　　　　　　　　　　　　郑鹤声

研　究

大夏考　　　　　　　　　　　　　　　　　　　　　　柳翼谋教授

商尚质证　　　　　　　　　　　　　　　　　　　　　陈兆馨

儒家所言尧舜禹事伪邪真邪　　　　　　　　　　　　　刘掞藜

（校：正文题目为"儒家所言尧舜禹事，伪耶？真耶？"）

汉代讲五行者之异同　　　　　　　　　　　　　　　　王焕镳

古书新评

要籍解题及其读法——左传　国语　　　　　　　　　　梁任公

读书录

俄国杂记　　　　　　　　　　　　　　　　　　　　　周光倬

谭　屑

锡兰所传之阿输迦王轶事　　　　　　　　　　　　　　王焕镳译

（校：正文作者、译者为"英国斯密士著　王焕镳译"）

世界新闻

地理新材料十九则

气象报告

十二年九月十月

（校：正文作者为"竺可桢教授编制"）

记　录

本会指导员杜景辉先生逝世

职员录

（校：正文题目为"东南大学史地研究会"）

本期刊出东南大学《史地研究会第七届职员录》（1923年2月—1923年7月）

总务部

  （主任）向 达 （副主任）刘掞藜

  （文牍）王焕镳 邓光禹

  （庶务）田少林 沈孝凰

  （交际）陈 旦 陆祖鼎

  （书记）陈人文 龙文彬

  （会计）王 觉

编辑部

  陆维钊（编辑主任） 郑鹤声（副主任）

  张其昀（特种编辑） 陈训慈（丛刊编辑）

编 辑 向 达 束世澂 陈兆馨 马继援 王焕镳 邵 森 王学素

研究部 全文晟（主任） 刘掞藜（副主任）

演讲部 赵祥瑗（主任） 陈 旦（副主任）

调查部 宋兆珩（主任） 诸葛麒（副主任）

图书部 赵祥瑗（主任） 陈咏洙（副主任）

发行部 周 憨（主任）

本月，《学衡》杂志第 26 期出版发行。目录如下：

插 画

社员刘君伯明遗像

英伦博物院之阅书室 参阅本期永乐大典考

英国牛津大学图书馆 参阅本期永乐大典考

通 论

明伦   柳诒徵

述 学

永乐大典考   袁同礼

转注正义   李 翘

佛教上座部九心轮略释   汤用彤

阐性——从孟荀之唯识   缪凤林

书缪凤林君《阐性》篇后   王恩洋

读汪荣宝君《歌戈鱼虞模古读考》书后   李思纯

文　苑

文　录

论六朝骈文	孙德谦
《传经室文集》序	张尔田
复张孟劬书	黎养正
复徐中舒书	方守敦

诗录一

秋日杂诗	庞　俊
同宰如游南村	黄镇藩
散帙	庞　俊
湖口晚眺	柳诒徵
游烟霞洞作	柳诒徵
小汤山龙王阁	何　雯
寄答明德十七班诸君	吴芳吉
梦侯自津门来书诙奇玩世得句却寄	王　易
南归过北园玺斋置酒话旧留题	黄　节
湖神庙万顷堂看湖上诸山赋呈槃叔	方孝彻
次韵和十发九日阁会	徐桢立
灵光寺睡起	何　雯

诗录二

癸亥重九书怀	李　赓
蔷薇曲	陈　寂

词　录

拜星月慢	徐桢立
霓裳中序第一	徐桢立

附　录

刘伯明先生事略	郭秉文述

本期作者袁同礼(1895—1965)，字守和，河北徐水人。1916年毕业于北京大学预备科后，到清华学校图书馆工作，1920年留学美国。

黄节(1873—1935)，字晦闻，广东顺德人。"国粹派"代表人物，"南社"社员，此时为北京大学教授。著有《蒹葭楼诗》等。吴宓认为自己的诗词受黄节和陈涛的影响最大。陈衍说："此君才薄如纸，七言近体较可讽咏，终不免干枯

竭蹶。又闻其撰曹子建阮嗣宗诗笺,此等诗何用注释乎?"(《石语》)

3月

15日、18日,《北京大学日刊》第1420、1422号作为"专件"分两期转载顾实的《东南大学国学院整理国学计划书》。

27日,陶然(周作人)在《晨报副镌》刊出《国学院之不通》。

29日,陶然(周作人)在《晨报副镌》刊出《国故与复辟》。

30日,天均在《晨报副镌》刊出《评〈东南大学国学院整理国学计划书〉》。

本月,《学衡》杂志第27期出版发行。

目录如下:

插　画

希腊美术之特色篇　附图

第一图　古希腊梳妆匣之盖(上绘日出之图)

第二图　意雷克修庙内之女身石柱(在雅典城中)

第三图　罗丹所作之女身石柱

第四图　德尔斐地方之驾兵车者像

第五图　咯比城中之阿德米斯像

第六图　费霞所作之骑士贵妇像

第七图　西顿城中之石棺

第八图　波里克突所作之德谟西尼像(纪元前三世纪)

第九图　巴纳德所作之林肯像

第十图　老牧女像(亚历山大时代之作)

第十一图　老妓像(罗丹作)

第十二图　古希腊运动家像(纪元前三世纪)

第十三图　今世美国运动家像(麦坎瑞博士作)

通　论

中国文化西被之商榷　　　　　　　　　　　　　　　　柳诒徵

戒纵侈以救乱亡论(录《东北文化月报》)　　　　　　　杨成能

柯克斯论进步之幻梦　　　　　　　　　　　　　　　　徐震堮译

述　学

希腊之留传第九篇　希腊之历史　　　　　　　　　　　郭斌龢译

(校:正文作者、译者为"英国童壁Arnold Toynbee撰　郭斌龢译")

希腊之留传第十一篇　希腊美术之特色　　　　　　　　　朱　复译

（校：正文作者、译者为"英国嘉德纳 Percy Gardner 撰　朱复译"）

文　苑

文　录

《樊谏议集》书后	孙德谦
黄晦闻《鲍参军诗注》序	张尔田
王鹏运传	况周颐

诗　录

游岳麓山	柳诒徵
雪夜得舍弟书却寄	邵祖平
咏雪用王介甫韵	邵祖平
后九日郊行同高晴川诸君	庄　羲
归自青羊宫作	庞　俊
驿馆	陈　寂
南通祝外姑姚太夫人六十寿而外姑先日之杭遂追陪于杭者两日赋呈五章	陈衡恪
天池寺	何　雯
春暖	黄　节
水观音亭栏望	王　易
城南春晚作	庞　俊
中秋望月有怀程演生海外	胡远濬
题黄玉陵蓑衣小照	庞　俊

词　录

凄凉犯	向迪琮
曲游春	郭　延
渡江云	王　易

书　评

评文芸阁《云起轩词钞》、王幼遐《半塘定稿賸稿》　　　　　　胡先骕

本期作者杨成能（1877—?），字橐吾，号新诚，江苏常州人。此时任大连《东北文化月报》总编辑。译有《东北开发史》等。

郭斌龢，字洽周，江苏江阴人，毕业于香港大学，后留学美国哈佛大学，游学英国牛津大学。曾出任浙江大学代校长。译有《柏拉图五大对话录》等。

1949年以后任教于南京大学。

胡远濬(1869—1933),字渊如,号天放散人,室名劳谦室,安徽怀宁人。光绪年间举人。著有《天放散人词稿》、《劳谦室文集》等。

本年春,由吴梅倡导,东南大学国文系师生组织的词社"潜社",开始活动。"潜社"的规条为:不标榜,不逃课,潜修为主。每月集会两次,集会时各赋一词,词毕即畅饮。

4月

17日,署名ZM在《晨报副镌》刊出《顾实先生之妙文》。

本月,《学衡》杂志第28期出版发行。

目录如下:

插　画

福禄特尔像

坦白少年游程图　　　　　　　　　　　　　　　　　　　　何东保绘

通　论

迂阔之言　　　　　　　　　　　　　　　　　　　　　　　刘永济

（校:又连载于《东北大学周刊》1930年第97号、98号,署名刘弘度。尚无法确认月日）

教育之最高权　　　　　　　　　　　　　　　　　　　　　柳诒徵

述　学

哲学通论　绪言　第三章　极成相分识变　　　　　　　　　缪凤林

世界文学史 Richardson and Owen "Literature of the World"　吴　宓译

（校:现行书写为 Richardson and Owen: *Literature of the World*）

文　苑

文　录

九十者一子不事八十者二算不事答问　　　　　　　　　　　张尔田

庆节母张孺人传　　　　　　　　　　　　　　　　　　　　柳诒徵

诗　录

谷山晚归　　　　　　　　　　　　　　　　　　　　　　　吴芳吉

偶成　　　　　　　　　　　　　　　　　　　　　　　　　柳诒徵

江行杂诗　　　　　　　　　　　　　　　　　　　　　　　邵祖平

校东楼灾诗以吊之　　　　　　　　　　　　　　　　　　　柳诒徵

雪夜偕杨吴二君饮酒肆　　　　　　　　　　　　　　　　　柳诒徵

市楼夜饮奉和翼谋先生	杨　铨
过仲詹小斋闲话	王　易
病目久不愈慨然赋此	庞　俊
西湖寄怀陈寅恪柏林登恪巴黎	李思纯
出都二首	方守敦
寒厓集题词代芝瑛二首	廉　泉
岁晚绝句	李思纯

词　录

鹧鸪天	刘永济
浣溪沙	刘永济

哲理小说

坦白少年 Candide ou l'Optimisme　　法国福禄特尔著	陈　钧译

杂　缀

旅程杂述（一）海程（二）日本	胡先骕

附　录

介绍《文学评论之原理》

5 月

本月，《学衡》杂志第 29 期出版发行。

目录如下：

插　画

罗摩武勇谭附图二幅（英国 E. Stuart Hardy 绘）参阅本期世界文学史

其一　罗摩与婆罗多兄弟会于林中之图

其二　魔王逻伐拏劫去私多公主之图

通　论

学校考试与教育前途	向绍轩
今日吾国教育界之责任（录《太平洋》杂志）	向绍轩

述　学

由读庄子而考得之孔子与老子	范　祎
佛法浅释　导言	景昌极
八识本体即真如义	唐大圆
世界文学史（续第二十八期）	吴　宓译补

    ［校：正文题目为：世界文学史 Richardson and Owen "Literature of the World"（续第二十八期） 吴宓译补］

    （校：现行书写为 Richardson and Owen: *Literature of the World*）

文　苑

诗　录

晚泛湘江	柳诒徵
持盦丈自临川来视尊兄再云先生赋怀奉简	王　易
菊叹	庞　俊
璅子	庞　俊
新岁过简盦灯下见瘦湘子阿牛感而有作	邵祖平
东湖观早渔作	王　易
峨嵋绝顶观日出	赵　熙
峨嵋绝顶观日入	赵　熙
江行续赋四首	邵祖平
赵伽德寄示新诗喜赠	林思进
人日行西城还小饮作	林思进
五月十四日夜大雨明日槃弟将返勺园赋和一首	方守彝
梅泉先生有重印弢叔诗集之议诗以促之	庄　羲
江仲方生子赋贺	庞　俊
田家镇口号	柳诒徵
旅程杂诗三十八首	胡先骕

词　录

卜算子	叶玉森
菩萨蛮	叶玉森
踏莎行	叶玉森
鹧鸪天	刘永济
喜迁莺	刘永济

书　评

评陆懋德《周秦哲学史》	柳诒徵

    本期作者范祎(1866—1939)，字子美，号貊海，室名古欢室，江苏苏州人。著有《二千五百年之国学》、《古欢室诗存》等。

    因东南大学裁并西洋文学系，梅光迪、吴宓、李思纯决定离开东南大学。

楼光来因新任外文系主任,未走,李思纯到了成都大学。梅光迪因与自己的学生李今英相恋,面临与原配妻子离婚、安顿即将出生的孩子的困境,经胡先骕向赵元任推荐,到了美国教书。据杨步伟的《一个女人的自传》所示,当时哈佛方面要求必须找一个哈佛毕业生来接替赵元任的职位,"元任写信给寅恪,他回信才妙呢,他说对美国一无所恋,只想吃波士顿醉香楼的龙虾,这当然是不要来的开玩笑的说法了。其时胡先骕正在哈佛,对元任说,梅光迪因离婚的缘故想出来,可否推荐,元任虽知他们是学衡派反对白话的,但元任为人向不以门户之见来埋没人才的,所以一口答应荐他"。

本月底,吴宓决定应沈阳东北大学之聘。

6月

1日,《史地学报》第3卷第1、2合期出版发行。

目录如下:

(校:正文有"本学报启事五则")

插　图

俞曲园先生像

评　论

论以说文证史必先知说文之谊例　　　　　　　　　　柳翼谋先生

(校:正文作者为"柳翼谋")

通　论

史学蠡测　　　　　　　　　　　　　　　　　　　　陈训慈

(校:正文中"评论"与"通论"两个栏目先后次序颠倒)

专　件

拟编全史目录(中华教育改进社议案)　　　　　　　柳翼谋先生

〔校:正文为"拟编全史目录议(中华教育改进社历史研究组议案)柳翼谋"〕

研　究

读顾颉刚君与钱玄同先生论古史书的疑问　　　　　　刘掞藜

(校:正文为"读顾颉刚君《与钱玄同先生论古史书》的疑问")

(附录一)与钱玄同先生论古史书　　　　　　　　　顾颉刚

(附录二)答顾颉刚先生书　　　　　　　　　　　　钱玄同

(附录三)答刘胡二先生书　　　　　　　　　　　　顾颉刚

周代教育之研究　　　　　　　　　　　　　　　　　胡士莹

两汉太学学生考　　　　　　　　　　　　　　　　周光倬　仇良虎

专　著

中国近三百年学术史　　　　　　　　　　　　　　　　梁任公先生

（校：正文作者为"新会梁启超讲"）

美国国民史　　　　　　　　　　　　　　　　　　　　胡焕庸译

世界新闻

地理新材料廿八则

书报介绍

大战史

（校：正文后署名"陈训慈"）

史地界消息

史学界八则

地学界八则

通　讯

陈叔谅君来函

（校：正文为"陈叔谅君来书"）

附　录

观象台更正历时之呈文

国立东南大学民国十三年历史地理公民学试题

（校：正文为"国立东南大学民国十三年历史地理公民学试题第一次""国立东南大学民国十三年历史地理公民学试题第二次"）

史地研究会简章

"史地学会"成员参与同北京大学新潮学人"古史辨"的论争，刘掞藜、顾颉刚、钱玄同之文是转载自北京的《读书杂志》。

本期刊出的《国立东南大学史地研究会简章》：

定名　东南大学史地研究会

宗旨　本会以研究及宣传史地之学为宗旨

会员　本会会员分下列五种

　　A. 甲种普通会员——在校同学愿为本会会员者

　　B. 乙种普通会员——甲种普通会员离校愿继续为本会会员者

　　C. 通讯会员——校外同志由会员二人以上之介绍经评议会之通
　　　　过者

D. 名誉会员——本校教职员及校外史地专家由本会敦请者

E. 永久会员——以上四种会员热心会务一次缴足会费二十元以上者

会务　本会会务分演讲讨论调查编辑发行等项细则另订之

组织　本会组织分下列各部　总干事、总务部、演讲部、研究部、调查部、编辑部、发行部、图书部

职员及职务　本会职员如下：

　　甲　正副总干事各一人

　　乙　总务部职员　a. 正副主任一人（由正副总干事兼任）b. 文牍二人　c. 会计一人　d. 庶务二人　e. 交际二人　f. 书记二人

　　丙　编辑部职员　a. 学报编辑正副主任各一人编辑若干人　b. 丛刊编辑一人　c. 特种编辑若干人

　　丁　研究部职员　a. 正副主任各一人　b. 分组干事临时酌定

　　戊　演讲部调查部图书部各设正副主任各一人

开会　开会种类如下：

　　甲　年会　会期由评议会酌定于一月前通告会员

　　乙　预选会　于年会前由总干事召集普通会员举行之

　　丙　评议会　由下列二种职员组织之

a. 正副总干事文牍会计书记各一人及各部主任

b. 乙种普通会员四人（由乙种普通会员互选之）

　　丁　分部会议　细则由各部另订之

　　戊　演讲会　暂定两星期一次

　　己　临时会　遇必要时举行之

选举及任期　本会职员由预选会选出之于年会时公布惟特种编辑须由乙种普通会员选出任期一年连举不得连任

选举权及被选举权甲乙两种普通会员皆有之

经费　A. 甲种普通会员年纳会费小洋十六角分两期交纳（三月一日及十月一日为交纳期）

　　B. 乙种普通会员及通讯会员年纳会费二元一次交足

　　C. 名誉会员及永久会员免纳会费

以上各种会员学报送阅惟 A、B 两种会员不纳会费者停送

会所　暂设东南大学

附则　本会章程有未尽事宜得由评议会或会员十人以上之连署提议预选会出席会员四分之三通过年会追认修改之

本月,《学衡》杂志第 30 期出版发行。

目录如下:

插　画

泰西名画之十　双树圣母像(伯里尼 Giovanni Bellini 绘)　参阅本期世界文学史

泰西名画之十一　耶稣以钥授彼得图(贝鲁忌诺 Perugino 绘)　参阅本期世界文学史

通　论

励耻　　　　　　　　　　　　　　　　　　　　　　　　　柳诒徵

述　学

秦记图籍考　　　　　　　　　　　　　　　　　　　　　　孙德谦

治经杂语　　　　　　　　　　　　　　　　　刘离明(自雅安来稿)

印度哲学之起原　　　　　　　　　　　　　　　　　　　　汤用彤

世界文学史　第三章　圣经之文学(续第二十九期)　　吴　宓译补

[校:正文为:世界文学史 Richardson and Owen"Literature of the World"(续第二十九期)　吴宓译补]

(校:现行书写为 Richardson and Owen：*Literature of the World*)

亚里士多德《伦理学》　卷六(续第二十期)　　　　　　　夏崇璞译

文　苑

文　录

左传汉初出张苍家说　　　　　　　　　　　　　　　　　　孙德谦

诗　录

喜得樱杏移植园中　　　　　　　　　　　　　　　　　　　夏敬观

游东京植物园　　　　　　　　　　　　　　　　　　　　　胡先骕

游东京护国寺　　　　　　　　　　　　　　　　　　　　　胡先骕

赠子光　　　　　　　　　　　　　　　　　　　　　　　　邵祖平

少襄赠诗讯石帚号意缀此奉报　　　　　　　　　　　　　　庞　俊

纥干山歌　　　　　　　　　　　　　　　　　　　　　　　曾广钧

游公园花树下忽然坐睡　　　　　　　　　　　　　　　　　庞　俊

腊中卜地青云谱葬妇及然弟	王　易
辟疆书然弟病中语览之泫然	王　易
武昌渡江	柳诒徵
偕石遗拔可梦旦雨中游皋亭山诸君谓似闽中鼓山松林闽	
方构兵石遗老矣不得安于乡里徘徊林下相与叹息久之	夏敬观
潭秋归自湖上小饮市楼即送赴宁	庄　羲
和魏斋同游江亭	黄　节
春尽日出游	黄　节
水仙三绝句	邵祖平

词　录

沁园春	况周颐
水调歌头	朱祖谋
小重山	叶玉森
太常引	叶玉森
霜天晓角	叶玉森
更漏子	叶玉森

附　录

介绍柯凤荪先生《新元史》	王桐龄

（校："凤荪"，前文做"风孙"）

本期作者夏敬观（1875—1953），字剑丞，江西新建人，参与创办两江师范学堂。"同光体"诗派中"江西派"成员。著有《忍古楼诗话》、《词调溯源》等。

曾广钧（1866—1929），字重伯，曾国藩之孙，光绪二十三年进士，湖南湘乡人。著有《环天室诗集》等。曾门之后多学者，而少纨绔子弟，这与曾氏家风有关。陈衍对其评价说："曾重伯实多滞气。"

钱锺书对曰："古人云，沉博绝丽，重伯只做到前两字。"陈衍曰："然。"（《石语》）

朱祖谋（1857—1931），字藿生、古微，号彊邨，浙江归安人，光绪九年进士。为近代著名词人，清末民初"常州词派"代表人物之一，与王鹏运、况周颐、郑文焯并称为"清末四大家"。著有《彊邨丛书》、《彊邨语业》等。

王桐龄（1878—1953），字峄山，河北任丘人。著有《尚俭堂诗存》、《中国民族史》等。此时任教于清华学校。

7月

本月,《学衡》杂志第31期出版发行。

目录如下：

插 画

法国诗人小说家兼批评家高迪耶像 Théophile? Gautier(1811—1872) 参阅本期文学之标准篇

法国小说家毛柏桑像 Guy de Maupassant(1850—1893)　参阅本期文学之标准篇

通 论

文鉴篇	刘永济
文学之标准	胡先骕
三论吾人眼中之新旧文学观（预录《湘君》季刊）	吴芳吉
消遣问题——礼乐教育之真谛	景昌极

述 学

说契	叶玉森
揱契枝谭	叶玉森

文 苑

诗 录

偕散原闲止真长南生达甫游灵隐寺作兼寄倦知海上	夏敬观
妇弟安宎告墓作	王 易
岁暮索居感念然父漫成二解	胡先骕
理安寺	邵祖平
送人往天彭山中	庞 俊
雪霁过孝彻寓斋因怀槃君五丈	徐天闵
甲子春暮病起寒厓先生为编劣诗曰南湖集者四卷赋此陈谢即题卷首时芝瑛与劭儿砚女先后南归余将往汤山浴温泉	廉 泉
还家	徐桢立
甲子生朝	黄 节
寿山公	庞 俊
寒食后八日过龙华寺	庄 羲

词　录

浣溪沙	况周颐
鹧鸪天	刘永济

19—24日，吴宓在赴沈阳东北大学之前，将《学衡》杂志诸事交付给总干事柳诒徵。

27日，吴宓与柳诒徵离开南京去上海。

28日，吴、柳在上海中华书局拜访左舜生，谈《学衡》杂志之事。

吴宓访在上海的刘永济。吴宓、柳诒徵拜访胡子靖，托他致函范静生，向中华书局说情，主张《学衡》杂志续办。

29日，吴宓与洪深会晤。

30日，吴宓在上海会晤章士钊(1881—1973)、欧阳予倩(1889—1962)。

吴宓、柳诒徵拜访中华书局总经理陆费逵(1886—1941)，双方商议继续出版《学衡》杂志第37、38期。

31日，吴宓在上海拜访《中华新报》总编辑张季鸾(1888—1941)。张约请吴宓半年以后来做他和吴鼎昌(1884—1950)等创办新式日报《文学副刊》的主编。这份"新式日报"并未创办，倒是张季鸾、胡霖(政之，1889—1949)、吴鼎昌从英敛之手中接办并改革了天津《大公报》。吴在1928年1月始为《大公报》《文学副刊》的编辑。

8月

本月，《学衡》杂志第32期出版发行。

目录如下：

插　画

英国大诗人像　参阅本期辟文学分贵族平民之讹篇

其五　乔塞 Geoffrey Chaucer(1340—1400)

其六　斯宾塞像 Edmund Spenser(1552—1599)

通　论

白璧德论民治与领袖	吴　宓译
东洋文化与西洋文化	释太虚
辟文学分贵族平民之讹(录《湘君》季刊)	刘　朴

(校：又连载于《东北大学周刊》1927年5月18日第24号、5月25日第25号)

论文学无新旧之异(节录《智识》旬报)	曹慕管

述　学

评《快乐论》（上）　　　　　　　　　　　　　　　缪凤林
亚里士多德《伦理学》　卷七（续第三十期）　　　　　向　达译

文　苑

环天室诗外集　　　　　　　　　　　　　　　　　　曾广钧

杂　剧

无价宝　　　　　　　　　　　　　　　　　　　　　吴　梅

因吴宓赴沈阳东北大学任教，本期《学衡》杂志简章中署"总编辑吴宓（奉天东北大学转交）"，"干事柳诒徵、汤用彤（南京四牌楼南仓巷二号《学衡》杂志社）"。

本期作者吴梅（1884—1939），字瞿安，号霜厓，江苏苏州人。"南社"社员，此时为东南大学教授，著名曲学大师。著有《中国戏曲概论》、《南北词简谱》等。

曹慕管（1892—1927），字微吾，浙江上虞人，留学日本。此时为上海澄衷中学校长。

1日，洪深访吴宓。

2日，吴宓返回南京。

3日，吴宓离开南京，柳诒徵为他送行。

5日，吴宓在北京欲拜访美国传教士福开森、溥仪的英文老师英国人庄士敦（1874—1938），谈《学衡》杂志，未成。

6日，吴宓到达沈阳，受到此时在东北大学任教的缪凤林、景昌极的接待。

7日，东北大学文法科学长汪兆璠与吴宓相会。

17日，吴宓删润《学衡》稿件。

18日，《学衡》杂志社社员杨成能（时任《东北文化月报》总编辑）拜访吴宓。

20日，胡先骕、白璧德、黄华自美国致信吴宓。

23日，吴芳吉寄《烟台杂诗》，吴宓决定编入《学衡》杂志第34期。

24日，吴宓删润《学衡》稿件，校阅徐震堮的《白璧德释人文主义》译稿、陈钧的《查德熙传》译稿。

28日，吴宓发出《学衡》杂志第34期全稿。

29日，吴宓收到同学顾泰来（任职于外交部）的信，知顾已向清华学校校长曹云祥（1881—1937）推荐吴宓。吴定于寒假后辞东北大学教职，就教职于清华学校。

9月

2日,吴宓接清华学校校长曹云祥的来电,欢迎他到清华任教。

3日,曹云祥致信吴宓,聘他为清华教授。吴决定明年2月到任。

12日,缪凤林、景昌极不主张吴宓离开东北大学。

19日,吴宓接清华学校校长曹云祥函,要他1925年2月到任。

25日,吴宓编完《学衡》杂志第35期稿件,并寄出。

28日,吴宓收到中华书局寄来的《学衡》杂志第33期。

29日,吴宓致函清华学校校长曹云祥,决定明年2月到清华任职。

本月,《学衡》杂志第33期出版发行。

目录如下:

插 画

法国大文学家夏土布良像 Francois-Renè Vicomte de Chateaubriand (1768—1848)

法国大文学家嚣俄像 Victor Marie Hugo(1802—1885)

通 论

| 学者之术 | 柳诒徵 |

述 学

汉隋间之史学 第一章至第三章	郑鹤声
谢灵运文学	叶瑛
见相别种释疑	唐大圆
见相别种未释之疑	景昌极

文 苑

文 录

| 送吴雨僧之奉天序 | 柳诒徵 |
| 上郭校长书 | 王焕镳 |

(校:目录漏编此文,据正文补)

诗 录

甲子六月六日偕吴雨僧吴碧柳观龙脖子湘军轰城处作	柳诒徵
天运篇	曾广钧
游吴山	邵祖平

拔可书报云曹园桃花尚在梦寐期而不至至已零落过半矣未为盛也诗以戏之	夏敬观

（校："书报"正文为"报书"）

疾见瘿口占一首命劭儿写呈寒厓先生	廉　泉
折荷	黄　节
东坡生日集何园分得来字	庞　俊
黄佐之尊人菊秋先生览撰到今百年述德徵诗	徐桢立
读陈石遗先生所辑近代诗钞率成论诗绝句四十首诸家颇有未经见录者	胡先骕

词　录

浣溪沙	张尔田
浣溪沙	陈　寂
临江仙	叶玉森
相见欢	叶玉森
点绛唇	叶玉森

杂　剧

枯井泪	丹徒赵祥瑗原稿　长洲吴梅润辞

本期作者郑鹤声(1901—1989)，字萼荪，号鸣皋，浙江诸暨人。此时为南京高等师范学校—东南大学历史系学生，1924年毕业。著有《中国文献学概要》、《中国史学史》、《中国史部目录学》等。

柳诒徵在《送吴雨僧之奉天序》中说："梅子吴子同创杂志曰《学衡》以诏世，其文初出，颇为聋俗所诟病。久之，其理益章，其说益信而坚，浮薄怪谬者屏息不敢置喙。则曰，此东南学风然也。"

10月

1日，《史地学报》第3卷第3期出版发行。

目录如下：

插　图

泉男生墓志铭缩本

（校：正文为"唐泉男生墓志铭缩本"）

研　究(补)

泉男生墓志跋	柳翼谋先生

(校:正文作者为"柳翼谋教授")

通　论
史学蠡测(续) ……………………………………………… 陈训慈

史地教学
初级中学人生地理编辑例言 ……………………………… 张其昀

(校:正文题目为"初级中学世界地理编辑例言")

研　究

古史讨论

与顾颉刚讨论古史第二书 ………………………………… 刘掞藜
讨论古书答刘胡二先生书 ………………………………… 顾颉刚
研究国学应该首先知道的事 ……………………………… 钱玄同
法显玄奘西行之比较 ……………………………………… 诸葛麒
答束世澂君中国史书上之马哥孛罗质疑 ……………… 张星烺先生

(校:正文作者为"张星烺")

中国妇女缠足考 …………………………………………… 贾　伸
发见外希马拉雅八地之伟绩 ……………………………… 刘芝祥译

(校:正文作者、译者为"Sven Hedin 著　刘芝祥译")

专　著
中国近三百年学术史 …………………………………… 梁任公先生

[校:正文题目为"中国近三百年学术史"(续)　梁任公]

美国国民史(续) …………………………………………… 胡焕庸译

杂　缀
马哥孛罗游记导言序 …………………………………… 柳翼谋先生

世界新闻
地理新材料

"史地学会"成员参与同北京大学新潮学人"古史辨"的论争,刘掞藜、顾颉刚、钱玄同之文是转载自北京的《读书杂志》。

1—7日,吴宓在缪凤林、景昌极的帮助下,编理《学衡》杂志第36期。

10日,吴宓接到张歆海(1898—1972)的来信,述清华内部情况。

18日,吴宓在大连讲《人文主义论》。

20日,吴宓在大连"满蒙文化协会"讲《白璧德之人文主义》。

26日,吴宓发出《学衡》杂志第36期全稿。

本月，梅光迪辞去东南大学教职，到美国哈佛大学任中文讲师。

本月，《学衡》杂志第34期出版发行。

目录如下：

插 画

福禄特尔半身雕像（法国伍唐 Houdonz 作）　参观本期查德熙传

福禄特尔书札真迹（舆斯他颠伯爵书）　参观本期查德熙传

通 论

白璧德释人文主义　　　　　　　　　　　　　　　　　　徐震堮译

（校：正文题目为：白璧德释人文主义 Irving Babbitt "What is Humanism?"　徐震堮译）

述 学

汉隋间之史学（续第三十三期）　　　　　　　　　　　　郑鹤声

文 苑

诗 录

癸亥冬日小集霜甘阁酒后感时作歌呈廖季平师

张式翁及同座诸子兼柬宋问琴东山　　　　　　　　　　　林思进

烟台杂诗二十首　　　　　　　　　　　　　　　　　　　吴芳吉

赴湘舟中作　　　　　　　　　　　　　　　　　　　　　柳诒徵

乱中元日立春感赋二首　　　　　　　　　　　　　　　　庞　俊

得柏庐美洲书兼寄步曾　　　　　　　　　　　　　　　　王　易

重游烟水亭　　　　　　　　　　　　　　　　　　　　　邵祖平

春思　　　　　　　　　　　　　　　　　　　　　　　　胡先骕

哲理小说

查德熙传 Zadig ou La Destinée　　　法国福禄特尔著　丹徒陈　钧译

（校：正文题目的法文为"Zadig ou La Destinée"）

书 评

评刘裴春《介白堂诗集》　　　　　　　　　　　　　　　胡先骕

11月

本月《学衡》杂志第35期出版发行。

目录如下：

插　画

泰西名画之十二　三姊妹像　　　　　　巴马维雀 Palma Vecchio 绘

泰西名画之十三　酒神与阿吕德尼成婚之图　丁脱雷脱 Tintoretto 绘

述　学

汉隋间之史学　第六至第七章(续第三十四期)　　　郑鹤声

评《快乐论》　下　　　　　　　　　　　　　　　缪凤林

(校：正文注有"上篇见第三十二期")

文　苑

环天室诗支集　　　　　　　　　　　　　　　　　曾广钧

(校：正文作者为"湘乡曾广钧　伋安")

杂　评

评郭任远《人类的行为》　　　　　　　　　　　　景昌极

(校：正文注有"商务印书馆出版")

本月，梅光迪到美国，入哈佛大学教汉语。

12月

1日，《史地学报》第3卷第4期出版发行。

目录如下：

插　图

栖霞山千佛岩

(校：正文的插图为"栖霞山千佛岩"、"栖霞山隋石塔")

通　论

清儒对于"元史学"之研究　　　　　　　　　　　郑鹤声

研　究

古史讨论

与顾颉刚先生书　　　　　　　　　　　　　　　刘掞藜

答刘胡二先生(续)　　　　　　　　　　　　　　顾颉刚

［校：正文题目为"答刘胡二先生(一续)"］

战国用金广证　　　　　　　　　　　　　　　　徐震堮

山越考　　　　　　　　　　　　　　　　　　　刘芝祥

法显玄奘西行之比较(续)　　　　　　　　　　　诸葛麒

(校：正文题目为"第四节　法显玄奘西行经过之比较")

| 王船山先生之政法思想 | 束世澂 |
| 中国近三百年学术史(续) | 梁任公先生 |

(校:正文作者为"梁任公")

| 美国国民史(续) | 胡焕庸译 |

世界新闻

地理新材料

附　录

本会第八届职员录

"史地学会"成员参与同北京大学新潮学人"古史辨"的论争,刘掞藜、顾颉刚之文是转载自北京的《读书杂志》。

本期刊出的《史地学会第八届职员录》(1923年9月—1924年7月)

总务部	向　达(主任)	刘掞藜(副主任)
	王焕镳	邓光禹(文牍)
	田少林	沈孝凰(庶务)
	陈　旦	陆祖鼎(交际)
	陈人文	龙文彬(书记)
	王　觉(会计)	
编辑部	陆维钊(学报主任)	郑鹤声(副主任)
	张其昀(特种编辑)	陈训慈(丛刊编辑)
	向　达	束世澂
	马继援	王焕镳
	邵　森	王学素
研究部	全文晟	刘掞藜
演讲部	赵祥瑗	陈　旦
调查部	宋兆珩	诸葛麒
图书部	陈咏洙	赵祥瑗
发行部	周　慤	

4日,顾颉刚日记中记有:"写适之先生信,荐静安先生入清华。"信中说:

　　静安先生清宫俸既停,研究所薪亦欠,月入五十元,何以度日?曾与幼渔先生谈及,他说北大功课静安先生不会肯担任,惟有俟北京书局成立时,以友谊请其主持编辑事务。然北京书局不知何日能成立,即使成立,而资本有限,亦不能供给较多之薪水。我意,清华校既要组织大学国文系,而又托先生主持其事,未知可将静安先生介绍进去否?他如能去,则国文系已有中坚,可以办得出精采。想先生亦以为然也。

清宫事件,报纸评论对于先生都好作尖酸刻薄之言,足见不成气候的人之多。

8日,胡适陪同清华学校校长曹云祥拜访了王国维。

9日,曹云祥在致胡适:

适之先生台鉴

昨承偕访王静庵先生晤谈之后,曷胜钦佩。敝校拟添设研究院,即请王君为该院院长。兹将致王君一函并聘书送请察阅。如蒙同意,即祈转致并恳玉成是荷。此颂

道安

曹云祥谨启
十二月九日

11日,曹云祥致信胡适,约定胡适同王国维到清华聚餐(共商聘王国维之事):

迳启者兹订于本月二十日星期六□□□□[沈按:无法辨认的字],驾临敝校午餐,藉以畅谈,未知是日有暇光降否?倘因公忙或改二十七日星期六亦可,即祈裁定,并约同王静庵先生来校是所至盼。相应函达至,希查照见覆是荷。此致

胡适之先生

曹云祥谨启
十二月十一日

31日,由于曹云祥校长求贤心切,在未与胡适、王国维协商妥当的情况下,按本校聘教员的惯例,给王国维送上了印刷品的聘书。事后,曹云祥方觉此法不妥,忙致信王国维解释,并附手写聘书一件,信和聘书均请胡适代转。

信及聘书如下:

静庵先生大鉴:

前奉聘书因系印刷品,表明本校聘请教员事同一律,所以先填送览。

兹以添注涂改殊欠敬意,特另缮一份,肃函奉送,敬祈察存专泐。

顺颂

道安

附聘书一件

曹云祥谨启

十二月三十一日

聘　书

兹聘请

王静庵先生为本校研究院主任担任国学研究事务即希

查照后列聘约办理为荷

（一）每星期内授课拾点钟以内

（二）每月薪金银币肆百元按月照送

（三）一切待遇照本校规定研究院教员任用规则办理

（四）此项聘约以叁年为期（自民国十四年一月起至十六年十二月底止）期满若得双方同意再行续订

清华学校校长　曹云祥

中华民国十三年十二月

本月,《学衡》杂志第 36 期出版发行。

目录如下：

插　画

法郎士像 Anatole France(1844—1924)

泰西名画之十四（镌刻）　忧患图 Melencolia

德国杜雷尔 Albrecht Dürer(1471—1528)作

述　学

中国乡治之尚德主义（续第二十一期）	柳诒徵
汉隋间之史学　第八至十章（续第三十五期）	郑鹤声

文　苑

诗　录

说市	胡先骕
李花篇	曾朴
仲涛丈寄示闻歌诗感书奉怀	王易
癸亥除夕	邵祖平
发汉上	徐桢立

社日北郭展亡姊绣清墓丧乱以来人事牵率盖两岁不至矣	庞　俊
凉雨偶感即寄吴雨生奉天	庞　俊
寄赵伽德荣州	庞　俊

词　录

箇侬	向迪琮
绮罗香	刘永济
踏莎行	陈　寂

理想小说

新旧姻缘	湘阴王志雄

第一回　溯渊源明稗官要旨　寓理想撰新旧姻缘

名家戏剧

吕伯兰(Ruy Blas)　第一折　第二折　法国嚣　俄著　常熟曾　朴译

（校：正文作者、译者为"法国嚣俄 Victor Hugo 著　常熟曾朴译"）

本期作者王志雄为吴宓的化名。

曾朴(1871—1935)，字孟朴，笔名"东亚病夫"，江苏常熟人。四大谴责小说家之一，著有《孽海花》等。

清华学校欲创办研究院，曹云祥请胡适来清华主持筹建。胡推辞，并举王国维为院长，建议采用宋、元书院式的导师制。王国维不就院长，于是胡适举荐王国维、梁启超、章太炎、赵元任为导师。王、章不就。在胡适、溥仪的劝说下，王答应作导师。

1925 年

1 月

6 日，教育部 1925 年第一号训令，免除郭秉文东南大学校长职务。

本月，吴宓离开东北大学回上海、南京探亲。

本月，《学衡》杂志第 37 期出版发行。

目录如下：

　　　　　　　　插　画

罗马大戏园 The Colosseum　参观本期罗马之家族及社会生活篇

[校:正文图片为:罗马大戏园 The Colosseum(Rome)]

罗马喀拉克拉帝之浴场 Baths of Caracalla　参观本期罗马之家族及社会生活篇

[校:正文图片为:罗马喀拉克拉帝之浴 The Baths of Caracalla(Rome)]

述　学

中国民族西来辨	缪凤林
罗马留传第七篇　罗马之家族及社会生活　　英国赖斯德 Hugh Last 撰	吴　宓译

文　苑

诗　录

湖楼晓起	柳诒徵
与邑子孙师郑丁秉衡张隐南胡复秋同题名于黄祖平石上大书深刻盖欲继郑道昭之云峰山之芳躅也为纪一时幽绪辄赋短章	曾　朴

（校:"祖"字正文作"初"）

开岁十二日同舅家诸表弟妹暨诸女友游百花洲冠鳌亭赋诗用除夕韵	邵祖平
辛夷树下口占	胡先骕
南楼	邵　森
慈摄因缘图为悟初和尚作	徐桢立
石帚招饮先去赋此为谢	李思纯
九日游故藩宫土山次韵奉答哲生	庞　俊
上峡绝句十二首	李思纯

词　录

鹧鸪天	陈　寂
浣溪沙	毛乃庸

名家戏剧

吕伯兰(Ruy Blas)（续第三十六期）　第三折　第四折　第五折　　法国嚣俄著	曾　朴译

（校:正文作者、译者为"法国嚣俄 Victor Hugo 著　常熟曾朴译"）

2月

5日，吴宓到北京，访袁复礼、袁同礼兄弟。

6日,吴宓到清华学校,拜访校长曹云祥、教务长张彭春(1892—1957)。

7日,吴宓在北京"新月社"参加灯会,遇到胡适、徐志摩(1896—1931)。

9日,曹校长与吴宓协商,决定由吴任清华学校研究院(国学科)筹备处主任。吴宓向校长提出,自己名义为筹备主任,但要全权负责本部的事务,曹校长答应。

10日,吴宓入校,住西客厅。

12日,清华学校研究院筹备处正式成立,并开始办公。由于吴宓到北京清华学校,《学衡》的作者队伍以后将以清华的师生和清华以外北京地区的人员为主。

13日,胡适第二次(第一次是致信并转交曹校长的聘书)致函王国维,劝他出任研究院导师。其中聘书写明月薪400元。

胡适积极主动地做废帝溥仪、庄士敦(溥仪的英文老师)和王国维本人的工作。胡适给王国维的两封信。其一:

静庵先生:

　　清华学校曹君已将聘约送来,今特转呈,以供参考。约中所谓"授课拾时",系指谈话式的研究,不必是讲演考试式的上课。

　　圆明园事,曹君已与庄君商过,今日已备文送去。

适之上(原信无日期)

其二:

静庵先生:

　　手示敬悉。顷已打电话给曹君,转达尊意了。一星期考虑的话,自当敬遵先生之命。但曹君说,先生到校后,一切行动均极自由;先生所虑(据吴雨僧君说)不能时常往来清室一层,殊为过虑。鄙意亦以为先生宜为学术计,不宜拘泥小节,甚盼先生早日决定,以慰一班学子的期望。日内稍忙,明日或能来奉访。匆匆。即颂

　　起居佳胜。

适之上　一四,二,十三(1925年2月13日)

13日,吴宓初次拜访王国维,以研究院筹备主任的身份请其出任清华学校研究院导师。

14日,吴宓向曹校长、张彭春教务长举荐陈寅恪为清华学校研究院导师。

15日,张彭春告诉吴宓,说陈寅恪的薪水未决。

16日,清华学校曹校长致电陈寅恪,聘其为清华学校研究院导师。

21日,吴宓拜访王国维。

22日,吴宓到天津拜访梁启超,以筹备处主任身份请梁出任清华学校研究院导师。

本月,《学衡》杂志第38期出版发行。

目录如下:

插　画

柏格森像 Henri Bergson(1859—　)　参观本期白璧德论欧亚两洲文化篇

(校:正文图片为"柏格森像 Henri Bergson")

达尔文像 Charles Robert Darwin(1809—1882)　参观本期评进化论篇

通　论

白璧德论欧亚两洲文化	吴　宓译
论循规蹈矩之益与纵性任情之害　美国吉罗德夫人撰	吴　宓译
佛法浅释之一　评进化论——生命及道德之真诠	景昌极

(校:此文又连载于《东北大学周刊》1926年10月20日第2号、10月27日第3号、11月3日第4号、11月10日第5号、11月17日第6号、11月24日第7号、12月1日第8号、12月8日第9号、12月15日第10号、12月22日第11号、12月29日第12号、1927年3月1日第13号)

文　苑

诗　录

九月九日南郊作示同游	庞　俊
偕友人游白云寺归赋	曾　朴
梦侯来书以尊人定省谢弼群之招感赋即寄	王　易
无题二首	曾　朴
书感	邵　森
离家	邵祖平
墓场闲步	胡先骕
秋日偶摄小影因题寄香宋先生荣州	庞　俊
壬戌京口扬州杂咏	刘　堪

词　录

蝶恋花	徐桢立

虞美人	徐桢立
鹧鸪天	刘永济

书　评

评胡适《红楼梦考证》	黄乃秋自萧山来稿

3月

1日,《史地学报》第3卷第5期出版发行。
目录如下:

插　图

大同佛像
龙门佛像

通　论

清儒对于元史学之研究(续)	郑鹤声
史学蠡测	陈训慈

[校:正文题目为"史学蠡测(续)"]

研　究

周代丧制概略	汪章才
日本藤原氏与春秋世族之比较	张世禄
中古大学及其精神(徐养秋教授演讲)	苏　拯

(校:正文作者为"徐养秋教授演讲　苏拯笔记")

志西沙群岛	李长傅
法显玄奘西行之比较(续)	诸葛麒

(校:正文题目为"第六节　法显玄奘西行影响之比较")

专　著

中国近三百年学术史(续)	梁任公先生

(校:正文作者为"梁任公")

美国国民史(续)	胡焕庸译

杂　缀

《中国史学研究论文集》序	柳翼谋先生

世界新闻

地理新材料

通　讯

陈彬和君来函

1日,吴宓拜访王国维,商议清华学校研究院章程。

5日,吴宓主持茶会,讨论研究院章程。

6日,研究院章程通过。

7日,吴宓访哈佛大学同学林语(玉)堂。

12日,王国维到清华园看住房。

13日,王国维、梁启超到清华学校,表示应聘。

14日,吴宓拜访《学衡》杂志作者姚华。

21日,吴宓入城拜访王国维,讨论出题之事。随后访汤用彤。

26日,王国维偕夫人到清华园看住房,并付房费。

28日,吴宓出席"新月社"查良钊(1897—1982,原清华学校同学、"明德社"同仁)、袁同礼的宴会。

29日,吴宓拜访《学衡》作者、北京大学教授黄节。

4月

1日,吴宓编发《学衡》杂志第39期(本应在3月初出版,从此《学衡》杂志拖期,出版时间打乱,无法确定具体的出版时间)。

10日,吴宓写完《评〈玉君〉》。此文是吴对北京大学"新潮社"成员杨振声(1890—1956)小说的评论,刊登于《学衡》杂志第39期。

11日,吴宓为募《学衡》杂志经费,访汤用彬(1876—1949)等。

同日,《时事新报》教育界栏内刊登《东大校长问题昨讯》,其中提到东南大学汤用彤、柳诒徵、陈去病等人不同意校董会推荐张一麐做校长。

12日,吴宓拜访王国维。

17日,王国维移书籍到清华园。

18日,王国维入住清华园。

梁启超是南海康有为的弟子,王国维是末代皇帝溥仪的老师,梁、王到清华任教,也就有了陈寅恪随后为清华学子写的一副对联:"南海圣人再传弟子,大清皇帝同学少年。"

20日,吴宓拜访王国维。

同日,东南大学学生致信《晨报》社,表示坚拒教育总长章士钊提出的任命胡敦复为东南大学校长的阁议,表示对此誓不承认。之前,章士钊在就任教育总长的次日,就在内阁会议上作出对胡敦复的任命提议。随即,该任命受到东南大学师生的强烈抵制:在校教授64人中有48人宣告停职。本月底,时任江苏军务督办的卢永祥和江苏省长韩国钧联袂致电段祺瑞,表示支持东南大学学生要求,另换校长掌校。此后,东大校长问题一直迁延未决,以致到本年九月段祺瑞、章士钊有停办东南大学之议。

21日,两日来,吴宓分别与张彭春、曹云祥谈清华学校研究院聘李济(1896—1979)之事。李济此时任南开大学文科主任。

王国维由吴宓陪同见清华各部要人。

23日,吴宓与王国维、梁启超商议并开始为清华学校研究院招生出题。

24日,吴宓向教务长张彭春推荐刘永济等为清华学校教员。

26日,钱玄同日记记有:"下午偕劢西同至公园,劢西说章行严做了总长竟来干涉国语矣。他说:《中学国语读本》(顾颉刚选者)狗屁不通,中学万不可用白话。"

27日,吴宓接陈寅恪来函,表示因家务不能立即应聘,但建议研究院应多购书。

28日,张彭春向吴宓表示清华学校不能聘刘永济。

29日,吴宓发出《学衡》杂志第40期稿件。

5月

1日,《史地学报》第3卷第6期出版发行。

目录如下:

插　图

栖霞寺塔石刻释迦受生
栖霞寺塔石刻释迦受乐

通　论

| 原刑上 | 龚尔恭 |

(校:正文题目为"原刑上　原刑下"两部分)

研　究

宋元书院讲学制	盛朗西
奴儿干事辑	柳翼谋教授
中国历史上之旱灾	竺藕舫教授讲　庄蘯璋笔记
定海县志例目	陈训正

（校：正文作者为"慈溪陈训正无邪稿"）

  日本地理纪要   张其昀

古史讨论

  与顾颉刚先生书   刘掞藜

   ［校：正文题目为"与顾颉刚先生书（三续）"］

  答刘胡二先生书   顾颉刚

   ［校：正文题目为"答刘胡二先生书（二续）"］

  古史讨论的读后感   胡 适

专 著

  中国近三百年学术史（续）   梁任公先生

   （校：正文作者为"梁任公"）

  美国国民史（续）   胡焕庸译

最 录

  中国地理大辞典调查办法   王华隆

（校：正文还附有"中国地理大辞典各县调查项目次序表"，要求收到后两周内撰写妥寄回）

史地界消息

  史地界消息七则

世界新闻

地理新材料

  "史地学会"成员参与同北京大学新潮学人"古史辨"的论争，刘掞藜、顾颉刚、胡适之文是转载自北京的《读书杂志》。

  1日，吴宓拜访王国维。

  3日，清华学生、《学衡》杂志作者张荫麟、贺麟拜访吴宓。

  4日，清华教授、《学衡》杂志作者陆懋德拜访吴宓。

  19日，清华学生、《学衡》杂志作者顾谦吉拜访吴宓。吴宓编辑《学衡》稿件。

  20日，吴宓发出《学衡》杂志第41期稿件。但第39期尚未出版（应在本年3月初出版发行）。

  23日，吴宓、张歆海访张奚若（耘，1889—1973）。

  25日，吴宓访王文显（1886—1955）、钱端升（1900—1990）。清华教授张歆海对吴宓说："办《学衡》为'吃力不讨好'，不如不办。"

28日，周光午到清华学校任书记员（司文书），并协助吴宓办理《学衡》杂志的一些杂事。

30日，吴宓到东城青年会寄存《学衡》杂志，然后到黄节处取稿件。

31日，吴宓拜访在华的俄国汉学家钢和泰，为《学衡》杂志得文稿。王国维为答谢吴宓的积极关照，今日特设家宴。

《学衡》杂志第39期出版发行（具体出版时间不明）。

目录如下：

插　画

但丁像 Dante(By Giotto,1276—1377)　　　　　　　　　　乔　陀绘
但丁裴雅德合像 Dante and Beatrice(By Scheffer,1795—1858) 谢　飞绘

通　论

德报　　　　　　　　　　　　　　　　　　　　　　　　　张正仁

述　学

答福田问墨学　　　　　　　　　　　　　　　　　　　　　孙德谦
再答福田问墨学——论儒墨之异同　　　　　　　　　　　　孙德谦
史传文研方法　第一至四章　　　　　　　　　　　　　　　张尔田
读李翘君《转注正义篇》书后　　　　　　　　方　竑自桐城来稿
王玄策事辑　　　　　　　　　　　　　　　　　　　　　　柳诒徵
释伽时代之外道（录《内学》第一辑）　　　　　　　　　　汤用彤

文　苑

文　录
《谢康乐诗注》序　　　　　　　　　　　　　　　　　　　黄　节
《文章流别新编》序　　　　　　　　　　　　　　　　　　方　乘
与人论治国故书　　　　　　　　　　　　　　　　　　　　罗运贤
诗　录
雨夜检簏中得亡友周巨卿遗札泫然书此　　　　　　　　　　庞　俊
（校："遗札"正文作"遗诗"）
傅公祠题宝贤堂刻石　　　　　　　　　　　　　　　　　　赵炳麟
友或劝学佛作诗谢之　　　　　　　　　　　　　　　　　　王　易
赠宗仰上人二首　　　　　　　　　　　　　　　　　　　　曾　朴
侵晓过燕子矶　　　　　　　　　　　　　　　　　　　　　曾　朴
七月十六日夜园中偶成　　　　　　　　　　　　　　　　　黄　节

中秋	黄　节
哭瘿公	黄　节
寿凌鉴园六十	徐桢立
雨过	胡先骕
除夕简潭秋	王　易
晓发嘉陵江小三峡	李思纯
海行杂诗	柳诒徵
王补安有天晴看梅虎邱之约口占	刘　堪

词　录

浣溪沙	陈　寂
虞美人	陈　寂
采桑子	陈　寂
菩萨蛮	谷家儒
人月圆	刘永济

译　诗

安诺德《罗壁礼拜堂诗》Matthew Arnold"Rughy Chapel"
　　　　　　　　　张荫麟、陈　铨、顾谦吉、李惟果译

［校：正文题目为：安诺德《罗壁礼拜堂诗》From Matthew Arnold's "Rugby Chapel"（1857）］

威至威斯《佳人处幽僻》Wordsworth"She Dwelt Among the Untrodden Ways"　　　张荫麟、陈　铨、顾谦吉、杨葆昌、杨昌龄、张敷荣、董承显译

［校：正文题目为：威至威斯《佳人处幽僻》William Wordsworth"She Dwelt Among the Untrodden Ways"（1799）］

杂　剧

但丁梦	钱稻孙

书　评

评杨振声《玉君》	吴　宓

本期作者赵炳麟(1873—1927)，字竺垣，号柏岩，广西全州人。光绪二十一年进士。著有《赵柏岩集》、《潜井庐诗存、杂存》、《味庐诗稿》、《兴亡汇鉴》等。

顾谦吉(生卒年不详)，字震伯，江苏无锡人，此时为清华学校学生。1925年毕业后留学美国。译有《人与医学》等。畜牧专家，1949年后在西北牧区工

作,因两性关系问题被新政府枪杀。

陈铨(1905—1969),字涛西,四川富顺人,此时为清华学校学生,吴宓的得意学生。1928年毕业后,留学美国、德国。回国后为清华大学哲学系教授,1952年以后在南京大学外文系执教。著有《中德文学研究》、《从叔本华到尼采》、《野玫瑰》等。

胡适1936年2月19日记记有:"看陈铨的《中德文学研究》,此书甚劣。吴宓的得意学生竟如此不中用!书中有云《西游记》(小说)的作者邱长春(1208—1228),他还不知道《西游记》小说不是邱长春的《西游记》!他记长春生卒(1148—1227)都迟六十年,不知根据何种妄书!他又说《聊斋志异》的作者蒲松龄生于1622年(实则生于1640),山东磁州人!真不知何以荒诞如此!"

李惟果(1905—1992),贵州开州松林人,此时为清华学校学生。1927年毕业后留学美国。

杨葆昌,此时为清华学校学生,1929年毕业后留学美国。

钱稻孙(1887—1966),字介眉,号泉寿,浙江吴兴人,留学日本、意大利。日军侵华战争期间落水为文化汉奸。译著有《西域文明史概略》、《造型美术》等。

6月

1日,《史地学报》第3卷第7期出版发行。
目录如下:

插　图

浙江省人口密度图
南宋京城图

通　论

论宁波建设省会之希望	张其昀
历史之知识	柳翼谋先生讲　黄锡康笔记
读王船山先生读通鉴论宋论	郑鹤声
史律	向　达译

研　究

汉隋间之史学　　　　　　　　　　　　　　　　　　郑鹤声

[校:正文题目为"汉隋间之史学——史学与史著(节录《学衡》)"]

南宋都城之杭州	张其昀
日本地理纪要(续)	张其昀

专　著

中国近三百年学术史(续)	梁任公先生

（校：正文作者为"梁任公"）

美国国民史(续)	胡焕庸译

世界新闻

地理新材料

1日，吴宓、陆懋德访王国维。

6日，吴芳吉的学生潘敦到北京，将入北京大学。潘敦日后曾帮助吴宓处理《学衡》的杂事。

9日，汪兆璠到北京为东北大学聘请教师，吴宓向汪推荐吴芳吉。

14日，《国语周刊》先是作为《京报》副刊之一种出版。

《国语周刊》的发刊辞主要内容如下：

> 1. 我们相信这几年来的国语运动是中华民族起死回生的一味圣药。因为有了国语，全国国民才能彼此互通情愫，教育才能普及，人们的情感思想才能自由表达。所以，我们对于最近"古文"和"学校的文言文课本"阴谋复辟，认为有扑灭它之必要；我们要和那些僵尸魔鬼决斗，拼个你死我活！
>
> 2. 我们相信正则的国语应该以民众的活语言为基础，因为它是活泼的、美丽的、纯任自然的，所以我们对于现在那种由古文蜕化的国语，认为不能满足；我们要根据活语言来建立新国语。
>
> 3. 我们相信中华民族今后之为存为亡，全靠民众之觉醒与否；而唤醒民众，实为知识阶级唯一之使命。……讲到唤醒民众，必须用民众的活语言和文艺，才能使他们真切地了解。

15日，吴宓得校方的聘书，聘他为研究院国学部主任，任期一年。吴宓以自己的地位不明为由将聘书退回给校长。

17日，冯友兰(1895—1990)、赵元任(1892—1982)访吴宓。

18日，校方将原聘书改为研究院主任，送给吴宓，遂接受。吴为陈寅恪薪水事草拟方案，并上书校长，获批准。

19日，曹校长向吴宓表示，研究院主任一职为一年，一年之后如不愿办研究院的事，可改任英文教授。

21日，王国维访吴宓。

22日，吴宓整理《学衡》杂志稿件。

23日，戴家祥(1906—1998)持胡适的推荐书来访吴宓，欲报考清华学校研究院。

25日，陈寅恪致函吴宓，答应清华学校研究院之聘，但言明年春才能到校。28日，吴宓访钢和泰，以译稿就正。又访黄节。

《学衡》杂志第40期出版发行(具体出版时间不明)。

目录如下：

插　画

康德像 Immanuel Kant(1724—1804)　参阅本期哲学问题之研究篇

叔本华像 Arthur Schopenhauer(1788—1860)　参阅本期哲学问题之研究篇

通　论

罪言	柳诒徵

述　学

高宗肜日说	王国维
陈宝说	王国维
书顾命同瑁说	王国维
说部流别	刘永济
张衡别传	张荫麟
《史记三家注》补正	瞿方梅遗著
哲学问题之研究　第一章　第二章　第三章	胡稷咸

文　苑

文　录

郭筠仙与龙皞臣书(未刊遗稿)	
《大戴礼记训纂》序	姚永朴
双鉤书赋	姚　华

诗　录

感兴诗	姚　华
续感兴诗	姚　华
梦得东轩老人书醒而有作	王国维

旧题一首	吴芳吉
送五弟之沪	王　易
中元前夕河上	王　易
唐天如妻挽诗	黄　节
十一月十四日登园山怀唐天如	黄　节
罗掞东挽诗	林思进
哭周巨卿	庞　俊

词　录

木兰花慢	张尔田
凤栖梧	陈　寂
蝶恋花	陈　寂
浪淘沙	陈　寂
浣溪沙	刘永济

书　评

评近人对于中国古史之讨论——古史决疑录之一	张荫麟

本期作者王国维(1877—1927)，字静安(或静庵)，因所居永观堂，又号永观，观堂，浙江海宁人。"国粹派"成员，此时为清华学校研究院导师，著有《人间词话》、《宋元戏曲考》等。王国维成为《学衡》杂志的作者，使得《学衡》的学术品位得以提升。

瞿方梅(1872—1921)，吴宓清华学校同学、"明德社"同仁瞿国眷之父。著有《指测琐言》、《史记三家补证》等。

姚永朴(1862—1939)，字仲实，号素园，安徽桐城人，光绪年间举人。"桐城派"后期成员。著有《蜕私轩诗文集》、《文学研究法》、《史学研究法》等。

姚华(1876—1930)，字一鄂，号重光、茫父，祖籍江西。光绪甲辰科进士，曾留学日本，为吴宓在清华学校读书时的老师。姚公为近代与王国维、吴梅并重的曲学专家，著有《弗堂类稿》、《曲海一勺》、《菉漪室曲话》、《说戏剧》等。姚、王、吴三位曲学专家均未高寿，为学界一憾事。

本月，柳诒徵赴沈阳就东北大学之聘。

7月

1日，王国维访吴宓。

3日，张彭春向吴宓表示清华学校无法聘用吴芳吉。

4日,吴宓访李济、姜忠奎,李濂镗向吴宓表示自己热心《学衡》杂志的编辑出版事业。

9日,王国维访吴宓。

11日,曹校长为欢迎赵元任、李济而设宴,张彭春、吴宓作陪。

13日,吴宓发出《学衡》杂志第43期稿件。

17日,吴宓为王国维草复俄国科学院函。

18日,刘朴自湖南来北京,吴宓推荐他到东北大学任教;王国维访吴宓。

25日,吴宓访王国维。

26日,《学衡》杂志作者刘朴拜访吴宓。

27日,上午9至11时,王国维在清华学校工字厅为学生消夏团演讲,题目是《最近二三十年中所发见之学问》。演讲文稿被包括《学衡》(第45期)、《清华周刊》(第350期)等多家刊物登载(刊发时题目为《最近二三十年中中国新发见之学问》)。王国维提出了"古来新学问起,大都由于新发见"这一著名论断。他认为自汉以来,中国学问上的最大发现有三:一为孔子壁中书;二为汲冢书;三则今之殷墟甲骨文字、敦煌塞上及西域各处之汉晋木简、敦煌千佛洞之六朝及唐人写本书卷、内阁大库之元明以来书籍档册。这才有陈寅恪随后在王国维"古来新学问起,大都由于新发见"著名论断基础上,进一步总结出治学之士因用新材料,与求新问题而谓之"预流"的说法。

28日,研究院考生周传儒(1900—1988)访吴宓。

本月,因吴宓的关系,东南大学毕业生陆维钊到清华学校研究院做王国维的助教。

胡先骕获哈佛大学植物学博士学位后回国,任东南大学生物系主任、教授。

《学衡》杂志第41期出版发行(具体出版时间不明)。

目录如下:

插　画

但丁之墓(其一)(其二)　参观本期但丁神曲通论篇

通　论

肃霜涤场说	王国维
释天	王国维
荞京考	王国维
中国文化史　第一章　第二章	陆懋德

中国与中道	张其昀
但丁神曲通论	美国葛兰坚教授撰 吴 宓译

文 苑

文 录

王闿运致龙芝生论小学书（未刊稿）	
《汉魏乐府风笺》序	黄 节
殇画赋	姚 华
湖南史地学会宣言	刘 朴

诗 录

读持盦诗	王 易
次韵答简盦惠题拙集	华 焯
赠画师李竹瑞兼示张霞村	林思进
正月乡行	赵 熙
泊嘉州	赵 熙
并州杂诗十八首	朱 还
病起自寿诗	沈曾植
寓斋雨中	黄 节
断续	胡先骕
刘生心显邀游昭山	吴芳吉
题贡王朵颜卫景卷	王国维
题陈子砺学使内直时画卷	王国维
蛮语	胡先骕

词 录

减字木兰花	邓 翊
点绛唇	邓 翊
虞美人	邓 翊
鹧鸪天	徐桢立
鹧鸪天	刘永济

译 诗

安诺德《鲛人歌》Matthew Arnold "The Forsaken Merman"	李惟果译
我唱樱桃熟 Robert Herrick "Cherry-Ripe"	顾谦吉译
下谷牧童歌 John Bunyan "The Shepherd Boy Singing in the Valley of	

Humiliation" 顾谦吉译

角声回音 Tennyson"Blow, Bugle, Blow" 顾谦吉译

（校：正文题目为：角声回音"Blow, Bugle, Blow" by Alfred Tennyson）

本期作者陆懋德（1888—?），字咏沂，山东历城人，留学美国。此时任清华学校国文教师。清华学校设大学部后，他一度任历史系主任、教授。著有《周秦哲学史》、《史学方法大纲》等。

沈曾植，字子培，号乙庵，浙江嘉兴人，光绪六年进士。"同光体"诗派中"浙派"代表人物，晚清民初著名学者，著有《海日楼文集》等。《学衡》作者中王国维、张尔田、孙德谦等多受他的提携。

《学衡》杂志第42期出版发行（具体出版时间不明）。

目录如下：

插 画

德国诗人兼戏剧家许雷像 Friedrich von Schiller(1759—1805)
法国小说家都德像 Alphonse Daudet(1840—1897)

通 论

| 四论吾人眼中之新旧文学观 | 吴芳吉 |
| 葛兰坚论学校与教育 | 张荫麟译 |

述 学

| 学潮徵故 | 柳诒徵 |
| 《史记三家注》补正 卷二（续第四十期） | 瞿方梅 |

文 苑

文 录

| 《〈说文古籀〉补》补叙 | 姚 华 |

诗 录

寿姚茫父五十	梁启超
乙丑四月五十初度依韵答饮冰兼呈同座诸公	姚 华
秋雨独游江上作	庞 俊
邺城行	王 易
种桃	赵 熙
灵岩寺	赵 熙
端阳日汤定之过谭因述旧事为诗	黄 节
新年阋剌作	林思进

闻西湖雷峰塔圮感赋	李思纯
驰汽车万山中赠车夫阿宝	吴芳吉
新晴独游黑石坡玩景	吴芳吉
三十自寿	刘泗英
初见菊花	庞　俊
贺刘宏度新婚	吴　宓

词　录

清平乐	程颂万
轮台子	徐桢立
减兰	陈　寂

本期作者梁启超，字卓如，号任公，室名饮冰室，广东新会人，前清举人。此时将应聘为清华学校研究院导师。著有《饮冰室合集》等。其时，清华学校研究院的导师除赵元任（胡适的好友）外，都成了《学衡》杂志的作者，使得《学衡》有中兴之势。但很快由于战乱和吴宓陷入情魔而再次失去机会。

刘泗英（1896—1995），四川南充人，留学日本。后去台湾。

程颂万（1865—1932），字鹿川，号十发居士，室名石巢、定巢，湖南宁乡人。程千帆的叔祖父。著有《石巢诗集》、《鹿川文集》等。1946—1947年，程千帆在武汉大学协助吴宓编辑《武汉日报·文学副刊》。

8月

1日，吴宓复胡先骕函，并致函白璧德。

4日，吴宓致函章昭煌，聘他为赵元任的助教。

5日，刘朴离去。吴宓访赵元任。

6日，清华学生、《学衡》杂志作者陈铨拜访吴宓。吴宓整理《学衡》稿件《黑暗时代》。

7—8日，吴宓校改《黑暗时代》的译文。

8日，梁启超到清华学校研究院就任导师。

10日，吴宓发出《学衡》杂志第44期稿件。

11日，吴宓赠康宝志两册《学衡》杂志。

12日，《学衡》社社员缪凤林、郭斌龢、柳诒徵、汤用彤在天津与吴宓相聚。随后缪、郭乘车赴东北大学。

14日，吴宓收到陈寅恪来信，说购书殊多且难。吴宓访王国维、赵元任。

15日,胡子靖访吴宓。

16日,邵祖平到北京访吴宓,话不投机。吴宓访《学衡》作者黄节、陈焕章,相约赞助《学衡》之事。

22日,吴宓访邱仲君、姜忠奎、汪荣宝,为《学衡》取稿。访林损。

23日,吴宓得知邵祖平致函胡先骕,责难吴及《学衡》。

25日,吴宓为陈寅恪薪水、赵元任助教之事向曹校长汇报。

27日,王国维访吴宓,并一同到图书馆看书。

28日,吴宓为陈寅恪支付购书款。晚访王国维。

29日,吴宓访在北京的俄国人(大阪外国语学校教师)聂斯克,赠研究院章程及《学衡》杂志。

30日,吴宓上午访王国维,下午校对《学衡》稿件。

31日,赵元任访吴宓。

陆维钊因祖父病故,辞去助教职务,改为东南大学毕业生赵万里继任。赵今日到校。

《学衡》杂志第43期出版发行(具体出版时间不明)。

目录如下:

插　画

一七三四年班禅喇嘛告谕

通　论

自立与他立　　　　　　　　　　　　　　　　柳诒徵
罪言录　　　　　　　　　　　　　　　　　　邢　琮

述　学

遹敦跋　　　　　　　　　　　　　　　　　　王国维
论阿字长短音答太炎　　　　　　　　　　　　汪荣宝
尚书尧典篇时代之研究　　　　　　　　　　　陆懋德
诗古义　　　　　　　　　　　　　　　　　　姜忠奎
《史记三家注》补正　卷三　　　　　　　　　瞿方梅遗著
一七三四年班禅喇嘛告谕译释　　　钢和泰男爵撰　吴　宓译

(校:正文作者、译者为"俄国钢和泰男爵撰　吴宓译")

柏拉图语录之四　筵话篇　　　　　　　　　　郭斌龢译

[校:正文题目、作者为"柏拉图语录之四　筵话篇(Symposium)　郭斌龢译"]

文　苑

名家文

古磁篇　　　　　　　英国蓝　姆 Charles Lamb 著　丹徒陈　钧译

（校：正文题目、作者、译者为"古磁篇 Old China 英国蓝姆 Charles Lamb 著　丹徒陈钧译"）

文　录

《清史后妃传》序　　　　　　　　　　　　　　　　　　张尔田

诗　录

悯炎诗三十二韵　　　　　　　　　　　　　　　　　　王　易

赠别稻田第九班女生　　　　　　　　　　　　　　　　吴芳吉

蛛网　　　　　　　　　　　　　　　　　　　　　　　赵　熙

四月二十五日西山会葬瘿公　　　　　　　　　　　　　黄　节

赠张鹏翘　　　　　　　　　　　　　　　　　　　　　黄　节

七夕遣兴　　　　　　　　　　　　　　　　　　　　　王　易

过图书馆感旧偶题　　　　　　　　　　　　　　　　　林思进

清明日作　　　　　　　　　　　　　　　　　　　　　李思纯

新历元日同社会饮有作　　　　　　　　　　　　　　　庞　俊

甲子岁暮杂诗　　　　　　　　　　　　　　　　　　　华　焯

登西山二绝句　　　　　　　　　　　　　　　　　　　胡先骕

坑口旅宿夜谭赠郑君熙文　　　　　　　　　　　　　　胡先骕

信江归舟口号　　　　　　　　　　　　　　　　　　　胡先骕

词　录

浣溪沙　　　　　　　　　　　　　　　　　　　　　　张尔田

浣溪沙　　　　　　　　　　　　　　　　　　　　　　陈　寂

水龙吟　　　　　　　　　　　　　　　　　　　　　　刘永济

书　评

书辜汤生英译《中庸》后　　　　　　　　　　　　　　王国维

本期作者汪荣宝(1878—1933)，字衮甫，号太玄，室名思玄堂，江苏吴县人。留学日本，曾任驻外公使。著有《思玄堂诗集》、《清史讲义》、《汪荣宝日记》等。

姜忠奎(1897—1945)，字叔明，山东荣成人。著有《诗经古义》、《儒学》等。

钢和泰(1877—1937)，俄国梵文学家，在北京大学讲授梵文及印度古宗教史。

9月

1日,赵万里取代陆维钊任助教之事获得校方批准。吴宓复函陈寅恪。

3日,吴宓为陈寅恪预支薪水,寄往德国柏林。王国维访吴宓。

8日,王国维、梁漱溟(1893—1988)访吴宓。

9日,清华学校大学部、清华学校研究院开学典礼。吴宓演说《清华开办研究院之旨趣及经过》。

王国维访吴宓。

清华学校研究院导师王国维、梁启超和次年7月到任的陈寅恪,以及研究院学生中的一部分人成为《学衡》杂志作者,如王庸、刘盼遂、吴其昌等。

10日,吴宓得陈寅恪来函后,转请曹校长以英文证明函寄给陈寅恪。

13日,吴宓、王国维、赵万里到琉璃厂为学校购书。

14日,赵万里向吴宓细说陆维钊身世(父亲早亡,由祖父抚养),吴宓决定留用赵万里,不让陆再到清华。

15日,吴宓陪同梁启超、王国维、赵元任拜见曹校长。

18日,吴宓在《清华周刊》第351期上发表《清华开办研究院之旨趣及经过》。

20日,吴宓为王国维预备刊登的文章《最近二三十年中中国新发见之学问》作注。

22日,吴宓发出《学衡》杂志第45期稿件。

《学衡》杂志第44期出版发行(具体出版时间不明)。

目录如下:

插　画

罗斯当像 Edmond Rostand(1868—1919)　参看本期戏剧原理

品纳罗像 Arthur Wing Pinero(1855—　)　参看本期戏剧原理

通　论

正政　　　　　　　　　　　　　　　　　　　　　柳诒徵

葛兰坚黑暗时代说 C. H. Grandgen "The Dark Ages"　张荫麟译

述　学

庚嬴卣跋　　　　　　　　　　　　　　　　　　　王国维

邾公钘锺跋　　　　　　　　　　　　　　　　　　王国维

《史记三家注》补正　卷四　　　　　　　　　　　　瞿方梅遗著

《玉篇》误字考　　　　　　　　　　　　　　　　　鲍　鼎

戏剧原理 Clayton Hamilton "The Theory of The Theatre"

第一章　第二章　　　　　　　　　　　　　　　　　陆祖鼎译

（校：正文作者、译者为"美国韩米顿 Calyton Hamilton 著　陆祖鼎译"）

文　苑

文　录

答谢祖尧书　　　　　　　　　　　　　　　　　　　刘　朴

诗　录

中秋夜送王远　　　　　　　　　　　　　　　　　　黄　节

仓皇篇用皮陆平仄体　　　　　　　　　　　　　　　王　易

南门行　　　　　　　　　　　　　　　　　　　　　吴芳吉

重阳出游偕子厚澹园明日戏呈　　　　　　　　　　　庞　俊

北城　　　　　　　　　　　　　　　　　　　　　　赵　熙

去华阳学校日诸生以鼓吹送归赋此刕别　　　　　　　林思进

题程瀛石小像　　　　　　　　　　　　　　　　　　徐桢立

出门　　　　　　　　　　　　　　　　　　　　　　邵　森

休浴日兀坐森木院林中偶成　　　　　　　　　　　　胡先骕

词　录

踏莎行　　　　　　　　　　　　　　　　　　　　　陈　寂

临江仙　　　　　　　　　　　　　　　　　　　　　陈　寂

忆旧游　　　　　　　　　　　　　　　　　　　　　徐震堮

锁寒窗　　　　　　　　　　　　　　　　　　　　　徐震堮

本期作者鲍鼎（1898—1973），字扶九，号默庵，江苏镇江人。著有《默庵所著书》、《默庵金石三书》等。

本月，李济始任清华学校研究院特约讲师。

10月

1日，吴宓编辑《学衡》稿件。

2日，吴宓访汤用彤、顾泰来。

9日，李思纯到北京，向吴宓送交译诗《仙河集》（法国诗歌选译，"仙河"是塞纳河的诗意译名，如同枫丹白露、香榭丽舍、翡冷翠），将刊登《学衡》杂志。

10日,吴宓编辑完《学衡》杂志第46期稿件后,寄发出。

12—13日,吴宓整理《仙河集》。

14日,吴宓为《学衡》杂志整理柳诒徵的《中国文化史》。

15日,柳诒徵致函吴宓要求停刊《中国文化史》。刘永济致函吴宓要《学衡》杂志为他的《说部流别》登广告。

17日,李思纯致函吴宓,要求退还《仙河集》,不登《学衡》杂志。吴宓回函谎称,已经发稿,无法退还。

何士骥、王庸访吴宓,表示热心《学衡》事业。

19日,吴宓到姜忠奎处为《学衡》杂志取稿件。

24日,研究院学生吴其昌、刘盼遂访吴宓,要求研究院办一杂志。吴宓趁机拉吴、刘加入《学衡》杂志的作者队伍。

25日,吴宓访黄节,劝其就任清华学校讲师之聘。随后又访李思纯。

26日,中华书局复函吴宓,《学衡》杂志续办一年,自第49期至60期。由于黄节不就清华教职。吴宓特向张彭春推荐李汉声、李思纯。

28日,吴宓发出《学衡》杂志第47期稿件。

《学衡》杂志第45期出版发行(具体出版时间不明)。

目录如下:

插 画

西夏文地藏菩萨本愿经刻本断简　　俄国聂斯克　日本石滨纯太郎共释

通 论

六害篇	刘永济
说酒	柳诒徵
政理古微一　政始	林损

(校:《政理古微》的长文在《学衡》连载之后,因林损1927年3月应聘到东北大学任教,此文又连载于《东北大学周刊》1927年3月8日第14号、3月15日第15号、3月23日第16号、3月30日第17号、4月6日第18号、4月13日第19号、4月20日第20号、4月27日第21号、5月4日第22号、5月11日第23号、5月18日第24号、5月25日第25号、6月2日第26号)

| 政理古微二　述古 | 林损 |
| 道德教育说 | 陈黻宸 |

述 学

最近二三十年中中国新发见之学问　　　　　　　　　　　王国维

唐初兵数考	柳诒徵
诗古义(卷一)	姜忠奎
《史记三家注》补正　卷五	瞿方梅遗著
中国戏剧略说(What is the Chinese Drama?)	洪　深撰　张志超译

文　苑

文　录

《彊邨语业》序	张尔田

诗　录

七夕	黄　节
招友	吴芳吉
故宫杂诗十八首	朱　还
九月三十日江上送秋寻去年醉处不可得惘然有作	庞　俊
立秋日呈柳翼谋汤锡予并怀川中向仙桥陶闇士诸先生	邱　仲
呈魏潜园	汪国垣
乱后一首赠癸叔	王　易
淮上放舟杂书所感得十八绝句以示同游	诸宗元

词　录

鹧鸪天	徐震堮
六么令	徐震堮
浣溪沙	陈　寂
浣溪沙	陈　寂
祝英台近	刘永济

译　诗

Poe"Raven"阿伦波《鹏鸟吟》	顾谦吉译

　　〔校：正文题目、作者、译者为"阿伦波《鹏鸟吟》'The Raven'(1849)by Edgar Allan Poe 顾谦吉译"〕

　　本期作者林损(1890—1940)，字公铎，浙江瑞安人。此时为北京大学教授。

　　洪深(1894—1955)，字浅哉，江苏常州人。与吴宓为清华学校、哈佛大学同学。著名剧作家。

　　陈黻宸(1859—1917)，字介石，室名饮水斋，浙江瑞安人，光绪二十九年进士。曾任北京大学教授。著有《饮水斋集》、《中国通史》、《诸子通义》、《中国哲学史》等。

诸宗元(1875—1932),字贞壮,号大至,浙江绍兴人。"南社"社员,"国粹派"重要成员。同时因宗法"宋诗",而成为"同光体"诗派中"浙派"重要成员。著有《大至阁诗》、《中国书学浅说》等。

《史地学报》第3卷第8期出版发行。

目录如下:

插 图

栖霞寺塔雕刻释迦苦行
栖霞寺塔雕刻释迦涅槃

通 论

拟编中国旧籍索引例议	何炳松
中国文化史绪论	柳翼谋教授
中国与中道	张其昀
大战开始后七年间西洋之中国史研究	王 庸译

研 究

汉隋间之史学(续)	郑鹤声

[校:正文题目为"汉隋间之史学——史学与史著(节录《学衡》)(续)"]

补史记箕子世家	郑鹤声
印度摩揭陀国孔雀王朝略纪	浦江清译

(校:正文作者、译者为"Vincent A. Smith 原著　浦江清译")

希腊文化蠡测	李莹璧
仑山化石地层纪略	徐韦曼教授著　王勤堉译

专 著

中国近三百年学术史(续)	梁任公先生

(校:正文作者为"梁任公")

美国国民史(续)	胡焕庸译

世界新闻

地理新材料

11 月

5日,吴宓校阅《审安斋遗稿》。

8日,吴宓校完《审安斋遗稿》。

9日，吴宓接陈寅恪函，说12月8日由法国马赛起程归国。

10日，吴宓校阅《学衡》稿件。

11日，吴宓编校《学衡》稿件。

13日，中华书局复函吴宓，说《学衡》杂志第一、三期有缺。晚，吴宓与王国维谈学校事。

15日，吴宓校阅《学衡》稿件。

17日，吴宓与王国维讨论明年招考科目。

21日，王国维访吴宓。

23日，吴宓、张歆海访梁启超、王文显，梁表示自己愿意出任清华学校校长。

24日，梁启超向吴宓表示自己愿就校长，要胡适到研究院来任职。吴宓担心梁就职后要胡适来，是逼他离开研究院。

30日，吴宓接陈寅恪函，说归期推迟。

此时，张歆海欲请胡适来任校长。据《胡适之先生晚年谈话录》1960年11月7日所记："当年我在上海，清华大学闹风潮，张歆海等几个人想要我出来当校长。我复了一个电报'不干了。谢谢。'"

《学衡》杂志第46期（具体出版时间不明）。

目录如下：

插　画

梅特林像 M. Maeterlinck(1862—　)

肖伯纳像 G. B. Shaw(1856—　)

通　论

反本	柳诒徵
政理古微三　制法	林　损
政理古微四　爱民	林　损
文诵篇	刘　朴

述　学

中国文化史　绪论、第一篇、第一至第六章	柳诒徵
齐国差蟾跂	王国维
王子婴次庐跂	王国维
尔雅岁阳岁名出于颛顼考	鲍　鼎
人道论发凡	缪凤林

文　苑

文　录

与《学衡》编者书	庞　俊

诗　录

园夜	黄　节
寄答陈鼎芬君南京慰其升学之失意也	吴芳吉
冬夜次韵酬玉麟	庞　俊
中宵偶成	王　易
奉怀吴雨生奉天	李思纯
感怀	吴　宓
江楼留别二十八首	赵　熙

词　录

菩萨蛮	徐震堮
六么令	徐震堮
菩萨蛮	胡士莹
鹧鸪天	赵万里
浣溪沙	陆维钊

杂　缀

旧诗话	刘永济

本期作者胡士莹(1901—1979),字宛春,室名霜红簃,浙江平湖人。1920年考入南京高等师范学校—东南大学,毕业后为中学教师,后为杭州大学教授。著有《霜红词》、《话本小说概论》等。

陆维钊(1899—1980),原名子平,后改为维钊、微昭,字东武,浙江平湖人,从小失怙,由祖父抚养。1925 年毕业于东南大学,后吴宓介绍他到清华学校研究院任助教,因祖父病故而辞职。

12 月

5 日,吴宓偕王国维、赵万里到琉璃厂购书。

6 日,吴宓访林损。

8 日,张作霖败逃,吴宓担心东北大学将被解散,这样一来,任教于东北大学的《学衡》社社员柳诒徵、缪凤林、景昌极、郭斌龢、刘朴等将失去教职,而吴宓自己所倚为志业根据地及一身之退步的东北大学也就失去了。

13日，吴宓发出《学衡》杂志第49期稿件。

14日，吴宓向曹校长推荐柳诒徵为清华学校教授，被校长否决。理由是柳曾在东南大学鼓动风潮。

16日，刘盼遂、王庸访吴宓。梁启超与吴宓谈自己愿就校长之事。

19日，钱基博将《古文辞类纂解题》一文投给《学衡》杂志。

王国维访吴宓。

20日，吴宓访李濂镗，议定选辑攻诋新文学的论文为一集，单独出版。

25—26日，吴宓编辑《学衡》杂志。

27日，吴宓为《学衡》杂志整理《中国文化史》。

29日，为陆德懋明年兼任研究院讲师等事，吴宓拜见曹校长。

本月，梁启超兼任国立京师图书馆馆长。

《学衡》杂志第47期出版发行（具体出版时间不明）。

目录如下：

插　画

费尼像 Alfred de Vigny(1797—1863)
弥瑟像 Alfred de Musset(1810—1857)

通　论

致知	柳诒徵
伦理正名论	林损
信与疑——真伪善恶美丑之关系	景昌极

述　学

攻吴王大差鉴跋	王国维
汉王保卿买地券跋	王国维

文　苑

《仙河集》（法国诗选）	李思纯选译

　　校：正文为：

　　查尔奥里昂 Charles d'Oreans(1391—1465)《春》

　　菲农 Francois Villon(1431—1461)《老与死》

　　龙萨尔 Pierre de Ronsard(1524—1585)《短歌》

　　马勒尔白 Francois de Malherbe(1555—1628)《慰友人丧女》

　　拉芳丹 Jean de La Fontaine(1621—1695)《劳工父子》、《城鼠与乡鼠》、《老狮》、《雄鸡与珍珠》、《狮与牛羊》、《二医生》、《狐狸与雕像》、《死与

樵夫》、《蝇与马车》

波哇罗 Nicolas Boileau-Despréaux(1636—1711)《寄西奈莱侯爵》

佛罗里央 Jean-Pierre Claris de Florian(1755—1794)《蟋蟀》

解尼埃 André Chénier(1762—1794)《青年之囚女》

柏朗惹 Pierre-Jean de Beranger(1780—1857)《旧衣》

沙多伯里昂 Francois-René Vicomte de Chateaubriand(1768—1848)《幽林》

（校：Francois-René de Chateaubriand）

拉马丁 Alphonse de Lamartine(1790—1869)《秋》、《孤寂》、《鹰与日》、《湖》

嚣俄 Victor Hugo(1802—1885)《拿破仑》、《坟墓与玫瑰》、《高山之所闻》、《二海岛》、《滑铁庐》

费尼 Alfred de Vigny(1797—1863)《死狼》

弥瑟 Alfred de Musset(1810—1857)《八月之夜》、《赠嚣俄》、《邻女与窗帷》、《长别》

哥体野 Théophile Gauthier(1811—1872)《燕语》、《泉源》、《春之第一笑》、《鸽》、《烟》、《圣诞节》、《蔷薇色之女衣》、《最后之所望》

黎留 Leconte de Lisle(1820—1894)《日午》、《月光》、《南美洲之斑豹》

邦斐耳 Théodore de Banville(1823—1891)《忆吾母》

蒲鲁东 Sully Prudhomme(1839—1907)《破瓶》、《眼》、《雨》、《乡村之正午》、《破晓》

波德莱尔 Charles Baudelaire(1821—1867)《鬼》、《鸱枭》、《血泉》、《腐烂之女尸》、《猫》、《破钟》、《凶犯之酒》、《密语》、《赭色发之女丐》、《暮色》

都德 Alphonse Daudet(1840—1897)《乳婴》

赫累帝亚 José-Maria de Heredia(1842—1905)《遗忘》、《落日》、《五色琉璃古窗》

歌贝 Francois Coppée(1842—1908)《铁匠之罢工》

凡莱恩 Paul Verlaine(1844—1892)《狱中》、《落日》、《晨星》、《秋歌》

布惹 Paul Bourget(1825—   )《黄昏》、《暮与愁》

本期《学衡》杂志简章中署"总编辑兼干事吴宓"。

《学衡》杂志第48期出版发行(具体出版时间不明)。

目录如下

插　画

拉马丁像 Lamartine(1790—1869)　参阅第四十七期仙河集

[校:正文图片为"拉马丁像 Alphonse de Lamartine(1790—1869)"]

黎留像 Leconte de Lisle(1818—1894)　参阅第四十七期仙河集

[校:正文图片为"黎留像 Charles Marie Leconte de Lisle(1820—1894)"]

通　论

伦理正名论	林　损
政理古微五　养性	林　损

述　学

中国文化史　第七至十二章　(续第四十六期)	柳诒徵
柏拉图语录之四　筵话篇　(续第四十三期)	郭斌龢译

文　苑

文　录

文蛇赋	姚　华
家书摘录	方　亮

诗　录

楼居杂诗	胡先骕
乙丑重阳过骊山谒秦始皇墓作	吴芳吉
十四日也园观盂兰盆会	柳诒徵
横舍	柳诒徵
次韵酬龙健行并呈李光炯	方守敦
退庐侍御逝二年矣近闻潜园丈道其在日憾不常见感成遥奠兼呈潜园	王　易
移居	庞　俊
藤花盛开赋此赏之	林思进

词　录

玲珑四犯	王　潏
大酺	王　潏
浪淘沙慢	刘永济

译 诗

薛雷《云吟》Shelley"The Cloud"　　　　　　　　　　陈　铨译

［校：正文为题目、作者、译者为"薛雷　一译雪莱《云吟》The Cloud（1820）by Percy Bysshe Shelley　陈铨译"］

死别 Ticktoll "Ballad of Colin and Lucy"　　　　　　吴　宓译

杂 缀

旧诗话（续第四十六期）　　　　　　　　　　　　　刘永济

1926年

1月

1日，吴宓访《学衡》作者李思纯、萧纯锦、姚华、胡子靖等。

2日，吴宓访李濂镗，议定拟刊印之讥评新文学的论文集，名为《白雪集》。

4日，柳诒徵致函吴宓，推辞任《学衡》杂志干事，吴宓决定继续兼任。

5日，吴宓起草的《国学研究院明年发展计划及预算大纲》和《下届招生办法》在本日的校务会议上被否决。

6日，吴宓递交辞去研究院主任的报告。

7日，吴宓校阅《学衡》杂志译稿中亚里士多德的《伦理学》卷八。王庸、刘盼遂访吴宓。

8日，吴宓访梁启超，梁极赞成吴的《国学研究院之议案》。

9日，吴宓发出《学衡》杂志第50期稿件。

10日，吴宓继续撰写《研究院发展计划意见书》。

11日，荷兰籍《学衡》杂志作者戴闻达访吴宓，吴赠《学衡》杂志一册。

12日，吴宓与王国维谈，王主张研究院研究生应作专题研究。

13日，梁启超复吴宓函，表示赞成意见书。

14日，吴宓求王国维、李济，各以其意见写出若干条。二人都主张研究院应作专题研究，不授普通国学。

吴宓又拜访曹校长，谈自己的理想是研究院办普通国学。

15日，吴宓将意见书油印分发。

17日，吴宓在《清华周刊》第371期上发表《研究院发展计划意见书》。

18日,吴宓撰《学衡》杂志广告,预登《甲寅》周刊。赵元任、王国维访吴宓。

19日,吴宓的意见书被校务会议否决。

21日,吴宓再次向校方递交辞呈。

23日,吴宓向设在北京琉璃厂的中华书局分部经理周支山表示:《学衡》杂志可以六折出售。吴宓得上海中华书局寄来的《学衡》杂志第1—40期六份。

25日,藻玉堂告诉吴宓,《甲寅》未将《学衡》杂志的广告注销。
《学衡》杂志第49期出版发行(具体出版时间不明)。

目录如下:

插　画

蒲鲁东像 Sully Prudhomme(1839—1907)
赫累帝亚像 Heredia(1842—1905)

［校:正文图片为"赫累帝亚像 Jose-Maria Heredia(1842—1905)"］

通　论

文诣篇	刘永济
解蔽	柳诒徵
伦理正名论(续第四十八期)	林　损

述　学

中国文化史　第一编　第十三至第十八章	柳诒徵
蒙文《元朝秘史》跋	王国维
释工	刘盼遂

文　苑

文　录

《清史后妃传》序	陈敬第
《管子校释》叙录	郭大癡

诗　录

古诗一章伤李生相钰即寄其尊人光炯先生	方守敦
贺缪生凤林新婚	柳诒徵
浴华清宫故池作	吴芳吉
皇寺看松作	柳诒徵
岁晚寄雪抱	王　易

腊不尽六日雪中偕煦中过少城公园	庞　俊
云间	胡先骕
乙丑中秋夕重至南京感赋	李思纯
新翻杨柳枝	张尔田
南唐武义中童谣云不似杨花无了期复为演成二绝	林思进

词　录

烛影摇红	徐震堮
烛影摇红	胡士莹
菩萨蛮	赵万里

译　诗

罗色蒂女士《愿君常忆我》Christina Rossetti"Remember"

　　　　　吴　宓　陈　铨　张荫麟　贺　麟　杨昌龄译

［校：正文题目为：罗色蒂女士《愿君常忆我》Christina Rossetti"Remember"(1862)］

本期作者刘盼遂(1896—1966)，原名铭志，字盼遂，河南淮滨人。此时为清华学校国学研究院学生。

贺麟(1902—1992)，字自昭，四川金堂人。此时为清华学校学生，吴宓的得意弟子。1926年毕业后留学美国、德国，回国后为清华大学哲学系教授。

2月

4日，张荫麟、贺麟访吴宓。

5日，吴宓访汤用彤、汤用彬。汤用彬对《学衡》杂志推销之事，愿尽力赞助。

6日，吴宓访林损、胡子靖、萧纯锦。

7日，吴宓访姜忠奎。

10日，吴宓到中华书局北京分部购《学衡》杂志第46期20册，让潘敦代售。吴宓将梁家义购买的《学衡》杂志第1—47期送到。梁表示要介绍吴与章士钊及《甲寅》经理彭君一谈。

13日，吴宓拜访张季鸾，为《学衡》杂志的广告宣传费请求帮助。张答应与吴鼎昌协商后，可望捐助500元。

14日，李思纯请吴宓引荐他拜访王国维，以所著《新元史学》请正。

15日，梁实秋在纽约完成《现代中国文学之浪漫的趋势》的长文，寄回北京，连载于3月25、27、29、31日《晨报副镌》第1369、1370、1371、1372号，批评白话新文学。他的结论是:"现今中国文学是趋向于浪漫主义。"梁文明显受白璧德人文主义思想的影响,文学观念与《学衡》接近。

17日,《甲寅》周刊经理彭毅拜访吴宓,劝吴将《学衡》杂志从中华书局那里收回,自己印刷发行,但遭到拒绝。吴宓表示为了稳妥起见,仍将依赖中华书局。

18日,吴宓编发《学衡》杂志第51期稿件。

21日,贺麟、张荫麟、陈铨访吴宓。

本月,南京东南大学致函吴宓,聘他为东南大学文科主任,兼外国语文系主任。胡先骕特意劝他应聘,但吴宓以《学衡》杂志事业为重,不就。

《学衡》杂志第50期出版发行(具体出版时间不明)。

目录如下:

插　画

马勒尔白像 Francois Malherbe(1555—1628)

[校:正文图片为"马勒尔白像 Francois de Malherbe(1555—1628)"]

嚣俄雕像 Victor Hugo(1802—1885)　　　　　　　　　　罗丹作(Rodin)

通　论

政理古微六　劝学(上下)	林　损
学识与技能	杨成能

述　学

中国文化史　第一编　第十九章	柳诒徵
亚里士多德《伦理学》卷八	向　达译

(校:正文注有"续第三十二期")

文　苑

诗　录

韩波诗二十韵	王　易
铜人歌	方世立
新历除夕	胡先骕
调默盦	庞　俊
赋答孝穀石帚两君送别之作	李思纯
萍乡乘舆至上埠	吴芳吉
阻雨生铁铺次晨雨霁至罗山	汪国垣

词　录

醉翁操	徐震堮
绮寮怨	徐震堮
征招	陆维钊
虞美人	陆维钊

3月

《学衡》杂志第51期目录如下（具体出版时间不明）：

插　画

陶斋旧藏古酒器　参阅本期陶斋旧藏古酒器考
其一　父乙盉
其二　犧形爵

通　论

墨化	柳诒徵
政理古微七　尊隐	林损

述　学

中国文化史　第一编第二十至第二十六章	柳诒徵
中国认识论史　导言	黄建中
陶斋旧藏古酒器考	美国福开森

文　苑

文　录

先姊事略	柳诒徵

诗　录

华持盦先生挽辞	王易
访未央宫故址作	吴芳吉
甲子除夕风雪笆之遗使示诗有追念亡兄句感怀次韵	方守敦
关颖人新筑梯园时予有旧题今十一年矣	
近复重茸园亭招饮作诗拈得监韵	黄节
哭傥夫姨丈	林损
卧病雨中陈周二兄日夕过存赋谢	庞俊
中国植物志属书成漫题	胡先骕
榊丸口号	柳诒徵

词　录

梦芙蓉	徐震堮
菩萨蛮	徐震堮
莺啼序	胡士莹
菩萨蛮	胡士莹

书　评

评亡友王然父《思斋遗稿》　　　　　　　　　　　胡先骕

《学衡》杂志社启事

本期所刊《学衡》杂志社启事，是为柳诒徵《中国文化史》被不法书商盗印之事表明立场。第52期再次刊出此"启事"。

本期作者福开森(1866—1945)，美国来华传教士，在南京创办汇文书院（金陵大学前身），协助盛宣怀创办南洋大学堂（交通大学前身），并为首任总办（校长）。此时为"北京历史学会"会长，北京中国红十字会董事。

黄建中，北京大学"新潮社"成员。

7日，吴宓大批购买《学衡》杂志。

10—11日，吴宓又一次向校方递交辞呈。

15日，吴宓第4次向校方递交辞呈。

16日，清华学校校长发布公告，同意吴宓辞职。研究院主任一职由校长兼任。柳诒徵到北京与吴宓相会，谈他对东北大学的不满。

21日，吴宓拜访黄节、林损、柳诒徵。

26日，吴宓将《学衡》杂志的收据册、宣言、广告等交由北京志成书局印制。柳诒徵不同意吴宓所撰写的《学衡》杂志五大特色，理由是"汝愈诚，人愈疑汝伪"。

27日，姜忠奎劝告吴宓不必在文章中自赞，以免为大雅所讥。于是，吴宓决定在宣传材料中，只登简章和要目。

29日，陈铨访吴宓。

4月

7日，吴宓、柳诒徵、李思纯相约参加《学衡》社社员邵祖平的婚礼。

19日，东北大学的汪兆璠致函吴宓，请他出任东北大学英文系主任。吴为编辑《学衡》杂志计，推辞不就。

22日，吴宓访柳诒徵。

23日,潘敦访吴宓,接洽代售《学衡》杂志之事。

《学衡》杂志第52期出版发行(具体出版时间不明)。

目录如下:

插 画

苏德曼像 Sudermann(1857—)

[校:正文图片为"苏德曼像 Hermann Sudermann(1857—)"]

霍特曼像 Gerhardt Hauptmann(1862—)

通 论

欲救中国当速养成悃愊无华埋头执务之人才说	杨成能
论教有义方	聂其杰

述 学

中国文化史 第一编 第二十七至三十三章	柳诒徵

(校:正文注有"续第五十一期")

文 苑

诗 录

书烟霞万古楼集后	林 损
丙寅正月五日雪后邀台源法师教微居	
士及梁鹤铨李杏南同游北海感赋	姜忠奎
园望一首	王 易
和贞壮中秋前一夕同过坛园韵	黄 节
汉口	李思纯
韦曲过老杜旧宅	吴芳吉
答宋慈抱	陈闳慧
以旧譔史微赠野侯媵之以诗	张尔田
元日过少城	庞 俊

词 录

少年游	姚 华
西江月	姚 华
菩萨蛮	姚 华

杂 缀

近代诗评	钱萼荪来稿
《学衡》杂志社启事	

本期作者钱萼荪(1908—2003),又名仲联,号梦苕,江苏常熟虞山镇人。此时为无锡国专学生,这是其第一篇学术论文。

5月

1日,吴宓访李濂镗,与李思纯、柳诒徵等同游。

6日,吴宓与张歆海一起访凌叔华(1904—1990)、陈源(1896—1970)、杨振声。

7日,吴宓访李思纯、陈垣(1880—1971)、张歆海、徐志摩、李济。

8日,吴宓访李思纯、王国维。

15日,吴宓在柳诒徵处遇到邵祖平,邵责怪吴不把《学衡》杂志第40—50期寄给他。两人争吵。

16日,吴宓访陈垣,并与柳诒徵、李思纯、张荫麟、容庚(1894—1983)、容肇祖(1897—1994)聚会。

29日,吴宓访李思纯、柳诒徵、陆德懋等。

31日,吴宓访冯友兰、梁启超、张君劢(1887—1969)等。

《学衡》杂志第53期出版发行(具体出版时间不明)。

目录如下:

插　画

德国文学批评大家兼戏剧家雷兴像(Gotthold Ephraim Lessing,1729—1781)

德国大诗人兼文学家葛德像(Johann Wolfgang Von Goethe,1749—1832)

[校:正文图片为"葛德像 Johann Wolfgang Goethe(1749—1832)"]

述　学

中国文化史　第二编　第一至七章　　　　　　　　　　　　柳诒徵

(校:正文注有"续第五十二期")

辽金时代蒙古考　　　　　　　　　　　　　　　　　　　　王国维

物质生命心神论(Matter, Life, Mind, and God)——现代思想之趋势

英国亨　勒 R. F. A. Hoernlé 著　吴　宓译

文　苑

文　录

上高先生书　　　　　　　　　　　　　　　　　　　　　　林　损

祭姊文	柳诒徵

诗录一

送诸贞壮南归	黄　节
曾孝穀大兄枉诗见投时曾方有买臣负薪之感因作奉答并示哲生	庞　俊
读耐庵言志第二集诗即题寄耐庵翁	吴芳吉
濮一乘约游小河沿也园下车倾跌伤右骹甚痛	
强起行至茶社小坐旋至明湖春晚饭归而僵卧得诗二首	柳诒徵
雨夜	王　易
小病累日息森林院松林下有作	胡先骕
月夜望小孤山	李思纯
题红薇馆主帘卷海棠图	林　损

诗录二

清华园荷花池畔行吟	吴　宓

词　录

鹧鸪天	朱祖谋
鹧鸪天	胡士莹

6 月

1 日，吴宓访赵元任、李济。

4 日，吴宓与戴闻达、冯友兰、黄建中等聚会。

5 日，吴宓访姜忠奎。

6 日，吴宓访姚华。吴宓与李璜(1895—1991)访张耘(张奚若)。

7 日，《学衡》杂志第 1—50 期一百份由上海中华书局运抵北京。

12 日，吴宓因存放《学衡》杂志之事，与杨宗翰产生矛盾。

13 日，吴宓整理分发新运到的《学衡》杂志。

15 日，吴宓将《学衡》杂志分别交景山书社、《甲寅》周刊社代售。

16 日，吴宓请潘敦为《学衡》杂志登广告。

18 日，《晨报》头版登出"学衡杂志社启事"："学衡杂志自第一至第五十期整售特价十圆(邮费在内)欲购者请函达北京清华园邮局转交吴宓君在京内当即由最近地点之经理人送书取款在京外者请汇款前来即由邮挂号寄上定阅全年及零购者亦同。"

20 日，吴宓应王文显的请求，答应代理清华学校西洋文学系主任一年。

22日,潘敦访吴宓。

25日,吴宓访汪懋祖。

26日,贺麟将赴美国留学,吴宓为他饯行。

《学衡》杂志作者徐英访吴宓。

28日,吴宓访汤用彤。

30日,王国维访吴宓。

本月,胡先骕辞去东南大学的教职,将受聘中国科学社生物研究所专职研究员。

汤用彤辞去东南大学的教职,将受聘南开大学一年。

《学衡》杂志第54期出版发行(具体出版时间不明)。

目录如下:

插　画

老子像　参阅孔子老子学说对于德国青年之影响篇

托尔斯泰像　Count Lyov N. Tolstoy(1828—1910)　参阅孔子老子学说对于德国青年之影响篇

通　论

孔子老子学说对于德国青年之影响　　　　　　　　　　　吴　宓译

(校:正文作者、译者为"德国雷赫完 A. Reichwein 撰　吴宓译")

佛法浅释之一——苦与乐　　　　　　　　　　　　　　　景昌极

答诸生问中国可否共产　　　　　　　　　　　　　　　　刘　朴

述　学

述社　　　　　　　　　　　　　　　　　　　　　　　　柳诒徵

墨子书分经辩论三部考辨　　　　　　　　　　　　　　　黄建中

龟兹苏祇婆琵琶七调考原　　　　　　　　　　　　　　　向　达

中国文化史　第二编　第八至十章　　　　　　　　　　　柳诒徵

文　苑

文　录

与人论天台宗性具善恶书　　　　　　　　　　　　　　　张尔田

再论天台宗性具善恶书答余居士　　　　　　　　　　　　张尔田

《思斋遗集》跋　　　　　　　　　　　　　　　　　　　王　易

诗录一

游中央公园示哲生　　　　　　　　　　　　　　　　　　柳诒徵

赋答翼谋先生中央公园同游之作	李思纯
题碧湖诗社图	刘善泽
玉姜曲	吴芳吉
雅叙楼小饮赠予由	林 损
人群	林 损
客舍	林 损
酬容九读思斋遗集兼简伯远	王 易
陈仲骞属题先德玉堂补竹图	熊 冰

（校："属"字正文误作"屡"）

湘州八咏	谷家儒
弹指一首	吴 宓
题余樾园画	黄 节

诗录二

丙寅三月二十日偕李哲生吴雨僧叶企孙崇效寺看牡丹	柳诒徵
游崇效寺奉和翼谋先生	李思纯
前题和作	吴 宓

词 录

题殙道人京俗画册十七阕	姚 华

译诗

无情女 Keats"La Belle Dame Sans Merci"	陈 铨译

［校：正文题目、作者为：无情女 Keats"La Belle Dame Sans Merci"(1820)陈铨译］

7月

1日，王文显、张荫麟访吴宓。

2日，贺麟、张荫麟访吴宓。

4日，吴宓为《学衡》杂志之事感叹，说无人热心帮助。

5—6日，吴宓编辑《学衡》杂志。

7日，吴宓发出《学衡》杂志第56期稿件之后，访抵京的陈寅恪。

8日，吴宓为潘敦代售《学衡》杂志之事，访陶方葛。吴宓陪陈寅恪到清华学校访赵元任、王国维。

9日，王国维、李济、张淮(1886—1976)等访陈寅恪。

10日，吴宓陪同陈寅恪参观清华园，并访友。

12日,吴宓为上海凌其垲发寄的《学衡》杂志未到而感叹。

13日,王国维访吴宓。吴宓陪同陈寅恪进城,并与陈垣相见。

14日,吴宓拜访柯凤荪,柯答应为《学衡》杂志撰稿。

17日,王国维、李济访吴宓。

18日,吴宓为凌其垲发寄的《学衡》杂志有误而感伤。

20日,吴宓为陈寅恪料理杂事。

22日,吴宓以《学衡》杂志社名义购《竹简斋二十四史》。

23日,吴宓访林损、徐英。

24日,李沧萍(1897—1949)向吴宓表示愿意赞助《学衡》杂志。

25日,吴宓向作者和订户寄发《学衡》杂志第53期。

26日,吴宓陪同王国维进城讲演。

27日,吴宓请李沧萍担任《学衡》杂志诗录编辑。

29日,潘敦访吴宓。

30日,吴宓请汪吟龙代售《学衡》杂志。送《学衡》杂志第1—50期给李沧萍。

本月,梁实秋持梅光迪的介绍信,到南京拜见胡先骕,取得东南大学的任职聘书。

陈寅恪入住清华园,任研究院导师。

《学衡》社社员贺麟自清华学校毕业,赴美国留学。

《学衡》杂志第55期出版发行(具体出版时间不明)。

目录如下:

插　画

英国肯特公爵园中之中国式建筑(Kew Gardens, England)　　参阅本期中国欧洲文化交通史略

　　[校:正文图片为"英国肯特公爵园中之佛塔(乾隆十五至二十四年间谦巴斯氏仿中国式造)Pagoda in Kew Gardens, England(Built by W. Chambers, 1750—1759)"]

　　[校:正文图片为"英国肯特公爵园中之孔子庙(乾隆十五至二十四年间谦巴斯氏仿中国式造)The House of Confucius in Kew Gardens, England(Built by W. Chambers, 1750—1759)"]

通　论

新文学家之痼疾　　　　　　　　　　　　　　　　　　　　　　　郭斌龢

　　(校:此文以《新文学之痼疾》为题又刊于《东北大学周刊》1926年12月1日第8号)

述　学

中国欧洲文化交通史略 Reichwein "China and Europe"　　　　吴　宓撮译

（校：正文作者、译者为"德国雷赫完 A. Reichwein 著　吴宓撮译"）

中国文化史　第三章第四章　（续第四十一期）　　　　　　　陆懋德

《史记三家注》补正　卷六　（续第四十五期）　　　　　　　瞿方梅遗著

文　苑

文　录

毛云程寿序　　　　　　　　　　　　　　　　　　　　　　　林　损

答陈生书　　　　　　　　　　　　　　　　　　　　　　　　刘　朴

（校：又刊于《东北大学周刊》1927年6月2日第26号）

与黄处士书　　　　　　　　　　　　　　　　　　　　　　　刘　朴

（校：又刊于《东北大学周刊》1927年6月8日第27号）

诗　录

岁暮示李沧萍　　　　　　　　　　　　　　　　　　　　　　黄　节

寄怀朱孟实爱丁堡　　　　　　　　　　　　　　　　　　　　郭斌龢

乙丑元日喜伯远至时方新被福建监运之命迁
道归南昌省亲冒雪见过长歌赠行　　　　　　　　　　　　　　王　易

怀旧十二首　　　　　　　　　　　　　　　　　　　　　　　林　损

清华园谒梁任公先生夜话　　　　　　　　　　　　　　　　　李思纯

颐和园排云殿远眺作　　　　　　　　　　　　　　　　　　　李思纯

丞相祠堂腊梅盛开过而赋之　　　　　　　　　　　　　　　　庞　俊

阿虎十岁生日　　　　　　　　　　　　　　　　　　　　　　王　易

词　录

高阳台　　　　　　　　　　　　　　　　　　　　　　　　　朱祖谋

齐天乐　　　　　　　　　　　　　　　　　　　　　　　　　朱祖谋

名家小说

名利场（Vanity Fair）　英国沙克雷 W. M. Thackeray 著　泾阳吴　宓译

楔子

　　　　第一回　媚高门校长送尺牍　洩奇忿学生掷字典

8月

1日,赵万里访吴宓。

4日，吴宓访李沧萍，汪懋祖访吴宓。

　　5日，吴宓请求袁同礼以全国图书馆协会的名义发函各图书馆，介绍《学衡》杂志。吴宓请黄节担任《学衡》杂志的诗录"选诗"，黄以年龄大为由推辞。

　　罗少愚、李濂镗答应代售《学衡》杂志第1—50期整份。

　　8日，吴宓陪同朱君毅访王国维。

　　13日，杨宗翰访吴宓，吴宓把中华书局将以黎锦熙为编辑长的消息告知，担心《学衡》杂志因此停办。

　　15日，吴宓访李沧萍，为《学衡》杂志诗录之事。

　　16日，汪懋祖访吴宓。

　　17日，吴宓责怪周光午对《学衡》杂志不负责任。吴宓请世界新闻编译社经理陈劭南登《学衡》杂志的宣传广告。

　　21日，王国维访吴宓。

　　24日，吴宓决定今后不再让周光午做事。吴宓访王国维、浦江清。

　　25日，吴宓访赵元任、陈寅恪。

　　26日，吴宓陪同陈寅恪游圆明园，然后访王国维、李济、赵元任。

　　27日，吴宓为《学衡》杂志事访李沧萍。

　　31日，中华书局致函吴宓，说局中罢工，《学衡》杂志出版停顿。

《学衡》杂志第56期出版发行(具体出版时间不明)。

目录如下：

插　画

圆明园遗迹(最近摄影)十六幅

通　论

| 芬诺罗萨论中国文字之优点 | 张荫麟译 |
| 论事之标准 | 吴　宓 |

述　学

| 中国文化史　第二编　第十一至第十四章 | 柳诒徵 |
| 定本《墨子间诂补正》自叙 | 陈　柱 |

文　苑

文　录

顺德张凤篪先生行状	刘复礼
《双桐书屋诗賸》序	王典章
答龙君问性具善恶疑义书	张尔田

诗　录

胡夔文挽诗	黄　节
跃龙桥	王　易
休沐郊游感兴即寄程柏庐王简盦吴雨僧梅迪生	胡先骕
自讼篇赋答北萱	钱基博
王静安先生写诗同幅见贻赋呈一律句	李思纯
阴历正月十五夜宿陈宅感赋并怀伯澜姑丈	吴　宓
三月二十七日三过崇效寺看牡丹盛开者皆残矣	
独石绿一种甫开妩媚绝世赋示邵潭秋伉俪及贡禾	柳诒徵
乙丑杂诗十四首	郭文珍

词　录

谒金门	陈　寂
临江仙	陈　寂
采桑子	陈　寂
生查子	陈　寂
鹧鸪天	刘永济

译　诗

罗色蒂女士《上山》诗 Christina Rossetti "Up-hill"	崔钟秀译

［校：正文题目、作者为"罗色蒂女士《上山》诗 Up-hill, by Christina Rossetti(1862) 崔钟秀译"］

杂　缀

旧诗话（续第四十八期）　　　　　　　　　　　　　　刘永济

本期作者钱基博(1887—1957)，字子泉，号潜庐，江苏无锡人。曾任教于清华学校，此时为上海光华大学中文系主任。著有《现代中国文学史》等。其子钱锺书，青出于蓝。

东南大学西洋文学系毕业生浦江清因吴宓的关系到清华学校研究院作陈寅恪的助教。

9月

1日，胡适在法国巴黎与梅光迪相遇，胡适在日记中写下的印象是"别后两年，迪生还是那样一个顽固"。

1日，吴鼎昌、张季鸾、胡政之合组新记公司，接办《大公报》。吴鼎昌任社长,胡政之任经理兼副总编辑,张季鸾任总编辑兼副经理。

他们在《大公报》复刊号《本社同人之旨趣》中,提出社训:"不党、不私、不卖、不盲。"

8日,李惟果、陈寅恪访吴宓。

9日,吴宓陪同唐钺访陈寅恪。晚,陈寅恪及教务长访吴宓。

11日,陈源、杨振声、钱端升访吴宓。

13日,吴宓访陈寅恪。

15日,王国维、陈寅恪、楼光来、唐钺访吴宓。

16日,陈寅恪、赵元任访吴宓。

22日,陈寅恪访吴宓。

10月

《史地学报》第4卷第1期出版发行。

目录如下:

插　图

周成王陵

泰山唐槐

专　著

史汉异同	黄子亭
诗经篇中所见之周代政治风俗	张世禄

东亚史论文

倭寇	陈伯瀛
北传阿育王事略	V. A. Smith 著　龙文彬译
法显求法归程考	陈　慎
大婆罗谭考	邵　森
自汉迄唐交阯官吏考	王福隆

译　述

土耳其共和国	陈祖源

(校:正文有作者"斯蒂芬逊原著")

美国国民史(续)	胡焕庸译

介　绍

白眉初先生著《地理哲学》

（校：正文后面显示此文作者为"竺可桢"）

3日，吴宓上午访黄节，下午参加徐志摩、陆小曼的婚礼。

10日，吴宓访《学衡》杂志作者刘泗英、刘雨若兄弟。

12日，陈寅恪、楼光来访吴宓。

15日，吴宓校阅浦江清译《现代文学论·序》稿。

16日，吴宓在温德（Robert Winter，1887—1987）处与叶公超（1904—1981）、楼光来聚会。

17日，吴宓撰写浦译《现代文学论·序》前按语。

22日，汪兆璠访吴宓。

26日，王国维访吴宓。

28日，吴宓编发《学衡》杂志第57期稿件。

《学衡》杂志第57期出版发行（具体出版时间不明）。

目录如下：

插　画

英国大诗人彭士像 Robert Burns(1759—1796)　参阅本期文苑译诗

鬼王图 Erlkönig　德国 Moritz Von Schwind 绘　参阅本期文苑译诗

通　论

薛尔曼《现代文学论·序》Stuart P. Sherman "Introduction to Contemporary Literature"

浦江清译

实践与玄谈　　　　　　　　　　　　　　　　　　　景昌极

述　学

中国历代之尺度　　　　　　　　　　　　　　　　　王国维

词曲史　第一至四篇　　　　　　　　　　　　　　　王　易

《史记三家注》补正　卷七　　　　　　　　　　　　瞿方梅遗稿

文　苑

文　录

报叶君长卿书　　　　　　　　　　　　　　　　　　张尔田

《阮步兵咏怀诗注》序　　　　　　　　　　　　　　诸宗元

《阮步兵咏怀诗注》自序　　　　　　　　　　　　　黄　节

（校："序"字正文作"叙"）

诗　录

秋怀杂诗	黄　节
读渔洋送戴务旃游华山诗洛阳货畚无人识	
五月骑驴入华山爱其气象不凡为作二图	陈曾寿
过乙庵诗人故宅	陈曾寿
和绿裘韵	朱祖谋
新刊宋刘行简先生苕溪集成绿裘序之次韵	
报谢时绿裘病新愈	朱祖谋
和绿裘韵同古微丈作	张尔田
海风	胡先骕
大风	林　损
短歌	柳诒徵
题达摩面壁图	王　易

词　录

鹧鸪天	刘永济
鹧鸪天	刘永济
西江月	刘永济

译　诗

彭士 R. Burns 诗十三篇　附《彭士列传》　吴芳吉　刘朴　陈铨译
〔校：正文另有"附《彭士列传》(Robert Burns)　吴芳吉"〕
葛德 Goethe 诗二篇　　　　　　　　　　　　　　　陈　铨译

本期作者浦江清(1904—1957)，字君练，笔名毅永，江苏松江人，1922年考入东南大学西洋文学系。1926年毕业后由吴宓推荐到清华学校研究院，为陈寅恪的助教。

陈曾寿(1878—1949)，字仁先，号苍虬，室名苍虬阁，光绪二十九年进士，前清及伪满官员。著《苍虬阁诗》。

11 月

1日，吴宓访梁启超。

3日，王国维、陈寅恪访吴宓。

4日，清华学校政治学教授钱端升致函胡适，再次劝胡适出任清华学校校长(去年已劝过一次)，说曹云祥寒假后想到上海就任商务印书馆总经理。

6日,吴宓访李沧萍、刘泗英、萧纯锦、黄建中、柳诒徵。

7日,胡征与吴宓办理《学衡》杂志杂务。

9日,吴宓陪同曹校长、钱方轼访陈寅恪、赵元任。

11日,上午,吴宓陪同柳诒徵访梁启超、楼光来等;下午,王国维、陈寅恪等在吴宓处与柳诒徵相会。

13日,胡征与吴宓办理《学衡》杂志的寄存事宜。

14日,王文豹购《学衡》杂志第1—50期一套。

16日,中华书局致函吴宓,说《学衡》杂志第60期以后不再续办。为《学衡》杂志之事,吴宓访陈寅恪,陈认为《学衡》对社会无影响,理应停办。

17日,吴宓致函中华书局,询问停办《学衡》杂志的真实理由。

18日,吴宓为《学衡》杂志停办之事伤心。

21日,吴宓与梁家义谈《学衡》杂志,怀疑黎锦熙破坏《学衡》的出版。

27日,为《学衡》杂志事,吴宓访柳诒徵,柳表示无法挽救。但同时两人议定:一、请中华书局修改条件(如补贴现金);二、托竺可桢代请商务印书馆承印,以柳的《中国文化史》归商务单本印售为条件。

28日,梁家义、李郁与吴宓谈《学衡》杂志续办之事。杨宗翰主张请求章士钊向范源濂说项。吴宓以为曲折太多,故未照办。

29日,吴宓拜访梁启超。

30日,中华书局致函吴宓,说《学衡》杂志五年来销售数平均只有数百份,赔累不堪,故停办。

梁家义劝吴宓,致函张季鸾,托其转商上海泰东书局接办《学衡》杂志。

12月

1日,钱基博在为《国学文选类纂》写的《总叙》中,对民国初期大学学分南北的局面有如下概括,首次提出"学衡派"之说:

> 清廷既覆,革命成功,言今文者既以保皇变法,无所容其喙;势稍稍衰息矣!而章氏之学,乃以大白于天下!一时北京大学之国学教授,最著者刘师培、黄侃、钱玄同辈,亡虑皆章氏之徒也!于是古学乃大盛!其时胡适新游学美国归,方以誉髦后起讲学负盛名……于是言古学者,益得皮傅科学,托外援以自张壁垒,号曰"新汉学",异军突起!……而新汉学,则以疑古者考古……在欲考见"古之所以为古之典章文物"……万流所仰,亦名曰"北大派",横绝一时,莫与京也!独丹徒柳诒徵,不循众好,以为古人

古书,不可轻疑;又得美国留学生胡先骕、梅光迪、吴宓辈以自辅,刊《学衡》杂志,盛言人文教育,以排难胡适过重知识论之弊。一时之反北大派者归望焉,号曰"学衡派"。世以其人皆东南大学教授,或亦称之曰"东大派"。然而议论失据,往往有之!又以东大内畔,其人散而之四方,卒亦无以大相胜!

1日,吴宓为《学衡》杂志停办之事忧伤、感叹。

4日,姜忠奎向吴宓表示,无论如何,当维持《学衡》杂志出版。

5日,李郁愿按月资助《学衡》杂志,作为中华书局津贴之用。吴宓以《学衡》杂志第1—50期整部赠送李郁。

6日,吴宓编辑《学衡》杂志第58期稿件。

11日,姜忠奎为《学衡》杂志觅朱子、陆象山像。王国维访吴宓。

12日,吴宓寄发《学衡》杂志第58期稿件。

《学衡》杂志第58期出版发行(具体出版时间不明)。

目录如下:

插　画

朱子像

陆子像

通　论

因与果——神学玄学科学之异趣　　　　　　　　　　　景昌极

(校:又刊于《东北大学周刊》1927年9月8日第29号、9月15日第30号)

述　学

莽量考　　　　　　　　　　　　　　　　　　　　　王国维

中国文化史　第二编　第十五至十九章　　　　　　　柳诒徵

中国印刷术发明述略　　　　　　　　　　戴闻达撰　张荫麟译

《史记三家注》补正　卷八　　　　　　　　　　　瞿方梅遗著

文　苑

文　录

上陈石遗先生书　　　　　　　　　　　　　　　　　张尔田

与《学衡》编者书　　　　　　　　　　　　　　　　李　翘

诗　录

雨后园中报陈树人广州　　　　　　　　　　　　　　黄　节

泛舟西溪芦中望法华山　　　　　　　　　　　　　　马　浮

奉和晦闻先生池荷披谢之作	张尔田
落叶二首和闻宾门	陈曾寿
永夜	胡先骕
寄慰艾畦	王　易
重检得旅欧时小影怆然有作	李思纯
般公移居奉贺	庞　俊
癸亥中秋	吴　宓
睡起	朱祖谋
寓居春晚花卉蔬果盛敷荣欣然有作	曾习经

词　录

生查子	姚　华
醉太平	姚　华
菩萨蛮	姚　华
南柯子	姚　华
如梦令	姚　华

本期作者曾习经(1867—1926)，字刚父、刚甫，号蛰庵，广东揭阳人，光绪十六年进士。工诗、书、画，著有《蛰庵诗存》。

戴闻达(1889—1954)，荷兰汉学家。曾为荷兰驻华使馆工作人员，回国后任莱登大学汉学教授。

13日，吴宓接中华书局7日函，说《学衡》杂志不能续办，吴立即复函，表示：一、续办一年，每月津贴数十元；二、续办半年，印完柳著《中国文化史》，不给津贴。

上海商务印书馆也表示不愿承印《学衡》杂志。

15日，吴宓收到汪兆璠13日函，表示接收吴的推荐，聘刘永济为东北大学教授。

19日，吴宓访柳诒徵。

21日，吴宓陪同李沧萍等访王国维、梁启超。

22日，楼光来访吴宓。

25日，吴宓访潘敦、陶方葛，嘱其与各书店结算寄售《学衡》杂志账目。

27日，陈寅恪访吴宓。

29日，吴宓接中华书局23日函，说《学衡》杂志赔累过大，故不能续办。即以60期为止。

清华研究院学生吴其昌、刘盼遂访吴宓,以停办《学衡》杂志为可惜,表示愿意赞助刊物。

1927 年

1 月

1 日,吴宓与陈寅恪、柳诒徵、凌文渊等同游西山。

3 日,林损访吴宓。

6 日,王庸、浦江清、吴其昌访吴宓。吴其昌向吴宓出示梁启超拟致中华书局函(请续办《学衡》杂志)。

7 日,吴宓访柳诒徵,谈如何挽救《学衡》杂志之事。

9 日,柳诒徵说凌文渊愿意资助《学衡》杂志在财政部印刷局印刷。吴宓感到《学衡》杂志挽救有望。

10 日,吴宓起程回西安探亲。

25 日,吴宓到西安探望父亲,见到此时任西北大学教授的吴芳吉。

27 日,吴宓在西安与《学衡》作者胡步川等聚会。

2 月

9 日,此时,胡适访问美国,梅光迪也在此。因前一年在巴黎的一次误会(梅光迪请胡适吃饭,胡适负约,说自己临时忘记),惹恼了梅光迪,致使他们连再一次坐到一起吃饭的机会也失去了。梅光迪致信胡适说:"若你始终拿此俗眼光看我,脱不了势利观念,我只有和你断绝关系而已。我的白话,若我肯降格,偶尔为之,总比一般乳臭儿的白话好得多,但是我仍旧相信小说、戏剧可用白话,作论文和庄严的传记(如历史和碑志等)不可用白话。"

23 日,中华书局复吴宓函,说愿以吴购《学衡》杂志第 1—50 期整套 150 份为了局。

吴其昌访吴宓,持中华书局复梁启超公函,说《学衡》杂志可以续办,但《学衡》社每月须向中华书局补贴现银百元。吴宓向吴其昌表示,请梁公向中华书局说情,要求酌减津贴。

柳诒徵致函吴宓,说在上海曾与大东书局接洽,该局愿意承办《学衡》杂志,一切条件同中华书局的原有协议。

25日,吴芳吉到北京。

3月

1日,《东北大学周刊》第13号《新聘教授到校》及《教授请假》两文显示文法科西洋史哲学教授景昌极因病请假。新聘刘永济、林损为文科国文教授。

6日,吴宓访黄节。

12日,清华学校大学部学生(原长沙明德学校学生)傅举丰(任敢)等宴请到北京的吴芳吉,吴宓作陪。傅为《学衡》作者。

13日,陈寅恪访吴宓。

16日,樊济远开始帮助吴宓抄写《学衡》稿件。

20日,吴宓致函大东书局洪懋熙,询问是否可以订立一年《学衡》杂志的承办合同。

曾琦(1892—1951)对吴宓说,中华书局已经党化,停办《学衡》杂志不是经济原因,是欲破坏《学衡》同人的主张和宗旨之故。

21日,吴其昌持中华书局复梁启超函见吴宓,说中华书局可以续办《学衡》杂志,条件是:一、每月津贴中华书局60元;二、纸版归中华书局;三、赠送的150册取消;四、不得逾120页;五、插画取消。

23日,吴芳吉赴沈阳东北大学,代请假的刘永济任课。东北大学中已有多位《学衡》社社员任过教(先后计有缪凤林、景昌极、吴宓、柳诒徵、刘永济、刘朴、吴芳吉、郭斌龢、林损)。可以说,东北大学是《学衡》社社员在南京东南大学之后的第二个聚集地。第三个是清华学校—清华大学,第四个是浙江大学。

4月

3日,吴宓访萧纯锦,得知萧将南下,重任东南大学教授,拟邀柳诒徵、汤用彤、叶企孙(1897—1977)、熊庆来(1893—1969)等同行,并重组该校的团体。

7日,北京政治局势紧张,杨宗翰访吴宓,吴宓担心自己因编辑《学衡》杂志而闻名,会遭不测之祸。

10日,吴宓上午校阅《伦理学》译稿,下午与陈寅恪、楼光来同游颐和园。

18日,南京国民政府成立。

21日,吴宓致函东北大学汪兆璠,推荐黄学勤、汤用彤、刘奇峰、李濂镗、姜忠奎为东北大学教授。

26日,吴宓推荐柳诒徵为清华学校大学部教授一案,被校评议会否决。

30日,陈寅恪访吴宓,谈李大钊被杀一事。

5月

2日,王国维访吴宓。

3日,吴宓极力推荐柳诒徵为清华学校教授。今日被校评议会通过,但月薪只有250元。

7日,吴宓与陈寅恪、温德游中央公园。

9日,张歆海自南京致电吴宓,说东南大学英文系毕业生范存忠报考留美,请吴关照。

12日,王国维、陈寅恪访吴宓。

16日,白璧德将其演说稿《人文主义与专门家》寄给吴宓。

19日,陈寅恪访吴宓。吴宓决定津贴中华书局一事(每期60元,自61期始,但仍送150本,不取消插画)让吴其昌转告梁启超,请梁公再与中华书局说项。

20日,胡适游历英、法、美国后,自日本回到上海。

22日,吴宓访黄节。

23日,吴宓访陈寅恪。

26日,吴宓访陈寅恪、王国维。

27日,吴宓发出《学衡》杂志第59期稿件。

29日,吴宓访姜忠奎、刘泗英。

31日,吴宓向陈寅恪讲述计划写作的小说《新旧姻缘》的节略。

6月

2日,王国维自沉于颐和园昆明湖。

王国维留下遗书:

> 五十之年,只欠一死,经此世变,义无再辱。我死后当草草棺殓,即行藁葬于清华茔地。汝等不能南归,亦可暂于城内居住。汝兄亦不必奔丧,因道路不通,渠又不曾出门故也。书籍可托陈、吴二先生处理。家人自有料理,必不至不能南归。我虽无财产分文遗汝等,然苟能谨慎勤俭,亦必不至饿死也。五月初二日。父字。

晚9时，吴宓与陈寅恪等三十余人到颐和园欲抚视王国维尸体，不成。吴宓在日记表示对王国维的弃世，"敬服哀悼"。

3日，吴宓与梅贻琦(1889—1962)教务长、陈寅恪、梁启超谈王国维之死。为王国维请抚恤金事，吴、梁等同见曹校长。吴宓与吴其昌等人同到颐和园王国维投水处探视王尸。随后，吴宓与陈寅恪带领研究院学生到停放王国维尸体的刚果寺，为王国维行跪拜礼。王国维遗嘱中说，他的书籍可托陈寅恪、吴宓处理。

4日，黄节、李沧萍访吴宓，谈王国维之死。

5日，吴宓作函致《顺天时报》总编辑，详细叙述王国维自沉情形，并附录王国维的遗嘱。

6日，《顺天时报》登出吴宓所写《王国维在颐和园投河自尽之详情》一文。下午，罗振玉为王国维之事约见吴宓、陈寅恪。晚，梅贻琦、陈寅恪访吴宓。

7日，吴宓致函黄节，劝其不必因王国维之死而悲观，要积极为中国文化礼教、道德精神尽力。

7日，罗振玉据情"上奏"溥仪，并代递"遗折"（据王庆祥、萧立文校注，罗继祖审订的《罗振玉王国维往来书信》第689页所示，此"遗折"是罗振玉命其第四子罗福葆仿王国维的笔迹写下），"折"中说："臣王国维跪奏，为报国有心，回天无力，敬陈将死之言，仰祈圣鉴事。窃臣猥以凡劣，遇蒙圣恩。经甲子奇变，不能建一谋、画一策，以纾皇上之忧危，虚生至今，可耻可丑！迩者赤化将成，神洲荒翳。当苍生倒悬之日，正拨乱反正之机。而自揣才力庸愚，断不能有所匡佐。而二十年来，士气消沉，历更事变，竟无一死之人，臣所深痛，一洒此耻，此则臣之所能，谨于本日自湛清池。伏愿我皇上日思辛亥、丁巳、甲子之耻，潜心圣学，力戒晏安……请奋乾断，去危即安，并愿行在诸臣，以宋明南渡为殷鉴。波彼此之见，弃小嫌而尊大义，一德同心，以拱宸极，则臣虽死之日，犹生之年。迫切上陈，伏乞圣鉴，谨奏。宣统十九年五月初三日。"

溥仪看过"遗折"即发出一道"上谕"："南书房行走五品衔王国维，学问博通，躬行廉谨，由诸生经朕特加拔擢，供职南斋。因值播迁，留京讲学。尚不时来津召对，依恋出于至诚。遽览遗章，竟自沉渊而逝。孤忠耿耿，深恻朕怀。著加恩予谥忠悫。派贝子溥忻即日前往奠醊。赏给陀罗经被，并赏银贰千圆治丧，由留京办事处发给，以示朕悯惜贞臣之至意。钦此。"（据王庆祥、萧立文校注，罗继祖审订的《罗振玉王国维往来书信》第690页）

随之，罗振玉在天津日租界日本花园内设置"忠悫公"灵位，广邀中日名流学者公祭。各界哀挽诗文随后结集为《王忠悫公哀挽录》。

8日，王国维夫人邀吴宓、陈寅恪，谈王国维身后事。

8日，林损在《东北大学周刊》第27号刊出《书洽周出所论〈新文学之痼疾〉及岭南杂诗相示因书其后》。

9日，清华学校召开王国维身后事务委员会会议。吴宓辞去主席一职，改由教务长梅贻琦担任。

10日，刘永济致函吴宓，表示不愿到东北大学任教。陈寅恪访吴宓，谈未来打算。

12日，吴宓访萧纯锦、黄节，谈时局。

13日，吴宓编辑《学衡》稿件。

14日，吴其昌访吴宓，建议《学衡》杂志出王国维纪念专号。于是《学衡》杂志第60期便作为"王国维纪念专号"。北京大学学生李幼章把潘敦所接办代售的《学衡》杂志寄还吴宓。

16日，陈铨访吴宓。

17日，梁启超把中华书局总经理陆费逵6月6日的第三次复函转寄给吴宓。同意吴宓每期《学衡》杂志津贴中华书局60元。陈寅恪、陈铨访吴宓。

24日，郭斌龢到清华学校参加清华专科生留美考试，吴宓表示大力赞助。

26日，楼光来、陈寅恪、郭斌龢访吴宓。陈寅恪向吴宓出示《王观堂先生挽诗》。

28日，张荫麟访吴宓。

29日，张荫麟、郭斌龢访吴宓。陈寅恪与吴宓相约不加入国民党。张荫麟、楼光来、叶公超、郭斌龢访吴宓。

30日，吴宓与陈寅恪商定王国维抚恤金之事后，致函曹校长。

本月，国民政府行政委员会将东南大学、河海工程大学、江苏医科大学、苏州工业专门学校等八所学校合并成立第四中山大学。校长张乃燕（1893—1958）。

7月

1日，吴宓访陈寅恪。

4日，王幼农为《学衡》杂志捐款200元。

陈寅恪及清华研究院学生戴家祥、刘节访吴宓。

5日，报载中华书局工人罢工，吴宓担心《学衡》杂志第59、60期无法印出。

6日,缪凤林致函吴宓,说景昌极也将离开东北大学。吴宓感到他在东北大学苦心经营的"学衡派"文人群体将瓦解。

7日,吴宓计划在《学衡》杂志停刊后,以《学衡》社的名义,出版《学衡》丛书,李濂镗自愿任编校经理,并加入股款。

8日,清华研究院学生周传儒与吴宓谈中华书局经营不善的内部原因。

12日,吴宓致函景昌极,力劝他赴东北大学任职。

14日,叶企孙、萧纯锦、张荫麟访吴宓。

16日,吴宓访黄节。

19日,新组建的第四中山大学接管国立东南大学。国立东南大学之名称自然取消。

19日,本年度留学美国的学生考试在清华学校举行,西洋文学门类中有范存忠(1903—1987)、郭斌龢两人考取。其中,吴宓对郭的考中尤为高兴,他在日记写道:"而宓对于郭斌龢之录取,尤为喜幸,以吾党同志中,更多一有力之人矣。"据吴学昭整理、注释、翻译的《吴宓书信集》所示,"文革"期间审查郭斌龢与吴宓关系"外调人员"专程到重庆找到吴宓。事后,吴宓在1969年12月24日致郭斌龢信中说:"兄到北京考取官费留学美国,宓时在清华主持考事。来查询之人员曰:'郭已承认:汝曾给予逾格之私助,俾郭得考取。'宓据实答曰:'宓仅告以希腊文一门,如何出题而已——即是由长篇希腊文译成英文,另作希腊文短句而已。'"(《吴宓书信集》第422-423页)

21日,吴宓上午访陈寅恪、赵元任,下午与陈寅恪访丁燮林。

23日,李濂镗愿出资50元,印《严几道与熊纯如书札节钞》,作为《学衡》丛书第一种。周光午自南京致函吴宓,说柳诒徵、汤用彤之意,要吴宓赴南京第四中山大学(原东南大学)任西洋文学系教授。

24日,吴宓校阅译稿《查德熙传》。第四中山大学的张乃燕、胡刚复、梅光迪、汤用彤联名致电陈寅恪、吴宓,请他俩偕同清华教授邓以蛰(1892—1973)到南京商议校务,实际是要他们到那里任教。

27日,吴宓编辑《学衡》稿件。

28日,陈寅恪、赵元任访吴宓。吴宓发出《学衡》杂志第60期全稿。

29日,吴宓写一长函,托陈寅恪带往南京,交柳诒徵、梅光迪、汤用彤,辞第四中山大学之邀请。

30日,吴宓访赵元任、陈寅恪、梅贻琦。

31日,报载中华书局将复业。

本月,江苏省教育厅聘请柳诒徵为江苏省立第一图书馆馆长。

汤用彤自南开大学回南京任第四中山大学哲学系主任。

梅光迪自美国归来,任南京第四中山大学文学院代院长。

8月

5日,在南京的原清华学校"天人学会"成员汤用彤、童锡祥、吕谷凡、周君南致电吴宓,说"天人学会"改组,要他到南京议事。

6日,吴宓访黄节。

8日,吴宓计划到南京、上海,以便与中华书局、大东书局商定《学衡》杂志出版发行之事。

11日,吴宓致电上海光华大学教授张歆海,请他劝梁实秋出任东北大学教授。梅光迪、汤用彤致电吴宓、楼光来,让他俩到南京议事。

14日,梅贻琦、赵元任、吴宓等参加王国维的葬礼。

15日,浦江清访吴宓。

17日,吴宓核算《学衡》社账目及销售册数。

18日,吴宓与景山书社、朴社、北京大学出版部售书科结算代售《学衡》杂志账目。

19日,钢和泰约吴宓聚谈。

21日,缪凤林致函吴宓,并转来景昌极致缪的长函,吴方知景不到东北大学任教的理由,并后悔自己曾为此事责景。吴宓致函景昌极,同意他留在南京任教。

22日,梁实秋致函吴宓,表示不就东北大学。吴宓又致电上海的黄仲苏,推荐他为东北大学教授。后又改为黄过聪。

25日,东北大学文法科学长汪兆璠致电吴宓,要他为东北大学推荐英文教授。

26日,吴宓推荐杨荫庆为东北大学英文教授。杨几日后表示不就。

30日,浦江清访吴宓。

本月,钱基博受聘,任南京第四中山大学文学院国文系主任。但他到南京半个月后即辞职。

9月

4日,李满康拜访吴宓,说自己购有《学衡》杂志全套,赞成《学衡》同人的宗旨。吴宓致函中华书局,催《学衡》杂志第59、60期出版。又致函大东书局,询问是否愿意接办《学衡》杂志。

6日,陈寅恪、刘盼遂访吴宓。

8日,吴宓访赵元任。

10日,吴宓访黄节。

14日,吴宓为梁实秋《浪漫的与古典的》一书作书评,寄与《大公报》。钢和泰由吴宓陪同,访王文显(1886—1968)、曹校长。

15日,吴宓访陈寅恪。

16日,张荫麟访吴宓。

17日,王文显访吴宓。吴宓访陈寅恪。

18日,梁思永(1904—1954)访吴宓。梁启超宴请吴宓。

19日,吴宓陪同冯友兰访陈寅恪、朱自清(1898—1948)、赵万里。

21日,吴宓接中华书局9月14日的复函,不提《学衡》杂志第59、60期的出版问题,也不答应续办,不同意出版《学衡》丛书。吴宓当即请吴其昌来,托他转请梁启超向陆费逵说情。

22日,吴芳吉致函吴宓说到东北大学之意未决。吴宓当即致函汪兆镛、刘永济,要他们电催吴芳吉到任。

23日,吴宓将诗稿副本寄缪钺阅看。缪钺成为《学衡》作者。吴宓得知杨成能已辞去《东北文化月报》总编辑的职务。陈寅恪访吴宓。

24日,吴其昌致函吴宓,说梁启超已经写信给陆费逵,与吴宓前日之函,一同寄中华书局。

27日,吴宓接汪兆镛函,说刘永济、刘朴等均不愿为吴芳吉代课。陈寅恪访吴宓。

28日,吴宓接大东书局17日函,说不能承办《学衡》杂志。浦江清、王庸访吴宓。王向吴宓讲述南京第四中山大学(原东南大学)的情形。

本月,王易经胡先骕介绍,至南京第四中山大学任教。

本月底,梅光迪与东南大学西洋文学系毕业生李今英结婚后,旋即携新婚妻子李今英到美国哈佛大学教书。

本月,吴芳吉应聘成都大学,不就东北大学教职。

10月

2日,吴宓访黄节。

3日,陈寅恪将自己所作《吊王静安先生》一诗交给吴宓。

6日,吴宓与金岳霖、陈寅恪商量,欲聘景昌极为清华学校哲学系名誉助教。

7日,在东北大学的汪兆璠、刘永济、刘朴、景昌极到沈阳火车站接吴宓未遂(因吴宓说要到东北大学与诸位《学衡》社朋友聚会)。

吴宓访黄节。

12日,王庸、浦江清与原东南大学毕业生刘咸一同访吴宓。

吴宓接中华书局4日函,说《学衡》杂志第59、60期正在赶印。吴宓立即致函中华书局,提出《学衡》杂志的续办之法:(一)改为两月一期,年出六期;(二)每期补贴一百元,续办一年(61—66期)。同时,吴宓又致函吴其昌,让他转请梁启超向中华书局说项。

14日,吴宓为吴芳吉不就东北大学之事伤心。

15日,吴宓访陈寅恪、唐钺(1891—1987)。

16日,吴宓陪同俞平伯(1900—1990)参观清华园。

17日,刘盼遂访吴宓。

21日,吴宓访姚华。

22日,吴宓访陈寅恪。

23日,吴宓访陈寅恪。

24日,吴宓访陈寅恪、唐钺。

25日,吴宓访金岳霖(1895—1984),谈聘景昌极之事。

30日,吴宓访陈寅恪。

31日,吴宓访陈寅恪、温德。

本月,清华学校研究院出版的《国学论丛》第1卷第3号为"王静安先生纪念专号"。内容包括梁启超的《序》,王国维的小像、遗墨、遗著,赵万里编的三份王静安谱系(年谱、著述目录、手校手批书目),吴其昌的《王观堂先生学述》、《王观堂先生尚书讲授记》,刘盼遂的《观堂学礼记》,以及陈寅恪的《王观堂先生挽词并序》。

本月,由清华学校研究院研究生陆侃如、姚名达、卫聚贤、黄绶、杨鸿烈等参与组织的北京"述学社"同人刊物《国学月报》第8、9、10合期,也出版了"王静安先生专号"。

11月

1日,吴其昌访吴宓。

2日,吴宓访陈寅恪,陈主张由梁启超出任清华学校校长。

3日,刘盼遂、陈寅恪访吴宓。

8日,唐钺、陈寅恪、吴其昌访吴宓。

9日,吴其昌访吴宓。

10日,清华研究院学生姚名达(1905—1942)、储皖峰(1896—1942)拜访吴宓,并借阅全套《学衡》杂志。

12日,吴宓访陈寅恪,得知曹校长将辞职。

14日,胡先骕到清华学校访吴宓,表示对《学衡》杂志的不满,说"《学衡》内容不精,诸多未善之处"。胡先骕向吴宓提出:"先将现有之《学衡》停办,完全另行改组。丝毫不用《学衡》旧名义,前后渺不相涉,以期焕然一新。"他向吴宓建议,也可改在南京出版,由柳诒徵、汤用彤、王易主编。原因是:"《学衡》缺点太多,且成为抱残守缺,为新式讲国学者所不喜。业已玷污,无可补救。"吴宓未能表示同意。

15日,吴宓访陈寅恪。

16日,吴宓访陈寅恪。

17日,吴宓接中华书局10日函,说《学衡》杂志何日出版,尚不能定。

19日,吴宓访陈寅恪。

21日,吴宓接中华书局15日函,说依照他10月13日提出的条件,续办《学衡》杂志一年,并催促他寄稿件。吴宓立即致函中华书局,请他们将《学衡》杂志第59、60期迅速印出。他同时致函梁启超,报告与中华书局的继续合作情况;又致函沈阳东北大学的缪凤林、景昌极、刘永济、刘朴,南京第四中山大学的柳诒徵、汤用彤,通报《学衡》杂志继续出版的情况,请《学衡》同人写稿支持。吴宓表示,资助中华书局的钱,他自己独立负担,他还致函吴芳吉,邀其到北平共同编辑《学衡》杂志。

22日,浦江清、梅贻琦访吴宓。

25—26日,吴宓整理柳诒徵的《中国文化史》,准备登《学衡》杂志第61期。

26日,吴宓访陈寅恪。张荫麟访吴宓。

27日,吴宓收到《学衡》杂志第59期。由此看来,《学衡》杂志第59期的出版日期为11月下旬。

《学衡》杂志第59期出版发行。

目录如下:

插　画

西安围城中之文艺(上)　西京游踪图草

西安围城中之文艺(上)　端午联句

述　学

亚里士多德《伦理学》　卷九至卷十(完)　　　　　　向　达译

(校:正文注有"续第五十期")

文　苑

文　录

祭康南海先生文　　　　　　　　　　　　　　　　　梁启超

《曾刚父诗集》序　　　　　　　　　　　　　　　　梁启超

与《学衡》编者书　　　　　　　　　　　　　　　　缪　钺

(校:正文注有"节录")

《西安围城诗录》序　　　　　　　　　　　　　　　吴　宓

诗　录

西安围城诗录一　　　　　　　　　　　　　　　　　吴芳吉

西安围城诗录二　　　　　　　　　　　　　　　　　胡文豹

西安围城诗录三　　　　　　　　　　　　　　　　　胡步川

西征杂诗　　　　　　　　　　　　　　　　　　　　吴　宓

本期作者缪钺(1904—1995),字彦威,江苏溧阳人。此时在河北保定任中学教师,经李濂镗介绍与吴宓相识。1949年以后在四川大学任教,词学专家。著有《冰茧盦诗词稿》等。

胡文豹(1891—1958),字仲侯,号潜龙,陕西三原人,吴宓的表兄。

胡步川(1892—1981),名竹铭,字步川,浙江临海人。水利专家,此时在陕西从事水利工程设计。

29日,李济、叶企孙访吴宓。

12月

4日,吴宓收到缪凤林、景昌极的来函,表示各愿为新出《学衡》杂志每期捐十元。

吴宓访陈寅恪。

5日,吴宓致函大公报社张季鸾,自荐为《大公报·文学副刊》编辑。

6日,吴宓接张季鸾复函,同意他的自荐。吴宓访陈寅恪,陈极力主张吴宓主编《大公报·文学副刊》,并表示将帮助他。

7日,张季鸾致函吴宓,约他到天津会晤。吴宓致函景昌极,拟约他来京协助编辑《大公报·文学副刊》。

9日,吴宓到天津与张季鸾、胡政之相见,商谈编辑《大公报·文学副刊》之事。随后,访寓居天津的梁启超。

11日,吴宓走访在北平的胡先骕。晚访陈寅恪。

12日,李济访吴宓。吴宓访陈寅恪。

13日,吴宓收到吴芳吉的信后,立即复函,要他速到北平。晚访陈寅恪。

14日,景昌极致函吴宓,以体弱多病为由,表示不愿到北平编辑天津《大公报·文学副刊》。于是,吴宓决定改请在清华的张荫麟、赵万里、浦江清、王庸协助自己。

15日,吴宓访陈寅恪、浦江清。

17日,吴宓访姜忠奎、杨宗翰。

18日,吴宓访胡政之,谈《文学副刊》排版之事。访黄节,取得《晦闻丁卯诗》。

19日,吴宓陪同日本学者桥川时雄访陈寅恪。

20日,浦江清、赵万里访吴宓。吴宓主持编辑的《大公报·文学副刊》第1期今日发稿。

21日,钱稻孙访吴宓。吴宓晚访陈寅恪。

22日,吴宓到天津《大公报》社访张季鸾。

23日,吴宓访陈寅恪、叶企孙。

24日,吴宓访陈寅恪。

26日,浦江清、赵万里、王庸访吴宓。

27日,吴宓宴请浦江清、赵万里、张荫麟、王庸,商议《大公报·文学副刊》的稿件。

28日,曹云祥校长向外交部提出辞呈。曹校长为清华的发展奠定了坚实的基础,后继者在他的事业上作进一步的努力,把清华推向一个辉煌时期。

28日,吴宓收到《大公报》报馆寄来的第1期《文学副刊》排版底样,吴宓校对完毕后,又于晚间将《文学副刊》第2期全稿编就。

本年度,天津罗氏贻安堂刻印罗振玉主编的《王忠悫公哀挽录》发行。

1928 年

1 月

2日,吴宓访陈寅恪、赵元任。

2日,吴宓主编《大公报·文学副刊》第1期出版发行,要目如下:

本副刊之宗旨及体例

日本中国之现代化思想

(校:日本学者土田杏村著作的评介)

王静安遗著之刊行

赴成都　　　　　　　　　　　　　　　　　　　　　　　吴芳吉

《中国女诗人》

(校:留法学人曾仲鸣所作文章的评介)

德人研究屈原之新作

芸窗随笔　　　　　　　　　　　　　　　　　　　　　　　云

(校:本期作者赵万里,1905—1980,字斐云,别号芸盦、舜盦,浙江海宁人。东南大学国文系毕业,1925年到清华研究院,为王国维的助教。著有《王静安先生著作目录》《王静安先生年谱》等。赵的著作成了后人研究王国维的入门读物。因长期从事版本研究和《永乐大典》的辑佚工作,所以此文是他展示出新从《永乐大典》中辑录出的几首词。)

起初,副刊中不署名的较长的文章大都是吴宓自己写的,同时他也曾署名吴宓,或陀、余生。所以毕树棠在《螺君日记》中就直接称吴宓为"余生先生"。吴宓请浦江清(文章署名毅永、毅、微言、君练、练、松、疆青)、张荫麟(文章署名素痴、痴)、赵万里(文章署名蠢舟、云、镜)、王庸协助自己编辑此报。他们同样是有不同的署名。

同时,请清华大学图书馆职员毕树棠(1900—1983,字庶澄,山东文登人,笔名犹民、忧民、民犹、民忧、齐、泉,也署名棠)利用图书馆的便利,为副刊写有大量书刊简介短文,且多不署名。后来因要介绍新书和无法完全拒绝白话文(语体文),吴宓请朱自清(笔名知白)参加编辑工作。

浦江清是松江人,署名"松"与此有关。毕树棠山东人,署名"齐"、"泉"与山东、济南相关。

前期,坚持修完他翻译课的三个学生贺麟、张荫麟、陈铨为刊物翻译、写作大量文章。

在1932年9月以后,吴宓请清华大学外文系第六级(1934年毕业)学生王岷源、季羡林、武崇汉、施宏诰参与写稿,于是作者中出现羡、羡林、岷源、源、汉、诰、宏诰、宏告等名字。其中,外文系张骏祥的笔名为窘羊(根据天津社会科学院文学所孙玉蓉的研究证实"窘羊"不是季羡林的笔名,而是张骏祥的笔名)。同时,清华大学学生外文系(后研究院)的曹葆华、哲学系的李长之、国文系的张露薇也为刊物写文章。

由于《学衡》杂志不付作者稿酬,故经常发生稿荒,致使一些文章先在《大公报·文学副刊》上刊登,取得稿酬,然后再由《学衡》杂志转载。

吴宓所撰写的《本副刊之宗旨及体例》中有这样一段表述:

> 文学副刊之言论及批评,力求中正无偏,毫无党派及个人之成见。其立论,以文学中之全部真理为标准,以绝对之真善美为归宿。以古今中西名贤哲士之至言及其一致之公论为权威。以各国各派各家各类之高下文学作品为比较,以兼具广博之知识及深厚之同情为批评之必要资格。以内外兼到,即高尚伟大之思想感情与工细之技术完美之形式合而为一,为创造之正当途径。以审慎之研究、细密之推阐、及诚恳之情意,为从事文学批评及讨论者所应具之态度。更释言之,则重真理而不重事实,论大体而不论枝节。评其书而不评其人。即对于中西文学,新旧道理,文言白话之体,浪漫写实各派,以及其他凡百分别,亦一例平视,毫无畛域之见,偏袒之私。惟美为归,惟真是求,惟善是从。本报文学副刊之宗旨及态度,为纯然大公无我,而专重批评之精神。本报同人以为文学固非宣传之资,不可有训诲之意。然在其最高境界,文艺实可与道德合一。于创造文学,则不取专务描写社会黑暗及人类罪恶之作品。于文体,则力避尖酸刻薄讥讽骂詈之风尚。

3日,吴宓清算《学衡》杂志账目。

5日,陈铨访吴宓。

6日,赵万里访吴宓。

9日,吴宓访陈寅恪。

9日,《大公报·文学副刊》第2期出版发行,要目如下:
文学与人生(一)
支那客谈欧洲事
《清华学报》第四卷第二期
《文字同盟》第九号
王静安纪念刊物
《〈红楼梦〉本事辨证》
《东山杂记》(王国维遗著)
十三世纪之综合·清华教授在文友会之演讲
10日,吴宓访陈寅恪
11日,吴宓访赵元任。
14日,外交部派严鹤龄(1879—1937)代理清华学校校长,今日到任。
16日,清华学校学生会在清华礼堂欢送曹云祥校长。
16日,《大公报·文学副刊》第3期出版发行,要目如下:
欧洲战后思想变迁之大势与吾国人应有之觉悟
十三世纪之综合·清华教授在文友会之演讲(续)
评李泰棻《西周史徵》 素 痴
王静安遗著初集
《语丝》与《莽原》
《成吉思汗传》
(校:书评)
年节与圣诞节

今日,吴宓日记记有"《学衡》60期出版",这是吴宓在北平收到上海中华书局寄到刊物的时间。由此看来,《学衡》杂志第60期的实际出版发行日期在1月上旬。原本计划的月刊到此时整整拖期一年12期(正常应该在1926年12月出版第60期。以后的刊物因拖期导致时间不易查清)。

陈铨访吴宓。
《学衡》杂志第60期出版发行。
目录如下:

插 画

王静庵(国维)先生遗像
颐和园鱼藻轩(王静庵先生自沉处)

巴黎仙河之景

通　论

正名论　　　　　　　　　　　　　　　　　　　　　李思纯

述　学

黑车子室韦考　　　　　　　　　　　　　　　　　　王国维遗著

文　苑

文　录

《人境庐诗草》自序　　　　　　　　　　　　　　　　黄遵宪

《说文转注考》叙　　　　　　　　　　　　　　　　　姜忠奎

与黄晦闻书　　　　　　　　　　　　　　　　　　　张尔田

诗　录

哭静庵　　　　　　　　　　　　　　　　　　　　　张尔田

五月初三日王静庵自沉颐和园昆明湖中毕命越五日
余偕桥川子雍小平绥方出西郊访其故居为诗吊之　　　黄　节

挽王静庵先生　　　　　　　　　　　　　　　　　　陈寅恪

王静庵徵君挽诗　　　　　　　　　　　　　　　　　刘善泽

晦闻丙寅诗（十四题）　　　　　　　　　　　　　　　黄　节

哲理小说

查德熙传　续第三十四期（完）　　　　法国福禄特尔著　丹徒陈　钧译

［校：正文为题目、作者为"查德熙传 Zadig ou La Destinee（续第三十四期）　法国福禄特尔著　丹徒陈钧译"］

慧华小传　　　　　　　　　　　　　　　　　　　　胡　徵

杂　评

评王桐龄新著《东洋史》　　　　　　　　　　　　　　缪凤林

《学衡》杂志社、中华书局启事

本期为《学衡》杂志所出的第一次纪念王国维专号。

本期作者黄遵宪（1848—1905），字公度，室名人境庐，广东嘉应人。近代著名诗人，著有《人境庐诗草》等。此是刊登的遗稿。

胡徵（1907—1976），湖南湘潭人，研究民族器乐。

《学衡》杂志社、中华书局启事中决定，《学衡》杂志自第 61 期始，暂改为两月一期，年出六期。

17 日，吴宓与张荫麟、浦江清、赵万里、王庸聚餐，讨论《大公报·文学副刊》编撰事宜,并约定以后每周二借聚餐谈论编稿事宜。

18日,陈铨、刘盼遂访吴宓。

18—19日,吴宓编辑《学衡》杂志第61期稿。

20日,吴宓将《学衡》杂志第61期稿件发往上海中华书局。

24日,吴宓包发已出版的《学衡》杂志第60期,并致函柳诒徵、汤用彤、缪凤林、景昌极等,说继续出版《学衡》杂志的款由他自己筹措,只希望《学衡》社的同人撰稿。晚吴宓访陈寅恪。

27日,吴宓向作者及订户寄发《学衡》杂志第60期。浦江清访吴宓。

29日,张荫麟访吴宓。

30日,吴宓向中华书局寄100元,作为《学衡》杂志第61期的补贴。

30日,《大公报·文学副刊》第4期出版发行,要目如下:

文学与人生(二)

西人研究中国绘画之新著

英国大小说家兼诗人哈代逝世

咏史二首　　　　　　　　　　　　　　　　　　　　　　黄　节

《亚洲学会年刊》要目

英译《三民主义》

《西厢记》之博士论文

(校:日本久保得二著作的评介)

31日,吴宓访陈寅恪,以自撰评《学衡》杂志第59、60期稿就正。

自《学衡》杂志第61期始,增设"副编辑兼干事缪凤林"。

2月

1日,陈铨访吴宓,告知新文学作家的作品有较高的稿酬。吴宓为此感叹自己办《学衡》杂志每期要补贴百元。

2日,缪凤林致函吴宓,说他辞东北大学教职,改任南京第四中山大学历史系讲师。景昌极致函吴宓,表示愿意捐60元,资助《学衡》杂志出版。

3日,林志钧(宰平,1878—1961)访吴宓,得赠《学衡》杂志第59期一册。

5日,吴宓编《学衡》杂志第62期稿件;校阅柳诒徵《中国文化史》。原南京东南大学数学系主任熊庆来访吴宓,告诉东南大学自1927年6月改为第四中山大学后的情形。

6日,《大公报·文学副刊》第5期出版发行,要目如下:

最近逝世之英国大小说家兼诗人哈代评传

附:哈代著作年表

附:研究哈代应读书目

评罗庄女士《初日楼词》　　　　　　　　　　　　　　　　　镜

述学社《国学月报》王静安追悼专号

李泰棻君来函

7日,吴宓因托姜忠奎向范文澜(1893—1969)借《国粹学报》不成而发感叹,说自己对于《学衡》杂志如此牺牲,却不能感动人。

9日,吴宓访陈寅恪、冯友兰。

10日,陈寅恪劝吴宓办《学衡》杂志、《大公报·文学副刊》的过程中不必过分耗费精力、时间。

11日,吴宓访黄节。

12日,翟吉喆致函吴宓欲购《学衡》杂志全份。晚,陈铨、张荫麟访吴宓。

13日,吴宓接缪凤林来函,得知缪令其班上的学生购买登有《中国文化史》的《学衡》杂志。浦江清、王庸访吴宓。

13日,《大公报·文学副刊》第6期出版发行,要目如下:

最近逝世之西班牙著名小说家易班乃士评传

斯宾格勒《西土沉沦论》述评

鼓史行　　　　　　　　　　　　　　　　　　　　　　　　天　啸

14日,吴宓在成府燕林春菜馆宴请张荫麟、浦江清、赵万里、王庸,商议《文学副刊》稿件。

17日,吴宓访叶恭绰。

18日,《大公报·文学副刊》第7期出版发行,要目如下:

文学与人生(三)

评《小说月报·中国文学研究号》　　　　　　　　　　　　　镜

京汉道中怀古二首·并序　　　　　　　　　　　　李濂镗(杏南)

偕鹤诠在杏南斋中话旧并观其秋林课诗图　　　　　缪　钺(彦威)

曼殊斐尔之日记

19日,吴宓编《学衡》杂志稿件。

《学衡》杂志第61期出版发行(具体出版时间不明)。

目录如下:

插　画

英国小说家兼诗人哈第像(Thomas Hardy,1840—1928)　最近逝世

马哥博罗像(Marco Polo,1254—1323)　参阅本期中国文化史

通　论

斯宾格勒之文化论　　　　　　　　美国葛达德、吉朋斯合撰　张荫麟译

述　学

中国文化史　第二编　第二〇至二十三章　　　　　　　　　柳诒徵

文　苑

晦闻丁卯诗　　　　　　　　　　　　　　　　　　　　　　　黄　节

附　录

征求有清学人像传启事　　　　　　　　　　　　　　　　　　叶恭绰

23日,吴宓访陈寅恪、赵元任。

23日,中华民国大学院训令。以大学委员会之决议,第四中山大学改名为江苏大学。

26日,黄侃到达南京,应聘第四中山大学国文系。

27日,张荫麟访吴宓。吴宓访陈寅恪。

27日,《大公报·文学副刊》第8期出版发行,要目如下：

韦拉里论理智之危机·引言

罗素新著《哲学大纲》

《政治多元说》

(校：萧公权英文著作的评介)

广东中山大学《语言历史研究所周刊》第一集

(校：刊物评介)

续评《小说月报·中国文学研究号》　　　　　　　　　　　　素　痴

《卢梭传》

(校：书评)

28日,吴宓在成府燕林春菜馆宴请张荫麟、浦江清、赵万里、王庸,商议《文学副刊》稿件。

3月

2日,李沧萍自广东回到北平,与吴宓相见。

3日,吴宓访李沧萍、黄节。

4日,刘盼遂访吴宓。

5日,张荫麟访吴宓。

5日,《大公报·文学副刊》第9期出版发行,要目如下:

韦拉里论理智之危机·第一函

评《留西外史》　　　　　　　　　　　　　　　　　　陀

(校:《留西外史》一书的作者陈春随,即陈登恪)

《贡献》旬刊

(校:刊物评介)

6日,浦江清、王庸访吴宓,商议《文学副刊》事宜。

7日,张荫麟、赵万里访吴宓。

8日,吴宓访陈寅恪。

10日,吴宓访李沧萍、黄节。

12日,张荫麟、浦江清、赵万里访吴宓。

12日,《大公报·文学副刊》第10期出版发行,要目如下:

韦拉里论理智之危机·第二函

《万国评论》

(校:刊物评介)

胡适选注本《词选》

《中国社会政治科学杂志》

(校:刊物评介)

赴成都　　　　　　　　　　　　　　　　　　　　　　吴芳吉

13日,吴宓宴请赵万里、浦江清、张荫麟、王庸,商议稿件。

16日,吴宓访黄节。

19日,张歆海致函吴宓,要吴助其活动为清华学校校长,并表示事成后让吴宓出任教务长。晚吴宓访陈寅恪、钱稻孙。

19日,《大公报·文学副刊》第11期出版发行,要目如下:

评《小说月报》第十八卷　　　　　　　　　　　　　　微　言

于鹤年君来函(节录)

本刊复于君函

宋元两大说部书

《文字同盟》第十一号

(校:日本学者桥川时雄主编刊物的评介)

创造社刊物续志

20日,刘盼遂访吴宓。吴宓宴请张荫麟、浦江清、赵万里、王庸,商议稿件。

23日,清华研究院学生戴家祥、姚名达持捐款册要吴宓为王国维纪念碑捐款,吴宓极不赞成此举,拒绝捐款,特向陈寅恪说明。晚,张荫麟访吴宓。

24日,吴宓寄发《学衡》杂志第62期稿件。

25日,吴宓访陈寅恪,得知自己拒绝为王国维纪念碑捐款一事,颇招研究院学生的怨恨。

26日,张荫麟、陈铨访吴宓。

26日,《大公报·文学副刊》第12期出版发行,要目如下:

易卜生诞生百年纪念

英雄传记

《知识阶级之罪恶》

(校:法国学者班达著作的评介)

商务印书馆出版之《四部丛刊》　　　　　　　　　　　　蠹　舟

日本东京大学卒业论文

《宇宙之裂痕》

(校:书评)

27日,吴宓宴请陈寅恪、赵万里、浦江清、张荫麟、王庸,商议稿件。

28日,陈寅恪为《学衡》杂志捐款50元。

本月,吴梅重新启动"潜社"的集会活动,并转为以作曲为主。填词由汪辟疆、汪旭初指导,吴梅改指导南北曲。学生有王起、唐廉、卢炳普、常任侠、张惠衣等。后来印有《潜社曲刊》。

《潜社曲刊》收录有十集,共92支。

第一集	山坡羊(戊辰季秋重集多丽舫)	12支
第二集	桂枝香(过明故宫)	15支
第三集	锦缠道(红叶)	8支
第四集	春带引(访旧院)	7支
第五集	桃花山(后湖访樱桃花)	5支
第六集	花月围京兆(秋海棠)	7支
第七集	五色丝(雪)	8支
第八集	北寄生草(茶)	14支

第九集　解三酲(梨花)　　　　　　　　　　　6支
第十集　玉芙蓉(戏效青门啐窗绒体)　　　　10支

4月

1日,吴宓访陈寅恪。

2日,浦江清访吴宓。

2日,《大公报·文学副刊》第13期出版发行,要目如下:

评郭沫若译《浮士德》上部　　　　　　　　　　　素　痴

《史学与地学》

(校:刊物评介)

《三国志》与《西游记》

(校:日本学者盐谷温著作的书评)

《郋园读书志》

(校:叶德辉著作的书评)

3日,吴宓为《学衡》杂志译稿。晚,吴宓宴请浦江清、张荫麟、赵万里、王庸,商议稿件。

3日,黄侃与汪东等九人游玄武湖。

4日,晚,刘节、侯堮访吴宓,欲推吴宓为研究院主任,吴宓拒绝。

5日,刘盼遂访吴宓,建议吴宓出任研究院主任。

6日,吴宓访陈寅恪。

7日,外交部次长吴晋当面通知清华学校校长严鹤龄,让他辞职。严随即递交了辞呈。

8日,吴宓访陈寅恪。

9日,陈寅恪、吴宓同访冯友兰。

9日,《大公报·文学副刊》第14期出版发行,要目如下:

评《湘绮楼日记》

《苏曼殊年谱及其他》

(校:柳亚子、柳无忌合编书籍的书评)

《花之寺》

(校:凌叔华小说的书评)

《丑君王》

(校:书评)

《说文解字诂林》
（校：丁福保著作的书评）

《莲花菊花集》
（校：书评）

斯坦因第三次探险成绩报告

《一般》杂志文艺专号

语言学新著
（校：美国学者葛兰坚著作的书评）

国家传记字典

《日本现代长篇小说全集》
（校：书评）

春感　　　　　　　　　　　　　　　　　　　　　　天　啸

10日，赵万里访吴宓。

13日，浦江清访吴宓。

14日，吴宓收到白璧德寄赠的《论坛》杂志，内有白璧德的文章《批评家与美国》。晚，浦江清、赵万里访吴宓。

15日，张荫麟访吴宓。

16日，《大公报·文学副刊》第15期出版发行，要目如下：

《新月》创刊号
（校：刊物评介）

评三宅俊成《中国风俗史略》　　　　　　　　　　素　痴

哈代纪念迈里迭斯之文

《中华图书馆协会会报》
（校：刊物评介）

浣花曲（十二解）　　　　　　　　　　　　　　　吴芳吉

17日，吴宓在成府燕林春菜馆宴请容庚、张荫麟、浦江清、赵万里、王庸，商议《文学副刊》稿件。

18日，外交部任命温应星为清华学校校长的部令下达。温乃在职军人，为奉系张作霖的部下。军阀混战，学校遭殃。

19日，刘盼遂访吴宓。

21日，吴宓到天津，拜访《大公报》的张季鸾、胡政之。双方商定可在《大公报》上偶尔登《学衡》杂志的广告，但《大公报》社表示不能代印《学衡》丛书。

22日，吴宓访陈寅恪。

22日，农历上巳节。在南京的黄侃与王易、王瀣、汪东、胡小石、汪长禄（友箕）、汪辟疆等人玄武湖（北湖、后湖）禊集，有《戊辰上巳北湖湖神祠楼修禊联句》：

佳辰晴朗疾亦蠲（侃），相携北郭寻春妍（易）。
平湖落照沙洲圆（瀣），新荷出水才如钱（东）。
蟠红颣青迎画船（炜），清游俊语皆渊玄（不羡仙）（禄）。
就中仲御态最便（辟），或谈史汉如茂先（侃）。
兰亭嘉会堪溯沿（易），风日怀抱今犹前（瀣）。
亦有修竹何便娟（东），羽觞流波安足贤（炜）。
登楼极目平芜鲜（禄），柳花密密吹香绵（辟）。
游丝牵情欲到天（侃），远山窥人应靦然（易）。
山蔌僧解折竹煎（瀣），题名扫壁龙蛇颠（东）。
掷笔大笑惊鸥眠（炜），人生何必苦拘挛（禄）？
尺箠取半亦可怜（辟），焉用蒿目忧戈铤（侃）。
浩歌归去徐扣舷（易），烟水葭藬延复缘（瀣）。
落霞如绮明微涟（东），夕岚袅窕鸡笼悬（炜）。
今日之乐非言宣（禄），休文率尔聊成篇（辟）。

23日，《大公报·文学副刊》第16期出版发行，要目如下：
评《歧路灯》
评《丛书书目汇编》　　　　　　　　　　　　　　　蠡　舟
中国字改用罗马字母之主张

24日，清华学校新任校长温应星（1887—1968）召开清华评议会，吴宓到会。晚，吴宓在成府燕林春菜馆宴请张荫麟、浦江清、赵万里、王庸，商议《文学副刊》稿件。

27日，汤尔和再次转告罗钧任外长的意见，让胡适出任清华校长。胡适表示若董事会选上，他出任；若外交部任命，他则不就。但后来又写信辞就。

30日，北京大学出版部与吴宓结算代售《学衡》杂志账目。赵万里、浦江清访吴宓。吴宓访陈寅恪。

30日，《大公报·文学副刊》第17期出版发行，要目如下：
法国大史家兼文学批评家但因诞生百年纪念　　　　　吴　宓

评《梦坡室获古丛编》　　　　　　　　　　　　　蠡　舟

孙文学说英译

《日本支那现代思想研究》

（校：日本学者土田杏村著作的评介）

5月

1日，吴宓在成府燕林春菜馆宴请张荫麟、浦江清、赵万里、王庸，商议《文学副刊》稿件。

3日，吴宓访赵元任。

6日，吴宓接到刘朴信，知东北大学近来风潮。

7日，吴宓宴请赵万里、浦江清、张荫麟、王庸，商议《文学副刊》稿件。

7日，《大公报·文学副刊》第18期出版发行，要目如下：

悼辜鸿铭先生

马哥孛罗游记之新研究

《掌故丛编》

康拉德传及书札

英雄传记续闻

牛津英文字典编成

重刊唐开成石经

新刊近世史料二种

女跳舞家之一生

（校：邓肯《自传》书评）

勃莱克译诗讨论

8日，吴宓因与张荫麟的矛盾而感叹自己开始编《学衡》杂志时受胡先骕的气，如今编《文学副刊》又受张的气。

11日，国民政府批准江苏大学改为国立中央大学，校长张乃燕（君谋）。

12日，吴宓赠萧俊贤一册《学衡》杂志（第59期）。

14日，《大公报·文学副刊》第19期出版发行，要目如下：

英国大诗人兼画家罗色蒂诞生百年纪念

幸福女郎诗　　　　　　　　　　　　　　　　　　　素　痴译

《左盦集》

（校：关于刘师培《左盦集》的书评）

《基督之道》

（校：美国学者穆尔著作的书评）

近代丛书新刊

穆莱教授新著

（校：《诗之古典传统论》的评介）

《科学史导言》

（校：书评）

16日，赵万里访吴宓。

17日，吴宓宴请赵万里、张荫麟、浦江清、王庸，商议《文学副刊》稿件。

21日中午，胡适在南京出席全国教育会议后，应中央大学校长张乃燕之请，与蔡元培等到中央大学出席宴会。胡适在宴会上发表演说。他说了这样一段话：

> 想中央大学在九年前为南高，当时我在北大服务。南高以稳健、保守自持，北大以激烈、改革为事。这两种不同之学风，即为彼时南北两派学者之代表。然当时北大同人，仅认南高为我们对手，不但不仇视，且引为敬慕，以为可助北大同人，更努力于革新文化。今者北大同人，死者死，杀者杀，逃者逃，北大久不为北大；而南高经过东大时期，而成为中央大学，经费较昔日北大多三倍有余，人才更为济济。我希望中央大学同人，担北大所负之责，激烈的谋文化革新，为全国文化重心云。

21日，《大公报·文学副刊》第20期出版发行，要目如下：

评《清史稿》　　　　　　　　　　　　　　　　燕　雏

《新月》第二期

《南洋研究》

（校：刊物评介）

《浙江图书馆报》

《南金杂志》

（校：刊物评介）

23日，张荫麟访吴宓。

24日，吴宓宴请赵万里、陈寅恪、张荫麟、浦江清、王庸，商议《文学副刊》稿件。

26日，吴宓准备寄发《学衡》杂志各件。

27日，吴宓到景山书社，要求将交托北京大学出版部代售的五整部250

册《学衡》杂志取回。晚，陈寅恪访吴宓。

28日，《大公报·文学副刊》第21期出版发行，要目如下：

福禄特尔逝世百五十年纪念

评戈公振《中国报学史》　　　　　　　　　　　　　　素　痴

广东《中山大学图书馆周刊》

（校：刊物评介）

书目长编

（校：书评）

28日，浦江清访吴宓。

28日，《黄侃日记》记有："至萧叔絅处晤学衡社人。伯弢先生亦在。综其所议，大氐谋与《华国》合并，续印《学衡》，请汪旭初为经理三事而已。胡步曾发议，谓其报宗旨略有二事，一则必须用文言，二则沟通中西学术，非纯乎保存国粹。"

29日，《黄侃日记》记有："在校时与小石、锡予论步曾昨语之失。"萧叔絅为《学衡》社的萧纯锦。伯弢为原北京大学教授陈汉章，此时为中央大学史地系系主任。汪旭初为《华国》月刊编辑汪东，黄侃的同学，同为章太炎弟子。胡步曾即胡先骕。小石为胡小石。锡予为汤用彤。事实上，黄侃一开始对《学衡》就有好感。

30日，因浦江清《论王静安先生之自沉》一文，吴宓与浦产生矛盾。

31日，陈铨访吴宓。

6月

1日，吴宓访陈寅恪。

2日，吴宓将北京大学出版部寄售的275册《学衡》杂志取回。

3日，黄侃与汪东、王瀣、汪辟疆、胡小石、陈汉章、柳诒徵诗会。

4日，吴宓访陈寅恪。

4日，《大公报·文学副刊》第22期出版发行，要目如下：

王静安先生逝世周年纪念

论王静安先生之自沉　　　　　　　　　　　　　　　毅　永

王静安先生与晚清思想界　　　　　　　　　　　　　素　痴

5日，日本特务在皇姑屯埋藏的炸弹使张作霖丧命，温应星校长辞职并离开清华。吴宓访陈寅恪。赵万里、浦江清访吴宓。

6日,外交部令余日宣(1890—1958)暂行代理清华学校校长。吴宓宴请张荫麟、浦江清、陈铨、王庸,商议《文学副刊》稿件。

8日,吴宓访浦江清。张荫麟访吴宓。

9日,赵万里、张荫麟访吴宓。

11日,冯友兰、刘盼遂访吴宓。

11日,《大公报·文学副刊》第23期出版发行,要目如下:

王静安先生之文学批评　　　　　　　　　　　　　　　毅　永

王静安先生遗书续志

清史馆来函

12日,张荫麟、罗根泽、陈寅恪访吴宓。吴宓的好友顾泰来病逝。

13日,赵万里、浦江清访吴宓。

14日,张荫麟、陈寅恪访吴宓。

17日,吴宓宴请赵万里、浦江清、张荫麟、王庸,商议稿件。

18日,《大公报·文学副刊》第24期出版发行,要目如下:

王静安先生之考证学　　　　　　　　　　　　　　　　蠡　舟

评梁乙真《清代妇女文学史》　　　　　　　　　　　　燕　雏

以爱情喻理想

19日,陈寅恪、叶企孙访吴宓。

20日,浦江清访吴宓。

21日,陈寅恪访吴宓。

24日,赵万里、张荫麟、陈寅恪访吴宓。

25日,吴宓收到新出版的《学衡》杂志第62期。张荫麟访吴宓。

25日,《大公报·文学副刊》第25期出版发行,要目如下:

韦拉里论理智之危机·附记

评陶鸿庆《老庄札记》　　　　　　　　　　　　　　　蠡　舟

论传记文学

《中国评论周报》

(校:刊物评介)

《春秋穀梁传注》

伪造王静安作品之异闻

哀济南　　　　　　　　　　　　　　　　　　　　　　徐际恒

27日,吴宓宴请张荫麟、陈寅恪、赵万里,商议稿件。

28日,陈寅恪访吴宓。

《学衡》杂志第 62 期出版发行(具体出版时间不明)。

目录如下:

插 画

王阳明像

陈白沙像

通 论

韦拉里论理智之危机 Paul Valéry "La Crise de L'Esprit"   吴　宓译

论心与论事——知行合一与义利不二   景昌极

论历史学之过去与未来   张荫麟

说文字符号(录《晓光》周刊)   谢宗陶

述 学

中国文化史　第二编　第二十四至二十六章   柳诒徵

文 苑

赴成都   吴芳吉

弗堂丙寅词十首   姚　华

本期"学衡杂志社启示"中说,王幼农(典章)、高幼农(增秩)各为本社捐助经费 100 元,陈寅恪捐助 50 元。

7月

1日,《学衡》杂志第 62 期出版发行后,中华书局致函吴宓催稿。

2日,陈铨、张荫麟访吴宓。

2日,《大公报·文学副刊》第 26 期出版发行,要目如下:

卢梭逝世百五十年纪念

商三句兵出土问题之研究   镜

韦拉里诗译成汉文

《研幾小录》

(校:日本学者内藤湖南著作的书评)

4日,吴宓编辑《学衡》杂志稿件。

6日,陈寅恪访吴宓。

7日,吴宓将《学衡》杂志第 63 期稿件寄发出。

8日,陈铨访吴宓。吴宓向作者寄发已出版的《学衡》杂志第 62 期。

9日,吴宓访梁实秋。梁欲编辑《白璧德介绍论文集》一书,吴宓答应将《学衡》杂志中有关文章交给梁。此书即后来出版的《白璧德与人文主义》。

9日,《大公报·文学副刊》第27期出版发行,要目如下:

美国现代文学中之新潮流

(校:译自美国《论坛杂志》穆尔的原作)

评陈延杰《诗品注》　　　　　　　　　　　　　　　　　蠡舟

《燕京学报》

(校:刊物评介)

奇怪状之新说

10日,陈寅恪访吴宓。

11日,张荫麟访吴宓。

12日,张荫麟、陈铨访吴宓。

14日,刘盼遂访吴宓。

15日,陈铨访吴宓。

16日,刘盼遂访吴宓,送稿件。吴宓宴请张荫麟、陈铨、赵万里,商议《文学副刊》稿件,同时为陈铨赴美留学饯行。

16日,《大公报·文学副刊》第28期出版发行,要目如下:

美国现代文学中之新潮流(续第二十七期)

(校:译自美国《论坛杂志》穆尔的原作)

评容庚《金文编》　　　　　　　　　　　　　　　　　戴家祥

还黑石山诗　　　　　　　　　　　　　　　　　　　　吴芳吉

《续古逸丛书》

(校:书评)

17日,吴宓决定将吴芳吉的诗集分卷刊登在《学衡》杂志上。汪懋祖归还之前借吴宓的100元,吴宓转付中华书局,用作《学衡》杂志第64期津贴。

19日,吴宓访叶企孙、赵元任。晚,张荫麟访吴宓。

20日,叶公超、温源宁、陈寅恪访吴宓。

22日,沈有鼎、赵万里访吴宓。

23日,陈寅恪陪同梁实秋访吴宓。

23日,《大公报·文学副刊》第29期出版发行,要目如下:

美国现代文学中之新潮流(续第二十八期)

(校:译自美国《论坛杂志》穆尔的原作)

霍去渥尔特之《蒙古史》第四册

《欧洲镜》

（校：书评）

《荀子》英译

《北京文学》半月刊

冯友兰君来函

26日，吴宓宴请赵万里、张荫麟，商议稿件。

28日，吴宓赴双义书店取《学衡》杂志装订本。

30日，吴宓自天津乘船赴青岛，与林宰平、沈从文同行。

30日，《大公报·文学副刊》第30期出版发行，要目如下：

美国现代文学中之新潮流（续第二十九期）

（校：译自美国《论坛杂志》穆尔的原作）

评《吴芳吉诗集》　　　　　　　　　　　　　　　　陈　铨

《清华学报》第五卷第一期

（校：刊物评介）

韦尔斯新著

（校：《明显之阴谋》的评介）

留美学生小说

本月，《学衡》作者陈铨自清华学校毕业，赴美国留学。

8月

3日，吴宓到上海，拜访张尔田、张东荪（万田）兄弟。

5日，吴宓与张尔田、张东荪、张歆海、孙德谦聚会。吴宓约张东荪为《学衡》杂志译柏拉图的文章。

6日，吴宓到南京，访国立中央大学的汤用彤、缪凤林。汤希望吴宓到中央大学任教，仍为《学衡》杂志总编辑，并说黄侃也可加入《学衡》作者队伍。

6日，《大公报·文学副刊》第31期出版发行，要目如下：

路易斯论治术

答戴家祥君《评〈金文编〉》　　　　　　　　　　　　容　庚

英译《源氏物语》

还黑石山诗（续第二十八期）　　　　　　　　　　　　吴芳吉

7日，汤用彤、缪凤林、楼光来等访吴宓。吴宓表示《学衡》杂志不可改办。

9—10日,吴宓在上海访柳诒徵。

13日,《大公报·文学副刊》第32期出版发行,要目如下:

路易斯论西人与时间之观念

答朱希祖君(附来书)

还黑石山诗(再续)   吴芳吉

17日,黄华向吴宓转来庄士敦的信,要吴宓到香港见一英国官员。

国民政府决定改清华学校为国立清华大学,任命罗家伦为校长。

20日,《大公报·文学副刊》第33期出版发行,要目如下:

拉塞尔论柏格森之哲学

答朱希祖君(附来书)(续前)

《国学论丛》第一卷第三号

(校:刊物评介)

《高昌秘笈》

《古文范》

22日,王善佺(原清华学校同学、"明德社"同仁)告诉吴宓,罗家伦将出任清华校长。

23日,吴宓在上海中华书局访左舜生。左提出《学衡》杂志下一年续办。

24日,吴宓在上海访陈寅恪、陈登恪。陈寅恪向吴宓转达罗家伦对赵元任说的话:清华可留用吴宓,不以文言白话意见之相反而迫使吴宓离开清华。

27日,《大公报·文学副刊》第34期出版发行,要目如下:

讬尔斯泰诞生百年纪念

答朱希祖君(附来书)(续前)

《旧诗新话》

(校:刘大白著作的书评)

29日,吴宓到天津大公报社访张季鸾、胡霖(政之)。

30日,吴宓南游后返回北平。

31日,吴宓向浦江清、张荫麟出示《南游杂诗》百首。浦江清认为"吴先生天才不在诗,而努力不懈,可怪也"。

9月

1日,王文显、浦江清、张荫麟访吴宓。

2日,吴宓到北平景山书社,送代售的《学衡》杂志。

3日,《大公报·文学副刊》第35期出版发行,要目如下:

托尔斯泰诞生百年纪念(续)

评赵景深《中国文学小史》   蠡舟

《续封泥考略》

(校:书评)

汉英考证《老子》之新研究

(校:日本学者井上秀夫著作的书评)

4日,吴宓拜访到清华任教的北京大学"新潮社"成员杨振声。杨向吴宓表示了罗家伦对他的态度。吴宓表示自愿与罗合作。

6日,张荫麟访吴宓。吴宓访梅贻琦、赵元任。

7日,吴宓读胡适的《白话文学史》,评其体例。

8日,浦江清访吴宓。

10日,吴宓将《学衡》数十册送交尹炎武处。

10日,《大公报·文学副刊》第36期出版发行,要目如下:

托尔斯泰诞生百年纪念(续)

评《吴芳吉诗集》(续第三十期)   陈铨

文明之又一解

(校:《文明论》的书评)

中国画学新著

(校:福开森著作的书评)

14日,张荫麟访吴宓。吴宓访冯友兰,冯向吴宓转达罗家伦对他的态度,所言与杨振声同。

17日,浦江清访吴宓。吴宓得知罗家伦已到清华。

17日,《大公报·文学副刊》第37期出版发行,要目如下:

蜗逊论心理学与文学(译)

采桑子   刘永济

雀踏枝   蠡舟

张尔田君来函(论清史稿乐志体例)

18日,罗家伦宣誓就任清华大学校长。以廉洁化、学术化、平民化、纪律化作为办学旗帜,倡导相容并包,唯贤是用。他把"五四运动"的一代新青年先锋——北京大学"新潮社"成员带进了清华,清华人文社会科学因此而全面显示出来。

张荫麟访吴宓。吴宓访叶企孙。

19日,张荫麟、浦江清访吴宓。

20日,浦江清访吴宓。浦江清在日记中记有:"与吴先生争《文学副刊》署名不署名问题。先生成见甚深,全不采纳他人意见。视吾侪如雇工,以金钱叫人做不愿意做之文章,发违心之言论。不幸而余在清华为吴先生所引荐,否则曷为帮他做文章耶。"

21、22日,罗家伦、杨振声(新任清华教务长)、冯友兰(新任清华秘书长)访吴宓。罗、杨、冯以及新到任的朱自清,与随后到的俞平伯均为北京大学"新潮社"成员。

24日,《大公报·文学副刊》第38期出版发行,要目如下:

古拉塞作事格言(译)

文人身后之毁誉

《学问与领袖》

(校:英国学者芮满著作的书评)

本副刊体例申言(答朱希祖君)

成吉思汗小说

25日,樊樾远访吴宓,索要《学衡》杂志数册。

28日,吴宓访赵万里、朱自清。

29日,冯友兰访吴宓。

10月

1日,钱稻孙访吴宓。

1日,《大公报·文学副刊》第39期出版发行,要目如下:

关于古代铁制兵器先行于南方考之讨论　　　　　　　　朱希祖

《春痕》

(校:冯沅君著作的书评)

《雁声》

(校:高尔士华绥著作的书评)

2日,浦江清访吴宓。吴宓访赵元任、陈寅恪。

3日,浦江清访吴宓。

8日,《大公报·文学副刊》第40期出版发行,要目如下:

法国诗人兼批评家马勒尔白逝世三百年纪念(一) 绪论

马勒尔白《慰友人丧女》 　　　　　　　　　　　　　　李思纯译

关于古代铁制兵器先行于南方考之讨论 　　　　　　　　朱希祖

旧籍重印消息二则

非战小说

《宝鸭斋金石拓存》

（校：徐桢立所集）

11日，张荫麟访吴宓。吴宓访赵元任、陈寅恪。

13日，张荫麟、浦江清访吴宓。

14日，吴宓同钱稻孙访陈寅恪。

15日，杨振声访吴宓。

15日，《大公报·文学副刊》第41期出版发行，要目如下：

法国诗人兼批评家马勒尔白逝世三百年纪念（续第四十期）

龙萨作《短歌》 　　　　　　　　　　　　　　　　　　李思纯译

关于古代铁制兵器先行于南方考之讨论 　　　　　　　　朱希祖

20日，吴宓感到因陷入爱毛彦文的迷阵，而对《学衡》杂志的热诚大减。

22日，吴宓收到新出版的《学衡》杂志第63期。

《学衡》杂志第63期出版发行（具体出版时间不明）。

目录如下：

插　画

现今美国文人滑稽画像　　参阅穆尔论现今美国之新文学篇

大秦景教流行中国碑　　参阅中国文化史

通　论

韦拉里说诗中韵律之功用 Paul Valéry "Adonis" 　　　吴　宓译

穆尔论现今美国之新文学 Paul E. More "The Modern Current in American Literature" 　　　　　　　　　　　　　　吴　宓译

文学与玄学　序论　第一节　真善美与存在　第二节　一与多　景昌极

述　学

中国文化史　第三编第一至五章 　　　　　　　　　　柳诒徵

文　苑

还黑石山诗 　　　　　　　　　　　　　　　　　　　吴芳吉

弗堂丁卯词 　　　　　　　　　　　　　　　　　　　姚　华

22日，《大公报·文学副刊》第42期出版发行，要目如下：

评朱师辙《清史稿·艺文志》　　　　　　　　　　　　蠹舟

张尔田君致本刊编者论史例书

咏怀堂诗集

（校：阮大铖诗集书评）

列宁新传

（校：书评）

《伟人》

（校：美国小说家杜来色小说的书评。后面文章中出现另一译名德莱赛，实为同一人。现在通常译名为德莱塞）

《咏怀堂诗》跋　　　　　　　　　　　　　　　　　柳诒徵

25日，张荫麟、浦江清访吴宓。吴宓主张明年不再编辑《大公报·文学副刊》，而张、浦以为应续办。

26日，吴宓访陈寅恪。陈劝吴仍续办《大公报·文学副刊》。

27日，陈寅恪访吴宓。

29日，陈寅恪陪同邓以蛰访吴宓。

29日，《大公报·文学副刊》第43期出版发行，要目如下：

悼江山刘毓盘先生

评杨鸿烈《大思想家袁枚评传》　　　　　　　　　　素痴

《雪莱新传》

（校：书评）

《东使记》之英译

亚伦波之影响

（校：《亚伦波在法国之影响》的书评）

30日，陈寅恪访吴宓。

31日，黄学勤致函吴宓，说为《学衡》社捐50元经费。

11月

2日，吴宓编辑《学衡》杂志第64期稿件。

5日，《大公报·文学副刊》第44期出版发行，要目如下：

英国诗人兼小说戏剧作者戈斯密诞生二百年纪念（一）绪论

评《吴芳吉诗集》（续第三十六期）　　　　　　　　陈铨

《戈斯密书札》

《戈斯密论文新集》

《捷径》

（校：上述均为书评）

8日，吴宓发出《学衡》杂志第64期稿件。

9日，吴宓收到多封关于发售《学衡》杂志的来信。

12日，《大公报·文学副刊》第45期出版发行，要目如下：

英国诗人兼小说戏剧作者戈斯密诞生二百年纪念（二）略传

评《吴芳吉诗集》（续第四十四期）　　　　　　　　　　陈　铨

《井中人》

（校：路易丝著作的书评）

14日，清华学生水天同（《学衡》作者）访吴宓。吴宓与陈寅恪晤谈。

19日，《大公报·文学副刊》第46期出版发行，要目如下：

再答朱希祖君

评陈铨《天问》　　　　　　　　　　　　　　　　　　余　生

美国名家论文

（校：葛兰坚近著的书评）

偏畸之恋

（校：赫胥黎小说《点对点》的书评）

26日，《大公报·文学副刊》第47期出版发行，要目如下：

英国宗教小说寓言作者彭衍诞生三百年纪念

评顾随《味辛词》　　　　　　　　　　　　　　　　　镜

读悼江山刘毓盤先生（来稿）　　　　　　　　　　　李　维

彭衍纪念新书

去国三集

（校：法国文人赖昂都德著作的书评）

26日，《顾随全集·日记书信卷》所示，顾随致信卢伯屏说："今日《大公报》文学副刊上，有署名'镜'者，批评《味辛词》，大捧特捧，但不知究系伊谁。"

27日，吴宓访陈寅恪。

29日，林志钧访吴宓。

30日，吴宓与夫人陈心一合作编辑《学衡》杂志稿件（一九二八年西洋文学名人纪念汇编）。

12月

1日，吴宓编完《学衡》杂志第65期稿件，并发出。

2日，在南京中央大学的黄侃与王易、汪东、汪辟疆游古林寺。有《游古林寺连句》：

城西见说古林幽（一作寺）（黄侃季刚），暇日招邀作俊游（汪东旭初，一作王易晓湘）。一片疏林万竿竹（王易晓湘，一作汪东旭初），目（一作日）成先与释千忧（汪辟疆）。

野色荒寒却入城（季刚），陂陁高下总难名（辟疆）。经霜红叶知多少（晓湘），只傍归云一带明（季刚）。

弄暝悭晴亦自佳（辟疆），不因人热证高怀（晓湘）。凡人识得山林趣，布韈青鞋便可偕（旭初）。

金粉南朝一扫除（旭初），寒林败箨日萧疏（季刚）。相逢莫作新亭泣（晓湘），但道江山画不如（辟疆）。

频年梵宇几蒿莱（季刚），古寺偏能避劫灰（辟疆）。留得城西荒寂景，尽教词客一徘徊（季刚）。

清新不减青玉案，瘦硬还宜金错刀（旭初）。应为古林添掌故，莫（一作英）辞妙墨两能豪（辟疆）。

佛火青荧照诵经（季刚），禅关知隔几重扃（晓湘）。他生更结鱼山愿，梵呗从教梦（一作静）里听（旭初）。

蜿蜒细路入修篁（季刚），清浅寒流满野塘（季刚，一作旭初）。只觉儿童看客喜（辟疆），岂教（一作知）鱼鸟（一作凫）笑人忙（季刚）。

漫云天险限华夷（晓湘），蕃落零星类置棋（季刚）。胜绝林峦孤迥（一作回）处（辟疆），蜂房雁户也相宜（旭初）。

清磬一声山鸟惊（旭初），石头城角暮寒生（季刚）。经行似入云林画（辟疆），清绝犹嫌画不成（季刚）。

华严冈畔晚烟低（旭初），咫尺归云路易迷（辟疆）。千遍徘徊应有谓，他年认取古城西（季刚）。

小筑偏居世外天（晓湘），不须历日记流年。谁知竹树阴森处（季刚），只在风尘㶁洞边（辟疆）。

此地真疑盘谷隐（辟疆），他年应伴草堂灵（晓湘）。无多好景供排闼（辟疆），要放钟山一角青（晓湘）。

写景谁如柏枧文,黄山遗集付斜曛(季刚)。百年好事来吾辈,相约团瓢访隐君(辟疆)。

世乱岂妨人作乐(旭初),山深不碍我夺幽(晓湘)。青苔寺里僧何在?黄叶声中客独留(季刚)。

偶从林壑得天真(旭初),胜侣连袂发兴新(晓湘)。向晚冲寒归路远(辟疆),骖衢广广正无人(季刚)。

3日,《大公报·文学副刊》第48期出版发行,要目如下:

评胡适《白话文学史》上卷　　　　　　　　　素　痴

国立中央大学国学图书馆小史

凫公君来函

少年现身说法

(校:书评)

《灰栏记》

(校:关于此书的德译本和英译本评介)

4日,陈寅恪、张荫麟访吴宓。

6日,《顾随全集·日记书信卷》所示,顾随致信卢伯屏说:"此间学生本不知弟又出版了《味辛》,昨在《大公报·文学副刊》中见有人作文赞扬《味辛》,遂有思一读者。……在《大公报》批评弟词者,为北平北海图书馆之赵万里君(弟与之不相识,亦由《大公报》馆中函询得者)。弟已允再送他一部《无病词》。"

8日,吴宓编辑《学衡》杂志稿件。

9日,张荫麟访吴宓。

10日,《大公报·文学副刊》第49期出版发行,要目如下:

圣伯甫之月曜谈

评汪静之《李杜研究》　　　　　　　　　　　彦　威

《考古学论丛》

(校:刊物评介)

《剿奴议撮》

《佛洛德自传》

(校:书评)

12日,吴宓访陈寅恪。

15日,《人海微澜》作者潘式访吴宓。

17日,《大公报·文学副刊》第50期出版发行,要目如下:

圣伯甫略传

评雪林女士《李义山恋爱事迹考》　　　　　　　　素　痴

美国文学批评

（校：美国佛斯特《美国批评史论》一书的评论）

哈费士诗译本

哈代之诗

（校：介绍张歆海所作哈代诗歌英文文章及其他）

23日，张荫麟访吴宓。

24日，《大公报·文学副刊》第51期出版发行，要目如下：

班达论智识阶级之罪恶

集拓新出汉魏石经残字

《宝蕴楼彝器图录》

（校：关于容庚辑著《宝蕴楼彝器图录》的评介）

《澂秋馆印存》

《近世文明》

（校：书评）

《留美学生自传》

（校：书评）

27日，吴宓宴请张荫麟、浦江清，商议稿件。

31日，《大公报·文学副刊》第52期出版发行，要目如下：

一九二八年之诺贝尔文学奖金为挪威小说家翁德赛女士所得

评卫聚贤《古史研究》　　　　　　　　　　　　素　痴

获得一九二八年之诺贝尔文学奖金者挪威女小说家

翁德赛女士未刊之作《初识贫乏记》　　　　　　雍　光译

1929 年

1月

1日，南京中央大学陈伯弢、胡小石、王晓湘、王伯沆、汪辟疆、胡翔冬、黄侃共同参加鸡鸣寺"禊社"，有《豁蒙楼联句》：

蒙蔽久难豁(歿),风日寒愈美(沉)。来年袖底湖(翔),近人城畔寺(侃)。筛廊落山影(辟),压酒澈波理(石)。霜林已齐髡(晓),冰化倏缬绮(歿),旁眺时开屏(沉),烂嚼一伸纸(翔)。人间急换世(侃),高遁谢隐几(辟)。履屯情则泰(石),风变乱方始(晓)。南鸿飞鸣嗷(歿),汉腊岁月驶(沉)。易暴吾安放(翔),监流今欲止(侃)。且尽尊前欢(辟),复探柱下旨(石)。群屐异少年(晓),楼堞空往纪(歿)。浮眉挹晴翠(沉),接叶带霜紫(翔)。钟山龙已堕(侃),埭口鸡仍起(辟)。哀乐亦可齐(石),联吟动清沘(晓)。

3日,吴宓患病,杨振声、冯友兰前来探视。

4日,吴其昌访吴宓。

5日,张荫麟访吴宓。

6日,张荫麟、陈嘉访吴宓。

7日,罗根泽、浦江清访吴宓。

11—12日,吴宓编辑《学衡》稿件。

14日,《大公报·文学副刊》第53期出版发行,要目如下:

近顷逝世之德国戏剧家兼小说家苏德曼评传　　　　　毅　永

上虞罗氏贻安堂新印书三种

曼殊斐尔之遗札

16日,浦江清、赵万里向吴宓建议:《大公报·文学副刊》可加入语体文(白话文)及新文学作品,并请朱自清为社员,加盟《文学副刊》。

吴宓因迷恋毛彦文,加上病了一场,故对《学衡》、《大公报·文学副刊》均持消极态度。他在日记中说:"决即放弃一切主张、计划、体裁、标准,而遵从诸君之意。至论吾人平常之理想及宗旨,宓本拟以《大公报·文学副刊》为宣传作战之地,乃《学衡》同志一派人,莫肯相助。宓今实不能支持,只有退兵而弃权一法耳。"(《吴宓日记》第Ⅳ册第196页)

17日,林志钧访吴宓。

18日,吴宓邀朱自清加入《大公报·文学副刊》编辑部。

19日,赵万里陪同吴宓访朱自清,朱谓容考虑几日后答复。吴宓宴请赵万里、浦江清、张荫麟,商议稿件,并决定《大公报·文学副刊》增入新文学、白话文及新式标点(新诗及小说),不论团体和派别。这是吴宓主动向新文学作出的一次重大让步和认输。到1934年1月1日《文学副刊》阵地失守,变成了由1933年9月23日新创办的杨振声、沈从文(1902—1988)主编的《文艺副刊》一统局面。可以说《大公报》的文学阵地，从主持人到作者队伍及内容，完全由新文学作家和新文学控制。吴宓是一个书生，一个学院的教授，对报纸这种新闻传媒的特性和作为现代媒体主编的位置认知模糊，他本人和三个同人只是一味地写稿，基本上承包了《文学副刊》的版面，同时，在文体上又排斥白话文和新文学。而实际上报纸的语言早已被白话文取代。一个称职的主编应是树起旗帜，表明方针和方向，由作者主动参与，主动来稿，同时自己掌握导向，有目的地征稿、组稿；而不是自己包办全部，埋头写稿。

梁启超病逝于北平协和医院。

21日，浦江清陪同朱自清访吴宓，朱答应暂时加入《文学副刊》编辑部，春假为止，先做实验。

21日，《大公报·文学副刊》第54期出版发行，要目如下：

关于中国古代铁制兵器先行于南方考之讨论　　　　　　　　朱希祖
本刊对于此问题之结论
初识贫乏记（续第五十二期）
百川学海
亚洲学会年刊要目
《老佛爷》
《金瓶梅》全书英译
《西土沉沦论》英译本下卷到津

23日，陈寅恪访吴宓。

24日，林志钧访吴宓，谈公祭梁启超及编理遗著。

27日，胡适为梁启超去世之事自上海到北平。在温源宁主持的宴会上，吴宓与胡适同席。胡向吴表示要购买一整套《学衡》杂志，嘱吴将刊物寄到上海家中，同时邀吴宓加入他主持的百种英国文学名著的翻译工作。

28日，《大公报·文学副刊》第55期出版发行，要目如下：

德国大批评家兼戏剧家雷兴诞生二百年纪念
南京国学图书馆某君与本刊编者书
《中国之灵魂》
（校：德国尉礼贤著作的书评。后面出现"卫礼贤"实为一人的不同译音）
《歌德新传》
（校：书讯）
北平孙氏读雪斋藏器目

237

"学衡派"编年文事

31日,《大公报·文学副刊》近期因纸张加宽,也发生稿件缺乏事件。吴宓、张荫麟访浦江清,商议对策。朱自清加入《大公报·文学副刊》的撰稿人行列。

2月

2日,张荫麟访吴宓。

3日,吴宓访朱自清。

4日,朱自清访吴宓。

4日,《大公报·文学副刊》第56期出版发行,要目如下:

《白屋吴生诗稿》自叙 吴芳吉
英国文人查奇诞生百年纪念
瑞典女作家拉加洛夫 雍 光译
《莫泊桑短篇小说集》
(校:书评)

5日,吴宓编辑《学衡》杂志第66期稿件。付中华书局100元作为《学衡》杂志第66期津贴。

7日,吴宓与陈心一包发已出版的《学衡》第63期。

8日,吴宓访浦江清、张荫麟。

11日,《大公报·文学副刊》第57期出版发行,要目如下:

近代中国学术史上之梁任公先生 素 痴
《老张的哲学》与《赵子曰》 知 白
咏史二十首 王国维未刊遗稿

18日,《大公报·文学副刊》第58期出版发行,要目如下:

留美学生自传·弁言
留法学生自传
(校:盛成《我的母亲》的书评)
《支那学论丛》
(校:日本学者高獭博士还历祝贺文集的书评)
《论文杂记》 镜
(校:刘师培著作的书评)
《淮海居士长短句》
(校:秦观诗词的书评)

《佛教人生科学》

（校：书讯）

《教会源流考》

（校：广东中山大学历史语言研究所史料丛刊之一的书讯）

《现代欧洲文学》

（校：书讯）

20日，吴宓到南京，访张歆海、汤用彤、楼光来。

25日，吴宓访浦江清。

25日，《大公报·文学副刊》第59期出版发行，要目如下：

所谓"中国女作家"　　　　　　　　　　　　素　痴

殷墟甲骨之新发现　　　　　　　　　　　　　毅

《重广会史》

（校：书评）

《墨索里尼自传》

（校：书评）

《张玉田》

（校：书评）

26日，《学衡》杂志作者杨葆昌访吴宓。吴宓宴请朱自清、浦江清、张荫麟，商议稿件。

27日，吴宓访陈寅恪。

3月

1日，吴宓致函白璧德、梅光迪，托请在美国代他谋一个汉文讲师的位置，计划今夏赴美。吴宓访冯友兰。

4日，《大公报·文学副刊》第60期出版发行，要目如下：

关于"革命文学"的文献　　　　　　　　　　知　白

卢冀野五种曲　　　　　　　　　　　　　　　毅

（校：此文是浦江清为卢冀野五种曲写的书评）

6日，水天同访吴宓，吴宓要他为《文学副刊》写稿。

7日，吴宓请燕京大学校长司徒雷登（John Leighton Stuart, 1876—1962）致函美国哈佛大学，推荐他为汉文讲师人选。吴宓此举的目的是想步梅光迪之后，约他所爱的毛彦文一同赴美，以便成婚。

11日,《大公报·文学副刊》第61期出版发行,要目如下:

德国大批评家兼戏剧家雷兴诞生二百年纪念(续第五十五期)

民俗学之曙光

(校:此文为浦江清所作,收入《浦江清文史杂文集》)

西洋文学名人纪念一束

学术界杂闻

陈铨君来函

12日,吴宓访浦江清。清华学生李惟建访吴宓。

17日,吴宓访浦江清。

18日,《大公报·文学副刊》第62期出版发行,要目如下:

关于"革命文学"的文献(续第六十期)   知 白

《燕京学报》

(校:刊物评介)

《绝对之鬼》

(校:关于穆尔《绝对之鬼》的书评)

《绣余草》

(校:关于晚清著名女诗人陶香九的诗集《绣余草》的书评)

9日,清华外文系学生李健吾(1906—1982)访吴宓。

23日,张荫麟访吴宓。

25日,《大公报·文学副刊》第63期出版发行,要目如下:

明刻续古名家杂剧残本跋   余嘉锡

聊斋白话韵文

秦晋间纪行诗   吴芳吉

《革命文学论文集》

(校:书讯)

4月

1日,《大公报·文学副刊》第64期出版发行,要目如下:

论中国语言之足用及中国无哲学系统之故   素 痴译

美国文学新解

(校:美国佛斯特《美国批评史论》一书的评论)

《美国传记字典》

(校:书评)

《拉加洛夫全集》英译

(校:书讯)

4日,吴宓收到新出版的《学衡》杂志第64期。

《学衡》杂志第64期出版发行(具体出版时间不明)。

目录如下:

插　画

黄梨洲像　王船山像　顾亭林像　颜习斋像

以上均参阅本期中国文化史

述　学

王静安先生逝世周年纪念　录《大公报·文学副刊》

[校:正文为:王静安先生逝世周年纪念　录天津《大公报·文学副刊》

（一）王静安先生与晚清思想界　　　　　　　　　　　　　素　痴

（二）王静安先生之文学批评　　　　　　　　　　　　　　毅　永

（三）王静安先生之考证学　　　　　　　　　　　　　　　蠹　舟

（四）论王静安先生之自沉　　　　　　　　　　　　　　　毅　永]

中国文化史　第三编　第六至十一章　　　　　　　　　　　柳诒徵

文　苑

文录

《春秋穀梁传》序　　　　　　　　　　　　　　　　　　　柯劭忞

《黄晦闻诗集》序　　　　　　　　　　　　　　　　　　　张尔田

《咏怀堂诗》跋　　　　　　　　　　　　　　　　　　　　柳诒徵

诗录

王观堂先生挽词并序　　　　　　　　　　　　　　　　　　陈寅恪

按:陈寅恪原诗文如下:

或问观堂先生所以死之故。应之曰。近人有东西文化之说。其区域划分之当否。固不必论。即所谓异同优劣。亦姑不具言。然而可得一假定之义焉。其义曰。凡一种文化值衰弱之时。为此文化所化之人。必感苦痛。其表现在此文化之程量愈宏。则其受之苦痛愈甚。迨既达极深之度。殆非出于自杀。无以求一己之心安而义尽也。吾中国文化之定义。具于白虎通三纲六纪之说。其意义为抽象理想最高之境。犹希腊柏拉图所谓 Eldos 者。若以君臣之纲言之。君为李煜亦期之以刘秀。以朋友之

241

纪言之。友为郦寄亦待之以鲍叔。其所殉之道。所成之仁。均为抽象理想之通性。而非具体之一人一事。夫纲纪本理想抽象之物。然不能不有所寄托。以为具体表现之用。其所寄托以表现者。实为有形之社会制度。而经济制度尤其重要者。故所依托者不变易。则依托者亦得以保存。吾国古来亦尝有悖三纲违六纪无父无君之说。如释迦牟尼外来之教者矣。然佛教流传播衍盛昌于中土。而中土历世遗留纲纪之说曾不因之以动摇者。其说所依托之社会经济制度未尝根本变迁。故犹能藉之以为寄命之地也。近数十年来。自道光之季。迄乎今日。社会经济之制度。以外族之侵迫。致剧疾之变迁。纲纪之说。无所凭依。不待外来之学说之掊击。而已销沉沦丧于不知觉之间。虽有人焉。强聒而力持。亦终归于不可救疗之局。盖今日之赤县神州值数千年未有之巨劫奇变。劫竟变穷。则此文化精神所凝聚之人。安得不与之共命而同尽。此观堂先生所以不得不死。遂为天下后世所极哀而深惜者也。至于流俗恩怨荣辱委琐龌龊之说。皆不足置辩。故亦不之及云。

　　汉家之厄今十世。不见中兴伤老至。一死从容殉大伦。千秋怅望悲遗志。曾赋连昌旧苑诗。兴亡哀感动人思。岂知长庆才人语。竟作灵均息壤词。依稀廿载忆光宣。犹是开元全盛年。海宇承平娱旦暮。京华冠盖萃英贤。当日英贤谁北斗。南皮太保方迁叟。忠顺勤劳矢素衷。中西体用资循诱。总持学部揽名流。朴学高文一例收。图籍艺风充馆长。名词愈野领编修。校雠鞮译凭谁助。海宁大隐潜郎署。入洛才华正妙年。渡江流辈推清誉。闭门人海恣冥搜。董白关王供讨求。剖别派流施品藻。宋元戏曲有阳秋。沉酣朝野仍如故。巢燕何曾危幕惧。君宪徒闻俟九年。庙谟已是争孤注。羽书一夕警江城。仓卒元戎自出征。初意潢池嬉小盗。遽惊烽燧照神京。养兵成贼嗟翻覆。孝定临朝空痛哭。再起妖腰乱领臣。遂倾寡妇孤儿族。大都城阙满悲笳。词客哀时未还家。自分琴书终寂寞。岂期舟楫伴生涯。回望觚棱涕泗涟。波涛重泛海东船。生逢尧舜成何世。去作夷齐各由天。江东博古矜先觉。避地相从勤讲学。岛国风光换岁时。乡关愁思增绵邈。大云书库富收藏。古器奇文日品量。考释殷书开盛业。钩沉商史发幽光。当世通人数旧游。外穷瀛渤内神州。伯沙博士同扬榷。海日尚书互倡酬。东国儒英谁地主。藤田狩野内藤虎。岂便辽东老幼安。还如舜水依江户。高名终得彻宸聪。征奉南斋礼数崇。屡检秘文升紫殿。曾聆法曲侍瑶宫。文学承恩值近枢。乡贤敬业事同符。君期云汉中兴主。臣本烟波一钓徒。是岁中元周甲子。神皋丧乱终无已。尧城虽局小朝廷。汉室犹存旧文轨。忽闻捴甲请房陵。奔问皇舆泣未能。优待珠般原有誓。宿陈刍狗遽无凭。神武门前御河水。好报深恩酬国士。南斋侍从欲自沉。北门学士邀同死。鲁连黄鹄绩溪胡。独为神州惜大儒。学院遂闻传绝业。园林差喜适幽居。清华学院多英杰。其间新会称耆哲。旧是龙髯六品臣。后跻马厂元勋列。鲰生瓠落百无成。敢并时贤较重轻。元佑党家惭陆子。西京群盗怆王生。许我忘年为气类。北海今知有刘备。曾访梅真拜地仙。更期韩偓符天意。回思寒夜话明昌。相对南冠泣数行。犹有宣南温梦寐。不堪灞上共兴亡。齐州避乱何时歇。今日吾侪皆苟活。但就贤愚判死生。未应修短论优劣。风义生平师友间。招魂哀愤满人寰。他年清史求忠迹。一吊前朝万寿山。

落花诗八首	吴 宓
六月二日作落花诗成复赋此律时为	
王静安先生投身昆明湖一周年之期也	吴 宓
落花感王静安先生师练日作	刘盼遂

译诗

罗色蒂女士《古决绝辞》"Abnegation"by Christina Rossetti

吴　宓、张荫麟、贺　麟译

东征杂诗	胡步川
南游杂诗	吴 宓

本期为《学衡》杂志为王国维所出的第二个纪念专号。

上述四篇文章:(一)、(四)原刊于《大公报·文学副刊》1928年6月4日第22期;(二)原刊于《大公报·文学副刊》1928年6月11日第23期;(三)原刊于《大公报·文学副刊》1928年6月18日第24期。

柯劭忞(1850—1933),字凤荪,号蓼园,山东胶县人。1886年进士,曾为宣统皇帝侍讲,民国以后任清史馆主持。著《新元史》、《文献通考注》等。

8日,《大公报·文学副刊》第65期出版发行,要目如下:

德国浪漫派哲学家兼文学批评家弗列得力希雷格尔逝世百年纪念

《历史哲学概论》

(校:郭斌佳著作的书评)

坚忍

(校:《坚忍之态度》的书评)

书生之孤寂

(校:书评)

中央大学国学图书馆书六种

9日,吴宓宴请朱自清、浦江清、张荫麟,商议稿件。

11日,吴宓访陈寅恪。

12日,吴宓访赵万里。

13日,吴宓访赵元任,托赵推荐他到哈佛大学任职。

15日,《大公报·文学副刊》第66期出版发行,要目如下:

德国浪漫派哲学家兼文学批评家

弗列得力希雷格尔逝世百年纪念(续第六十五期)

井底波澜

(校:关于同性恋小说《井中人》的书评)

22日,《大公报·文学副刊》第67期出版发行,要目如下:

德国浪漫派哲学家兼文学批评家

弗列得力希雷格尔逝世百年纪念(续第六十六期)   吴 宓

《史学杂志》创刊号

(校:刊物评介)

《走向十字街头》

(校:关于日本学者厨川白村所著《走向十字街头》的书评)

学术界杂讯   镜

29日,《大公报·文学副刊》第68期出版发行,要目如下:

中国近世歌谣叙录   知 白

30日,傅举丰访吴宓。

5月

2日,吴宓访吴之椿(1894—1971)、杨振声。

2—4日,黄侃与汪东、王瀣、汪辟疆、胡小石、王易苏州游览,吴梅在苏州接待,写有诗词联句。

3日,吴宓访赵万里。

6日,《大公报·文学副刊》第69期出版发行,要目如下:

中国近世歌谣叙录(续第六十八期)   知 白

评容庚《宝蕴楼彝器图录》	素　痴
哭殇孙京老	幽　斋

《李夫人艳史》

（校：书评）

10日，赵万里访吴宓。

13日，《大公报·文学副刊》第70期出版发行，要目如下：

哈代传　上卷

增订碑别字	镜
学术界杂闻	镜

20日，《大公报·文学副刊》第71期出版发行，要目如下：

哈代传　上卷（续第七十期）

评美子女士《世界文艺批评史》	余　生

24日，吴宓为《学衡》杂志之事到永兴洋行。

27日，《大公报·文学副刊》第72期出版发行，要目如下：

白璧德论班达与法国思想	素　痴译

班达《自誓》重印

北平北海图书馆月刊

胡适《白话文学史》之批评

学术界杂讯	镜

6月

2日，清华学生为王国维立碑，陈寅恪在所写的碑文中提出读书士子应具有的脱俗之态度、独立之精神和自由之思想。

3日，《大公报·文学副刊》第73期出版发行，要目如下：

评顾随《无病词》《味辛词》	余　生

10日，《大公报·文学副刊》第74期出版发行，要目如下：

罗素评现代人之心理	素　痴译

《多兹华》

（校：书评）

《待时轩传古别录》

（校：罗振玉著作的评介）

《肃忠亲王遗集》

《瓶庐丛刻》

《招姐》

（校：罗皑岚小说的书评）

  学术界杂讯　　　　　　　　　　　　　　　　　　　　镜

  落花诗八首　　　　　　　　　　　　　　　　　　　　余　生

  张尔田君致本刊编者论研究古人心理书

17 日,《大公报·文学副刊》第 75 期出版发行,要目如下：

  王际真英译节本《红楼梦》述评　　　　　　　　　　　余　生

  顾随君来函

  献骂我者　　　　　　　　　　　　　　　　　　　　　吴芳吉

  学术界杂讯　　　　　　　　　　　　　　　　　　　　镜

《杜甫诗集》英译

《孙子释证》

（校：书讯）

《福煦传》

（校：书讯）

《天津文钞》

英译《枕草纸》

《孔子新传》

（校：书讯）

《女舞蹈家自传补编》

张尔田君致本刊编者论历史之方法与艺术书

22 日,傅举丰携译稿访吴宓。

24 日,《大公报·文学副刊》第 76 期出版发行,要目如下：

  法国名剧新译　　　　　　　　　　　　　　　　　　　毅　永

  评杨立诚《四库目略》

  杜威论苏俄

《楚囚对泣》

（校：书评）

《中国基督教会史》

（校：书评）

26 日,吴宓访赵万里。

7月

1日，吴宓收到新出版的《学衡》杂志第65期。

《学衡》杂志第65期出版发行（具体出版时间不明）。

目录如下：

插 画

罗色蒂像 Dante Gabriel Rossetti(1828—1882)　参阅本期一九二八年西洋文学名人纪念汇编

幸福女郎图（罗色蒂绘）The Blessed Damozel(by D. G. Rossetti)　参阅本期一九二八年西洋文学名人纪念汇编

述 学

中国文学史纲要　卷首　叙论　　　　　　　　　　　　　刘永济

一九二八年西洋文学名人纪念汇编　录《大公报·文学副刊》各期

（一）哈代逝世

（校：正文有"附：哈代著作年表　研究哈代应读书目　哈代纪念麦雷迭斯之文"）

（二）易班乃士逝世

（三）麦雷迭斯诞生百年纪念

（四）易卜生诞生百年纪念

（五）但因诞生百年纪念

（六）罗色蒂诞生百年纪念

（校：正文有"附：罗色蒂作《幸福女郎诗》　素痴译"）

（七）福禄特尔逝世百五十年纪念

（八）鲁索逝世百五十年纪念

（九）托尔斯泰诞生百年纪念

（十）马勒尔白逝世三百年纪念

（十一）戈斯密诞生二百年纪念

（校：正文有"附：戈斯密书札汇编　戈斯密论文新集"）

（十二）苏德曼逝世

（十三）彭衍诞生三百年纪念

（校：正文有"附：彭衍纪念新书"）

文 苑

昔游诗　　　　　　　　　　　　　　　　　　　　　　　李思纯

"学衡派"编年文事

1日,《大公报·文学副刊》第77期出版发行,要目如下:
纳兰成德传　　　　　　　　　　　　　　　　　　素　痴
戴闻达英译《商君书》　　　　　　　　　　　　　素　痴
落花诗八首·和余生先生　　　　　　　　　　　　张澄园
故宫善本书影编
《考古图录》
(校:书讯)
《近世中国文明》
(校:书讯)

自本月1日,起《大公报》改由王芸生发稿。吴宓、浦江清访朱自清。

8日,陈寅恪访吴宓。

清华大学《消夏周刊》第1期刊出陈寅恪撰写的《清华大学王观堂先生纪念碑铭》:

> 海宁王先生自沈后二年,清华研究院同仁咸怀思不能自已。其弟子受先生之陶冶煦育者有年,尤思有以永其念。佥曰,宜铭之贞珉,以昭示于无竟。因以刻石之词命寅恪,数辞不获已,谨举先生之志事,以普告天下后世。其词曰:士之读书治学,盖将以脱心志于俗谛之桎梏,真理因得以发扬。思想而不自由,毋宁死耳。斯古今仁圣所同殉之精义,夫岂庸鄙之敢望。先生以一死见其独立自由之意志,非所论于一人之恩怨,一姓之兴亡。呜呼! 树兹石于讲舍,系哀思而不忘。表哲人之奇节,诉真宰之茫茫。来世不可知者也。先生之著述,或有时而不章。先生之学说,或有时而可商。惟此独立之精神,自由之思想,历千万祀,与天壤而同久,共三光而永光。

8日,《大公报·文学副刊》第78期出版发行,要目如下:
纳兰成德传(续第七十七期)　　　　　　　　　　素　痴
两大文人妻室之日记
《巴尔扎克新传》
(校:书评)
《春潮》月刊
(校:刊物评介)
拿破仑遗稿发现
日本杂志停刊

《寿语》

（校：薛桂轮所编一书的书评）

《莫泊桑短篇小说集》

（校：书讯）

15日,《大公报·文学副刊》第79期出版发行,要目如下：

纳兰成德传（续第七十八期） 素　痴

法国人之研究极东神话

墨索里尼所撰小说

清史稿之谜 空　山

编辑小言

22日,《大公报·文学副刊》第80期出版发行,要目如下：

纳兰成德传（续第七十九期） 素　痴

增订碑别字（续第七十期） 镜

敦煌出土十诵比丘尼戒本（附解说）

关于《杜甫》的译者 飞　沫

朝鲜文样辑成

《六月里的杜鹃》

（校：罗皑岚小说的书评）

29日,《大公报·文学副刊》第81期出版发行,要目如下：

罗素东西幸福观念论 傅任敢译

志济案始末百四十韵有韵 天　流

本月,《学衡》作者张荫麟自清华大学毕业,赴美国留学。

8月

5日,《大公报·文学副刊》第82期出版发行,要目如下：

罗素未来世界观 傅任敢译

《北京之崇丽》

（校：书评）

12日,《大公报·文学副刊》第83期出版发行,要目如下：

评顾实《中国文学史大纲》 泽　陵

散曲丛刊十五种 白

冉鹏君来函

答冉鹏君来函　　　　　　　　　　　　　　　　素　痴

古瓷研究

赵景生君来函

本刊答赵景生君函

19日,《大公报·文学副刊》第84期出版发行,要目如下:

文学与革命　　　　　　　　　　　　　　　　水天同译

《史学杂志》

(校:刊物评介)

《支那古代史》

(校:书评)

亚历山大东征之路

(校:《亚历山大赴印度河之路》的书评)

《拜伦夫人传》

(校:书评)

《意大利百科全书》

(校:书评)

《莎士比亚全集》日译

23日,冯友兰访吴宓。

26日,《大公报·文学副刊》第85期出版发行,要目如下:

文学与革命(续第八十四期)　　　　　　　　水天同译

王孙哈鲁纪游诗　第三集　　　　　　　　　　杨葆昌译

通讯二则　答赵景皋君　答梅钧君

28日,吴宓处理《学衡》杂志第65、66期遗留问题。

9月

2日,清华学生曹葆华访吴宓。

2日,《大公报·文学副刊》第86期出版发行,要目如下:

加斯蒂辽尼逝世四百年纪念　　　　　　　　　水天同

《书道沿革一览》

(校:书评)

《中国古铜器目录》

(校:书讯)

征求《人海微澜》评论

4日,汪兆璠、瞿国眷访吴宓,为东北大学聘请教授之事。

7日,原东南大学西洋文学系学生胡梦华访吴宓。

8日,叶公超访吴宓。

9日,《大公报·文学副刊》第87期出版发行,要目如下:

加斯蒂辽尼逝世四百年纪念(续第八十六期)	水天同
澳门寄原觉	黄　节
客居	黄　节
雨	黄　节
海湾	黄　节

《明人短篇小说集》又多一种

日本新书数种

日本新出杂志

9—10日,吴宓编辑《学衡》稿件。

10日,钱锺书持父亲钱基博的信,拜访吴宓。

16日,叶公超、黄节访吴宓,吴陪同黄节访文学院长杨振声和赵元任。

16日,《大公报·文学副刊》第88期出版发行,要目如下:

加斯蒂辽尼逝世四百年纪念(续第八十七期)	水天同
《国学论文索引》	齐

(校:王重民所编一书的书评)

石庐金石书志　　　　　　　　　　　　　　　　空　山

(校:林钧《金石书志》的书评)

《梵文学史》

(校:书评)

故宫辨琴记　　　　　　　　　　　　　　　　范阳郭葆昌

汪玉笙君来函

本刊答汪玉笙君函

《人海微澜》评论投稿诸君鉴

17日,吴宓编辑《学衡》杂志稿件。

18日,吴宓发出《学衡》杂志第68期稿件。

《学衡》杂志第66期出版发行(具体出版时间不明)。

目录如下:

插　画

天主教哲学之集大成者圣亚规那像 St. Thomas Aquinas(1225—1274)　参阅本期斯宾格勒之文化论

重兴天主教者圣罗郁拉像 St. Ignatius Loyola(1491—1556)　参阅本期斯宾格勒之文化论

通　论

斯宾格勒之文化论(续第六十一期)(完)　美国葛达德、吉朋斯合撰　张荫麟译

文　苑

文录

与《大公报·文学副刊》编者书　　　　　　　　　　　张尔田

（校：正文为"其一　论《清史稿·乐志》　其二　论史例　其三　论《清史稿·艺文志》作法"）

与友述家中情形书　　　　　　　　　　　　　　　　吴芳吉

诗录

寿熊纯如丈六十　　　　　　　　　　　　　　　　　胡先骕

戊辰中秋　　　　　　　　　　　　　　　　　　　　吴　宓

无题　　　　　　　　　　　　　　　　　　　　　　张尔田

丙寅生日　　　　　　　　　　　　　　　　　　　　李思纯

咏史二十首　　　　　　　　　　　　　　　　　　　王国维

19日，张耘、浦江清访吴宓。

23日，《大公报·文学副刊》第89期出版发行，要目如下：

加斯蒂辽尼逝世四百年纪念(续第八十八期)　　　　　水天同

王孙哈鲁纪游诗　第三集(续第八十五期)　　　　　　杨葆昌译

24日，黄节访吴宓，吴宓陪同黄节看清华园的住房。

25日，赵元任访吴宓。

30日，《大公报·文学副刊》第90期出版发行，要目如下：

加斯蒂辽尼逝世四百年纪念(续第八十九期)　　　　　水天同

《中国近代文学之变迁》　　　　　　　　　　　　　　齐

（校：陈子展所著一书的书评）

宋本论语注疏　　　　　　　　　　　　　　　　　　镜

《重刊南条目录》

《慈禧新传》

《大乘中宗见解》

《东方古文明》

《张资平小说集》

（校：上述五种均为书讯）

本月，梅光迪应聘哈佛大学汉语助理教授。《学衡》作者黄节应聘到清华大学任教。

10月

6日，吴宓宴请《文学副刊》作者毕树棠、浦江清、朱自清、叶公超，商议稿件。

7日，《大公报·文学副刊》第91期出版发行，要目如下：

评吕碧城女士《信芳集》　　　　　　　　　　　　　　　孤　云

（校："孤云"是潘式的笔名）

《中国戏剧概评》　　　　　　　　　　　　　　　　　　齐

（校：向培良所著一书的书评）

王孙哈鲁纪游诗　第三集（续第八十九期）　　　　　　杨葆昌译

美玉微瑕

10日，黄侃、汪东、汪辟疆、吴梅同游后湖（玄武湖），有联句词。

14日，《大公报·文学副刊》第92期出版发行，要目如下：

评吕碧城女士《信芳集》（续第九十一期）　　　　　　　孤　云

王孙哈鲁纪游诗　第三集（续第九十一期）　　　　　　杨葆昌译

18日，吴宓访赵元任。

21日，吴宓办理《学衡》杂志的杂务。

21日，《大公报·文学副刊》第93期出版发行，要目如下：

民俗学研究法　　　　　　　　　　　　　　　　　　　瞿兑之译

王孙哈鲁纪游诗　第三集（续第九十二期）　　　　　　杨葆昌译

文人三十自忏

（校：美国作家孟孙《三十三岁自述》的评介）

《中国文明》

（按：书评）

26日，吴宓到北平静生生物调查所访胡先骕。

28日,《大公报·文学副刊》第94期出版发行,要目如下:

罗素论机械与情绪　　　　　　　　　　　　　　　　　傅任敢译

《梭伦与克里苏》

(按:书评)

韦尔斯与世界和平

(按:《世界和平常识》的书评)

《吴芳吉诗集》出版

德前皇之列祖

浣溪沙　　　　　　　　　　　　　　　　　　　　　　汪玉笙

采桑子　　　　　　　　　　　　　　　　　　　　　　汪玉笙

《学衡》杂志第67期出版发行(具体出版时间不明)。

目录如下:

插　画

梁任公先生(启超)遗像

威廉希雷格尔像　弗列得力希雷格尔像　希雷马哈像　以上均参阅本期弗列得力希雷格尔逝世百年纪念篇

通　论

近代中国学术史上之梁任公先生(录天津《大公报·文学副刊》)　素　痴

悼梁卓如先生(录《史学杂志》)　　　　　　　　　　　缪凤林

性与命——自然与自由　　　　　　　　　　　　　　　景昌极

《白屋吴生诗稿》自叙　　　　　　　　　　　　　　　吴芳吉

述　学

中国文化史　第三编　第十二至十三章　　　　　　　柳诒徵

弗列得力希雷格尔逝世百年纪念(录天津《大公报·文学副刊》)

王德卿传　　　　　　　　　　　　　　　　　　　　　张荫麟

文　苑

弗堂戊辰词　　　　　　　　　　　　　　　　　　　　姚　华

本期为悼念梁启超专刊,刊出的文章中,张荫麟的《近代中国学术史上之梁任公先生》颇得浦江清的好评。浦在《清华园日记》(1929年2月6日)中记有"张文甚佳,颇能概括梁先生晚年思想上及学术上之贡献"。

11月

1日,吴宓访潘式。

2日,吴宓访浦江清。

4日,《大公报·文学副刊》第95期出版发行,要目如下:

人生哲学序论 景昌极

车人歌 闵尔昌

佣妇叹 闵尔昌

《道德引言》

(校:书评)

答谢柏岩君

5日,吴宓、浦江清访《学衡》杂志作者顾随。

6日,黄节、顾随、浦江清访吴宓。

11日,《大公报·文学副刊》第96期出版发行,要目如下:

评《春明外史》 余超农

佛斯特《小说杂论》

(校:书评)

王孙哈鲁纪游诗 第三集(续第九十三期) 杨葆昌译

12日,顾随访吴宓。吴宓访叶公超。

13日,黄节访吴宓。

18日,《大公报·文学副刊》第97期出版发行,要目如下:

白璧德论今后诗之趋势

《将来月刊》:《先秦入声的收声问题》 毅 永

(校:关于吴其昌《先秦入声的收声问题》一文的讨论、商榷)

王孙哈鲁纪游诗 第三集(续第九十六期) 杨葆昌译

《英雄之死》

(校:书评)

《大英百科全书》第十四版

《大学作文》

德效骞论中国古代伦理学上权力与自由之冲突

凯萨林近著二种

25日,《大公报·文学副刊》第98期出版发行,要目如下:

文学与人生(四)

《清代学者象传》预约

(校:叶衍兰、叶恭绰祖孙所编著作的书评)

冰心女士《春水集》英译
《商报文学周刊》
（按：刊物评介）
《哲学派别》
（按：美国学者杜兰著作的书评）
挽陈横山先生 陈　垣

12月

2日，《大公报·文学副刊》第99期出版发行，要目如下：
英国政治哲学家霍布士逝世二百五十年纪念
评文道希先生遗诗
王孙哈鲁纪游诗　第三集（续第九十七期）　　　　　　　杨葆昌译
民间故事集两种
《西部前线平静无事》
（按：雷马克小说的书评）
《人物与事变》
（按：杜威著作的书评）

9日，《大公报·文学副刊》第100期出版发行，要目如下：
评潘梓年《文学概论》 彦　威
《杜甫自传》
《中国之妇女》
《中国古代美术史》
（按：上述三种均为书评）
读《警世通言》 棠
临江仙 顾　随
贺新郎 顾　随
南乡子 顾　随

16日，《大公报·文学副刊》第101期出版发行，要目如下：
穆尔论自然主义与人文主义之文学（译）
《清列朝后妃传稿》
（校：书评）
楹联之趣味 曹盛德译

《新月》月刊第二卷第五号

（校：刊物评介）

罗素论婚姻

（按：罗素《婚姻与道德》的书评）

题文学士读韦端已集诗　　　　　　　　　　　　　　陈寅恪

沁园春　　　　　　　　　　　　　　　　　　　　　　汪玉笙

23日，《大公报·文学副刊》第102期出版发行，要目如下：

已故美国批评家薛尔曼评传

王孙哈鲁纪游诗　第三集（续第九十九期）　　　　　杨葆昌译

最近美国文学中之中国儿童

杜威论儿童读物

《中国文化史》

（按：德人卫礼贤著作的书讯）

30日，《大公报·文学副刊》第103期出版发行，要目如下：

环天诗人逝世

《彼得潘》

（校：书评）

《假我一室》

（校：书评）

《正仓院研究》

（校：书评）

《鸣沙余韵》出版预告

31日，朱自清对吴宓说，外间的人大都以为吴宓的离婚与他平时的学说不相符合。

本月，梁实秋主编的《白璧德与人文主义》一书由上海新月书店出版发行。内收文章包括：胡先骕译《白璧德的中西人文教育谈》，徐震堮译《白璧德的人文主义》，马西尔著、吴宓译《白璧德之人文主义》，吴宓译《白璧德论民治与领袖》、《论欧亚两洲文化》。

1930 年

1 月

1 日,朱自清访吴宓。

3 日,吴宓收到郭斌龢来函。

6 日,吴宓收到新出版的《学衡》杂志第 68 期。

《学衡》杂志第 68 期出版发行。

目录如下:

插 画

摆伦历年像　参阅本期王孙哈鲁纪游诗

拿破仑像　参阅本期王孙哈鲁纪游诗

通 论

罗素东西幸福观念论　　　　　　　　　　　　　　　　　　傅举丰译

(校:正文有"附录:赵景生君致《大公报·文学副刊》函、《大公报·文学副刊》答赵景生君函")

罗素未来世界观　　　　　　　　　　　　　　　　　　　　傅举丰译

(校:正文有"附录:罗素评《现代人之心理》")

述 学

中国文学史纲要　卷一　　　　　　　　　　　　　　　　　　刘永济

(校:正文注有"续第六十五期")

英国大批评家兼戏剧家雷兴诞生二百年纪念(录天津《大公报·文学副刊》)

[校:正文另有题目"Gotthold Ephraim Lessing(1729—1781)(一)雷兴略传　(二)拉奥孔述评"]

文 苑

王孙哈鲁纪游诗　第三集

Byron's "Childe Harold's Pilgrimage"—Canto Ⅲ　　　　　　杨葆昌译

本期作者傅举丰(1905—1982),字任敢,湖南湘乡人。1929 年毕业于清华大学教育心理系。曾任教于长沙明德学校、清华大学、北京师范大学。

6 日,《大公报·文学副刊》第 104 期出版发行,要目如下:

评张恨水《春明外史》　　　　　　　　　　　　　　抱筠

《近江奈良朝之汉文学及日本汉文学史》

（校：书评）

东洋文库影照《华夷译话》

7日，顾敦吉访吴宓，商议其兄顾谦吉（《学衡》作者，此时在美国留学）的诗集出版之事。

8日，冯友兰访吴宓。

9日，叶公超、浦江清访吴宓。

12日，吴宓访黄节。

13日，《大公报·文学副刊》第105期出版发行，要目如下：

已故美国批评家薛尔曼评传（续第百零二期）

秦晋间纪行诗（续第六十三期）　　　　　　　　　　吴芳吉

《日暮杂志》停刊

《爱丁堡评论》停刊

《文学之欣赏》

（校：书评）

17日，吴宓访黄节。

20日，叶公超访吴宓。

20日，《大公报·文学副刊》第106期出版发行，要目如下：

曾重伯先生诗述　　　　　　　　　　　　　　　　兑之

曾重伯先生挽诗　　　　　　　　　　　　　　　　兑之

编纂《清词钞》征书

欧美杂志介绍（一）《哈泊尔杂志》

《倪焕之》

（校：书评）

答赵驭和君

答又一旁观

答于鹤年君

21日，黄节访吴宓。吴宓宴请叶公超、毕树棠、朱自清、浦江清，谈新文学。

22日，潘式访吴宓。

26日，吴宓到交通大学与《学衡》作者曹经沅等聚会。

27日,顾随、浦江清访吴宓。

27日,《大公报·文学副刊》第107期出版发行,要目如下:

关于司马迁生年之一新说　　　　　　　　　　　　韩悦译
欧美刊物介绍(二)《新时代》
以近作就正疑庵深谈有得归而作此(外三种)　　　李景堃
泉寿东文书藏

2月

2日,吴宓收到新月书店赠寄的10部《白璧德与人文主义》。钱锺书、顾敦吉访吴宓。

3日,《民国日报》刊出国民党中央执行委员会令教育部通饬全国中小学校在最短期间,厉行国语教育。

先有教育部的请示,接着就有国民党中央执行委员会的批复:

> 各国都有标准语通行全国。我国自教育部国语统一筹备委员会议决以北平语为标准以来,各小学并不注意实行,仍以方言教学。我国人心不齐,全国人数虽多,竟如一盘散沙,毫无团结力量。这虽然不全是因为言语隔膜缘故,可是言语隔膜,也是一个最大的原因,为此,恳请中央令教育部通饬全国中小学校在最短期间,厉行国语教育。
>
> 前大学院曾经通令所属各机关,提倡语体文,禁止小学采用文言文教科书。这是厉行国语教育的第一步。第二步的办法,应由各该厅、局,一面遵照前令,切实通令所属各小学,不得采用文言教科书,务必遵照部颁小学国语课程暂行标准,严厉推行;一面转饬所属高中师范科或师范学校,积极的教学标准国语,以期养成师资,这是很紧要的。望各该厅、局查照办理。此令。

据胡适日记所示,此文的起草者为新文学作家刘大白。

3日,《大公报·文学副刊》第108期出版发行,要目如下:

评金受申《公孙龙子释》　　　　　　　　　　　　静　观
日本新发现之戏曲小说
张尔田君致本刊编者论李义山恋爱事迹书
《不测》

(校:左拉小说的书评)

王孙哈鲁纪游诗　第三集(续第百零二期)　　　　　　　　　　杨葆昌译

5日,浦江清访吴宓。

6日,吴宓发寄《学衡》杂志及代售之书。

8日,南京中央大学副校长戴超访吴宓。

9日,浦江清访吴宓。

10日,萧纯锦访吴宓。

10日,《大公报·文学副刊》第109期出版发行,要目如下:

爱斯考《杜甫自传》书后　　　　　　　　　　　　　　　兑　之

欧美刊物介绍(三)《斯克勒杂志》

《玉山集》

(校:唐诗英译著作的书评)

《叩头》

(校:德菱郡主所著关于中国人生活的小说的书评)

文人解禁

两书大贱卖

《吴芳吉诗集》

王孙哈鲁纪游诗　第三集(续第百零八期)　　　　　　　　　　杨葆昌译

17日,《大公报·文学副刊》第110期出版发行,要目如下:

革命诗选　　　　　　　　　　　　　　　素　痴(自美国寄稿)

评陈宗蕃《燕都丛考》　　　　　　　　　　　　　　　观我生

欧美刊物介绍(四)《文艺杂志》

《纯粹之艺术》

(校:英国学者著作的书评)

《新月》第二卷第六七期

(校:刊物评介)

王孙哈鲁纪游诗　第三集(续第百零九期)　　　　　　　　　　杨葆昌译

19日,温源宁、黄节访吴宓。

20日,陈寅恪访吴宓。吴宓访黄节。吴宓将一套《学衡》杂志送至瞿兑之(宣颖)家。

21日,吴宓访朱自清。

22日,吴宓访浦江清,吴自己要游学欧洲,有意将《文学副刊》交浦代办。

23日,吴宓访叶公超。

24日，瞿兑之拜访吴宓，说在天津见到章士钊，愿代募小款，捐助《学衡》杂志。吴宓请瞿再与章商说。

24日，《大公报·文学副刊》第111期出版发行，要目如下：

获得一九二九年诺贝尔文学奖金之德国小说家汤木士曼

《新月》第二卷第六七期（续）

《两星期评论》

（校：刊物评介）

《上元灯》

（校：施蛰存短篇小说集的书评）

《私货》

（校：书评）

美国《世纪杂志》改为季刊

王孙哈鲁纪游诗　第三集（续第百十期）　　　　　　　　　　杨葆昌译

26日，吴宓陪同黄节访叶公超。

28日，吴宓到琉璃厂中华书局分部取《学衡》杂志第68期一百册。

3月

2日，吴宓访温德、浦江清。

3日，《大公报·文学副刊》第112期出版发行，要目如下：

日本入唐之高僧　　　　　　　日本冈田正之博士著　李秉中译

明宪宗御花园赏玩图记　　　　　　　　　　　　　　　　　兑　之

欧美刊物介绍（五）《伦敦水星杂志》

浪漫的与古典的

（校：对韦尔比、梁实秋、白璧德著作的综合评论）

王孙哈鲁纪游诗　第三集（续第百十一期）　　　　　　　杨葆昌译

5日，吴宓陪同黄节访叶公超。吴宓致函汪兆璠，推荐熊正瑾到东北大学任教。

7日，北京大学学生易峻访吴宓，投稿一篇，后刊于《学衡》杂志第79期。

8日，吴宓访浦江清。

10日，《大公报·文学副刊》第113期出版发行，要目如下：

法国浪漫文学运动之主要事件欧那尼排演百年纪念

评伊人译《科学与诗》　　　　　　　　　　　　　　　　　　闲

《小小十年》   毅

（校：关于叶永蓁短篇小说集《小小十年》的书评）

高丽版《龙龛手镜》

《金瓶梅》英译续志

《反抗者之真容》

（校：上述三种均为书评）

14日，吴宓让人力车夫送发《学衡》杂志。

15日，吴宓访陈寅恪。

17日，《大公报·文学副刊》第114期出版发行，要目如下：

景宋本《世说新语》

德国著名汉学家卫礼贤博士逝世

学术界杂讯   镜

《书道全集》   空　山

《唐诗三百首英译》再志

《克里蒙梭传》

（校：书评）

劳伦斯逝世

18日，吴宓、叶公超访溥侗、杨振声。

22日，黄侃与禊社师友游湖联句。

24日，吴宓访王文显，言休假一年，推荐郭斌龢、陈逵为代课人选。

24日，《大公报·文学副刊》第115期出版发行，要目如下：

英国小说家兼诗人劳伦斯逝世

评伊人译《科学与诗》（续第百十三期）   闲

哭马通伯先生   王式通

石经新闻一束   镜

28日，吴宓偕陶燠民访潘式于交通大学，并见方障川。

31日，《大公报·文学副刊》第116期出版发行，要目如下：

小竹里馆吟草　附乐静词   齐

学术界杂讯   镜

《中国文艺论战》

（校：李何林编著的书评）

留法学生自传

（校:盛成《中国革命之母子》的书评）

《将来之批评》

（校:书评）

莺啼序　外三种　　　　　　　　　　　　　　　　　　　吕碧城

4月

1日,吴宓与《学衡》作者杨增荦相识。

4日,缪凤林致函吴宓,表示自己在中央大学所办的《史学杂志》甚有价值,不愿与吴宓合作,也无力兼顾《学衡》杂志。

7日,《大公报·文学副刊》第117期出版发行,要目如下:

从考古学上观察中日文化之关系——原田淑人在清华大学讲演

学术界杂讯　　　　　　　　　　　　　　　　　　　　　　镜

曾敬诒先生六秩寿颂　　　　　　　　　　　　　　　　兑　之

汤木士曼受诺贝尔奖金之演讲辞

拜伦新传

《史特勒斯曼传》

（校:书评）

中国民族传统的经济思想及其组织

（校:吴鼎昌演讲）

劳伦斯遗著出版

9日,吴宓访叶公超、蒋廷黻(1895—1965)。

10日,吴宓送《学衡》杂志给吴廷清。

14日,《大公报·文学副刊》第118期出版发行,要目如下:

雁影诗人廿五周年忌日祭　　　　　　　　　　　　　君　武

从考古学上观察中日文化之关系（续第百十七期）

　　　　　　　　　　　　　　　　　　　原田淑人在清华大学讲

译《占婆史》书后　　　　　　　　　　　　　　　　冯承钧

浪淘沙　外五种　　　　　　　　　　　　　　　　　陶燠民

21日,吴宓、赵万里访朱自清。唐兰(1901—1979)、蒋天枢(1903—1988)访吴宓。

21日,《大公报·文学副刊》第119期出版发行,要目如下:

亡友单不庵先生　　　　　　　　　　　　　钱玄同讲　何士骥记

水浒传版本(东瀛书话)

欧美刊物介绍(六)《大西洋月刊》

《物质生命价值论》

(校:英国哲学家居耶德著作的评介)

22日,吴宓宴请朱以书、顾随、郑骞、浦江清、毕树棠、朱自清、叶公超,谈文学。

23日,吴宓访浦江清。

27日,吴宓访陈垣。

28日,《大公报·文学副刊》第120期出版发行,要目如下:

从考古学上观察中日文化之关系(续第百十八期)

              原田淑人在清华大学讲

十年一次德国表演之基督遇难剧

英国桂冠诗人逝世

叶恭绰君来书

本刊答叶君书

30日,黄节访吴宓。

5月

1日,杨宗翰向吴宓表示,在他到欧洲时,可代吴办理《学衡》杂志。

4日,吴宓访陈寅恪。

5日,黄节、温源宁、叶公超访吴宓。

5日,《大公报·文学副刊》第121期出版发行,要目如下:

读《中西交通史料汇编》   大 弨

义理之分析

(校:书评)

欧美刊物介绍(七)《新得非杂志》

学术界杂讯   宣

9日,吴宓访潘式。

12日,《大公报·文学副刊》第122期出版发行,要目如下:

从考古学上观察中日文化之关系(续第百二十期)

              原田淑人在清华大学讲

历史并非科学——德国学者之新说

(校：书评)

现代诗人对于现代生活之态度

(校：温源宁演讲)

学术界杂讯　　　　　　　　　　　　　　　　　　　　　　　　宣

15日，吴宓接到郭斌龢的长函，郭表示回国后将出力出钱协助吴宓办《学衡》杂志，但对他的离婚大为痛愤。

16日，吴宓访黄节。

17日，张季鸾到北平，约吴宓访谈《文学副刊》。吴宓访黄节。

19日，瞿兑之访吴宓。

19日，《大公报·文学副刊》第123期出版发行，要目如下：

布朗乃尔与美国之新野蛮主义　　　　　　　　　　　　　　义　山译

新任英国桂冠诗人梅丝斐尔

学术界杂讯　　　　　　　　　　　　　　　　　　　　　　　　宣

《新文学书目》

《出版月刊》

《骆驼草》

《凫公小说集》行将出版

20日，清华大学学生代表大会通过驱逐罗家伦校长方案。罗家伦为五四运动的学生领袖人物之一，如今却因压制教授自治和学生运动而被清华师生赶走。

22日，罗家伦辞去清华大学校长职务。

26日，黄节访吴宓。

26日，《大公报·文学副刊》第124期出版发行，要目如下：

最近逝世之英国小说家洛克

《敦煌劫余录》序　　　　　　　　　　　　　　　　　　　　陈寅恪

王孙哈鲁纪游诗　第三集（续第百十一期）　　　　　　　　杨葆昌译

德国东方学者相继谢世

学术界杂讯　　　　　　　　　　　　　　　　　　　　　　　　宣

28日，瞿国眷访吴宓，说原清华学校毕业生、留学美国的乔万选（1896—1938）欲为清华大学校长，以教务长许吴宓。

31日，教务长吴之椿代理清华大学校务。

6月

1日,《国立中央大学半月刊》第1卷第15期上又出现有"学衡派"成员参加的"上巳社诗钞"和"禊社诗钞",作者分别有王伯沆、汪国垣、何鲁(奎垣)、黄侃(季刚)、胡光炜(小石)、王易(晓湘、晓香)、汪东(旭初)。"禊社诗钞"只是两首诗,一首是何鲁的,另一首是五人联句的《浣溪沙·后湖夜泛连句》

　　北渚风光属此宵(季刚)。人随明月上兰桡(旭初)。
　　水宫帷箔卷鲛绡(晓湘用义山句)。两部蛙声供鼓吹。
　　一轮蟾影助萧寥(季刚)。薄寒残醉不禁销(小石)。
　　青嶂收岚水静波(季刚)。迎船孤月镜新磨(小石)。
　　微风还让柳边多(季刚)。如此清游能几度(奎垣)。
　　只应对酒复高歌(旭初)。闲愁英气两蹉跎(小石)。

参与连句的何鲁为中央大学数学系主任。何鲁擅长对对子、连句。1904年,10岁的何鲁投考初创的成都机器学堂时,考官出对,曰:"童子鸿不因人热",何鲁对答:"学生鲁当以扬名。"主考官禁不住赞道:"此神童也。"何鲁以第一名的优异成绩考上了成都机器学堂。

2日,冯友兰访吴宓,为挽留罗家伦校长事。吴宓赴朱自清宴,为即将赴任青岛大学校长的杨振声饯行。

2日,《大公报·文学副刊》第125期出版发行,要目如下:
从考古学上观察中日文化之关系(续第百二十二期)
　　　　　　　　　　　　　　　　原田淑人在清华大学讲
露存女士所著书汇评　　　　　　　　　　　　余　生

9日,《大公报·文学副刊》第126期出版发行,要目如下:
司马迁疑年之讨论　　　　　　　　　　　　　素　痴
评陈铨《冲突》　　　　　　　　　　　　　　余　生
俄国革命诗人马亚科夫斯基之自杀
《文艺讲座》第一册
《史学杂志》第二卷第二册
《凫公小说集》

13日,吴宓访黄节。《学衡》作者,吴宓的老师姚华去世。

16日,《大公报·文学副刊》第127期出版发行,要目如下:

从考古学上观察中日文化之关系(续第百二十五期)

原田淑人在清华大学讲

姚茫父先生五秩双寿序　　　　　　　　　　　　　　宗　威

金石界杂讯　　　　　　　　　　　　　　　　　　　　宣

姚华逝世

泉寿东文书藏刊物《学舌》第一期

21日,在美国留学的江泽涵写信告诉胡适自己同学中的情况:"还有一位郭斌龢君,他是同我同车到美国的。他的言论性情最与梅光迪先生相近,学问或者还高些。他当然是最痛恨你们。他回国后主办《学衡》杂志,并在东北教书。他在哈佛学拉丁文与希腊文,从 Irving Babbitt 学。他也许不去见你们(这里的东南大学的学生很有几位,很奇怪的是他们都反对白话文)。"

23日,《大公报·文学副刊》第128期出版发行,要目如下:

从考古学上观察中日文化之关系(续第百二十七期)

原田淑人在清华大学讲

章太炎访问记　　　　　　　　　　　　　　　　　　徐景贤

文友会演讲——瑞恰慈轮论信仰

姚重光夫子(华)五十寿序　　　　　　　　　　　　俞士镇

《美券》

(校:书评)

《东山草堂佛教徵古录》

(校:日本学者松本文三郎著作的书评)

30日,《大公报·文学副刊》第129期出版发行,要目如下:

布朗乃尔与美国之新野蛮主义(续第百二十三期)　　义　山译

《章草考》书后　　　　　　　　　　　　　　　　　兑　之

三圣聚会图题诗　有序　　　　　　　　　　　　　　陈筑山

《小雨点》再版

(校:书评)

《新月》第十、十一期

本月,汤用彤辞去中央大学教职,到北京大学任教。

7月

7日,《大公报·文学副刊》第130期出版发行,要目如下:

布朗乃尔与美国之新野蛮主义(续第百二十九期)　　　　　　义　山译
但丁《神曲》　　　　　　　　　　　　　　　　　　　　　　钱稻孙译
《中国民间文学概说》
（校：杨荫深著作的书评）
《佛西戏剧》第一集第二集
（校：书评）

14日，《大公报·文学副刊》第131期出版发行，要目如下：
现代箴言　　　　　　　　　　　　　　法国勒　朋著　冯承钧译
但丁《神曲》　　　　　　　　　　　　　　　　　　　　　钱稻孙译

21日，《大公报·文学副刊》第132期出版发行，要目如下：
英国著名侦探小说家柯南道尔逝世
冯友兰著《中国哲学史》审查报告　　　　　　　　　　　　陈寅恪

28日，《大公报·文学副刊》第133期出版发行，要目如下：
现代箴言（续第百三十一期）　　　　　法国勒　朋著　冯承钧译
《学舌》第二期

8月

4日，《大公报·文学副刊》第134期出版发行，要目如下：
现代箴言（续第百三十三期）　　　　　法国勒　朋著　冯承钧译
《诗品释》　　　　　　　　　　　　　　　　　　　　　　　　齐
（校：书评）

5日，吴宓访瞿兑之，谈及拟另出一周刊，推行《学衡》杂志的主张及理想，以求浅近通俗。

11日，《大公报·文学副刊》第135期出版发行，要目如下：
千夜一夜（足本《天方夜谭》）　　　　　　　　　　　　　　君　练
天主教《圣经》新英译本
词　定风波　　　　　　　　　　　　　　　　　　　　　　顾　随
临江仙　　　　　　　　　　　　　　　　　　　　　　　　顾　随
《村治》
《新文艺》
（校：上述两种为刊物评介）

12日，中华书局致函吴宓，答应续办《学衡》杂志一年（73—78期），津贴每期一百元。购买《学衡》杂志第60期以后的改为六折记价。

13日,吴宓发出杂志《学衡》第73、74期全稿。在7、8两个月中,吴宓共编成《学衡》杂志第69—74期稿件,全都寄发中华书局。自第75期始,因吴宓到欧洲游学,改由南京的胡稷咸编辑。印刷津贴由吴宓付至第73期。第69—73期的津贴由辽宁省教育会、总商会及叶恭绰各捐一百元,另外二百元由吴宓负担

14日,吴宓处理《学衡》杂志的移交事。

15日,吴宓访黄节。

18日,《大公报·文学副刊》第136期出版发行,要目如下:

现代箴言(续第百三十四期) 　　　　　法国勒 朋著 冯承钧译
《人海微澜》与《隐刑》 　　　　　　　　　　　　　　民　犹

(校:吴宓在1936—1937年清华大学开讲《文学与人生》课时,规定学生应读书目中的当下小说中,只有《人海微澜》、《隐刑》两种。当下白话散文只规定徐志摩的《爱眉小札》和朱湘的《海外寄霓君》两本书信集,没有白话新诗。)

《中国文学研究译丛》

(校:汪馥泉译作的书评)

《现代中学生》

《语丝》改《现代文学》

22日,吴宓访赵元任,托赵作函介绍他拜见罗素。

24日,浦江清访吴宓。

25日,《大公报·文学副刊》第137期出版发行,要目如下:

文选白氏文集之流行于日本 　　　　　　　　　　　李秉中译
评《刘向歆父子年谱》 　　　　　　　　　　　　　　青　松
玛雅科夫斯基自杀补志
《燕京学报》第七期
《劳伦斯纪念专号》

(校:上述两种为刊物评介)

9月

1日,吴宓访瞿国眷,留登有其父亲瞿方梅《史记三家注补正》的《学衡》杂志一套。

1日,《大公报·文学副刊》第138期出版发行,要目如下:

古罗马大哲人圣奥思定与中国学术界	卢　伽
现代箴言(续第百三十六期)	法国勒　朋著　冯承钧译
法国浪漫运动百年纪念会	犹
卜算子　外五种	顾　随
学术界杂讯	涵

2日,吴宓访黄节。

8日,《大公报·文学副刊》第139期出版发行,要目如下:

旧五代史复活记	青　芝
日本之归化氏族与汉文学	李秉中译
美国藏书家佛治尔逝世	
学术界杂讯	涵
临江仙　外五种	顾　随

10日,吴宓访冯友兰、吴之椿。

11日,叶公超、吴其昌、朱自清、浦江清访吴宓。

12日,吴宓自北平乘火车赴欧洲,一方面是游学,另一方面是为了和在美国留学的毛彦文相聚于法国巴黎,并结婚(但未成)。

15日,《大公报·文学副刊》第140期出版发行,要目如下:

古罗马大哲人圣奥思定与中国学术界(续第百三十八期)	卢　伽
好事近　外四种	顾　随
《中国神话研究 ABC》	齐

(校:此是关于"玄珠"——茅盾著作的书评)

《胡旋舞考》	毅
《新乘佛教》	毅
《新心及其他》	毅

(校:以上三篇文章均为书评)

欧美文坛杂讯	犹

22日,《大公报·文学副刊》第141期出版发行,要目如下:

古罗马大哲人圣奥思定与中国学术界(续第百四十期)	卢　伽
中亚新发现的五种语言与支白安康尉迟五姓之关系	冯承钧
学术界杂讯	涵

27日,吴宓到达法国巴黎,清华毕业留学法国的吴达元(1905—1976)等与之相见。

29日,《大公报·文学副刊》第142期出版发行,要目如下:

古罗马大哲人圣奥思定与中国学术界(续第百四十一期) 卢 伽

现代箴言(续第百三十七期) 法国勒 朋著 冯承钧译

《学衡》杂志第69期出版发行(具体出版时间不明)

目录如下:

插 画

加斯蒂辽尼像 其一(拉飞叶绘) 其二

乌尔比诺公爵夫人像

乌尔比诺宫中之庭院

科罗那侯爵夫人像

拉飞叶像

班博像

以上均参阅加斯蒂辽尼逝世四百年纪念篇

通 论

德效骞论中国语言之足用及中国无系统哲学之故 张荫麟译

(校:正文题目、作者、译者为"论中国语言之足用及中国无系统哲学之故 美国德效骞撰 张荫麟译")

德效骞论古代中国伦理学上权力与自由之冲突 梁敬钊译

(校:正文题目、作者、译者为"论古代中国伦理学上权力与自由之冲突 美国德效骞撰 梁敬钊译")

罗素论机械与情绪 傅举丰译

《人生哲学》序论 景昌极

述 学

诠诗 缪 钺

读荀三论 吴光韶

柏拉图语录之五 斐德罗篇 郭斌龢译

加斯蒂辽尼逝世四百年纪念 水天同

(校:正文有"录天津《大公报·文学副刊》")

文 苑

晦闻戊辰诗 黄 节

晦闻己巳诗 黄 节

本期作者水天同(1909—1988),甘肃兰州人,清华学校毕业后留学美国。

著有《英语语法要点》,译有《培根论说文集》等。

10月

5日,在英国留学的郭斌龢到伦敦看望吴宓。

6日,郭斌龢表示学成归国后仍到东北大学任教,以此为根据地,与吴宓相互声援。对于《学衡》杂志的事业,郭有极大的热情,并表示愿意负担津贴的一半。

6日,《大公报·文学副刊》第143期出版发行,要目如下:

古罗马大哲人圣奥思定与中国学术界(续第百四十二期)	卢 伽
欧美文坛杂讯	犹

13日,《大公报·文学副刊》第144期出版发行,要目如下:

评《中西交通史料汇编》	冯承钧
《牛津希腊韵文选》	松
《婚姻制度之演化》	松

(校:以上两篇文章均为书评)

浣溪沙 外五种	郑 骞

13日,吴宓在牛津大学学习,同学中有刘咸、郭斌龢。

20日,《大公报·文学副刊》第145期出版发行,要目如下:

古罗马大哲人圣奥思定与中国学术界(续第百四十三期)	卢 伽
《文二十八种病》	齐

(校:日本遍照金刚原著 储皖峰校印著作的书评)

《储光羲储嗣宗诗合集》	毅

(校:储皖峰校印著作的书评)

《瑞典文坛三杰》	犹
《胡适文存》第三集	犹
《东亚通史》	毅
威尔斯新小说	松

(校:上述四种均为书评)

学术界杂讯	宣

因吴宓在国外,由朱自清负责新书介绍的稿件,他介绍了胡适的著作出版情况。

25日,吴宓、郭斌龢、费巩(福熊,1905—1945)游莎士比亚故居。

27日,《大公报·文学副刊》第146期出版发行,要目如下:
朱晦翁诞生八百年纪念
朱子之根本精神——即物穷理　　　　　　　　　　　　　吴其昌
《人文杂志论文索引》

11月

3日,《大公报·文学副刊》第147期出版发行,要目如下:
朱晦翁诞生八百年纪念(续第百四十六期)
朱熹与黑格尔太极说之比较观　　　　　　　　　　　　　贺　麟
《史学论丛》　　　　　　　　　　　　　　　　　　　　　毅
（校:内藤湖南博士颂寿纪念）

10日,《大公报·文学副刊》第148期出版发行,要目如下:
朱晦翁诞生八百年纪念(续第百四十七期)
关于朱熹太极说之讨论　　　　　　　　　　　　　　　　素　痴
论龟兹白姓　　　　　　　　　　　　　　　　　　　　　觉　明
从写经考见奈良朝之佛教　石田茂作撰　　　　　　　　　泉
学术界杂讯　　　　　　　　　　　　　　　　　　　　　宣

11日,吴宓访问牛津,并游览牛津尖塔。赖慈女士的《牛津尖塔》一诗,曾被吴宓翻译登在《学衡》杂志第9期(英诗浅释)。

17日,《大公报·文学副刊》第149期出版发行,要目如下:
朱晦翁诞生八百年纪念(续第百四十八期)
朱子治学方法考　　　　　　　　　　　　　　　　　　　吴其昌
学术界杂讯　　　　　　　　　　　　　　　　　　　　　宣

19日,郭斌龢与吴宓在牛津万灵学院聚会。

23日,刘咸、费巩陪同吴宓游览。

24日,《大公报·文学副刊》第150期出版发行,要目如下:
朱晦翁诞生八百年纪念(续第百四十九期)
朱子治学方法考(续)　　　　　　　　　　　　　　　　　吴其昌
《世界现代变化》　　　　　　　　　　　　　　　　　　　钧
（校:法国学者勒朋著作的书评）
中国大藏其译人及其译述　　　　　　　　　　　　　　　钧
最近出版之佛学书　　　　　　　　　　　　　　　　　　钧

日本佛学新刊名著三种	泉
《青丘学丛》创刊	泉
日译《左拉全集》	松

（校：上述五种均为书评）

12月

1日，《大公报·文学副刊》第151期出版发行，要目如下：

圆明园罹劫七十年纪念述闻	觉　明
箭内亘之《蒙古史研究》	泉
玉泉山	浦江清
疏雨	缪　钺
百字令	浦江清

8日，《大公报·文学副刊》第152期出版发行，要目如下：

圆明园罹劫七十年纪念述闻（续第百五十一期）	觉　明
欧游杂诗	吴　宓
现代学生	彦　劬
《现代南欧文学史》	怢

（校：徐霞村著作的书评）

梵剧英译	毅
《日本宗教史》	毅

15日，《大公报·文学副刊》第153期出版发行，要目如下：

《剑峰遗草》	泉

（校：关于日本汉学家藤田丰八《剑峰遗草》的书评）

《诗经学ABC》评价	田津生
叶恭绰君来函	

22日，《大公报·文学副刊》第154期出版发行，要目如下：

英国女诗人罗色蒂诞生百年纪念	毅　永
古决绝辞	吴　宓译
弃绝	张荫麟译
愿君常忆我	吴　宓译
《轮盘小说集》	齐

（校：徐志摩小说集的书评）

《古国的人们》　　　　　　　　　　　　　　　　　　　　　　怢

（校：徐霞村著作的书评）

当我死了　　　　　　　　　　　　　　　　　　　　　　罗家伦译

29日，《大公报·文学副刊》第155期出版发行，要目如下：

获得一九三〇年诺贝尔文学奖金之美国小说家辛克莱·路易斯

欧游杂诗　　　　　　　　　　　　　　　　　　　　　　吴　宓

《学衡》杂志第70期出版发行（具体出版时间不明）。

目录如下：

插　画

从颐和园望玉泉朱之风景　参阅本期纳兰成德传

惠山贯华阁图　参阅本期纳兰成德传

述　学

纳兰成德传　　　　　　　　　　　　　　　　　　　　　张荫麟

中国文化史　第三编　第十四至十六章　　　　　　　　　柳诒徵

文　苑

文录

《瘿庵诗集》序　　　　　　　　　　　　　　　　　　　黄　节

《瘿庵诗集》序　　　　　　　　　　　　　　　　　　　叶恭绰

吴孝女传　　　　　　　　　　　　　　　　　　　　　　林　纾

邢君瑞生家传　　　　　　　　　　　　　　　　　　　　李岳瑞

诗录

献骂我者　　　　　　　　　　　　　　　　　　　　　　吴芳吉

病目　　　　　　　　　　　　　　　　　　　　　　　　吴　宓

三圣聚会图题诗　　　　　　　　　　　　　　　　　　　陈光焘

清华园访雨生　　　　　　　　　　　　　　　　　　　　缪　钺

和雨生先生落花诗　　　　　　　　　　　　　　　　　　张友栋

奉谢雨生先生　　　　　　　　　　　　　　　　　　　　张友栋

游桂湖杂诗　　　　　　　　　　　　　　　　　　　　　庞　俊

词录

八声甘州　　　　　　　　　　　　　　　　　　　　　　顾　随

杂　缀

读阮嗣宗诗札记　　　　　　　　　　　　　　　　　　　萧涤非

读曹子建诗札记	萧涤非
古拉塞作事格言	吴 宓译
佛斯特小说杂论	吴 宓译

本期作者叶恭绰(1881—1968),字裕甫,号遐庵,广东番禺人。京师大学堂毕业,曾任北洋政府交通总长、交通大学校长,与朱祖谋、龙榆生等结"词社",创办《词学季刊》。其侄叶公超是吴宓的朋友,此时为清华大学外文系教授。

林纾(1852—1924),字琴南,号畏庐,福建闽县人。"桐城派"后期成员,著名学者、翻译家。实际上,林纾对现代中国人的影响和作用主要在他的翻译,而他却自视其古文最好。因此陈衍才说:"琴南最恼人家恭维他的翻译和画。我送他一副寿联,称赞他的画,碰了他一个钉子。康长素送他一首诗,捧他的翻译,也惹他发脾气。"(钱锺书:《林纾的翻译》)严复一向瞧不起林纾,说天下哪有一个外国字都不认识的译才。因此羞与其为伍。

张友栋(生卒不详),字绎琴,又字怡琴,贵州人,留学日本,曾任北洋政府参事。

顾随(1897—1960),字羡季,号苦水,河北清河人。1920 年毕业于北京大学,现代作家、词学专家。著有《顾随文集》等。他在辅仁大学任教时的学生叶嘉莹研究诗词,雏凤清声。

萧涤非(1906—1991),江西临川人。1933 年 6 月毕业于清华大学研究院文科研究所中国文学部,长期任山东大学教授。著有《杜甫研究》等。

20 日,郭斌龢回国,费巩赴伦敦,吴宓离开牛津,赴爱丁堡。

26 日,在北平的浦江清与叶公超、陈仰贤等聚会,陈评说离了婚的吴宓是一个最好的教授,但没有资格做父亲,也没有资格做丈夫。

1931 年

1月

5 日,《大公报·文学副刊》第 156 期出版发行,要目如下:

答冯承钧《评〈中西交通史料汇篇〉》	张星烺
诗·晨起独往万泉河水嬉观沿岸木稼	凫 公

12日，《大公报·文学副刊》第157期出版发行，要目如下：

答冯承钧《评〈中西交通史料汇篇〉》(续百五十六期)　　　　　张星烺

学术界杂讯　　　　　　　　　　　　　　　　　　　　　　　宣

14日，吴宓离开牛津赴伦敦，刘咸、费巩送行。吴宓在伦敦访朱光潜。

15日，吴宓访朱光潜。

19日，《大公报·文学副刊》第158期出版发行，要目如下：

评《声越诗词录》　　　　　　　　　　　　　　　　　　　　胡宛春

评瞿兑之《方志考稿》　　　　　　　　　　　　　　　　　　远　游

《世界美术全集别卷》

《新文艺》废刊号　　　　　　　　　　　　　　　　　　　　毅

《西行艳异记》　　　　　　　　　　　　　　　　　　　　　怢

《青丘学丛》第二号　　　　　　　　　　　　　　　　　　　泉

20日，吴宓访诗人艾略特。

25日，吴宓访庄士敦。

26日，《大公报·文学副刊》第159期出版发行，要目如下：

评《声越诗词录》(续第百五十八期)　　　　　　　　　　　胡宛春

斯坦因第三次中亚考古略记　　　　　　　　　　　　　　　觉　明译

《乐浪》　　　　　　　　　　　　　　　　　　　　　　　泉

(校：书评)

冯承钧答　　　　　　　　　　　　　　　　　　　　　　　张星烺

《鸣沙余韵》已出版　　　　　　　　　　　　　　　　　　毅

27日，吴宓访朱光潜。

28日，吴宓离开英国赴法国。

2月

2日，《大公报·文学副刊》第160期出版发行，要目如下：

《清代学者象传》(叶衍兰撰　叶恭绰编印)

(校：书评)

斯坦因第三次中亚考古略记(续第百五十九期)　　　　　　觉　明译

欧美文坛近讯　　　　　　　　　　　　　　　　　　　　民　犹

10日，《大公报·文学副刊》第161期出版发行，要目如下：

日本左翼文坛之进展　　　　　　　　　　　　　　　　　井上哲

斯坦因第三次中亚考古略记(续第百六十期)	觉　明译
欧美文坛近讯	民　犹

14日,吴宓在巴黎大学遇留学法国的王力。

15日,吴宓访张凤举(1895—1986)。

16日,《大公报·文学副刊》第162期出版发行,要目如下:

重印《人境庐诗草》杂评	罗香林
斯坦因第三次中亚考古略记(续第百六十一期)	觉　明译

23日,《大公报·文学副刊》第163期出版发行,要目如下:

《爽籁馆藏画》简评	秦仲文
斯坦因第三次中亚考古略记(续百六十二期)	觉　明译
欧游杂诗	吴　宓
鲁迅之手书	

24日,吴宓访法国汉学家伯希和。

25日,吴宓接到浦江清的信,知《学衡》杂志第69、70期已经出版。

《学衡》杂志第71期出版发行(具体出版时间不明)。

目录如下:

插　画

英国新任桂冠诗人梅丝斐尔像 John Masefield
近顷逝世之英国小说家洛克像 William John Locke

述　学

中国文学史纲要　卷二　汉至隋	刘永济

文　苑

文录

《文道希先生遗诗》序	陈三立
《文道希先生遗诗》叙	叶恭绰
《曹子建诗注》自序	黄　节
与《大公报·文学副刊》编者书	张尔田

(校:正文有"其四:论《清列朝后妃传稿》、其五:论研究古人心理、其六:论作史之方法与艺术")

曾敬诒先生六秩寿颂	瞿宣颖

诗录

三十五岁春日作	吴　宓

曾重伯先生挽诗四十韵	瞿宣颖
哭马通伯先生	王式通
题文学士读韦端已集诗	陈寅恪
芜词	徐　英
乙卯南归杂诗	张尔田

本期作者瞿宣颖（1894—1973），字兑之，湖南长沙人，毕业于复旦大学。著有《北平史表长编》等。

王式通（1864—1931），字书衡，号志庵，山西汾阳人，光绪二十四年进士。著有《弭兵古义》等。

徐英（1902—1980），字澄宇，室名天风阁，湖北汉川人。"南社"社员，著有《天风阁词》、《国学大纲》等。

3月

2日，《大公报·文学副刊》第164期出版发行，要目如下：

《爽籁馆藏画》简评（续第百六十三期）	秦仲文
欧游杂诗	吴　宓
《东洋史论丛》	泉

（校：书评）

《东洋文库》新书

8日，吴宓致函汪兆璠，推荐在法国留学的凌其垲为东北大学教授。吴宓致函在东北大学的郭斌龢，以《学衡》杂志的事业相托。

9日，《大公报·文学副刊》第165期出版发行，要目如下：

夏二铭与《野叟曝言》	孙楷第
《爽籁馆藏画》简评（续第百六十四期）	秦仲文

16日，《大公报·文学副刊》第166期出版发行，要目如下：

《欧洲文学小史》	叶公超

（校：瞿孟生所著《欧洲文学小史》的书评）

《蜀雅》序	胡先骕
欧游杂诗	吴　宓
小川涿治博士还历纪念　史学地理学论丛　地学论丛	泉

17日，清华学生代表下午到南京见蒋介石，要求派周诒春、胡适为清华大学校长。蒋表示已决定派吴南轩为校长，同时告诉清华学生，政府是先征求周

诒春的意见，但未得同意。"胡适系反党，不能派"。

18日，《大公报》登出蒋告清华学生代表吴南轩发表经过。

23日，《大公报·文学副刊》第167期出版发行，要目如下：

读故宫博物院重印本《殊域周咨录》	十叙生
欧游杂诗	吴 宓
东洋书讯	泉

27日，吴宓复吕碧城(1883—1943)函，劝她读《学衡》杂志，以了解他的为人，并消除误解。

30日，《大公报·文学副刊》第168期出版发行，要目如下：

沙畹之撰述	冯承钧
评义和团运动与辛丑和约	蒙 山
《寄诗魂》	齐

（校：关于曹葆华诗集《寄诗魂》的书评）

欧美文坛近讯	民 犹
《法住记及所记阿罗汉考》	毅

（校：法国学者列维、沙畹合著 冯承钧译著作的书评）

《学衡》杂志第72期出版发行（具体出版时间不明）。

目录如下：

插 画

但丁像	
但丁《地狱·渡河图》	德拉夸绘

通 论

白璧德论今后诗之趋势	吴 宓译
穆尔论自然主义与人文主义之文学	吴 宓译

述 学

四部通讲 卷一 经部流别	郭倬莹
中国文化史 第三编 第十七至十九章（全书已完）	柳诒徵
但丁《神曲·地狱》 曲一至五	钱稻孙译

本期作者郭倬莹(1872—1928)，一作焯莹，字子燮，号耘桂，湖南湘阴人，郭嵩焘之子。著有《读骚大例》、《离骚内传·外传》等。此君幼从父受经，不守前人成说，为文古雅，学有所成。

本月，吴南轩被国民党政府任命为清华大学校长。

《学衡》杂志第 73 期出版发行(不明具体出版时间)。

目录如下:

插　画

但丁与裴雅德遇于人间之图	罗色蒂绘
但丁与裴雅德会于天上之图	罗色蒂绘

通　论

薛尔曼评传

〔校:正文吴宓所加的按语中说明本文是"Life & Letters of P. Sherman"美国 Jacob Zeitlin 与 Homer Woodbridge 撰　吴宓译〕

论近人讲诸子之学者之失(录《史地学报》)	柳诒徵

述　学

《论语》杂说	钱　理
现代箴言	法国勒　朋著　冯承钧译

〔校:正文题目、作者、译者为"现代箴言(Aphorisme du Temps Presente)　法国勒朋 Gustave Le Bon 著　冯承钧译"〕

文　苑

文录

《审安斋诗集》序	康有为
《审安斋诗集》序	覃寿堃
《人海微澜》序	吴　宓
姚茫父先生五秩双寿序	宗　威
姚重光夫子五十寿序	俞士镇

诗录

车人叹	闵尔昌
佣妇叹	闵尔昌
归途赁车感作	李景堃
皴史行	覃寿堃
赠唐倜风之川北	庞　俊
蹉跎	朱自清
端居偶成	吴　宓
十七年五月九日感事作	吴　宓
籍亮侪先生寄示任公挽诗感赋	缪　钺

酬撷华	王　易
庐山夜坐二首	陈曾寿
山居读仁先和章感题	陈三立
《仙河集》补	徐震堮译

（校：正文题目、作者、译者为"《仙河集》补　译法国诗若干篇　李思纯　《仙河集》见本杂志第47期"）

本期作者闵尔昌(1872—1948)，字葆之，晚号复翁、雷堂，室名云海楼，江苏扬州人。北京辅仁大学教授，著有《雷堂词》、《云海楼诗存》等。

朱自清(1898—1948)，字佩弦，江苏扬州人。北京大学"新潮社"成员，此时为清华大学教授。

4月

6日，《大公报·文学副刊》第169期出版发行，要目如下：

王石谷山水之研究	秦仲文
词　三首	胡宛春
《昆仑及南海古代航行考》	毅

（校：法国费瑯著　冯承钧译著作的书评）

学术界杂讯	宣

13日，《大公报·文学副刊》第170期出版发行，要目如下：

评顾颉刚《五德终始说下的政治和历史》	钱　穆
欧美文坛近讯	民　犹

13日，吴宓在瑞士会晤叶企孙。

14—16日，吴宓与叶企孙同游瑞士。

20日，《大公报·文学副刊》第171期出版发行，要目如下：

《中国书艺批评学》序言	素　痴
跋钱穆《评〈五德终始下之政治和历史〉》	顾颉刚
《国学论丛》第二卷第二号	
赠书致谢	泉

20日，《大公报》载消息说：清华大学新校长吴南轩(1893—1980)，带教务长陈石孚、秘书长朱允到校就职。

22日，吴宓返回巴黎，从《大公报》上得知吴南轩为清华大学校长。

27日，《大公报·文学副刊》第172期出版发行，要目如下：

《中国书艺批评学》序言(续第百七十一期)   素　痴

欧游杂诗   吴　宓

《东方学报》京都第一册   泉

（校：刊物评介）

欧美文坛近讯   民　犹

《学衡》杂志第74期出版发行（具体出版时间不明）。

目录如下：

插　画

最近逝世之英国小说家劳伦斯像 D. H. Lawrence(1885—1930)

最近逝世之英国小说家柯南道尔像 Conan Doyle(1859—1930)

通　论

布朗乃尔与美国之新野蛮主义   乔友忠译

（校：正文前言说明文字中显示作者为马西尔 Louis J. A. Mercier 法国人，撰写 W. C. Brownell and our Neo-Barbarism）

班达论智识阶级之罪恶   吴　宓译

（校：正文前言显示本文译自美国贝尔江 Montgomery Belgion"A Man of Ideas"）

白璧德论班达与法国思想   张荫麟译

（校：正文显示此文原题目为 Benda and French Ideas）

拉塞尔论博格森之哲学   吴　宓译

（校：正文显示原题目为 Le Destin de Bergson　作者为 Pierre Lasserre）

路易斯论治术   吴　宓述

路易斯论西人与时间之观念   吴　宓述

述　学

四部通讲　卷二   郭倬莹

文　苑

文录

与《大公报·文学副刊》编者书   张尔田

（校：正文有"其七　论李义山恋爱事迹"　附录：评雪林女士《李义山恋爱事迹考》张荫麟）

《培风楼诗存》自序   邵祖平

《敦煌劫余录》序   陈寅恪

冯著《中国哲学史》审查报告   陈寅恪

诗录

庚午上已日水榭禊集分韵得花字	李景堃
旧历岁除感赋	叶恭绰
浣花曲	吴芳吉
送培德中学第二班诸生卒业	缪钺
春感	覃寿堃
感怀二首	吴宓
题陆丹林《红树室时贤书画集》	陈三立

译诗

莎士比亚招隐词	徐震堮译
摆伦挽歌曲	徐震堮译
摩雅感旧	徐震堮译

5月

4日,《大公报·文学副刊》第173期出版发行,要目如下:

白乐天之影响于日本文学(上)	李秉中译
《中国书艺批评学》序言(续第百七十二期)	素痴
《清华中国文学会月刊》第一卷第一期	毅

9日,吴宓访在法国留学的刘海粟(1896—1995)、傅雷(1908—1966)等。

11日,《大公报·文学副刊》第174期出版发行,要目如下:

白乐天之影响于日本文学(下)	李秉中译
《中国书艺批评学》序言(续第百七十三期)	素痴
欧美文坛近讯	民犹
东瀛学术界短讯	泉

16日,吴宓收到浦江清寄来新出版的《学衡》杂志第69—74期。吴宓与凌其翌等讨论新出版的《学衡》杂志。

17日,刘海粟向吴宓借阅《学衡》杂志六册。

18日,《大公报·文学副刊》第175期出版发行,要目如下:

论班纳德	奕珊
欧游杂诗	吴宓

22日,《大公报》万号特刊上刊出胡适《后生可畏——对〈大公报〉的评论》。因为胡适在文中称《大公报》为"中国最好的报纸"的同时,也提出"有几

个问题似乎是值得《大公报》的诸位先生注意的":

> 第一,在这个二十世纪里,还有那[哪]一个文明国家用绝大多数人民不能懂的古文来记载新闻和发表评论的吗?第二,在这个时代,一个报馆还应该依靠那些谈人家庭阴私的黑幕小说来推广销路吗?还是应该努力专向正确快捷的新闻和公平正直的评论上谋发展呢?第三,在这个时代,一个舆论机关还是应该站在读者的前面做向导呢?还是应该跟在读者的背后随顺他们呢?

张季鸾在《一万号编辑余谈》中明确表示"适之先生嫌我们不用白话,所以我们现在开始学著写白话文,先打算办到文语并用。"

25日,《大公报·文学副刊》第176期出版发行,要目如下:

《中国哲学史》(上卷) 素　痴

(校:冯友兰所著《中国哲学史》的书评)

《新刻元典章校补》

(校:书评)

27日,吴宓为庄士敦、叶慈订购《学衡》杂志。

28日,清华大学教授临时会议决定驱逐校长吴南轩,有48名教授签名要求教育部换人,否则他们将在下学期与清华脱离关系。

吴宓将《学衡》杂志第71期一册寄与Mering。

6月

1日,《大公报·文学副刊》第177期出版发行,要目如下:

《中国哲学史》(上卷)(续百七十六期) 素　痴

欧游杂诗 吴　宓

菩萨蛮　外六种 叶石荪

《清华中国文学会月刊》第二期 松

6日,吴宓参观黎东方的博士口试。吴宓赠马古烈《学衡》杂志。

7日,Mering请吴宓为他所赠的《学衡》杂志签名。

8日,《大公报·文学副刊》第178期出版发行,要目如下:

中国哲学史中几个问题——答胡适之先生及素痴先生 冯友兰

致冯友兰书 胡　适

《周秦名学三种》序 王启湘

15日,《大公报·文学副刊》第 179 期出版发行,要目如下:

读北流陈柱尊先生《待焚诗稿》	王蘧常
《十日谈》	辛　夷

（校：书评）

欧美文坛近讯	民　犹

20日,吴宓得梅光迪 3 日自美国的来信,邀他到美国与白璧德一聚。

22日,《大公报·文学副刊》第 180 期出版发行,要目如下:

《涉园明本书目》跋	傅增湘
欧游杂诗	吴　宓
欧美文坛近讯	犹　民

24日,吴宓复梅光迪信,说暂时不来美国。

29日,《大公报·文学副刊》第 181 期出版发行,要目如下:

日本左翼文坛的现状	井上哲
关于老子年代的一假定	张季同
波斯艺术	佚
《阿 Q 正传》之译本	佚

7 月

4日,毛彦文自美国到巴黎与吴宓相会。

6日,《大公报·文学副刊》第 182 期出版发行,要目如下:

关于老子年代的一假定（续上期）	张季同
《东方学报》东京第一册	泉

（校：刊物评介）

《中国美术史》	松
《赫胥黎新诗集》	松
刘毓盘《词史》	松

（校：以上三种为书评）

欧美文坛近讯	民　犹

9日,在德国留学的清华学生贺麟拜访吴宓,并陪同吴宓在德国境内游览。

13日,《大公报·文学副刊》第 183 期出版发行,要目如下:

读徐中舒先生《内阁档案之由来及其整理》以后	方　甦　曹需人合作

（校：方甦原名方甦生,曹需人原名曹宗儒）

关于老子年代的一假定（续上期）	张季同
脂砚斋评石头记跋	俞平伯
《慧超往五天竺国传》	

（校：日本学者藤田丰八著作的书评）

20日，《大公报·文学副刊》第184期出版发行，要目如下：

读徐中舒先生《内阁档案之由来及其整理》以后（续上期）	方甦 曹需人合作
故宫观画记	秦仲文
日内瓦湖杂诗（有序记游）	谢 康（自巴黎寄稿）

27日，《大公报·文学副刊》第185期出版发行，要目如下：

评国立北平研究院出版《中国地名大辞典》	十叙生
评蔡上翔著《王荆公年谱考略》	吴其昌
日内瓦湖杂诗（有序记游）（续前期）	谢 康（自巴黎寄稿）
《文艺杂志·创刊号》	君 练

（校：刊物评介）

本月，吴南轩辞职，翁文灏（1889—1976）代理清华大学校务。

8月

3日，《大公报·文学副刊》第186期出版发行，要目如下：

评《中国文学进化史》	丁 漱
评《太平天国革命史》	谢兴尧
欧游杂诗	吴 宓
欧美文坛近讯	民 犹

10日，《大公报·文学副刊》第187期出版发行，要目如下：

评《太平天国革命史》（续上期）	谢兴尧
欧游杂诗	吴 宓
永乐大典戏文三种	练
《引得》	毅
《中国简报》	君 练

（校：刊物评介）

17日，《大公报·文学副刊》第188期出版发行，要目如下：

《西域文明史概论》

（校：是关于日本著名汉学家羽田亨《西域文明史概论》的书评）

古代西域人种	羽田亨著 钱稻孙译
评《先秦经籍考》	张季同
《曾南丰年谱》	练
《师大史学丛刊》第一卷第一期	
《中国社会及政治学报》第十五卷第二期	
《卢梭论》	奕
《新柏尔克评传》	奕
怀旧	叶石荪

24日，《大公报·文学副刊》第189期出版发行，要目如下：

西域之汉文明	羽田亨著 李秉中译
评《文学概论》	费鉴照

（校：《文学概论》为日本学者木间久雄著　章锡琛译）

欧游杂诗	吴宓

30日，吴宓与毛彦文自欧洲返回沈阳。

31日，《大公报·文学副刊》第190期出版发行，要目如下：

汉人之经营西域与西域文明	羽田亨著 李秉中译
欧美文坛近讯	民 犹
托尔斯泰及其著作	犹
《黎明》	犹

（校：美国作家德莱赛著作的书评）

《甲骨文研究》	犹

（校：郭沫若著作的书评）

欧游杂诗	吴宓

9月

1—2日，吴宓在东北大学同郭斌龢、刘永济、汪兆璠会晤。

4日，吴宓返回北平。

7日，《大公报·文学副刊》第191期出版发行，要目如下：

白璧德论卢梭与宗教	闲 译
荷马有这人吗	辛 夷
《复活》	犹

（校：书评）

诗 凫公

14日，《大公报·文学副刊》第192期出版发行，要目如下：

白璧德论卢梭与宗教（续上期） 闲译

《鸟与文学》 辛夷

（校：贾祖璋著作的书评）

学术界杂讯 宣

欧美文坛近讯 民犹

《金陵学报》 犹

《国立中山大学文史研究所辑刊》 闲宥

《文哲集刊》 犹

特鲁朴的短篇小说 奕

18日，日军侵占沈阳。

21日，《大公报·文学副刊》第193期出版发行，要目如下：

书谭组安先生手书诗册 大诏

老子《道德经》译成西籍考 陈铨

学术界杂讯 宣

《平民之改造》

（校：书评）

《亚里士多德全集》

28日，《大公报·文学副刊》第194期出版发行，要目如下：

民族生命与文学 余生

评《所思》 张季同

英国小说家——凯因逝世 民犹

10月

5日，《大公报·文学副刊》第195期出版发行，要目如下：

民族生命与文学（续） 余生

房山县十字石刻详记 宣

评《留美漫记》 余生

倦寻芳 刘永济

《国学论文索引续编》

12日,《大公报·文学副刊》第 196 期出版发行,要目如下:
评郭沫若《中国古代社会研究》 文　甫
《礼记》德译(柏林通信)
学术界杂讯 宣
老子《道德经》译成西籍考补遗(德国爱吉士教授自北平来函)
秋兴八首奉和刘芸生先生用杜诗原韵
时日本军人入寇吉沈窥伺平津 萧禀原
14 日,教育部决定派梅贻琦为清华大学校长。
19 日,《大公报·文学副刊》第 197 期出版发行,要目如下:
民族生命与文学(续第百九十五期) 余　生
哈利斯逝世 民　犹
感愤(二十九年九月末) 缪　钺
日兵如入济南感赋 吴　宓
八声甘州 刘永济
《国学论文索引续编》(续)
26 日,《大公报·文学副刊》第 198 期出版发行,要目如下:
德国三大伟人处国难时之态度 贺　麟
《国学论文索引续编》(续)
奉和翼谋先生闻沈变寄怀诗原韵 刘永济
去日 潘　式

11 月

2 日,《大公报·文学副刊》第 199 期出版发行,要目如下:
德国三大伟人处国难时之态度(续) 贺　麟
新孔学运动(郭斌龢君演讲)
恋爱与道德
9 日,《大公报·文学副刊》第 200 期出版发行,要目如下:
德国三大伟人处国难时之态度(再续) 贺　麟
《猛虎集》 冠　英
(校:关于徐志摩诗集《猛虎集》的书评)
郭译《战争与和平》
(校:郭沫若译作的评介)

291

阴历八月十四夜月下	黄　节
书愤	黄　节
八声甘州	刘　昇
关于批评及翻译进一言	徐祖正

23日,《大公报·文学副刊》第201期出版发行,要目如下:

黑格尔哲学对于现代的意义　　德国克洛那教授撰	陈　铨译
世界统一其道何由	
《碎瓦集》	

(校:清华大学美国教授毕莲女士著作的书评。毕树棠《螺君日记》写作"碧莲")

《莎士比亚之经济学》	奕
别白沙油溪少年	吴芳吉

30日,《大公报·文学副刊》第202期出版发行,要目如下:

志摩的风趣	叶公超
得一九三一年诺贝尔文学奖金之瑞典抒情诗人加菲德博士	民　犹
《纯现象论》	

(校:赫塞尔著作的评介。今译名为胡塞尔)

浣溪沙	张尔田

12月

3日,梅贻琦正式出任清华大学校长。由梅校长带领,清华大学进入了辉煌时期。他提出并力行的"所谓大学者,非有大楼之谓也,有大师之谓也"的办学方针,对后人有警示作用。

3日,《大公报·文学副刊》第203期出版发行,要目如下:

德国三大伟人处国难时之态度(续第二百期)	贺　麟
关于批评及翻译进一言(续第二百期)	徐祖正
满江红(东北学生军军歌)	刘永济

7日,《大公报·文学副刊》第204期出版发行,要目如下:

德国三大伟人处国难时之态度(续第二百零三期)	贺　麟
关于批评及翻译进一言(续第二百零三期)	徐祖正
法国诗人菲农诞生六百年纪念	
评王云五检字法	
十一月八日夜大风中惊起感赋	刘永济

前题和作	刘　异
满江红	刘　异

14日,《大公报·文学副刊》第205期出版发行,要目如下:

狮子(悼志摩)	胡　适
挽徐志摩君	吴　宓
小诗	陈　逵
葛德抒情诗选译(自柏林寄稿)	陈　铨
民国二十年大总统孙公诞日在江津县中学水陆游行会作	吴芳吉

21日,《大公报·文学副刊》第206期出版发行,要目如下:

国际黑格尔协会第二届年会纪	
几水歌五首	吴芳吉
二战士	德国海　纳作　张荫麟译
古意	吴　宓
少年维特之烦恼	沙克雷著　吴　宓译
雪莱献玛丽诗	吴　宓译
爱砚	泉
哀绿西	法国弥　塞作　叶　麐译
《东风西风》	

(校:勃克夫人——赛珍珠著作的书评)

28日,《大公报·文学副刊》第207期出版发行,要目如下:

读克洛那张君劢瞿菊农贺麟诸先生黑格尔逝世百年纪念论文	张　颐
欧游杂诗	吴　宓

1932年

1月

4日,《大公报·文学副刊》第208期出版发行,要目如下:

评郭沫若《中国古代社会研究》	素　痴
评张恨水《啼笑因缘》	民　犹
《佳壤》	

(校：勃克夫人——赛珍珠著作的书评。《佳壤》又译作《大地》)

10日，据浦江清《清华园日记》所示：在北京清华大学的"学衡派"成员浦江清、向达、王庸今日商议，同时得到了钱穆的赞同，欲办一个名为《逆流》的杂志，"以打倒高等华人，建设民族独立文化为目的"。"逆流者，逆欧化之潮流也"。这个动议中的刊物没有出台。

11日，《大公报·文学副刊》第209期出版发行，要目如下：

第五年之本副刊

大诗人—天才—徐志摩—和他的朋友们　　　　　　　　　　杨丙辰

(校：杨丙辰为北京大学德文系主任，清华大学外文系兼职教授)

再谈志摩——并质吴宓先生　　　　　　　　　　　　　　　方玮德

鹧鸪天　　　　　　　　　　　　　　　　　　　　　　　　朱孝臧

13日，毕树棠《螺君日记》记有："余生先生约晚餐，吃面条。谈及道德问题……余生又谓潘兕公近来学艺俱进，不仅能写小说，亦善为其他词章……"

15日，毕树棠《螺君日记》记有："《大公报·文学副刊》转来张恨水君来信……又嘱将此信发表于文学副刊。余前尝选一文，评潘兕公之《人海微澜》与《隐刑》，连带论及张君之《春明外史》。……后闻徐志摩先生颇赞许张君之《啼笑因缘》，杨丙辰先生更到处拍案叫绝……余乃复撰一短文评之，虽见解平常，自信尚不失为说公道话，张君此信盖即此而来也。惟就所见说公道话，乃书评者之天职，亦即当然之限度，其他则非所知，亦非所愿闻也。"

18日，《大公报·文学副刊》第210期出版发行，要目如下：

第五年之本副刊编辑赘言

论诗之创作——答方玮德君　　　　　　　　　　　　　　　吴　宓

诗韵问题　　　　　　　　　　　　　　　　　　　　　　　大　弨

诗韵问题之我见　　　　　　　　　　　　　　　　　　　　吴　宓

名编辑之回忆录　　　　　　　　　　　　　　　　　　　　　毅

与《大公报·文学副刊》编者书　　　　　　　　　　　　　张尔田

玉漏迟　　　　　　　　　　　　　　　　　　　　　　　　张尔田

25日，《大公报·文学副刊》第211期出版发行，要目如下：

读杨丙辰先生在百科学会讲演辞　　　　　　　　　　　　　韩文佑

徐志摩与德国之表现派

张恨水君来函

望江南　　　　　　　　　　　　　　　　　　　　　　　　张尔田

读彊邨丈长至口占鹧鸪天感赋二绝　　　　　　　　　　　龙沐勋

2月

1日,《大公报·文学副刊》第212期出版发行,要目如下:

我对于徐志摩的认识　　　　　　　　　　　　　　　　　唐　诚
《新月诗选》　　　　　　　　　　　　　　　　　　　　　冠　英
（校:陈梦家编《新月诗选》的书评）
欧美文坛杂讯　　　　　　　　　　　　　　　　　　　　民　犹
萧伯纳之情书　　　　　　　　　　　　　　　　　　　　　犹
《佳壤》再志
宏度自沈阳来偕游北海　　　　　　　　　　　　　　　　陈寅恪
偶见孤桐先生两律怅触羁心次韵奉怀　　　　　　　　　　潘　式

2日,"国难会议"的代表中,清华大学教授有五人列入:陈寅恪、黄节、林宰平、蒋廷黻、陈锦涛。

8日,《大公报·文学副刊》第213期出版发行,要目如下:

中华民族在抗敌苦战中所应持之信仰及态度　　　　　　　余　生
德国三大伟人处国难时之态度（续二百零四期）　　　　　贺　麟

15日,《大公报·文学副刊》第214期出版发行,要目如下:

道德救国论　　　　　　　　　　　　　　　　　　　　　余　生
苏文选译
（校:英国人克拉克翻译苏东坡文集的评介）
誓师辞　　　　　　　　　　　　　　　　　　　　　　　汪玉笙
健者　　　　　　　　　　　　　　　　　　　　叶　麐(石荪)译
牛津尖塔　　　　　　　　　　　　　　　　　　　　　吴　宓译
吊辽海将士歌　　　　　　　　　　　　　　　　　　　　黄　侃
关于批评及翻译进一言（续第二百零四期）　　　　　　　徐祖正

21日,毕树棠《螺君日记》记有:"应余先生约同碧莲女士(Miss Anna Billa)午后茶会,晤《大地》(Good Earth)作者勃克夫人(Pearl S. Buck)。"碧莲为清华大学外文系美籍教授。

22日,《大公报·文学副刊》第215期出版发行,要目如下:

曹植杜甫诞生纪念　　　　　　　　　　　　　　　　　　彦　威
论诗人徐志摩　　　　　　　　　　　　　　　　　　　　张露薇

《燕京学报》第十期

拾煤核诗	潘　式
岁暮感事用寅恪六兄偕游北海诗韵	刘永济
病起前题和作	刘　异
前题和作	宗　威
壬申元旦	宗　威
前题和作	刘永济

25日,《大公报·文学副刊》第216期出版发行,要目如下:

论战争能振起民族精神并产生充实光辉之文学	余　生
关于黑格尔哲学回答张君劢先生	张　颐
论诗人徐志摩(续)	张露薇

29日,《大公报·文学副刊》第217期出版发行,要目如下:

诗人歌德全人生的意义	方玮德

《中国欧洲文化交通史》
（校：英国人哈德森著作的评介）

赠别傅芸子东游(有序)外一首	潘　式

3月

7日,《大公报·文学副刊》第218期出版发行,要目如下:

关于黑格尔哲学回答张君劢先生(续第二百十六期)	张　颐
本年英国文人生殁纪念表	
演连珠	俞平伯

14日,《大公报·文学副刊》第219期出版发行,要目如下:

关于黑格尔哲学回答张君劢先生(续第二百十八期)	张　颐
本年美国文人生殁纪念表	
拟古乐府十首	策　六

21日,《大公报·文学副刊》第220期出版发行,要目如下:

葛德纪念消息汇志(一)	
歌德之人生启示	宗白华
汉西岳华山庙碑	

28日,《大公报·文学副刊》第221期出版发行,要目如下:

歌德之人生启示(续第二百二十期)	宗白华

歌德论	宗白华译

《清季外交史料》

(校:关于王彦威、王亮合编《清季外交史料》的书评)

《时代批评》

《学衡》杂志第 75 期出版发行(具体出版时间不明)。

目录如下:

插 画

武侠小说中女主角图

(校:图片中有"Heroines of Chivalrous Romance")

怒——摹拟莎士比亚悲剧中之主角

(校:图片中有"Anger")

通 论

自由教学法	柳诒徵
批评态度的精神改造运动	胡稷咸

述 学

唐太宗与佛教	汤用彤
知识哲学	景昌极

文 苑

端虚堂诗稿	梁公约

附 录

《中国文化史》总目

4月

1日,杨公达主编、张其昀为发行人的《时代公论》周刊在南京中央大学创刊。

《时代公论》在三年后,即 1935 年 3 月 22 日出版第 155 与 156 合刊后停办。

为刊物写文章的主要是中央大学法学院政治系、法律系和中央政治学校的教授;专门的经济和教育问题,也由学有专长的教授执笔;历史、地理、杂著和文艺创作多是文学院的教授。三年间出现在刊物上最有实力的文艺创作者却是工学院院长顾毓琇。刊物的主要作者有杨公达、萨孟武、杭立武、陶希圣、梅思平、何浩若、武堉干、朱家骅、楼桐孙、雷震、傅筑夫、田炯锦、张其昀、阮毅成、王礼锡、叶元龙、曹翼远、马存坤、胡长清、许恪士、罗廷光、刘英士、马寅初、庄心在、崔宗埙、李熙谋、崔载阳、程其保、柳诒徵、缪凤林、景昌极、黄侃、汪东、汪辟疆、王易、向达、汪懋祖、龚启昌、邵祖恭、伍纯武,约六分之一的成员是原《学衡》作者,同时也是《国风》的作者。个别人员如陶希圣随后北上流动到北京大学,多数还留在南京。

4日,《大公报·文学副刊》第222期出版发行,要目如下:
　　歌德之人生启示(续第二百二十一期)　　　　　　　　　宗白华
　　《文学论文索引》
　　《莫斯科印象记》
　　(校:书评)
　　《浮士德》　　　　　　　　　　　　　　　歌　德作　张荫麟译

11日,《大公报·文学副刊》第223期出版发行,要目如下:
　　《浮士德》　　　　　　　　　　　　　　　歌　德作　张荫麟译
　　《晚晴集》
　　(校:为胡子靖手书续配王韵缃诗集的书评)
　　《南开大学周刊》英文副刊
　　吻火　　　　　　　　　　　　　　　　　　　　　　　　秋　心

18日,《大公报·文学副刊》第224期出版发行,要目如下:
　　葛德纪念消息汇志(二)
　　《浮士德》　　　　　　　　　　　　　　　歌　德作　张荫麟译
　　《清太祖实录》
　　(校:书评)
　　国立北平图书馆《读书月刊》
　　胡阿毛诔　　　　　　　　　　　　　　　　　　　　　　刘　异

25日,《大公报·文学副刊》第225期出版发行,要目如下:
　　美国诗人林遂游记作者欧伯廉逝世
　　本年法国文人生殁纪念表
　　《金瓶梅》法文译本　　　　　　　　　　　　　　　　　李辰冬
　　《优生月刊》　　　　　　　　　　　　　　　　　　　　余　生
　　(校:刊物评介)
　　柯凤孙先生寿序　　　　　　　　　　　　　　　　　　李濂镗

5月

2日,《大公报·文学副刊》第 226 期出版发行,要目如下:

对于徐祖正先生《关于批评及翻译进一言》的答辩	费鉴照
杜威论哲学与文化	

(校:杜威《哲学与文明》的书评)

罗曼·罗兰底呼吼	
沪战杂感九首	刘永济

9日,《大公报·文学副刊》第 227 期出版发行,要目如下:

德国三个伟人处国难时之态度(续第二百十三期)	贺　麟
柏格森新著《道德宗教之两源》	
续成沪战杂感七首	刘永济

9日,《学衡》社社员吴芳吉在四川江津(江津中学校长)去世。

16日,《大公报·文学副刊》第 228 期出版发行,要目如下:

评女师大《学术季刊》二卷二期	刘盼遂
勃克夫人新著《发妻》	
巴人歌	吴芳吉

23日,《大公报·文学副刊》第 229 期出版发行,要目如下:

班固所据史料考	杨树达
白屋诗人吴芳吉逝世	
李夫《自传》	
辛壬咏史诗二十四首	大　弨

30日,《大公报·文学副刊》第 230 期出版发行,要目如下:

龚自珍诞生百四十年纪念	缪　钺
本年德国文人生殁纪念表	郑寿麟制
白屋诗人吴芳吉逝世续志	
游佛兰克府观葛德生宅记	吴　宓
葛德自述儿童时代的趣事	郑寿麟译

《学衡》杂志第 76 期出版发行(具体出版时间不明)。

目录如下:

插　画

亚圣孟子像

班乃德像

［校：正文图片为"班乃德像 Arnold Bennett(1867—1931)"］

述　学

孟子大义	唐迪风遗著
柏拉图语录之五　斐德罗篇　（续第六十九期）	郭斌龢译
我执实相观	李翊灼

文　苑

蒹葭楼诗　庚午　辛未	黄　节
南冠集	潘　式

附　录

因沪战延期出刊启事

本期作者潘式(1903—1966)，字伯鹰，号凫公，笔名孤云，安徽怀宁人。著有旧体小说《人海微澜》、诗集《玄隐庐诗》等。吴宓在《介绍与自白》一文中特向读者推荐《人海微澜》。

6 月

6 日,《大公报·文学副刊》第 231 期出版发行,要目如下：

拉梅奈诞生百五十年纪念	梁念曾
白屋诗人吴芳吉逝世三志	
明季关外十三山之义勇军	
《息园诗存》	
吴芳吉君挽诗	吴　宓
吴芳吉君挽诗并序	缪　钺

13 日《大公报·文学副刊》第 232 期出版发行,要目如下：

奥国戏剧家兼小说家显尼志劳逝世	
京洛道中杂诗	无名氏
感事二首	缪　钺

20 日,《大公报·文学副刊》第 233 期出版发行,要目如下：

哭碧柳	刘永济
纪念白屋诗人吴芳吉先生	吴家盛
哀吴碧柳	柳诒徵
吊吴碧柳师	周咏雩

李文忠洪承畴故迹之发见
长安考古消息
《西域文明史概论》
吴芳吉论史诗计划书
《声越诗词录》及《宛春词》
27日,《大公报·文学副刊》第234期出版发行,要目如下:
莎士比亚著名悲剧梨琊王　　　　　　　　　　　孙大雨译
欧美文坛杂讯
哀贞壮　　　　　　　　　　　　　　　　　　　朱钵文
哀贞壮　　　　　　　　　　　　　　　　　　　李拔可
哀贞壮　　　　　　　　　　　　　　　　　　　释　湛
诸贞壮挽词　　　　　　　　　　　　　　　　　王秋湄
哭贞壮　　　　　　　　　　　　　　　　　　　黄晦闻

7月

4日,《大公报·文学副刊》第235期出版发行,要目如下:
悼法国革命史家马第埃先生　　　　　　　　　　黎东方
莎士比亚著名悲剧黎琊王　　　　　　　　　　　孙大雨译
11日,《大公报·文学副刊》第236期出版发行,要目如下:
悼秋心(梁遇春君)　　　　　　　　　　　　　废　名
评张恨水《落霞孤鹜》　　　　　　　　　　　　民　犹
成都追悼吴芳吉先生哀启
吴芳吉先生赞
评王越《风沙集》　　　　　　　　　　　　　　余　生
《秦汉金文录》　　　　　　　　　　　　　　　青　松
哭吴碧柳教授　　　　　　　　　　　　　　　　吕光锡
丁卯秋夜怀蜀友吴君碧柳　　　　　　　　　　　吕光锡
后白屋行哭碧柳　　　　　　　　　　　　　　　刘泗英
18日,《大公报·文学副刊》第237期出版发行,要目如下:
与陈彬龢书　　　　　　　　　　　　　　　　　潘　式
评王光祈译《西藏外交文件》　　　　　　　　　邵循正
名编辑之回忆录　　　　　　　　　　　　　　　　毂

王越君来函

浣溪沙　　　　　　　　　　　　　　　　　　　　刘永济

25日,《大公报·文学副刊》第238期出版发行,要目如下:

历史之美学价值　　　　　　　　　　　　　　　　素　痴

英国传记作家斯特来奇逝世

《女子与人生》

挽彊邨先生　　　　　　　　　　　　　　　　　　胡坤达

玉漏迟　　　　　　　　　　　　　　　　　　　　朱师辙

玉漏迟　　　　　　　　　　　　　　　　　　　　龚　遂

声声慢　　　　　　　　　　　　　　　　　　　　张尔田

8月

1日,《大公报·文学副刊》第239期出版发行,要目如下:

廖季平先生评传(一)　　　　　　　　　　　　　　侯　堮

评金石声《欧洲文学史纲》　　　　　　　　　　　　费鉴照

郑振铎《中国文学史》　　　　　　　　　　　　　　君　练

驳丁澈君《评〈中国文学进化史〉》(一)　　　　　　　谭正璧

8日,《大公报·文学副刊》第240期出版发行,要目如下:

评蒋维乔《中国近三百年哲学史》　　　　　　　　　直　声

驳丁澈君《评〈中国文学进化史〉》(二)　　　　　　　谭正璧

《印度文学》

(校:许地山著作的书评)

《意大利文学史》　　　　　　　　　　　　　　　　鉴　照

《法兰西文学》

(校:袁昌英著作的书评)

白屋吴生之生平

《福禄特尔新传》

淮东吟　　　　　　　　　　　　　　　　　　　　张鲁山

15日,《大公报·文学副刊》第241期出版发行,要目如下:

井研廖季平师与近代今文学　　　　　　　　　　　蒙文通

将往武汉奉和子威赠别　　　　　　　　　　　　　刘永济

驳丁澈君《评〈中国文学进化史〉》(三)　　　　　　　谭正璧

《老残游记》作者遗稿

22日,《大公报·文学副刊》第242期出版发行,要目如下:

德国哲学家心理学家冯德诞生百年纪念　　　　　　　　郑寿麟

歌德与中国小说　　　　　　　　　　　　　　　　　　陈　铨

谈《风沙集》　　　　　　　　　　　　　　　　　　　何春才

29日,《大公报·文学副刊》第243期出版发行,要目如下:

一九三二年诺贝尔文学奖金已给与西班牙学者比达　　　林　慕

《浮士德》　　　　　　　　　　　　歌　德作　张荫麟(素痴)译

欧美文坛杂讯

30日,清华大学外文系学生季羡林《清华园日记》记有:"因为听岷源说,吴雨僧先生有找我们帮他办《大公报·文学副刊》的意思。我冲动地很想试一试。据岷源说,从前浦江清、毕树棠、张荫麟等帮他办,每周办一个meeting,讨论下周应登的东西,每人指定看几种外国文学杂[志],把书评和消息译出来,因为他这个副刊主要的就是要这种材料。想帮他办,第一是没有稿子,因为这个刊物偏重Theory和叙事方面,不大喜欢创造。我想了半天,才想到从前译过一篇Runo Francke的《从Marlowe到Geothe浮士德传说之演变》,今天正是Geothe百年祭,所以便想拿它当敲门砖,请吴先生看一看。"

郭斌龢被聘为清华大学外文系教授。

9月

1日,《国风》杂志在南京中央大学创刊。

《国风》社社长柳诒徵

编辑委员:张其昀、缪凤林、倪尚达

出版:钟山书局

体例分为通论、历史、科学、地理、文学、教育、诗词、文献杂著,同时有不定期的"特刊"专号

宗旨:一、发扬中国固有之文化;二、昌明世界最新之学术。

此宗旨与《学衡》宗旨"昌明国粹,融化新知"相同。

创刊号目录如下:

发刊辞　　　　　　　　　　　　　　　　　　　　　　柳诒徵

发刊辞

柳诒徵

张、缪诸子倡为《国风》半月刊，属余为发刊辞。

余曰呜呼噫戏！

吾侪今日尚能强颜持吾国之风而鸣于世耶！淞、沪之血未干，榆、热之云骤变；鸡林马訾，莫可究诘；仰列强之鼻息，茹仇敌之揶揄。此何时，此何世，尚能强颜持吾国之风而鸣于世耶！辽事初作，或疾首蹙额谓余，惧为季宋晚明之续。余曰：君何言之奢？今犹能为季宋晚明耶？宋明之衰，惟衔北虏，战伐媾和，蒙尘割地，一切自主，不谋于人；存固吾自存，亡亦吾自亡，曷尝伈伈伣伣于列辟而乞命耶？受蛰蜂虿，而告哀虎狼，有史以来无此奇耻！即春秋之宋、郑，惟晋、楚之命是听；然彼大国犹能执牛耳，抗义声，不恤以兵车为玉帛之卫。今之世其有晋、楚否耶？犹有进者，女真、蒙古能夺吾族之主权，不能夺吾族之文教；腥膻陋俗，虽凭陵华夏，每相顾而内惭。吾之士民可杀，可屠，可虏，可笞，而不可使之举声名文物挫折而从夷狄。今何如乎，始以欲知四国之为，继则自忘一齐之傅，食马肝而效捧心，遂若吾国甫产獉狉，罔知五十，一切尽弃所有，惟恐其肤黄发直，不齿于人。傅会文明，颠倒缁白，乱名改作，欲海沸腾。于是国族本根，斩于寻斧，寿陵之步，沦胥以铺。虽以总理遗教，昭示大经，欲复民族之精神，盛倡政治之哲学；而丧心病狂者，依然莫之或革，社会之震撼，风化之污浊，直欲同人道于禽兽；而一饰以异域之所尝有，遂莫之敢非。

呜呼，此岂独宋明之季无之，即六代、五季之冥梦溃乱，亦不能迨今日之万一！使然牛渚之犀，以照兹世，第可绘写奴风妖风，乌睹所谓《国风》者耶？虽然，基玛尔必产于土，墨索里尼必产于意，甘地必产于印度。有血胤焉，有脑系焉，此内因也；有水土焉，有名言焉，此外因也。合内外之因，而无键钥以导之，则阍郁而莫可求也；启之，闭之，灌之，植之，以炎黄胄裔之悠久，拥江河山岳之雄深，宁遂无奋发自强为吾国一雪此耻者乎。

闻诸子言，斯刊职志，本史迹以导政术，基地守以策民瘼，格物致知，择善固执；虽不囿于一家一派之成见，要以隆人格而升国格为主。

呜呼，诸子好为之！今日为此言，虽涉强颜，而国徽犹被暨南朔，凡吾侪胸中坟起潮汹，欲一洩以告吾胞舆者，凭恃时机，殆尚未晚。失今不图，恐更非吾所忍言矣！

廿一年八月

正义之利	柳诒徵

（提要：董子曰："正其义不谋其利，明其道不计其功。"吾尝窃易董子之言以诏人曰今日急务，在正其义以谋其利，明其道以计其功。）

热河省形势论（上）	张其昀
日本开化论	缪凤林
天文与人生	张钰哲
极短波无线电之回顾	倪尚达
谈谈我国大学的外国文学课程	范存忠

（注释：正文题目为"谈谈我国大学里的外国文学课程"）

陶风楼记	柳诒徵
自渭北寄江东的一封信	徐近之
甘肃学派（通讯）	李行之

无锡文献之一

（校：正文题目、作者为"顾太夫人五十生辰征诗文启　顾毓琦、毓琇、毓璈、毓珍、毓瑞、毓䎖、毓琛　谨识"）

中国土地人口之新统计

（校：正文有作者"张其昀敬识"）

4日，季羡林、王岷源访吴宓。季羡林《清华园日记》记有："从系里的功课谈《文学副刊》，我允许看 London Times：Literary Supplement，并把稿子交给他。吴先生说话非常 Frank，实在令人钦佩。"

5日，《大公报·文学副刊》第244期出版发行，要目如下：

与刘文典教授论国文试题书	陈寅恪
与章太炎先生论学书	黄家澍蕴真
答黄君蕴真书	章炳麟
柳诒徵编著《中国文化史》	

（校：书评）

欧美文坛杂讯

5日，罗家伦接任国立中央大学校长。

12日，《大公报·文学副刊》第245期出版发行，要目如下：

《浮士德》	歌　德作　张荫麟（素痴）译

欧美文坛杂讯

16日，《国风》第2号出版发行。

目录如下：

铜版人物风景插图八幅

（校：正文有爱默生像、胡壹修先生像、前热河行宫内之喇嘛庙、前清热河行宫内之琉璃塔、北平热河间之旧式大道、热河河北间之滦河峡谷、华山风景八幅）

爱默生　　　　　　　　　　　　　　　　　　　　　　　　范存忠

（提要：安诺德说："人们要在精神上过生活的，艾默生是他们的朋友，是他们的援助者。"）

热河省形势论（中）　　　　　　　　　　　　　　　　　　张其昀

张蔚西《南园丛稿》序　　　　　　　　　　　　　　　　　柳诒徵

一位留学中国的日本诗人　　　　　　　　　　　　　　　　缪凤林

（校：正文题目为"一位留学中国之日本诗人"）

中国人的短距离赛跑　　　　　　　　　　　　　　　　　　倪尚达

（校：正文题目为"中国人之短距离赛跑"）

相对性原理浅说　　　　　　　　　　　　　　　　　　　　戴运轨

《高等算学分析》自序　　　　　　　　　　　　　　　　　熊庆来

（校：正文题目为"高等算学分析讲义自序"）

诗录　　　　　　　　　　　　　　　　　　　　　　　　　张江树

（校：诗前有倪尚达加的按语"倪尚达识"）

秦岭隅涉　　　　　　　　　　　　　　　　　　　　　　　徐近之

怀椿阁记　　　　　　　　　　　　　　　　　　　　　　　秦敦世

无锡文献之二

（校：正文另有题目、作者"胡壹修先生行述　胡敦复泣述　张其昀敬识"）

19日，《大公报·文学副刊》第246期出版发行，要目如下：

《岭云海日楼诗钞》述评　　　　　　　　　　　　　　　　王　越

余生诗话　　　　　　　　　　　　　　　　　　　　　　　吴　宓

台湾两遗民诗　　　　　　　　　　　　　　　　　　　　　卢　前

傅东华译《失乐园》

欧美文坛杂讯

20日，季羡林《清华园日记》记有："抄文坛消息，预备明天寄给吴宓。"

26日，《大公报·文学副刊》第247期出版发行，要目如下：

孔诞小言

顾理雅论中国人之宇宙观

《洙泗考信录评误》

（校：张昌圻著作《洙泗考信录评误》的书评）

《中国新文学的源流》

（校：关于周作人著作《中国新文学的源流》的书评）

中译希腊悲剧

感时诗三首　　　　　　　　　　　　　　　　　　　　周仪杰

28日，《国风》第3号（圣诞特刊）出版发行。

目录如下：

（校：首页有"孔子像"、"曲阜孔林"照片各一幅）

孔子之风度　　　　　　　　　　　　　　　　　　　　梅光迪

（提要：孔子以多艺闻于当时。他除有最深挚道德修养外，更富于艺术兴味，故其发于外者，不为矜严，为雍容大雅之君子。孔子多情，多情者必多恨。他恨贪官蠹吏。恨自命放达，玩世不恭，而实一无所长者。恨乡愿。）

孔学管见　　　　　　　　　　　　　　　　　　　　　柳诒徵

（提要：针对打孔家店、康有为、陈独秀等人的言论而发）

谈谈礼教　　　　　　　　　　　　　　　　　　　　　缪凤林

（提要：何为礼、礼之缘起、礼之大用——防人恶而导人善，对于非礼者之解答）

孔子与亚里士多德　　　　　　　　　　　　　　　　　郭斌龢

（校：郭斌龢原注释说《孔子与亚里士多德之人文主义》英文稿载美国Bookman杂志，1931年3月号）

（提要：本文主旨是谈孔子与亚里士多德伦理学说的重要相似点。其学说的相似实由于其人生观之相似。盖皆能以稳健平实之态度，观察人生之全体。孔子与亚氏对于人性有同一之见解——性相近而习相远。意志自由。道德选择的自由表现在中庸之道上。中庸的标准，亚氏曰理，孔子曰道。具体表示为亚氏曰"庄严之人"、"心胸伟大之人"。孔子说"君子"。而君子之德为仁。孔子与亚氏重视个人修养，同时强调人不能脱离政治社会。）

孔子与西洋文化　　　　　　　　　　　　　　　　　　范存忠

（提要：孔子学说之影响西方思想，大概在政治与道德两方面。18世纪，孔子学说对于西洋思想的影响，不但在政治与道德，就在宗教上，也有相当的影响，即"礼教之争"——中西宗教的冲突。）

孔子的真面目　　　　　　　　　　　　　　　　　　　景昌极

（提要：孔子是集中国古代文化的大成，并且承前启后的一个人。孔子是个极好学又极肯教人的人，兼为古代的大学问家和大教育家。孔子是个通权达变，最能适应时势，改造时势，而又不是随波逐流的人。孔子在古代伟大人物中。是个最平易近人，而丝毫无神学意味和玄学意味的人。现代反孔人的理由：孔子把君臣一伦太看重了，有助长专制的嫌疑;把男女间恋爱的神圣太看轻了,养成所谓吃人的礼教。)

孔子与歌德　　　　　　　　　　　　　　　　　　　　　　唐君毅

（提要:1. 生活之极端肯定　2. 生活之各方面化　3. 乐观　4. 生活的和谐　5. 现实主义的人间世的　6. 泛神的宗教）

（校:缪凤林为此文加有"附识"）

如何了解孔子　　　　　　　　　　　　　　　　　　　　　　缪凤林

明伦　　　　　　　　　　　　　　　　　　　　　　　　　　柳诒徵

（校:原注释有"曾载《学衡》第二十六期"）

教师节　　　　　　　　　　　　　　　　　　　　　　　　　张其昀

（校:原注释有"曾载《时代公论》第十三及十五号"）

10月

1日,《国风》第4号出版发行。

目录如下:

徐悲鸿与中国绘画　　　　　　　　　　　　　　　　　　　　宗白华

万古之奔流　　　　　　　　　　　　　　　　　　　　　　　张钰哲

（校:正文题目为"万古之奔波"）

热河省形势论(下)　　　　　　　　　　　　　　　　　　　　张其昀

廖季平与清代汉学　　　　　　　　　　　　　　　　　　　　蒙文通

（校:正文题目为"廖季平先生与清代汉学"）

何谓定向无线电　　　　　　　　　　　　　　　　　　　　　倪尚达

长江流域今夏之奇燠　　　　　　　　　　　　　　　　　　　刘治华

《神经解剖学》自序　　　　　　　　　　　　　　　　　　　　卢于道

《小妇人》译者序　　　　　　　　　　　　　　　　　　　　　郑晓沧

东归短简　　　　　　　　　　　　　　　　　　　　　　　　徐近之

龙潭一日　　　　　　　　　　　　　　　　　　　　　　　　林文英

无稽之谈　　　　　　　　　　　　　　　　　　　　　　　　王　庸

江津文献(吴芳吉传记挽诗共七篇)

（校:正文有:

吴芳吉略传(1896—1932)　　　　　　　　　　　　　　　　　吴　宓

吴碧柳别传　　　　　　　　　　　　　　　　　　　　　　　刘咸炘

周光午为吴芳吉逝世致海内师友公函　　　　　　　　　　　　周光午

哀吴碧柳　　　　　　　　　　　　　　　　　　　　　　　　柳诒徵

中　卷

哭碧柳	刘永济
吴碧柳挽诗	卢　前
吊吴碧柳师	周咏雩）

3日,《大公报·文学副刊》第248期出版发行,要目如下:

评萧一山《清代通史》	陈恭禄
廉俭救国说	
与邵循正君书	王光祈
答王光祈君书	邵循正
大明湖杂咏	俞平伯
青岛杂诗	俞平伯

9日,季羡林《清华园日记》记有:"在 American Mercury 上发现 Faust 又有 Prof. Priest 的新译本,乃作一篇小文,拟投'文副'。"

10日,季羡林《清华园日记》记有:"早晨作文坛消息两篇,一篇关于 Faust 英译本,一关于 U. Sinclair 近著 American Outpost。读 Keller。过午读 Medieval,'文副'稿子还没登出来,真急煞人也。访吴宓,只谈几句。"

10日,《大公报·文学副刊》第249期出版发行,要目如下:

外交史记外交史料	蒋廷黻
《辜律己未刊书札》	

(校:书评)

10日,《国风》第5号(国防特刊)出版发行。

目录如下:

辽鹤卮言	柳诒徵
中庸读叙	欧阳渐
天时对于战争之影响	竺可桢
化学与国防	丁嗣贤
工程与国防	顾毓琇
航空与国防	钱昌祚
电气与国防	倪尚达
太平洋上之二线	张其昀
九一八以前之东北	朱炳海
中日战争与日本军备	缪凤林

(校:正文题目为"日本军备与最近中日战争"。原注释有"二十一年四月作,曾载《时

代公论》第七号")

  肉搏   张其昀

 （校：原注释有"为申报双十节增刊作"）

  12日，季羡林《清华园日记》记有："旁听英文，Winter讲得真好，吴老宓再读十年书也讲不到这样。今天讲的是 *Victor Ignatus*。"

  16日，《国风》第6号出版发行。

  目录如下：

 （校：首页插图为"考察团在益恒公测候处"、"过项里苏扒谷中榆树极多"、"乌兰察布盟巴格毛杜喇嘛庙"、"阿耳哥冷舒木之泥筑蒙古包"、"钟山与后湖"、"总理陵园地形图之一部分"）

  大学王注读叙   欧阳渐
  明孝陵志   王焕镳
  兴安岭屯垦工作   张其昀

 （校：正文题目为"兴安区屯垦工作"，"民国二十一年十月八日应南京中央军官学校学术研究会演讲"）

  《河套图志向》序   张鹏一
  《国际云图节略》序   竺可桢
  科学原理与方法绪论   何兆清
  实验教育发达略史   罗廷光
  地球之形状   张树森
  乌兰察布盟横过记   徐近之
  词录   陈训正

 [校：录有"玄婴（陈屺怀的号）"两首词、"畏垒（布雷的号）"一首词]

  江都文献（毛元徵传）   柳诒徵

  17日，季羡林《清华园日记》记有："今天'文副'稿子登了一部分。"

  17日，《大公报·文学副刊》第250期出版发行，要目如下：

  评王易《国学概论》   师 夷
  近顷欧美文人逝世汇志
  陶然亭追和雪珊女史题壁韵   俞平伯
  复教育部朱部长暨中小学课程标准编订委员会
  商中学历史教育书   孔繁霱

 （校：孔繁霱为清华大学历史系教授）

  德国今年出版之长篇小说

24日,《大公报·文学副刊》第251期出版发行,要目如下:

英国诗人兼批评家孟罗逝世

南京钟山书局出版之《国风》半月刊

吴芳吉别传　　　　　　　　　　　　　　　　　　　刘咸炘

追悼吴芳吉先生纪念册征文启

吴芳吉未刊遗诗二首

悼吴碧柳先生　　　　　　　　　　　　　　　　　　赵启雍

吴碧柳挽诗　　　　　　　　　　　　　　　　　　　卢　前

南京钟山书局出版之《国风》半月刊创刊号

（校:刊物评介）

11月

1日,《国风》第7号出版发行。

目录如下:

（校:首页插图为"伽利略肖像"、"伽利略在比萨斜塔上实验时的情形"）

伽利略——近世自然科学的始祖　　　　　　　　　　戴运轨

狄更生之中西文化比较论　　　　　　　　　　　　　华林一

（校:正文题目为"迭更生之中西文化比较论"）

编述中国诗歌史的重要问题　　　　　　　　　　　　汪辟疆

（校:"民国二十一年十月十五日在中大诗歌史班演讲,南昌章璠笔记"。提要:其一、鉴定材料,不能以己意为去取;其二、辨别真伪,不能以孤证为定谳;其三、评品诗家,不能以时代宗尚失真相。另列有八项信条）

对于导淮委员会发布入江计划之意见　　　　　　　　宗受于

同江富锦之役回顾谈　　　　　　　　　　　　　　　张其昀

（校:正文副题为"二十年十一月三十日在总理陵园管理委员会演讲"）

道德与社会革命　　　　　　　　　　　　　　　　　景昌极

《新唯识论》序　　　　　　　　　　　　　　　　　马一浮

《西北的剖面》序　　　　　　　　　　　　　　　　翁文灏

诗录　　　　　　　　　　　　　　　　　　　　　　张江树

慈溪文献·冯君木先生　　　　　　　　　　　　　　陈训正

（校:正文题目为"慈溪冯先生述"、"回风堂诗文集叙"、"招都梁玉辉楼谋编刊回风集时直深秋俯仰多感既伤逝者行复自念喟然赋此"、"过宋诗人孙花翁墓有怀木公"）

中国国际贸易之新统计

3日,《大公报·文学副刊》第252期出版发行,要目如下:

答陈恭禄君评拙著《清代通史》　　　　　　　　　　　　萧一山

7日,《大公报·文学副刊》第253期出版发行,要目如下:

曾文正公逝世六十年纪念

曾文正公与中国文化　　　　　　　　　　　　　　　　　郭斌龢

《崇德老人八十自订年谱》

（校:曾国藩幼女聂曾纪芬自编年谱的书评）

拟举行曾文正公纪念会征集遗物启　　　　　　　　　　聂曾纪芬

野凫潭分咏得凫字　　　　　　　　　　　　　　　　　乐　静

欧美文坛杂讯

柯罗齐新著欧史

英译北平歌谣

14日,毕树棠《螺君日记》记有:"读毕盛成先生之《海外工读十年纪实》,共十六章……"

14日,《大公报·文学副刊》第254期出版发行,要目如下:

诗人徐志摩君逝世周年纪念

志摩怎样了　　　　　　　　　　　　　　　　　　　　方玮德

大哲学家斯宾诺莎诞生三百年纪念

斯宾诺莎与奥登堡论学书札　　　　　　　　　　　　贺　麟译

斯宾诺莎像赞　　　　　　　　　　　　　　　　　　贺　麟撰

鹧鸪天　　　　　　　　　　　　　　　　　　　　　　张尔田

熊十力先生《新唯识论》序　　　　　　　　　　　　　马一浮

英译《千家诗》　　　　　　　　　　　　　　　　　　中书君

（校:中书君为钱锺书的笔名）

16日,《国风》第8号出版发行。

目录如下:

（校:首页插图为"明凌大德所绘灵谷寺图"、"钟山极顶"、"明孝陵"、"莫愁湖"）

读故宫博物院重印内府舆图记　　　　　　　　　　　　翁文灏

（校:正文题目为"读故宫博物院重印乾隆内府舆图记"）

人种学观点下之东北　　　　　　　　　　　　　　　　刘　咸

（校:正文题目为"人种学观点下之中华民族"）

大学王注读　　　　　　　　　　　　　　　　　　　　欧阳渐

政府任命翁君文灏为教育部长感言	胡先骕
明孝陵志(二)	王焕镳
金陵览古(上)	朱偰
《音学四种》自序	徐昂
《自怡堂诗集》序	洪允样
《方志月刊》卷头语	张其昀
旅欧读书日记摘录	阮毅成
诗录	朱遏先、丁绪贤等

21日,《大公报·文学副刊》第255期出版发行,要目如下:

大哲学家斯宾诺莎诞生三百年纪念

斯宾诺莎的生平及其学说大旨	贺麟

24日,《国风》第9号(刘伯明先生纪念号)出版发行。

目录如下:

[校:首页有"刘伯明先生遗像"(1887—1923)]

共和国民之精神	刘先生遗著

(校:正文题目有"刘伯明先生遗著")

论学风	刘先生遗著

(校:正文题目有"刘伯明先生遗著")

悼先夫伯明先生	刘芬资
悼先兄伯明先生	刘经邦
九年后之回忆	梅光迪
忆刘师伯明	胡焕庸
今日救亡所需之新文化运动	胡先骕

(校:正文题目为"中国今日救亡所需之新文化运动"。提要:吾国立国之精神大半出于孔子之学说。盖孔子学说为中国文化泉源,与基督教之为欧美文化之泉源相若。然其所以较基督教为优者,则因其无迷信之要素,无时代性,行之百世而无弊。吾人试一观五四运动之结果在政治上,虽助成北洋军阀之颠覆,与国民党之执政,而军阀势力并未铲除。在文化上,虽造成白话文之新文体,对于普及教育并无何之贡献,而文学上之成就,尤不足数。虽诱起疑古运动,对于历史考古训诂诸学有不少新事实之发明。然于吾国文化之精神,并无发扬光大之处。反因疑古而轻视吾国固有之文化,以诅咒自国为趋时。虽尽量介绍欧美文化之潮,然于欧西文化之精神,并无真确之认识,哺糟啜醴,学之而病。提倡新教育而反使人格教育日趋于破产。高等教育,已近于不可救药。中小学教育亦每况愈下。日言社会改革,而为社会基础之家庭先为之破坏,自由恋爱之说流行,而夫妇之道苦,首受

其祸者厥为女子。此种文化运动之结果,真使人有始作俑者,百世之下,虽起其白骨而鞭之,犹不足以蔽其辜之感焉。根本之要图,为一种较五四运动更新而与之南辕北辙之新文化运动。而其所以维护吾民族生存至四千年之久之精神必须身体力行从而发扬光大。)

学风　　　　　　　　　　　　　　　　　　　　　　　　　　　　　刘国钧

(校:正文题目为"学风——为纪念刘伯明先生而作"。提要:思想的混乱和浅薄恐怕是现在学风的最大缺点。医治这种毛病,自然最好莫过于论理的思想,科学的方法,和养成对于无论什么事都要求充足证据的习惯。总之,要使国家能重兴,民族能得救,必定要从养成诚朴笃实,艰苦卓绝的学风起。)

《四十二章经》跋　　　　　　　　　　　　　　　　　　　　　　　汤用彤

(提要:刘伯明先生以恕待人,以诚持己。日常以敦品励行教学者,不屑以诡异新奇播论,繁芜琐碎之言,骇俗以自眩。居恒谈希腊文化,并曾释老子。盖实有得于中正清净之真谛者,用是未尝齿及考证。一日忽以四十二章经版本之原委相询。)

刘先生论西洋文化　　　　　　　　　　　　　　　　　　　　　　缪凤林

(校:正文题目为"刘先生论西方文化"。提要:盖先生于西方文化,惟取其对于人生有永久之贡献,而又足以补吾之缺者。与时人主以浅薄之西化代替中国文化者迥异。其于雅典市民自由贡献之共和精神,希腊学者穷理致知,不计功利之科学精神,基督教之仁博之爱,及中国文化之人道人伦之精髓。其于自然,力求融和无间之态度,足以满足人类最高意欲之要求,而又可以相互调和,相互补救。)

教育家之精神修养　　　　　　　　　　　　　　　　　　　　　　张其昀
刘伯明先生逝世纪念日　　　　　　　　　　　　　　　　　　　　张其昀

(校:转载民国十七年十一月二十四日《国立中央大学日刊》。提要:吾校有应最大之教室,曰伯明堂。数年之间,校长郭秉文先生奔走不遑,而刘先生为全校重心所寄。上溯江源,下穷岭海,四方学子,闻风来集,皆信服刘先生之精神,而相与优游浸渍于其间。"愿得观贤人之光耀,闻一言以自壮"。先生以劳瘁逝世,学校遽失重心。自南高师成立以来,北大南高隐然为中国高等教育之二大重镇。时人有北大重革新,南高重保守之语,其说盖起于胡适之,刘先生尝闻此言,根本上加以否定。先生谓真正之学者,当有自由之心。"吾人生于科学昌明之世,苟冀为学者,必于科学有适当之训练而后可。所谓科学精神其最要者曰唯真是求,凡搜集证据,考核事实皆是也。唯真是求,故其心最自由,不主故常。盖所谓自由之心,实古今新理发现之条件也。")

附录

刘伯明先生事略

(校:正文有作者"郭秉文敬述")

28日,《大公报·文学副刊》第256期出版发行,要目如下:

一九三二年诺贝尔文学奖金卒给与英国小说家兼戏剧家高斯华绥宏　告

（校：宏告即施宏诰）

刘咸炘君鉴泉逝世	卢　前
离宫秋月之夜	杨　圻
军中杂诗	记　室
《辛克莱回忆录》	羡

（校：书评，季羡林所作，收入《季羡林全集》第7卷）

12月

5日，《大公报·文学副刊》第257期出版发行，要目如下：

读梁漱溟近著《中国民族自救运动之最后觉悟》	郭斌龢
读陈寅恪师和平伯先生之作枨然后有感	
勉赋五章以见步趋之意云尔	刘盼遂
《德华日报》斯宾挪莎纪念特刊	
《我的母亲》第三卷《海外工读十年记实》	玮

（校：盛成自传的书评）

欧美文坛杂讯

12日，《大公报·文学副刊》第258期出版发行，要目如下：

韩国志士赵素卬《韩国文苑》

法国新闻记者夏东尼之《中国游记》

韩义士歌	王　越
虹口炸案感怀	徐际恒
平教同志归来辞	陈筑山

近顷欧美文人逝世汇志

法国著名戏剧家白利欧逝世

徐悲鸿君来函

16日，毕树棠《螺君日记》记有："在吴公处晚餐，晤盛成君。"

16日，《国风》第10号出版发行。

目录如下：

赫胥黎与科学	刘　咸
说云	竺可桢
电离数与有效浓度系数	张江树

（校：正文题目为"电离度与有效浓度系数"）

最新式的检波器	倪尚达
老庄通义	胡渊如
论导淮	宗受于
淮河的黄昏	林文英
金陵览古(中)	朱 偰
《西施及其他》序	顾一樵
旅欧读书日记摘抄	阮毅成

(校：正文题目为"旅欧读书日记摘录")

诗录	朱遏先	许文雨

16日，季羡林《清华园日记》记有："晚上吴宓请客，居然不是一毛五的客饭，真也算稀有。他请客的意义，大约就是我们都帮他办《大公报·文学副刊》。其实我最近对'文副'也真有点反感了呢。在吴先生[处]遇见盛成。"

19日，《大公报·文学副刊》第259期出版发行，要目如下：

挪威大诗人戏剧界兼小说家般生诞生百年纪念	武崇汉
法国著名戏剧家白利欧逝世	宏 告
吴芳吉未刊遗诗	吴 宓
编辑小言	

26日，《大公报·文学副刊》第260期出版发行，要目如下：

龚自珍诞生百四十年纪念	张荫麟
壬申岁暮述怀	吴 宓

29日，季羡林《清华园日记》记有："吴宓的稿费发给了——我真想不到，竟能十元大洋。"

本月《学衡》杂志第77期出版发行(不明具体出版时间)。

目录如下：

插 图

曾文正公(国藩)像
诗人陈伯严先生(三立)八十寿像

述 学

天问通笺	刘永济
读敖士英关于研究古音的一个商榷	曾运乾
柏拉图之埃提论	郭斌龢

文　苑

辛未旅燕杂感　　　　　　　　　　　　　　　　　　　彭　举

风沙集　　　　　　　　　　　　　　　　　　　　　　王　越

［校：正文有"附录一：评王越《风沙集》（原登《大公报·文学副刊》第236期）吴宓
　　附录二：谈《风沙集》（原《登大公报·文学副刊》第242期）何春才"］

新甲词（自甲子至辛未）　　　　　　　　　　　　　　刘永济

本期作者曾运乾（1884—1945），字星笠，湖南益阳人。著有《尚书正读》等。

王越（1903—2011），字士略，广东兴宁县人，此时为燕京大学研究院研究生。1949年以后任教于中山大学、华南师范大学、暨南大学。

第77、78期封三刊出为《学衡》杂志捐助经费的人与款额：

王幼农 100元

高幼农 100元

陈寅恪 50元

黄学勤 50元

辽宁省教育会（金毓黻经募）100元

辽宁省总商会（汪兆璠经募）100元

叶恭绰 100元。

本年度，梅光迪因哈佛大学休假，回南京中央大学外文系临时执教一年。

本年度，《成都追悼吴碧柳纪念刊》出版发行。目次为：

　　1　像赞　　　　　　　　　　　　　　　　　　　　彭　举

　　（校：正文题目为"吴碧柳先生赞"）

　　2　吴芳吉传　　　　　　　　　　　　　　　　　　刘　朴

　　3　吴碧柳别传　　　　　　　　　　　　　　　　　刘咸炘

　　4　吴芳吉先生传　　　　　　　　　　　　　　　　周方犩

　　5　白屋诗人归道山谨以白屋体为诗哀之　　　　　　柳诒徵

　　（校：正文题目为"白屋诗人归道山周君光午穆君济波飞书相告谨以白屋体为诗哀之"）

　　6　哭碧柳　　　　　　　　　　　　　　　　　　　刘永济

　　7　吴芳吉君挽诗　　　　　　　　　　　　　　　　缪　钺

　　8　吴芳吉君挽诗　　　　　　　　　　　　　　　　吴　宓

　　9　吴碧柳挽诗　　　　　　　　　　　　　　　　　卢冀野

10	白屋先生哀词	李淑仪
11	挽吴碧柳校长	刘颖滨
12	敬悼真命天子	张致和
13	吊吴碧柳先生	郭家驷
14	吊吴碧柳先生	杨复明
15	金镂曲	姜方锬
16	吊吴碧柳师	周咏雩
17	哀吴师碧柳	周霜鹤
18	悼碧柳师	晏寿康
19	吴碧柳先生诔辞	谢少华
20	吊吴碧柳先生	渊 然

（校：正文题目为"悼吴碧柳先生并序"）

21	悼吴碧柳先生	蒲 菁
22	吊碧柳先生	洪 溪
23	吊碧柳先生	尹 农
24	哭碧柳先生	㳚 西
25	挽吴师碧柳	周方矬
26	挽碧柳先生	卢荪田
27	悼碧柳先生	蔡震东
28	悼碧柳先生	李峥嵘
29	悼碧柳师	伍 彬
30	敬悼吴芳吉先生	杨复明
31	吊白屋先生文	僧 恬
32	敬悼吴碧柳先生	利 撝
33	纪念白屋诗人吴芳吉先生	吴家盛
34	白屋诗述评	游鸿如
35	白屋诗底展望	苏灿瑶
36	挽白屋诗人吴碧柳先生（调寄满江红）	高明珂
37	吴碧柳先生挽诗	洪小崖
38	告同仁书	周光午
39	白屋诗人身后之续闻种种	

［校：正文题目为"白屋诗人吴芳吉身后之续闻种种"］

40	送汉骥之湖南序	刘　朴

（校：正文题目为"送汉骥至湖南序"）

41	正气歌	吴汉骥
42	自定年表	
43	论史诗计划书	吴芳吉
44	巴人歌	吴芳吉
45	In Memoriam	James G. Endicoott
46	成都追悼吴芳吉先生纪略	
47	本刊紧要启事	

（校：本纪念刊中的多篇诗文在相关报刊上先行发表过。本书编目中已有显示）

1933 年

1 月

1 日，《国风》第 2 卷第 1 号（现代文化专号）出版发行。

目录如下：

传统历史哲学之总结算	张荫麟
教育学与现代文化	郑晓沧
中国科学教育之病源	张江树
地质学与现代文化	谢家荣
心理学与现代文化	卢于道
人类学与现代文化	刘　咸
民族学与现代文化	凌纯声
科学究竟是什么	严济慈译

（校：正文作者、译者为"A. H. Compton 原著　严济慈　钱临照译"）

（校：自本期始，封面印有："本刊宗旨一、发扬中国固有之文化。二、昌明世界最新之学术。"南京钟山书局常务董事　编辑张其昀、出版缪凤林、会计倪尚达、营业沈思璵、西书罗廷光）

4 日，《大公报·文学副刊》第 261 期出版发行，要目如下：

东北问题的新史料	蒋廷黻

本年德国文人生殁纪念表	郑寿麟制
德国诗人兼批评家包德玛逝世百五十年纪念	

9日,《大公报·文学副刊》第262期出版发行,要目如下:

世界历史世界文学训示吾国人应积极抗敌苦战牺牲到底论	余　生
廉价本《剑桥英国文学史》	
萧伯纳近著	
钱斯德顿论文集	
群狗争骨赋	刘兴德
翁将军歌并序	常燕生

15日,《国风》第2卷第2号出版发行。

目录如下:

铜版插画八幅

（校:插画为"额济纳河大霜之景　过额济纳之欧亚飞机　额济纳河上之马栏　额济纳河红柳丛中之羊栅　额济纳河将入葛顺淖尔两岸已无树　额济纳河上之梧桐林　额济纳河西之沙坵　沙坵上设了百叶箱"）

数学与文化	孙　镕

（校:正文题目为"算学与近代文化"）

我们以后研究工作的方向	卢于道
智力发展之三大问题	萧孝嵘
孟子十篇读叙	欧阳渐
金陵览古（下）	朱　偰
阿拉善额济纳往复记	徐近之
诗录	洪允祥　徐寄海　阮毅成　汪凤九

（校:正文作者为"徐季海　汪梦九"）

富阳文献	
夏灵峰先生行实	王展成
悼亡杂忆	景昌极

16日,《大公报·文学副刊》第263期出版发行,要目如下:

陆志韦白话诗第二集·心理学家与诗人	叶　麐
本年法国文人生殁纪念表	
论方玮德《丁香花的歌》	陈梦家
论新诗	常燕生

郑振铎《插图本中国文学史》

23日,《大公报·文学副刊》第264期出版发行,要目如下:

大哲学家斯宾诺莎诞生三百年纪念

斯宾诺莎的生平及其学说大旨(续第二百五十五期)	贺　麟
惜秋华	刘永济
茅盾的近作《三人行》、《路》	知　白

30日,《大公报·文学副刊》第265期出版发行,要目如下:

英雄安在吟	通县施畸撰
岁尽	李释堪
西蜀有大鹏	李素英

2月

1日,《国风》第2卷第3号出版发行。

目录如下:

迎春	陆鸿图
榆关揽胜(一)	张其昀
介绍最近一个民族战场——热河凌源	李守廉

(校:正文题目为"介绍最近的一个民族战场——凌源")

明孝陵志(续)	王焕镳
石头城	林文英
旅欧读书日记摘录(续)	阮毅成
沪战杂咏	吴芳吉等

(校:正文作者为"吴芳吉遗稿　刘永济　王　越　徐恒际")

泗阳文献

张相文先生

(校:正文题目、作者为"张相文先生哀启　棘人张星烺泣述")

6日,《大公报·文学副刊》第266期出版发行,要目如下:

王湘绮先生诞生百年纪念小言	大　诏
《归心》	

(校:解人——曾觉之著作的书评)

癸酉元日	李释堪
希山老人遗诗	邵循正

今出塞四首	缪　钺
菩萨蛮	解　人

（校："解人"为曾觉之的笔名）

潘式君来函——致常燕生君

本刊复潘式君函

本年中国文人纪念表

13日，《大公报·文学副刊》第267期出版发行，要目如下：

《日美太平洋大战》

（校：书评）

本年英国文人生殁纪念表

惜秋华	刘　异
解连环	刘　异
《清华山东同乡录》序	孔繁霱

15日，《国风》第2卷第4号出版发行。

目录如下：

中国历史时代之气候变迁	竺可桢
评黄文弼近著高昌三种	向　达

（校"高昌三种"为《高昌》、《高昌专集》、《高昌疆域郡城考》）

方湖读书记	汪辟疆
榆关揽胜（二）	张其昀
燕子矶与三台洞	林文英
日本之文教	张其春译

（校：正文作者、译者为"广濑净慧著　张其春译"）

诗词录	徐震堮
德国文献	

（校：正文题目为"德国文献之一"）

华刚讷行状	陆鸿图

20日，《大公报·文学副刊》第268期出版发行，要目如下：

英国小说家莫雅逝世

新第	卓还来
冯友兰著《中国哲学史》下卷审查报告书	陈寅恪

〔提要：文中有展示陈寅恪自己学术思想这段话："窃疑中国自今日以后，即使能忠实

输入北美或东欧之思想,其结局当亦等于玄奘唯识之学,在吾国思想史上既不能居最高之地位,且亦终归于歇绝者。其真能于思想上自成系统,有所创获者,必须一方面吸收输入外来之学说,一方面不忘本来民族之地位。此二种相反而适相成之态度,乃道教之真精神,新儒家之旧途径,而二千年吾民族与他民族思想接触史之所昭示者也。寅恪平生为不古不今之学,思想囿于咸丰同治之世,议论近乎(曾)湘乡(张)南皮之间。"]

萧伯纳近著读志
英国著名小说家高尔斯华绥最近逝世
27日,《大公报·文学副刊》第269期出版发行,要目如下:

为《清代通史》下卷答萧一山君	陈恭禄
《抗争》	云

(校:卢葆华小说《抗争》的书评)

张荫麟君来函
渝州歌二十五首　　　　　　　　　　　　　　　　吴芳吉(未刊遗诗)

3月

1日,《国风》第2卷第5号出版发行。
目录如下:

几种南京市上销行之手灯干电池	张江树
榆关揽胜(三)	张其昀
鲁一士《黑格尔学述》译序	贺　麟
共党祸湘十日记	辜祖文
旅欧读书日记摘录(续)	阮毅成
济南杂诗	顾公毅
日本之人口	张其春译

(校:正文作者、译者为"小野铁二著　张其春译")

奥国文献　　　　　　　　　　　　　　　　　　　　陆鸿图

(校:正文题目、作者、译者为"爱格耐F. M. Exner传　福开原著　陆鸿图译")

6日,《大公报·文学副刊》第270期出版发行,要目如下:

英国诗人赫巴特逝世三百年纪念	王岷源
英国史家格林逝世五十年纪念	武崇汉
法国文人拉伯雷诞生四百五十年纪念　巴黎国立图书馆之展览会	
《日美战争与中国》	

(校:书评)

  沈变记事诗(一)   王荫南

13日,《大公报·文学副刊》第271期出版发行,要目如下:

  评陈垣《雍乾间奉天主教之宗室考》   邵循正
  《人境庐诗草笺注》叙例   钱萼孙
  沈变记事诗(二)   王荫南

13日,胡适同丁在君、翁咏霓、刘子楷乘车到保定,晋见北来解决华北危急的蒋介石。

16日,《国风》第2卷第6号出版发行。

目录如下:

  细密之文明   徐悲鸿
  单子论   莱布尼茨原著 景昌极译

  [校:正文题目、作者、译者为"单子论(Monadology) 莱布尼茨(Leibnitz)原著 景幼南昌极转译"]

  鲁一士《黑格尔学述》译序(续)   贺 麟
  目手相应的运动之研究   萧孝嵘
  《四明文献》序   陈汉章

  (校:正文题目为"四明丛书序")

  两宋词辑   唐圭璋

  (校:正文题目为"宋人词辑")

  诗录   朱遏先
  世界第一高峰之试登   李玉林译

20日,《大公报·文学副刊》第272期出版发行,要目如下:

  社会主义经济学家马克思逝世五十年纪念   曹 康
  沈变记事诗(三)   王荫南
  从雍乾间奉天主教之宗室说到石老娘胡同当街庙   陈 垣

26日,季羡林《清华园日记》记有:"吴宓叫做 Sara Teasdale 纪念文,到图书馆找参考书,借了两本 New Republic。"

27日,《大公报·文学副刊》第273期出版发行,要目如下:

  浮士德   歌 德作 张荫麟译
  沈变记事诗(四)   王荫南
  《歌德之认识》   余冠英

（校：宗白华、周辅成合编《歌德之认识》的书评）

《灵焰》与《落日颂》　　　　　　　　　　　　　　　　　余冠英

（校：曹葆华诗集的书评）

4 月

1日，《词学季刊》创刊发行，创刊号上《词坛消息》专栏刊出的《南北各大学词学教授近讯》中写道：

> 南北各大学词学教授，据记者所知，南京中央大学为吴瞿安梅、汪旭初东、王简庵易三先生，广州中山大学为陈述叔洵先生，湖北武汉大学为刘洪度永济先生，北平北京大学为赵飞云万里先生，杭州浙江大学为储皖峰先生，之江大学为夏瞿禅承焘先生，开封河南大学为邵次公瑞彭、蔡嵩云桢、卢冀野前三先生，四川重庆大学为周癸叔登岸先生，上海暨南大学龙榆生沐勋、易大厂韦斋两先生，除吴、卢两先生兼治南北曲外，余并词学专家，且大多数赞助本社，愿为基本社员云。

1日，《国风》第2卷第7号出版发行。
目录如下：

仿建热河普陀宗乘寺诵经亭纪（附照片四幅）　　　　　　王世均

（校：四幅照片为热河普陀宗乘寺诵经亭：仿建之木模型　遗物全形　藻井　内簷装修）

榆关揽胜（四）　　　　　　　　　　　　　　　　　　　张其昀
七略四部开合之异同　　　　　　　　　　　　　　　　　汪辟疆

（校：正文注有"二十一年九月在中央大学目录学班讲演　章璠笔记"）

中国诗歌在历史上之变迁　　　　　　　　　　　　　　　章　璠

（校：正文作者为"汪辟疆讲　章璠笔记"）

科学是国际的吗　　　　　　　　　　　　　　　　　　　严济慈
旅欧读书日记摘录　　　　　　　　　　　　　　　　　　阮毅成
日本之海外贸易　　　　　　　　　　　　　　　　　　张其春译

（校：正文题目、作者、译者为"日本之国外商业　下田礼佐著　张其春译"）

诗录　　　　　　　　　　　　　　　　　　　　　　　朱　偰等

3日，《大公报·文学副刊》第274期出版发行，要目如下：

美国文人华盛顿欧文诞生百五十年纪念　　　　　　　　　王岷源
《柠檬糖》　　　　　　　　　　　　　　　　　　　　　贺绳宝

(校:夏孟刚小说集的书评)

鹧鸪天 张尔田

伤春 徐 英

10日,《大公报·文学副刊》第275期出版发行,要目如下:

荒木贞夫告全日本国民书 刘文典

壬申以来五绝句 卢 前

俄罗斯的青年 亲密的谈话函札和日记 爱伦堡著 欧阳采薇译

新出小说书目二种(中国小说书目提要 中国通俗小说书目) 云

茅盾著长篇小说《子夜》 云

(校:关于《子夜》的书评。茅盾在《我走过的道路》的回忆录中说,自己听郑振铎所言,此文为吴宓所作。后来的茅盾研究者,包括我本人在《茅盾传》和《"学衡派"谱系》中,都是依照茅盾所说。现在看来此文的作者应是赵万里,因为他在创刊第一期上,即有署名"云"的文章,且是在吴宓写文章不署名的情况下。本期署名"云"的另一篇是关于小说书目的,这正是赵万里的专长。)

凿井歌 张筱珊

15日,《国风》第2卷第8号出版发行。

目录如下:

明代江苏省倭寇事略 柳诒徵

(校:正文题目为"江苏明代倭寇事略")

江南春色与国防革命 张其昀

热河省之地质矿产 谢家荣

(校:正文题目为"热河的地质矿产")

方湖读书记(二) 汪辟疆

小嬛嬛福地随笔 张子和

(校:正文作者为"虞山张爕子和甫著")

《客人三先生诗集》序 古 直

(校:正文题目为"《客人三先生诗选》序")

潇湘夜雨 张其昀

(校:副题"为《衡风》周刊创刊号作")

17日,《大公报·文学副刊》第276期出版发行,要目如下:

汤尼与近代中国教育 韩湘眉

(校:韩湘眉为白璧德弟子张歆海的夫人)

日本军人眼中之日美危机 邵循正

塞上花	素痴

24日,《大公报·文学副刊》第277期出版发行,要目如下:

法国小说家斯当达尔诞生百五十年纪念	夏鼐
无题	心余
法国美术史家考古学者雷那克逝世	
宇内混同秘策	刘文典
五百大刀队歌	王越
寒食晚饭聊园篆青属题填词图	黄节

5月

1日,《国风》第2卷第9号出版发行。

目录如下:

迎夏	陆鸿图
明代北方边防图籍录	王庸
与钱子泉论文书	冯超

(校:正文题目、作者为"与钱子泉书　冯超静伯")

柏拉图之爱情谈	董兆孚
日本之气候	张其春译

(校:正文作者、译者为"冈田武松著　张其春译")

旅欧读书日记摘录(续完)	阮毅成
小嫏嬛福地随笔(续)	张子和

(校:正文作者为"虞山张燮子和甫著")

梦玉词	徐道邻

1日,《大公报·文学副刊》第278期出版发行,要目如下:

评傅斯年《东北史纲》第一卷《古代史东北》	邵循正
癸酉仲春即事有感(二十首)	杨圻
俄罗斯的青年　亲密的谈话函札和日记	爱伦堡著　欧阳采薇译
国难声中之一打鬼文学(上)	萨本铁辑
施宏诰君来函	

8日,《大公报·文学副刊》第279期出版发行,要目如下:

英国批评家兼文学史家圣次伯雷逝世	诰
西江月	李素英

"学衡派"编年文事

《两地书》 诰

（校：鲁迅与景宋的通信集的书评）

卢葆华女士新旧诗集 云

（校：评介《血泪》、《飘零集》）

《宴池诗录》甲集

（校：凌宴池诗集的评介）

海伦曲 吴　宓

15日，《大公报·文学副刊》第280期出版发行，要目如下：

《浮士德》 歌　德作 张荫麟译
《浮士德》本子答问 张荫麟
《歌德评传》

（校：张月超著作的评介）

俄罗斯的青年 亲密的谈话函札和日记 爱伦堡著 欧阳采薇译

15日，《国风》第2卷第10号出版发行。

目录如下：

电磁学之今昔 倪尚达
军事屯垦问题之史的观察 束世澂
襄樊纪闻（上） 彭质均

（校：正文题目为"襄樊见闻"）

再与钱子泉论文书 冯　超

（校：正文作者为"冯超静伯"）

小嫏嬛福地随笔 张子和

［校：正文有"（二续）"，作者为"虞山张燮子和甫著"］

《国风》集 汪辟疆

（校：另有"赖维周"诗）

梦玉词（二） 徐道邻
西湖十景 何奎垣等

（校：正文题目、作者为"西湖十景联句　何斗垣　何奎垣　樊平章"）

故乡　仁让村 林瑾怀

22日，《大公报·文学副刊》第281期出版发行，要目如下：

故都赋并序 常燕生
《三秋草》 知　白

（校：卞之琳著作的评介）

勃克夫人新著小说《诸子》	羡

（校：勃克夫人——赛珍珠小说的书评,季羡林所作,收入《季羡林全集》第7卷）

俄罗斯的青年　亲密的谈话函札和日记	爱伦堡著　欧阳采薇译
读史二章	张尔田
书愤	张尔田

29日,《大公报·文学副刊》第282期出版发行,要目如下：

浮士德	歌　德作　张荫麟译
勃克夫人与江亢虎	犹

6月

1日,《国学商兑》创刊号出版。这是原上海华国社随章太炎迁移至苏州后,在《华国》、《制言》之外又创办的刊物。第2期改名为《国学论衡》。《学衡》作者陈柱、姜忠奎、吴梅、邵祖平、马宗霍、孙德谦等与南京中央大学部分史地专业的教授同时也为苏州的《国学论衡》撰写文章。其中陈柱就是《国学论衡》的"文学部干事"。据《国学论衡》第6期（1935年12月31日）所登《国学会员迁移表》、《国学会撰述员表》所示,姜忠奎、邵祖平、马宗霍、孙德谦为撰述员。陈柱同时还为上海大东书局的《国学月刊》撰写文章。

1日,《国风》第2卷第11号出版发行。

目录如下：

科学与修养	刘　咸

（校：正文有副题"青岛国立山东大学科学馆开馆纪念科学演讲之一"）

回忆中的热河避暑山庄	李守廉
襄樊纪闻（下）	彭质均
答潘光旦评《袁枢年谱》	郑鹤荪

（校：正文作者为"郑鹤声"。郑鹤声、郑鹤荪同为一人）

（校：郑著《袁枢年谱》,商务印书馆,1930）

谢灵运诗研究	许文雨
词品甲叙	欧阳渐
介直王君墓志铭	柳诒徵
悼洪先生文	张其昀

（校：正文作者为"门人张其昀敬撰"）

俪语录	顾公毅

（校：正文作者为"顾公毅"）

（校：后有景昌极的"附识"。顾为景的妻子之舅）

  梦玉词（三）   徐道邻

3日，在中央大学毕业生聚餐酒会上，黄侃与吴梅打架。中文系教授阵营分裂，黄侃、汪东一派，吴梅、胡小石一派。尤其是黄侃，在日记中表示日后与吴梅不再同一饮席。

5日，《大公报·文学副刊》第283期出版发行，要目如下：

  评邢鹏举《中国近代百年史》   陈恭禄

  《六十年来中国与日本》的日译本

  《现代英国诗人》   诰

（校：费鉴照著作的书评）

  谒金门   张尔田

  卜算子   张尔田

  送无名氏出关   王　越

12日，《大公报·文学副刊》第284期出版发行，要目如下：

  《滑稽故事类编》

（校：杨汝泉辑录《滑稽故事类编》的书评）

  评傅斯年君《东北史纲》卷首   缪凤林

  丁玲女士失踪   沈从文

  北平图书馆新出目录学书三种

  《词的解放运动》中之作品   陈永联

  《残羽》

（校：皂公所著短篇小说集的书评）

15日，《国风》第2卷第12号出版发行。

  目录如下：

  生物学与人生   曾　省

  儿童心理学之方法观   萧孝嵘

  《季明封爵表》跋   柳诒徵

  恭谒南明绍武君臣塚记   朱希祖

  我之第二故乡·辽宁桓仁   王克章

  日本之工业   张其春译

（校：正文作者、译者为"寺田贞次著　张其春译"）

窥簾	卢　前
诗录	黄　迁

（校：另有作者朱偰的诗）

姚江文献·阮旬伯先生	沈钧儒

（校：正文题目为"阮旬伯先生事略"）

19日，《大公报·文学副刊》第285期出版发行，要目如下：

《国族精神》（附）国族精神论例浅释

（校：陈筑山著《国族精神》的书评）

评傅斯年君《东北史纲》卷首（二）	缪凤林
一九三二年美国普立则文学奖金业已分别给与	
勃克夫人又一名著《东风西风》中文译本	信

（校：勃克夫人——赛珍珠小说《东风西风》的书评）

《粉影》

（校：连载于《国闻周报》一首长诗的评介）

燕都八哀词	吴其昌

26日，《大公报·文学副刊》第286期出版发行，要目如下：

法国著名女诗人兼小说家诺霭伊伯爵夫人逝世

评傅斯年君《东北史纲》卷首（三）	缪凤林
拂髯	疑　盦

关于评邢鹏举《中国近百年史》之讨论

北平图书馆新出目录学书四种

本月，胡适的《评柳诒徵编著〈中国文化史〉》，刊《清华学报》第8卷第2期。

7月

1日，郑鹤声的《傅斯年等编著〈东北史纲〉初稿》，刊《图书评论》第1卷第11期。

1日，《国风》第3卷第1号出版发行。

目录如下：

（校：封面照片为"河北省昌平县明代十三陵"）

日本史鸟瞰	缪凤林
"知己知彼"	张其昀

（校：正文有副题"二十二年五月十九日在南京总理陵园遗族学校演讲"）

引伸元知朱氏转注说	朱苍许
最近逝世的柏拉图主义者——狄鲠生	李　杰译

（校：正文作者、译者为"N. Wedd原著　李杰译"）

《行云流水》自序	朱　偰
浴巴南塘记	刘　朴
诗录	王　越
东北农民的生活	曾宪文
慈溪文献	
洪允祥先生	

（校：正文有"洪先生行述　浙江省立第四中学谨述"、"挽洪樵舲　有序　杨敏曾"、"悼洪佛矢文　张原炜"）

3日，《大公报·文学副刊》第287期出版发行，要目如下：

从日俄对敌到日俄合作	蒋廷黻
评傅斯年君《东北史纲》卷首（四）	缪凤林
文人之解剖	

（校：书评）

《春蚕》	知　白

（校：关于茅盾小说《春蚕》的书评）

鹧鸪天	解　人

10日，《大公报·文学副刊》第288期出版发行，要目如下：

法国小说家普鲁斯特逝世十年纪念

普鲁斯特评传（一）（二）	曾觉之

15日，白璧德在美国病逝。

15日，《国风》第3卷第2号出版发行。

目录如下：

（校：封面照片为"河北省之滦河"）

争的世界	陆鸿图
日本史鸟瞰	缪凤林
地理学与现代文化	张其昀

（校：原注"录自《新地学》序"）

景印四库全书罕传本拟目	赵万里等

(校:正文作者为"赵万里　袁同礼等")

文录　　　　　　　　　　　　　　　　　　　　　冯　超

(校:正文为:

与陈瀬一论文书　　　　　　　　　　　　　　　　冯　超

复曹君觉书　　　　　　　　　　　　　　　　　　徐　昂

再与陈瀬一书　　　　　　　　　　　　　　　　　静　伯

复陈瀬一书　　　　　　　　　　　　　　　　　钱基博)

诗录　　　　　　　　　　　　　　　　　　　　滕　固等

锦城写心　　　　　　　　　　　　　　　　　　　卢　前

辽宁省西安县　　　　　　　　　　　　　　　　　曾宪文

(校:正文作者为"刘广惠")

17日,《大公报·文学副刊》第289期出版发行,要目如下:

法国小说家普鲁斯特逝世十年纪念

普鲁斯特评传(三)(四)　　　　　　　　　　　　曾觉之

24日,《大公报·文学副刊》第290期出版发行,要目如下:

美国女诗人缇丝德尔逝世

为《中国近百年史》答陈恭禄君　　　　　　　　　邢鹏举

《文学》创刊号　　　　　　　　　　　　　　　　　言

31日,《大公报·文学副刊》第291期出版发行,要目如下:

汪荣宝君逝世

评傅斯年君《东北史纲》卷首(五)　　　　　　　　缪凤林

刘海粟著《中国绘画上的六种法论》　　　　　　　李长之

(校:刘海粟著作的书评)

《春蚕》　　　　　　　　　　　　　　　　　　　　言

(校:关于茅盾小说《春蚕》的书评)

新书百种　　　　　　　　　　　　　　　　　　　　犹

长腿将军歌　　　　　　　　　　　　　　　　　　王　越

8月

1日,《国风》第3卷第3号出版发行。

目录如下:

(校:封面照片为"华山白云")

国防教育四讲　　　　　　　　　　　　　　　　　张其昀

（校：正文有副题"二十二年七月二十四日在上海市教育局演讲"）

日本史鸟瞰（下）　　　　　　　　　　　　　　　缪凤林

屯垦问题之史的观察（续）　　　　　　　　　　　束世澂

日本之畜牧业　　　　　　　　　　　　　　　　　张其春译

（校：正文作者、译者为"中野竹四郎著　张其春译"）

一角的东北农民生活　　　　　　　　　　　　　　汪湘阳

西湖杂咏　　　　　　　　　　　　　　　　　　　陈天倪

诗录　　　　　　　　　　　　　　　　　　　　师　郑等

慈溪文献·洪樵舲先生传　　　　　　　　　　　　童第德

7日，《大公报·文学副刊》第292期出版发行，要目如下：

顾亭林先生诞生三百二十年纪念　　　　　　　　　缪　钺

《中国诗词曲之轻重律》　　　　　　　　　　　　知　白

（校：关于王光祈著《中国诗词曲之轻重律》的书评）

《行云流水》　　　　　　　　　　　　　　　　　知　白

（校：关于顾毓琇著《行云流水》的书评。此时中央大学教授中朱偰、顾毓琇先后各出版一本名为《行云流水》的书）

白屋诗人吴芳吉遗书雕版消息

《谈美》　　　　　　　　　　　　　　　　　　　知　白

（校：朱光潜著作的书评）

景印《四库全书》罕传本拟目序　　　　　　　　　袁同礼

第十一次笔会　　　　　　　　　　　　　　　　　　犹

蠹天纪事　外三首　　　　　　　　　　　　　　　敦　实

曹郎曲　　　　　　　　　　　　　　　　　　　　王　越

14日，《大公报·文学副刊》第293期出版发行，要目如下：

选印四库全书平议　　　　　　　　　　　　袁同礼　向　达

论教育部选印四库全书　　　　　　　　　　　　　王重民

北平图书馆馆长副馆长上教育部呈

教育部部长复蔡袁二君函

16日，《国风》第3卷第4号出版发行。

目录如下：

（校：封面照片为"西岳华山"）

太平书　　　　　　　　　　　　　　　　　　　　刘尔炘

选印四库全书平议	袁同礼　向　达
日本之民族	小牧实繁著　夏禹勋译
《亚洲中心》序	史坦因著　任美锷译
沈阳回忆录	刘广惠
三家曲选·霜厓曲选	常芸庭编

（校：内容为"三家曲选序"、"霜厓曲选"、"霜厓曲选目录"、"吴梅小传"）

诗录	朱遏先等

21日，《大公报·文学副刊》第294期出版发行，要目如下：

高斯华绥及其佛尔赛特家传	陈楚珩
为《中国近百年史》答邢鹏举君	陈恭禄
失地将军歌	王　越

23日，季羡林《清华园日记》记有："作《家》的书评，想寄给《大公·文副》。"

28日，季羡林《清华园日记》记有："又写了一篇评臧克家诗的文章。"

28日，《大公报·文学副刊》第295期出版发行，要目如下：

但丁《神曲》　地狱第一曲	孙毓棠译
评傅斯年君《东北史纲》卷首（六）	缪凤林
燕都时轮金刚法会歌	王　越
高斯华绥遗著《烛台》	犹
勃克夫人新著《母亲的故事》	犹

《学衡》杂志第78期出版发行（具体出版时间不明，但内文的启事中显示有8月1日的时间，所以列在此处）。

目录如下：

插　画

牛津大学全景

（校：正文图片有"A View of Oxford From the Air"）

葛德在罗马城外苍茫吊古图

（校：正文图片有"Goethe in der Campagna gemalt von I. A. W. Tisebbein 1786"）

文　苑

欧游杂诗	吴　宓

［校：正文题目、作者为"欧游杂诗　第一集　附录海伦曲（Helen of Troy）　吴宓"］

留美漫记	琴慧女士

(校:正文作者为"琴慧女士撰")

悼亡杂忆　　　　　　　　　　　　　　　　　　　　　　　　　　　　景昌极

第78期扉页登有《学衡》杂志社启事：

> 本社自民国十一年发行《学衡》杂志以来，现已出至七十八期。概由吴宓君负责编辑，上海中华书局印售。七十九期亦同。自第八十期起，则改由南京钟山书局印行，编辑职务亦改由缪凤林君担任。每年出版六期，定价每册三角，预定(订)全年，连邮费一圆六角。海内外人士欲投稿者，请径函南京国立中央大学收转缪凤林君。欲补购全份(七十九册连邮费特价十八圆)、零册(每册三角)及预定(订)全年者，请径函南京城北蓁巷钟山书局可也。
>
> 民国二十二年八月一日　　　　　　　　　　《学衡》杂志社敬启

本期无学术论文，全部刊登诗文，其中吴宓本人的占一半。

本月，《学衡》杂志第79期出版(具体出版时间不明，但内文的启事中显示有8月1日的时间，所以列在此处)：

目录如下：

插画

本社社员白屋诗人吴芳吉君遗像

(校:正文另题目、作者为"哭碧柳　刘永济")

廖季平先生遗像　廖季平先生墨迹

通论

评文学革命与文学专制　　　　　　　　　　　　　　　　　　　　易　峻
与刘文典教授论国文试题书　　　　　　　　　　　　　　　　　　陈寅恪

述学

原道字与彝字之哲学意义　　　　　　　　　　　　　　　　　美国顾立雅
附录一：顾立雅论中国人之宇宙观　　　　　　　　　　　　　　吴　宓述
附录二：孔诞小议　　　　　　　　　　　　　　　　　　　　　吴　宓

(校:上述附录一、二均转录天津《大公报·文学副刊》第247期，1932年9月26日)

墨学分期研究　　　　　　　　　　　　　　　　　　　　　　　　杨　宽
井研廖季平师与近代今文学　　　　　　　　　　　　　　　　　　蒙文通
《柏拉图五大语录》导言　　　　　　　　　　　　　　　　　　　郭斌龢

文　苑

沈变纪事诗	王荫南
槐居唱和	张尔田　邓之诚

本期扉页《学衡》杂志社启事内容同第 78 期。

本期作者蒙文通(1894—1968)，名尔达，字文通，四川盐亭人。廖平弟子，此时为北京大学教授。

王荫南(1905—1944)，名汝棠，字荫南，辽宁海城人。抗日烈士。此时为中学教师、报纸编辑。

邓之诚(1887—1960)，字文如，号明斋，江苏南京人，清末举人。1920 年任北京《晨报》总编，1921 年任大学教授。著有《清诗纪事初编》、《邓之诚文史札记》等。

吴宓与《学衡》，仅十二年的坚守，如强弩之末，终未能穿新文化—新文学之"鲁缟"。如此收场，不可以成败论英雄。

本月，郭斌龢被聘为中央大学外文系教授。

9 月

1 日，《国风》第 3 卷第 5 号出版发行。

目录如下：

评魏岩寿主编《英汉德法对照化学辞典》	张江树
新方言杂记	王　纶
日本国土之沿革	张其春译

（校：正文作者、译者为"西田直二郎　池田源太合著　张其春译"）

《娱生轩词》叙	王　瀣

（校：《娱生轩词》为"王德楷撰"）

诗录	朱　偰
三家曲选	
二北曲选	常芸庭编

（校：内容为"任讷小传　卢前"、"二北曲选目录"）

吴县文献·汪荣宝先生	

（校：正文题目为"汪荣宝先生哀启"）

川游纪要	潘承祥

（校：正文题目为"川游记要"）

封面插画·峨嵋山之云海（林文英君摄赠）

1日，季羡林《清华园日记》记有："吴宓送我一本臧克家送他的诗。"

4日，《大公报·文学副刊》第296期出版发行，要目如下：

德国诗人威兰诞生二百年纪念

评傅斯年君《东北史纲》卷首（七） 缪凤林

悼丁玲 张荫麟自美国寄稿

《烙印》 羡　林

（校：臧克家诗集的评介，收入《季羡林全集》第7卷）

《这时代》 知　白

（校：王统照新诗集的评论）

《解放者》 知　白

（校：落花生短篇小说集的评论）

蝴蝶花 余　生

平顶山吟 王　越

11日，《大公报·文学副刊》第297期出版发行，要目如下：

悼柯凤孙先生

（校："凤孙"，前文做"凤荪"，指同一人）

读《蓼园诗集》 徐际恒

《周作人书信》 言

（校：书评）

巴金著长篇小说《家》 羡　林

（校：书评，收入《季羡林全集》第7卷）

蝶恋花 荪　荃

五月二十六日张垣纪事 王荫南

11日，季羡林《清华园日记》记有："《大公·文副》又有一篇文章登出——巴金的《家》的review。"

16日，《国风》第3卷第6号（选印《四库全书》问题专号）出版发行。

目录如下：

（校：封面照片为"杭州西湖文澜阁四库全书"）

选印四库秘书拟目 柳诒徵

致教育部函·复傅沅叔函 柳诒徵

致教育部王部长函 编订四库全书未刊珍本目录委员会

(校：正文题目为"致教育部王部长书")

编订四库全书未刊珍本目录委员会油印四库孤本丛刊拟目

致《时代公论》记者书　　　　　　　　　　　　　　袁同礼

对于影印四库全书舆论之评议　　　　　　　　　　郑鹤声

笺注景印四库全书未刊本草目

(校：当时"景印"即"影印")

18日，《大公报·文学副刊》第298期出版发行，要目如下：

民国初年之中日关系　　　　　　　　　　　　　　蒋廷黻

告全日本国民书　　　　　　　　　　荒木贞夫著　刘文典译

哀辽东　　　　　　　　　　　　　　　　　　　　王　越

新本事诗　　　　　　　　　　　　　　　　　　刘文典编

玉楼春　　　　　　　　　　　　　　　　　　　　俞大纲

《影》　　　　　　　　　　　　　　　　　　　　　源

(校：李唯建诗歌的评介)

21日，季羡林《清华园日记》记有："上吴宓的中西诗之比较，他看重旧诗，并且说要谈到什么人生问题，我想一定没多大意思的。"

23日，杨振声、沈从文主编《大公报·文艺副刊》创刊。每周三、周六出版。这是《大公报》主管层有意迫使吴宓主编的《大公报·文学副刊》停刊的一个人情性过渡。本期有岂明、徽音、卞之琳、杨振声、沈从文的作品。与《文学副刊》不同，编著和作者队伍属于新文学阵营，抛弃了旧体诗词，所刊登的都是白话新诗。白话小说、散文、话剧剧本大量涌现。所以吴宓1936—1937年在清华大学、北京女子文理学院开讲《文学与人生》时视沈从文为"敌人"，并写进讲义。在《文学与人生》第51页中有这样的表达："他（吴宓先生）必然会被两方面的人所误解与攻击——他的朋友（如吴芳吉先生）和他的敌人（如沈从文先生）。"

23日，季羡林《清华园日记》记有："看到沈从文主编的大公文艺副刊，今天是第一次出版，有周作人、卞之琳的文章，还不坏。"

25日，《大公报·文学副刊》第299期出版发行，要目如下：

佛朗克教授博士七十生辰纪念

评傅斯年君《东北史纲》卷首（八）　　　　　　　缪凤林

学术界杂讯

叶士泊生新著《英文文法要义》

贺新郎	李素英
仿吴梅村遣闷	蔡松吾
禽言八首	蔡松吾

27日,《大公报·文艺副刊》第二期出版,作者有叶公超、冰心、徽音、长之、郑振铎。以下不再列举。

10月

1日,《国风》第3卷第7号出版发行。
目录如下:

《中国新地图》序	翁文灏

(校:正文题目为"中华民国新地图序")

《心史》序	欧阳渐

(校:正文题目为"心史叙")

徐霞客之故乡	王维屏
地壳形成与风水地理之新解释	林莲夫
岭南纪行	朱偰
三家曲选(下)	常芸庭编

(校:内容为"饮虹曲选"、"卢前小传"、"饮虹曲选目录")

澳门三巴寺览古(诗)	朱偰
无锡文献·王荩承先生	严复

(校:正文题目为"无锡王荩承先生七十寿序"。顾毓琇为此文写有"跋")

封面插画·澳门三巴寺(朱偰君摄赠)

2日,《大公报·文学副刊》第300期出版发行,要目如下:

但丁《神曲》	严既澄译
学术界杂讯	
鹧鸪天	张尔田
故都旧居院植海棠梨花各一本十余年高出檐际今春来晋为之怃然卜居乍定更于楼前各栽一株竟得活秋后赋此	凌宴池

9日,《大公报·文学副刊》第301期出版发行,要目如下:

浪漫文学与历史小说	曾觉之
施蛰存短篇小说集《梅雨之夕》	告
念奴娇	戴培之

本年法国民众文学奖金为亨利波莱所得
英美之翻译家 犹
金石界珍闻
采桑子 解 人

16日,《大公报·文学副刊》第302期出版发行,要目如下：
黄仲则逝世百五十年纪念 缪　钺
李健吾著戏剧二种(《火线之外》、《火线之内》) 窘　羊
（校：书评,张骏祥所作）
《中华基督教文字索引》
陆志韦白话诗第三集《申酉小唱》 羡　林
（校：书评,收入《季羡林全集》第7卷）
步雪珊女士陶然亭题壁韵 萧公权
文艺界消息
反五苦诗 萧公权

16日,《国风》第3卷第8号出版发行。
目录如下：
毋忘东北失地 张其昀
（校：正文有副题"民国二十二年十月二二日在南京汇文女子中学演讲"）
中国文学小史序论 钱锺书
公羊穀梁微序例 李原澄
（校："原"为"源"字之误,应为"李源澄"）
日本之民族(下) 夏禹勋译
（校：正文作者、译者为"小牧实繁著　夏禹勋译"）
青海风光(上) 张元彬
龙潭栖霞一日游 任美锷
《蕴素轩诗集》序 顾公毂
（校：正文作者为"顾公毅"）
梦玉词(四) 徐道邻
封面插画·四川嘉陵江温塘峡(林文英君摄赠)

23日,《大公报·文学副刊》第303期出版发行,要目如下：
中国通史讲义叙录 邓之诚
赠加意夫 王　力译

摸鱼儿	汪玉笙
秋兴八首	萧公权

文艺界杂讯

马炎武君来函

徐际恒先生逝世

27日,《学衡》作者曹经沅(纕蘅)因陈三立自庐山来南京,组织农历九月九重阳日登高赋诗,有87人到场,以扫叶楼主人龚半千(贤)的半亩园诗分韵赋诗。作者姓名"以拈韵原诗次第为序":

夏敬观、滕固、宗威、巴壶天、吴鼎昌、汪剑翔、靳志、邵元冲、罗家伦、徐乃昌、李宜倜、黎承福、许崇灏、冒广生、黄濬、李宣龚、吴梅、沈砺、陈其采、刘三、卢前、黄曾樾、何遂、江絜生、汪国垣、于宝轩、胡奂、乔曾劬、张占鼇、廖恩焘、陈世宜、陈诗、方兆鼇、吴虞、关赓麟、黄孝纾、李启琛、何承徽、梁鸿志、林葆恒、张维翰、张默君、吴锡永、陈毓华、龙达夫、蹇先棨、谢无量、陈新燮、伍非百、王燦、高一涵、高赞鼎、方叔章、陆增炜、贺俞、陈汝霖、黄孝绰、彭醇士、李翊灼、刘麐蔚、黄福颐、陈树人、汪兆铭、王易、徐宝泰、张元群、释寄尨、柳诒徵、赖维周、蔡允、关霁、吴镜予、曾仲鸣、曹熙宇、许世英、吴用威、王用宾、游洪范、孙澄方、曾学孔、王揖唐、曹经沅、姚琮、赵尊岳、陆丹林、周达、陈衍。

他们的共同诗作,结为《癸酉九日扫叶楼登高诗集》,于第二年春印行。

30日,《大公报·文学副刊》第304期出版发行,要目如下:

悼简竹居先生

《潮州文概》

词坛消息

鹧鸪天	俞大纲
鹧鸪天	瞿宣颖
虞美人	解 人

11月

1日,《国风》第3卷第9号出版发行。

目录如下:

动物学之研究基础	秉 志

（校：正文作者为"秉志讲演　林文记录"）

明孝陵志（续）	王焕镳
宁波市在国际通商史上之地位	张道渊
四库全书大典本别集补词	唐其璋

（校：正文作者为"唐圭璋"，"其"为"圭"之误）

重刊《邓尉圣恩寺志》序	金天羽
诗录	刘肃
常熟文献·乌目山僧传	刘永昌

封面插画·嘉陵江温泉浴池（林文英君摄赠）

6日，《大公报·文学副刊》第305期出版发行，要目如下：

评梁赵懋华《叔本华学派的伦理学》	贺麟
张荫麟君来函	

8日，季羡林《清华园日记》记有："今天整天都在沉思着作《夜会》的书评。一起头，就使我感到困难。……晚上终于硬着头皮把《夜会》的评写[完]。"

13日，《大公报·文学副刊》第306期出版发行，要目如下：

威兰之生平及其著作	杨丙辰
文史杂讯	
偕雨生从文坐来今雨轩	凌宴池
轻梦词	叶麐（石荪）

16日，《国风》第3卷第10号出版发行。

目录如下：

从直觉观察所得之中国人脑子	卢于道
澳门之过去与将来	朱偰

（校：正文有"附澳门纪游"）

答君羽先生《对于四库全书舆论之评议的读后感》	郑鹤声
革命与战争对于进化之关系	张耆孙译

（校：正文题目为"革命与战争对于进化的关系"）

日本之通信	张其春译

（校：正文作者、译者为"冈本重彦著　张其春译"）

诗录	柳诒徵　朱偰
南通文献·张先生传	顾公毅

（校：正文作者为"顾公毂"）

列国陆军军备一览表

封面插画·俯瞰世界第一高峰（英国雪厦山探险队摄）

20日，《大公报·文学副刊》第307期出版发行，要目如下：

评孙曜《春秋时代之世族》	素　痴
《望舒草》	诰

（校：书评）

丁玲的《母亲》	汉
《狮吼集》	方玮德

（校：王平陵诗集《狮吼集》的书评）

忆秦娥	荪　荃
忆秦娥	玉　笙
挽何君心冷诗二章	刘海澧
浪淘沙	解　人

27日，《大公报·文学副刊》第308期出版发行，要目如下：

评钱基博《现代中国文学史》	胡先骕
评叶麐《轻梦词》	缪　钺
欧美文坛消息	民　犹
望乡曲　五阕	辽东纪元
卜植　外二首	养　潜
书讯	

29日，季羡林《清华园日记》记有："吴宓又要稿子，限制到五百字，我替他写了一篇《离婚》的review。短短的一篇，却使我感到困难。"

12月

1日，《国风》第3卷第11号出版发行。

目录如下：

读史随笔	洪允祥

（校：文章前有柳诒徵加的"前言"）

唐代开元前后长安之胡化	向　达
明文学叙目	钱基博
行为之生物基本	卢于道
青海风光（中）	张元彬

《好妻子》译者序	郑晓沧
诗录	钱锺书
曲录·投河中	卢　前
封面插画·陕西长安北门	

（校：正文有"本刊第五期载《中国文学小史绪论》原稿遗失以下二节补白如下"。而钱锺书《中国文学小史序论》是刊在《国风》第3卷第8号上，题目有"绪"、"序"之差，期号也有误。经查对，此篇《中国文学小史绪论》为钱锺书刊于第3卷第8号文章的补充。）

4日，《大公报·文学副刊》第309期出版发行，要目如下：

评《醒世姻缘传》	民　犹
哀十九路　有序	悯　人
四十初度怀人诗	余　生
欧美文坛消息	民　犹
文史杂讯	

11日，《大公报·文学副刊》第310期出版发行，要目如下：

德国诗人威兰诞辰二百年纪念

威兰之生平及其著作（续第三百零六期）	杨丙辰
哀十九路	月　峰
《西哲名言集》	诰
《简竹居遗书》	诰
《创作的经验》	诰

（校：书评）

盐包行　外二首	王　越

16日，《国风》第3卷第12号出版发行。

目录如下：

李希霍芬与中国之地质工作	翁文灏

（校：原为英文，初刊于《中国地质学会会志》民国二十二年第三期，李海晨汉译）

航空救国与科学研究	竺可桢

（校：原注"为《科学画报　飞机专刊》作"）

国内生物科学近年来之进展	秉　志

（校：正文作者为"秉志著　林文译"）

洗冤录上之化学问题	汤腾汉

（校：正文作者为"汤腾汉博士讲演　徐植琬记录"）

"学衡派"编年文事

复李君书	柳诒徵
醉余随笔	洪允祥

(校:正文作者为"洪允祥遗著"。受业王詠麟写有跋)

福建浦城概况	朱　程

(校:正文题目为"浦城概况")

诗录	吕天石

(校:正文作者为"吴天石")

封面插画·万季野先生(鄞县教育局赠)

18日,《大公报·文学副刊》第311期出版发行,要目如下:

法国宗教史家兼文学批评家博勒蒙逝世	施闳诰
欧美文坛消息	民　犹
君不见	悯　人
我悄然的在窗下徘徊	荪　荃
《学衡》杂志新改办法	犹
诗人朱湘自杀	犹

25日,《大公报·文学副刊》第312期出版发行,要目如下:

悼白璧德先生

欧美文坛消息

《中国分省新图》

《山雨》	诰

(校:关于王统照小说《山雨》的书评)

《离婚》	窘　羊

(校:关于老舍小说《离婚》的书评)

《吴宓诗集》

(校:新书预告)

癸酉岁暮述怀	吴　宓
哀十九路	静　碧

吴宓在《悼白璧德先生》一文中所列举白璧德的"中国门弟子"依次是梅光迪、吴宓、汤用彤、张歆海、楼光来、林语堂、梁实秋、郭斌龢八位。同时,他指出"林语堂君,则虽尝从先生受课,而极不赞成先生之学说","而要以吴宓、郭斌龢君,为最笃信师说,且致力宣扬者"。门弟子以外有胡先骕,曾翻译白璧德的文章,"又曾面谒先生,亲承教诲"。吴芳吉、缪钺是读白璧德文章,间接受白璧

346

德的影响。在上述吴宓所列举的十一人中,没有陈寅恪。梁实秋曾写文章宣扬人文主义,他所编的《白璧德与人文主义》,于1929年在新月书店出版,被吴宓在此称"为欲知白璧德先生学说大纲者之最好读物"。

30日,胡适日记中记有:"今天听说,大公报已把《文学副刊》停办了。此是吴宓所主持,办了三百一十二期。此是《学衡》一班人的余孽,其实不成个东西。甚至于登载吴宓自己的烂诗,叫人作恶心。"胡适写这日记后,《文学副刊》又于1934年1月1日出了第313期,作为终结。

1934 年

1 月

1日,《大公报·文学副刊》第313期出版发行。此为终刊号。要目如下:

本报启事

欧美文坛消息

丁玲短篇小说集《夜会》　　　　　　　　　　　　　　　　汉

元旦谣　　　　　　　　　　　　　　　　　　　　　　　刘海澧

癸酉咏怀诗五十首　　　　　　　　　　　　　　　　　　王荫南

1日,季羡林《清华园日记》记有:"前天听说《大公报》致函吴宓,说下年停办《文学副刊》,还真岂有此理。虽然我是'文副'一份子,但我始终认为'文副'不成东西。到现在,话又说回来,虽然我认为'文副'不成东西,大公报馆也不应这样办,这真是商人。一天忙着作李后主年谱和传略,对付吴宓也。"

据不完全统计,《文学副刊》专文介绍的欧美人士有196人以上。各期汇总如下:(依照刊物出版期次)

基德(Andre Gide,2 期)

哈代(Thomas Hardy,4、5、15、42、50、70、71 期)

斯宾格勒(Oswald Spengler,6、54 期)

易班乃士(Vicente Blasco Ibanez,6 期)

蔓殊斐尔(Mansfield,7、53 期)

鲁索(Rousseau,8、26、188 期)

罗素(Bertrand Russell,8、74、81、82、94、101、174 期)

韦拉里(Paul Valery,8、9、10、25、26 期)

易卜生(Ibsen,12 期)

路德威(Emile Ludwig,12、18、37 期)

歌德(Goethe,13、55、198、205、206、217、220、221、222、223、224、230、242、243、245、273、280、282 期)

费希特沃格(Lion Feuchtwanger,14 期)

葛兰坚(Charles Hall Grandgent,14、46 期)

乔治·迈里迭(George Meredith,15 期)

但因(泰纳 Taine,17 期)

勃莱克(William Blake,18 期)

邓肯(Isadora Duncan,18、75 期)

康拉德(Joseph Conrad,18、37 期)

罗色蒂(D. G. Rossetti,19、24、154 期)

穆尔(Paul Elmer More,19、27、28、29、30、62、101 期)

福禄特尔(Voltaire,21 期)

摩拉(Aadre Maurois,25 期)

霍渥尔特(Henry H. Howorth,29 期)

西泽林(Hermann Keyserling,29、97 期)

韦尔斯(H. G. Wells,30、94、145、308 期)

路易斯(Wyndham Lewis,31、32 期)

拉塞尔(Pierre Lasserre,33 期)

博格森(Bergson,33、227 期)

托尔斯泰(Tolstoy,34、35、36、78、190、200、246 期)

福开森(J. C. Feguson,36 期)

贝尔(Clive Bell,36、110 期)

蜗逊(华生 John H. Waison,37 期)

喀丹呢(Cattani,37 期)

萧伯纳(George Bernard Shaw,37、212、265、268 期)

布鲁桑(Brousson,38 期)

芮满(Zimmern,38、94 期)

古拉塞(Grasset,38 期)

高斯华绥(John Galsworthy,39、256、268、292、294、295 期)

马勒尔白(Francois de Malherbe,40、41 期)

安诺(Fritz von Unruh,40 期)

龙萨(Rierre de Ronsard,41 期)

杜伯莱(Du Bellay,41 期)

特来维央(Trevelyan,42 期)

杜来色(德莱赛 Theodore Dreiser,42、190 期)

亚伦波(Edgar Allan Poe, 43 期)

雪莱(Shelley,43、206 期)

戈斯密(Oliver Goldsmith,44、45 期)

拉德克利夫(Radcliffe Hall,45、66 期)

赫胥黎(Aldous Huxley,46、182 期)

彭衍(John Bunyan,47 期)

赖昂·都德(Leon Daudet,47、109 期)

卡尔(Robert S. Carr,48 期)

弗洛伊德(Sigmund Freud,49 期)

圣·伯甫(Sainte-Beuve,49、50 期)

佛斯特(Norman Foerster,50、64 期)

哈费士(Hafiz,50 期)

班达(Julien Benda,51、72 期)

翁德塞(Sigrid Undset,52、54 期)

苏德曼(Hermann Sudermann,53 期)

卫礼贤(Richard Wilhelm,55、102、114、124 期)

雷兴(拉辛 Gotthold Ephraim Lessing,55、61 期)

拉加洛夫(Selma Lagerloef,56、64 期)

查奇(Alfred John Church,56 期)

莫泊桑(Maupassant,56、78 期)

弗列得力希雷格尔(Friedrich Schlegel,65、66、67 期)

瑞恰莱(Drieu la Rochelle,65 期)

白璧德(Irving Babbitt,72、97、191、192、312 期)

辛克莱·路易斯(Sinclair Lewis,74、155、187、256 期)

曷斯当(Edmond Rostand,76 期)

杜威(John Dewey,76、99、102、226 期)

格拉夫(Oskar Maria Graf,76期)

戴闻达(J. J. L. Duyvendak,77期)

陀斯妥耶夫斯基(Dostoevsky,78期)

巴尔扎克(Balzac,78期)

翟孟生(R. D. Jameson,84、85、166期)

拜伦(Lord Byron,85、89、90、91、92、93、96、97、99、102、108、109、110、111、112、124期)

加斯蒂辽尼(Count Baldassare Castiglione,86、87、88、89、90期)

开斯(A. Berriedale Keith,88期)

裴提(Charles Pertit,90期)

多玛斯(F. W. Thomas,90期)

恰尔德(V. Gordon Childe,90期)

孟孙(Gorham R. Munson,93期)

格拉奈(Marcel Granet,93期)

佛斯特(E. M. Forster,96期)

奥丁顿(Richard Aldington,97期)

杜兰(Will Durant,98期)

霍布士(Thomas Hobbes,99、100期)

巴比塞(Barbusse,99期)

雷马克(E . M. Remarque,99、182期)

霍斯夫人(Hosie,100期)

喜龙人(Osvald,100期)

薛尔曼(Stuart P. Sherman,102、105期)

巴利(Sir J. M. Barlee,103期)

伍鲁夫夫人(Mrs Virginia Woolf,103期)

胡贝(Jay B. Hubbell,105期)

佐拉(Zola,108、150期)

葛拉汉(Marcus Graham,110期)

霍伯特女士(Alice Hobart,111期)

汤木士·曼(Thomas Mann,111、117期)

韦尔比(T. Earle Welby,112期)

嚣俄(雨果 Victor Hugo,113期)

瑞恰慈(I. A. Richards,113、115、128 期)

塞热特(Neta Syrett,113 期)

劳伦斯(David Herbert Lawrence,114、115、117、191 期)

加沙绵(Louis Cazamian,116 期)

史特勒斯曼(Stresemann,117 期)

卜雷奇斯(Robert Bridges,120、128 期)

古尔孟(Remy de Courmont,121 期)

佛里德(Friedell,122 期)

布朗乃尔(W. C. Brownell,123、129、130 期)

马西尔(Louis J. A. Mercier,123、129、130 期)

梅丝斐尔(John Masefield,123、244 期)

洛克(William John Locke,124 期)

马亚科夫斯基(Mayakovsky,126、137 期)

但丁(Dante,130、131、295、300 期)

勒朋(Gustave Le Bon,131、133、134、136、138、142、150 期)

柯南道尔(Sir Arthur Conan Doyle,132 期)

圣·奥思定(S. Aurelius Augustinus,138、140、141、142、143、145 期)

劳林(Laurin,145 期)

西维世(Siwerrz,145 期)

伯格曼(Bergman,145 期)

斯坦因(M. Aurel Stein,159、160、161、162、163 期)

莎士比亚(Shakespeare,163、201、234、235 期)

烈维(Sylvain Levi,168 期)

沙畹(Edouard Chavannes,168 期)

费琅(Ferrand,169 期)

班纳德(Enoch Arnold Bennett,175 期)

薄伽丘(Boccaccio,179 期)

斯达尔夫人(Mme de Stael,177 期)

Cile Lytton Strachey(180 期)

Vicki Baum(186 期)

C. E. Vulliamy(188 期)

特鲁朴(Anthony Trollope,192 期)

亚里士多德(Aristotle, 193 期)

凯因(Thomas Henry Hall Caine, 194 期)

哈利斯(Frank Harris, 197 期)

黑格尔(G. W. F. Hegel, 199、200、201、206、207、216、217、218、219 期)

蔼里斯(Havelock Ellis, 199 期)

费雷洛(Ferrero, 201 期)

加菲德(Erik Axel Karlfeldt, 202 期)

Edmund Husserl(202 期)

费希德(Fichte, 203、204、213、227 期)

菲农(Prancois Villon, 204 期)

弥塞(Allred de Musset, 206 期)

沙克雷(W. M. Thackeary, 206 期)

勃克夫人(赛珍珠 Mrs. Pearl S. Puck, 208、212、228、281、282、285、295、308 期)

梅特林克(Maeterlinck, 212 期)

哈德森(G. F. Hudson, 217 期)

林遂(Nicholas Vachel Lindsay, 225、234 期)

欧伯廉(Frederick O'Brien, 225 期)

罗曼·罗兰(Romain Rolland, 226 期)

拉梅奈(Felicite Robert de Lamennais, 231 期)

显尼志劳(Arthur Schnitzler, 232 期)

洛瓦格(Ole E. Rolvaag, 234 期)

马劳埃(Albert Mathiez, 235 期)

斯特来奇(Lytton Strachey, 238 期)

山体斯(Francesco de Santis, 240 期)

冯德(Wilhelm Wundt, 242 期)

比达(Ramon Menondez Pidal, 243 期)

法朗士(Anatole France, 243 期)

斯特劳(Rolph Straus, 245 期)

弥尔顿(Milton, 246 期)

顾理雅(Herrlee Glessner Creel, 247 期)

辜律己(柯勒律治 Coleridge, 249 期)

欧本汉（James Oppenhein，250、252 期）

格雷罕（Kenneth Grahame，250 期）

麦西（John Macy，250 期）

杜麦夫人（Mrs. Margery Latimer Toomer，250 期）

马泰尔伯爵夫人（Comtesse Martel de Janville，250 期）

狄金生（G. Lowes Dickinson，250 期）

巴善（Rene Bazin，250 期）

孟罗（Harold Monro，251 期）

柯罗齐（Benetto Croce，253 期）

斯宾诺莎（Baruch Spinoza，254、255、257、264 期）

白利欧（Eugene Brieux，258、259 期）

般生（Bjornstjerne Bjornson，259 期）

包德玛（Johann Jakob Bodmer，261 期）

伯希和（Paul Pelliot，265 期）

莫雅（George Moore，268 期）

赫巴特（George Herbert，270 期）

格林（John Richard Green，270 期）

拉伯雷（Francois Rabelais，270 期）

马克思（Karl Marx，272 期）

华盛顿·欧文（Washington Irving，274 期）

斯当达尔（Stendhal，277 期）

雷那克（Salomon Reinach，277 期）

爱伦堡（Ilya Ehrenbourg，275、278、280、281 期）

圣次伯雷（George Saintsbury，279 期）

诺霭伊伯爵夫人（Comtesse de Noailles，286 期）

普鲁斯特（Marcel Proust，288、289 期）

缇丝德尔（Sarah Teasdale，290 期）

威兰（Christoph Martin Wieland，296、306、310 期）

佛郎克（Otto Franke，299 期）

叶士泊生（Otto Jespersen，299 期）

叔本华（Schopenhauers，305 期）

博勒蒙（Abbe Henri Bremond，311 期）。

《国风》第 4 卷第 1 号(徐光启专号)出版发行。

目录如下：

纪念明末先哲徐文定公　　　　　　　　　　　　　　　　竺可桢

徐光启逝世三百年纪念　　　　　　　　　　　　　　　　李书华

（校：正文题目为"徐光启逝世三百周年纪念日感言"）

徐光启逝世三百年纪念　　　　　　　　　　　　　　　　余青松

（校：正文题目为"徐光启逝世三百年纪念日感言"）

徐光启逝世三百年纪念　　　　　　　　　　　　　　　　向　达

徐文定公与中国科学　　　　　　　　　　　　　　　　　马相伯

徐光启与利玛窦　　　　　　　　　　　　　　　　　　　丁宗杰

奉教阁老的著作　　　　　　　　　　　　　　　　　　　徐景贤

徐文定的徐家汇　　　　　　　　　　　　　　　　　　　徐景贤记

（校：正文作者为"相老人语录　徐景贤记"）

附录

（一）明史本传

（二）年谱（校：正文题目为"徐文定年谱"）

（三）行实（校：正文题目为"徐文定公行实"）

（四）寿文

（五）利子奏疏

（六）利子碑记

封面插画·徐光启像

（校：封面插画为"徐文定公像"）

4日，季羡林《清华园日记》记有："从上星期六就听说（今天星期四）《大公·文副》被 Cut 了。今晨吴宓上课，果然大发牢骚。……晚上去找他，意思是想安慰他一下，并且把作成的李后主年谱带给他。"

16日，《国风》第 4 卷第 2 号出版发行。

目录如下：

无锡文化（附铜版图四幅）　　　　　　　　　　　　　　张其昀

（校：原注有"为《新文化》杂志创刊号作"。照片为任美锷摄。四幅铜板图为泰伯渎与泰伯庙　自高子水居望五里湖　泰伯墓　惠山寄畅园）

对于妇女国货年之意见　　　　　　　　　　　　　　　　聂曾纪芬

（校：正文作者为"聂曾纪芬命意　男其杰笔述"）

354

莱布尼兹《单子论》译序 　　　　　　　　　　　　　景昌极
谱引 　　　　　　　　　　　　　　　　　　　　顾公毂
（校：正文为"顾公毂"）
日本之国内商业 　　　　　　　　　　　　　　 张其春译
（校：正文作者、译者为"田中秀作著　张其春译"）
诗录 　　　　　　　　　　　　　　　　　　　　朱　偰
革命史料·杨卓林烈士等供词
重修范氏天一阁募捐启
封面插画·全谢山先生像（鄞县教育局赠）

2月

1日，《国风》第4卷第3号出版发行。
目录如下：
寿春新出楚王鼎考释 　　　　　　　　　　　　胡光炜
晋斋扎记 　　　　　　　　　　　　　　　　　 徐道邻
（校：正文题目为"晋斋札记"）
《中国人类化石及新生代地质概论》序 　　　　 翁文灏
（校：正文有"附：杨健忠记"）
《客家研究导论》序 　　　　　　　　　　　　 朱希祖
（校：另有"附《吴序》　附《自序》 罗香林　附《目次》"）
世界大战的酿成（上） 　　　　　　　韦格尔著　魏以新译
吴江同里杂记 　　　　　　　　　　　　　　　 钱小云
诗录 　　　　　　　　　　　　　　　刘　肃　王岫云
封面插画·王阳明先生像（鄞县教育局赠）
16日，《国风》第4卷第4号出版发行。
目录如下：
钟山地质颂 　　　　　　　　　　　　　　　　 林中巨
《武训先生纪念册》序 　　　　　　　　　　　 郭斌龢
《陆若汉〈答朝鲜李荣后书〉》跋 　　　　　　 佛陀耶舍
金陵艺文志（一） 　　　　　　　　　　　　　 陈诒绂
（校：正文作者为"江宁陈诒绂稻孙纂述"）
为讨论《改良中式簿记》致徐永祚君书 　　　　 潘序伦

355

世界大战的酿成（下）	韦格尔著　魏以新译
碧笙诗草	徐道邻
倪编《初版高中物理学》勘误	倪尚达

封面插画·黄梨洲先生像（鄞县教育局赠）

25日，朱希祖到南京中央大学历史系任教。

3月

1日，《国风》第4卷第5号出版发行。

目录如下：

历代水利职官志	叶遇春
金陵艺文志（二）	陈诒绂

（校：正文作者为"江宁陈诒绂稻孙纂述"）

陈君时先生暨叶太夫人七十双寿序	郭斌龢
《六艺后论》序	陈　柱
资本主义之将来（上）	德国桑巴特著　钱德升　许崇彦合译

（校：正文有"朱偰序"）

河海余音	卢　前
诗录	樊君穆

封面插画·朱舜水先生像（鄞县教育局赠）

16日，《国风》第4卷第6号出版发行。

目录如下：

寿春新出楚王鼎铭考释（又一器）	胡光炜
西郊访万氏白云庄遗址及白云先生茔墓记	杨贻诚

（校：正文作者为"鄞杨贻诚菊庭譔"）

竹洲纪略（并注）	杨贻诚

（校：正文作者为"鄞杨贻诚菊庭譔"）

《白屋先生诗文集》序	刘永济
题白屋先生遗书	莫石夫

（校：正文题目为"题吴白屋先生遗书"）

诗录	朱　偰
万季野明史稿流散目录	

封面插图·邵康节先生像（杨菊庭先生赠）

4月

1日，《国风》第4卷第7号出版发行。

目录如下：

对于中国文化之管见　　　　　　　　　　　　　　　　　柳诒徵

（校：正文有副题"四月二十二日在南京中国文化学会演讲"　作者为"柳诒徵讲　柳定生笔记"。）

浙省人文对于日本之影响　　　　　　　　　　　　　　　张其昀

德川光圀创修之《大日本史》　　　　　　　　峰岸米造著　张其春译

䦡时轮金刚法会　　　　　　　　　　　　　　　　　　　持　正

䦡对于时轮金刚者之解释　　　　　　　　　　　　　　　持　正

宝山文献

（校：正文题目为"东畊居士滕允南墓志铭"）

（校：正文题目、作者为"滕梧冈先生家传　吴邦珍"）

（校：正文题目、作者为"滕君子湘墓表　朱孔文"）

封面插画·全谢山杭堇浦二先生遗像（陈叔谅先生赠）

（校：原注有"坐者为全先生立者为杭先生"）

6日，朱自清日记记有："晚雨僧约饭，有张素痴、中书君、张季康。中书君言必有本，不免掉书袋，然气度自佳。"

16日，农历三月三上巳日《学衡》作者曹经沅在南京组织87人玄武湖修禊，以晋孙绰的三日兰亭诗序分韵赋诗。禊诗作者姓名"以拈韵原诗次第为序"

程天放、滕固、赵尊岳、刘道铿、贺俞、周达、徐宝泰、李景堃、释寄龛、潘宗鼎、曹熙宇、龙沐勋、常任侠、黄福颐、宗威、程学恂、张元节、方叔章、陈毓华、陈汝霖、伍非百、刘趯蔚、李启琛、靳志、彭醇士、吴镜予、王燦、黄中、汪兆铭、游洪笵、黄寿慈、吕贤鈖、胡奂、廖恩焘、曾学孔、陈新佐、林世焘、曹浩森、王易、林葆恒、柳诒徵、陈其采、江洪炑、许崇灏、卢前、陈新燮、张维翰、高赞鼎、陈懋解、关赓麟、巴壶天、夏敬观、袁思亮、林鹍翔、张元群、马宗霍、吴梅、许凝生、江絜生、陆增炜、曹经沅、郑箖、向煜、潘式、陈诗、吴用威、蹇先榘、钱谌鎕、刘成禺、谢国桢、徐行恭、陈延杰、张翼鹏、卢美意、戴正诚、陆丹林、唐圭璋、程龙骧、陈伯达、何遂、陈衍、吴鼎昌、陈懋咸、冒广生、方兆鼇、王用宾、陈树人。

16日,《国风》第 4 卷第 8 号出版发行。

目录如下:

天气与人生	竺可桢

(校:正文题目为"天气和人生")

重刊《园冶》序	朱启钤
《园冶》识语	阚铎
资本主义之将来(下) 德国桑巴特著　钱德升　许崇彦合译	
欧特曼先生传	滕　固

(校:正文题目为"欧特曼先生小传")

刘孝女传	吴绩凝

(校:正文后另有成锷"吊刘孝女四姑诗")

诗录	徐近之

封面插画·黄玄同先生像(陈叔谅先生赠)

(校:封面插画为"元同黄先生造像")

18日,邓之诚日记记有:"北大蒋、胡数易马幼渔及黄、林诸人。公铎遂先起辞职,与书痛诋蒋、胡,腾诸报章,看来此事必有大波澜也。前三年,蒋之逐朱逖先,意即在孤马之势,特马不知耳,然尚能免撑三年之久,马亦倔强哉。"

19日,邓之诚日记记有:"北大无新闻,唯蒋梦麟言将厉行新生活,是向南京表白,恐南京有人欲攘北大矣。蒋中正曾言五四以后为亡国学风,意即在胡适诸人也。恐胡必一走了之。昨报载蔡元培复戴传贤请禁考古掘墓电,力言无掘墓事,亦为对蒋中正表白洗刷。似此惶惶,蔡、胡诸人皆不久矣。"

5 月

1日,《国风》第 4 卷第 9 号出版发行。

目录如下:

文化的训练	缪凤林

(校:正文有副题"五月六日在中国文化协会讲"　作者为"缪凤林讲　黄乃秋笔记")

刘师培评传	王森然
《柏拉图五大语录》导言	郭斌龢

(校:正文题目为"《柏拉图五大对话集》导言")

《书目答问补正》序	柳诒徵
中国动物学会缘起	林　文

（校：正文题目为"中国动物学会缘起　征求会员启"）

诗录　　　　　　　　　　　　　　　　　　　　　　谢国桢

淮阴文献·范希曾先生

（校：正文题目、作者为"范君墓志铭　王焕镳"）

封面插画·范希曾先生遗像

（校：封面插画为"范耒研先生遗像"）

4日，"学衡派"成员，中央政治学校教授汪懋祖在《时代公论》第110号刊出《禁习文言与强令读经》。

7日，《清华周刊》41卷第7期刊发《学衡杂志编者吴宓先生来函》：

> 顷见《清华周刊》四十一卷六期《本刊二十周年纪念号导言》第三页，文中有"前东南大学的学衡"云云，实与事实不符。按查学衡杂志，乃私人团体之刊物，与东南大学始终无丝毫关系。此志乃民国九年冬梅光迪君在南京发起，旋因东南大学之教授欲加入者颇不少，梅君恐此纯粹自由之刊物，与学校公共团体牵混，而失其声光及意义，故迳主张停办。民国十六年冬，重行发起，社员咸属私人同志，散布全国。其中仅有三数人（在社员中为少数）任东南大学教职，然本志历来各期即已宣明"与所任事之学校及隶属之团体毫无关系"，盖学衡社同人始终不愿被人误认与东南大学或任何学校为有关系也。读者试阅学衡各期内容，则间弟〔第〕二十期以后，几无一篇之作者为东南大学教员。而民国十三年七月（本志第三十期）总编辑吴宓北上，所有社员分散，且无一人留居南京者。自是迄今，凡阅九载，学衡由三十期出至七十九期，总编辑吴宓长居北平，诸撰稿人无一在南京，而经费二千数百圆悉由吴宓与三四社友暨社外人士（有名单久已公布）捐助，未尝借用东南大学一张纸一管笔一圆一角之经费。夫其实情如此，而社会人士每以学衡与东南大学连为一谈，实属未察，而乃学衡社友尤其总编辑吴宓所疾首痛心而亟欲自明者也。今敬求贵刊将此函登载，俾清华同学校友均可明悉此中真象〔相〕。又附学衡社启事一纸，亦望赐登，以便世人得知学衡现状，及负责为何人。
>
> 　　　　　　　　　　　　　　　　　　　　吴宓　五月初四日

8日，邓之诚日记记有："吴雨生宓赠《学衡》第七十九期一册，中载予去年与孟劬所为《槐居唱和》。"

16日，《国风》第4卷第10号（胶山黄氏宗谱选录）出版发行。

目录如下：

序　　　　　　　　　　　　　　　　　　　　　　　　　　　　　柳诒徵

（校：正文题目、作者为"胶山黄氏宗谱选录序　　　　　　　　　柳诒徵"）

独弈先生传　　　　　　　　　　　　　　　　　　　　　　　　魏　禧

（校：正文注为"第十世"）

独弈先生传二　　　　　　　　　　　　　　　　　　　　　　　李　谭

雪汀先生传十一世

黄守中先生传一　十一世

（校：正文作者为"华长发商原"）

守中先生传二　　　　　　　　　　　　　　　　　　　　　　　华长发

雪汀先生六十寿序　十一世

（校：正文作者为"华长发商原"）

守中府君行略十一世

黄守中先生六十寿序　十一世　　　　　　　　　　　　　　　　顾祖禹

（校：正文作者为"顾祖禹"）

守翁先生八十寿序二　　　　　　　　　　　　　　　　　　　　顾士行

（校：正文作者为"顾士行分孟"）

守中先生祭文

（校：正文为"守中先生祭文　康熙五十三年"）

隐逸　见邑志十一世守中公

邑志补略十一世守中公　　　　　　　　　　　　　　　　　　　黄　印

约堂记　　　　　　　　　　　　　　　　　　　　　　　　　　范　贺

（校：正文作者为"范贺撰"）

公理黄世长兄先生六十寿序　十二世

独弈诗　　　　　　　　　　　　　　　　　　　　　　　　　　顾隐等

黄守中先生墓志铭　十一世　　　　　　　　　　　　　　　　　陆　楣

（校：正文作者为"同学晚弟陆楣顿首拜撰"）

封面插画·无锡膠山李纲祠（任美锷君摄赠）

6月

1日，"学衡派"成员、中央政治学校教授汪懋祖在《时代公论》第114号刊出《中小学文言运动》。

1日，《国风》第4卷第11号出版发行。

目录如下：

齐楚古金表　　　　　　　　　　　　　　　　　　胡光炜
《明孝陵志》序　　　　　　　　　　　　　　　　　柳诒徵
为《清代通史》批评事再致吴宓君书　　　　　　　萧一山
（校：原有注为"并答陈恭禄君"）
人体之寄生蠕虫　　　　　　　　　　　　　　　　伍献文
（校：正文有副题、作者"四月二十八日下午在生物研究所演讲　伍献文演讲　林文记录"）
青海风光（下）　　　　　　　　　　　　　　　　　张元彬
诗录　　　　　　　　　　　　　　　　　　　　　　钱锺书
宜宾文献　唐铁风墓志录　　　　　　　　　　　　欧阳渐
（校：正文题目为"唐铁风墓志铭"）
封面插画·孙仲容先生遗像

16日，《国风》第4卷第12号出版发行。

目录如下：

新兴生理学　　　　　　　　　　　　　　　　　　卢于道
为《清代通史》批评事致吴宓君书（续）　　　　　萧一山
［校：正文题目为"为《清代通史》批评事再致吴宓君书（续）"］
《日本八大论丛》序　　　　　　　　　　　　　　张其春译
《地学论文索引》序　　　　　　　　　　　　　　张其昀
上柳先生书　　　　　　　　　　　　　　　　　　赵曾俦
追忆　　　　　　　　　　　　　　　　　　　　　冯都良
（校：正文有副题"为故友陈行叔逝世三周纪念作"）
杭县文献·吴絅斋先生
（校：正文题目为"清故光禄大夫头品顶戴翰林院侍读先考絅斋府君行状"）
封面插画·奉化雪窦寺（任美锷君摄赠）

7月

1日，《国风》第5卷第1号出版发行。

目录如下：

从历史上求民族复兴之路　　　　　　　　　　　　柳诒徵
小学国语教材之疑问　　　　　　　　　　　　　　柳诒徵

与张君晓峰书　　　　　　　　　　　　　　　　　钱锺书
　　（校：内容为回答文言白话问题）
　　《待焚学稿》序　　　　　　　　　　　　　　　　陈鼎忠
　　（校：《待焚学稿》的作者为陈柱）
　　关于唐宋时代之商人组合"行"　　　　　　　　　张其春译
　　（校：正文作者、译者为"加藤繁著　张其春译"）
　　门德列夫传略　　　　　　　　　　　　　　　　　黄耀曾
　　[校：正文题目为"门德列夫（Mendelieff）传略"]
　　金陵百咏　　　　　　　　　　　　　　　　　　　朱偈先等
　　哭管略　　　　　　　　　　　　　　　　　　　　钱锺书
　　（校：管略为无锡国传教师徐景铨的字，"史地学会"成员）
　　封面插画·齐召南先生像（吴文照君赠）

16日，《国风》第5卷第2号出版发行。

目录如下：

文于二氏所臧汉熹平石经周易残石校字记　　　　　胡光炜
与马湛翁书　　　　　　　　　　　　　　　　　　洪允祥遗著
李清照评传　　　　　　　　　　　　　　　　　　王宗濬
吉田松荫　　　　　　　　　　　　猪狩史山著　张其春译
金陵百咏　　　　　　　　　　　　　　　　　　　朱偈先等
诗录　　　　　　　　　　　　　　　　　　吴　宓、郭斌龢
浙江郡邑丛书简表　　　　　　　　　　　　　　　张　崟
封面插画·袁絜斋（爕）先生像（鄞县教育局赠）

8月

1日，《国风》第5卷第3、4号出版发行。

目录如下：

英国首相制与美国总统制之比较研究　　　　　　　樊德芬著
（校：正文另有"拉斯基教授序文，作者译"）

9月

1日，《国风》第5卷第5号出版发行。

目录如下：

梁任公先生遗事	谢国桢
读日本羽田博士契丹文字之新资料书后	历鼎煃
与陆君湘楼书	忻去伪遗著

（校：文章前面加有"张其昀敬志"）

匡庐游草	朱偰
诗录	萧公权、吴宓、缪钺
白鹭小稿（一）	卢前
《明修撰升菴公遗像》跋	杨崇焕

（校："十三世孙崇焕"）

先母行略	周邦道
封面插画·杨升庵先生像（杨崇焕君赠）	

10月

1日，《国风》第5卷第6、7号出版发行。

目录如下：

云中访经礼佛记	蒋唯心
达辞篇	缪钺
易系传释九卦大意	李翊灼
皮锡瑞《经学通论》书后	杨敏曾

（校：正文为"皮锡瑞《经学通论》书后上下"两篇）

商代典籍志初考	王蘧常
与顾颉刚君论张君墨经作者考书	张尔田
与缪赞虞君论汉后西南民族北徙书	蒙文通
大同石窟寺	谢国桢
海西初稿	赵曾俦
中书君诗	钱锺书
彦威词稿	缪钺
瓯海访书小记	张崟
简竹居先生事略	任元熙

（校：正文题目、作者为"清徵士简竹居先生事略　门人南海任元熙拟藁"）

祭简先生文	任元熙

（校：正文题目、作者为"同门公祭简先生文　门人南海任元熙拟藁"）

16日,《学衡》作者曹经沅在南京组织农历九月九日的103人豁蒙楼登高赋诗,以杜少陵的九日五首分韵赋诗。登高作者姓名"以拈韵原诗次第为序"

黎承福、徐祖武、陈诗、刘景晨、黄孝纾、吴用威、曹经沅、吴鼎昌、徐行恭、梁寒操、卢美意、游洪笵、郑洪年、姚琮、叶楚伧、黄濬、李启琛、赵丕廉、张元节、李翊灼、许崇灏、于志昂、陈延杰、黄中、宗威、李景堃、叶恭绰、谈社英、伍勋铭、汪吟龙、邵祖平、刘道铿、陈世鎔、汪兆铭、李宣龚、伍非百、刘三、唐圭璋、关赓麟、程天放、胡夬、陆丹林、林葆恒、郦承铨、林思进、陈懋咸、张默君、李宣倜、黄侃、吴梅、夏承焘、陈伯达、刘麐蔚、钱海岳、邵瑞彭、周达、刘成禺、曾仲鸣、曹熙宇、陈籙、黄寿慈、郑箓、光晟、梁天民、夏敬观、梁鸿志、靳志、蔡允、关霁、王揖唐、赵尊岳、张维翰、吴石、黄曾樾、林一厂、何遂、陈衍、方叔章、陈新燮、王燦、陈毓华、柳诒徵、张翼鹏、廖恩焘、高赞鼎、林鹏翔、吴镜予、释太虚、蹇先榘、汤增璧、程学恂、陈汝霖、戴正诚、张元群、龙沐勋、徐宝泰、陈新佐、谢无量、黄福颐、林庚白、陈树人、滕固、曾学孔。

曹经沅将农历三月三的87人玄武湖修禊所作诗与103人豁蒙楼登高赋诗一并编辑为《甲戌玄武湖修禊豁蒙楼登高诗集》于次年出版。

11月

1日,《国风》第5卷第8、9号出版发行。

目录如下:

安徽省立图书馆新得寿春出土楚王铊鼎铭释	胡光炜
黄遵宪传	温廷敬
吴白屋先生传	莫健立

(校:正文作者为"后学长沙莫健立钧一谨撰")

典籍述略	缪钺
与季弟论学佛书	洪允祥遗著
《彊邨遗书》序	张尔田
《清儒学案》序	张尔田
《宋滕忠节公遗诗》跋	陈衍
《月浦里志》序	滕 固
嘉定黄姚里考	滕 固

《滕氏一家佚存稿》序	朱孔文
《希山丛著》序	罗子材
诗录 缪钺 萧公权 吴宓 庞俊 凌宴池 冼玉清 周味道	
	林同济 凌启鸿
吉田松荫先生年谱略	吉田库三纂录 郑师许迻译

2日,"学衡派"成员,中央政治学校教授汪懋祖在《时代公论》第136号刊出《关于小学国语教材疑问之进一步的探讨》。

4日,在金陵大学研究生班学生聚餐酒会上黄侃与吴梅再次发生骂架。

12月

1日,《国风》第5卷第10、11号出版发行。

目录如下:

易感通义与佛说缘生义之比观	李翊灼

(校:正文作者为"临川李翊灼")

吴芳吉先生遗著续编	周光午辑

(校:正文题目为"吴芳吉先生遗著续篇")

金陵艺文志(三)	陈诒绂

(校:正文作者为"江宁陈诒绂稻孙纂述")

读宋校本王氏《宋史记》	张遂青
《穀梁大义述补阙》跋	柳诒徵
《纬史论微》自序	姜忠奎
《吴芳吉日记》序	吴宓
石牌中山大学校赋	朱子范
荀子余论	李源澄
陈第古音学出自杨升菴辨	杨崇焕
十五年来所谓白话文运动之总检讨	徐英

(校:正文注有"在安徽女子师范学校演讲词"。提要:本文的结论是白话毫无文学之价值:白话为提高教育程度之障。白话不适于生活工作之用。白话不适于学术工作之用。白话与复兴文化不能并存。白话只适于宣泄低级趣味之小说。白话应用之范围将不出低级趣味之小说以外。)

12月

16日,《国风》第5卷第12号出版发行。

目录如下：

金藏雕印始末考（附经目）   蒋唯心

1935 年

1 月

1 日，《国风》第 6 卷第 1、2 号出版发行。

目录如下：

《钦定英杰归真》跋   朱希祖
吴芳吉先生遗著第三辑   周光午录
 （校：正文作者为"门人周光午录"）
金陵艺文志（四）   陈诒绂
 （校：正文作者为"江宁陈诒绂稻孙纂述"）
九江桂伯华行述   欧阳渐
季姑安陆李母六十寿言   赵曾俦
诗录   汪典存
阐孟   李源澄
儒教与日本精神   张其春译
 （校：正文作者、译者为"宇野哲人著　张其春译"）
史通引书考初稿绪论   王绍曾

2 月

1 日，《国风》第 6 卷第 3、4 号出版发行。

目录如下：

蜀道日记   吴芳吉遗著
黄节先生学述   吴　宓
 （校：正文题目为"最近逝世之中国诗学宗师黄节先生学述"。原刊民国二十四年一月二十七至二十九日天津《大公报》）
评胡适《说儒》   李源澄
金陵艺文志（五）   陈诒绂

(校:正文作者为"江宁陈诒绂稻孙纂述")

周母杨氏墓志铭	欧阳渐
《庄子　天下篇校释》序	刘永济
中书君诗	钱锺书
读《缦雅堂骈体文》	金　涛

(校:正文作者为"长兴金涛")

3月

1日,《国风》第6卷第5、6号出版发行。

目录如下:

所望于科学同人者	秉　志
合作与分工	喻慕韩
蜀道日记	吴芳吉遗著

[校:正文题目为"蜀道日记"(续)]

金陵艺文志(续完)	陈诒绂

(校:正文作者为"江宁陈诒绂稻孙纂述")

唐大明兴庆两宫图残石跋文	张鹏一
汉西海郡安定瓦当考	冯国瑞

(校:正文作者为"天水冯国瑞")

秦州杜诗石刻记	冯国瑞
一二八逃荒歌	孙杰曾

[校:正文题目为"一二八逃荒歌(有序)"]

春雨一首赠晓峰兄	冯国瑞
中书君诗	钱锺书
藏游草(上)	无我居士

(校:正文作者"湘潭无我居士")

读经救亡论	徐　英

(校:正文作者为"徐英澄宇"。提要:救亡之道果何由?曰自发扬我固有之文化始。固有之文化何由发扬?曰自读经始。唯读经可以救世,唯读经可以救亡。论经之价值诸子百家之学皆出于经也。经者吾文化之核心也。经者吾文化之本位也。修齐治平之道,立国之基也。历代英贤豪杰之士,多通经术。吾历史不可忘,即经不可忘也。)

22日《时代公论》出版第155号与156号合刊后停办。

4 月

1日,《国风》第 6 卷第 7、8 号出版发行。

目录如下:

论读经有利而无弊	章太炎先生讲演稿
再释读经之异议	章太炎先生讲演稿
论经史实录不应无故怀疑	章太炎先生讲演稿
与季弟论学佛书	洪允祥遗著
关西方言今释	冯国瑞
《玉池图翰》跋	柳诒徵
《孔子三朝记集解》自叙	李荫苓
杨母黄宜人秀眉家传	杨崇焕

(校:正文作者为"十三世孙崇焕")

祭父文	景昌极
瓯风社记	刘绍宽
诗录	

(校:作者莫石夫)

5 月

1日,《国风》第 6 卷第 9、10 号出版发行。

目录如下:

佛法究竟义及相似义	欧阳竟无

(校:正文注有"佛法之究竟目的为转依"、"附谈相似法流"蒋唯心记,二十四年三月二十三日欧阳竟无先生应金陵大学大众讲)

白话与文言之关系	章太炎

(校:正文题目、作者为"白话与文言之关系　章太炎先生讲演稿")

中学英语教师与拉丁文	郭斌龢

(校:正文注有"转载正中书局出版《教与学》杂志")

关西方言今释(续)	冯国瑞
金氏花近楼书目解题	金　涛
龙继栋先生遗著《十三经廿四史地名韵编今释稿本》述略	刘永济
行脚别记序	罗香林

赖太夫人寿序	罗香林

（校：正文为"宗祖母赖太夫人七秩开一荣庆序"）

《希山丛著》跋	罗秀林
募印《希山丛著》引	黄 叶
山西少年歌	常乃悳

（校：正文作者为"常乃悳燕生"）

中书君诗	钱锺书
水调歌头	刘 昇　刘永济
吴芳吉《白屋诗稿》述评	苏灿瑶

本月，《吴宓诗集》由中华书局出版发行。

6月

19—20日，南京中央研究院选举出首届评议员。当然评议员11人，聘任评议员30人。任期为1935年7月3日—1940年7月2日。"学衡派"成员胡先骕、张其昀、陈寅恪三人当选为"聘任评议员"。

8月

6日，时任武汉大学教授的刘掞藜病逝于湖南新化老家。

《国风》第7卷第1号出版发行。

目录如下：

征赙启事

景昌极　缪凤林　张其昀　陈训慈　王焕镳　向 达　郑鹤声　周 悫

（校：为刘掞藜逝世征集赙金）

彻底之觉悟	秉 志
青海省之山川人物	张其昀

（校：正文有"二十四年四月二十八日在青海省党部演讲　李玉林　任美锷记"）

《白屋嘉言》序	任中敏
白屋先生事略	任中敏

（校：正文题目为"吴白屋先生事略"）

关西方言今释（续完）	冯国瑞
南雷遗书目录	冯贞群
甬上证人书院配享记	冯贞群

（校：正文作者为"冯贞群述"）

龚秋衹元明以来书法评传墨迹大观跋　　　　　　　　　欧阳竟无

与吴宓论学书　　　　　　　　　　　　　　　　　　　张尔田

冰茧龛诗词稿　　　　　　　　　　　　　　　　　　　缪　钺

拉萨杂咏　　　　　　　　　　　　　　　　　　　　　徐希朗

亡师新化刘先生事略　　　　　　　　　　　　　　　　陶元珍

又跋　　　　　　　　　　　　　　　　　　　　　　　景昌极

（校：正文题目、作者为"故友刘掞藜楚贤事略跋　景昌极"）

历代名人生卒年表补遗　　　　　　　　　　　　　　　金　涛

（校：正文作者为"长兴金涛子长父撰"）

9月

10日，中央大学在南京举行"南京高等师范学校二十周年纪念"校友聚会。

《国风》第7卷第2号（南京高等师范学校二十周年纪念刊上）出版发行。

目录如下：

（校：南京高等师范学校二十周年纪念刊上册）

校训　校歌　南高东大时代之校门与校舍全景　当年之六朝松　今日中央大学之南高院（即南高之一字房）

（校训：诚）

（校歌：江易园先生作歌　李叔同先生制谱）

南京高等师范学校二十周年纪念之意义　　　　　　　　郭斌龢

（提要：保持学者人格、尊重本国文化、认识西方文化、切实研究科学）

纪念母校南高二十周年　　　　　　　　　　　　　　　吴俊升

南高东大物理学之贡献　　　　　　　　　　　　　　　严济慈

南京高师与生物学　　　　　　　　　　　　　　　　　欧阳翥

谭南高学风　　　　　　　　　　　　　　　　　　　　王焕镳

（提要："先是江易园先生为校长，提倡阳明之学，所聘师儒，多以讲求义理实学为事，故其严义利之辨，则以事干谒为无耻。明诚伪之分，则以营虚声为可羞。使举校之人阇焉奠焉埋首钻研于学问而不以外事乱其中。"）

"南高"之精神　　　　　　　　　　　　　　　　　　　张其昀

（提要：德育、智育、美育、群育）

南高精神　　　　　　　　　　　　　　　　　　　　　胡焕庸

(提要:孜孜为学之精神)

 我的南高纪念   吴蕴瑞

 民国以来学校生活的回忆和感想   景昌极

(提要:江苏泰州私立伍成高等小学、南京第一中学、南京高等师范、南京支那内学院学习半年佛学。东北大学教书六年,成都大学教书三年,中央大学教书)

 源远流长之南京国学   张其昀

(提要:南朝之国学、南唐之国学,明代之国学、南京高师与东南大学)

 南高小史   陈训慈

(校:副题为"国立南京高等师范二十周年纪念")

〔提要:略以言当时共通之佳风,曰诚、曰爱、曰勤、曰俭。殆皆为今时所不易逮。一、以言乎诚,则上下相接,往往出之真诚;虚矫不发诸当局,浮动稀见乎学者。教授于授课之外,颇多"身教"之功;至诚感乎,其效以渐。同学之中,虽少殷勤周洽之作态,常存坦白诚挚之真情。二、以言乎爱;则真诚互感,互爱斯生。师生之间,时多课外之联络,或访谒请益,或同乐谈话,相处既洽,相接常频。而同学之间,概以级别(自九年行学分制后虽同异稍多,但分级无改,以至于终未始已)。同级之间,弥见款洽。饮食起居,休戚与共,即异科各级之间,亦赖自治会与各研究会之媒介,颇多往还互助之乐。三、次则为勤,勤于治学,固为当时极普遍之学风。四、次则为俭,尤为大多数生活之共态。〕

附:南京高师经过及其"承先启后"之大事年表

1902年 张之洞创建三江师范学堂于明南京国子监旧址。

1905年 三江师范改称两江师范。

1911年 两江师范停办。

1915年 南京高等师范学校正式成立,江易园(谦)为校长。8月招生,9月10日开学。

1917年 江校长因病辞职,郭秉文代理校长,次年正式继任。

1919年 12月,刘伯明任校长办公处副主任,行使副校长之职权。

1920年 12月,东南大学筹办处成立。

1921年 8月,南高师最后一届招生,国立东南大学成立。郭秉文为校长。8月东南大学首届招生。东南大学与暨南大学合办的商科迁到上海,称上海商科大学。郭秉文兼任校长。

1923年 1月,南高师正式并入国立东南大学。11月24日,刘伯明去世。

1925年 1月,郭秉文辞去校长,胡敦复任校长。7月,蒋维乔任校长。

1926年 6月,南高学生最后一次毕业。

1927年 7月,宁沪九校合并改为第四中山大学。校长为张乃燕。

1928年　3月,改为江苏大学。5月,改名为国立中央大学。

1930年　11月,张乃燕辞职,12月,朱家骅为校长。

1932年　9月,罗家伦任校长。

思明太祖　　　　　　　　　　　　　　　　　　　　　　　　缪凤林

16日,《制言》半月刊由苏州"章氏国学讲习会"创刊发行。在"章氏国学讲习会征求会员"的"发起人"中,有原《学衡》作者马宗霍、邵祖平。"赞助人"中有原《学衡》作者陈柱、赵万里、陈训慈。"发起人"和"赞助人"本身就是《制言》的作者,其他"学衡派"成员为《制言》写文章的还有吴梅、汪辟疆、李详、徐英、柳诒徵、李源澄。

10月

《国风》第7卷第3号出版发行。

目录如下:

元遗山年谱汇纂　卷上　　　　　　　　　　　　　　　　　　缪　钺

(校:正文作者为"溧阳缪钺彦威编订")

8日,黄侃在南京中央大学逝世。

20日,长沙明德学校《明德旬刊》出版"吴碧柳先生纪念专号"。

目录如下:

纪念吴碧柳先生前言　　　　　　　　　　　　　　　　　　　桂多生

铜板(吴碧柳先生遗像　胡校长题诗)

纪念吴碧柳　　　　　　　　　　　　　　　　　　　　　　　章东岩

吴芳吉传　　　　　　　　　　　　　　　　　　　　　　　　刘　朴

吊吴碧柳　　　　　　　　　　　　　　　　　　　　　　　　郑扬新

吴芳吉墓表　　　　　　　　　　　　　　　　　　　　　　　刘　朴

诗　　　　　　　　　　　　　　　　　　　　周味道　　　　张　仙

祭吴芳吉文　　　　　　　　　　　　　　　　　　　　　　　刘　朴

过楚词亭旧址　　　　　　　　　　　　　　　　　　　　　　王光益

白屋嘉言

谢副校长演词

中国古音对转之原理及其例证　　　　　　　　　　　　　　　章东岩

化学与战争　　　　　　　　　　　　　　　　　　　　　　　王绍休

校闻

11 月

1日,《国风》第7卷第4号出版发行。

目录如下:

科学精神之影响   秉 志

 (提要:公、忠、信、勤、久)

中国实验科学不发的原因   竺可桢

(校:正文题目为"中国实验科学不发达的原因"。本文是"民国二十四年十月廿七日中国科学社成立二十周年纪念中央广播电台演讲稿")

 说文解字序   章太炎

 (校:正文题目、作者为"说文解字序　章太炎先生讲演稿")

 论诗序(上中)   苏维岳

 [校:正文题目为"论诗序(上)　论诗序(中)"]

 (校:目录遗漏"娄东刘家港天妃宫石刻通番事迹记　郑和遗著")

 夜雨雷斋印话   沙 邺

 《国学图书馆图书总目》序   柳诒徵

 《唐荆川年谱》序   柳诒徵

 《首都志略》序   柳诒徵

 《首都志略》序录   王焕镳

 徐氏二节妇传   陈任中

 (校:正作者为"陈任中仲骞")

 感赋   柳诒徵

 哀季刚   林 损

 赁庑卧病裁诗排闷   中书君

 中学国史教学目标论   缪凤林

(校:原有"湖北省中等学校史地教员暑期讲习讲演稿。录自正中书局《教与学》月刊第一卷第四期"。提要:民族思想、统一盛世、民族自力、伟人传记)

12 月

《国风》第7卷第5号出版发行。

目录如下:

 元遗山年谱汇纂　卷下   缪 钺

 (校:正文作者为"溧阳缪钺彦威编订")

1936 年

1 月

1 日,《国风》第 8 卷第 1 号(南京高等师范学校二十周年纪念刊下)出版发行。

目录如下:

(校:封二有"潼关陇海路穿城隧道"、"潼关形势"、"潼关潼水入黄河处"三幅图片)

| 说志 | 柳诒徵 |
| 人格教育 | 王 瀣 |

(校:原有"此篇系王伯沆先生在南高二十周年纪念餐会演讲词,由钱堃新君笔记,编者志")

清季教育之国耻　　　　　　　　　　　　　　　　　　　　　柳诒徵

(校:原有"此篇系柳翼谋先生在南高二十周年纪念餐会演讲词,由王焕镳君笔记,编者志")

民性改造论　　　　　　　　　　　　　　　　　　　　　　　秉　志

(校:原有"此篇系秉农山先生在南高二十周年纪念餐会演讲辞"。提要:四大劣性为不能合作、轻举妄动、不能持久、易于腐化)

常识之重要　　　　　　　　　　　　　　　　　　　　　　　竺可桢

(校:原有"此篇系竺藕舫先生在南高二十周年纪念餐会演讲词,由诸葛麒君笔记,编者志")

朴学之精神　　　　　　　　　　　　　　　　　　　　　　　胡先骕

(校:原有"编者谨按胡先生因在北平主持静生生物研究所务,南高二十周年纪念餐会,编者函先生乞言,蒙先生特赐此篇,谨录登于此"。提要:南高东大的物理学、气象学、生物学、农学为中国之最。"此皆南雍实事求是质朴真诚之精神所表现也"。"当五四运动前后,北方学派方以文学革命、整理国故相标榜,立言务求恢诡,抨击不厌吹求。而南雍师生乃以继往开来,融贯中西为职志。王伯沆先生主讲四书与杜诗,至教室门为之塞,而柳翼谋先生之作中国文化史,亦为世所宗仰,流风所被,成才者极众。在欧西文哲之学,自刘伯明、梅迪生、吴雨僧、汤锡予诸先生主讲以来,欧西文化之真实精神,始为吾国士大夫所辨认,知忠信笃行,不问华夷,不分今古,而宇宙间确有天不变道亦不变之至理存在,而东西圣人,具有同然焉。自《学衡》杂志出,而学术界之视听以正,人文主义乃得与实验主义分庭而抗礼"。"南雍精神不仅在提倡科学也。文史诸科,名师群彦,亦一时称盛"。"幸今日秉国钧者,知欲挽救国难,首在正人心,求实是,而认浮嚣激烈适足以亡国灭种而有余。于是一方提倡本位文化,一方努力于建设事业。南雍师生二十年来力抗狂潮勤求朴学之精神,亦渐为国人所重视。吾知百世之下,论列史事者,于南雍之讲学,必有定评。")

  南高二十周年纪念餐会记   钱堃新
  西北旅行记(一)南京至西京   张其昀

2月

《国风》第 8 卷第 2 号出版发行。

 目录如下:

(校:封二有"自潼关城望风陵渡"、"潼关黄河船舶"、"阴县乡间风景")

  论非常时期之教育   柳诒徵
  论近日之学潮   郭斌龢
  黄河堵口之争执   胡焕庸
  宋高宗与女真议和论   缪凤林
  夜雨雷斋印话(续)   沙文若

  [校:正文题目为"夜雨雷斋印话(续前)"]

  西北旅行记(二)自潼关至西京   张其昀

16 日,苏州的《制言》半月刊第 11 期为纪念黄侃,刊登《上巳诗社》第一集和《上巳诗社》第二集。

21 日,《竺可桢日记》记有:竺可桢由陈布雷陪同,拜见蒋介石。蒋介石约竺可桢赴杭州出任浙江大学校长。

3月

《国风》第 8 卷第 3 号出版发行。

 目录如下:

(校:封二有"长安城南门"、"汉未央宫遗址"、"长安城内文庙")

(校:正文另有题目、作者"影印毛生甫先生休复居诗文集启 滕 固")

  目前大学教育中之基本问题   张江树
  说四维   景昌极
  道德与文化   喻兆琦
  《诗经正训》序   柳诒徵

电磁学之今昔（续） 倪尚达

［校：正文题目为"电磁学之今昔（一续）"］

《河南动物志》序 秉　志

西北旅行记（三） 张其昀

附录：

思念冀东 张其昀

（校：正文注有"二十五年三月十五日《大公报·星期论文》"）

4月

《国风》第8卷第4号出版发行。

目录如下：

（校：封二有"唐大明与奥庆两宫图残石"）

新理智运动刍议 景昌极

（校：正文作者为"景昌极幼南"。提要：三、民八以来新文化运动之幼稚偏颇的理智主义。1. 发起新文化运动诸人之大部分，似自始即政治的动机为重而学术的动机为轻。2. 民治之在西洋，仅属政治理想之一。3. 科学为西洋文化之特殊产物，固矣。然必先有纯正爱智的哲学态度，而后有条理清楚，察验周详的科学方法，而后有理论科学，而后有应用科学。4. 然新文化运动所予一般人深刻之印象，则既非民治，亦非科学，而为反旧礼教，提倡白话文，与疑古史之三者。此亦国人重道重文重史的心理之反映也。5. 白话之提倡与所谓文学革命，似是一事，其实非也。6. 新文化运动诸人，以其所谓科学方法，为疑古之考据，多有过当之初，时贤论之者众。7. 哲学者能见其大之学也，尤贵自具主见。此中诸位人，似尤不足以语此。8. 不曰新学术运动而曰新文化运动，或者以文化之词较新颖而意义较宽泛也。惟其宽泛，乃令人莫名其指归。）

告山本实彦先生 缪凤林

生存与竞争 欧阳翥

国家元气培养论 喻兆琦

述佛法中之四记答 景昌极

（校：正文作者为"景昌极幼南"）

倪君远甫传 柳诒徵

《声统表》自序 胡光炜

（校：正文题目为"《声统表》自叙"）

章太炎先生访问记 厉鼎煃

（校：正文作者为"仪征厉鼎煃"）

西北旅行记（四）　　　　　　　　　　　　　　　　　张其昀

12日，张其昀、胡焕庸到竺可桢家，竺可桢约张去浙江大学任教，张推荐郭斌龢为浙江大学文学系主任。

22日，竺可桢到校，欲出任浙江大学校长。

25日，竺可桢接受校印，正式出任浙江大学校长。

5月

《国风》第8卷第5号出版发行。

目录如下：

（校：封二有"长安碑林大秦景教流行中国碑拓片"）

大学教育之主要方针　　　　　　　　　　　　　　　　竺可桢

（校：正文注有"二十五年四月十五日第一次对浙江大学学生训话记录，曾载《浙江大学校刊》第二百四十八期"）

新理智运动刍议（下）　　　　　　　　　　　　　　　景昌极

［校：正文题目、作者为"新理智运动刍议（续前期）　景昌极幼南"］

大学教授之任务　　　　　　　　　　　　　　　　　　王家楫

印度密教考　　　　　　　　　　　　　　　　　　　　景昌极

（校：正文题目、作者为"印度密教考　附时轮金刚略说　景昌极幼南"）

论经史儒之分合　　　　　　　　　　　　　　　　　章太炎讲

（校：正文作者为"章太炎演讲　弟子王謇　王秉六　吴契宁　诸祖耿记录"）

学诗之法　　　　　　　　　　　　　　　　　　　　　陈延杰

（校：正文作者为"陈延杰讲　尤敦谊记"）

《山右讞狱记》跋　　　　　　　　　　　　　　　　　　王　𣿰

陈息盦先生家传　　　　　　　　　　　　　　　　　　滕　固

中书君诗　　　　　　　　　　　　　　　　　　　　　钱锺书

西北旅行记（五）　　　　　　　　　　　　　　　　　张其昀

18日，竺可桢行校长宣誓典礼。

21日，竺可桢约张其昀、王焕镳到浙江大学任职。

6月

1日，苏州的《制言》半月刊第18期刊登《上巳社诗钞》。

《国风》第8卷第6号出版发行。

目录如下：

（校：封二有"敦煌千佛洞壁画中之唐代建筑　任美锷摄"）

严几道	郭斌龢
赫胥黎教育论（上）	刘　咸
关于国防之三点	秉　志
缺少灵魂的现前教育	景昌极

（校：正文作者为"景昌极幼南"）

新理智与旧理想	景昌极

（校：正文有副题"新理智主义答客难之一"　作者为"景昌极幼南"）

藏游草（中）	黎　丹

（校：正文作者为"湘潭黎丹雨民"）

西北旅行记（六）	张其昀

附录：

介绍与自白	吴　宓

（校：正文有三篇文章：

劝世人多读正经书　转录本年一月一日北平《实报》"星期偶感"	吴　宓
续谈读书　转录本年二月二日北平《实报》"星期偶感"	吴　宓
介绍与自白　转录本年五月十七日北平《实报》"星期偶感"	吴　宓）

7月

《国风》第8卷第7号出版发行。

目录如下：

（校：封二有"玄奘法师像"、"吴宓诗集　编者谨识"）

科学进步与言论自由	刘　咸
建设海洋生物研究场所之必要	王家楫
为树立科学文化告国人书	卢于道
论专家	樊德芬
理智与热忱	景昌极

（校：正文有副题"新理智主义答客难之二"　作者为"景昌极幼南"）

释创造的理智	唐君毅
西北旅行记（七）	张其昀

附录：

国史与青年	张其昀

（校：正文有注："二十五年六月二十八日《大公报·星期论文》"）

5日，张其昀到浙江大学任职，出任史地系主任。

8月

《国风》第8卷第8号出版发行。

目录如下：

（校：封二有"窥基法师像"）

救亡图存声中国民应有之觉悟	欧阳翥

（校：正文题目为"救亡图存声中国民应有之民族觉悟"）

中国所需于科学者为何	伍献文
科学精神与国家命运	秉　志
赫胥黎存疑论	刘　咸
磁性之三别	倪尚达

（校：正文有"答客问"）

汤默斋先生	王焕镳
《儒学》序	缪　钺
中书君诗	钱锺书
西北旅行记（八）	张其昀

附录：

《拉卜楞专号》序	张其昀

本月，梅光迪应竺可桢的邀请，自美国回国，任浙江大学文理学院副院长兼外文系主任。

10月

《国风》第8卷第9、10号（浙江文献专号）出版发行。

目录如下：

（校：封二有"南宋大学位置"、"南宋大学校舍图"两幅绘图）

浙江文献展览会开幕致词	柳诒徵
两浙学术考	张寿镛
南宋杭州之国立大学	张其昀

（校：正文注有"民国二十五年十月十二日浙江大学纪念周演讲稿"）

浙学中之永嘉学派	孙延钊

（校：正文题目为"浙学中之永嘉宗派"）

江南文化与两浙人文	贺昌群
浙江学术之渊源与其经世精神	王鲲徒
浙江为印学总汇说	沙孟海
浙江畴人著述记	钱宝琮
最近浙江之私家藏书	项士元
浙江之戏剧	钱南扬

（校：正文题目为"浙江的戏剧"）

瓷器与浙江	陈万里
《鄞城古甓录》序	冯贞群
浙江文献展览会之旨趣	陈训慈
浙江天主教略史	方 豪
浙江之景教	方 豪
浙江之摩尼教	方 豪
浙江之犹太教	方 豪
五千卷楼随笔	张宗祥

19日，鲁迅病逝于上海。

11月

《国风》第8卷第11号出版发行。

目录如下：

（校：封二有"俄国生理学家巴夫洛夫遗像"）

国家观念与国防	秉 志
科学研究与社会福利	刘 咸
二十五年来之河北	张其昀

（校：正文注有"《大公报》二十五年十月十二日星期论文"）

一年来四川农业之进步	曾 省
我国目前之科学教育问题	王志稼
谢泚成传	秉 志
《巴夫洛夫教授纪念册》序	欧阳翥
介绍外人几种美德	杨惟义

12月

《国风》第8卷第12号出版发行。

目录如下：

（校：封二有"苏州桃花坞张星聚翻彫西洋画图影"）

论女子教育	竺可桢

（校：正文注有"苏州振华女学卅周年成立纪念演词，民国廿五年十一月十四日"）

理学略论	李源澄
战争之哲学观	胡稷咸
庄子天下篇所述惠施哲学十事解	尤敦谊

（校：正文题目为"庄子天下篇所述惠施学说十事解"）

《悲华经舍文存》序	杨敏曾
《悲华经舍诗存》序	黄 节遗著
诗录（一）	刘文典
（二）	钱锺书
唐长安城尚宫甎考	张鹏一
瀛涯琐志	向 达

（校：正文有副题"记牛津所藏的中文书"）

附录一：

钟山书局的基本出版状况

南京钟山书局的董事多是中央大学的教授，因主编张其昀的专业关系，该书局的地理图书是其主要特色。书籍的作者基本上都是中央大学的教授。

书局的常务董事有：

编辑张其昀、出版缪凤林、会计倪尚达、营业沈思璵、西书罗廷光

书局的营业种类包括：

教本部、丛刊部、杂志部、地图部、古书部、西书部、仪器部、文具部、寄售部

同时，书局在全国十多个重要城市设有"各地特约经理"和"各地分销处"。

据《国风》的广告所示，钟山书局的基本出版状况如下：

著　作

景昌极：《道德哲学新论》

朱　偰：《行云流水》

柳诒徵:《中国文化史》

柳诒徵、缪凤林:《高中国文》

倪尚达:《学习定律分析》、《无线电学》、《电学入门》、《无线电收音入门》、《高中物理学》

张其昀:《人地学论丛》、《高中本国地理》、《中国本国地理》、《中国地理图分图》、《初中地理教科书》、《高中外国地理》(与李海晨合编)、《东北失地之经济概况》

宗白华、周辅成编:《歌德之认识》

王焕镳:《明孝陵志》

沈思璵译:《天时与地理》、《中等世界地图集》

常导之:《德国教育制度》

胡远濬:《老子述义》

房龙著、张其春译:《学生世界地理》

张其春译:《战争地理学总论》

戴运轨:《高中物理学实验教程》

范存忠:《大学英文选》

张江树:《高中化学》、《平面测量学》

竺可桢等译:《新地学》

任美锷、李旭旦译:《人地学原理》

何浩若:《民族的前途》

萧孝嵘:《学习定率分析》

缪凤林:《中国通史纲要》、《高中本国历史》、《日本论丛》、《日本史鸟瞰》

宗受于:《淮河流域地理与导淮问题》

罗廷光、王秀南:《实验教育》

美国鲍曼著、向达译:《世界各国最近形势》

卢　前(冀野):《饮虹曲话》

胡焕庸:《英国地志》、《法国地志》、《德国地志》、《南欧地志》、《北欧地志》

郑鹤声:《四库全书简说》

何兆清:《伦理学大纲》

叶广度:《中国庭园概况》

王勤堉:《世界大战与地理》
夏禹勋译:《日人眼中之东北经济》

附录二:

钟山学术讲座(丛书第一辑)

(1933年10月10日—1934年9月底)
每旬一册

张其昀:《东北失地之经济概况》
郑鹤声:《四库全书》
缪凤林:《中日关系论》
朱炳海:《军事与气象》
张钰哲:《地球之天体观》
汪辟疆:《目录学》
徐震堮:《音乐与文学》
卢　前:《印度思想史论》
景昌极:《希腊文化论》
郭斌龢:《华化西文史》
范存忠:《世界概观》
胡焕庸:《世界经济景气学》
朱　偰:《法律与事实》
阮毅成:《中国诗歌新论》
王　庸:《中国地图史纲》
刘　节:《中国封建制度考》
向　达:《中国印刷术发明小史》
刘　咸:《人类演化之趋向》
钱昌祚:《航空之最近趋势》
倪则埙:《照相化学》
倪尚达:《播音入门》
王佐清:《短波无线电》
钱　穆:《中国儒家思想》
王焕镳:《散文通论》
钱堃新:《中国音乐问题》

贺昌群:《汉魏六朝之石刻画像》
赵万里:《应用目录学》
罗廷光:《最近欧美教育概观》
戴运轨:《现代自然科学概观》
严济慈:《新旧力学》
卢于道:《生命之理化现象》
沈思璵:《气候与农业》
施士元:《近代物理学》
张江树:《元素与原子》
张孟闻:《达尔文自传》
凌纯声:《东北之民族》

1937 年

1 月

17 日,胡适读汤用彤《汉魏两晋南北朝佛教史》稿本时,认为"此书极好"。他说:"锡予与陈寅恪两君为今日治此学最勤的。又最有成绩的。锡予的训练极精,工具也好,方法又细密,故此书为最有权威之作。"胡适校读完此书稿后,便写信给王云五,推荐此书 1938 年在商务印书馆出版。

7 月

3 日,卞慧新访吴宓,吴宓为其讲《兼葭楼诗》。

7 日,卢沟桥事变,抗日战争爆发。

8 月

郭斌龢被聘为浙江大学外文系教授。

教育部决定由北京大学、清华大学、南开大学在长沙组建长沙临时大学。

9 月

13 日,胡适乘飞机离开武汉,辗转香港、马尼拉、关岛、中途岛、檀香山等地。

14日,陈三立在北平绝食五日而死。

23日,教育部批复中央大学西迁重庆。

26日,胡适到达旧金山,开始代表国民政府从事民间外交,动员美国民众支持中国抗战。

11月

1日,长沙临时大学开学。

7日,吴宓抵天津,熊大缜接其入住法租界六国饭店,与毛子水同住"楼下55室"。时陈寅恪携眷住此已有多日。

12月

13日,日军侵占南京,大肆杀戮国民。

本年度,中央大学师生的"潜社"成员集资刻印《潜社汇刊》。其中《潜社词刊》收录有四集,共63阕。

第一集	千秋岁(题归玄恭击筑余音)	11阕
第二集	风入松(宋徽宗琴名松风)	19阕
第三集	桂枝香(扫叶楼秋禊)	22阕
第四集	霜花腴(红叶)	11阕

《潜社词续刊》收录有六集,共151阕。

第一集	江城梅花引(丙子春禊)	15阕
第二集	看花回(杏花)	15阕
第三集	声声令(拜孝陵)	12阕
第四集	洞仙歌(拟东坡摩诃池纳凉词)	10阕
第五集	祝英台近(秦淮秋禊)	16阕
第六集	菩萨蛮(五都词)	70阕
	蝶恋花(闻钟)	13阕

上述所说的每一集,实际是一次社员聚会词曲创作结集,且多随春夏秋冬季节的变化而择机会相聚。据《潜社汇刊同人名录》,"潜社"成员共有70人:

龚慕兰、罗刚(隐柔)、濮舜卿(舜钦)、卢炳普(彬父)、卢前(冀野)、楼公凯

(竹圃)、蔡达理(剑泉)、蒋竹如(集虚)、贺楚南(柏芳)、冯国瑞(仲翔)、张世禄(福崇)、张汝舟、陆祖庥、陆垚(少执)、曹明焕(丹秀)、孙为霆(雨廷)、马著颙(霄鹏)、唐圭璋(季特)、唐廉(桐荫)、徐景铨、段天炯(熙仲)、周世钊(惇元)、武祥凤、李慰祖、李祖禕、李和兑(吉行)、吴宏纲(正维)、沙宗炳、宋希庠、朱祖谦(伯和)、朱元俊、王玉章、王文元(应三)、王起(季思)、苏拯(琴僧)、邓骞、刘熙鏖、叶祥瑞、董文鸾、常任侠(季青)、张惠衣、袁菖(爱瞳)、凌树望(公威)、高行健、李家骥、李骧(仲骞)、王灵根、聂青田(晓村)、刘德曜、刘润贤、蒋维崧、翟贞元、杨志溥(文山)、彭铎(炅乾)、陈永柏、陈舜年、陈昭华(振球)、陈松龄、张迺香(馨香)、梁璆(庸生)、盛静霞(伴鹜)、陶希华(实之)、徐益藩(一帆)、周法高、周鼎(礼堂)、吴怀孟(南青)、李孝定(陆琦)、沈祖棻、朱子武、王凌云(重生)

1938 年

1 月

7 日,吴宓上衡山访潘式。

20 日,长沙临时大学决定迁移至昆明。

张荫麟在重庆陈诚主持的政治部短期工作,参与拟订宣传工作纲要,于本月撰《蒋委员长抗战必胜训词释义》一小书,由军事委员会政治部印行。

2 月

18 日,浙江大学迁至江西泰和。

4 月

2 日,长沙临时大学改名为国立西南联合大学。

8 日,顾颉刚在日记中写道:"看张其昀所著《中国民族志》,此君平日颇能留心搜集材料,惟不能融化,又不能自己提出新问题,发见新事实,故其著作直是编讲义而已。……张君与陈叔谅对我颇致嫉妒,待数百年后人评定之可耳。"

9 月

17 日,胡适被国民政府任命为"中华民国驻美利坚国特命全权大使"。

10 月

月底,浙江大学西迁至广西宜山。

1939 年

3 月

17 日,吴梅病逝于云南省大姚县。

9 月

李瑞清的《清道人遗集》,由上海中华书局出版发行。

11 月

4 日,吴宓作长函,复潘式,兼复胡徵。

1940 年

2 月

浙江大学迁至贵州遵义。

3 月

5 日,蔡元培病逝于香港。

4 月

张其昀与张荫麟在遵义老城"纵谈至夜深",结果是他们决定"纠合同志,组织学社,创办刊物,在建国时期从事于思想上的建设,同时想以学社为中心,负荷国史编纂之业"。

随后,张其昀赴重庆开会,见到了蒋介石。他把要办刊物的计划和目的向蒋介石作了汇报,并得到蒋介石14万元的实际支持。郭斌龢说:"经费来源据张告知系由陈布雷负责。"

27日,据顾颉刚日记所示,清华研究院国学门第二届毕业生刘节(子植)在成都对顾颉刚说自己在浙江大学曾受到的排挤:"子植见告,渠去年到浙大,彼校骂胡适之、骂顾颉刚,成为风气。嫌彼与我接近,曾为古史辨第五册作序,强其改变态度,彼不肯,遂受排挤。排挤之术,为鼓动学生向彼借钱,又继之以教员借钱,使彼不胜麻烦而去。张其昀等手段卑劣,一至于此!"

6月

"思想与时代社"正式成立,张其昀、张荫麟、郭斌龢(洽周)、贺麟(自昭)、钱穆(宾四)、朱光潜(孟实)结合为基本社员。这六位基本社员中张其昀、张荫麟、郭斌龢、贺麟是原"学衡派"成员,朱光潜为郭斌龢香港大学读书时的同学。

7月

本月底,张荫麟离开昆明的西南联大,到遵义湄潭的浙大。

8月

26日,胡先骕被国民政府行政院任命为江西中正大学校长。

9月

王易被聘为中正大学文史系主任。

11月

10日,胡翔冬在成都金陵大学去世。

下 卷

1941 年

1 月

1日，中央大学历史学系主任金毓黻为历史系《史学述林》题词，文中谈及《学衡》，提出民国以来文学中雅言、俗语，史学上南派、北派：

> 尝谓吾国古今之学术，因长江大河之横贯，显然有南北两派之差别。先秦诸子，孔、孟居北，而老、庄居南，儒、道二家，于以分途。魏、晋、南北朝之世，经学传授亦有南、北两派，颇呈瑰玮璀璨之光。至唐初《五经正义》成书，而其焰以息。清代学者初有汉、宋二派，继则经学家有古文、今文之分，宋学及古文学多属北派，而汉学及今文学多属南派，皆有显然之途轨可寻。史学亦然，廿载以往，北都学者主以俗语易雅言，且以为治学之邮，风靡云涌，全国景从。而南都群彦则主除屏俗语，不捐雅言，著论阐明，比于诤友，于是有《学衡》杂志之刊行。考是时与其役者多为本校史学科系之诸师，吾无以名之，谓为史学之南派，以与北派之史学桴鼓相闻，亦可谓极一时之盛矣。（《静晤室日记》第7册第5243－5244页）

15日，蒋介石"正午与贺麟谈哲学"（黄克武《蒋介石与贺麟》）。

16日，《斯文》1卷第8期，出版"胡翔冬先生逝世纪念专刊"。撰写悼念诗文的有陈裕光、刘国钧、柯象峰、刘乃敬、高柳桥、高文、佘贤勋、吴征铸、朱浚、丁廷洧、程康、陈中凡、刘成禺、陈匪石、周仲容、陈延杰、卢前、李清悚、郦承铨、唐圭璋、胡先骕。

2 月

11日，蒋介石"与贺麟谈《三民主义辩证法大纲》，彼颇有见地"（黄克武《蒋介石与贺麟》）。

3 月

中正大学《文史季刊》创刊发行。王易所做的《发刊辞》也明显昭示出与

《学衡》的文化精神联系(节录):

> 昔汉承秦敝,懔于东周道术分裂,教泽罄竭,乃除挟书之禁,开献书之路,置博士,隆经术,由是百家之言复出,而儒治蔚然成风。欧西中古末期,希腊抱残守缺之士,西适罗马,敷传古学,因以启近世文明之曙光,史家美之,号曰"再生时代"。彼其初,固未尝逆睹其效之若此也。然文治由是而昌,风气由是而振,则其焜耀无足怪焉。夫武足以威天下而用仅一时;权足以驭四海而功惟当代。欲求开物成务,崇德广业,以延续人类永久之生命,发扬民族不朽之精神者,则非学术文化不为功。史迁曰:"天下君王至于贤人众矣,当时则荣,没则已焉。"魏文曰:"文章经国之大业,不朽之盛事。"故禹抑洪水,周公驱猛兽,皆有显功,而孔子成《春秋》,独垂空文以并美,此无他,效不囿一隅,而道足以济天下也。
>
> ……………
>
> 崇经训第一
>
> 稽典文第二
>
> 明小学第三
>
> 畅情志第四
>
> 通象译第五
>
> 操此五义,念彼三难,惕厉潜修,锲而不舍,尺寸之获,自在意中。夫学之所贵,在真善美。惟真也,故能断天下之疑,而诞妄穿凿之习宜戒矣;惟善也,故能定天下之业,而诬罔偏宕之情宜戒矣;惟美也,故能通天下之志,而鄙陋狂悖之词宜戒矣。是以古之学者,莫不于此三致意焉:"疑事毋质","慎言其余",此求真之说也;"曲能有诚","中道而立",此求善之说也;"君子安雅","出言有章",此求美之说也。三者备而学无觳觫之患矣。此同人之愿,亦《文史》之鹄也。

6月

14日,竺可桢日记所示:

> 晓峰来谈《思想与时代》社之组织。此社乃为蒋总裁所授意,其目的在于根据三民主义以讨论有关之学术与思想。基本社员六人,即钱宾四(穆)、朱光潜、贺麟、张荫麟、郭洽周、张晓峰六人。主要任务在于刊行《思想与时代》月刊及丛刊,与浙大文科研究所合作进行研究工作。月刊定七

月起发行,每月由总裁拨七千五百元作事业费,其中2 500为出版费,1 500元为稿费,编辑研究2 000,与史地部合作研究1 500元。据晓峰云拟设边疆、气象、南洋、东北四研究计划,补助文科研究所之不足云。

竺可桢所言的出版时间为7月,而实际出版时间为8月。

在刊物编辑出版期间,张其昀于1943年6月至1945年10月(17日离开美国,乘船行20日回国)到美国做访问教授,临行前,受到蒋介石、陈布雷的宴请。随后,张其昀在美国的延期又得到蒋介石的资助。当然这也是张其昀1949年以后与蒋介石政权走到一起,并被视为"陈布雷第二"的重要原因。在张其昀出国期间,郭斌龢为《思想与时代》代总干事,钱穆任主编。

事实上,六位基本社员中,张其昀、郭洽周、贺麟、朱光潜四位为国民党员,在1945年,基本社员中张其昀、贺麟、朱光潜和主要作者冯友兰成为国民党"最优秀教授党员"。其中,贺麟、冯友兰两位也是被蒋介石专门从昆明请到重庆为其讲哲学、心学的教授。

编辑兼出版者
思想与时代社(1—35期)
贵州遵义水硐街三号
思想与时代社(36—40期)
贵州遵义经历司街十号
思想与时代社(41—53期)
杭州大学路国立浙江大学文学院
印刷
贵阳文通书局(1—5期)
贵阳中央日报社(6—38期)
贵阳文通书局(39—40期)
杭州正报印刷厂(41—44期)
杭州当代出版社(45—52期)
上海华夏图书出版公司印刷厂(53期)

8月

1日,《思想与时代》第1期出版发行。
目录如下:
科学之方法与精神　　　　　　　　　　　　　　　　竺可桢

我国宪法草案之重要思想	张其昀
儒家思想的新开展	贺　麟
现代生活与希腊理想	郭斌龢
柏格森(1859—1941)	张荫麟
两种人生观之交替与中和	钱　穆
时代观念之认识	张其昀
劳合乔治《欧战回忆录》评述(书评)	任美锷

创刊时，刊物没有发刊辞，只有一个简单的征稿启事，是出自张其昀之手：

一、本刊内容包涵哲学、科学、政治、文学、教育、史地诸项，而特重时代思潮与民族复兴之关系。

二、本刊欢迎下列各类文字：

1. 建国时期主义与国策之理论研究
2. 我国固有文化与民族理想根本精神之探讨
3. 西洋学术思想源流变迁之探讨
4. 与青年修养有关各种问题之讨论
5. 历史上伟大人物传记之新撰述
6. 我国与欧美最近重要著作之介绍与批评

三、本刊文字大都为通论，不载考据纂辑之作，但穷理力求精密，立论务期征信，以要言不繁深入显出者为尚。

四、投稿手续请参阅本期底页所载投稿简章。

24日，吴宓收到潘式信，言近日从周弃子借得《吴宓诗集》重读，"真若与故人促坐倾谈，如泣如诉"。

本月，罗家伦辞去中央大学校长一职。继任者为顾孟余(1888—1972)。

9月

1日，《思想与时代》第2期出版发行。

目录如下：

中央与地方之均权制度	张其昀
哲学与政治	张荫麟
大学格物新释	钱　穆
柏烈得莱的伦理观	谢幼伟

泰戈尔与爱恩斯坦论实在与真理	张荫麟

（校：正文题目为"泰戈尔爱恩斯坦白论实在与真理"）

爱智的意义	贺麟
论现代精神	张其昀
回教民族与国家史（书评）	田德望

22日，贺麟访吴宓，告诉吴宓张其昀在蒋介石那里领得十四万元办《思想与时代》。使得吴宓在日记中感叹自己当年经营《学衡》，"不为名利，不受津贴，独立自奋之往迹。不觉黯然神伤已"。

10月

1日，《思想与时代》第3期出版发行。

目录如下：

中国传统政治与儒家思想	钱穆
政与教	朱光潜
解决东北问题之基本原则	张其昀
从政治形态看世界的前途	张荫麟
泰戈尔的哲学	谢幼伟
论词	缪钺
论现代精神（续）	张其昀
移民的界限（书评）	黄秉维

19日，竺可桢日记记有：

> 一樵［沈按：顾毓琇］欲晤晓峰，遂偕至水峒街［沈按：水硐街］三号晤晓峰。晓峰出布雷、钱宾四函相示，知布雷对于思想与时代每文必读，且对于晓峰著《中国古代教育家》一文已集专刊，由委员长为之印行签署矣。

11月

1日，《思想与时代》第4期出版发行。

目录如下：

中国社会之剖视及其展望	钱穆
宋朝的开国和开国规模	张荫麟
我国科学之新时代	卢于道

梁任公别录	张其昀
跋《梁任公别录》	张荫麟
鲁一士的伦理观	谢幼伟
清末浙江高等学堂之学风	陈布雷

（校：正文有副题"和风篇呈吾师张闻声先生"）

蒙古之地质即瀚海地形（书评）	叶良辅

[校：正文为"翰海地形"（书评）]

10日，顾颉刚在日记中写道："张其昀有政治野心，依倚总裁及陈布雷之力，得三十万金办《思想与时代》刊物于贵阳，又垄断《大公报》社论。宾四、贺麟、荫麟等均为其羽翼。宾四屡在《大公报》发表议论文字，由此而来。其文甚美，其气甚壮，而内容经不起分析。树帜读之，甚为宾四惜。谓其如此发表文字，实自落其声价也。"

12月

1日，《思想与时代》第5期出版发行。

目录如下：

柏拉图之生平及其教育思想	郭斌龢
论建都	钱 穆 张其昀
自然与人生	贺 麟

（校：正文题目为"自然与人生——回自然去"）

北宋的外患和变法	张荫麟
科学与政治	卢于道
滑翔与气象	涂长望
嫉妒分析	陈 康
杜威的逻辑（书评）	谢幼伟

[校：正文题目为"杜威的《逻辑》"（书评）]

8日，日军偷袭珍珠港，美英政府对日宣战。

9日，国民政府对德意日宣战。

19日，林庚白（学衡）在九龙被日军杀害。

1942 年

1 月

1 日,《思想与时代》第 6 期(新年号)出版发行。
目录如下:

行政中枢论	张其昀
中华民族之宗教信仰	钱 穆
论人生的意义	冯友兰
北宋的外患和变法(续)	张荫麟
马相伯先生	方 豪
叠部概况	任美锷
国防地理(书评)	沙学浚

2 月

1 日,《思想与时代》第 7 期出版发行。
目录如下:

乐的精神与礼的精神	朱光潜

(校:正文有副题"儒家思想系统的基础")

中国传统教育精神与教育制度	钱 穆
论心的重要	冯友兰
国防中心论	张其昀
宣传与教育	贺 麟
论宋诗	缪 钺
思想之方式(书评)	谢幼伟

3 月

1 日,《思想与时代》第 8 期出版发行。
目录如下:

论人生中底境界	冯友兰

中国人之法律观念	钱　穆
国防中心论（续）	张其昀
怀黑特[克]论哲学之正鹄	张荫麟

（校：正文作者为"张荫麟译"）

教员福利与民族复兴	梁庆椿
绘画改良论	丰子恺
莫洛亚著传记文学两种	任美锷

4月

1日，《思想与时代》第9期出版发行。

目录如下：

建国方略与民生主义	张其昀
国史上安南暹罗缅甸之地位	吴其昌
国史上之战斗观	缪凤林

（校：正文有副题"从国史上证明战斗至上为历史的真理"）

论自然境界	冯友兰
克罗齐的伦理观	谢幼伟
抗战初期我国西南之矿产业	叶良辅
太平洋区域之国际贸易与关税（书评）	任美锷

5月

1日，《思想与时代》第10期出版发行。

目录如下：

政治家与政治风度	钱　穆
建国方略之十大纲领	张其昀
论功利境界	冯友兰
国史上之战斗观（续）	缪凤林
太平洋沿岸各国之经济关系	任美锷
中国生物分类学史简述	张孟闻
贝讷儿《科学之社会作用》（书评）	卢于道

6月

1日，《思想与时代》第11期出版发行。

目录如下：

论中西文化的差异	张荫麟
读儒行	郭斌龢
中国民族之文字与文学	钱　穆
谈价值意识	朱光潜
论道德境界	冯友兰
建国方略之十大纲领（续）	张其昀
李四光著《中国地质学撮要》	张文佑

22日，蒋介石在成都军官学校单独接见钱穆。

7月

1日，《思想与时代》第12期出版发行。

目录如下：

论天地境界	冯友兰
论古代任侠之风	刘永济
中国民族之文字与文学（续）	钱　穆
论体相	熊十力

（校：正文有副题"答梅居士书"）

经济学溯源	朱伯康
甘地行谊	张其昀
李四光著《中国地质学撮要》（续）	张文佑

8月

1日，《思想与时代》第13期出版发行。

目录如下：

二千年来我国之兵役与兵制	张其昀
最近五十年中国政治的回顾	陈之迈
论学养	冯友兰
中国人的膳食知识	罗登义
梁任公先生别录拾遗	吴其昌
熊著《新唯识论》（书评）	谢幼伟
学术通讯	翁文灏　陈伯庄

[校：正文为：(一)论墨家与法家——致张其昀书　　　　　　翁文灏
　　　　(二)谈梁任公先生——致张其昀书　　　　　　　　陈伯庄]

15日,胡适被免去"中华民国驻美利坚国特命全权大使"职务。

本月,全国大学共有30位教授被遴选为第一批部聘教授。其中28位被公示：

杨树达(国文)、黎锦熙(国文)、吴宓(外文)、陈寅恪(历史)、萧一山(历史)、汤用彤(哲学)、孟宪承(教育)、苏步青(数学)、吴有训(物理)、饶毓泰(物理)、曾昭抡(化学)、王琎(化学)、张景钺(生物)、艾伟(心理)、胡焕庸(地理)、李四光(地质)、周鲠生(法律)、胡元义(法律)、杨端六(经济)、孙本文(社会)、吴耕民(农学)、梁希(林学)、茅以升(土木)、庄前鼎(机械)、余谦六(电机)、何杰(地质)、洪式闾(病理)、蔡翘(生理)。

(曹天忠：《档案中所见的部聘教授》,《学术研究》2007年第1期)

当选者秉志因在上海沦陷区,为保护他,未公示。

"学衡派"成员吴宓(外文)、陈寅恪(历史)、汤用彤(哲学)、胡焕庸(地理)荣获首批"部聘教授"。

9月

1日,《思想与时代》第14期出版发行。

目录如下：

孝与中国文化	谢幼伟
《孝与中国文化》附言	郭斌龢
春秋攘夷说	王焕镳
二千年来我国之兵役与兵制(续)	张其昀
论才命	冯友兰
太平洋区域经济志(书评)	任美锷
学术通讯	陈伯庄

(校：正文题目、作者为"文艺杂感——致张其昀书　陈伯庄")

10月

1日,《思想与时代》第15期出版发行。

目录如下：

自然科学与精神科学　　　　　　　　　　　　　　　　洪　谦

历代之军政与军令	张其昀
论死生	冯友兰
伽利略与科学输入我国之关系	方　豪
平等新诠	陈　立
考脱著《动物伪装术》(书评)	卢于道
学术通讯	陈伯庄　钱　穆　谢冠生

(校：正文有：

民生主义之经济建设——致钱穆书	陈伯庄
致陈伯庄信	钱　穆
致钱穆信	陈伯庄
舞雩境界——致张其昀书	陈伯庄
谈中枢政制——致张其昀书	谢冠生
谈中枢政制——致张其昀书	陈伯庄)

24日，张荫麟因病在遵义去世。

11月

1日，《思想与时代》第16期出版发行。

目录如下：

论玄学方法	熊十力
论民族生存权	谢幼伟
师儒与商贾	张荫麟
历代之兵源与将才	张其昀
中国自然地理纲要	李四光著　张文佑译
再论大学格物义	钱　穆
《左宗棠传》(书评)	沈　鉴

29日，上午，浙江大学在遵义举行张荫麟追悼会。

12月

1日，《思想与时代》第17期出版发行。

目录如下：

说同一	张荫麟遗著
战后新首都问题	钱　穆

399

哲学与宗教	谢幼伟
历代之兵源与将才(续)	张其昀
英印的经济关系	鲍觉民
土壤与人生(书评)	任美锷
学术通讯	熊十力 谢幼伟

(校:正文有:

儒家与墨法——致张其昀书	熊十力
谈生灭——致谢幼伟书	熊十力
答谢幼伟论玄学方法	熊十力
答熊先生论玄学方法	谢幼伟)

4日,梅贻琦日记今日记有:下午四点,在昆明西南联大的清华教师约三十人举行张荫麟追悼会。冯友兰、雷海宗、吴晗、吴宓等参加。吴宓有兔死狐悲之语。张荫麟的弟弟略述在浙江大学临终情形。

1943 年

1月

1日,《思想与时代》第18期(张荫麟先生纪念号)出版发行。

目录如下:

(校:封二有"思想与时代社东莞室征求图书启事"。正文有"张荫麟先生遗像"、"张荫麟先生遗墨")

论史实之选择与综合	张荫麟遗著
中国今日所需要之新史学与新史学家	钱 穆

(校:正文有副题"本文敬悼故友张荫麟先生")

张荫麟先生之哲学	谢幼伟
哲学与史学	熊十力
张君荫麟传	王焕镳
敬悼张荫麟先生	张其昀
评张荫麟先生《中国史纲》第一册	陈梦家
张荫麟先生著作系年目录	徐 规

（校：正文末有"本期所有稿费全数国币三千元移捐张荫麟先生家属赡养基金保管委员会作为张荫麟先生家属赡养之费此启"。有"编者启事"）

23日，竺可桢日记记有：

> 九点叔谅［沈按：陈训慈，陈布雷之弟］来谈，知去年政府之所以忽然褒扬梁任公，乃因张晓峰之文提及任公对青年之影响未被政府所重视，接着张荫麟又在《思想与时代》上著一文，均为委员长所见而有褒扬之议。

本月，中央大学国文系主任汪辟疆主编的《中国学报》在重庆创刊。为刊物写文章（包括旧体诗词）的有李翊灼、汪东、唐圭璋、陈匪石、王玉章、金毓黻、章士钊、朱希祖、欧阳渐、罗常培、容园、程康、熊公哲、刘修业、许承尧、潘重规等。

2月

1日，《思想与时代》第19期出版发行。

目录如下：

（校：封二有"思想与时代社东莞室征求图书启事"）

我国战后之五问题	张其昀
读唐律	徐道邻
论传统历史哲学	张荫麟遗著
卡林渥德的历史思想	王绳祖
十七八世纪来华西人对我国经籍之研究	方　豪
中国古代之军事气象学	卢温甫
施端著《人格主义的普通心理学》（书评）	陈　立

17日，国民党行政院第60次会议决定：准予顾孟余辞职，中央大学校长一职由行政院院长蒋介石自兼。中央大学特设教育长一职，由朱经农担任，并主持日常校务。

19日，因张其昀将去美国访问研究，由钱穆代理《思想与时代》主编。

3月

1日，《思想与时代》第20期出版发行。

目录如下：

（校：封二有"思想与时代社东莞室征求图书启事"）

理想的大学	钱　穆
我所认识的荫麟	贺　麟

历代之兵器与军资	张其昀
快乐与人生	谢幼伟

（校：正文有副题"功利主义述评"）

知觉与外物	黄 翼
工程技术与学理的谐合	杨德耀
日本之经济地位（书评）	黄秉维

4月

1日，《思想与时代》第21期出版发行。

目录如下：

五十年来中国之时代病	钱 穆
何谓唯心论	谢幼伟

（校：正文有副题"兼评贺麟著《近代唯心论简释》"）

孔子与心教	钱 穆
历代之兵器与军资（续）	张其昀
略论中国哲学与中国文学之关系	唐君毅
谈西洋文明	黄尊生
五十年来中国财政之变迁	朱伯康

5月

1日，《思想与时代》第22期出版发行。

目录如下：

印度建国之基本问题	张其昀
道家思想与安那其主义	钱 穆
怀黑德论教育	谢幼伟
论孔子之治学精神	刘永济
第七世纪中叶的中日战争	陈乐素
广西的石林	张文佑
学术通讯	贺 麟

（校：正文有副题"答谢幼伟兄批评三点"）

6月

1日，《思想与时代》第23期出版发行。

目录如下：

现代哲学之背景	谢幼伟
古代观念与古代生活	钱　穆
战争与法律	黄正铭
论辛稼轩词	缪　钺
唐比论文化	张月超

（校："唐比"今译为"汤因比"）

中国土地问题之真相	吴文晖
论外交（书评）	顾毂宜

本月，张其昀赴美国从事访问研究。

7 月

1 日，《思想与时代》第 24 期出版发行。

目录如下：

科学与社会	竺可桢
现代哲学之特征	谢幼伟
德国文学与哲学的交互影响	贺　麟
实演逻辑与新心理学	陈　立
法治新诠	钱　穆
李白之生平及其诗	詹　锳
石里克的《普通认识论》（书评）	洪　谦

8 月

1 日，《思想与时代》第 25 期出版发行。

目录如下：

农业国防刍议	钱　穆
柏烈得莱的宗教观	谢幼伟
逻辑实证论的基本思想	洪　谦
论李义山诗	缪　钺
汉代的官俸	王　栻
中国之地形	任美锷
英国议会政治（书评）	费　巩

9月

1日,《思想与时代》第 26 期出版发行。

目录如下:

评章著《逻辑指要》	谢幼伟

(校:正文有副题"兼论演绎与归纳")

王静安与叔本华	缪　钺
科学与哲学	洪　谦
但丁《神曲》的政治背景	田德望
古代学术和古代文字	钱　穆

(校:正文题目为"古代学术和古代文化")

中国之地形(续)	任美锷
学术通讯	陈伯庄

(校:正文有题目"文化合流之后")

10月

1日,《思想与时代》第 27 期出版发行。

目录如下:

北宋四子之生活与思想	张荫麟遗著
从秦始皇到汉武帝	钱　穆
论翻译的性质和意义	贺　麟
唯物论述评	谢幼伟
类型学说略述	陈　立
诗与孔学	罗倬汉
美国文化之兴起(书评)	李絜非

12 日,胡适在日记中写有读张其昀所赠《思想与时代》后的札记。

《思想与时代》没有发刊词,但每期有"欢迎下列各类文字"(列有 6 项)的启事。胡适认为其中的前两项就是他们的宗旨:1. 建国时期主义与国策之理论研究。2. 我国固有文化与民族理想根本精神之探讨。他在日记中写道:"此中很少好文字。如第一期竺可桢兄的《科学之方法与精神》,真是绝无仅有的了(张荫麟的几篇'宋史',文字很好。不幸他去年死了)。张其昀与钱穆二君均为从未出国门的苦学者;冯友兰虽曾出国门,而实无所见。他们的见解多带反动意味,保守的趋势甚明,而拥护集权的态度亦颇明显。"

11月

1日,《思想与时代》第28期出版发行。

目录如下:

新社会与新经济	钱　穆
维也那学派与现代科学	洪　谦
笛卡尔学说要旨	谢幼伟
诗与孔学(续)	罗倬汉
论历史方法	李絜非
中国气候概论	卢温甫
评韦尔柏《前汉奴隶制度》(书评)	杨联陞

12月

1日,《思想与时代》第29期出版发行。

目录如下:

基督教与政治	贺　麟
新民族与新宗教之再融合	钱　穆
培根之方法论	谢幼伟
南国一诗人	黄尊生

(校:正文有副题"敬悼廖蘋盒先生")

大学与大学生	陈　立
中国气候概论(续)	卢温甫
评郭沫若著《屈原研究》(书评)	缪　钺

16日,15人当选为第二批部聘教授:

胡小石(国文)、楼光来(外文)、柳翼谋(历史)、冯友兰(哲学)、常道直(教育)、何鲁(数学)、胡刚复(物理)、萧公权(政治)、戴修瓉(法律)、刘秉麟(经济)、邓植仪(农学)、刘仙洲(机械)、高济宇(化学)、梁伯强(医学)、徐悲鸿(艺术)。

(竺可桢:《竺可桢全集　日记》第8卷第689页,上海科学技术出版社,2006)

"学衡派"成员胡小石(国文)、楼光来(外文)、柳翼谋(历史)荣获为第二批"部聘教授"。

1944 年

1 月

1 日,《思想与时代》第 30 期出版发行。

目录如下:

个性伸展与文艺高潮	钱　穆
汉帝国的中兴与衰亡	张荫麟遗著
宋钘思想述评	胡哲敷
汪容甫诞生二百年纪念	缪　钺
刘知几思想述评	黎子耀
石里克的人生观	洪　谦

[校:正文题目为"石里克的人生观"(一)]

经验知识之基础(书评)　　　　　　　　　　　　　谢幼伟

2 月

1 日,《思想与时代》第 31 期出版发行。

目录如下:

英哲亚历山大　　　　　　　　　　　　　　　　　谢幼伟

(校:正文有副题"生平及其思想")

评贺麟译斯宾诺莎《致知篇》　　　　　　　　　　缪　钺

(校:正文有副题"兼论翻译")

宋以下中国文化之趋势	钱　穆
清代幕僚制度论	全增祐
释学术	洪　谦
论史观	李絜非
滂德之法学近著三种(书评)	韩德培

3月

1日,《思想与时代》第 32 期出版发行。

目录如下:

东西接触与中国文化之新趋向	钱　穆
现代心理学派别及其意义	黄　翼
浙江诗学源流评述	祝文白
姜白石之文学批评及其作品	缪　钺
清代幕僚制度论(续)	全增佑
休谟之外界学说(书评)	谢幼伟

8日,国民政府教育部批准胡先骕呈请辞去中正大学校长一职。

4月

1日,《思想与时代》第 33 期出版发行。

目录如下:

自由之真谛	谢幼伟
读二程全书	缪　钺
中国近代儒学之趋势	钱　穆
中国历代官制演变之方式	陶元珍
柏烈得莱的历史观	谢幼伟
阎百诗之游踪	夏定域
努斯堡教授著《国际私法原理》(书评)	韩德培

5月

1日,《思想与时代》第 34 期出版发行。

目录如下:

二十八宿起源之时代与地点	竺可桢
易传与礼记中之宇宙论	钱　穆
宋儒的评价	贺　麟
六朝人之言谈	缪　钺
论科学之假定与要求	谢幼伟
航空游记两种(书评)	徐近之

2日,国民党教育部新任命萧蘧为中正大学校长,取代胡先骕。

6月

1日,《思想与时代》第35期出版发行。

目录如下:

人治与法治	郭斌龢
逻辑与政治	谢幼伟
中国的梵文研究	周一良
人格析义	陈立
维也那学派与现象学派	洪谦
学术通讯(论战国秦汉间新儒学)	缪钺 钱穆

(校:正文题目、作者有"与钱宾四书　缪钺"、"与缪彦威书　钱穆"、"再与钱宾四书　缪钺"、"再复缪彦威书　钱穆")

(校:正文后有"本刊启事",有关七、八两月停刊之事)

7月

5日,朱希祖在重庆上海医学院附属医院病逝。

8月

2日,教育部批准中央大学设立文科研究所中国文学部,胡小石任主任。

本月,蒋介石辞去中央大学校长一职,改为永久名誉校长。继任者为顾毓琇。

9月

1日,《思想与时代》第36期出版发行。

目录如下:

辨性	钱穆
论荀学	缪钺
论道德判断	谢幼伟
心理学在军事上之应用	黄翼
解释宪法之权与能	陈恩成
富路特《中华民族小史》(书评)	杨联陞

25日,王伯沆病逝于南京。

30日,吴宓到达贵州遵义新城郭斌龢家,开始在浙江大学访友、讲学。这是战时"学衡派"成员人数最多的一次聚会。

本月,中央大学文科研究所中国文学部开始招生。第一届入学研究生为金启华、刘锐。结果仅金启华毕业,刘锐未毕业即到大夏大学就职。

10月

1日,吴宓拜会竺可桢、梅光迪、黄翼等。

2日,吴宓为浙江大学戏剧班学生演讲《石头记》人物。

3日,吴宓访《思想与时代》杂志社,见李絜非、谢幼伟、郭斌龢、竺可桢等。

4日,吴宓拜见陈乐素,为浙江大学现代文学学生班演讲《石头记》考证。

5日,吴宓拜见王焕镳、费巩、张孟闻、汤元吉等,为文学院学生讲《文学与人生》。

6日,吴宓为浙江大学外文系学生讲《红楼梦》。

7日,吴宓与张志岳、田德望、张君川等聚会。

8日,吴宓为酒精厂职工演讲《红楼梦》。

11日,吴宓与缪钺、谢幼伟、谢文通相聚。

13日,吴宓离开遵义。

11月

1日,《思想与时代》第37期出版发行。

目录如下:

王念孙父子治学之精神与方法	萧　璋

(校:正文有副题"纪念王念孙诞生二百周年")

说良知四句教与三教合一	钱　穆
功利主义的新评价	贺　麟
乐府之由来及其衍变	祝文白
中美空航半月记	张其昀
评史对莱近著《世界之经济开发》(书评)	丁　忱

12月

1日,《思想与时代》第38期出版发行。

目录如下：

心理学与哲学	谢幼伟

（校：正文有副题"敬悼黄羽仪先生"）

一个心理学家的成就与失败	陈　立

［校：正文有副题"敬悼黄羽仪（翼）先生"］

禅宗与理学	钱　穆
国际货币金融会议之成就	丁　忱
郦斯氏著《世界矿物与世界和平》译述	叶良辅
卡尔著《二十年之危机》（书评）	王绳祖
东方文化史——日本之部（书评）	周一良

本年，梅光迪在提交的《国民参政会提案二件》中，反对国人"故步自封"，主张战后"请教育部通令国立各大学增设东方语文系"，"改国立各大学现有外国语文学系为西方文学系"，使得"吾人改变观念，重新估价，以弥补过去之缺陷，以作未来之准备"。

1945 年

1 月

1 日，《思想与时代》第 39 期出版发行。

目录如下：

中国之陆权与海权	张其昀

（校：正文有副题"民国三十三年九月十八日在美国哈佛大学地学研究所演讲"）

再论禅宗与理学	钱　穆
古画品录臆释	徐梵澄
从理论上事实上分析保护贸易政策	严仁赓
郦斯氏著《世界矿物与世界和平》译述（续）	叶良辅
福利经济原理——统制经济之理论的分析	张培刚
格鲁著《驻日十年记》（书评）	韩德培

2 月

1 日，《思想与时代》第 40 期出版发行。

目录如下：

三论禅宗与理学	钱　穆
莱布尼兹之玄元论要旨	谢幼伟
欧阳永叔治学之精神	缪　钺
地价的性质及其决定的因素	吴文晖
司开洛述《战争与史学》	杨联陞
孔翰士近著《民族主义的概念》述评	吴保安
穆莱评传（书评）	张其昀

19日，张尔田在北平因病去世。

5月

5日，国民党六大召开前夕，朱家骅与陈立夫联名向蒋介石推荐了98名"最优秀教授党员"：

最优秀教授党员名册

中央政治学校
　　萨孟武、赵兰坪、寿勉成、罗刚
中央大学
　　顾毓琇、戴修瓒、周鸿经、许心武、许恪士
西南联合大学
　　张伯苓、蒋梦麟、梅贻琦、冯友兰、华罗庚、贺麟、陈雪屏、姚从吾
武汉大学
　　王星拱、朱光潜、杨端六
浙江大学
　　竺可桢、吴文晖、张其昀、李相勖
中山大学
　　金曾澄、邓植仪、陈安仁、崔载阳
交通大学
　　李熙谋、钱用和、罗忠忱
西北大学
　　刘季洪、陆懋德、杜元载
同济大学
　　徐诵明、邓瑞麟、叶雪安

东北大学
  臧启芳、金景芳、金毓黻
四川大学
  周厚复、方文培、黄建中
暨南大学
  何炳松、周宪文
湖南大学
  胡庶华
厦门大学
  萨本栋、陈德恒
云南大学
  熊庆来、伍纯武、鲁冀参
广西大学
  李运华、雷沛鸿
中正大学
  萧蘧、罗廷光
贵州大学
  张廷休、李光忠、张丕介
河南大学
  张广舆
复旦大学
  章益、伍蠡甫、卢于道、吴南轩
重庆大学
  张洪沅、何杰、冯简
英士大学
  杜佐周、丁求真
金陵大学
  陈裕光、章之汶、罗倬汉
大夏大学
  欧元怀
燕京大学
  陈寅恪

岭南大学
　　李应林
齐鲁大学
　　汤吉禾
中华大学
　　陈时
华西协合大学
　　张凌高
福建协和大学
　　林景润　林希谦
上海医学院
　　朱恒璧
中正医学院
　　王子玕
国立师范学院
　　廖世承、孟宪承
西北师范学院
　　李蒸、黎锦熙、齐国樑
女子师范学院
　　谢循初、任培道
社会教育学院
　　陈礼江　童德富
西北工学院
　　潘承孝　萧连波
贵阳医学院
　　李宗恩
江苏医学院
　　胡定安
湘雅医学院
　　张孝骞
甘肃学院
　　宋恪

西北农学院
    邹树文
北洋工学院
    李书田
共计九十八人

（台北"国史馆"藏"国民政府"档案，典藏号001014151008）

"学衡派"成员张其昀、陈寅恪、贺麟名列"最优秀教授党员"。

8月

15日，日军投降，抗战胜利。

9月

6日，胡适被国民政府任命为北京大学校长。因胡适未回国，同时任命傅斯年为北京大学代校长。

本月，中央大学文科研究所中国文学部招收的第二届研究生刘溶池、王季星（继兴）、公方苓、李毓芙、郭银田入学。

10月

17日，张其昀自美国启程回国。

11月

6日，张其昀回到上海。

12月

27日，梅光迪在遵义病逝。

31日，竺可桢在日记中记有梅光迪"有不可及者三：（一）对于作人、读书，目标极高，一毫不苟。如读书，必读最佳者，甚至看报亦然。最痛恶为互相标榜、买空卖空。不广告，不宣传。（二）其为人富于热情。……（三）不骛利，不求名，一丝不苟。……但因陈义过高，故曲高和寡。为文落笔不苟，故著述不富，但临终以前尚有著作之计划"。

1946 年

1 月

10 日,竺可桢约见郭斌龢,告知自梅光迪生病期间其代理文学院院长期止,拟聘张其昀为文学院长。

11 日,郭斌龢向校长竺可桢移交文学院印鉴。此事随后引发学生的请愿活动,部分学生向竺可桢校长请求,提议要清华大学(此时合并在昆明的西南联合大学)的吴宓出任浙江大学文学院院长,未成。

27 日,在梅光迪追悼会上,电报局长吴慧中来向竺可桢转达陈布雷电话,说蒋介石嘱送"人师典范,蒋中正敬挽"的挽联。作为与梅光迪复旦相识、哈佛同学(有一年同住一室),有着 36 年交情的竺可桢,在日记中写道:"关于迪生之为人有三点:(一) 标准极高,(二) 不求名利,(三) 外冷而内富热情。其喜欢批评胡适之,亦以适之好标榜,而迪生则痛恶宣传与广告也。"

29 日,竺可桢在日记中记有这样一件事:"迪生性甚孤介,一文不苟取,家境也不裕,自然困顿终生,颇欲得一休假年,以执笔作文。当李天助去筑陪同看病,留筑二旬,将回时询迪生有何嘱托。迪生谓有数点要告校长,即本学期不能授课,希望支薪,且此项薪水,在告假期内支者,不扣除其应得一年休假之薪,同时希望继续由洽周代理。此自然是迪生病前一贯态度,以为其不致即去世,亦不自知其病在垂危也。此次星期六在团契,星期日在龙王庙,李医生均报告此数语,而梅太太又告允敏,欲得迪生应可休假一年之薪俸,不知迪生死后与迪生生前之言情形完全不同,安能死人而可告假而可代理耶!"

30 日,竺可桢专门给杭立武写信,"为迪生请一年休假金,此实无法可给,但请渠另设法耳"。

7 月

5 日,胡适自美国乘船回到上海。

29 日,胡适正式出任北京大学校长。

8月

30日,吴宓自重庆乘飞机抵达武昌,任教于武汉大学外文系。

10月

4日,曹经沅在南京病逝。

26日,胡适到南京江苏省立国学图书馆见柳诒徵,借阅三部《水经注》,两人和好。

11月

1日,中央大学在南京复校开学。

12月

9日,吴宓主编《武汉日报·文学副刊》第1期出版发行。
目录如下:

序例	编　者
读陈寅恪《唐代政治史述论稿》后记	唐长孺
《红楼梦》之文学价值	吴　宓
校雠目录辨	程会昌
印度师觉月博士来华讲学	金克木
丙戌初冬即事	赵紫宸
乙酉七月七日听说《水浒新传》后客有述近闻者感赋	陈寅恪
华西坝(乙酉夏日成都作)	陈寅恪
浣沙溪(乙酉冬成都作)	沈祖棻
(校:应为"浣溪沙")	
八声甘州(丙戌清明乐山作)	刘永济

据傅宏星提供的资料显示:

《武汉日报·文学副刊》由吴宓署名主编,是一份标榜"不立宗派,不持主义,而尊重作者之思想及表现自由",以文、史、哲学术短论(如红学论文)为主体,兼及著述序跋、学界动态、诗词创作和翻译作品的综合性报纸文艺周刊。《武汉日报·文学副刊》的编辑力量非常精干,只有主编吴宓和编辑程千帆二位,外加一个助理编辑盛丽生。而为报头"文学副刊"隶书四字题字的,是时任武汉大学文学院院长的刘永济,双款条幅,右款是"吴宓主编",左款是"每星期一出版"。

《武汉日报·文学副刊》于1946年12月9日在汉口创刊,1947年12月29日终刊,每周一出版,共出五十期。中间除了偶尔有几期推迟或脱刊之外,其余各期均能按时连续出版。比如1947年6月9日(周一)第26期,因故推后至6月11日(周三)出版;1947年1月27日、6月16日、9月1日,各脱刊一期;1947年9月29日在出版第40期之后,主编吴宓因前往南京主持正中书局《牛津英汉双解字典》的编校会议,同时另一位编辑程千帆则有私事外出,在两位编者都缺席的情况下,副刊不得已停刊三周(10月6日、13日、20日),迟至1947年10月27日才续出第41期。

吴宓撰写的《序例》(宗旨与办法)文字如下:

> 本刊态度完全公开,欢迎各地人士投稿。稿费每千字暂定国币六千圆至八千圆。登出后,由武汉日报社尽速致送。不登之稿须退还者,请投稿人预付邮资足用。
>
> 本刊内容范围甚广,举凡文学哲学历史宗教艺术等,皆认为广义之文学。又于考证研究批评创作之稿,悉皆收纳。惟于各类之稿,必取其精上者。编者之责任,乃就所得之稿,为公平审慎之选择,(编者学识固有限,然另聘有专门顾问,随时指导匡助,投稿人可勿疑。)编者所认为较佳之稿,必先予每登。故各类不能遍及,时或偏颇。盖纯以当时所收得之佳稿为定,非编者对某类有畸轻畸重之心也。
>
> 本刊不立宗派,不持主义,而尊重作者之思想及表现自由。举凡旧学新学,旧法新法,中国外国,东洋西洋,远古近今,同时异世,理想写实,唯心唯物,古典浪漫,贵族平民,雅正精奇,保守进步,等等,一律平视。惟以每一篇来稿自具之价值为断。
>
> 本刊不拘文体,不别形式。文言语体,古文白话,或摹古或欧化,本刊兼蓄并收。又或高华凝练,或明白晓畅,或雅或俗,或庄或谐,悉听作者自由。但以每一篇来稿自具之真善美成分为断。至于标点符号,分章断节,亦全遵各篇作者原稿之旧。本刊不为变改,不求一律。
>
> 本刊编者吴宓先生,昔年曾任中华书局印行之《学衡》杂志月刊总编辑十一年(民国十一年至二十二年共出七十九期),又曾任天津《大公报·文学副刊》周刊编辑六年(民国十七年至二十二年底共出三百一十七期)(校:应为"三百一十三期")。其个人著作,则有《吴宓诗集》一厚册(民国

二十四年上海中华书局印行)。惟今兹担任《武汉日报·文学副刊》编辑，其性质及关系与昔不同。故在本刊所秉之态度及所定之办法，亦与《学衡》杂志等所表示所推行者有异。读者与投稿人幸其鉴察。今后(1)凡吴宓在"编者"之立场，或选别稿件，或酌加按语及注释，必悉遵右所宣示数条之态度及办法而行事，若(2)其表示个人之思想感情之作品，如旧诗，如《红楼梦》评论，如文学与人生诸篇，则皆明署"吴宓"名，以示分别。盖公私不同，根本未容淆混也。

从文稿的实际情况看，《武汉日报·文学副刊》延续和保持原《大公报·文学副刊》的风格，即刊登学术论文和旧体诗词。以在武汉的高校教师为主要作者队伍。其中，刘永济、陈寅恪、景昌极、邵祖平、王恩洋、李思纯、马浮、缪钺、覃孝方(寿堃)，原本就是《学衡》作者。程会昌(千帆)毕业于金陵大学，沈祖棻毕业于中央大学、金陵大学，他们夫妇在师承上与"学衡派"有学术渊源。

16日，吴宓主编《武汉日报·文学副刊》第2期出版发行。

目录如下：

读陈寅恪《唐代政治史论稿》后记(续第一期)	唐长孺
《红楼梦》人物评论之一：论紫鹃	吴 宓
徐嘉瑞《金元戏曲方言考》序	罗常培
落花诗八首(和吴宓学兄原韵)	何君超
减字木兰花(成渝纪闻)	沈祖棻
编者小言	

23日，吴宓主编《武汉日报·文学副刊》第3期出版发行。

目录如下：

吠檀多精髓　　　天竺轨范师　娑陀难陀(真喜)造	金克木试译
(校：在第五期登出的《勘误》中说应为"真善")	
《辛稼轩评传》自序	徐嘉瑞
净土诗三十首	孙　乐(云南元江)
附　题诗	马　浮
赠孙乐道兄	吴　宓

30日，吴宓主编《武汉日报·文学副刊》第4期出版发行。

目录如下：

温庭筠《感旧陈情五十韵》、《献淮南李仆射》诗旧注辨误	顾学颉
《名理新探》自序	景昌极

乱弹名义考	赵 冈
王逸《楚辞章句》十七卷本原为十六卷说	孙 望
《红楼梦》之教训	吴 宓
双燕楼词话	君 超
冰茧庵诗（十三首）	缪 钺

本年，《梅光迪文录》由浙江大学文学院编辑出版。

1947 年

1 月

1 日，《思想与时代》第 41 期出版发行。

目录如下：

复刊辞	张其昀
世界的新希望	张其昀
论政治与道德	谢幼伟
王安石的心学	贺 麟
克罗齐与新唯心主义（上）	朱光潜
（校：正文有副题"新唯心主义的渊源"）	
科学之社会背景	陈 立
新发现十二世纪初亚拉伯人关于中国之记载	周一良
读康南海《欧洲十一国游记》	钱 穆

《复刊辞》是张其昀 1946 年 12 月 1 日在杭州所写，他说：

就过去几年的工作看来，本刊显然悬有一个目标，简言之，就是"科学时代的人文主义"。科学人文化是现代教育的重要问题，也是本刊努力的方向。具体的说，就是融贯新旧，沟通文质，为通才教育作先路之导，为现代民治厚植其基础。英国《自然》周刊（Nature），是一个有计划的论述现代自然科学人文科学和哲学教育的良好园地，本刊对于自然周刊的宗旨实深具同感。

所谓"科学时代的人文主义"只是一个简单的说辞，实际上，《思想与时代》

杂志是"梅光迪、张荫麟、钱穆诸教授倡导人文主义,一以发扬传统文化之精神,一以吸收西方科技之新知,欲上承南高、东大诸教授创办《学衡》杂志之宗旨,以救世而济民"。也就是张其昀所说的,《思想与时代》是"以沟通中西文化为职志,与二十年前的《学衡》杂志宗旨相同"。

6日,吴宓主编《武汉日报·文学副刊》第5期出版发行。

目录如下:

金元戏曲方言考·导论	徐嘉瑞
《红楼梦》之人物典型	吴　宓
有感	彭复斋
登白水寺	乔懋叔
醉太平	翟公正
南浦	翟公正
勘误	
来函照登	

13日,吴宓主编《武汉日报·文学副刊》第6期出版发行。

目录如下:

尊闻录(马一浮先生讲学笔记)	张白珩述
买书	顾绶昌
《横江楼诗》序	邵子风
蠲戏斋诗(三首)	马　浮

20日,吴宓主编《武汉日报·文学副刊》第7期出版发行。

目录如下:

白石词暗香疏影说	沈祖棻
略谈西洋信牍文学	戴镏龄
双燕楼词话	君　超
浣溪纱(壬午年补作于嘉定)	刘永济
浣溪纱(癸未秋嘉定作)	刘永济
(校:应为"浣溪沙")	
解语花(听吴宓教授夜讲石头记)	何君超
蝶恋花(寄祝春琼生日)	杨慕村

2月

1日,《思想与时代》第42期出版发行。

下　卷

目录如下：

论自由与道德	谢幼伟
灵魂与心	钱　穆
克罗齐与新唯心主义（下）	朱光潜
再论建都	张其昀
再论历代建都与外患及国防之关系	贺昌群
数理经济浅说	王念祖
彭雨新著《县地方财政》（书评）	严仁赓

3日，吴宓主编《武汉日报·文学副刊》第8期出版发行。

目录如下：

宗旨与稿约

（校：题目为校对时所加）

再论大学中国文学系科目——与朱自清教授书	程会昌
周礼十三律考异	陈志宪
凯风诗义今解	潘重规
双燕楼词话	君　超
旧诗新话	覃孝方
辰溪山斋即事	邵子风
丙戌九月到武昌	邵子风
木兰花令（丙戌冬生朝）	萧公权

本期刊名下面有说明文字"宗旨与稿约"，重申刊物的立场，并告知收稿人通讯方式：

　　本刊态度完全公开。内容范围甚广，考证、创作、批评、研究悉皆收纳。又不立宗派，不持主义。文体形式亦不拘一格。但每类之稿，务取精上。极欢迎远近各地人士投稿，稿费每千字暂定国币六千圆至八千圆。登出后，由武汉日报社尽速致送。稿件请寄交"武昌国立武汉大学吴宓教授或程会昌教授收"为便。不登之稿须退还者，请投稿人预付邮资足用。

10日，吴宓主编《武汉日报·文学副刊》第9期出版发行。

目录如下：

重要更正

悼诗人王荫南烈士	吴　宓

421

悼金松岑先生	唐长孺

17日，吴宓主编《武汉日报·文学副刊》第10期出版发行。

目录如下：

八代文论叙指	杜仲陵
欧美大学之起原及大学教育之本旨	吴　宓
《词讲》自序	林之棠

24日，吴宓主编《武汉日报·文学副刊》第11期出版发行。

目录如下：

八代文论叙指（续第十期）	杜仲陵

3月

1日，《思想与时代》第43期出版发行。

目录如下：

王安石的性论	贺　麟
略论王学流变	钱　穆
论二十八宿之来历	钱宝琮
战后国际关系之新思潮	张其昀
赫胥黎论文教与科学	陈　立
论人类与文化	谢幼伟
全汉昇《唐宋帝国与运河》（书评）	杨联陞

3日，吴宓主编《武汉日报·文学副刊》第12期出版发行。

目录如下：

关于吴梦窗莺啼序	何君超
音韵答问	赵世忠
读谢康乐诗	顾学颉
锦屏楼诗词（三首）	林之棠

10日，吴宓主编《武汉日报·文学副刊》第13期出版发行。

目录如下：

《山海经》篇目考	孙　望
音韵答问	赵世忠
《礼运》大同脱简证	徐仁甫
双燕楼词话（续第八期）	君　超

张自忠将军殉国三周年纪念 　　　　　　　　　　　　苏雪林

17日,吴宓主编《武汉日报·文学副刊》第14期出版发行。

目录如下:

戴南山临刑脱走之传说 　　　　　　　　　　　　　　叶　瑛
《红楼梦》人物评论:柳湘莲与尤三姐 　　　　　　　　孙以翱
双燕楼词话(续第九期) 　　　　　　　　　　　　　　君　超
西洛泼少年 　　　　　　　　　英国霍思曼作　周煦良译
浣溪沙 　　　　　　　　　　　　　　　　　　　　　沈祖棻
鹧鸪天 　　　　　　　　　　　　　　　　　　　　　沈祖棻

24日,吴宓主编《武汉日报·文学副刊》第15期出版发行。

目录如下:

敦煌所出郡姓残页题记 　　　　　　　　　　　　　　唐长孺
双燕楼词话 　　　　　　　　　　　　　　　　　　　君　超
西洛泼少年 　　　　　　　　　英国霍思曼作　周煦良译
旅闽诗钞(六首) 　　　　　　　　　　　　　　　　　施蛰存

31日,吴宓主编《武汉日报·文学副刊》第16期出版发行。

目录如下:

一多总表 　　　　　　　　　　　　　　　　　　　　吴　宓
双燕楼词话 　　　　　　　　　　　　　　　　　　　君　超
玻璃声续集(六首) 　　　　　　　　　　　　　　　　赵紫宸

4月

1日,《思想与时代》第44期出版发行。

目录如下:

罗素论西方文化(上) 　　　　　　　　　　　　　　　张其昀
区域开发与区域计划 　　　　　　　　　　　　　　　严仁赓
区域设计与T.V.A 　　　　　　　　　　　　　　　　李春芬
卡度佐的判决过程论 　　　　　　　　　　　　　　　李浩培
古代日本及其新文化 　　　　　　　　　　　　　　　陈乐素
社会学与知识论 　　　　　　　　　　　　　　　　　谢幼伟
林克著《皈依宗教》(书评) 　　　　　　　　　　　　陈　立

7日,吴宓主编《武汉日报·文学副刊》第17期出版发行。

目录如下：

（暂缺，待补）

14日，吴宓主编《武汉日报·文学副刊》第18期出版发行。

目录如下：

王摩诘《送綦毋潜落第还乡诗》跋	程会昌
李自苏先生绝笔诗	
双燕楼词话	君　超
思佳客（彦威书问近况赋答）	刘永济
烛影摇红（寄怀舍弟湘生）	刘永济
南乡子（丙戌秋初抵金陵结念诸弟）	张　敬

21日，吴宓主编《武汉日报·文学副刊》第19期出版发行。

目录如下：

王摩诘《送綦毋潜落第还乡诗》跋（续第十八期）	程会昌
略论贺新郎（附贺新郎四首）	何君超
尘海诗钞（十首）	刘绶松

28日，吴宓主编《武汉日报·文学副刊》第20期出版发行。

目录如下：

儒道两家之音乐理论	李源澄
双燕楼词话	君　超
结桂簃近诗（十四首）	殷孟伦

5月

1日，《思想与时代》第45期出版发行。

目录如下：

科学史与新人文主义	钱宝琮
人类学之意义与范围	吴定良
二程学术述评	钱　穆
实用论述评	谢幼伟
罗素论西方文化（下）	张其昀
论汉代封建制度	黎子耀
约翰孙新传（书评）	佘坤珊

5日，吴宓主编《武汉日报·文学副刊》第21期出版发行。

目录如下：

唯情剧曲家汤临川	陈志宪
双燕楼词话	君 超
金城秋影词钞（五首）	顾学颉

12日，吴宓主编《武汉日报·文学副刊》第22期出版发行。

目录如下：

我所知之王国维先生——敬答郭沫若先生	周光午
双燕楼词话	君 超
玉楼春	刘永济
满江红	何君超
满江红	刘永济

19日，吴宓主编《武汉日报·文学副刊》第23期出版发行。

目录如下：

宗旨与稿约

（校：题目为校对时所加）

读王度《古镜记》	孙 望
《金元戏曲方言考》序	赵景深
游长沙诗（八首）	徐嘉瑞

本期刊名下"宗旨与稿约"有提高稿费和来稿要求的说明文字。

20日，沪、苏、杭学生代表和中央大学学生大游行，在国民大会堂前与军警发生冲突，酿成血案。

（校：1954年6月16日，南京大学校委会第18次会议"确定'斗争日'为校庆日。确定校史自'三江'建立算起"。因此5月20日变成了南京大学的校庆日。）

民国大学的三大奇特现象：临时大总统孙中山的名字与大学有紧密的联系，产生多所以"中山"命名的大学，最后广州的"中山大学"保留下来了。军事委员委员长、行政院院长蒋介石兼任过校长和永久名誉校长的是中央大学。1954年6月16日，由新政府的南京大学校方将反政府的"5月20日"学生游行集会日当做自己的校庆日。同时承认中央大学是自己的前身。蒋介石的名字与江西的中正大学有关联，1949年以后此校名在大陆消失。

26日，吴宓主编《武汉日报·文学副刊》第24期出版发行。

目录如下：

《思想与时代》第四十五期要目

（校：题目为校对时所加）

人生之向上与升华——论爱与仁之别	王恩洋
悼承钧先生	朱杰勤
采桑子（三十五年春留□乐山）	朱君允

本期刊名下有文字推介新复刊的《思想与时代》第四十五期。

本月，中央大学教授参与撰稿，徐复观具体主持，洪谦、沙学浚编辑的《学原》，在南京创刊，上海商务印书馆出版发行。有多位原《学衡》、《国风》和此时《思想与时代》作者为《学原》写稿。中央大学历史系主任贺昌群认为此刊为《学衡》之复活。

创刊号即第1卷第1号（期）出版发行。

为《学原》写文章的有《学衡》作者或《国风》、《思想与时代》的作者，如柳诒徵、缪凤林、汤用彤、景昌极、王恩洋、钱穆、熊十力、唐君毅、洪谦、陈康、倪青原、罗廷光、艾伟、沙学浚、黄建中、谢幼伟、罗倬汉、陈立、朱光潜、李源澄等。有其他学者或新文学作家如岑仲勉、金毓黻、牟宗三、杨树达、唐长孺、王仲荦、孙本文、姜亮夫、周法高、樊弘、高觉敷、张东荪、罗尔纲、俞平伯、陈梦家、王瑶、孙楷第、游国恩、戴望舒、施蛰存等。

6月

1日，《思想与时代》第46期（梅迪生先生纪念专号）出版发行。

目录如下：

（校：扉页有"梅迪生先生之家庭"照片）

卡莱尔与中国	梅光迪遗著
一多总表	吴宓
悼梅迪生先生	楼光来
梅迪生先生传略	郭斌龢
梅迪生先生颂	斯泰加
梅迪生——君子儒	顾立雅
《梅迪生先生文录》序	王焕镳
哭梅迪生先生	贺昌群
哭迪生	梅李今英
琼斯爵士与中国	范存忠
白璧德——当代一人师	张其昀

附录
梅迪生先生在国民参政会二提案

2日，吴宓主编《武汉日报·文学副刊》第25期出版发行。

目录如下：

苏雪林、李思纯简介

（校：题目为校对时所加）

王渔洋对于诗之主张	顾学颉
海崖漫步　　　　　　　　　　嚣　俄（雨果）作	苏雪林译
《英诗名著选译》序	林之棠
双燕楼词话	君　超
西湖张苍水祠	李思纯
台湾寄郭晓苍	柴自儒
南歌子	陈西庐

11日，吴宓主编《武汉日报·文学副刊》第26期出版发行。

目录如下：

《东方与西方》月刊第五卷第一期要目

（校：题目为校对时所加）

国故考证拾遗	杨降祥
《关友声词集》序	钱基博
在某墓地中　　　　　　　　　嚣　俄（雨果）作	苏雪林译
记梅县城西孙氏为明思陵后裔	张仲庄
近诗选钞（九首）	万懋德

23日，吴宓主编《武汉日报·文学副刊》第27期出版发行。

目录如下：

《历史与文化》双月刊第一期要目

（校：题目为校对时所加）

论金代契丹文字之废兴及政治上之影响	唐长孺
《屈赋诗译》序	李国平
屈赋诗译	郑若川
听松庐词（三首）	邵子凤
颠沛词（三首）	李恩泽
呕心词（二首）	严涤宇

30日,吴宓主编《武汉日报·文学副刊》第28期出版发行。

目录如下:

《东方与西方》月刊第一卷第二期要目

（校:题目为校对时所加）

真我诗钞 　　　　　　　　　　　　　　　　　　　　陈　逵

霍思曼诗连选 　　　　　　　　　　　　　　　　　　周煦良译

《学原》第1卷第2期出版发行。

7月

7日,吴宓主编《武汉日报·文学副刊》第29期出版发行。

目录如下:

文密简介 　　　　　　　　　　　　　　　　　　　　吴　宓

（校:题目为校对时所加）

自传之一章　明德一年

——吴芳吉先生从学记 　　　　　　　　　　　　　　文　密

双燕楼词话 　　　　　　　　　　　　　　　　　　　君　超

西迁东归词（五首） 　　　　　　　　　　　　　　　翟公正

14日,吴宓主编《武汉日报·文学副刊》第30期出版发行。

目录如下:

《文教丛刊》五六两期合刊

（校:题目为校对时所加）

章太炎先生论文辑述 　　　　　　　　　　　　　　　曾　一

咏史（三十六首） 　　　　　　　　　　　　　　　　刘楚湘

双燕楼偶存　金碧词（四首） 　　　　　　　　　　　何君超

双燕楼偶存　菊园词（四首） 　　　　　　　　　　　何君超

21日,吴宓主编《武汉日报·文学副刊》第31期出版发行。

目录如下:

唐玉虬简介 　　　　　　　　　　　　　　　　　　　吴　宓

（校:题目为校对时所加）

章太炎先生论文辑述 　　　　　　　　　　　　　　　曾　一

慷慨集 　　　　　　　　　　　　　　　　　　　　　唐玉虬

25日,《申报》刊出《学术审议会昨常会通过部聘教授杨树达等廿九人续聘五年》：

第一届部聘教授杨树达、黎锦熙、吴宓、陈寅恪、萧一山、汤用彤、孟宪承、苏步青、吴有训、饶毓泰、曾昭抡、王琎、秉志、张景钺、艾伟、胡焕庸、李四光、周鲠生、胡元义、杨端六、孙本文、吴耕民、梁希、茅以升、庄前鼎、余谦六、何杰、洪式闾、蔡翘等廿九人，续聘五年。

28日，吴宓主编《武汉日报·文学副刊》第32期出版发行。
目录如下：

覃孝方简介	吴　宓

（校：题目为校对时所加）

章太炎先生论文辑述	曾　一
万山吟草　旧体诗一　大战胜利庆祝会纪事	覃孝方
万山吟草　新体诗一　秋的战歌	覃孝方
慷慨集（续）	唐玉虬

《学原》第1卷第3期出版发行。

8月

4日，吴宓主编《武汉日报·文学副刊》第33期出版发行。
目录如下：

陈逵、周煦良简介

（校：题目为校对时所加）

章太炎先生论文辑述	曾　一
悼念诗人常乃慧先生	吴　宓

诗词录：

转蓬集（选钞）	贺良璜

11日，吴宓主编《武汉日报·文学副刊》第34期出版发行。
目录如下：

《东方与西方》第一卷第三期要目

（校：题目为校对时所加）

《校笺漱玉集》序	王　璠
双燕楼词话	君　超
环瀛诗钞（十六首）	梁方仲

18日,吴宓主编《武汉日报·文学副刊》第35期出版发行,目录如下:

《思想与时代》第四十六期"梅光迪先生纪念专号"要目

(校:题目为校对时所加)

章太炎先生论文辑述	曾 一
拙著《曾文正公学术之体系》题词三十六首	张昭麟
琴心诗词钞(十七首)	廖慕禹

25日,吴宓主编《武汉日报·文学副刊》第36期出版发行。目录如下:

《历史与文化》双月刊第二期、第三期要目

(校:题目为校对时所加)

章太炎先生论文辑述	曾 一
介绍《历史与文化》双月刊	周辅成
慷慨集(续)	唐玉虬

《学原》第1卷第4期出版发行。

中央大学文学院国文系主任胡小石,在新学年的教师聘任时,解聘了从重庆复校来南京的朱东润、蒋礼鸿、杨晦、吴组缃等12人。

9月

8日,吴宓主编《武汉日报·文学副刊》第37期出版发行。目录如下:

常乃惪简介

(校:题目为校对时所加)

| 章太炎先生论文辑述 | 曾 一 |
| 常乃惪先生遗诗 | 常燕生 |

15日,吴宓主编《武汉日报·文学副刊》第38期出版发行。目录如下:

《学原》月刊第一期要目

(校:题目为校对时所加)

五十生日诗	吴 宓
赋赠舒漱芝先生四十首	张昭麟
慷慨集(续)	唐玉虬

清徽君谢石邻先生暨配刘孺人墓碣铭	席启駉

22日,吴宓主编《武汉日报·文学副刊》第39期出版发行。

目录如下:

《学原》月刊第二期要目

(校:题目为校对时所加)

《新校切韵指掌图》叙	张绍渠
《新校韵镜》叙	陈大慧
新春咏怀诗	黄有敏
慷慨集(续)	唐玉虬
蒙警(三十六年六月)	李国平
答李国平教授	吴　宓
再呈吴宓教授	李国平
独醒	乔曾劭
哭常燕生同志	刘泗英
水调歌头	缪　钺
临江仙	刘永济

28日,夏鼐在日记中记录了中央大学历史系主任贺昌群对中大历史系的看法:"上午至贺昌群君处闲谈。关于担任考古学课程事,已加辞谢。贺君谈及中大教授,对于东南派颇表示不满,谓文史方面,柳诒徵门下三杰,龙(张其昀)虎(胡焕庸)狗(缪凤林),皆气派不大,根柢不深;现下之'学原',乃'学衡'之复活,然无梅光迪、吴雨僧之新人文主义为之主持,较前更差。"

29日,吴宓主编《武汉日报·文学副刊》第40期出版发行。

目录如下:

王恩洋先生所著书

《儒学中兴论》叙	王恩洋
慷慨集(续)	唐玉虬

《学原》第1卷第5期出版发行。

《思想与时代》第47期出版发行。

目录如下:

忧患里的中国	张其昀

(校:正文有副题"中国科学社年会公开学术演讲之一,三十六年九月一日在上海青年会讲")

"学衡派"编年文事

论台湾事件	朱庭佑
应用科学在学术上的地位	杨耀德
凯尔生与纯粹法学	韩德培
朱子学术述评	钱　穆
罗素评马克斯	谢幼伟
南宋定都临安的原因	陈乐素
新极权论（书评）	黄炳坤

10月

《学原》第1卷第6期出版发行。

《思想与时代》第48期出版发行。

目录如下：

东西文化之综合	谢幼伟
正蒙大义发微	钱　穆
对黑格尔哲学系统的看法	贺　麟
南岭何在	吴尚时遗著
凯恩斯论所得储蓄与投资	孙　恒
美国之报业	张其昀
欧文的世界（书评）	李　祁

6日，徐复观接吴宓至其寓所（即兰园十二号学原社），与牟宗三畅谈。后牟在大梁春宴请吴宓、徐复观。时徐复观尚名徐佛观。

27日，吴宓主编《武汉日报·文学副刊》第41期出版发行。

目录如下：

吴宓、程会昌各赴京沪告示

（校：题目为校对时所加）

匡庐集	徐嘉瑞
流云诗钞（十三首）	金月波
云想词（六首）	金月波
双燕楼词话	君　超

11月

3日，吴宓主编《武汉日报·文学副刊》第42期出版发行。

目录如下：

关于稿费及投稿启事

（校：题目为校对时所加）

论黄山谷诗　　　　　　　　　　　　　　　　　刘　健

黄弦隽碧山《花外集笺证》序　　　　　　　　　何君超

慷慨集（续）　　　　　　　　　　　　　　　　唐玉虬

10日，吴宓主编《武汉日报·文学副刊》第43期出版发行。

目录如下：

杂感　　　　　　　　　　　　　　　　　　　　吴　宓

（校：题目为校对时所加）

杨守斋事迹考略　　　　　　　　　　　　　　　黄贤俊

大足杨氏燕喜屏风题辞　　　　　　　　　　　　徐　恕

剑桥书感　　　　　　　　　　　　　　　　　徐　恕译

秋兴八首（用杜韵，三十六年九月）　　　　　　万云程

赴汉舟中作　　　　　　　　　　　　　　　　　张霖民

16日，徐复观在其寓所宴请柳诒徵、缪凤林、吴宓、牟宗三、黄建中等人，吴宓日记中说"曲园菜，最丰美"。

17日，吴宓主编《武汉日报·文学副刊》第44期出版发行。

目录如下：

投稿须知

（校：题目为校对时所加）

宴池近诗录　　　　　　　　　　　　　　　　　凌宴池

跋　　　　　　　　　　　　　　　　　　　　　吴　宓

新纂宁远县志祠祀篇虞陵后案　　　　　　　　　席启駉

24日，吴宓主编《武汉日报·文学副刊》第45期出版发行。

目录如下：

通信及更正

（校：题目为校对时所加）

《仁园诗稿》序　　　　　　　　　　　　　　　钱基博

《转蓬集》序　　　　　　　　　　　　　　　　钱基博

转蓬集（续选）　　　　　　　　　　　　　　　贺良璸

村妇骂街赋　　　　　　　　　　　　　　　　　杨霭生

《思想与时代》第 49 期出版发行。

目录如下：

| 国际政治与原子能 | 周鲠生 |
| 省区评议 | 张其昀 |

［校：正文有附载"缩小省区方案刍议"（曾载三十六年二月七日《大公报》）］

希腊皮萨哥拉士派的宗教哲学	严　群
正名示范	景昌极
豳诗徵历	任铭善
中国地形型式概述	丁　骕
民国纪元以前外国地质学者在中国之工作	黄汲清
魏给石与白纳德著《季风亚洲之稻米经济》评述（书评）	任美锷

《学原》第 1 卷第 7 期出版发行。

12 月

1 日，吴宓主编《武汉日报·文学副刊》第 46 期出版发行。

目录如下：

文章推介

（校：题目为校对时所加）

| 陶潜的故乡 | 徐嘉瑞 |

8 日，吴宓主编《武汉日报·文学副刊》第 47 期出版发行。

目录如下：

邵祖平简介及本刊宗旨

（校：题目为校对时所加）

| 论五朝素族之解释 | 唐长孺 |
| 培风楼时事乐府（五首） | 邵祖平 |

15 日，吴宓主编《武汉日报·文学副刊》第 48 期出版发行。

目录如下：

钱基博简介

（校：题目为校对时所加）

《欧洲兵学演变史论》序	钱基博
春兰赋	卫挺生
秋菊赋	卫挺生

劫后行吟(八首) 吴季诚

22日,吴宓主编《武汉日报·文学副刊》第49期出版发行。

目录如下:

本刊出版一年总结

(校:题目为校对时所加)

陶潜的思想 徐嘉瑞

己斋词(十首) 胡国瑞

29日,吴宓主编《武汉日报·文学副刊》第50期出版发行。

目录如下:

文录(四篇) 熊道琛

培风楼旅渝近诗(四首) 邵祖平

丁亥秋日访兆珊涵虚于南湖冈 张昭麟

杨守斋事迹考略(续) 黄贤俊

《思想与时代》第50期出版发行。

目录如下:

今日世界之二强 李旭旦

史汀生论美苏关系 张其昀

略论南京市区的发展 劳　干

工业区位述要 李春芬

希腊海拉克类托士唯动主义的宇宙人生过程论 严　群

古琉球确即瀛洲考释 梁嘉彬

(校:正文有副题"中国琉球关系研究之一")

评朱伯康著《中国经济史纲》(书评) 朱杰勤

《学原》第1卷第8期出版发行。

1948年

1月

《思想与时代》第51期出版发行。

目录如下:

香港的前途	张其昀
土地与人民——论田纳西的农业改良	严仁赓
现代数学	陈省身
现代社会学	费孝通
西域古史	吕　炯
工作效率的意义与条件	陈　立
郑晓沧译《东方白》——美国派赴日本教育团报告书简介	王承绪

《学原》第1卷第9期出版发行。

2月

《学原》第1卷第10期出版发行。

3月

《学原》第1卷第11期出版发行。

4月

1日,中央研究院发布的公告所示:

国立中央研究院院士名单

本院第二届评议会第五次大会依法选定院士,数理组二十八人,生物组二十五人,人文组二十八人,并经于卅七年四月一日公告。

数理组:二十八人

姜立夫、许宝騄、陈省身、华罗庚、苏步青、吴大猷、吴有训、李书华、叶企孙、赵忠尧、严济慈、饶毓泰、吴宪、吴学周、庄长恭、曾昭抡、朱家骅、李四光、翁文灏、黄汲清、杨锺健、谢家荣、竺可桢、周仁、侯德榜、茅以升、凌鸿勋、萨本栋

生物组:二十五人

王家楫、伍献文、贝时璋、秉志、陈桢、童第周、胡先骕、殷宏章、张景钺、钱崇澍、戴芳澜、罗宗洛、李宗恩、袁贻瑾、张孝骞、陈克恢、吴定良、汪敬熙、林可胜、汤佩松、冯德培、蔡翘、李先闻、俞大绂、邓叔群

人文组:二十八人

吴敬恒、金岳霖、汤用彤、冯友兰、余嘉锡、胡适、张元济、杨树达、柳诒徵、陈垣、陈寅恪、傅斯年、顾颉刚、李方桂、赵元任、李济、梁思永、郭沫若、

董作宾、梁思成、王世杰、王宠惠、周鲠生、钱端升、萧公权、马寅初、陈达、陶孟和

(耿云志主编:《胡适遗稿及秘藏书信》手稿本第 25 册第 501 页)

"学衡派"成员胡先骕、汤用彤、柳诒徵、陈寅恪被评为中央研究院院士。

3 日,吴宓自武汉飞抵西安。

7 日,吴宓在西北大学演讲《大学之起源与理想》。

16 日,《国立西北大学校刊》第 36 期刊出《大学之起源与理想》,署名"吴雨僧先生讲,水天明笔记"。

《思想与时代》第 52 期出版发行。

目录如下:

美国及苏联两种政治思想的冲突	翁文灏
共产主义和社会主义之冲突	章 巽
(校:正文有副题"一个英国工党党员的看法")	
法治的心理建设	谢冠生
中国植物区域	胡先骕
中国矿产分布的概况	谢家荣
气候控制和文化进展	朱炳海
浙赣路与东南经济建设	张其昀
二十三种敦煌佚书(书评)	任铭善

《学原》第 1 卷第 12 期出版发行。

5 月

《学原》第 2 卷第 1 期出版发行。

6 月

《学原》第 2 卷第 2 期出版发行。

7 月

25 日,唐君毅因获得中央大学的聘书,自无锡到南京,访何兆清。此后唐在无锡、南京两地奔波授课。

26 日,唐君毅访宗白华、方东美、李正刚。

31 日,唐君毅访徐复观。

《学原》第2卷第3期出版发行。

8月

9日,唐君毅与牟宗三、徐复观游览苏州。

14日,唐君毅与牟宗三赴杭州,访熊十力。

《学原》第2卷第4期出版发行。

9月

《学原》第2卷第5期出版发行。

10日,吴宓收到徐复观汇来的《学原》预付稿费60金圆。

本月,《南京文献》第21号出版"王瀣纪念专辑"。

《南京文献》第21号的文章中提到1945年8月18日第106号"国民政府令"为王瀣发出褒扬令——"耆儒王瀣一生治学,造诣精深。历任南京高等师范、中央大学教授,垂三十年。成德达材,后进咸知钦仰。近年因病留居陷区,坚贞守道,皭然不污,尤为难得。兹闻溘逝,轸惜良深。应予明令褒扬,用彰儒硕,而资矜式。此令"。另有柳诒徵、胡小石、卢前等联合南京市通志馆上书南京市政府,请求将门东仁厚里三号王伯沆故宅及墓地加以永久保存,得南京市政府1947年第4632号公函批准。

10月

《学原》第2卷第6期出版发行。

11月

5日,唐君毅到徐复观处,谈论时局。

7日,唐君毅至"学原社"开会,会后返回无锡。

8日,唐君毅在日记中写道:"念今日应一面标民族国家大义,一面求均财富。拟将家庭谋一安顿,即作献身社会国家之准备。"

9日,钱穆访唐君毅。

《学原》第2卷第7期出版发行。

《思想与时代》第53期出版发行。

目录如下:

怀黑德之生平与思想　　　　　　　　　　　　　　　谢幼伟

诗人之贞介——陈俊山	夏承焘
黄河问题之新研究	任美锷
台南曾文溪中游新贮水池堤堰地点之地质的初步考察　李承三	郭令智
中国之森林资源	唐燿
美国霍比"红印"之蛇舞与我国之龙王	刘恩兰
雷达制图	陈宗器
军事地图与航空摄影（书评）	李海晨
附录	
学术与国运	张其昀

12月

14日，晚上，北京大学校长胡适给文学院院长汤用彤、秘书长郑天挺留下便笺说："今早及今午连接政府几个电报要我即南去。我就毫无准备地走了。一切的事，只好拜托你们几位同事维持。我虽在远，决不忘掉北大。"（耿云志：《胡适年谱》第374页，四川人民出版社，1989）

15日，胡适、陈寅恪等乘蒋介石派来的专机离开北平到南京。胡适认为自己这是弃校当逃兵了。

17日，蒋介石致电傅作义，要求他将62位学界重要人物分别疏导南移。据黄克武《蒋介石与贺麟》一文引用台北"国史馆"中的"蒋中正总统文物"所示：

> 北平傅总司令宜生兄，口密。（一）在平教育行政负责人为：（梅贻琦）、（李书华）、（袁同礼）、（袁敦礼）、李麟玉、陈垣、（胡先骕）、汤用彤、（冯友兰）、叶企孙、饶毓泰、陈岱孙、（郑天挺）、（贺麟）、郑华炽、沈履、霍秉权、褚士荃、黎锦熙、温广汉、黄金鳌、徐悲鸿。（二）因政治关系必须离平者为：（朱光潜）、（毛子水）、（邱椿）、（张颐）、（陈友松）、刘思职、（梅贻宝）、齐思和、雷宗海[案：应为雷海宗]、刘崇鋐、戴世光、邵循恪、吴泽霖、赵凤喈、敦福堂、张恒、金澍荣、（英千里）、张汉民、徐侍峰。（三）在平之中央研究院士为：（许宝騄）、张景钺、陈达、戴芳澜、（俞大绂）、李宗恩。（四）学术上有地位，自愿南来者，如（杨振声）、罗常培、钱思亮、马祖圣、赵迺抟、钱三强、严济慈、张政烺、沈从文、邵循正、邓广铭、李辑祥、孙毓棠、蒯淑平。请兄分别疏导，即日南移，如获彼等全意□□□，可派机或备船接运。其搭机人员并请兄代

439

排订次序电告,尤以有括号者,务须来京,如何?请速电覆中。

此电文中,"学衡派"主要成员有胡先骕、汤用彤、贺麟。

31日,傅作义率部投降共军。北平不战,和平易帜。

《学原》第2卷第8期出版发行。

附录三:

思想与时代社编辑出版丛刊、丛书情况

1948年

思想与时代丛刊

五种

儒家思想新论	贺　麟等著
现代思潮新论	张其昀等著
哲学与心理	谢幼伟等著
科学概论新篇	竺可桢等著
政治与教育	朱光潜等著

出版者　正中书局

现代学术文化概论

1948年

第一册　人文学

科学之方法与精神	竺可桢
科学史与新人文主义	钱宝琮
儒家思想	贺　麟
经术与政制	任铭善
现代中国文学	朱光潜
哲学与政治	张荫麟
现代逻辑	洪　谦
现代伦理学之特征	谢幼伟
教育之科学研究与现代教育学	王承绪
新的世界观	张其昀

出版者　上海华夏图书出版公司

现代文库第一辑
1948年

人生哲学	谢幼伟
修学方法	陈 立
希腊思想	严 群
唐宋词录最	夏承焘
近代中国文学	任铭善等
英国文学	李 祁
西洋戏剧	戚叔含
世界局势	张其昀
编报与读报	章丹枫
西湖图景	张其昀等

现代文库第二辑
1948年

论共产主义	谢幼伟等
唐诗选	徐震堮
新教育	王承绪
逻辑要义	谢幼伟
社会科学概说	梁方仲
历史教育	李絜非
罗素之西方文化论	张其昀
莎士比亚	佘坤珊
联合国	李浩培
中国书法	陆维钊

现代文库第三辑
1948年

政治与道德	谢幼伟
中国文法	郑 奠
元曲选粹	诸葛麒
柏格森	张荫麟
丁文江先生	翁文灏等

民族学要旨	刘 咸
联合国文教组织	马同俨
T.V.A.略说	张其昀
图书馆学	沈学植
宋人法书选	国立浙江大学史地教育研究室

1949 年

1 月

《学原》第 2 卷第 9 期出版发行。

4 月

6 日,胡适受蒋介石指令,从上海搭威尔逊总统号轮赴美国,从事民间外交。

7 日,唐君毅与钱穆在上海乘船赴广州。

23 日,共产党军队攻占南京。

29 日,吴宓离开武汉,抵达重庆。

30 日,竺可桢离开杭州浙江大学,隐居上海。

5 月

23 日,唐君毅访牟宗三。

27 日,牟宗三访唐君毅。

6 月

8 日,唐君毅抵达香港,访先行到达的徐复观。

23 日,唐君毅与钱穆、谢幼伟等游览西林寺。

8 月

8 日,南京市军管会文化教育委员会决议"原国立中央大学应即改名为国立南京大学"。

10 月

1日,中华人民共和国开国大典。

"学衡派"主要社员去向

1949年以前去世时间(以时间为序)

沈曾植,1922

王　浩,1923

陈　涛,1923

陈衡恪,1923

刘伯明,1923

方守彝,1924

林　纾,1924

华　焯,1925

梁公约,1926

曾习经,1926

况周颐,1926

王国维,1927

赵炳麟,1927

郭倬莹,1928

曾广钧,1929

陈澹然,1930

姚　华,1930

朱祖谋,1931

王式通,1931

李　详,1931

吴芳吉,1932

诸宗元,1932

廉　泉,1932

叶玉森,1933

杨增荦,1933

汪荣宝,1933

柯劭忞,1933

杨　铨,1933

胡远濬,1933

陈宝琛,1935

黄　节,1935

孙德谦,1935

刘拢藜,1935

曾　朴,1935

陈三立,1937

吴恭亨,1937

姚永朴,1939

吴　梅,1939

方守敦,1939

范　祎,1939

林　损,1940

林学衡,1941

张荫麟,1942

周岸登,1942

吴其昌,1944

陈　柱,1944

王　瀣,1944

王荫南,1944

汪兆铭,1944

张尔田,1945

姜忠奎,1945

福开森,1945

曾运乾,1945

梅光迪,1945

曹经沅,1946

赵　熙,1948

闵尔昌,1948

陈曾寿,1949

汪懋祖,1949

这些社员,多数是《学衡》中的诗词作者。

1949年以后去向(以英语字母为序,首字按汉语拼音排列)

陈　铨,同济大学、南京大学外文系。

陈训慈,浙江省博物馆。

陈寅恪,广州中山大学历史系。

顾谦吉,西北牧区(省份不详)。

顾　随,天津河北大学中文系。

郭斌龢,南京大学外文系。

胡焕庸,上海华东师范学院地理系。

胡先骕,北京中国科学院植物所。

贺　麟,北京中国科学院哲学所。

景昌极,扬州师范学院。

李思纯,四川省文史馆。

柳诒徵,复旦大学、上海博物馆。

刘　朴,重庆大学、四川大学中文系

刘永济,武汉大学中文系。

马承堃,北京中华书局。

蒙文通,四川大学历史系。

缪凤林,南京大学历史系。

缪　钺,四川大学历史系。

潘伯鹰,浙江文史馆、中央文史馆。

浦江清,北京大学中文系。

钱基博,武汉华中师范学院。

钱仲联,苏州江苏师范学院。

邵祖平,四川大学、中国人民大学、青海民族学院。

束世澂,上海华东师范学院历史系。

汤用彤,北京大学哲学系。

向　达,北京大学历史系
徐则陵,南京师范学院教育系。
徐震堮,上海华东师范学院中文系。
王焕镳,杭州大学中文系。
汪　东,苏州。
汪辟疆,南京大学中文系。
王　易,失业,随儿子寓居长沙湖南农学院。
王　庸,南京图书馆、北京图书馆。
吴　宓,重庆西南师范学院。
张其昀,台北,先从政,后在阳明山创立中国文化大学。
郑鹤声,山东大学历史系。

征引文献

刊物：

1949年以前(以英语字母为序,首字按汉语拼音排列)

《大公报·文学副刊》(天津),影印本
《大公报·文艺副刊》(天津),影印本
《大学》(成都)
《大学评论》(南京)
《东北大学周刊》(沈阳)
《东方杂志》(上海)
《东南论衡》(南京:东南大学)
《独立评论》(北平),影印本
《国立东南大学南京高师日刊》(南京:1921年9—10月)
《国立东南大学南京高师暑校日刊》(南京:1922年7月10日—8月19日)
《国风》(南京:中央大学)
《国故》(北京:北京大学)
《国立第一中山大学校报》(广州)
《国立西北大学校刊》(西安)
《国立中央大学日刊》(南京)
《国立中央大学半月刊》(南京)
《国闻周报》(天津)
《国学丛刊》(南京:东南大学)
《国学季刊》(北京:北京大学)
《国学论丛》(北京:清华学校研究院)

《国学论衡》(苏州)

《金陵大学文学院季刊》(南京)

《京报副刊》(北京)

《科学》(上海)

《留美学生季报》(上海)

《民国日报》(上海),影印本

《民心》周报(上海)

《明德旬刊》(长沙:明德中学)

《南京文献》(南京,1947年1月—1949年2月)

《努力》周报(北京)

《清华学报》(北京)

《清华周刊》(北京)

《清华中国文学会月刊》(北平)

《诗帆》(南京:土星笔会)

《文学旬刊—文学周报》(上海),影印本

《时代公论》(南京)

《史地学报》(南京:南京高师—东南大学)

《斯文》半月刊(成都:金陵大学文学院国文系)

《思想与时代》(遵义—杭州:浙江大学)

《图书评论》(南京)

《文史季刊》(江西泰和:中正大学)

《文史哲季刊》(重庆:中央大学)

《文学杂志》(北平)

《文艺丛刊》(南京:中央大学文学院)

《文哲学报》(南京:南京高师—东南大学)

《武汉日报·文学副刊》(武汉)

《湘君》(长沙:明德中学)

《新青年》(上海—北京),影印本

《新月》(上海),影印本

《学衡》(南京—北京),影印本

《学原》(南京)

《越风》(杭州),影印本

《艺林》(南京:中央大学国文系)
《中山大学语言历史学研究所年报》(广州)
《中正大学校刊》(江西泰和:中正大学)

著作:

A

艾德敷:《燕京大学》(刘天路译),珠海出版社,2005。

B

毕树棠:《螺君日记》,海豚出版社,2014。
卞僧慧:《陈寅恪先生年谱长编(初稿)》,中华书局,2010。

C

蔡元培:《蔡孑民先生言行录》,广西师范大学出版社,2005。
曹经沅编:《癸酉九日扫叶楼登高诗集》,民国甲戌年(1934)铅印本(南京大学图书馆藏)。
曹经沅编:《甲戌玄武湖修禊豁蒙楼登高诗集》,民国乙亥年(1935)铅印本(南京大学图书馆藏)。
曹经沅遗稿,王仲镛编校:《借槐庐诗集》,巴蜀书社,1997。
常任侠:《常任侠文集》第6卷,安徽教育出版社,2002。
陈楚淮:《陈楚淮文集》,浙江大学出版社,2008。
陈独秀:《独秀文存》,安徽人民出版社,1987。
陈方恪著、潘益民辑注:《陈方恪诗词集》,江西人民出版社,2007。
陈衡恪著、刘经富辑注:《陈衡恪诗文集》,江西人民出版社,2009。
陈鸿祥:《王国维年谱》,齐鲁书社,1991。
陈隆恪著、张求会整理:《同照阁诗集》,中华书局,2007。
陈梦家:《梦甲室存文》,中华书局,2006。
陈明远:《那时的大学》,山西人民出版社,2011。
陈平原:《北大精神及其他》,上海文艺出版社,2001。
陈平原:《中国大学十讲》,复旦大学出版社,2002。
陈润成、李欣荣编:《天才的史学家:追忆张荫麟》,清华大学出版社,2009。
陈三立著、李开军校点:《散原精舍诗文集》,上海古籍出版社,2003。
陈三立著,潘益民、李开军辑注:《散原精舍诗文集补编》,江西人民出版社,2007。

陈廷湘、李德琬主编:《李思纯文集》,巴蜀书社,2009。

陈徒手:《故国人民有所思》,生活·读书·新知三联书店,2013。

陈寅恪:《陈寅恪诗集》,清华大学出版社,1993。

陈寅恪:《金明馆丛稿初编》,生活·读书·新知三联书店,2001。

陈寅恪:《金明馆丛稿二编》,生活·读书·新知三联书店,2001。

陈寅恪:《书信集》,生活·读书·新知三联书店,2001。

陈毓贤:《洪业传》,北京大学出版社,1996。

陈智超编注:《陈垣来往书信集》,上海古籍出版社,1990。

陈中凡:《清晖集》,书目文献出版社,1987。

程千帆:《程千帆全集》第15卷,河北教育出版社,2000。

程千帆、唐文编:《量守庐学记——黄侃的生平和学术》,生活·读书·新知三联书店,1985。

D

邓之诚著、邓瑞整理:《邓之诚文史札记》,凤凰出版社,2012。

丁文江、赵丰田:《梁启超年谱长编》,上海人民出版社,1983。

东莞市政协编:《容庚容肇祖学记》,广东人民出版社,2004。

段怀清:《白璧德与中国文化》,首都师范大学出版社,2006。

E

E. 希尔斯:《论传统》(傅铿、吕乐译),上海人民出版社,1991。

F

冯双编著:《邹鲁年谱》,中山大学出版社,2010。

冯友兰:《三松堂全集》第4、5卷,河南人民出版社,1986。

冯友兰:《三松堂自序》,人民出版社,1998。

傅宏星编撰:《钱基博年谱》,华中师范大学出版社,2007。

《傅孟真传记资料》,(台北)天一出版社,1979。

傅斯年:《傅斯年全集》,(台北)联经出版事业公司,1980。

G

葛兆光主编:《走近清华》,四川人民出版社,2000。

耿云志:《胡适年谱》,四川人民出版社,1989。

耿云志主编:《胡适遗稿及秘藏书信》(手稿本),黄山书社,1994。

顾潮编著:《顾颉刚年谱》(增订本),中华书局,2011。

顾颉刚编:《古史辨》,上海古籍出版社影印,1982。

顾颉刚:《顾颉刚日记》,(台北)联经出版事业公司,2007。

顾颉刚:《顾颉刚全集 顾颉刚书信集》,中华书局,2010。

顾　随:《顾随全集》,河北教育出版社,2000。

贵州省遵义地区地方志编纂委员会:《浙江大学在遵义》,浙江大学出版社,1990。

郭廷以口述、张朋园等整理:《郭廷以口述自传》,中国大百科全书出版社,2009。

《国立北京大学纪念刊》第一册(民国六年廿周年纪念册上),(台北)传记文学出版社,1971(影印本)。

《国立北京大学纪念刊》第二册(民国六年廿周年纪念册下),(台北)传记文学出版社,1971(影印本)。

《国立北京大学纪念刊》第三册(民国十八年卅一周年纪念刊、民国卅七年五十周年纪念刊),(台北)传记文学出版社,1971(影印本)。

《国立东南大学一览》(民国十二年),东南大学。

《国立西南联合大学校史》,北京大学出版社,1996。

《国立西南联合大学史料》,云南教育出版社,1998。

《国立中央大学一览》(民国十七年),中央大学。

《国立中央大学一览》(民国十九年),中央大学。

国家图书馆藏:《中华历史人物别传集》第84册,线装书局,2003。

国家图书馆藏:《中华历史人物别传集》第89册,线装书局,2003。

H

何炳棣:《读史阅世六十年》,广西师范大学出版社,2005。

胡建雄主编:《浙大逸事》,辽海出版社,1998。

胡梦华、吴淑贞:《表现的鉴赏》,(台北)1984(非卖品)。

胡　适:《胡适全集》,安徽教育出版社,2003。

胡颂平编:《胡适之先生晚年谈话录》,(台北)联经出版事业公司,1984。

胡颂平编著:《胡适之先生年谱长编初稿》,(台北)联经出版事业公司,1984。

胡先骕:《蜻洲游草》,南京(非卖品,无出版社,南京大学图书馆藏)。

胡先骕:《胡先骕诗集》,(台北)中正大学校友会编印,1992。

胡先骕:《胡先骕文存》(上),江西高校出版社,1995。

胡先骕:《胡先骕文存》(下),1996(无出版社)。

胡先骕著　熊盛元、胡启鹏编校:《胡先骕诗文集》,黄山书社,2013。

胡小石:《胡小石论文集》,上海古籍出版社1982年版。

胡小石:《胡小石论文集三编》,上海古籍出版社,1995。

胡宗刚撰:《胡先骕先生年谱长编》,江西教育出版社,2008。

黄　侃:《黄季刚诗文钞》,湖北人民出版社,1985。

黄　侃:《黄侃日记》,江苏教育出版社,2001。

黄延复:《二三十年代清华校园文化》,广西师范大学出版社,2000。

黄延复、王小宁整理:《梅贻琦日记(1941—1946)》,清华大学出版社,2001。

黄延复:《清华传统精神》,清华大学出版社,2006。

J

季培刚编著:《杨振声编年事辑初稿》,黄河出版社,2007。

季剑青:《北平的大学教育与文学生产:1928—1937》,北京大学出版社,2011。

季羡林:《季羡林全集》第4卷、第7卷,外语教学与研究出版社,2009。

姜　建、吴为公编:《朱自清年谱》,安徽教育出版社,1996。

蒋梦麟:《西潮·新潮》,岳麓书社,2000。

蒋天枢:《陈寅恪先生编年事辑》,上海古籍出版社,1997。

蒋廷黻:《蒋廷黻回忆录》,(台北)传记文学出版社,1984年再版。

金毓黻著,《金毓黻文集》编辑整理组校点:《静晤室日记》,辽沈书社,1993。

K

柯约翰:《华中大学》(马敏、叶桦译),珠海出版社,1999。

L

来新夏:《近三百年人物年谱知见录》(增订本),中华书局,2010。

李东华:《方豪先生年谱》,(台北)国史馆,2001。

李方桂:《李方桂先生口述史》(王启龙、邓小咏译),清华大学出版社,2003。

李良明、张运洪、申富强编著:《韦卓民年谱》,华中师范大学出版社,2010。

李瑞清:《清道人遗集》,中华书局,1939。

李瑞清著、段晓华点校整理:《清道人遗集》,黄山书社,2011。

李学通:《翁文灏年谱》,山东教育出版社,2005。

李玉海:《竺可桢年谱简编》,气象出版社,2010。

黎锦熙:《国语运动史纲》,商务印书馆,2011。

梁启超:《饮冰室合集》,中华书局,1989(据1936年版影印)。

刘桂秋:《无锡国专编年事辑》,中国大百科全书出版社,2011。

刘　节:《刘节日记》(刘显曾整理),大象出版社,2009。

刘乃和:《陈垣年谱》,北京师范大学出版社,2002。

刘淑玲:《〈大公报〉与中国现代文学》,河北教育出版社,2004。

刘小云:《学术风气与现代转型:中山大学人文学科述论(1926—1949)》,生活·读书·新知三联书店,2013。

刘永济:《诵帚词集　云巢诗存　附年谱　传略》,中华书局,2010。

柳无忌、殷安如编:《南社人物传》,社会科学文献出版社,2002。

《柳翼谋先生纪念文集》(《镇江文史资料》第十一辑,1986年8月)。

柳诒徵:《中国文化史》(上、下),上海古籍出版社,2001。

柳曾符、柳定生选编:《柳诒徵史学论文集》,上海古籍出版社,1991。

柳曾符、柳定生选编:《柳诒徵史学论文续集》,上海古籍出版社,1991。

柳曾符、柳佳编:《劬堂学记》,上海书店出版社,2002。

卢　前:《卢前诗词曲选》,中华书局,2006。

鲁　迅:《鲁迅全集》,人民文学出版社,1981。

罗　岗、陈春艳编:《梅光迪文录》,辽宁教育出版社,2001。

罗家伦:《逝者如斯集》,(台北)传记文学出版社,1967。

罗家伦先生文存编辑委员会编辑:《罗家伦先生文存》第1、2册,国史馆、中国国民党中央委员会党史委员会出版,1976。

罗家伦先生文存编辑委员会编辑:《罗家伦先生文存》第5、6册,国史馆、中国国民党中央委员会党史委员会出版,1988。

罗家伦先生文存编辑委员会编辑:《罗家伦先生文存》第10册,国史馆、中国国民党中央委员会党史委员会出版,1989。

罗久芳、罗久蓉编辑校注:《罗家伦先生文存补遗》,中央研究院近代史研究所史料丛刊(51),2009。

M

马　勇编:《章太炎书信集》,河北人民出版社,2003。

冒　荣:《至平至善　鸿声东南——东南大学校长郭秉文》,山东教育出版社,2004。

眉　睫:《文学史上的失踪者》,金城出版社,2013。

梅铁山主编、梅杰执行主编:《梅光迪文存》,华中师范大学出版社,2011。

蒙　默编:《蒙文通学记》,生活·读书·新知三联书店,1993。

蒙文通:《蒙文通文集》,巴蜀书社,1987—2001。

苗怀明:《吴梅评传》,南京大学出版社,2012。

莫砺锋主编:《薪火九秩》,南京大学出版社,2004。

N

《南大百年实录》编辑组:《南大百年实录》(上、中、下),南京大学出版社,2002。

聂　冷:《吴有训传》,中国青年出版社,1998。

牛　力:《罗家伦与国立中央大学》,南京大学出版社,2015。

O

欧文·白璧德:《文学与美国的大学》(张沛、张源译),北京大学出版社,2004。

P

潘伯鹰著,刘梦芙点校:《玄隐庐诗》,黄山书社,2009。

浦汉明编:《浦江清文史杂文集》,清华大学出版社,1993。

浦江清:《清华园日记·西行日记》,生活·读书·新知三联书店,1999。

浦江清:《无涯集》,百花文艺出版社,2005。

Q

齐家莹编撰:《清华人文学科年谱》,清华大学出版社,1999。

齐家莹编著:《清华人物》,作家出版社,2001。

《潜社汇刊》,1937年。

清华大学校史研究室:《清华大学史料选编》(一)、(二)、(三),清华大学出版社1991、1994。

R

冉云飞:《吴虞和他生活的民国时代》,山东人民出版社,2009。

《如社词钞》,1936年。

S

沙　知编:《向达学记》,生活·读书·新知三联书店,2010。

舒新城:《近代中国留学史》,上海书店,2011。

舒新城编:《近代中国教育史料》,中国人民大学出版社,2012。

尚小明:《北大史学系早期发展史研究》(1899—1937),北京大学出版社,2010。

沈从文:《沈从文全集》,北岳文艺出版社,2002。

沈松侨:《学衡派与五四时期的新文化运动》,(台北)台湾大学出版委员会,1984。

沈卫威:《回眸"学衡派"——文化保守主义的现代命运》,人民文学出版社,1999。

沈卫威:《"学衡派"谱系——历史与叙事》,江西教育出版社,2007。

沈卫威:《大学之大》,人民文学出版社,2007。

沈卫威:《民国大学的文脉》,人民文学出版社,2014。

司马朝军、王文晖:《黄侃年谱》,湖北人民出版社,2005。

宋原放主编:《中国出版史料》(现代部分),山东教育出版社,2001。

苏云峰:《从清华学堂到清华大学 1911—1929》,(台北)"中央研究院"近代史研究所,1996。

苏云峰:《从清华学堂到清华大学 1928—1937》,生活·读书·新知三联书店,2001。

苏云峰:《三(两)江师范学堂》,南京大学出版社,2002。

孙敦恒:《清华国学研究院史话》,清华大学出版社,2002。

孙玉蓉编纂:《俞平伯年谱》,天津人民出版社,2001。

T

汤志钧:《章太炎年谱长编》(上、下),中华书局,1979。

唐宝林、林茂生:《陈独秀年谱》,上海人民出版社,1988。

唐金海、刘长鼎主编:《茅盾年谱》(上、下),山西高校联合出版社,1996。

W

汪　东:《梦秋词》,齐鲁书社,1985。

汪辟疆:《汪辟疆文集》,上海古籍出版社,1988。

汪原放:《亚东图书馆与陈独秀》,学林出版社,2006。

王承军:《蒙文通先生年谱长编》,中华书局,2012。

王德毅编著:《姚从吾先生年谱》,(台北)新文丰出版股份有限公司,2000。

王汎森、潘光哲、吴政上主编:《傅斯年遗札》,社会科学文献出版社,2015。

王国维:《王国维遗书》,上海书店出版社1996年第二次影印本。

王焕镳:《因巢轩诗文录存》,上海古籍出版社,2005。

王焕镳:《先秦文学著述四种》,浙江大学出版社,2009。

王　强主编:《民国大学校史资料汇编》,凤凰出版社,2014。

王庆祥、萧立文校注,罗继祖审订:《罗振玉王国维往来书信》,东方出版社,2000。

王世儒编撰:《蔡元培先生年谱》,北京大学出版社,1998。

王卫民编:《吴梅和他的世界》,河北教育出版社,2002。

王卫民编:《吴梅年谱》(修订稿),载《吴梅评传》,河北教育出版社,2002。

王学珍等主编:《北京大学史料》,北京大学出版社,2000。

王　照:《官话字母读物》(八种),文字改革出版社,1957。

王　照:《官话合声字母》,文字改革出版社,1957。

吴芳吉著,贺远明等选编:《吴芳吉集》,巴蜀书社,1994。

吴　梅:《吴梅全集·瞿安日记》(上、下),河北教育出版社,2002。

吴　宓:《吴宓诗集》,中华书局,1935。

吴　宓:《吴宓诗集》,商务印书馆,2004。

吴　宓:《吴宓诗话》,商务印书馆,2005。

吴　宓:《文学与人生》,清华大学出版社,1993。

吴　宓:《吴宓自编年谱》,生活·读书·新知三联书店,1995。

吴　宓:《吴宓日记》(10卷),生活·读书·新知三联书店,1998—1999。

吴　宓:《吴宓日记续编》(10卷),生活·读书·新知三联书店,2006。

吴世勇编:《沈从文年谱》,天津人民出版社,2006。

吴新雷等编:《清晖山馆友声集》,江苏古籍出版社,2000。

吴兴文主编:《唐君毅日记》,吉林出版集团有限责任公司,2014。

吴学昭:《吴宓与陈寅恪》,清华大学出版社,1992。

吴学昭:《吴宓与陈寅恪》(增补本),生活·读书·新知三联书店,2014。

吴学昭整理、注释、翻译:《吴宓书信集》,生活·读书·新知三联书店,2011。

X

夏　鼐:《夏鼐日记》(王世民、夏素琴等整理),华东师范大学出版社,2011。

夏晓虹、吴令华编:《清华同学与学术传薪》,生活·读书·新知三联书店,2009。

徐　规:《仰素集》,杭州大学出版社,1999。

徐有富:《程千帆沈祖棻年谱长编》,南京大学出版社,2013。

Y

燕京研究院编:《燕京大学人物志》第一辑,北京大学出版社,2001。

杨步伟:《一个女人的自传》,岳麓书社,1987。

杨树达:《积微翁回忆录·积微居诗文钞》,上海古籍出版社,1986。

杨天石主编:《钱玄同日记》(整理本)(上、中、下),北京大学出版社,2014。

姚奠中、董国炎:《章太炎学术年谱》,山西古籍出版社,1996。

姚柯夫:《陈中凡年谱》,书目文献出版社,1989。

姚淦铭、王燕编:《王国维文集》,中国文史出版社,1997。

叶　隽:《另一种西学——中国现代留德学人及其对德国文化的接受》,北京大学出版社,2005。

叶文心:《民国时期大学校园文化(1919—1937)》(冯夏根等译),中国人民大学出版社,2012。

易社强:《战争与革命中的西南联大》(饶佳荣译),九州出版社,2012。

尹奇岭:《民国南京旧体诗人雅集与结社研究》,中国社会科学出版社,2011。

袁英光、刘寅生:《王国维年谱长编》,天津人民出版社,1996。

Z

赵瑞蕻:《离乱弦歌忆旧游》,湖北人民出版社,2008。

张　彬:《倡言求是　培育英才——浙江大学校长竺可桢》,山东教育出版社,2004。

张静庐辑注:《中国近现代出版史料》,上海书店出版社,2003。

张菊香、张铁荣编著:《周作人年谱》,天津人民出版社,2000。

张其昀:《中华五千年史》(第七版),(台北)中国文化大学出版部,1981。

张其昀:《张其昀先生文集》第1—10册,(台北)中国文化大学出版部,1988。

张其昀:《张其昀先生文集》第11—21册,(台北)中国文化大学出版部,1989。

张其昀:《张其昀先生文集》第22—25册,(台北)中国文化大学出版部,1991。

张其昀:《张其昀先生文集续编》第1—3册,(台北)中国文化大学出版部,1995。

张其昀:《张其昀先生文集三编》,(台北)中国文化大学出版部,2001。

张荣芳、曾庆瑛:《陈垣》,金城出版社,2008。

张荣明:《竺可桢与陈寅恪》,漓江出版社,2013。

张宪文主编:《金陵大学史》,南京大学出版社,2002。

张　源:《从"人文主义"到"保守主义"——〈学衡〉中的白璧德》,生活·读书·新知三联书店,2009。

张　研、孙燕京主编:《民国史料丛刊·文教·高等教育》第1061—1106卷,大象出版社,2009。

张异宾主编:《百年南大》,南京大学出版社,2002。

张荫麟著、张云台编:《张荫麟文集》,教育科学出版社,1993。

张荫麟:《素痴集》,百花文艺出版社,2005。

章　清:《清季民国时期的"思想界"——新兴传播媒介的浮现与读书人新的生活形态》,社会科学文献出版社,2014。

浙江大学校庆文集编辑组:《浙江大学校庆文集——建校八十五周年》(内部印刷),1982。

郑师渠:《在欧化与国粹之间——学衡派文化思想研究》,北京师范大学出版社,2001。

郑逸梅编著:《南社丛谈》,上海人民出版社,1981。

中国第二历史档案馆编:《中华民国史档案资料汇编》第三辑《教育》,凤凰出版社,1991。

中国第二历史档案馆编:《中华民国史档案资料汇编》第五辑第一编《教育》(一、二),凤凰出版社,1994。

中国第二历史档案馆编:《中华民国史档案资料汇编》第五辑第二编《教育》(一、二),凤凰出版社,1997。

中国第二历史档案馆编:《中华民国史档案资料汇编》第五辑第三编《教育》(一、二),凤凰出版社,2000。

中国革命博物馆整理、荣孟源审校:《吴虞日记》(上册),四川人民出版社,1984。

中国革命博物馆整理、荣孟源审校:《吴虞日记》(下册),四川人民出版社,1986。

中国社会科学院近代史研究所编:《五四运动回忆录》(上),中国社会科学出版社,1979。

中国社会科学院近代史研究所中华民国史组编:《胡适来往书信选》(上、中),中华书局,1979。

中国社会科学院近代史研究所中华民国史组编:《胡适来往书信选》(下),中华书局,1980。

周　忱编选:《张荫麟先生纪念文集》,汉语大词典出版社,2002。

朱　斐主编:《东南大学史》(1902—1949),东南大学出版社,1991。

朱希祖:《朱希祖日记》,中华书局,2012。

朱希祖:《朱希祖书信集　郦亭诗稿》,中华书局,2012。

朱有瓛主编:《中国近代学制史料》,华东师范大学出版社,1983。

朱自清:《朱自清全集》,江苏教育出版社,1996—1997。

竺可桢:《竺可桢全集　日记》第6、7卷,上海科学技术出版社,2005。

竺可桢:《竺可桢全集　日记》第8、9、10、11卷,上海科学技术出版社,2006。

竺可桢:《竺可桢全集　日记》第12、13卷,上海科学技术出版社,2007。

竺可桢:《竺可桢全集　日记》第14、15卷,上海科学技术出版社,2008。

竺可桢:《竺可桢全集　日记》第16、17卷,上海科学技术出版社,2009。

竺可桢:《竺可桢全集　日记》第18、19卷,上海科学技术出版社,2010。

竺可桢:《竺可桢全集　日记》第20、21卷,上海科学技术出版社,2011。

后 记

我的"学衡派"研究开始于1996年,直接原因是胡先骕先生任中正大学校长时的学生张锡智先生(我的对门邻居)送我一批有关老校长胡先骕的资料。于是,我就将刚刚开始的"新文化运动的反对派"这个大题目缩小到个案的"学衡派"。随之,又得到中国社会科学院近代史所马勇先生提供的梅光迪致胡适书信的复印本。1997年、1999年两次到台湾访学、研究,了解到"学衡派"成员张其昀在台北创办中国文化大学及影印《学衡》的具体情况(后来便得到张其昀之子张镜湖先生赠寄的全套《张其昀先生文集》三编);也见到了中央研究院近代史所的沈松侨先生,他是台湾首位以"学衡派"写硕士论文的学者,并赠送我一本台湾大学出版委员会1984年刊印的《学衡派与五四时期的新文化运动》。更为感人的乡谊温情是《联合报》的瘂弦先生帮助我查找张其昀的材料,立绪出版事业公司的郝碧莲女士、钟惠民女士爽快承接了我"学衡派"研究著作的出版事宜。

2000年,我在河南大学出版社印行过一本《吴宓与〈学衡〉》的小书,编写此书时,将前者的主要内容吸纳进来。

本书编写过程中,还得到了多位师友、同学的帮助。李寄先生帮助核实了其中的英文,张国功、徐雁平、汪成法先生审阅了全部书稿,并指出多处错漏。傅宏星先生提供了吴宓主编《武汉日报·文学副刊》的电子本,并输录了目录。武黎嵩先生提供部分柳诒徵的诗文。我的学生朱洪涛帮助输录了《史地学报》的部分目录,汤志辉帮助输录了《大公报·文学副刊》的部分目录,并提供了《东北大学周刊》的相关材料,於璐帮助校对了《学衡》的部分目录,陈捷提供并增补了《京报》、《时事新报》上与本专题有关的部分内容,张元卿、袁昊参与校对了部分内容,并提供了一些相关史料。河南大学图书馆、南京大学图书馆、南京图书馆、北京大学图书馆、北京师范大学图书馆、中国社会科学院近代史所图书馆、复旦大学图书馆提供了查阅报刊的方便。

南京大学出版社的同学、同行和朋友金鑫荣、杨金荣为本书的出版提供积极的支持，他们对"学衡派"的人、事、文有自身的独特文化感知、体认。

对这些切实的帮助，我首先要表达的一份谢意。

个别人物的生卒年月，多家辞书、传记有说法不一之处，我这里尽量加以甄别，选用较为合理、准确的。

对于其中所涉及的问题，我还有许多无知的地方，如一些文章的作者所署的是笔名，此时还没有弄清具体是何人。阅读上的盲区和无知，会遗漏下重要的史料，留下些不可原谅的错误。我期待有进一步修改、完善的机会。

金声玉振，力不能及；饾饤之学，从之不易。唯有一份自由自在的心态，随遇而安的读写方式，隐于这书卷之中，静虑在字里行间。

沈卫威

2015 年 5 月 17 日

于南京大学

图书在版编目(CIP)数据

"学衡派"编年文事 / 沈卫威编著. — 南京：南京大学出版社，2015.11
ISBN 978-7-305-16156-8

Ⅰ.①学… Ⅱ.①沈… Ⅲ.①学衡派－研究 Ⅳ.①I209.6

中国版本图书馆CIP数据核字(2015)第271597号

出版发行	南京大学出版社		
社　　址	南京市汉口路22号	邮　编	210093

出 版 人　金鑫荣

书　　名　"学衡派"编年文事
编　　著　沈卫威
责任编辑　黄隽翀　　　　　　　编辑热线　025-83685720
照　　排　南京南琳图文制作有限公司
印　　刷　南京爱德印刷有限公司
开　　本　718×1000　1/16　印张 31.25　字数 528 千
版　　次　2015 年 11 月第 1 版　2015 年 11 月第 1 次印刷
ISBN 978-7-305-16156-8
定　　价　120.00 元

网址：http://www.njupco.com
官方微博：http://weibo.com/njupco
官方微信号：njupress
销售咨询热线：(025) 83594756

＊版权所有，侵权必究
＊凡购买南大版图书，如有印装质量问题，请与所购
　图书销售部门联系调换